KB153176

바람
부족의
연대기

| 실천문학 세계문학선 |

바람 부족의 연대기

Binboğalar Efsanesi

야샤르 케말 장편소설

오은경 옮김

실천문학사

차례

알라 산 뒤 기슭은 길고 긴 골짜기였다. 산은 꼭대기부터 산 밑까지 깊은 숲이 우거져 있었다. 숲 속에는 옹달샘이 아주 여러 곳에 흩어져 있었다. 박하나무와 싸리나무로 둘러싸인 샘마다 조약돌이 가득했다. 샘물은 차고 맑았다. 바닥까지 환히 들여다보이는 샘물은 언제 가보아도 햇살에 반짝였다. 아주 오랜 옛날부터 이곳은 투르크메니스탄 유목민, '문명인' 유목민의 터전이었다. 추쿠로바'는 오래전부터 이들이 겨울을 나는 곳이었고, 그때부터 지금까지 알라 산 골짜기는 이들의 생활 터전이 되어왔다. 유목민들을 이 골짜기와 들판에서 떼어놓는다는 것은 있을 수 없는 일이었다. 그렇게 되는 날 어쩌면 이들은 죽어버릴지도 모르는 일이었다. 바위 꼭대기, 뾰족한 봉우리 끝까지 지독하고 질기게 뿌리를 내리고 있는 풀들을 캐내면 풀들이 살 수 있을까? 유목민도 산 곳곳에 깊게 뿌리를 내린 들풀과 같았다.

대장장이 하이다르 우스타가 움찔, 걸음을 멈추었다. 그러더니 오른손을 붉은빛이 엷게 도는 턱수염으로 가져가 턱 밑을 세게 쓸었다. 왼손으로도 오른손이 했던 그 동작을 반복했다. 하이다르 우스타는 조금씩 걷는 속도를 늦추었다. 무겁게 엉금엉금 걷던 걸음은 결국 멈추었다. 그는 잠시 그 자리에 그렇게 우두커니 서 있었다. 고개를 들고 숨을 들이키는 것처럼 발돋움도 해보았다. 주변을 한번 훑어본 그가 다시 상념에 빠져들었다. 턱수염을 만지작거리던 손을 연장 떨어뜨리듯 무겁게 툭 떨어뜨리더니 그는 다시 걸음을 떼기 시작했다. 웬일인지 이번에는 갈수록 걸음이 빨라졌다. 하이다르 우스타는 호두색 털로 짠 솰바르²를 입고 있었다. 등에 걸친 조끼는 매듭을 엮어 만든 것인데 낡고 낡아서 고물이 다 된 옷이었다. 머리에는 자기가 직접 만든 황금색 두건을 쓰고 있었는데, 고양이 털가죽으로 만들어서 그런지 그를 한층 더 위엄 있어 보이게 했다. 짙은 눈썹과 넓은 이마, 그리고 황금색 가죽 두건은 붉은빛이 물결치는 턱수염과 아주 잘 어울렸다.

오랜 시간 동안 급하게, 헉헉거리며 걷던 하이다르 우스타가 발걸음의 속도를 다시 늦추더니 마침내 무겁게 멈추어 섰다. 한 손으로 다시 한 번 턱수염을 쓸어보았다. 그러다 그는 갑자기 보랏빛 그림자가 드리운 바닥에 풀썩 주저앉았다. 공포가 엄습했기 때문이다. 아주 불길한 생각이었다.

졸졸 흐르는 도랑물이 가장자리 바위에 채 닿기도 전에 부서졌다. 하이다르 우스타는 떨어지는 물방울과 졸졸거리는 물줄기를 바라보며 생각을 모았다. 머릿속에서 상상할 수 있는 모든 아이디어를 동원해보는 중이었다.

"알라시여. 위대하신 알라시여. 이 골짜기에서 겨울을 날 땅을 좀 마련해주세요. 겨울을 나야 합니다. 알라 산 기슭에 밭도 좀 주시고요. 갈아먹을 밭이 있어야 합니다. 예전엔 허락하시더니 어찌해서 그걸 거두어가신단 말입니까? 누런 말을 타고 녹색 바지를 입은 흐즈르 님[3]이 당신께 간곡하게 사정한답니다. 오늘 밤 당신께 간청을 드릴 테니 우리를 도와주세요. 지극히 높으신 당신의 은혜를 내려주세요."

피곤이 밀려들었다. 하이다르 우스타는 옆에 있는 바위로 기어올라갔다. 바위틈 사이로 소나무가 삐죽 자라 있었다. 그 나무에 등을 기댔다. 소나무도 대장장이 하이다르 우스타만큼이나 나이가 든 것 같았다. 몸뚱이가 여기저기 팬 나무는 가지가 꺾인 채 바닥 쪽으로 휘어져 있었다.

"오늘 만나야 해. 다른 방법이 없어. 그분 영전에 쫓아가서 빌어야지, 다른 방도가 없다니까. 장군님께 바치려고 했던 검을 그분에게 바쳐야겠군. 다른 방법이 없잖아!"

하이다르 우스타는 턱수염을 꽉 쥐어보았다. 정오 황금빛 햇살 때문에 가죽 두건과 붉은 턱수염, 짙은 눈썹이 한데 어우러져 한층 더 위협적으로 보였다. 녹색 눈동자가 햇살에 번득거렸다.

"여보시오."

그는 말을 계속했다.

"위대하신 알라시여. 당신은 이 세상 모든 만물의 영웅이시고, 아름다움이시며, 우리의 수호자십니다. 이 세상천지와 요정, 마을, 당신과 나, 만물을 창조한 창조주가 아니십니까? 그렇지 않습니까? 이치대로 따져봅시다. 지옥 끝에라도 떨어져버린 것 같던 그날 부족 사람들에게 내가 말하지 않았겠습니까? 이번 흐드렐레즈[4] 밤에 내가 가서 그분과 얘기해보겠다고, 가능성은 없지만 그래도 내가 얘기해보겠다고 했지 뭡니까? 그렇게 말하지 말걸 그랬습니까? 그렇게라도 해야 조금이라도 희망을 줄 수 있을 것 아니겠습니까. 그 아낙네들, 미천하고, 가진 것 없는 사람들에게 겨울을 날 땅과 알라 산에 갈아먹을 밭 좀 달라고 당신에게 사정한 게, 뭐 내가 할 일이 없어서 그런 줄 아시오? 내가 뭐, 당신의 그 장미 꽃잎같이 여리디여린, 부드럽디부드러운 마음을 아프게 하려고 그런 줄 아시오? 내가 일이 없어서……?"

하이다르 우스타는 고개를 하늘로 치켜들었다. 그러고는 먼 곳, 깊은 곳, 하얀 구름이 걸려 있는 저쪽을 쏘아보았다.

"말해보시오. 들어줄 거요?"

그는 윽박지르듯 크게 말했다.

"못 준다고?"

금세 말을 받았다.

"안 들어주신다고? 정말 안 들어주신다고? 내가 모를 줄 알고? 당신은 우릴 버렸소. 당신은 하늘도 버리고, 별들도, 숲도, 물도 버렸지. 당신은 모스크에 갇혀서 나오지도 않잖소? 당신은 불빛이 휘황찬란한 도시를 만들었지. 그리고 하늘을 날아다니는 쇠붙이 새도 만들었어. 흙을 먹고, 그것도 흙을 많이 먹을수록 칭찬받는 쇠붙이도 만들었더군. 층층이 쌓인 집도, 바다도 일곱 개나 만들었소. 근데, 이 골짜기에서 겨울 날 땅이나 좀 달라고 하고, 알라 산 기슭에 밭이나 좀 달라고 빌었으니 그런 소원 따위를 들어주겠냐 말이오? 당연히 안 들어주시겠지. 나도 오늘 밤은 더 이상 사정하지 않을랍니다. 더는 아무 대책이 없기도 하지만 그래도 당신에게는 사정 안 합니다. 이 황망한 들판에서 덕분에 지지리 고생 좀 하겠지, 뭐. 우리 부족 사람들 모두 여기서 죽으라고 그러지. 다 돼지라구. 모두 당신 때문이오……."

그는 추쿠로바를 눈앞에 떠올려보았다. 어느 가을날 밤이었다. 어둠 속에서 산골짜기 전체가 번쩍번쩍 타들어가는 것처럼 보였다. 밭마다 웅얼거리며 흘러가는 쇠별들, 커다란 쇠로 만든 벌레들. 재갈을 물려놓은 것만 같은 시냇물, 길마다 흘러 다니는 사람 머리들. 돌아버릴 것 같은 수레 말들…… 먼지, 열기, 땀, 말라리아, 재앙들…… 괴상하게 말라비틀어진 사람들…… 반쯤 벗고 햇볕에 그을린 여자들, 그리고 벌거벗은 여자들…….

하이다르 우스타의 초록빛 눈이 갑자기 휘둥그레졌다. 아래쪽에서 들려오는 발자국 소리 때문이었다. 돌 하나가 절벽 아래로 또르르 굴러떨어졌다. 그 옆으로 소란스럽게 산을 내려가는 가축 떼의 발길질 때문에 돌멩이들이 밑으로 굴러떨어지기 시작했다. 가늘게 부서지는 햇살은 김이 서린 것처럼 보였다. 신선한 꽃향기가 코끝에 와 닿았다. 가슴이 답답하게 느껴졌다. 지금 이 순간 여기, 이 돌 더미 밑에 앉아 있지만 그래도 예전의 추쿠로바로, 아다나 시(市)로, 메르신[5]으로 돌아가보리라고 결심해보았다. 그리로 가서 햇볕에 다리를 검게 태운 여자들, 다리가 기다란 여자들을 감상해보리라. 아니, 좀 더 먼 옛날, 추쿠로바에 양 떼가 영양 떼 뛰듯 노닐던 그날로 돌아가보리라.

어딘가에서 사람 소리가 들려왔다. 하이다르 우스타가 고개를 들었다. 수염을 만지작거리던 것을 중단했다. 저 아래쪽에서 동무 뮈슬림이 오고 있었다. 머리며, 턱수염이며, 손, 눈썹, 콧수염…… 뮈슬림이 틀림없었다. 뮈슬림이 밑에서 위로 S자를 그리며 솜고치 엮는 것같이 엉금엉금 올라오고 있었다.

"여보게, 여보게, 하이다르. 하이다르, 자네를 아침부터 여태 찾았다네."

11

그는 숨을 헐떡거리며 하이다르 우스타 옆에 와서 앉았다. 작은 달팽이라도 들어갔는지 지갑을 꺼내 탁탁 털더니 다시 허리춤에 단단히 묶었다. 뮈슬림은 몸집이 작은 절름발이였다.

뮈슬림이 하이다르의 눈을 쏘아보았다. 보고 또 보고 했다. 그러더니 깊고 깊은 곳에서 두 눈이 번득였다.

"우리 부족을 봐서라도 올해에는 이번 일을 꼭 성사시켜주게, 하이다르. 이제 손자들은 그만 좀 위하게나. 이번에는 흐즈르 님이 일야스 님을 만나는 그 순간을 놓치면 안 돼. 우린 이제 죽은 목숨이나 마찬가지야, 하이다르. 이 일을 어쩌나. 어찌해볼 도리가 없으니. 알라께서 우릴 모른 척하시면 우린 어찌 될지 몰라. 하이다르……"

하이다르 우스타가 다시 턱수염을 움켜쥐었다. 턱을 괴고, 생각에 잠겼다. 그때 갑자기 초록빛 눈에 생기가 돌았다.

"돈이 될까? 뮈슬림."

하이다르 우스타가 물었다.

"알라께서 우리를 버리셨잖은가. 우리를 버리고, 커다란 산도 버리고, 거대한 도시로 내려가셨잖은가? 우리도 알라가 가신 그곳으로 가야 하지 않겠냔 말야, 뮈슬림!"

뮈슬림은, "여보게" 하고 부르더니 말을 이어갔다.

"자네 지금 정신 좀 차리게. 흐드렐레즈 밤에 우리가 소원을 비는데, 자비로운 알라께서 어찌 우리를 모른 척하시겠나? 우리 소원을 들어주실 거야. 자넨 올해 우리 모두를 위해 소원을 빌기만 하면 된다구. 자네 손자만 위하지 말구 말야."

두 사람은 자리에서 일어섰다. 하이다르 우스타가 앞서고, 뮈슬림이 뒤를 따랐다. 두 사람은 나란히 길을 나섰다. 봄이 이제야 제 모습을 드러내는 듯했다. 꽃들 중 절반은 몽우리가 올라왔고, 절반은 아직 아니었다. 새들, 벌들이 따사로운 공기 속을 부드럽게 날았다. 땅도 반쯤은 잠에 취한 듯 몸을 뒤틀었다. 바위며 나무, 물, 벌레, 사슴, 여우, 자칼, 양, 염소…… 모두 아침 뿌연 연기 속에 잠에 취한 채 몸을 틀었다.

유목민들이 여기에 자리를 잡은 지도 사흘이 지났다. 텐트가 예순 개나 되는 대부대였다. 이들은 카라출루족이라 불리는 유목민이었다. 대장장이 하이다르 우스타는 부족 중에서 가장 연장자였다. 그런데 대장장이 일을 어디에 써먹는단 말인가? 어딘가 쓸 데가 있을까? 언젠가는 쓸 데가 있겠지. 언젠가는 말이다……!

이번 추쿠로바의 겨울은 어릴 적 먹었던 엄마젖마저도 올라올 만큼 치욕스런 겨울이었다. 세상에 나서 지금까지, 이번 추쿠로바의 겨울처럼 치욕스런 겨울을 겪어본 것은 처음이었다. 추쿠로바 사람들이 유목민들에게 이렇게까지 적대적이었던 적도 없었다. 유목민들은 아직도 공포와 충격 속에서 헤어나지 못하고 있었다.

부족은 낙후되고, 오래되고, 가난했다. 그래도 전통만은 아직도 지켜내고 있었다. 부족은 겨울을 날 장소로 오자마자 텐트를 쳤다. 자신들이 살 텐트를 치고 나면 곧바로 양모로 만든 수장 텐트를 쳤다. 간이식으로 만든 수장 텐트는 다른 텐트처럼 길쭉하지 않았다. 언제나 동그란 모양이었다. 모서리는 양털과 장판으로 덮고, 문이 어디 있는지 보이지 않도록 수를 놓은 장판으로 수장 텐트 위를 덮었다. 텐트 안의 벽은 낡았지만 자수를 놓아서 장식했다. 바닥은 전부 일일이 손으로 수를 놓아 만든 장판을 깔았다. 문 오른쪽 가장자리에는 숯을 가득 쌓은 돌화덕이 있었다. 수장 텐트는 늘 같은 장소에 세워졌다.

부족이 사는 곳 한가운데에는 반듯하고, 타작용 돗자리 세 배 정도 되어 보이는 대리석 비슷한 하얀 돌을 가져다놓았다. 그 돌 위에는 아침부터 양모, 장판, 팔걸이, 베개가 널려 있었다. 하얀 돌 위는 따뜻한 봄 햇볕 덕분에 형형색색 잔치가 벌어진 듯했다.

커다란 가마솥에는 아주 냄새가 좋은 음식들이 보글거리고 있었다. 나이 든 아낙네들이 커다란 쟁반으로 음식 재료들을 부지런히 날라다 솥에 쏟아 넣었다. 연기는 김과 함께 모락모락 피어올라 뿔뿔이 흩어졌다. 모두 향연 준비로 크게 들떠 있었다. 하이다르 우스타가 한 번 더 향연을 열자고 해도 모두 동의할 기세였다.

"어떠세요, 어르신…… 한 번만, 한 번만 우리 부족을 위해서 해주실 수 있으시지요? 우리 부족의 가장 연장자시고, 우리 모두의 원로시잖아요? 올해 부디 우리 소원 좀 들어주세요. 내년부터는 뭘 하든 맘대로 하세요. 알라의 해라고 정하고, 제발 그렇게 좀 해요. 보세요! 우리 부족 남녀노소, 전부 어르신만 바라보고 있지 않아요? 그렇게 좀 해주세요. 네?"

"어찌 그러는가? 알라께서 내가 청하기만 하면 들어주시기라도 한다는 건가?"

"알라께서 어르신 청이라면 들어주실 겁니다."

"그걸 어찌 아는가?"

"아! 우리가 모르면 누가 알아요? 알라께서 설마 어르신을 모른 척하겠어요?"

하이다르 우스타를 가운데 두고 부족 전체가 둥글게 에워쌌

14

다. 하이다르 우스타가 턱수염을 쓰다듬었다. 손끝에 뽑힌 구릿빛 수염이 땅으로 떨어졌다.

"아, 이러지 마시오. 이러지 말라니까! 나를 망신을 줘도 유분수지. 알라께서 우리 아버지라도 된단 말이오?"

텐트들은 꺼지고, 찢어지고, 내려앉았다. 아이들의 얼굴에는 핏기도, 생기도 사라진 지 오래였다. 하이다르 우스타가 그 나이만큼 살면서 이렇게 가난하고 처참한 겨울을 보낸 적은 없었다.

"그래, 해보지. 그리될 수만 있다면."

그는 신음하듯 말을 계속했다.

"그래. 들어만 주신다면, 그럴 수만 있다면……."

"될 거예요!"

사람들이 소리쳤다. 모두 일제히 한목소리를 냈다.

"오늘 밤은 아무도 자지 말 것! 아무도 자면 안 돼. 한 명이라도 자면 신통력이 통하지 않아, 신통력이……. 별을 볼 수만 있다면…… 내가 보기만 한다면……."

"당연히 보실 거예요."

사람들이 또 일제히 한목소리로 외쳤다. 사람들의 외침 소리는 깊고 깊은 알라 산에 가득 퍼졌다. 바위로 덮인 골짜기에까지 쩌렁쩌렁 울렸다.

"그분을 만나면, 여러분들 소원을 빌어드리리다. 어느 누구든 그분을 보면 올해 우리 부족의 소원을 빌기로 하는 겁니다. 알겠소?"

"알겠어요."

모두 한목소리로 외쳤다.

"한 사람이라도 꾀를 부려 다른 소원을 빌면 일을 그르쳐요.

얌체짓 하지 맙시다. 일이 급해요. 올해 입에 풀칠이라도 할 수 있는 곳을 찾지 못하면 이제 다 끝장입니다."

"알고말고요."

모두 같은 목소리였다.

향연이 시작되었다. 피리 부대가 왔다. 그들은 목석처럼 손가락 하나 까딱하지 않았다. 말도 한마디 하지 않은 채 오렌지빛 양모 위에 그렇게 반듯하게 앉아 있었다. 모두 양반다리를 하고 있었다. 키가 크고, 피부는 누리끼리하며, 눈동자는 초록빛인 이 사람들은 잘은 모르지만 태양이나 달 어디에선가 왔다고들 했다. 사람들은 모두 경외심과 약간의 두려움을 가지고 그들을 대했다. 그들은 땅에 바위가 달라붙어 있는 것처럼 꼼짝도 하지 않고 대기 중이었다. 마법이 실현되기를 기다리고 있는 것이다. 향연이 시작되었다. 오렌지빛 상 위에 차려진 밀가루 빵 위로 꽃잎이 하나 떨어졌다. 요구르트와 아이란[6] 향내가 퍼져 나왔다. 양은접시에는 잘 구워진 양고기, 염소, 산양, 소고기와 하얀 쌀밥이 담겨져 있었다. 그들은 제례를 마치고, 기도문을 외웠다. 예언자 이브라힘을 위한 추도문이 끝나자 음복 시간이 되었다. 남녀노소 할 것 없이 모든 부족 사람들이 상 앞으로 모였다. 오렌지, 태양, 명아주풀 무늬 자수 장식의 테이블보가 덮인 하얀 돌위로 기쁨이 가득 번졌다.

이때 북 치는 사람 하나가 한가운데로 튀어나왔다. 그들은 북을 치면서 빙글빙글 돌기 시작했다. 무섭게 화가 난 듯이 돌면서도 팔로는 미친 듯이 북채를 휘둘렀다. 북에서는 놀라운 소리가 났다. 간청하는 것 같기도 하고, 우는 것 같기도 하며, 웃는 것 같다가도, 분노한 것 같기도 하고, 으르렁거리는 것 같기도 하고, 저항하는 것 같기도 한 소리…….

북소리가 갑자기 뚝 끊겼다. 북 치는 사람이 두 무릎을 꿇고 기도를 시작했다. 그들은 머리를 굽혀 세 번 땅에 입을 맞췄다. 이번에는 향연을 하던 사람들이 한 명씩 일어나 북 치는 사람에게로 다가갔다. 그들은 땅에 엎드리더니 무릎을 꿇었다. 땅에 세 번씩 입을 맞추고 기도를 올렸다.

사람들은 해가 빠지자 상 아래쪽에다 아주 커다란 불을 지폈다. 불줄기는 부락 아래쪽, 위쪽, 그리고 맞은편까지 환하게 비추었다. 어두운 숲은 대낮처럼 환했다.

피리꾼들이 일제히 천 년 전에 지어졌다는 민요를 불기 시작했다. 사람들은 시간이 흐를수록 무아지경 속으로 빠져들었다. 피리에 이어 사즈(saz)[7] 부대가 등장했다. 그들은 지금까지 보지도 듣지도 못한 세마(semah)[8]를 연주했다. 이 세마에 장단을 맞출 수 있는 사람은 아무도 없었다. 백 살이 넘은 코윤 현자(賢者)께서 연주한 세마였기 때문이었다. 세마를 듣자 하이다르 우스타가 눈시울을 붉히더니 자리에서 일어나서 뱅글뱅글 돌기 시작했다. 그는 얼마간 혼자서 돌았다. 산(山)만 한 불꽃 옆을 돌기도 했다. 불길이 가슴까지 덮쳐서 수염으로 옮겨붙을 것만 같았다. 나무 꼬챙이처럼 마르고, 키가 크며, 눈이 커다란 여자가 무대로 나왔다. 자신을 버린 듯 하이다르 우스타와 함께 돌기 시작했다. 사즈에 북도 가세했다. 피리도 합류했다. 향연에 참여한 사람들이 하나씩 둘씩 세마에 빠져들고 있었다. 일곱 살 아이부터 백발 노인까지 자리에서 일어나 돌지 않는 사람이 없었다. 모두 무아지경에 빠져들어갔을 때쯤 동이 트기 시작했다. 북 치는 사람들은 무리 가운데에서 성난 파도처럼 불기둥 주변을 돌고 있었다.

형형색색 불빛, 숲, 물, 마을, 별, 사람들 모두 분노에 찬 것처럼 빙글빙글 돌았다.

갑자기 모든 소리가 뚝 끊겼다. 사람들은 불기둥 주변에 둘러앉아 사즈를 연주한 코윤 현자와 불에게, 아니면 둘 다에게 기도라도 올리듯, 순간 동작을 멈추었다. 해가 지자 영생의 의식도 끝이 났다. 코윤 현자는 바위 꼭대기로 올라가서 사람들과 함께 기도문을 외우기 시작했다.

"알라시여, 알라시여, 알라시여…… 셀만이시여, 쉴레이만, 메르반에게 저주가 있을지니, 우리를 수호하는 열두 이맘이시여, 우리의 기도를 들어주소서."

사람들이 모두 일제히 한목소리로 복창했다.

"우리의 기도를 들어주소서."

"우리의 죄를 사하여주시고."

골짜기가 메아리쳤다.

"우리의 죄를 사하여주시고."

"열두 이맘[9]과, 셀마느 팍[10]의 은총을 내리시고……."

"은총을 내리시고."

"알라시여, 무함마드[11]시여, 알리[12]시여."

"알리시여."

"열두 이맘이 빛이 되셨네."

"빛이 되셨네."

사람들의 열기는 점차 달아올랐다. 메아리는 오랫동안 계속되었다.

"술탄 하탐[13]이 사라지셨으니."

"사라지셨으니."

"전능하신 하느님, 우리를 용서해주시고……."

"우리에게 일용할 양식을 내려주시옵고, 우리의 부정함을 용서하시며, 우리를 도우시는 열두 이맘이시여, 열두 이맘 가시는 그 길로 우리를 인도하소서. 이 세상에서 진실로써 살게 하시고…… 세상 속으로 휴…… 진실의 세상으로 휴……."

골짜기에도, "세상으로, 휴……" 하고 신음 소리가 메아리쳤다.

코윤 현자가 바위에서 내려와 사람들 무리 속으로 들어갔다. 그는 기어들어갈 듯 작은 목소리로 말했다.

"세상에는 만물이 존재합니다. 나무, 새, 땅, 모든 냄새며 양식…… 땅은 기름지고, 십만, 백만 석이나 되는 양식들이…… 이 모든 건 환상이 아닙니다! 물이며 별들…… 모두 사람들을 위해 창조된 것이오!"

"오늘 밤 마음을 깨끗이 정화시키세요. 만약 우리 중 누구 한 사람이라도 하찮은 사람이 있냐고 묻는다면, 거기 해당되는 사람은 아무도 없습니다. 잘 알아두세요. 만일 누군가에 대해 나쁜 사람이라 생각하고 있다면, 나쁜 사람은 세상에 없다는 것을 말입니다. 세상에 '악'이란 건 없어요. 그건 그저 만들어진 것뿐이지요. 이 세상에는 두 종류의 '선'이 있습니다. 빛으로 만든 지팡이를 손에 쥐어보세요. 긴 지팡이를 말이에요. 지팡이가 한쪽은 아주 반짝이는데, 한쪽은 좀 덜 반짝일 거예요. 자, 선과 악의 차이란 바로 이런 거지요. 메르반도 자기는 나쁘다고 생각 안 하는데 사람들이 나쁘게 보는 거지요. 우리가 보는 '악'이란 게 바로 그런 겁니다. 마음을 오늘 밤부터 아침까지 정화하세요. 진실을 위해 후우……! 자, 여러분. 사랑을 위해 후우……!"

하이다르 우스타가 다가왔다. 코윤 현자를 얼싸안았다. 그리고 어깨에 입을 맞추었다. 노인이 웃었다.

"자네도 마음을 비우게. 도인 양반. 오늘 밤은 바로 자네를 위한 밤이지. 오늘 밤 자네가 우리를 구해야 한다고. 우리 부족을 말일세."

하이다르 우스타는 놀라서 물었다.

"내가 말입니까? 현인께서는요?"

코윤 현자는 그의 손을 잡고 힘을 주었다.

"어느 샘에서 밤을 새울 텐가?"

"알라교즈에서요."

"그럼, 신의 은총이 함께하시기를 빌겠네. 수고하게."

그는 짤막한 한마디를 내뱉고는 가버렸다. 사람들은 모두 각자 빽빽하고 오밀조밀한 숲으로, 샘으로, 물가로, 바위로 흩어졌다.

5월 5일과 5월 6일을 잇는 밤이다. 오늘 밤은 바다의 신 일야스[14]와 육지의 신 흐즈르가 만나는 날이기도 하다. 천지창조가 이루어진 이래 두 신은 해마다 이날 만났다고 전해진다. 만약 한 해라도 만나지 못한다면 바다는 바다이기를, 땅은 땅이기를 포기한 것을 의미했다. 바다에는 파도가 일지 않을 것이며, 빛 또한 사라질 것이며, 물고기는 씨가 마를 것이며, 색이 바랜 후 물이 마를 것이다. 땅에는 꽃이 사라지고, 새와 벌은 날지 않을 것이며, 모종한 채소는 익지 않을 것이며, 물은 흐르지 않고, 비는 멈출 것이며, 여자, 암말, 늑대, 새 등 모든 창조물은 자손을 보지 못할 것이다. 두 신이 만나지 못한다면 그리된다. 지구의 종말을 알리는 전령은 흐즈르와 일야스가 될 것이다.

흐즈르와 일야스는 매년 지구 어딘가에서 만난다. 그들이 만나는 장소의 그해 봄은 마치 별천지처럼 빛이 난다. 꽃은 더 만발하고, 더 소담스럽고, 다른 해보다 더 향기롭게 피어난다. 벌들은 더 화려하고, 더 크다. 젖소와 양은 젖이 더 많아지며 영양도 가득하다. 하늘은 더 높고 선명한 파란색이다. 별들은 더 커다랗게 빛나고, 더욱 반짝인다. 꽃자루는 자라는 줄기를, 나무는 피어나는 꽃과 익어가는 과일을 감당해내지 못할 정도이다. 사람들은 그해 더욱 건강해지고, 병도 나지 않을 것이다. 그해에는 초상도 치르지 않을 것이다. 새도, 개미도, 벌도, 나무도 죽지 않을 것이다.

흐즈르와 일야스가 만나는 순간, 서쪽에서, 동쪽에서 별들은 떠올라 흐즈르와 일야스가 만나는 곳으로 스르르 미끄러지듯 모여들 것이다. 흐즈르와 일야스가 서로 손을 잡는 순간 그들도 만나 하나의 별로 합쳐질 것이다. 흐즈르와 일야스 위에 빛이 되어 살랑일 것이다. 흐즈르와 일야스가 손에 손을 잡고, 별 하늘에서 하나가 된 순간 세상의 모든 것은 멈출 것이다. 흐르는 물도 뚝하고 끊기고, 바람도 멈추고, 바다는 파도를 멈추고, 이파리들도 꿈틀거림을 멈출 것이다. 혈관 속 피도 멈추고, 새는 날지 않을 것이며, 벌들은 날갯짓 한번 하지 않을 것이다. 모든 것이 멈추어 아무것도, 아무것도 꼼짝하지 않을 것이다. 별이 멈추고, 빛들도 멈출 것이다. 세상이 한순간에 죽을 것이다. 그러나 잠시 후 모든 것이 갑자기 살아나 공포스런 삶이 시작될 것이다.

사람들은 오늘 밤 별들의 해후를 보기 위해 집 밖으로 뛰쳐나와 각자 높은 곳을 향해 올라갔다. 각자 담장 위로, 미나레[15] 위로, 언덕 위로, 산꼭대기로 흩어졌다. 어떤 사람들은 개울가에서, 어떤 사람들은 우물가에서 밤을 지새웠다. 그들은 한순간도 물에서 눈을 떼지 않았다.

누가 밤하늘에서 별들이 만나는 것을 볼 수 있을까. 그때 소원을 빌면 뭐든지 전부 이루어진다고 했다. 그 어떤 소원이라도 말이다. 한번은 쿨 휘세인이라고 하는 농사꾼이 별을 기다리고 있었다고 한다. 별 두 개가 다가오는 것을 보았는데, 별이 만난 후 커다란 빛이 되어 하늘에서 땅으로 떨어졌다고 한다. 쿨 휘세인이 이걸 보고 얼마나 놀랐는지, 어떤 소원을 빌어야 할지 그때 아무 생각도 나지 않아 말문이 막혀 손발을 떨며 돌아다녔다고 했다.

"알, 알라시여" 하고 나서는, "아, 알라시여, 아니 흐즈르 신…… 아니, 일야스 신이시여. 아, 시간이 가네. 빨리 뭔가 빌어야 해. 아무것도 생각이 안 나네…… 아, 알라시여, 흐즈르 님, 아니, 일야스시여…… 여기, 여기 있는 강물을 저쪽 편으로 가져다주세요."

진짜 소원은 그 후에 생각이 났다고 했다. 그러나 이미 일은 끝나버린 뒤였다. 그리고 휘세인은 거기 언덕 위에서 잠이 들어버렸다. 아침이 되어 눈을 떠보았지만 무엇이 보였을까. 언덕도, 맞은편 강물도 모두 멀쩡하기만 했다.

하이다르 우스타는 부락 맞은편에 있는 빨간 부싯돌 바위 밑에서 물이 흘러나오는 알라괴즈 샘으로 갔다. 털조끼를 벗어 바닥에 던지고 그 위에 걸터앉았다. 데리고 온 열두 살 난 손자 케렘도 손목을 잡아 옆으로 끌어다 앉혔다.

바위가 움푹 팬 곳을 향해 뻗어 있는 샘은 희미한 별빛에도 바닥에 있는 조약돌까지 훤히 들여다보였다. 수면 위에서 흩어지는 동그라미는 샘물가에 이르면 흩어져버렸다. 샘 끝 쪽에는 소나무 두 그루가 만들어낸 긴 도랑이 있었는데 늘 이끼가 끼어 있었다. 도랑 아래는 박하밭이었다. 빨갛고 커다란 머리를 하늘에 쑤셔 박은 듯한 바위들, 샘물, 밤, 별, 땅에서도 박하 냄새가 났다. 깊은 곳, 붉은 바위 저 아래쪽에서 다가오는 것처럼 물소리는 갈수록 커져가고 있었다. 숲도 저 멀리서 웅웅거렸다.

소나무 향내, 가지가지 꽃들, 아직 땅 위로 싹이 난 지 얼마 안 되는 풀들의 향기가 서로 엉겼다. 따사롭게 부는 바람은 신선하고 보드랍고 시원한 냄새를 실어 나르고 있었다.

케렘은 흥분과 기쁨에 들떠서 소리쳤다.

"할아버지, 저기 보세요. 할아버지, 보시라구요. 물속을 보세요. 물고기들이 반짝여요. 움직이네요. 한 마리, 두 마리, 세 마리…… 세 마리. 불빛에……."

개울 안에 있는 송어들이 순서대로 날아오르는 것처럼 물 여기저기에서 튀어 오르다 붉은 바위가 있는 도랑 쪽으로 모습을 감추었다.

노인은 아무 말도 하지 않았다. 그는 상념에 잠겨 있었다. 그러다 그는 갑자기 고개를 들며 말했다.

"케렘아, 할아버지는 말이다."

노인은 부드럽게 덧붙였다.

"너를 오늘 밤 일부러 여기로 데리고 온 거란다. 할아버지에게는 오늘 밤이 처음이자 마지막으로 인생에서 가장 멋진 밤이 될 거야. 오늘 밤 많은 것이 이루어질 테니까. 자, 봐라. 오늘 밤, 흐즈르 님하고 일야스 님이 만난단다. 자, 봐. 두 분 다 신성한 신이시고, 불멸의 신이시지. 그분들이 만나지 못하면, 오늘 밤이 세상 만물들에게 내리는 축복도 마지막이 될 거란다. 알겠니?"

"알겠어요. 저도 흐드렐레즈가 뭔지 알아요. 작년부터 알고 있었어요. 아니, 그전부터요."

"그래, 그러면 자, 봐라. 저기 도랑에 쉴 새 없이 흐르는 물 있지? 저게 멈출 거야. 갑자기 얼어붙을 거라고. 그리고 저기 태양처럼 높이 떠 있는 별 두 개가 합쳐질 거야……. 두 별이 만나면 번개처럼 가느다란 빛이 우리를 비추게 되지. 자, 여기를 보고 있거라. 자지 말고. 눈도 껌뻑거리지 말고. 나는 별님에게……."

"알았어요. 할아버지. 눈도 껌뻑하지 않을게요."

"케렘, 귀여운 것. 자, 봤지? 저기 졸졸거리는 도랑물이 멈추잖아. 물이 그대로 얼어붙잖아. 그러면 뭐든지 비는 거야. 어떤 소원이라도 네가 비는 거라면 흐즈르 님이 들어주실 게다. 물이 흐르지 않으면 네가 원하는 모든 소원을 들어주실 거야. 흐즈르 님이 들어주실 테니까. 근데 넌 뭘 빌 거니?"

케렘은 생각했다. 할아버지처럼 턱을 손으로 쓰다듬으며 생각해보았다.

"잘 모르겠는데요, 할아버지! 진짜 모르겠어요……. 어떤 소원을 빌까요? 할아버지?"

"케렘아, 넌 아직도 샘물가에서 별들을 보기 위해 밤을 지새워야 할 날들이 아주 많을 거다. 소원을 빌 기회도 아주 많을 거야. 그러니까 올해는 물이 멈추는 것을 보거든, 보자마자 그 순간 말이다, 흐즈르 님에게 우리 부족이 겨울을 날 수 있는 땅과 알라 산에 있는 밭을 달라고 빌거라, 알겠지?"

"네, 그럴게요. 할아버지. 근데, 물이 멈추고, 별들이 만나는 걸 저도 볼 수 있을까요?"

"아무나 볼 수는 없단다. 죄 없는 착한 사람들만 볼 수 있지. 나쁜 사람은 말이다, 말하자면 새나 벌, 사람 들을 못살게 구는 사람에게는 보이지 않아. 너라면 볼 수 있을 게다. 어쩌면 나도…… 그래서 부족 사람들이 날 믿는 걸 거야. 나는 죄 한 번 안 지은 신성한 사람이라고 생각하거든. 내가 신성할 것까지는 없지만 죄는 조금밖에 없긴 하단다. 태어나서 지금까지 어떤 생명체 하나도 못살게 굴었던 적은 없으니까. 지금까지 한 세 번쯤 봤을 게다. 별들이 만나는 것을 말이다. 세 번 모두 내 소원을 들어주셨지. 흐즈르 님께서 말이야."

케렘은 입을 다물었다. 도랑 끝에서 떨어지는 물과 조약돌 위에서 산산이 부서지는 하얀 거품을 쳐다보았다. 그러면서 아주 깊은 시름에 빠져들었다. '아이고, 아이고, 어쩌면 좋아.' 케렘은 속으로 중얼거렸다.

얼마쯤 시간이 지났다. 하이다르 우스타가 물었다.

"왜 아무 말도 안 하니, 애야! 왜 그래?"

케렘은 상념에 잠겼다. 물고기를 생각했다. 여기 물고기들은 도랑 끝에서 저기 아래 조약돌까지 점프해서 뛰어내릴 수 있을까? 그렇게 거기 떨어지면 죽을까? 에이, 알 게 뭐야. 마음속으로 대답해보았다. 떨어져도 죽지는 않겠지, 뭐. 아니면, 저 아래 개울에도 물고기가 살까? 케렘은 물줄기가 여기서 시작된 것처럼 물고기도 여기에서 생겼을 거라고 믿고 있었다.

'땅 같은 것, 싫어. 난 겨울 날 땅이니, 밭이니 뭐니 다 싫다구. 땅 같은 것 필요 없어. 난 물이 멈추는 것을 보면, 새끼 송골매 한 마리나 달라고 빌어야지. 흐즈르 님이 들어주신댔어. 그럼, 내가 그걸 키워야지. 화살처럼 하늘에 날려봐야지. 그럼, 새, 꿩, 들비둘기, 후루티, 찌르레기, 오리 같은 걸 잡아오겠지? 토끼도 잡게 해야지. 근데, 참, 토끼는 안 된다. 토끼는 건드리면 안 돼. 그리고 수리부엉이도. 수리부엉이는 장님이야. 송골매라고 해도 작은 새잖아. 시푸르딩딩하지. 그래도 부리는 돌처럼 무겁고, 단단하고, 길고, 쇠로 만든 것 같잖아.'

"케렘아, 뭘 생각하니?"

이 말에 케렘이 움찔했다. 뭔가 대답을 하긴 했지만, 무슨 소린지 들리지도 않았다.

"뭐라고 하는지 모르겠구나, 케렘아."

하이다르 우스타가 말을 이었다.

"헛걸 보았니?"

케렘이 속에 담고 있던 말들을 쏟아냈다.

"잘됐어요. 할아버지. 나는 물이 멈추고 별이 만난다 해도 그걸 보지 못할 거예요. 흑흑, 못 볼 거라구요."

하이다르 우스타가 놀라서 물었다.

"아니 왜? 케렘아, 왜 그래?"

케렘은 목이 멘 듯 떨면서 대답했다.

"난 말예요. 할아버지…… 난!"

거의 울음이 터질 것만 같았다. 케렘으로서는 큰 기회를 놓치는 것이었다. 지금까지 몇 해 동안 바라고 바라던 새끼 송골매가 자기 것이 될 수도 있었는데. 차라리 하지 말 것을…….

송골매 새끼를 할아버지에게 잡아달라고 한 적이 있었다. 할아버지는 흔쾌히 잡아주겠다고 말했었다. 그러나 결국은 잡지 못했다. 아버지에게도, 지주 아저씨에게도, 사냥꾼 대머리 카밀 아저씨, 피리 부는 아저씨에게도 부탁했었다. 모두 잡아주겠다고 말은 했지만 아무도 잡지 못했다. 다른 부족에서 온 케말이라는 아저씨가 있었다. 딸기코에다 노란 머리가 고슴도치처럼 삐죽삐죽 솟은 사람이었다. 케말 아저씨에게는 송골매가 있었다. 그분의 백십오 살이나 되는 할아버지가 가파른 바위를 기어올라가 그 위에 둥지를 튼 송골매를 잡아다주셨다고 했다. 케말 아저씨는 송골매 다리에 도토리만큼 조그만 종을 매달아놓았다. 그리고 케말 아저씨는 오른쪽 손목에 가죽 팔찌를 차고 있었다. 송골매는 날아와 가죽 팔찌 위에 앉았다. 송골매는 저 멀리 산 쪽까지 날아갔다가도 동그라미를 그리며 케말 아저씨의 팔에 내려앉았다. 케말 아저씨가 자기를 부르면, 어디에 있든 부르는 소리를 알아듣고 돌아왔다. 케말 아저씨는 '야' 하고 마치 사람 부르듯 송골매를 불렀다. 송골매는 사람 위로 날기도 했다. 어디에 가든지 송골매는 사람 키만 한 언덕 위를 돌고 돌아서는 그에게로 날아왔다. 멋졌다.

"애야, 왜 그러냐니까? 이 할아비가 걱정되서 죽겠구나."

"아무것도 아니에요."

"자, 말해보렴."

하이다르 우스타가 재촉했다.

케렘은 갑자기 온 힘을 다해 소리치듯 말했다.

"난 물이 멈추든, 별이 만나든 아무것도 못 볼 거예요. 난 여기서 괜히 허탕만 치고 있는 거라구요, 할아버지. 다 틀렸어요."

"왜?"

"다 틀렸어요."

"왜 그러냐니까?"

케렘은 대답을 할 수가 없었다.

"이유를 말해보거라. 네가 잘못 생각하고 있는 건지도 모르지 않니?"

케렘은 말문이 막혔다. 갑자기 개울 가운데에서 큼지막한 물고기 한 마리가 수면 위로 튀어 올랐다. 그러더니 곧 '첨벙' 하고 다시 바닥으로 곤두박질쳐 가버렸다. 바닥으로 내려앉는 물고기의 은빛 비늘이 별빛에 반짝였다. 케렘은 그걸 보는 데만 몰두했다.

"할아버지!"

케렘이 입을 열었다.

"저는 오늘 제비집을 부쉈어요. 그 안에 있는 제비 새끼도 세 마리나 죽였구요. 어미 제비 다리를 삼 일 동안이나 묶어서 날렸다구요. 근데, 결국 죽고 말았어요. 그런데, 제게 별이 보이겠어요? 물이 멈추는 게 제게 보이겠냐구요?"

"그럼, 볼 수 있고말고."

하이다르 우스타는 힘주어 말했다.

"죄지은 사람은 못 본다고 그러셨잖아요? 제비를 죽인 건 죄가 아닌가요?"

"죄긴 죄지. 큰 죄긴 하지. 그러나 아마 알라께서 어디에 죄라고 적어놓거나 하진 않으셨을 게다. 그 일을 저지르고 나서 알라께 '알라시여, 제발 저의 죄를 용서하소서' 하고 빌었니?"

"아니요."

"호, 그래? 그렇다면 얘기가 좀 다르지."

두 사람은 각자 다른 생각에 빠져들었다. 한 무리 새들이 날아와 맞은편 커다란 플라타너스 위에 내려앉았다. 그 뒤로 새 한 무리가 더 날아들었다. 어둠 속, 새들은 한 마리 두 마리 쉬지 않고 모여들더니 나뭇가지를 가득 채웠다. 새들의 무게로 플라타너스 가지가 휘어진 것처럼 보일 정도였다.

잠시 후 하이다르 우스타가 말했다.

"자, 이 세상에 죄가 없는 사람은 아마 한 사람도 없을 거야. 그러고 보니 오늘 오실 흐즈르 님도 죄를 지었네. 흐즈르 님이 없었다면 이 세상이 지금처럼 되지 못했겠지. 봄도 못 오지, 엄마들은 애도 못 낳지, 세상에 있는 돌이며, 땅, 모든 만물, 벌레, 구렁이, 벼룩 할 것 없이 모두 그렇게 될걸. 물에는 물고기, 하늘에는 새, 육지에는 사람, 개미, 별…… 모든 게 잠들어버릴걸! 온 세상이 잠에 빠져들겠지. 흐즈르 님이 있었기에 세상이 돌아가는 거야. 흐즈르 님은 이 세상의 근원이라고 볼 수 있지. 생명의 근원인 피 같은 것 말야. 흐즈르 님이야말로 나무에게는 잎사귀이고, 꽃이고, 빛이지. 세상의 따사로움이야. 근데, 그런 분도 죄를 지었단다. 그래서 아마 아이들이 지은 죄는 죄에 포함되지 않을지도 몰라. 그러니, 지금부터는 자지 말거라. 절대 자면 안 돼. 눈을 여기 도랑물에서 떼지 말아라! 딴생각할 때가 아니야. 잠깐 딴생각하는 사이에, 그것도 눈 깜짝할 사이에, 두 분 만남이 끝나버린다. 그럼, 다 끝이지. 졸졸…… 줄줄…… 이 냇물 소리가 뚝 그쳤나 하면, 새들도 쥐 죽은 듯 조용해진다. 봐! 새들도 나뭇가지에 앉아서 종알종알 지저귀잖아? 새들은 쳐다보지 말아라. 새들은 잠을 가져온다. 물 흐르는 것만 똑바로 보고 있어. 물소리에 귀를 기울이거라."

"알았어요."

케렘은 대답했다.

제비를 죽인 것이 죄가 아니라면, 별이 만나는 것도, 물이 멈추고 얼어붙는 것도 볼 수 있을 것이다. 기뻤다. 새끼 송골매는 내일 일찍 마을에 내려가서 내 손으로 직접 잡아야지. 매가 새끼들을 알에서 꺼냈을까? 아직 안 꺼냈다면 좋겠다. 흐즈르 님이 꺼내시게. 아무 소원이나 다 들어준다잖아? 할아버지가 그러셨어. 그 말이 입 밖으로 튀어나올 것 같았다. 금방 할아버지에게 "알에서 깨지도 못한 매 새끼도 흐즈르 님이 주실까요? 아니면 새끼가 알에서 깨어날 때까지 기다리나요?" 하고 물을 뻔했다. 휴, 물어보지 않기를 잘했다. 할아버지는 겨울 날 땅과 알라산의 밭을 달라고 빌지 않을 것을 아시면 아마 단단히 혼내실 것이다. 아냐, 아냐, 그렇게까지는 안 하실 거야. 그래도 이제 나랑은 말도 안 하시고 인연을 끊자고 하실지도 몰라. 할아버지는 그러고도 남으실 거야.

"안 잘 거예요, 할아버지. 눈도 깜박 안 할 거예요. 물 흐르는 것도 잘 지켜보고, 물소리만 잘 듣고 있을게요. 할아버지는 별만 잘 보고 계세요. 아셨죠?"

"그래."

하이다르 우스타가 대답했다.

"별이 만나는 걸 보시면 곧 제게 알려주세요, 네?"

"알려주고말고. 별들의 해후는 아주 멋질 거야. 사람들은 그 순간 딴사람이 되지. 모두 천국에 있는 것처럼 느낄 거란다. 사람들이 빛처럼 되겠지. 좋아서 펄펄 뛸 거야. 아마 사람들은 평생 동안 그 순간을 잊지 못할 거야. 그 순간을 기억할 때마다 황홀해지겠지? 그러니 케렘아, 네게 꼭 알려줄게."

"할아버지?"

케렘은 뭔가 물으려고 했다가 그만두었다.

"말해보거라, 케렘아."

하이다르 우스타가 말했다.

케렘은 곧 '그래도 땅보다는 송골매를 갖고 싶어요' 하려다가 참았다.

"아무것도 아니에요."

케렘은 얼버무리고 말았다.

"물만 쳐다보고 있을게요. 물소리만 들을 거예요."

아랫녘 부락은 쥐 죽은 듯 조용했다. 자연의 소리뿐, 사람 소리는 들리지 않았다. 제렌은 여자아이였다. 삼 남매 중 맏이이기도 했다. 키가 크고, 조금 검은 피부에, 눈은 커다랗고 초록빛이 도는 갈색이었다. 제렌은 항상 멋진 투르크메니스탄 전통 의상만 입었다. 그녀는 타쉬부이두란 연못가에 있었다. 이 연못의 돌과 흙은 푸르른 언덕배기에서 왔고, 바위틈에서 흘러나온 물이 바위틈 웅덩이에 다시 고여들어 연못을 이룬 것이었다. 일부는 아래 박하밭 평원으로 흘러들고 있었다. 두 바위의 틈에 걸터앉은 제렌은 이 생각 저 생각 공상에 빠져 있었다. 도랑에서 떨어지는 물은 두껍고 널찍한 바위를 도려내며 이리저리로 넘쳐났다. 제렌은 작년에도, 그 전해에도 이 연못가에서 펨베와 함께 조용히 흐드렐레즈 밤을 지새웠다. 그러나 아무것도 보지 못했다. 그녀는 죄가 많다고 스스로를 질책했다. 그녀는 아침까지 눈 한 번 깜박하지 않았다. 만일 별들의 만남을, '짠' 하고 물이 멈추는 것을 보았더라면 한 번만이라도 할릴을 보게 해달라고 빌었을 것이다.

'이번엔 꼭 봐야지.'

그녀는 각오가 대단했다.

"이번에는 제발 소원을 들어주세요."

남쪽 하늘 커다랗게 반짝이는 별들을 쏘아보며 애원하듯 말했다.

"아름다운 별님, 이번에는 별님 친구들이 만나는 것을 보게 해주세요. 그걸 봐야지 흐즈르 님께 할릴을 보게 해달라고 부탁하지요."

부족은 이미 결정을 마친 상태였다. 이번에 누가 먼저 별을 보든지, 물을 보든지 골짜기에서 겨울 날 땅과 알라 산에 있는 밭을 달라고 빌기로 했다. 제렌은 마음속에 갈등을 안고 타쉬부이 두 샘터로 왔다.

"땅이고 뭐고 필요 없어요. 할릴만 있다면…… 난 할릴을 원한다구요. 한평생 한 번 기회가 올까 말까 한데, 그래도 땅 따위 때문에 그걸 놓치지는 않겠어요. 내가 왜 나 자신을 속여야 하나요?"

키가 크고 마른 황금색 털 사냥개가 그 옆에서 자고 있었다. 이 사냥개는 전에 할릴이 키우던 것이었다. 할릴이 떠나고 나자 타즈라는 이름의 이 개는 제렌네 텐트 앞에서 꿈쩍도 하지 않았다. 단 한 번도 그곳을 떠나지 않았다. 개도 고통을 감내한 사람만큼이나 슬픈 눈을 하고 있었다. 개는 사람처럼 웃고, 그리움을 느끼고, 희망도 갖고, 지루해하고, 밤에는 사람처럼 혼자 울기도 했다.

"알라시여, 그 순간을 저도 보게 해주세요. 할릴을 한 번이라도, 멀리서라도 좋아요. 단 한 번만이라도 보고 싶어요……. 그리고 평생 동안 못 보게 되어도 좋아요."

푸른 바윗돌에 물이 찰랑였다. 온 세상이 불빛에 대낮처럼 환했다. 해가 언제 졌지? 아직 해가 진 게 아닌가? 제렌은 일 년 내내 오늘이 오기만을 기다렸다. 흐즈르와 일야스 님이 만나는 것은 매우 신성하게 여겨졌다. 애타게 그리워하다가 만나는 것이기에 더욱 그러했다.

별들을 볼 수만 있다면…… 별을 기다리는 사람들이여, 딴생각은 하지 말지어다……. 별을 기다리는 사람들 마음속에 나쁜 생각이 떠오르지 않게만 해다오…….

제렌은 물, 빛, 언덕, 맞은편이 어두워져가는데, 갈수록 향내가 짙어만 가는 산 한가운데에서 외로움에 지쳐 미리부터 희망을 버렸다. 더위가 엄습해왔다. 미치게 만드는, 겁나게 하는, 심장을 뛰게 만드는 더위였다. 몸이 달아올랐다. 몸이 불꽃처럼 타오르고, 늘어지고 있었다. 몸은 계속 늘어졌다. 할릴을 떠올리고 있었다. 팽팽한 긴장 상태였다. 그러면서도 제렌의 눈은 물 흐르는 모습에, 귀는 물소리에 집중하고 있었다. 갑자기 뼛속까지 떨려왔다.

"펨베야!"

그녀는 갑자기 펨베를 불렀다.

"나 몸이 타는 것만 같아."

그녀는 벌떡 일어섰다. 이 바위 저 바위를 왔다 갔다 해보았다.

"몸이 달아올라. 타버릴 것만 같아."

이번엔 옷을 벗어던졌다. 균형 잡히고, 탄탄한, 싱그러운 몸이 별빛에 빛났다. 물은 차가웠다. 펨베도 따라서 옷을 벗어던지고 물로 뛰어들었다.

얼마간 물속에 몸을 담갔다. 물속에 있다 혹시 기회를 놓칠까 두렵지는 않았다. 어찌 되었든 물이 멈추겠지.

물에서 나오니 뼛속까지 정화된 것만 같았다. 엄마 배 속에서 처음 나온 것처럼 깨끗하게 느껴졌다. 별들의 만남을 이제 볼 수 있을 것 같았다. 그러면 할릴을 보게 해달라고 빌 것이다.

할릴은 그녀가 자기를 사랑한다는 것을 모르고 있었다. 그녀는 지금까지 한 번도 제대로 그의 얼굴을 쳐다본 적이 없었다. 눈도 제대로 마주치지 못했다. 할릴을 보기만 해도 온몸이 달아올랐다. 그녀는 어쩔 줄을 몰랐다. 눈이라도 마주치는 날이면 가슴이 타올라 죽을 것만 같았다.

할릴은 이런 사실을 꿈에도 모르고 있었다. 설령 안다고 해도 할릴이 그녀를 거들떠보기나 할까……. 할릴은 아주 잘생긴 청년이었다. 얼굴만 천만 년 바라본다 해도 지겹지 않을 정도였다.

"그 사람을 단 한 번만이라도 좋으니, 저 멀리서라도 좋으니, 한번 보게 해주세요. 그리고 나서 죽을 거예요. 신이시여."

'나도 죽을래. 그게 내 소원이야.'

펨베도 따라 말하는 듯했다.

할릴은 유수프만큼이나 미남이었다. 야쿱족의 그 전설적인 유수프만큼이나 잘생긴 남자였다.

제렌은 한숨을 내쉬었다.

하늘의 별은 멈추지 않고 이리저리로 흘렀다. 몇 개는 알라 산 위로 미끄러져왔다. 알라 산 꼭대기가 별빛에 반짝반짝했다. 별이 미끄러질 때마다 제렌의 가슴도 덩달아 콩닥거렸다. 별이 미끄러져 사라질 때까지 제렌은 그 별에서 눈을 떼지 않았다. 별들이 사라질 때마다 큰 절망 속으로 빠져들었다.

이때, 서쪽 하늘에서 뱅글뱅글 커다랗게 돌면서 광채를 내는 별 하나가 미끄러져왔다. 제렌은 숨이 막힐 것만 같았다. 별은 푸르스름하게 빛나더니, 다시 오렌지빛이 나다가, 뱅글 돌면서 빛을 발하다가, 흩어졌다가는 창공 저쪽 끝에서 이쪽 끝으로 흘러왔다. 이때, 동쪽 하늘에 서너 개 별이 동시에 나타났다. 그 뒤로 한 무리나 되는 별들이 더……. 별들은 하나하나가 마치 별 화덕이나 된 듯이 흩어져 하늘을 메웠다. 제렌은 가슴이 터질 것 같았다. 이쪽 별과 저쪽 별을 번갈아 쳐다보았다. 별들의 불빛이 물 밑으로 떨어졌다. 바위 가운데 있는 타쉬부이두란 연못물이 넘쳤다. 부글거리며 거품이 일더니 별로 가득 찼다. 하늘도 완전히 별로 가득했다. 여기서 저기로 수천 개의 별이 쉬지 않고 흘렀고, 밤하늘은 별로 출렁거렸다. 연못물도 별 때문인 듯 출렁이며 넘쳤다. 수천 개의 별들이 하늘에, 숲 속에, 산에, 물속에 빠진 듯 조화를 이루고 있었다.

"할릴을 보게 해주세요."

여기저기로 수천 개의 별이 흐르고, 날아다니는 듯했다. 제렌은 머리가 빙빙 도는 것 같았다. 눈앞에서 물이 터지고 별들과 빛들이 거품을 내며 돌았다. 그 아래 있는 바위들은 툭툭 소리를 냈다.

"난 할릴을 원한다구요."

세상의 모든 개미, 새, 벌레, 나무, 모래알 들이 별이 된 듯 날고 있었다. 모든 꽃, 모든 사람의 눈…….

"할릴을 보게 해주세요."

허리가 굽은 뮈슬림이 손을 떨었다. 입안에는 이가 한 개도 남은 게 없어서 아래 젖니로 간신히 버티고 살았다.

뮈슬림은 사즈륵 샘터 옆에서 혼자 밤을 지샜다. 샘물 안에 별이 가득 찼다. 별 때문에 물이 넘쳐났다. 뮈슬림은 몹시 배가 고팠다. 저녁부터 지금까지 다섯 번이나 압테스[16]를 했다. 압테스를 하면서, 계속해서 혼자 중얼거렸다.

"시간이 되었구만. 시간이 되었어. 저도 압니다. 동갑내기 중에서 나 혼자 남은 것도 벌써 이십 년이나 되었으니 갈 때도 되었지. 왔으니 이제 갑니다. 나는 여기 옹달샘만도, 별님만도, 여기 플라타너스만도 못해. 어이, 위대한 흐즈르 님, 위대하신 알라시여, 당신들만 영생의 기쁨을 누리시다니, 저나 우리 인간들은 무슨 죄란 말이요? 알아요. 왔으니 가야 한다는 것쯤은. 백살이나 살았으니 살 만큼 살았지요. 그런데, 눈 깜짝할 새에 지나버렸소. 정말 눈 깜짝할 새에. 한순간이었다구요. 그러니 이 순간순간을 사는 것이겠지. 셀마느 곽처럼 저도 젊어지게 해주세요. 흐즈르 님처럼 저도 영생하게 해주세요. 오늘, 이 순간…… 일생이 한순간 호흡 같군요. 개울 속에 흐르는 물과 같아요. 물이 한순간 멈춰서 흐르지 않으면, 난 하늘을 바라보겠어요. 하늘엔 별 두 개가 만나고 있겠지요? 자, 한평생이 바로 이 순간에 달려 있소."

그러고 보니 로크만 헤킴[17]도 있다. 그는 혼자 도를 닦아 영생의 비법을 터득했다. 육십 년 세월을 산으로, 들로 돌아다니면서 꽃들과 풀들과 나무들에게 비법을 물어보자, 꽃들은 자기가 아는 것을 모두 로크만에게 얘기해주었고, 로크만은 그것을 종이에 받아 적어두었다고 했다. 모든 꽃이 병을 낫게 하는 약초라고 했고, 로크만은 모든 병을 낫게 하는 약초를 찾았다고 했다. 그런데 죽음에 관한 약초는 구하지 못했다고 했다. 그래서 그것을 찾아 나섰다. 로크만은 불로화(不老花), 불로수(不老水), 불로초(不老草)가 알라 산의 어느 바위틈에 있다고 들었다고 했다. 로크만은 여기로 뛰어와서 알라 산 뒤쪽, 바위에 텐트를 쳤다 한다. 온갖 풀들과 꽃들, 물, 벌레들, 늑대들, 새들, 개미들과 이야기를 나누었다 한다. 불어오는 바람과 떠오르는 태양, 다가오는 빛과 내리는 비와도 이야기를 나누고, 결국 죽음을 해결하는 약을 구했다고 한다.

"오늘 밤 별들이 만나고, 물이 멈추고, 새가 날갯짓을 멈추고, 비가 멈추면, 굳어버린 그를 보고 말 거야. 로크만의 약을 내게도 좀 내려달라고 애원할 거야. 안 주기만 해봐라. 이번 일이 어그러지면, 나도 흐즈르 님처럼 해봐야지. 앞으로 태어날 애들 포함해서 온 세상 자식들은 모두 칠만 이천 년 재수 없으라고 빌거야. 신성이고, 영생이고, 나발이고 다 부질없어. 이번에는 산머리, 별 아래, 물가에서 빌어보겠어."

꽃들이 아무하고나 말을 하는 것은 아니다. 생명초는 아무하고도 말을 하지 않았다. 도인 중 도인인 타쉬바쉬오울루[18]하고조차도 말을 하지 않았다. 생명초, 다시 말해 죽음을 해결해줄 수 있는 꽃인 생명초가 단 한 번 로크만하고 말을 했다. 로크만이 꽃에게로 다가와 꽃향기를 맡았다고 했다. 향기를 맡자 로크만의 눈앞에 불빛이 번쩍였다. 봄과 꽃들이 활짝 열리기 시작하고 딴 세상이 열린 것 같았다. 로크만은 기뻐서 어쩔 줄을 몰랐다. 기쁨에 가득 차 정신을 잃은 그는, 결국 영생을 얻었다. 그 순간 세상이 얼마나 황홀하던지 로크만은 알라에게 매달려 꽃향기를 한 번만 더 맡게 해주면, 영생을 포기하겠다고 말했다고 한다. 꽃향기를 한 번 맡은 사람은 영생을 얻게 되고, 한 번 더 맡으면 다시 원래대로 돌아온다는 것이다. 로크만도 이것을 알고 있었다고 했다. 하지만 그 꽃향기를 맡은 순간의 환희를 잊을 수가 없었다고 했다.

그 꽃은 거대한 태양빛 잎을 달고 있으며, 빛으로 만들어졌고, 잎은 모두 호박 세 개 정도 길이이며, 아주 진화된 꽃이라고 했다. 그 꽃의 그늘 아래에만 가도 백 년은 더 살게 되며, 그 냄새를 맡는 사람은 영생을 얻게 된다는 것이다. 꽃 밑에는 물이 솟아나는데 이 물은 누가 마시든, 만병을 낫게 한다는 것이다.

"이 꽃은 여기, 알라 산 뒤쪽 골짜기에 있어……. 그렇지만 누구도 볼 수 없어."

한 번만이라도 그 꽃을 볼 수 있다는 희망을 가질 수 있다면, 여기저기서 벌 떼같이 사람이 몰려와서 아마 죽을 때까지 돌아가지 않을 것이다.

"위대한 흐즈르시여, 내게 이 꽃의 그늘을 주시고, 백 년도 넘은 인생을 허락하신 것도 바로 당신의 공덕입니다. 이 꽃의 향내까지 한번 맡아볼 수 있도록 허락하신다면 어떻겠소? 죽음, 알라가 주신 생명, 죽음이 두렵군요. 죽음이, 죽음이 무서워요. 죽기 싫소. 죽기 싫단 말이오. 죽기 싫다니까!"

골짜기는 계속 뮈슬림의 "죽기 싫어" 소리로 메아리쳤다. 둔탁한 소리가 바위에서 저 바위로 부딪히듯 미끄러지며 희미해지더니 이내 들리지 않게 되었다.

"안 들려요. 죽기 싫단 말예요. 없어질 거예요. 없어질 거예요. 사라진다니까요. 풀처럼, 벌처럼 말예요. 아무도 내가 이 세상에

다녀간 줄을 모르게 말이오. 안다고 해도 무얼 할 수 있단 말이오. 한순간을 위해서 이 세상에 오는 건 싫어요. 죽기 싫어요."

뮈슬림이 지켜보고 있는 개울은 어느 나무 허리춤에서 흘러나오는 것이었다. 뒤쪽 연못의 지반을 형성해준 커다란 플라타너스의 몸통은 다섯 명이 손을 잡고 안아도 허리를 감을 수 없었다. 물은 그 허리를 뚫고, 물구멍 밖으로 흘렀다.

"위대한 흐즈르 님, 좀 보세요. 괴상하게 생겨먹은 물가에서 지켜보고 있지 않소? 마음을 온통 당신께 열어두었다구요……. 죽기 싫다고 말했잖아요."

뮈슬림은 일어났다. 무릎뼈에서 툭툭 소리가 났다. 허리가 아팠다. 손발이 저려왔다.

"영생을 주세요. 젊음도 주세요. 이렇게 사는 게 무슨 의미가 있어요!"

뮈슬림은 임종을 앞둔 사람 같았다. 하늘과 별을 향해 입을 삐죽거렸다. 한 손을 도랑물 안에 담갔다. 얼마 되지도 않아 손이 시려 다시 손을 물에서 뺐다. 눈과 귀에 온 힘을 집중해보았다.

"제길, 당신들이 만나는 걸 보고야 말겠소. 별님들! 별님들이 짝짓는 것도 보고야 말겠어. 별님들! 기필코 보고야 말겠다구……."

어느 여름인가 추쿠로바 지방에 있는 한 계곡에서 더위와 벌레들 때문에 거의 죽을 뻔한 적이 있었다. 그곳에는 단단하고, 도금을 한 것처럼 껍질이 두꺼운 벌레들이 수없이 많았다. 껍질색은 수시로 변했다. 껍질에 연두색, 빨간색, 검은색, 보랏빛, 노랑, 금빛, 은빛 점이 천 개나 연하게 박힌 벌레들이 서로가 서로를 등에 업고 짝짓기를 하는 것처럼 보였다. 벌레들은 죽지 않는다. 풀들도 꽃들도 죽지 않는다. 세상 끝까지 벌레들, 꽃들, 풀들이 꼬리에 꼬리를 물고 이어져, 그렇게 죽지 않게 된다. 꽃들은 대순환의 원을 그린다.

'야, 길고 긴 원이다. 잠을 자도 해마다 다시 깨어나니. 죽지 않는 거지.'

그러나 사람들은 죽는다. 사람들은, 이유를 밝히자면 사람은 유일하기 때문이다. 모든 인간은 유일무이하게 태어나서, 유일무이하게 죽는다. 그러나 벌레들은 셀 수도 없이 많기도 하지만, 죽지도 않는다.

'지구상에 죽는 단 하나의 생명체가 있다. 지구상에 생명이 유한한 단 한 개 생명체가 있다. 그게 바로 인간이다. 그게 바로 인간이다.'

'인간이다' 하는 외침 소리가 모든 계곡에 깊고 깊게 메아리쳤다.

이게 도대체 무슨 꽃이야? 이게 도대체 무슨 꽃이기에 사람을 죽지 않게 하는 거지? 향기를 맡은 사람을 죽지 않게 한다고? 이게 생명초이기 때문에 아무도 알 수 없고, 심지어 도인들도 알 수 없다고? 아니면 이런 꽃이 아예 없는 걸까? 아니면, 아니면, 아니면? 없다는 게 말이나 돼? 그 꽃이 없다면 로크만은 어떻게 살았다는 거야? 그 꽃이 없다면 지금 이 세상에 신들의 삶을 지켜본 흐즈르와 일야스는 어떻게 살았다는 거야? 아냐, 그럴 리 없어. 하늘의 별이 눈에 들어왔다. 별 하나가 다른 별들에 부딪히다가 멈추다가 하면서 이리저리 흘러 다녔다.

"이 별이 아닐까?"

나뭇가지 사이로 보이던 별들은 이제 보이지 않았다. 별들이 나뭇가지 밖으로 미끄러지듯 빠져나왔다. 곧 다시 위쪽으로 자리를 바꿨다.

"자, 이게 마지막이야. 오늘 모든 것, 별도, 불로초도 보아야 돼. 백 살도 넘은 사람이 살면 얼마나 더 살겠어. 죽음의 손길이 목덜미까지 덮치고 있어! 차가운 뱀처럼 싸늘한 호흡…… 죽기 싫어."

그는 한숨을 쉬면서 별을 주시했다.

"당신만이 희망이에요, 흐즈르 님."

깊은 절망의 수렁 속으로 빠져들던 뮈슬림은 반짝이며 창공을 날던 별들이 모두 사라져버리고 아무것도 볼 수 없게 되자 숨이 멎을 것만 같았다. 그러던 중 갑자기 희망이 느껴졌다. 별들은 하늘에서 오롯이 반짝이는데, 뮈슬림은 생명초 향기에 취한 것처럼 황홀경에 빠져들고 말았다.

예테르는 여자아이였다. 자그마치 십육 년 동안이나 고향을 떠난 유누스를 기다리고 있었다. 그들은 약혼한 사이였다. 유누스는 결혼 자금을 마련하기 위해서 고향을 떠났지만 돌아오지 않았다. 생사도 알 길이 없었다.

예테르가 부르짖었다.

"나를 생매장하려 했어. 돌아와. 제발 돌아와줘. 나는 땅이니, 알라 산의 밭이니 하는 건 필요 없어. 너나 돌아와. 아주 어린 나이에 남편을 얻었지, 빨리 돌아와. 더 늦으면 나도 어떻게 될지 몰라. 내 목숨은 이제 끝이야. 돌아와줘. 빨리 좀 돌아와."

예테르가 있는 샘터는 타작마당 정도의 크기에, 푸르스름하면서도, 붉고 노란빛이 감도는 샘물이었다. 물속에 있는 돌까지 훤히 들여다보이는데, 깊이가 두 길 정도는 되어 보였다. 이 샘으로 여기저기에서 물이 흘러들었다.

"십육 년이나 너를 위해 빈다는 게 쉬운 일인 줄 알아? 길을 떠난 네가 오늘 아침까지 돌아오지 않는다면, 오늘 밤 별들의 만남과 물이 멈추는 것을 보고 소원을 빌 수 없다면, 나는 이제 내가 무엇을 선택해야 하는지 알고 있어."

별들이 연못 위로 쏟아졌다. 커다랗고 탐스러운 꽃들처럼 별들은 연못 위에서 서로의 향기를 맡았다. 연못 물은 찰랑이고, 계곡은 골짜기 깊숙한 곳까지 환했다. 날이 밝아오고 있었다.

"나는 이제 알아, 내가 무엇을 해야 하는지!"

또 다른 사람들은 일곱 살짜리 휘세인과 아홉 살배기 벨리, 열한 살 먹은 두루순이었다.

휘세인이 조심스럽게 입을 열었다.

"난 말야. 난 땅 같은 건 필요 없어. 난 불빛이 휘황찬란한 도시에서 일할 거야. 우리 매형 파흐레틴 곁으로 가서 차도 살 거야. 그 도시에 데리고 가달라고 조를 거야. 할 수만 있다면……."

"있겠지, 뭐."

벨리가 다시 말했다.

"그래, 널 도시로 데리고 가달라고 해봐. 나도 말야. 나도 거기 그 길 위에 있는 별장에서 하룻밤이라도 묵고 싶어. 다른 건 말고, 호텔이란 데서."

"아버지가 감옥에서 나오기만 하면."

이렇게 입을 연 두루순은 자기 아버지가 애원하며 매달리는 베키르를 어떻게 죽였는지 장황하게 설명을 늘어놓았다.

"아버지가 감옥에서 나오기만 해봐라. 아버지는 내가 원하는 건 뭐든 다 들어주실 거야. 난 별을 보면, 아버지가 감옥에서 나오게 해달라고 빌 거야."

휘세인도 두루순의 아버지가 감옥에서 나오게 될 거라며 맞장구를 쳤다. 내일 아침 맞은편 마을에 갈 일에 대해서 얘기하기 시작하더니, 그들은 곧 놀이를 했다. 놀이가 끝나자 이번에는 공상에 빠졌다. 추쿠로바에 있는 도시에 대해서였다. 멀리서만 본 적이 있는 도시의 모습이었다. 낙타, 당나귀, 양, 염소, 모두 그 옆으로만 지나쳤었다. 도저히 도시 안으로는 들어갈 수가 없었다. 도시에는 인간들이 개미처럼 모여 있었다. 모든 도시들은 다 똑같았다. 도시는 무서웠다. 저기 깊은 숲 속처럼 마법에 걸린 것 같았다. 깊은 숲, 도시들, 선녀들, 유리로 만든 궁전, 집들, 괴물들, 요정들…….

그들은 두런두런 얘기를 나누다 잠이 들었다.

켈 오스만은 개울에서 송어를 잡고 있었다. 물속 깊은 곳에 손을 집어넣어서 개울 깊은 물 아래 바위 밑에 모여 있는 송어를 몇 마리 잡아냈다. 그러던 그가 하늘을 보았을 때는 이미 날이 밝고, 별들은 사라져버리고 없었다.

그는 자기가 잡은 송어를 얕은 개울 옆에 꿰어서 엮어놓았다. 붉은 점박이 송어들이 시들시들 동이 트는 것을 지켜보고 있었다.

켈 오스만은 괜찮다고 말했다.

"흐즈르 님이 내게 물고기를 보내셨군. 땅은 내년에나 다시 빌지 뭐. 난 이제 이 물고기 절반을 아랫마을 사람에게 내다 팔아야지. 반은 괴즈레메[19]를 만들어서 먹을 거야. 흐즈르 님, 고맙습니다."

메리엠도 밤을 지새고 있었다. 열일곱 살 난 메리엠은 환자였다. 별을 보면 약을 달라고 빌 참이었다. 알리쉬라는 사내아이도 별을 기다리고 있었다. 매일 늦은 오후만 되면 그는 발작을 했다. 그래서 이 발작 증세에서 벗어날 수 있게 해달라고 빌 참이었다. 쉴레이만 할아버지도 별 보기를 고대하고 있었다. 텐트를 쳤다가는 또 금세 자리를 옮겨야 하는 유랑생활이 지겨웠다. 제발 좀 사람처럼 살다 갈 수 있는 집을 한 채 달라고 빌 참이었다. 술탄 카르는 손자를 얻고 싶었다. 그녀의 가문은 딸만 줄줄이 딸린 집안이었다. 딸들마저 아이를 낳지 않는다면 이제 대가 끊어질 참이었다. 대를 잇고 가문을 번창하게 해줄 사내아이를 원하고 있었다.

무스탄도 별을 기다리고 있었다. 작년 가을 추쿠로바에 왔을 때 예르유르트 마을 사람들이 그들을 내쫓았다. 예르유르트 마을 사람들과 한바탕 큰 싸움이 벌어졌다. 이 싸움에서 카라출루 사람들이 네 명, 예르유르트 사람들이 여섯 명이나 죽었다.

무스탄은 정말 화가 났다. 대문 앞까지 찾아가 지주 오스만의 아들 파흐리를 죽였다. 붉은 피가 마당 한가운데에 고여들었다. 사람을 죽였다며 모두 잡혀갔다. 무스탄은 산으로 도망을 쳤다. 만일 그때 붙잡혔더라면 지주 오스만은 경찰들을 시켜 그를 죽여버렸을 터였다. 이런 사실을 너무도 잘 알고 있는 무스탄은 헌병대 손을 벗어나 도망쳤던 것이다.

무스탄은 코즈프나르 샘터에 혼자 있었다. 무장한 헌병대 어섯 명이 그의 뒤를 밟고 있었다. 길이란 길은 모두 샅샅이 뒤지며 따라왔다. 어디에 있는지 금방 찾아낼 것 같았다. 무스탄처럼 숨고 도망치는 데 능한 사람도 드물었지만 그래도 그는 두려웠다. 지주 오스만이 무슨 일을 저지를지는 너무도 잘 알고 있었기 때문이다. 아마 단숨에 죽여버릴 것이다. 무스탄은 이 사실을 잘 알고 있었다. 그래서 도망칠 수 있는 길만 찾고 있었다. 무슨 수를 써서라도, 어디에 숨더라도 찾아내고야 말 것이다. 날아오는 총탄 세례 아래로 숨든, 뱀구멍으로 숨든 숨어야 했다. 도망친 그날부터 추쿠로바의 모든 헌병대가 그를 쫓고 있었다. 신문은 또 얼마나 많은 기사를 쏟아내는지…… 읍내에 있는 쾨르 무라트는 신문이라는 신문은 죄다 모아서 만날 때마다 그에 대해 쓰여진 기사들을 일일이 읽어주었다. 무스탄은 기가 막혔다. 도대체 어디에서 꾸며낸 이야기들이란 말인가. 도대체 어떻게……. 그가 가장 참을 수 없었던 것은 귤렉교(橋)에서 그가 버스를 멈춰 세우고 안에 탄 사람들 돈을 전부 빼앗은 다음, 버스 안에 탄 여자 네 명을 산으로 끌고 가서 강간을 했다는 내용이었다. 그리고 뒤도 돌아보지 않고 줄행랑을 쳤다는 것이다. 여자를 납치하고, 길을 막아 사람들 돈을 빼앗고, 때로 사람을 죽이기도 하고…… 도망치는 데 바빠 일일이 다 체크를 할 수도 없는 내용들이었다. 무스탄은 미칠 것만 같았다. 그의 상처는 깊어만 갔다.

제렌이란 여자아이는 이런 소식을 전부 듣고 있을까? 이 소식을 믿는 것일까? 제렌은 자기에게 눈길 한번 준 적이 없다. 이제는 더더욱 쳐다보지도 않을 것이었다. 사실 무스탄이 지주 오스만의 아들을 죽인 것은 제렌 때문이었다. 지주 오스만의 아들이 어느 날 무스탄을 말발굽으로 밟고, 말에 매달아서 때리고, 사람들 보는 앞에서 말에 매달아 질질 끌고 다닌 적이 있다. 그는 피가 흐르는 무스탄을 비웃고 무시했다. 제렌과 눈이 마주치기 전까지만 해도 무스탄은 이 모든 모욕을 참아낼 수 있었다. 주먹 한번 날리지 않았다. 그런데 제렌과 눈이 마주친 순간, 제렌의 눈빛을 읽어낸 순간 더 이상 무스탄의 눈에는 아무것도 보이지 않았다. 그녀의 눈빛이 묻고 있는 것 같았다. 할릴이라면 이렇게 도망칠까? 무스탄은 곧장 총을 꺼내서 말을 잡아타고 지주 오스만 아들이 사는 집까지 뒤쫓아갔다. 집 대문 앞에서 그놈을 죽여서 머리를 잘라 가지고 와서 제렌 앞에 내팽개쳤다.

코즈프나르 샘은 소나무가 모두 말라버린 바위벽 가운데 구멍에서 흘러나오는 물이 고여 만들어진 샘이었다.

무스탄은 아무 말도 하고 싶지 않았다.

"내 꼴을 봐. 아무 말도 뱉을 여력이 없어. 오늘 밤 별을 보지 못한다면…… 오늘 밤 저 물이 이 바위 밑에 멈추지 않는다면 내 마지막이 어찌 될지 네가 더 잘 알 거야. 내 상태를 더 이상 네게 설명이고 뭐고 할 필요도 없겠지."

별들이 알라 산 꼭대기에서 반짝이고 있었다. 밤인데도 산꼭대기 가까운 곳에 수천 마리나 되는 독수리들이 첩첩이 모여 빙글빙글 돌고 있었다.

"오늘 밤 분명히 뭔가 있어! 이렇게 많은 독수리가 다 뭐겠어?"

갑자기 아래쪽에 일고여덟 명쯤의 사람 그림자가 드리워지는 것이 보였다. 한 사람 발밑으로 돌멩이가 미끄러졌다. 그 머리 위로 툭툭거리는 소리가 들렸다. 그는 거기에 한 무더기쯤 되는 사람 그림자가 어둠에 드리워지는 것을 보았다. 오른쪽, 왼쪽을 살폈다. 무슨 소린가, 바스락거리는 소리, 그리고 기침 소리가 들렸다. 몇 명이 성냥을 켜서 담배에 불을 붙였다. 무스탄은 비로소 자신이 사면초가에 빠졌음을 알아차렸다.

"오늘 밤에, 흐드렐레즈 밤에 뭔가 있어. 아니면 이 많은 독수리가 어떻게 모여들었겠어?"

그는 웃으며 말했다.

"오늘 밤 뭔가 있어."

그는 총을 거머쥐었다. 도망자 생활을 한 지 거의 일 년이나 되었다. 그러나 아직은 한 번도 총을 쏘아본 적이 없었다.

"오늘 밤 아마 결투가 있나 보다. 흐드렐레즈 밤인 오늘 밤에……."

그는 씁쓸하게 웃었다.

지금까지는 헌병대와 마주칠라치면 등골이 오싹해왔다. 그런데 오늘은 조금도 겁이 나지 않았다. 죽는 것도 전혀 두렵지 않았다.

별들을 바라보았다. 하늘은 별들로 수를 놓은 것만 같았다. 단하나의 별도 그 자리에서 움직이지 않았다. 하늘에 붙박아놓은 별은 얼어붙은 듯했다.

"오늘 밤은 할 일이 있다. 무스탄 동지. 위대한 흐즈르 님이 우릴 구해주실 거야."

그는 총알이 든 가방을 쳐다보았다. 총알이 가방에 가득 담겨져 있었다.

그의 가슴이 고통으로 가득 차올랐다.

"도망도 많이 쳤잖아. 이 산꼭대기에 있어도 찾아내는걸, 뭐."

초긴장 상태로 아주 미세한 꿈틀거림에 촉각을 곤두세웠다.

맞은편에 앉은 남자들이 담배를 나눠 태우고 있었다.

"자지 마라, 케렘아."

"안 자요, 할아버지."

"얘, 케렘아……."

길고 멋진 뿔을 단 사슴이 샘으로 다가왔다. 사슴은 머리를 들어, 주변이 의심스러운 듯 한번 킁킁 냄새를 맡더니 고개를 샘으로 숙였다. 고개를 숙이자마자 껑충 뛰어서 눈앞에서 사라졌다.

하이다르 우스타가 말했다.

"우리 때문에 겁을 먹었나 보다. 우릴 봤어."

케렘이 말을 받았다.

"못 봤다면 좋았을걸요. 이렇게 어둡지만 않았어도…… 얼마나 예쁜 사슴이었을까……."

케렘은 '사슴도 갖고 싶어요'라는 말은 차마 내뱉지 못했다.

조금 후에 여우 한 마리가 아주 커다란 꼬리를 흔들며 샘으로 다가왔다. 여우는 나무뿌리, 발자국, 돌멩이 할 것 없이 연신 코를 가져다 대더니 킁킁거렸다.

하이다르 우스타가 여우를 불렀다.

"이 여우도 물가에서 밤을 새려고 내려왔나 보다."

여우는 곧 가버렸다. 그 이후에도 산고양이, 자칼 한 무리, 또 이름도 알지 못하는 동물들이 샘을 다녀갔다.

"자지 말거라, 케렘아. 눈을 물에서 떼면 안 돼."

"알았어요, 할아버지."

케렘은 마음속으로 생각했다. 여우, 쇠로 만든 벌레, 불빛 같은 눈을 하고 밭에서 기어 다니는 벌레, 좋은 냄새가 나는 필요

한 모든 것이 있었으면 좋겠다고 생각했다. 그렇다면 얼마나 좋겠어. 원하는 게 얼마나 많아졌는지 부끄러운 마음이 들었다. 일부는 포기하기로 마음먹었다. 그러나 생각처럼 마음이 움직이지는 않았다.

아마도 한밤이 지난 것만 같았다. 하이다르 우스타의 귀에 산 아래 있는 보즈크르 마을로부터 수탉 우는 소리가 들리는 것 같았다.

"위대한 알라시여, 이렇게 해서 뭐가 편안하겠소? 흐드렐레즈 밤에 나를 위해서 밤새는 게 아니란 말이오. 자, 인간적으로 한번 털어놔봅시다. 우리 부족은 정말 어려운 상황이에요. 여기 알라 산 땅은 천지창조 이래로 줄곧 우리 땅 아니었소? 그렇다면 왜 정부니, 숲 관리인이니 하는 것을 만들었단 말이오? 그 사람들은 우리 사정 같은 건 안중에도 없소. 치사해서 정말 못 참을 지경이오. 생각해보시오. 천지창조 이래로 추쿠로바는 우리가 겨울을 나던 땅이었소. 그런데 이제 우리가 텐트를 칠 땅 한 평 남지 않았으니 어쩌란 말이오? 정착은커녕, 텐트 하나 칠 땅이 없어요. 토로스에는 밭이 없고, 추쿠로바에는 겨울을 날 땅이 없어요. 그러니 우리더러 하늘에서 살란 말이오? 친애하는 알라시여, 그렇소? 부족 사람들이 날 존경해서 당신께 간청을 하라고, 나를 대사 자격으로 보내지 않았겠소? 그래요, 전부 다 좋은 사람들이라고는 나도 말 못 해요. 그 안에는 욕심이 있는 사람도 있고, 없는 사람도 있고, 지조 같은 건 아예 없는 사람도 있습니다. 어쨌든 우린 땅이 없어요. 내일 아침이 되면 나한테 추궁하겠지. 나를 제발 부끄럽게 하지 말아요. 그 인간들 앞에서 말이오. 무엇이든 내보내 여기 별들을 좀 보여주고 우리에게 땅을 좀 주시오. 이 땅은 아주 오래전에는 우리 땅이었어요. 안 그렇소? 날 좀 이 나이에 맘 상하게 하지 마쇼."

애기는 이렇게 갈수록 길어져갔다.

하이다르 우스타와 별들은 서로 어우러져갔다. 어찌나 별들이 여기저기로 흘러 다니는지, 오른쪽에서 왼쪽으로, 남에서 북으로, 서쪽에서 동쪽으로, 복잡하기만 했다.

"이렇게 많은 별들이 떨어지는데 흐즈르 님 별을 어떻게 찾는단 말야?"

케렘이 커다란 소리로 할아버지를 부르며 소리 질렀다.

"보세요."

물고기 한 마리가 공중으로 튀어 올라왔다. 은빛 배 부분이 반짝반짝 빛났다. 그러더니 곧 물속으로 '첨벙' 하고 다시 들어가 버렸다.

아침 먼동이 터오기 시작했다. 구름 주위로 은빛이 새어 나왔다. 하늘에 은빛 띠를 두른 구름은 산봉우리를 벗어나고 있었다.

압달 바이람은 북을 집어들고 하얀 바위 위로 올라왔다. 북을 힘차게 두드리기 시작했다. 세상이 환하게 밝아올수록 북소리는 더 힘차게 들렸다.

산에서 지치고 얼굴이 노란, 졸린 듯한 얼굴들이 내려왔다. 모두 불이 꺼진 듯 절망에 빠진 얼굴이었다. 그들은 바위 주변에 책상다리를 하고 모여 앉았다. 순서대로 한 사람씩 와서 앉았다. 마침내 부족 사람들이 남녀노소 막론하고 모두 모였다. 단 한 사람 예테르만 보이지 않았다. 그리고 도망 중인 무스탄, 하이다르 우스타와 그 손자도 보이지 않았다.

드디어 하이다르 우스타가 손자 손을 잡고 나타났다. 사람들을 보자 살짝 미소를 지어 보였다. 압달 바이람이 북을 둥둥 쳐 댔다. 사람들은 아무 소리도 내지 않고, 꼼짝도 하지 않은 채 그렇게 앉아만 있었다. 그는 사람들 앞에서 우뚝 발을 멈췄다. 숨소리 하나 들리지 않는 침묵이 흘렀다. 하이다르 우스타는 잠자코 미소만 지을 뿐이었다.

"걱정하지 마세요, 여러분 조금도 걱정하지 마세요."

뮈슬림이 자리에서 일어섰다.

"우리는 뭐 걱정을 하고 싶어서 하는 줄 알아? 우리가 걱정을 안 하면 누가 하란 말이야? 가을부터 살 땅이 없잖소? 여기 알라 산 골짜기에서 정부, 숲 관리인, 경호원들을 다 쫓아내기라도 하자는 말이야? 우리가 걱정 안 하면 누가 대신 죽어주기라도 한다는 거야?"

하이다르 우스타는 더 꼿꼿해졌다. 목소리에는 자신감이 흘렀다.

"걱정하지 맙시다. 좋은 일이 있어요. 좋은 일이 있다구요."

갑자기 모든 사람에게 생기가 도는 것 같았다. 절망은 순식간에 어디론가 사라지고 얼굴에 핏기가 돌기 시작했다.

"빨리 말해보시요."

뮈슬림이 재촉했다.

"빨리 말 좀 해보라니까. 별을 보았단 말이야? 봤으면 소원을 빌기는 했어?"

하이다르 우스타는 별을 보지 못했다고 대답했다.

"난 잠깐 잠이 들어 있었는데, 케렘이 놀라서 날 깨웠지. 케렘이 '할아버지, 보세요' 하고 소리를 지르더군. 내가 눈을 떴을 때

는 벌써 다 끝나고 말았지 뭐요, 별이 벌써 하나로 합쳐진 후였
어. 그래서 케렘에게 물어보았지. 소원을 빌었냐구. 케렘이 빌었
다구 했어. 케렘아, 네가 말해봐라."

케렘은 고개를 땅에 떨구고 감긴 눈으로 말하기 시작했다.

"눈 한번 깜박 안 했어요. 진짜예요. 눈도 깜박 안 하구요, 한
순간도 별에게서 눈을 뗀 적이 없어요. 아침쯤이었어요. 막 동이
틀 듯 말 듯할 때 말예요. 동이 틀 듯 말 듯하고 세상이 환해져
올 때 여기 옆에서 번쩍하는 커다란, 제 머리만 한 별이 떨어지
는 거예요. 푸른색 빛이 나는…… 그래서 봤더니, 또 다른 쪽에
서 별이 떨어지는 거예요. 하나는 이쪽에서, 또 하나는 저쪽에서
흘러오더니 하나로 합쳐졌어요. 흐르던 물도 뚝 하고 끊기고, 딱
얼어버렸어요. 그리고 빛이 비추기 시작하더니 온 세상이 그 빛
속에 잠긴 듯했어요. 눈이 부셨지요. 그래서 얼른 저는 소원을
빌었어요."

"뭐라고 빌었는데?"

뮈슬림이 말문을 막았다.

"맞아, 그렇게 보이는 게 맞다구, 얘 이야기가 맞아."

모여 있던 모든 사람들의 얼굴에 화색이 돌았다. 기뻐서 껑충
껑충 뛰기도 했다. 모두 희망에 찬 눈빛으로 케렘만 쳐다보았다.

케렘은 흠칫 놀랐다. 그리고 손을 떨면서 잊어버린 것을 다시
떠올리듯 얼굴과 눈망울을 바로잡았다.

"빌었어요. 할아버지가 제게 일러주신 대로 빌었어요."

뮈슬림이 계속 추궁하듯 물었다.

"뭘 빌었니? 뭐라고 했냐고?"

케렘이 입술을 깨물었다. 아무 말도 하지 못했다. 목이 메어왔

다. '그걸 빌었어요. 그것 말예요'라는 말만 목젖에서 맴돌 뿐이었다.

"뭘 빌었는데? 뭘 빌었냐고?"

사람들이 케렘을 궁지에 몰았다.

케렘은 이처럼 강한 압력에 견딜 수가 없이 화가 났다.

"그걸 빌었다니까요."

케렘은 입을 다물어버렸다.

"뭘 빌었겠어?"

하이다르 우스타가 손자를 두둔하고 나섰다.

"케렘이 뭘 빌었겠냐구? 더 뭐 다른 것 바랄 게 있나. 계곡의 땅하고 알라 산에 밭 좀 달라는 거지. 그렇지? 케렘아."

케렘은 이 말을 듣자마자 맞장구를 쳤다.

"그래요. 그걸 빌었어요."

사람들의 상처받은 마음을 이 정도로는 달랠 수가 없었다. 다시 사람들은 돌 위에 털썩 주저앉았다. 모두 일제히 닥쳐올 가을을 생각하고 있었다. 가을을 떠올릴 때마다 먼저 걱정이 앞섰다. 이번 가을 추쿠로바로 돌아간다 해도 어디 짐을 풀 땅 한 평 없다. 어디든 짐을 풀면 아마도 현지 주민들이 말과 개를 있는 대로 끌고 와서 공격해댈 것이다. 가만두지 않을 것이다. 그리고 우리를 죽이려고 하겠지. 여자아이들도 끌고 갈 것이다. 길바닥이 피범벅이 되겠지. 조금도 희망이 없었다. 희망이란 단 하나 흐드렐레즈 밤에 별이 만나는 것, 그리고 물이 멈추는 것을 기다려보는 것이었다. 그러나 그마저도 이루어지지 않았다. 케렘 말고는 아무도 보지 못한 것이다.

케렘은 사람들 무리 속에서 빠져나왔다. 아래쪽 하얀 돌 옆에 꼬맹이들을 모아놓고 설명을 늘어놓았다.

"할아버지가 나한테 자지 말라고 하셨어. 할아버지가 그러셨지. 이번에 별을 못 보게 되면 큰일 난다. 할아버지가 또 그러셨다구…… 이번에…… 이번에…… 별들이 떨어지네…… 떨어지네……."

하이다르 우스타는 사람들이 절망하는 것을 참을 수 없었다. 벌떡 일어나 소리쳤다.

"저 좀 보세요."

그는 목에 힘을 주었다.

"만약 케렘이 빈 소원이 이루어지지 않는다면 저라도 겨울을 날 땅을 마련하겠습니다. 그럼요, 그렇게 하고말구요! 검이 곧 완성됩니다. 제가 만든 검을 이스멧 파샤[20]와 아드난 멘데레스[21], 그리고 지주 테미르에게 바치겠습니다. 그래서 땅을 마련하겠습니다."

그래도 절망에 빠진 사람들은 살아나지 않았다. 갈수록 그들의 표정은 어두워만 갔다. 하이다르 우스타가 계속 지껄여댔다. 지친 사람들에게 조금이라도 희망을 주려고 노력하는 중이었다.

"자, 이것 보세요. 여러분. 절망하지 마세요. 절망은 나쁜 겁니다. 절망은 강하고 생명이 넘치는 살아 있는 인간에게는 어울리지 않는 겁니다. 절망은 시체에게나 어울리는 거지요. 제 검이 거의 다 되어간다니까요."

아무도 입을 열지 않았다. 그저 말없이 듣고 있을 뿐이었다. 하이다르 우스타는 삼십 년 동안이나 이 얘기를 해왔었다. 전에는 무스타파 케말[22]에게 바친다고 했었다. 그러더니 이스멧 파샤로, 나중에는 멘데레스로 계속 대상이 바뀌었다. 결국 마자미가 계곡에 사는 지주 테미르에게 바친다고 결정했다. 테미르에게 칼을 바치면 테미르가 땅을 줄 거라는 것이었다. 칼의 양각은, 금으로 새겨 넣는 것인데 삼십 년이 되도록 끝날 줄을 몰랐다. 아주 옛날부터 전해지는 반 토막 검이 있었는데 하이다르 우스타는 자기 검에도 그 검에 있는 글씨를 그대로 만들어 넣으려 하고 있었다.

파디샤[23]가 지배하던 시절, 체비부족은 유목생활이 지겨웠다. 부족의 일원이었던 대장장이 뤼스템 우스타는 이 세상에 그보다 더 검을 잘 만들거나, 검에 금도금을 새겨 넣을 수 있는 사람은 없다고 했다. 뤼스템 우스타는 십오 년 동안 검을 단 한 개만 만들었는데, 손잡이를 금으로 만들어 붙였다. 그런데 하이다르 우스타는 그렇게 많은 금을 구할 길이 없었다. 그러는 사이 뤼스템 우스타가 검을 파디샤께 갖다 바쳤다고 했다. 파디샤가 좋아하면서 말했다는 것이다.

"뭐든지 원하는 것이 있으면 말해보거라."

"파디샤의 건강을 빌겠습니다."

그러자 파디샤도 다시 말했다 한다.

"내가 건강한 게 네게 무슨 득이 되겠느냐? 소원을 빌어보거라."

그러자 대장장이는 시무룩해져서 소원을 말했다고 한다.

"우리 집안사람들이 길에 나앉았습니다. 오갈 곳이 없는데 우리가 가진 땅은 한 평도 없습니다."

파디샤는 이 이야기를 듣고 칙령을 내려서, 대장장이 가족이 살 수 있는 커다란 땅을 하사했다고 한다. 그래서 그들은 아직도 원할 때는 돌아와 살고, 또 내킬 때는 떠나고 하면서 살고 있다.

"케렘이 별을 보았다니까. 소원도 빌었다잖아. 만약 아니라고 해도 검이 거의 다 되어간다고. 거의 다 되어간다고. 금만 바르면 돼. 그럼, 이스멧 파샤께서 우리에게 땅을 줄 거야."

하이다르 우스타가 아무리 설득을 하려 해도, 상심한 사람들은 이미 하나둘씩 흩어지기 시작했다.

하이다르 우스타가 주변을 둘러보았을 때는 하얀 바위 위에 아무도 남지 않았다. 압달 바이람도 북 위에 머리를 처박고 잠이 들어 있었다. 그는 슬픔에 찬 눈으로 여기저기를 둘러보았지만, 텐트로 돌아갈 수밖에 없었다.

다음 날 산에서는 슬픈 소식들이 들려왔다. 헌병대와 지주 오스만 패거리가 도망자 생활을 하던 무스탄을 포위했다는 소식이었다. 그가 코즈샘터에서 별을 기다리고 있을 때 포위했는데, 무스탄은 헌병대 열한 명에게 부상을 입히고 도망쳤다고 했다. 무스탄도 몹시 다쳤다고 했다.

그리고 예테르는 샘터 옆에서 시체로 발견되었다.

주_____

1 터키 동남부에 있는 지역 이름이다. 토로스 산맥 사이에 있는 드넓고 비옥한 평원이다. 예로부터 목화재배로 유명한 곳이다.
2 터키 남자들이 입는 전통 의상이다. 한국의 몸뻬 바지와 비슷하다.
3 이슬람의 시아파 일종인 알레비 신앙에서 성숙한 인간의 상징으로 전해지는 인물이다. 이슬람의 창시자인 무함마드의 사위이며 사촌인 알리를 추종하는 종파인 시아파는 이란에서 들어온 사회참여 흐름과 합해져서 사상으로 정비되었다. 그중에

서도 알리를 신격화하며, 신비주의적인 신앙으로 발전시킨 한 종파가 있었는데, 이 것이 알레비이다. 알레비는 이슬람 신비주의인 수피즘으로 불리기도 한다. 흐즈르 (Hizir)는 가브리엘 천사의 다른 이름이며, 어려움에 처한 인간을 도와주는 천사라 고도 알려져 있다. 형제간인 일야스(Iyas)와 함께 생명수를 먹고 영생의 삶을 살게 되었다고 전해지며 흐즈르는 육지에서, 일야스는 바다에서 어려움에 처한 사람을 도와준다고 한다. 이슬람 경전인 코란에 따르면 흐즈르는 폭풍우에 휘말려 어려움 에 처한 노아의 방주를 도왔다고 전해지기도 하며, 이때 구출된 사람은 그것에 대 한 감사의 표시로 삼 일 동안 금식을 했다고 한다. 아직도 2월 13일부터 15일까지 그것을 기념하는 흐즈르 금식기간이 전통으로 남아 있다.

4 터키에서 봄을 기념하는 축제일이다. 흐즈르와 일야스가 만나는 날로 알려져 있 는데 5월 5일에서 6일로 가는 밤을 기념한다. 흐즈르와 일야스의 이름을 합해서 '흐드렐레즈(Hidirellez)'로 불린다고 전해지기도 한다. 사람들은 이날이 되면 평원 이나 녹음이 우거진 곳을 찾아 각종 제례나 의식 등을 행하는데 자신의 소원을 흐 즈르에게 전하기 위해 여러 가지 방법을 동원하여 기도를 한다.

5 아다나와 메르신은 터키 남부 지중해 연안에 있는 소도시이다.

6 요구르트를 물에 풀어 만든 터키 전통 음료.

7 터키의 전통 현악기이다.

8 터키에서 수피즘의 한 갈래인 알레비들이 추는 전통 명상춤이다. 하늘로 두 손을 치켜들고, 빙글빙글 원을 그리며 돈다. 이 춤을 추면서 신에 대한 사랑을 확인하고, 영혼을 정화하면서 신과의 합일을 체험한다. 터키에서 볼 수 있는 명상춤인 메블라 나(Mevlana)도 알레비 춤에서 영향을 받은 것이다.

9 알레비 종파에 따르면 하나님이 보내주신 예언자 급의 열두 대표이다. 예언자 알 리를 시작으로 하여, 이 열두 이맘이 칼리프직을 수행하였다. 시아파에 따르면 예 언자 무함마드 사후에 칼리프직은 예언자 알리와 그의 자식들이 담당해야 하는 것 으로 되어 있다. 이 지점에서 시아파와 수니파가 노선을 달리한다.

10 이슬람교의 창시자인 예언자 무함마드의 이발사로 알려져 있으며, 이발사라는 직업을 최초로 사명으로 받아들인 사람으로 전해진다.

11 이슬람교의 창시자이며 예언자 무함마드라고 불린다.

12 예언자 무함마드의 사촌이자 사위이다. 이슬람의 네 번째 칼리프이다. 알리를

추종하는 종파가 시아파이며, 알레비이다.

13 이슬람의 창시자 무함마드의 제자라고 전해진다.

14 흐즈르와 더불어 영생을 얻었다고 전해지는 두 명의 예언자 중의 한 명이다. 흐드렐레즈 밤 영생을 얻은 두 예언자가 만나 삼 년간 내리지 않았던 곳에 비를 내리게 하고, 번개를 쳐서 예전에 제물로 바쳤던 소를 태우는 등의 기적을 행한다고 전해진다.

15 모스크 사원 위에 길게 뻗은 첨탑.

16 이슬람 신자들이 예배나 기도를 드리기 전에 손과 발, 얼굴 등을 깨끗이 씻는 의식.

17 불로초를 먹고 영생을 얻었다고 전해지는 의사이다. 실존 인물이라고 전해지지만 자세한 기록은 없다.

18 전설 속에 나오는 인물로서, 도인이라고만 전해진다.

19 밀가루를 둥글게 빚어 빈대떡처럼 만든 터키 음식.

20 터키 초대 대통령인 케말 파샤 아타투르크의 뒤를 이은 두 번째 대통령. '파샤'는 오스만제국 때 벼슬이 높은 문관이나 장군급 무관에게 부쳤던 칭호이다.

21 당시 터키 총리.

22 터키 공화국 초대 대통령, 터키의 국부(國父).

23 오스만제국 당시 왕에게 붙였던 칭호, 술탄이라고도 한다.

2

1876년 추쿠로바
에서는 투르크멘족과 오스만 왕조 사이에 대전투가 벌어졌
다. 오스만 왕조는 유목민 투르크멘족에게 강제정착령을 내
렸다. 뿐만 아니라 세금을 거두고, 병역의무를 부가하였다.
투르크멘족은 이에 대해 거세게 반발하였지만 전투는 뜻대로
되지 않았다. 투르크멘족이 전투에서 참패했기 때문에 강제
정착령을 받아들일 수밖에 없었다. 그날 이후 투르크멘족 가
슴속에는 깊은 패배의식과 상처가 자리잡았다. 이 상처는 조
금도 치유되지 못하고 아직도 그대로 남겨져 있었다. 투르크
멘족은 패배했지만 그 어느 누구 하나 강제정착령이나 추방
령 따위에 아랑곳하지 않았다. 강제정착령이나 추방령과 무
관하게 그들은 여전히 그들 나름대로의 삶을 지속하고 있었
다. 이리저리 떠도는 유목생활을 결코 포기하지 않았던 것이
다. 그러나 유목생활은 이제 갈수록 난관에 부딪칠 수밖에
없게 되었고 결국 오늘날 이 지경까지 오게 된 것이다. 더 이
상은 빠져나갈 구멍이 없었다.

산 밑 이스켄데룬과 파야스 지방, 그리고 가부루 산에서 떠들

썩한 소리가 들려왔다. 봄이 올 무렵이었다. 이월의 바람에 겨울 바람의 싸늘함이 가신 지 오래였다. 이번 겨울에는 요즈같, 스바스, 카조바, 토캇, 균데쉬리 평원, 하란, 카므쉬, 할렙[24], 그리고 그리스인, 다른 소수민족 할 것 없이 모두 오스만 왕조에게 반기를 들었다. 전투의 지도자는 토로스의 후손인 카잔오울루가 맡았다. 저 아래 파야스성(城)과 대각선으로 주둔했던 오스만 왕조의 진군은 퀴췩알리오울루와 파야스오울루 그리고 가부루 산 뒤쪽에 있는 엘베이리오울루가 막아내기로 했다. 귤렉으로 가는 길은 메네멘지오울루가 맡았다. 자드오울루와 차판오울루, 순구르오울루도 전투에 합류했다.

가부루 산에서 시작된 전투에서 투르크멘족은 뒤로 밀렸다. 모두 죽어 나자빠졌기 때문에 그들은 후퇴를 결정할 수밖에 없었다. 오스만 군대는 모두 총을 가지고 있었다. 투르크멘족은 아주 오래된 장총을 몇 개 가지고 있었을 뿐 다른 무기라고는 가진 게 없었다. 투르크멘족은 두 달 동안 계속 밀리고 밀렸다. 오스만 군대의 일부가 하츤, 페케, 괴쉰 위에서부터 내려와 큰길 진입로를 막았다. 큰길을 막고 투르크멘족을 평원과 지중해 산맥 사이로 몰아갔다. 투르크멘족은 몸을 숨긴 채 꼼짝도 않고 때가 오기만을 기다렸다. 그들은 오월 오일을 오월 육일로 이어주는 그날 밤을 기다리고 있었다. 그날 밤 모든 투르크멘 부족들은 각각 평원, 샘으로 흩어져서 나무 위, 언덕 위로 별들이 만나는 것과 물이 얼어붙는 것을 지켜볼 것이었다.

"알라시여, 여기 투르크멘들의 검은 매우 예리하니 이 검으로 오스만 군대의 눈깔을 빼주세요. 여기 우리 사는 꼴을 좀 보세요. 우리가 제대로 살 수 있도록 우리 터전을 좀 내려주십시오.

골짜기 땅은 그럼, 그놈들 가지라고 하세요. 우리가 유목생활을 하는 것만 허락해주시라고요, 신이시여. 우리는 차디찬 물과, 보랏빛 박하밭! 여기를 떠나서는 살 수 없어요, 신이시여."

그날 밤 산으로 숨어든 사람들도, 겹겹이 몰려 사는 추쿠로바 사람들도 모두 잠을 자지 않았다. 모든 위험을 무릅쓰고 별들의 해후를 지켜보았다. 그리고 흐즈르 님에게 소원을 빌었다. 동이 틀 때쯤 오스만 군대와 커다란 전투가 시작되었다. 투르크멘족은 거의 모두 죽었다. 남겨진 사람들은 대부분 포로로 붙들렸다. 나머지 아나톨리아에 남겨진 투르크멘족 사람들도 나중에 모두 붙들려 추쿠로바로 후송되었다. 투르크멘족은 추쿠로바의 더위와 모기를 견디지 못해 죽거나 말라리아에 걸려 몸져누웠다. 얼마나 많은 사람이 한꺼번에 죽었는지 시체가 훤히 보이는 광장에서 썩어가고 있었다. 그런데도 시체를 묻을 무덤 찾기가 쉬운 일이 아니었다. 양들과 낙타, 아랍종 말들도 추쿠로바에 적응하지 못하고 죽어갔다.

어느 날 아침 병들고 다친 투르크멘족이 다시 반기를 들었다. 오스만 군대는 또다시 무자비한 진압을 감행했다. 다시는 고개를 들지 못할 정도로 반군의 싹을 짓밟아버렸다.

이렇게는 더 이상 살 수 없을 것 같았다. 투르크멘족이 올여름을 여기서 보낸다면 모두 한꺼번에 어떻게 되어버릴 것만 같았다. 뭔가 다른 방법을 찾아야만 했다.

하이다르 우스타 집안은 아버지부터 할아버지까지 모두 대장장이였다. 집안 대대로 그들은 유목생활을 시작했던 그 시절부터 계속 검을 만들어왔다. 수를 놓고, 숙원을 담아 만든 단단한 검이었다. 하이다르 우스타의 아버지에게는 이집트 검이 한 자루 있었다. 물방울처럼 투명한 검이었다. 날이 예리하게 번득이는 검이었다. 하이다르 우스타의 아버지가 검을 들고 알리 소령을 찾아갔다. 알리 소령이 검을 보자 혀가 턱까지 빠졌다. 그의 눈이 놀라 튀어나왔다.

"소령님, 이 검을 당신께 바치겠습니다."

그의 아버지가 말했다.

"이 검을 거두시고 우리를 산으로 돌려보내주시오. 이러다가는 한 달도 못 되어 우린 다 죽을 겁니다. 우릴 구해주십시오."

소령은 생각에 잠겼다. 잠시 후 무릎을 꿇더니 말했다.

"이렇게 훌륭한 검을 만든 부족에게 이런 꼴을 겪게 하면 안되지."

"가서 부족들에게 이르라. 내일 아침 모두 산으로 떠나도록 하라고."

"부족들을 검 하나가 구했구만."

하이다르 우스타는 늘 우쭐했었다.

"우리 아버지의 검이 부족을 구했지."

"빌어먹을 검!"

몇몇 사람들은 욕을 퍼부어대기도 했었다.

"그 검만 없었더라면, 우리도 지금쯤 아나바르자 평원 비옥한 땅에 정착해서 사람처럼 살고 있었을 것을. 땅 주인도 되고, 집도 갖고, 나라도 갖고 말이야. 죽은 사람은 죽은 거고, 아, 남은 사람이야 차츰 더위에 적응을 했을 것 아닌가. 그때 남은 사람이라고 다 죽으리라는 법이 있나!"

그러나 아무도 이 말을 하이다르 우스타 앞에서는 감히 내뱉지 못했다. 하이다르 우스타는 사람들이 이런 생각을 하리라곤

62

추호도 생각하지 못했다.

"검 한 개는 오스만 왕조께 바칩시다. 오스만 왕조에게 이번에는 우리에게 땅을 하사하시라구 부탁해보지. 우리 아버지의 죄도 용서하시도록."

그는 이 말을 입이 닳도록 하고 또 했다.

검 이외에도 투르크멘족은 돈을 물 쓰듯 쓰기 시작했다. 번쩍번쩍하는 금덩이를 아침나절 오스만 왕조 장교들 손아귀에 쥐여주며, 추쿠로바 감옥에 갇힌 사람들을 풀어달라고 사정사정했다.

오스만 군인들은 또 유목민 여자 중 예쁜 여자는 모두 잡아갔다. 어느 부족은 여자아이를 데려가는 조건으로 산으로 가도록 허락해주기도 했다. 이때 오스만 군인들에게 억지로 끌려간 소녀들이 불렀던 애통한 민요와 구전시는 아직도 전해지고 있다.

만일 그때 금이나 어린 소녀들이 아니었더라면, 지금 이 순간에 여전히 텐트를 치고, 짐을 풀 수 있는 사람이 있을 수 있을까. 아마 일찌감치 투르크멘이고, 유목민이고 할 것 없이 흔적도 없이 사라져버렸을 것이었다. 그래서 강제정착령이 내리기 이전 시절을 유목민들은 황금시대로 추억한다.

주_____

24 요즈갈, 스바스, 카조바, 토캇, 하란, 카므쉬, 할렙 모두 터키 내륙지방부터 동부 지방에 흩어져 있는 도시이다.

3

그해 봄 카라출루 부족은 알라 산에서 극심한 고생을 했다. 숲 관리인이 조금도 관용을 베풀지 않았기 때문이었다. 숲에 숫양이 보이기라도 하는 날이면, 그날은 사생결단이 나는 날이었다. 혹시 나뭇가지라도 부러지면 당장 헌병대가 죽일 듯이 덤벼들었다. 그해 여름 그들은 숲 관리인에게 얼마나 많은 뇌물을 갖다 바쳤는지 모른다. 상황은 모두 끔찍하게만 돌아갔다. 부족장인 쉴레이만 카흐야가 앙카라에 전보를 보냈다. "우리를 죽이든지, 아니면 우리가 정착할 만한 땅을 주시오"라는 내용이었다. 설상가상으로 양 떼에 전염병까지 돌았다. 수많은 양이 떼로 죽었다. 헌병대는 무스탄을 잡으러 다섯 차례나 부족을 덮쳤다. 뮈슬림을 포함해서 모든 남자가 몽둥이 세례를 받았다. 벨리라는 아이는 양 떼를 몰고 가다가 오르타벨에서 총을 맞았다. 누가 총을 쏘았는지는 도저히 알 길이 없었다. 벨리는 선지피를 몇 차례나 토해내더니 끝내 죽고 말았다.

하이다르 우스타가 화를 참지 못하고 씩씩거렸다.

"올해 이 검을 완성하지 않으면 안 돼."

그는 혼자서 다짐하고 또 다짐했다.

"올해 이 검을 완성하지 못하면 우리 유목민들이 겨울을 날 땅을 얻을 방법은 없어. 여기서 이렇게 있든지, 눈 속에 얼어 죽든지 해야 해. 아니면 추쿠로바에 땅을 구할 다른 방도가 없겠어."

하이다르 우스타는 통통하게 살이 오른 양 다섯 마리를 끌고 아다나로 갔다. 양들은 꽤 비싸게 팔렸다. 그 돈으로 알튼뷔케 금은방에 들러서 금을 한 돈 구입했다. 장을 보는 일은 오래 걸렸다. 그는 금 한 돈을 가지고 알라 산으로 돌아왔다. 그리고 부족 젊은이들을 불러 모았다.

"여보게들, 여기에 나를 위해 대장간을 하나 만들어주겠나."

젊은이들은 보랏빛 바위 아래에 며칠 만에 뚝딱 대장간을 만들어주었다. 그 안에 화덕과 풀무도 넣었다. 그들은 주형틀을 돌바닥에 아주 오래오래 때리고 또 때려보았다.

하이다르 우스타는 빠진 것이 없는지 턱수염을 쓰다듬으며 생각해보았다. 모든 것이 제대로 된 것 같았다.

"고맙네."

그는 말을 이었다.

"자, 이제는 가보게. 나도 이제 일을 시작해야겠다. 케렘아, 넌 여기 있거라."

그는 곧 일을 시작했다. 온 마음과 정성을 다했다. 이 검을 무슨 일이 있어도 가을까지는 끝내야 했다.

며칠 후가 되자 하이다르 우스타와 케렘은 사람들이 알아볼 수 없을 정도로 변해 있었다. 하이다르 우스타는 얼굴인지, 눈인지 분간이 되지 않게 시커멓게 되어버렸다. 손과 수염, 그리고 시커멓게 변한 얼굴에는 금가루가 덕지덕지 붙어 있었다. 하이다르 우스타는 옛날 검 위에 쓰인 기도문을 이 검 위에 한 자 한 자 옮겨 새기고 내부를 금도금으로 장식하는 중이었다. 아무리 집중을 하고 손을 빨리 놀려도 일은 까다롭기만 했다.

가을이 닥쳤다. 산 아래 있는, 머리가 하늘에 닿을 것만 같이 키가 큰 플라타너스도 샛노랗게 물이 들었다. 노란빛 위로 가볍게 붉은색이 감돌았다. 커다란 플라타너스에 단풍이 들기 시작했다는 것은 이제 그들이 추쿠로바로 떠나야 한다는 것을 의미했다.

하이다르 우스타는 대장간에서 이제 아예 먹고 자고 했다. 해가 뜰 무렵부터 해가 질 때까지 부지런히 손을 놀렸다. 노랗게 변한 플라타너스를 보았을 때 그는 마음속으로 생각했다.

'아이구, 검을 끝내려면 아직 멀었는데…… 올해도 우리 부족이 추쿠로바에서 고생하겠는걸.'

그는 작업을 서둘렀다.

"케렘아, 저기 저 플라타너스 좀 보고 오거라. 이파리가 다 떨어졌느냐? 나뭇잎의 붉은 기운이 남아 있어?"

케렘은 보고 또 보더니 대답했다.

"아니요, 할아버지."

"나뭇잎은 아직 노랗게 그대로 있어요. 그 위에 붉은 색깔이 물결치는 것 같아요, 나뭇잎 한 장 한 장이 날아다니는 것 같아요. 할아버지."

어느 날 아침, 뮈슬림을 비롯한 부족 원로들이 대장간 문 앞으로 모여들었다.

쉴레이만 카흐야가 안을 향해 소리 질렀다.

"하이다르 우스타 아저씨."

하이다르 우스타가 금방 밖으로 튀어나왔다.

"어서 오게, 카흐야."

"가을도 이제 다 끝나가요. 겨울이 곧 들이닥칠 텐데, 어미양도, 새끼양도 모두 이제 시들해지기 시작했어요. 아직도 검이 완성되지 않았나요? 왠지 끝날 것 같아 보이지 않는군요. 설령 그 검이 완성된다 해도 지금 시대가 어느 시대인데 그 검을 받고 땅을 내주겠어요?"

하이다르 우스타가 몸을 부르르 떨더니, 화가 나서 어쩔 줄 몰라 했다.

"이 검이 뭐 어쨌다고?"

그는 안으로 들어갔다. 손에 번쩍거리는 검을 가지고 나왔다. 검을 두 손가락 사이로 부여잡고 말했다.

"이 검을 아무도 아는 척하지 않을 거란 말이지? 그렇단 말야? 여길 보라고, 물방울처럼 투명한 검의 날을 봐. 이 검을 말야, 자! 쉴레이만, 이 검을 한번 보라고. 두 눈이 먼 장님들도 알아볼 검이야. 제가 아무리 미치광이나 저능아라 해도 이 검이 얼마나 훌륭한지는 금방 알아볼 거야. 우리 아버지만 오늘 살아 계셨더라도, 내가 진작에 이 검을 완성해서 도지사, 총리, 장관, 임금님을 찾아갔을 거야. 그럼 그분들이 추쿠로바 땅을 우리에게 떼어줬겠지. 우리 할아버지가 만드신 검은 이 검의 백 분의 일에도 미치지 못한 검이었어. 쉴레이만, 가만있게. 입 다물어. 자넨 가만있어. 난 이 검을 어디로 가져가야 하는지 잘 알고 있어. 검의 가치와 진가를 아는 사람을 내가 그만 바보로 만들고 말았구만. 여보게. 알고 있다고. 자넨 어쨌든 가만히 좀 있어. 이 일을 곧 마무리할 테니까. 이제 거의 다 되어가네. 이 검으로 추쿠로 바 땅을 얻을 수 없다면, 나는 말야…… 쉴레이만."

"그럼, 그 검을 완성하세요. 낼 아침이면 우리 부족은 이제 끝 이에요."

하이다르 우스타의 얼굴이 샛노랗게 질렸다.

"쉴레이만, 놀라서 사지가 다 떨리는구만. 쉴레이만, 그러지 말라구. 나한테 사흘만 더 말미를 줘. 사흘만 더 주면 끝낼 수 있을 것 같아. 거의 다 되어간다니까. 그리고 추쿠로바로 가세. 가서 어쩌하든지. 텐트를 칠 땅을 달라구 하든지, 아직 사람들이 갈지 않은 산이나 골짜기 같은 곳이 있는지 찾아보세. 그런데 주 인 없는 땅이 추쿠로바에 남아 있기나 할까? 어디로 가야 하나, 쉴레이만? 나한테 사흘만 말미를 주게. 어쩌면 이 검을 완성할 수 있을지도 모르니."

하이다르 우스타의 말이 옳았다. 가면 어디로 간다는 말인가? 추쿠로바를 한번 눈앞에 떠올려보았다. 사람 손길이 닿지 않은 땅은 이제 남아 있지도 않았다. 그 쇠뭉치 벌레들은 땅을 먹고, 삼키고 하더니 단 하루 만에 커다란 밭을 갈아버리고, 금덩이를 가져다주었다.

쉴레이만 카흐야가 고개를 떨구었다.

"그럼, 사흘 정도 더 기다려봅시다. 어찌 되든. 아저씨가 그토 록 수십 년간 공들인 그 검이 어디에 쓰일지는 몰라도 말예요."

하이다르 우스타가 기뻐했다. 순간 턱수염도, 눈동자도 모두 동시에 빛이 났다.

"자, 그럼, 이제 가보게. 나는 일을 해야 하네."

그리고 쏜살같이 안으로 뛰어들어갔다.

"케렘아, 케렘아. 금이 들어 있는 가방을 좀 가져오너라."

그는 일에 몰입했다.

그곳을 빠져나오면서 쉴레이만 카흐야는 쓰디쓴 미소를 지었다.

"웃기지도 않는 일이지. 그 검이 꽤 값어치가 나가는 줄 아시는 모양인데. 그런 시대는 백 년 전에 끝났어. 그 검을 받고 땅을 줄 사람이 어디 있어?"

뮈슬림이 화를 냈다.

"쉴레이만, 무슨 말을 그렇게 하나? 세상 물정 모르는 건 바로 자네야. 우리를 강제정착령 위기에서 구해준 게 바로 그 검 아니야? 우리를 죽음과 폭행 속에서 구해준 게 바로 그 검이 아닌가? 자네가 잘못 생각하는 거야. 하이다르의 검을 보는 사람은 모두 혀를 내두른다구. 하이다르가 만든 검을 본 사람들은 죄다 눈을 반짝반짝 빛내면서, 황홀해서 어쩔 줄 모른다니까. 세상에 이렇게 훌륭한 검은 아직 아무도 못 봤을 거야. 그 검을 이스멧 파샤가 보기만 한다면, 그 검에 전 재산을 걸었을 걸세. 그 검을 이스멧 파샤가 보기만 하면, 추쿠로바가 다 뭐야, 아믹 평원 전부라도 내놨을걸. 그럼, 그렇고말고. 금방 내놓지! 자네가 틀렸어. 그 검이 다 완성되기만 하면, 두고 봐. 추쿠로바 땅을 얻을 수 있을 테니. 그 검이 어떤 검인데. 이집트 검 아닌가? 파샤, 술탄이나 가질 수 있는 그런 검이야."

쉴레이만 카흐야는 자기 옆에 있는 노인의 고집과 신앙 같은 믿음에 쓴웃음을 지었다. 어쩔 수 없이 그 말에 동의를 표할 수밖에 없었다.

"어쩌면 그럴지도 모르죠."

뤼스템이 말했다. 뤼스템은 서른 살쯤 되어 보였다. 군대생활을 차나칼레 갈리볼루에서 했고, 상사로 제대하였다.

"혹시, 누가 알겠어요? 하이다르 아저씨가 뭔가 아는 게 있겠죠. 이 시대에도 그 검을 알아보고, 그 가치를 아는 사람이 있을지 누가 알겠어요?"

그러니까 꼭 삼십 년이 되었다. 이 검의 효력에 대해 모두 이제 적응을 한 상태였다. 비웃기도 하고, 불쌍한 생각도 해보았다. 그러나 마음 저 깊은 곳에는 자기들도 모르는 곳에 숨겨진, 비록 하이다르 우스타만큼은 아닐지라도 희망이 꿈틀거리고 있었다. 다행히도 검은 조만간에 완성된다고 했다. 올여름처럼만 작업을 했더라면 하이다르 우스타는 벌써 그 검을 완성했을 것이었다. 하이다르 우스타가 그들의 희망을 연장시키고 있는 것만 같아 보였다. 그들은 수장 텐트로 가서 모여 앉았다.

쉴레이만 카흐야는 부족의 수장이었고, 대부였다. 살이 통통하고, 키는 중간 정도였으며, 검은색 턱수염이 있는 그는 언제나 두터운 양모로 만든 샬봐르를 입었다. 샬봐르 위에는 수가 놓인 양말을 무릎까지 끌어다 신었다. 연둣빛 눈빛을 한 그는 언제나 웃는 낯이었다.

"삼 일 후에는 추쿠로바로 산을 내려가야 할 텐데 어디에 짐을 푼단 말이지요?"

"아크마샤트가 천지개벽이 일어난 이래로 지금까지 우리가 살았던 곳이 아니오?"

뤼스템이 되물었다.

"우리 땅이긴 하지."

쉴레이만 카흐야가 대답했다.

"우리 땅이긴 하지만 땅문서가 관에 있지 않소. 데르비쉬 씨 손아귀에 있다구요. 그 사람은 좋은 사람이오. 그 애들하고 형제들이 좀 난폭해서 그렇지."

"난폭하지."

뮈슬림이 말을 받았다.

"시간이 됐어."

그가 말을 이었다.

"자네들은 자네 일들이나 가서 하게."

이웃 사람들이 하나씩 둘씩 수장 텐트로 모여들었다. 모두 나이에 따라 줄 맞춰 앉았다.

쉴레이만 카흐야는 옆에 있는 무스타파에게 일렀다.

"하이다르 우스타도 오시라고 하세요. 중요한 회의이니 그분도 참석하셔야지."

조금 후에 하이다르 우스타가 들어왔다. 부족의 나이 든 남자들은 거의 모두 수장 텐트에 모인 것 같았다. 그들은 손에 쥔 타락으로 검은 염소털을, 그리고 형형색색 양모 실을 타고 있었으나 아무도 입을 열지 않았다.

하이다르 우스타가 와서 자리를 잡고 앉자 쉴레이만 카흐야가 비로소 입을 열었다.

"추쿠로바로 며칠 후에 내려가도록 합시다. 여기는 이제 날씨가 싸늘해졌어요. 곧 눈이 내릴 겁니다. 이 산에서 더 이상 오래 버틸 수는 없습니다. 물론 그곳 역시 발 디딜 빈 땅 하나 없어요. 이제 남은 건 시골 사람들의 목초지뿐인데, 거긴 그 사람들 몫도 부족하니…… 게다가 시골 사람들 목초지도 거의 빼앗겼다지 않습니까. 큰 농장의 일부도 그렇고, 몇 개 되지 않는 언덕이며, 농지, 방죽, 밭, 논, 전부 농사를 못 지었다잖아요. 더 이상 추쿠로바에는 우리가 정착할 땅이 없습니다. 올겨울을 어쩌할지 모르겠습니다. 어디로 간단 말입니까? 게다가 추쿠로바 사람들 죄다 우리를 원수 보듯 하지 않나요? 만약 텐트를 하나라도 친다 하면 당장 사생결단을 내리고 덤벼들 거요."

길고 노란 콧수염이 있는 뤼스템이 생각해냈다.

"아크마샤트는 아주 옛날부터 우리 땅이에요. 아주 옛날부터지요. 거기에 가서 정착하지요. 데르비쉬 씨가 뭐라고 하든 말든. 우리를 죽일 테면 죽이라지요."

사카르잘르 알리가 맞장구를 쳤다.

"뤼스템 말이 맞아요."

"싸우자구요. 무장을 하고 가서 우리 땅을 다시 빼앗아옵시다! 아니면 전부 같이 죽는 거죠. 우릴 죽일 테면 죽여보라지. 이렇게 살 바에야 애들이고 뭐고 다 죽이라고 해요."

뮈슬림이 말했다.

"그놈들이 얼마나 잔인한 놈들인데."

"때가 되었으니, 난 참견 안 하겠소."

타느쉬 아아가 끼어들었다. 키가 훤칠하게 크고, 몸은 활처럼 앞으로 굽은 사람이었다. 얼굴도 길쭉했다. 그러나 왜인지 턱수염도, 콧수염도 나지 않는 사람이었다. 단지 턱 끝 쪽에 털이 몇 올 달랑 매달려 있을 뿐이었다. 그래도 겨울이고 여름이고 목동들이 걸치는 조끼는 벗지 않았다.

"짧게 말하지요."

그가 말을 시작했다.

"짧게 말하자면, 짧게 말하자면 말입니다. 우리는 아크마샤트를, 그러니까 우리 조상 대대로 물려받은 땅이라 해도, 돈을 주고 되찾아와야 합니다. 다른 방법이 없어요. 국가가 수립되었고, 그들 땅이잖아요. 군인도, 헌병대도, 경찰도 다 국가 것이니까요. 하늘을 나는 비행기도, 땅을 가는 트랙터도, 트럭도, 뾰족 눈깔을 한 기차도, 집들도, 궁전도, 안에 들어가면 사람을 삼켜버리는 도시도 있어요. 대포며, 총이며, 모든 걸 가지고 있어요. 그 사람들과 우리가 맞설 수는 없어요. 무슨 짓을 해서라도 돈을 구해야 해요. 데르비쉬 씨가 아크마샤트를 판다지 않아요? 그걸 사야지요."

무라트 코자가 반론을 제기했다.

"작년에도, 재작년에도, 그 전전해에도 모두 돈을 구해서 골짜기 땅을 사려고 시도했잖소. 우리가 모은 돈은 텐트 하나를 살 돈도 되지 않았소. 부족 아낙들과 계집아이들이 가지고 있는 금붙이며 낙타며 양이며 말이며 텐트며 조끼며 뭐든지 있는 건 죄다 판다 해도 우리가 정착할 땅을 사는 건 불가능해요."

뤼스템이 말했다.

"그래도 사야지요."

"임대를 하면 어떨까?"

사카르잘르 알리가 말했다.

"세를 줄까?"

무라트가 거들었다.

"그러면 어떻게 해?"

무스타파가 물었다.

"때가 되었어."

뮈슬림이 말했다.

"자네들은 자네 일들이나 하게."

그날 밤 남자들은 저녁때까지 회의를 했다. 그러나 방법을 찾지는 못했다. 저녁이 되고 해가 저물자 남자들은 피곤함을 느꼈다. 남자들이 각자 자기 텐트에서 음식을 가져오도록 했다. 한 수저 뜬 게 왜 그리 목에 걸리는지 사람들은 음식을 먹는 건지, 아니면 독약을 먹는 건지 분간이 되지 않았다.

한밤중이 되자 켈 무사가 사람들에게 자기 생각을 털어놓았다.

"지주 하산의 아들이 제렌에 미쳐 있었지. 지주 하산이 수십만 평도 넘는 땅을 가지고 있잖아, 지주 하산의 아들이 나한테 그랬어. 만약 자기에게 제렌만 준다면, 농장 일부를 떼어주겠다구. 거기에 촌락을 꾸리라고 했어. 자기 아버지에게는 자기가 내준 땅 값을 이십 년 동안 갚으면 된다구 그랬대. 내가 자네들에게 그 얘길 전했지만, 그때 안 된다고 했잖아. 젠장할! 제렌은 자기가 성모 마리아라도 되는 줄 알고 있어. 원, 참. 자기가 성모 파트마[25]나, 성모 하티제[26]라도 되는 줄 알아…… 뭐 어때서 그래? 그렇게만 했더라면 우리는 예전에 팔자가 폈을 텐데."

압두라흐만이 자리에서 일어섰다. 목이 짧고, 입술이 두꺼운데다가, 말을 더듬어서 애처럼 보이는 남자였다.

"딸들은 그게 누구든 정이 통하고 끌리는 사람과 혼인시키는 게 도리야. 내가 제렌에게 애원 한번 안 해본 줄 아나? '애야, 우리를, 우리 부족을 네가 좀 구해주렴. 그 남자 말이다. 옥타이 씨와 혼인해라'라고 안 해본 줄 알아? 그런데도 사람들이 다 보는 앞에서 그 애가 거절했어. 모든 부족 사람들이 남녀노소 전부 나서서 제렌에게 사정하지 않았나? 더 이상 뭘 할 수 있겠어?"

"여러 가지 할 수 있지."

켈 무사가 맞섰다.

"그 애한테 묻지 말고 일을 치르는 거지, 뭐."

"말이나 되는 소린가?"

압두라흐만이 역정을 냈다.

"우리가 그 애를 억지로 혼인시킨다고 칩시다. 그래서 그 땅에 정착을 한다고 치자구요. 그 애가 한밤중에 다른 놈에게 도망이라도 치면 어쩌란 말이요? 혹여 스스로 목숨이라도 끊으면 어쩌란 말이냐구? 그때는 그 땅에서 옥타이가 우리를 내쫓지 않겠어? 그렇지 않겠냐구? 말이나 되는 소린가?"

쉴레이만 카흐야가 말을 이었다.

"억지로 혼인을 시키다니, 안 될 말이지."

다시 논쟁이 벌어졌다. 논쟁은 날이 밝을 때까지 계속되었다. 그사이에 사람들이 제렌의 어머니를 불러왔다. 쉴레이만 카흐야가 서글픈 목소리로 얼마나 어려운 상황인지, 그리고 다른 방법이 없다는 것을 설명해주었다. 제렌만이 부족을 구할 수 있다는 것을 알아듣기 쉽도록 타일렀다.

"제렌에게 우리를 죽게 내버려두지 말라고 하세요."

"옥타이는 아주 잘생긴 청년이오. 조금 계집애 같기는 하지. 그래도 그 정도 흠쯤이야 왕자님에게도 있을 수 있는 것 아니겠소? 여기 평지 땅의 절반은 옥타이 몫이라던데. 어떻소, 형수."

제렌의 어머니는 슬퍼서인지, 어쩔 수 없는 상황 때문인지, 곡이라도 할 것처럼 북받쳐 오르는 감정을 억누르며 울기 시작했다.

"가서 그렇게 전할게요. 제렌에게…… 차라리 목숨을 끊으라고요…… 아니, 가라구요. 추쿠로바 그 부잣집 아들놈에게 가서 우리를 좀 구해달라구. 복도 없는 것."

날이 밝고 하루가 시작되었다. 사람들은 아무 방법도 찾아내지 못했다. 하이다르 우스타는 두 손으로 턱수염을 만지작거리면서, 아침까지 그렇게 생각에 잠긴 듯 앉아 있을 뿐이었다. 아침이 되어서야 두 손을 턱수염에서 내려놓았다. 손이 저렸기 때문이다. 그리고 자리에서 일어났다.

"걱정하지 마시오. 검을 사흘 안에 완성하리다. 그 이후에는 두려워할 것 없소. 검을 완성하는 것 말고는 문제를 해결할 방법이 없는 것 같군. 걱정하지 마시오."

그는 집으로 돌아가 풀무를 잡았다.

밖에는 낙타, 말, 당나귀, 양, 염소들이 떼를 지어 놀고 있고, 몇 개 남지 않은 텐트 앞에는 수리새들이 작은 다리에 사슬과 작은 종을 매달고 나무 위에 걸터앉아 있었다. 사냥개들은 각각 말 한 마리 정도는 되어 보였다.

하이다르 우스타의 나이 든 아랍종 말이 신음했다. 이 말은 족보가 있는 말이었다.

"케렘아, 할아비 말에게 물을 주었니?"

"아니요."

케렘이 밖으로 뛰어나갔다. 케렘은 이 말을 아주 좋아했다. 흐즈르 님이 송골매를 주시기만 한다면, 그날로 송골매를 손에 얹은 채로, 이 말을 타고 사냥을 하러 나갈 생각이었다.

이 말은 조그만 망아지일 때, 아주 오래전 하이다르 우스타가 어느 투르크멘족 지주에게서 사온 것이었다. 망아지 값으로 낙타 세 마리, 양 열한 마리, 사냥개를 두 마리나 지불했다. 바람처럼 날쌘 말이다.

세상에는 하이다르 우스타가 이해하지 못하는, 절대로 이해할수도 없는 변화가 일고 있었다. 사람들, 추쿠로바, 모두 요술지팡이라도 맞은 것 같았다. 어느덧 하얀 것은 까만 것이 되고, 까만 것은 하얀 것이 되어 있었다. 이 모든 것은 한순간에 벌어진일이었다. 아무도 누가 누구인지 분간을 하지 못했다. 물도, 나무들도, 언덕도, 숲도 모두 변해버렸다. 끝도 없이 펼쳐지던 호수도, 늪도, 농지도, 숲도 모조리 죽어버렸다. 밭 가운데에서 눈깜짝할 순간에 곡식을 베어버린 후 잘라서 묶어주는 거대한 벌레들은 뭐란 말인가. 쇠뭉치로 만든, 불도 삼켜버리는 벌레들. 끔찍했다.

하이다르 우스타가 금을 녹여서 가느다란 선을 길게 뽑았다. 화덕 안의 불꽃이 붉은 턱수염까지 번져 나왔다. 턱수염에 조금더 붉은빛이 감돌았다. 상념에 잠긴 것 같은 눈망울은 저 멀리어둠 속 계곡에서 빛났다.

그는 생각해보았다. 쿠르드족 지주 알리, 투르크멘 족장. 그분이 만일 살아 계신다면 우리에게 텐트를 칠 땅을 주셨을까? 그는 쿠르드족 지주 알리를 떠올려보았다. 마르고, 키가 크고, 곱슬거리는 턱수염과 비단으로 만든 블라우스, 쏼바르, 자켓, 그리고 꽤 무게가 나가는 금줄 시계, 가늘고, 나뭇가지 같은 몸, 슬퍼보이는 커다란 두 눈을 하고 있는 사람.

하이다르 우스타는 눈시울을 붉히고 한숨을 토해냈다.

"그래, 주고도 남았겠지. 얼마나 땅이 많았는데, 제이한 저쪽편까지였지. 제이한베키르 마을 저쪽까지도…… 그분은 그래도사람 귀한 줄 알았지."

한숨을 쉬던 그가 다시 작업을 시작했다. 생각하면 생각할수록 자기들이 왜 이런 일들을 겪는지 이해할 수 없었다.

쉴레이만 카흐야도 뭔가 상념에 빠져 있었다. 타루스타가 알리 파샤의 아들이 땅을 아주 많이 가지고 있다고 말했었다. 아무것도 심지 않고, 땅을 놀리고 있다고 했다. 그 사람을 찾아가서 땅에서 일한 대가를 매해 지불할 테니 우리에게 그 땅을 달라고 말하면 줄까 하고 생각하고 있었다.

"압두라흐만. 알리 파샤의 아들 라흐미 씨 기억하나?"

"당연하죠."

압두라흐만이 대답했다.

"사냥꾼이었던 친구 말예요?"

"지금 살아 있을까?"

"작년에 타루스에서 온 사람이 있길래 한번 물어봤는데, 살아 있대요. 결혼도 했다죠? 아이들이 여섯이나 되는데 모두 덩치가 좋다는군요. 농장이 다섯 개, 면화 공장이 두 갠데, 일하는 사람이 삼천 명이 넘는다는군요. 아르메니아에게서 물려받았다나. 앙카라에 가서 훌륭하게 되었다더군요. 라흐미 씨가 파샤가 되었대요."

한때 라흐미 씨는 도시를 떠나 집을 버리고 유목민 생활에 합류한 적이 있었다. 그의 단 하나 소원은 유목민이 되는 것이었다. 그는 늘 말했었다.

"텐트나 하나 만들어야지. 일곱 기둥으로. 낙타하고, 말하고, 양도 사야지. 신선한 우유를 먹고 자란 유목민 여자와 결혼할 거야. 내가 바라는 것은 그뿐이야."

그는 쉴레이만 카흐야의 집에서 일 년을 같이 살았다. 쉴레이만은 자기는 굶어도 손님에게는 끔찍하게 잘했다. 최선을 다해 극진히 대접했다. 쉴레이만은 그에게 말 타는 법, 무기 사용법, 사냥하는 법 같은 것을 가르쳐주었다. 쉴레이만의 여동생 세넴도 라흐미 씨에게 아주 헌신적으로 대했다.

어느 날 아침 일어나보니 라흐미 씨는 오간 데 없이 사라져버렸다. 이런 삶에 염증을 느껴 떠나버렸다는 것이었다. 쉴레이만이 걱정이 되어서 알리 파샤의 저택에 사람을 보내 알아보았다. '우리를 쉴레이만이 보냈어요' 하고 전했다고 한다. 라흐미 씨는 그 남자 얼굴을 빤히 바라보며 뭔가 기억해내려고 애쓰는 것 같더니, 아무 말도 하지 않고 홀연 사라져버렸다는 것이다.

"지금 우리가 그 사람을 찾아가서, 이 시계를 보여주면 우리를 기억할까?"

그는 시계를 꺼내 보였다. 시계를 연결한 금줄이 반짝 빛났다.

"그런다고 우리에게 텐트 칠 땅을 주겠어요? 그 사람 이런 삶이 지겨워 떠난 사람인데…… 그래도 이제 아무 방법이 없으니, 그 사람에게라도 매달려야지 어쩌겠어요."

압두라흐만은 몹시 흥분이 되는지 손까지 떨면서 말했다.

"줄 거야. 주고말고."

"아주 좋은 사람이었지, 영리하고……. 줄 거야."

뤼스템은 말했다.

"내게 군대 친구가 하나 있어요. 예니제 카르글루 마을에 사는데, 이름은 델리 이브라힘이구요. 이렇게 자비로운 사람이 있나 싶을 정도예요. 만약 조금이라도 가지고 있는 땅이 있다면 우리를 거기 살게 해줄 거예요."

쉴레이만은 맞장구를 쳤다.

"그럴 수도 있겠구만. 제대를 하고 나서 항상 그 사람 칭찬만 하더니만."

뮈슬림이 말했다.

"나는 그 굉장한 라마잔오울루를 위해서 피리를 불었던 사람이지. 이제 때가 되었어. 내가 할 일은 이제 끝났지. 자, 보라고. 젖니도 다 빠졌잖아. 라마잔오울루가 내 피리 소리를 듣더니 눈물을 뚝뚝 흘리며, 무엇이든 말해보라고 했지. 나도 고맙다고 했어. 뭐라도 주고 싶어했지만 내가 안 받았지. 피리를 불어준 대가로 뭘 받겠냐고 했지만 난 아무것도 받지 않았지. 피리는 불 권리가 있는 사람이 마음으로 부는 거지. 그런데 어느 날 라마잔오울루가 웬일인지 비명에 가버리고 말았어. 저기 평지로 내려가면, 아다나로 갈 거야. 가서 라마잔오울루 영전에 가서, 라마잔오울루는 허공중으로 사라졌지만, 우리에게 땅을 다시 돌려달라고 할 거야."

모두들 산을 내려가 작년 같은 고생과 망신을 당하지 않으려고 뭔가 끊임없이 궁리를 하고 또 했다.

주____

25 이슬람교의 창시자이며, 예언자인 무함마드의 딸이다. 무함마드의 사위 알리의 부인이기도 하다. 알레비 종파로 인하여 명성을 얻게 되었다.

26 예언자 무함마드의 첫 번째 부인이다. 부유한 대상이자 과부였다. 마흔 살에 스물다섯 살인 무함마드와 결혼하였다. 이슬람이 전파되는 데 그녀의 재력이 많은 도움을 주었으며, 이슬람 여성들 중에서 가장 영적인 여성으로 추앙받았다. 후에 그녀의 딸 파트마에게 자리를 내주면서 이슬람에서는 두 번째 여성으로 정해졌다.

4

유목민들은 올해 추쿠로바의 겨울만큼은 인간답게 보낼 수 있기 위해, 개처럼 쫓겨나지 않기 위해 할 수 있는 일은 무엇이든 다 했다. 가장 현명한 방법은 제렌을 희생시키는 일이었다. 왜냐하면 그런 일은 흔한 일이었다. 유목민 부족들은 어여쁜 소녀를 토착민 사내와 혼인시키고 나서, 부족 모두 그 토착민이 사는 곳 옆에다가 마을을 이루고 살았다. 제렌만 토착민과 혼인해준다면 모든 부족 사람들은 땅을 구할 수 있을 것이고, 정착도 할 수 있을 것이다. 드디어 모든 부족 사람들이 남녀노소 할 것 없이 제렌을 설득하기 위해 발 벗고 나섰다. 가장 그럴듯한 방법을 켈 무사가 찾아냈다.

고운 모래와 물이 솟는 땅. 그러나 이제 물줄기는 찾아볼 수 없었다. 여기 어딘가에서 솟아나던 물줄기는 말라버린 지 오래였다. 땅속 어디부터인가 말라버렸나 보다. 샘도 완전히 말라버렸다. 반쯤 이끼가 묻어 있던 마른 조약돌은 이제 굳은 은빛 진흙 더미에 휩싸여 있었다. 마른 웅덩이와 조약돌 위로 노랗게 마른 나뭇잎들이 수북하게 쌓여 있었다. 구겨지고 울긋불긋 보랏빛까지 도는 이파리들이었다. 어쩌면 잎사귀들은 모래 위에 풀로 꼭 붙여놓은 것처럼 보이기도 했다. 나뭇잎의 붉은 핏줄 모양은 손바닥 손금 같기도 했다. 모래 위에 눌려 생긴 울긋불긋한 핏줄이 있는 커다란 손 한 개. 플라타너스 잎 옆에 또 다른 자국 한 개가 있었다. 곰 발톱처럼 보이는 자국이었다. 그 옆에 찍힌 자국은 세 개나 되었다. 소나무 가지와 꽃나무 가지가 꺾인 자국이었다. '탁' 하고 얼마나 세게 부딪혔는지 가지가 두 동강이 나 있었다.

평지 바닥 틈에서 물이 솟고 있다. 물가에 수천 개나 되는 크고 작은 발자국들이 나 있었다. 커다란 자국은 뭉개져 있었다. 밤낮을 헤매고 돌아다닌 것 같았다. 맑고 투명한 달빛이 비추자 더욱 진한 금빛으로 변하여 반짝반짝 빛났다. 커다란 몸뚱이가 땅에서 뒹굴면서 널브러져 누워 있었던 것이 틀림없었다. 커다랗고, 털이 있으며, 기다란 몸의 형상이 땅에 새겨져 있다. 이제 모양이 분명해졌다. 땅에 누워 뒹군 것 같은 형상 옆에 가죽 구두 자국이 있었다. 신발 자국은 단 한 개였다. 다른 흔적은 없었다. 발이 한 개인 사람이라. 다른 발은 괴물이 물어가기라도 한 것일까. 아무도 알지 못하는, 그리고 보지도 못한 괴물일지 모른다. 그 사람은 가죽 구두를 신었고, 신발이 발을 죄는 것이 분명했다. 그 사람은 괴물의 입에 물려 피가 뚝뚝 흐르는 잘린 나머지 발을 찾는 것이다. 이것은 아주 오래된 유목민 전설 속에 나오는 이야기이다. 검은 텐트[27] 이야기이다. 아주 시커멓고, 염소털로 짠 검은 텐트들에 대한 이야기이다.

텐트는 낮고 길게 땅을 감싸듯 세워졌다. 흑염소털로 만든 텐트들은 아주 새까만 색이었다. 텐트는 꼭짓점을 일곱 개로 하는

게 가장 그럴듯한데, 어찌나 번들번들거리는지 까만색 위에 연
둣빛이 감도는 것처럼 보일 정도였다. 힘든 유랑생활. 알려지지
않은 곳, 그 누구에게도 알려지지 않았고, 알 수도 없으며, 영원
히 알려지지 않을 이곳에서 저곳으로 몽유병 환자들처럼 옮겨
다니는 삶. 양들, 낙타들, 풀, 커다란 사냥개 할 것 없이 둔탁한
이 소리를 듣지 못한 사람은 없었다. 그들은 이런 일을 어떻게
처리해야 할지 잘 알고 있었다. 이 일이 어떤 영향을 미칠지 가
늠해서, 말도 바꿀 줄 알아야 했다. 허리가 가늘고 키가 크며, 묵
직한 사냥개들, 진하고 붉은 기운이 돌아 보랏빛이 도는 발 윤
곽, 이마와 등에는 점이 있다.

　아주 옛날에, 아마도 천 년쯤 전에 늑대가 강보를 먹었다고 했
다. 수가 놓여진 강보였다. 늑대는 수가 많이 놓인 강보를 먹었
다. 테르케쉬산(産) 텐트에는 모서리까지 흑연과 은이 잘 어우러
진 특이한 수가 놓여 있었다. 그 옆에는 사즈가 놓여져 있었는
데, 남은 줄은 두 개뿐이었지만 그래도 소리가 났다. 피리와 북
도 있었다. 북의 가죽은 말라붙어 쫙쫙 갈라져 있었다. 그리고
하얀색 비단으로 만든 깃발이 있었다. 폭이 2카르쉬[28]가 되고 길
이는 17카르쉬가 되어 보였다. 그 위에는 붉은색 손자국이 나
있었다. 어쩌면 손으로 자국을 낸 것이 아닐지도 모른다. 붉은
것, 보라색이 도는 무언가에 빠뜨렸는지도 모르는 일이었다. 어
쩌면 아닐 수도 있기는 하지만 깃발의 끝은 노랗게 변했고, 가운
데 부분도 변해 있었다. 마술 같았다. 부족의 수장은 답답하면
깃발이 있는 이곳에 오곤 했다. 깃발에 얽힌 민요도 있었다. 백
년이나 불렸으니 이제는 듣기 민망할 정도다. 지금까지 전해지
는 것은 한 구절뿐이다. 그 대단하던 민요에서 남겨진 것은 단지

이 한 구절이다. "오스만 왕조는 우리의 조카뻘밖에 안 된다."
오스만 왕조는 이런 나쁜 짓을 하지 말았어야 했다.

키가 크고, 눈이 타원형 모양으로 큰 사람들이 호라산[29]에 가서 숨지 않고, 일곱 나라 일흔여덟 지방 문 앞을 지키고 있었다고 했다. 어깨에는 망아지 가죽을 이어 만든 슬갑[30]을 걸치고, 머리에는 염소털 쿨라흐[31]를 쓴 사람들. 길게 두른 총탄들, 기나긴 길. 기나긴 피리 소리. 칠흑 같은 어둠. 비옥한 하란 평원. 예언자 이브라힘. 예언자 이브라힘 사원의 문 앞에 묶여서 이리저리 발길질을 해대는 검붉은 말들. 검은 텐트 한 개는 기둥이 일흔두 개, 꼭짓점도 일흔두 개였다. 꼭 마라쉬에 있는 골동품 시장 같았다. 알록달록. 한쪽 날개가 세상을 뒤덮는다. 손이 매서운 아이든르 부족, 요뤽 부족, 하즈아흐메트르 집안. 그리고 휘세인. 양 떼들과 낙타 행렬을 양각으로 새겨 넣은 알록달록한 장식. 호두나무 장식장, 거울 장식이 있는 양은 국자들은 손잡이가 깨지고, 새빨간 자수가 달렸다. 금으로 만든 커피 잔들. 그들은 호라산에서 출발해 길을 떠나는 여정 중에 아젬 궁궐들, 임금 이스마일, 옛날 전쟁터, 깨진 화살촉, 다달오울루, 포로살이, 도망생활, 추쿠로바, 두려움들을 만났다. 기나긴 공포. 추쿠로바에서의 포로생활. 잔인한 화살 한 개가 그들의 허리를 관통했다.

이 꼴을, 지금 이 상태를 좀 보라. 뮈슬림은 구름처럼 모든 면이 하얀 사람이다. 그들은 호라산에서 왔다. 그들의 발 한쪽은 호라산에, 다른 하나는 케난 손아귀에 있다. 그들의 목숨은 하란(Harran) 예언자 이브라힘에게 달렸다. 기다란 양 떼 행렬과 낙타 행렬, 아랍종 말 떼들과 운명을 함께한다. 한편으로는 호라산 말라리아에, 추쿠로바 더위에, 홍역에 저당 잡혀 있기도 하다.

그들의 근원은 호라산, 더 나아가 투르크메니스탄이다. 그들의 근원도 검(劍)도 모두 깨졌다. 장인들은 모두 죽었다. 불꽃이 달아오르고 커지며 터진다. 단 한 사람, 양은처럼 붉은 턱수염과 길고 긴 검을 가지고 있는 하이다르 우스타만 남았다. 키가 크고, 목은 쭈글쭈글한 하이다르 우스타가 유일한 한 사람이다.

어젯밤부터 지금까지 세마가 이어지고 있다. 세마는 오래오래 계속될 것이다. 결코 멈추지 않을 것이다. 사람들이 세마를 돌고 있는데 가마 안에서 탁탁거리며 타오르는 불꽃들을 보며 그는 소원을 빌었다. '우리는 호라산에서 왔도다. 어깨에는 기나긴 휘장을 감고. 알라시여, 무함마드시여, 알리시여. 길게 띠로 두른 총탄들. 가득가득 피를 담은 항아리, 기다란 검들. 팔만 아나톨리아 사병들과 구만 호라산 노인들. 아흐멧 야세비 테케시, 금덩어리 위에 걸터앉은 작고, 턱수염이 긴, 눈빛이 빛나는 나이 든 노인. 알라시여, 무함마드시여, 알리시여…… 뿌리는 잘렸어도 가지가 온 세상을 덮고 있는 커다란 나무 한 그루…….'

인간의 악행이란 무엇인가. 곁에 둔 사람은 바위에 서린 그림자처럼 선한 사람이어야 한다. 사탄의 뱀이 아니어야 한다. 입맞춤이 아무리 달콤해도 온갖 술수를 다해 해친다면 무슨 의미가 있으리. 그런데 켈 무사는 유일하게 호라산 출신이 아니었다. 그는 키가 작고, 몸집도 조그마한데다가 뻣뻣한 머리털은 모두 빠져버린 대머리였다. 언제 이 부족과 합류했는지는 아무도 기억하지 못했다.

발자국 하나가 하얀 플라타너스를 지나 '예디카르데쉬'를 넘어서 '위취 우유라'에 도달해 있다. 발자국은 바위 뒤에서부터는 사라지고 없었다.

"어이, 목동, 할릴 봤니? 아니면 무스탄이라도?"

목동은 멀리서 긴 연기를 하늘에 가득 내뿜으며 잎담배를 태우고 있었다.

"아뇨."

다른 말은 없었다.

"너 내가 누군지 몰랐구나? 켈 무사야, 켈 무사라고…… 켈 무사란 말야."

"쯧."

"저런 눈깔을 빼버릴 놈. 무스탄, 무스탄, 무스탄! 내 소리가 들려? 나 켈 무사야. 켈 무사라고. 켈 무사, 켈 무사……."

켈 무사의 소리가 골짜기에서 울려왔다.

길고, 뾰족하고, 얼룩덜룩한 보랏빛 바위 밑으로부터 신음 소리가 들려왔다. 그리고 총탄이 터졌다. 무사는 그곳으로 뛰어갔다. 무스탄은 소나무 더미 위에 널브러져 누워 있었다. 퉁퉁 부은 다리는 사람 몸뚱이만 했다. 무스탄은 얼마나 말랐는지 등가죽이 배에 붙은 것처럼 보였다. 상처는 곪아서 냄새가 났다.

"난 죽어, 무사. 일어날 수도 없어. 나를 어떻게 찾은 거야? 그 목동이 가르쳐준 거야? 안 되는데."

"나 혼자 찾아낸 거야"

켈 무사가 대답했다. 그는 생각했다. 이 사람은 이제 전혀 가망이 없다고. 결국 죽을 것이다.

"내가 찾았어."

그가 만일 회복되기만 한다면 그는 우리가 시키는 대로 할 것이다. 그는 할릴이 믿는 사람이었다. 그날 밤 잘 때 이렇게 말했다.

"아, 목동이…… 매일 와서는 내 앞에서 '너를 죽여버릴 거야' 하고 협박해. 그러다가는 '멈춰. 나랑 놀아. 나에게 용서를 빌어' 그러는 거야. 그러다가 우유를 조금 주지. '넌 나의 포로야' 하고 말하면서 말야. 넌 이제 내 손에 달렸다."

목동은 들창코에다가 머리카락은 노란색 돼지털이고, 콧등과 얼굴 가죽은 벗겨졌는데, 회갈색 눈에는 핏발이 선 소년으로 고집불통에다가 고약하기까지 했다.

목동은 나무컵에 우유를 담아가지고 무스탄에게 와서는 '무스탄 대감, 내게 사정해보시지' 하고 빈정거렸다. 그러면 무스탄은 하라는 것은 뭐든지 하겠다고 매달렸다. 무스탄도 이제는 익숙해졌다. 목동은 '말해봐' 하곤 했다. '이 산의 왕이 누구냐?' 대답은 '목동 레쉴'. '가장 용감한 사람은 누구지?' '목동 레쉴.' 목동 레쉴이 원한다면 목숨까지도 바칠 터였다. 무스탄은 눈이 밖으로 튀어나와 먹을 것이라면 무엇이든 한입에 꿀꺽 삼킬 기세로 달려들었다. 그리고는 '우유를 줘' 하면서 다시 애원했다. 그제야 목동은 열 발자국 거리를 삼십 분이나 걸리도록 자기 손에 쥐고 있는 나무컵을 머리 위에 이고 아주 천천히, 그에게로 걸어왔다. 무스탄은 컵이 땅에 떨어지기라도 할세라 조마조마 그것을 바라보았다. 얼마나 나무컵을 뚫어지게 바라보는지 눈이 밖으로 튕겨져 나올 것 같았다.

"오늘은 너를 특별히 용서한다. 네 감언이설에 내가 봐준다. 내일 널 죽이도록 하지" 하고 말한 뒤 목동 레쉴은 가버렸다.

목동은 고아에다가 이 사람 저 사람 손에 자라서인지 마음속이 상처투성이였다. 그 나이가 되기까지 한데에서만 잠을 잤다.

입고 있는 옷은 전부 혼자서 짜고 기워 만든 것이었다. 친구라고는 있어본 적이 없었다. 자기를 칭찬해주는 사람도 만나본 적이 없었다. 그러다 손아귀에 무스탄을 넣게 된 것이다.

"나를 산 아래로 데려가줘. 무사. 뭐든지 할게."

부족이 겪은 재앙에 대해 무사가 설명했다. 놀랍게도 무스탄은 모든 것을 자신보다 더 많이 알고 있었다.

"말해봐."

"너한테 잘해주면, 할릴을 죽여줄래?"

"그러지."

"제렌도 네 것이 될 거야. 먼저 추쿠로바에 있는 지주 아들에게 넘겨줄 테니까, 네가 몇 달 후에 납치하면 돼."

"좋아, 그럼 내 상처를 낫게 해봐."

"내 등에 업혀. 네 상처에서 냄새가 많이 난다."

"지금은 안 돼. 그 목동이 우리가 있는 곳을 알지 못해야 해. 금방 헌병대에 가서 알릴 거야. 내게 매일 와서 고문을 하려고 지금은 아무에게도 내가 있는 곳을 안 가르쳐주지. 죽지 않을 만큼 우유를 주면서 말이야."

'몸이 낫기만 해봐라', 무스탄은 마음속으로 벼르고 있었다. 못된 놈, 사지를 찢어 죽여도 시원찮을 이놈 먼저 죽여야지. 할릴이 아니라 이놈 먼저. 할릴은 죽여야 할 사람이 아냐. 삼십 년 세월, 사십 년 세월을 아무도 부정할 수는 없어. 그 세월 동안 지금까지 할릴 식구 텐트를 쳐왔는데. 아무도 그 안에는 들어가지도 나오지도 못했어. 호라산에서 온 깃발이며, 깃털, 북과 시케[32], 톱, 쇠로 만든 왕관 두 개가 그 안에 있지. 그런 신물(神物)을 가지고 있는 수장 할릴에게 도저히 그럴 수는 없어. 난 그건 못 해, 무사. 내가 할릴에게 조금 안 좋은 마음을 가지고 있었긴 하지. 그래서 이런 일이 있는 거라고.

마음속에서 불이 나고 있었다.

켈 무사는 기쁨에 들떠 있었다. 하늘에는 보름달이 떠 있었다. 그는 무스탄을 등에 업었다. 무스탄의 냄새 나는 다리 부위에는 파리가 들끓었다. 벌이 알을 낳은 것처럼 보였다. 파리들도 함께 따라왔고, 상처는 계속해서 가려웠다. 무스탄은 가려워서 미칠 것만 같았다.

동이 틀 무렵 그들은 곡타쉬 동굴로 왔다. 무사는 그에게 간이 식 침대를 만들어주었다.

"넌 여기에 있어. 나는 부족에 들러서 약을 좀 가져올게. 먹을 것도 좀 가져오고."

저녁이 되어 그는 돌아왔다. 벌레와 썩은 살들을 도려내고 상처를 깨끗이 닦았다. 약을 바르고, 헝겊으로 잘 감았다. 총에 넣을 총탄도 가져왔다.

"이건 할릴 거야. 심장 한가운데 맞혀. 이것도 할릴을 위한 것이지. 이마 한가운데로. 이것도 할릴 것. 오른쪽 눈에 맞힐 것. 이것도 할릴 것. 입 한가운데."

대머리에다가 난장이만 한 무사가 할릴에게 이토록 적대감을 가지고 있었다는 것은 정말 아무도 몰랐다. 할릴은 모두에게 선행을 베풀었고, 무사에게도 그랬다. 무사는 왜 이토록, 할릴을 죽이고 싶어할 정도로 적이 된 것일까? 무스탄은 이해할 수가 없었다.

할릴이 이런 재앙을 맞이하게 된 것은 추쿠로바에서 겨울을 날 땅을 찾아 헤매게 되면서부터였다. 그는 오 년 동안이나 산을 헤매 다니며 도망자 생활을 하고 있었다. 아무에게도 접근하지 않았다. 어디에 숨었는지, 무엇을 하는지도 분명치 않았다. 가끔씩 부족이 알라 산으로 올라갔을 때 잠깐 몇 시간 정도 부락에 들러 할아버지가 쳐놓은 빈 텐트에 들어가서 하얗고 정갈한 비단 깃발 앞에서 무릎을 꿇고 소원을 빌곤 했다. 그뿐이었다.

그런데 마을 주민들이 공격을 해왔다. 텐트를 모두 망가뜨렸다. 헌병대도 이에 가담했다. 어떤 사람은 깔깔 웃으면서 텐트들에 불을 질렀다. 이때 헌병대들과 마을 주민들이 다 찢어지고 망가지고 아무도 없이 텅 빈 할릴 할아버지네 텐트로 다가왔다. 할릴과 뮈슬림, 하이다르 우스타, 쉴레이만 카흐야, 되네 아줌마와 제렌이 텐트 밖으로 쫓겨났다. 그러나 할릴은 버티고 또 버텼다.

"죽으면 죽었지, 이 텐트는 안 된다."

지주의 아들은 타고 있던 성난 말에 박차를 가했다. 사람들 무리를 가르면서 텐트 위로 달려들자 텐트는 망가지고 말았다. 할릴은 샛노랗게 질렸다. 몸이 얼어붙은 듯했다.

그날 밤 지주 아리프의 마을은, 불어오는 거센 겨울바람에 더욱 활활 타올랐다. 할릴이 말했다.

"이 마을을 태운 건 바로 나야."

그들은 부족 사람들 모두를 읍내로 끌고 갔다. 배고프고 목이 마른 사람들을, 남녀노소 할 것 없이 모두 한꺼번에 이슬람 사원에 쑤셔 넣고 일주일간 두들겨 팼다. 할릴에게는 할머니뻘이나 되는 술탄 카르스의 허리가 부러졌다. 하루 밤낮을 새처럼 울부짖다가 결국 술탄 카르스는 세상을 떠났다.

할릴은 꼼짝도 하지 않았다. 몸 전체가 매를 맞아 시꺼멓게 멍이 들어버렸다. 입이며, 입술, 코, 귀 할 것 없이 퉁퉁 부어 있었다. 여자아이 수나는 강간을 당했다. 그러자 수나는 간신히 사원 탑까지 기어올라가서 읍내 시장 한가운데로 몸을 던졌다. 시체는 이틀이나 시장 한가운데에 널브러진 채 그대로 방치되어 있었다.

할릴은 육 개월간 병원에 입원해 있다가 도망쳐 나왔다.

퀼렉 보아즈 근방은 바위들이 하늘로 뻗어 있는, 끝도 없이 펼쳐진 바위 숲 평원이었다. 길고 넓은 뾰족한 조약돌과 투명한 금빛 햇살이 파랗게 살랑이고, 빨간 종양들이 치솟는 불기둥처럼 붉게 뿌리를 내리고 있었다. 노란 햇볕이 풀풀 찰랑였다. 녹색과 보라. 날카로운 칼날 같은 느낌의 보라색 바위들이 가득했다. 번들거리며, 물이 찰랑 바윗돌들에 부딪히는 푸르고 촉촉한 평원에 부족이 정착하자 켈 무사는 할릴의 피 묻은 옷을 할릴 어머니에게 가져다주었다. 그 옆에는 뤼스템이 있었고, 쉴레이만 카흐야가 있었다. 그들은 아무 말도 하지 않았다. 입도 벙긋하지 않았다. 그러자 그는 아낙네에게 피 묻은 옷을 건네고 뒤도 돌아보지 않고 돌아와버렸다. 여인은 모든 것을 알게 되자 갑자기 울부짖기 시작했다. 한순간에 부족 모두 이 상황을 알게 되었다. 사람들은 할릴의 텐트 앞에 이 피 묻은 옷을 가져다 놓고 아침까지 곡을 해댔다. 제렌은 이 곡(哭)에 마음을 그대로 담았다. 터질 것 같은 자신의 사랑과 한을 열정적으로, 어느 누구도 흉내 낼 수 없는 아름다운 곡(哭)으로 풀어냈다. 모두들 할릴을 향한 제렌의 마음을 잘 알고 있었다. 그러나 이 정도로 애절한지는 아무도 눈치채지 못했다. 모두들 제렌이 목숨을 끊을까 봐 두려워했다. 만일 그렇게 된다면 그들의 모든 노력이 수포로 돌아갈 것이기 때문이었다.

제렌은 다행히 목숨을 끊지는 않았다. 그러나 이 세상으로부터, 사람들 모두로부터 완전히 등을 돌렸다. 입도 뻥긋하지 않았다. 몽유병 환자처럼 시체 같은 얼굴로 돌아다닐 뿐이었다.

두란 알리는 딸 에쉐를 산 아래 레체에 있는 마을 지주에게 시집보냈다. 에쉐는 정말로 미인이었다. 그런데 삼 년 후 어느 날 그녀의 시체가 우물 안에서 발견되었다. 알몸으로 몸을 던진 것이었다. 죽어 있는 그녀의 젖꼭지가 열한 살 소녀 젖꼭지처럼 팽팽했다. 추쿠로바 지방 여자들은 이것을 보고 까무라칠 듯 놀랐다. 그녀의 피부는 눈처럼 새하얗기만 했다. 추쿠로바 지방 여자들은 이것을 보고 더더욱 놀랐다. 에쉐의 시체를 보고 아무도 울지 않았다. 곡도 하지 않았다. 그들은 아무 일도 일어나지 않은 것처럼 무덤 크기 정도 되는 구덩이 안에 에쉐를 묻었다. 푹푹 찌는 더위, 그녀는 그곳에 꼼짝도 하지 않고 누워 있다.

이브라힘의 딸 제히야는 바람이 나서 마줄룸 선생과 도망을 쳤다. 그리고 이 년 후, 그녀는 미쳐서 온 산을 헤매기 시작했다. "알라 산, 알라 산, 알라 산" 하며, 아직도 추쿠로바의 온 마을을 헤매며 돌아다니고 있다.

하지 살만은 절세미인 딸 예실을 직접 읍내 방앗간 주인 살리 씨에게 넘겼다. 그리고 곧장 텐트를 가져가 방앗간 마당에 자리를 잡았다. 예실은 일 년도 채 못 되어 대수롭지도 않은 병으로 세상을 떠났다. 추쿠로바로 많은 유목민 처녀들이 시집을 갔지만 죽은 사람도 많았다.

하즈 케림리는 임란에게 딸을 주었다. 그들은 서로 친척이 되었다. 그리고 그곳을 떠나 임란네를 집으로 삼았다. 처음에는 5

월 중순까지만 머물다가 나중에는 5월 말, 7월 중순, 그리고 8월까지 머무는 방식으로 조금씩 머무르는 시간을 연장하였다. 그들은 조금씩 추쿠로바의 더위와 모기, 독성과 먼지, 그리고 휘발유 냄새에 적응해가며 정착하였다. 그들은 트랙터, 탈곡기, 트럭, 자동차도 가지고 있다. 그들이 살던 텐트는 황토 위 집 한구석에 버려진 채 썩어가고 있다. 딸 하나 때문에 덕을 보고 사는 것이다. 그 집 딸은 제렌처럼 빼어난 미인도 아니었다.

타느쉬만 부족 신랑 중에서 훌륭한 사람도 나왔다. 타느쉬만 부족은 아으바 평원과 대토지에 억지로 정착하게 되었다. 그래도 거기에서 행복했다. 흙을 먹는 벌레나 쇠로 만든 벌레, 입에서 불꽃을 내뿜는 쇠뭉치를 모두 집집마다 한 대씩은 가지고 있었다. 그들의 텐트는 썩지 않았다. 매년 야름 귤렉 평원과 테키르 위에 텐트를 쳤다.

제렌의 머리 위에 죽음의 독수리가 돌고 있다. 할릴이 죽고 난 후에 시작된 일이었다. 제렌은 무엇을 어찌해야 하는지 몰랐다.

"아이고 제렌을 어쩌면 좋아요. 아이고, 우리가 믿을 건 제렌밖에 없어요! 제렌아, 제물이 되어라. 보즈요렌으로 가란 말이다. 유목민 딸로서 말이다. 제렌, 제렌을 엮어주시길."

주

27 카라 차드르. 터키 유목민들이 사용한 이동식 텐트이다.

28 길이를 재는 척도. 지금은 쓰이지 않는다.

29 호라산은 터키인들이 아나톨리아로 이주하기 이전 중앙아시아 투르크멘족의 삶의 터전이며, 문화적 기반이 되었던 공간이다. 투르크멘족의 종교적, 문화적, 학문

적 원형이 형성된 곳이다.

30 남자들이 입는 가죽 겉옷이다.

31 터키 동부 지방 민속 의상으로 남자들이 쓰는 모자이다.

32 메블레비 탁발승들이 쓰는 길고 위가 평평한 염소털 모자이다.

5

아주 오래전 델리보아 평원의 주변은 모두 늪이었다. 늪을 지나면 가시금작화 덤불밭이었다. 그러나 평원도, 늪도, 덤불밭도 그 누구의 것이라고 말할 수는 없었다. 저 멀리 있는 마을들의 경계선은 저쪽 어디에선가 시작되고 있었다. 유목민들은 묘가 있기도 하고, 없기도 했다. 유목민들은 길에서든 어디에서든 누군가 죽기라도 하면 바로 그 자리에 묻어버렸다. 그런데 이 델리보아 평원은 유독 유목민들의 무덤으로 가득 덮여 있었다. 유목민들이 겨울을 나는 땅이었기 때문이다. 카라출루족은 올겨울 이곳에 짐을 풀고, 문제는 이후에 대처하기로 했다. 그런데 델리보아에서 전혀 예상치 않은 일이 벌어졌다.

그들은 몇 날 며칠에 걸쳐 겨우 텐트 치는 일을 끝냈다. 가시 금작화 덤불 뒤부터 제이한 강까지 뻗어 있는 수맥 양옆으로는 우엉 뿌리가 가득하고, 웅덩이가 여기저기 파인 불모지 땅이 있었는데 이 땅을 이용할 계획이었다. 불모지 땅이라도 없는 것보다는 나았다. 이곳에 있는 풀이 충분하지 않으면 양과 염소들은 헤르미테 산이나 보즈쿠유, 즈으즉, 아니면 퀴유예리 언덕까지 데리고 갈 작정이었다. 이것이 쉴레이만 카흐야의 계획이었다. 그의 마음속에도 두려움은 있었다. 추쿠로바 사람들이 여기에서도 뭔가 문제를 일으킬 게 뻔했기 때문이다. 유목민은 궁지에 몰려 있었다. 이 사실을 알고 있는 추쿠로바 사람들은 더더욱 유세를 부렸다. 쉴레이만 카흐야도 '이제는 지쳤어, 힘들어' 하는 말만 내뱉었다. '이번 겨울만이라도 편히 날 수 있다면, 다음 겨울에는 뭔가 방법을 찾을 수 있을 텐데. 알라께서 설마 우리를 모른 척하시겠나'라는 말들뿐이었다.

가부루 산 꼭대기가 축축하게 젖었다. 밭 한가운데에 불이 지펴진 것 같았다. 연기가 피어오르는 게 보였다. 그리고 연기 아래로 피었다 멀어지며 사라지는 불꽃들이 보이기 시작했다.

양들과 소 떼, 그리고 낙타들의 울음소리가 평원을 가득 메웠다. 황금색 머리를 쫑쫑 따내린 혈색 좋은 소녀들이 앞치마를 두르고 젖을 짜기 시작했다. 가을 첫새벽에 짠 신선하고 거품이 보글거리는 우유 냄새와 양 냄새가 가득 번졌다. 부드럽고 훈훈한 냄새였다. 이른 새벽에 부는 바람 때문에 천국에라도 다녀올 수 있을 것만 같았다. 온몸을 휘감는 새벽 공기에 몸이 날아갈 것만 같았다. 아무리 상황이 나쁘고, 고통스러워도 이 바람은 형언할수 없는 기쁨을 채워주는 마력을 가지고 있었다. 첫가을 추쿠로바 제이한 강이 평원을 덮치고, 햇볕에 바짝 타들어간 꽃들이 풀내음과 함께 풀풀거리며 지푸라기와 먼지 속으로 스며든다고 해도……. 먼지는 새벽녘 마른 지푸라기와 시들어버린 꽃들 사이로 사라져갔다. 가을 숲에도, 땅에도 서리가 내렸다. 갈잎들, 가을 풀, 노란 미나리아재비, 엉겅퀴 잎사귀들도 서리 때문에 진흙이 묻었다. 추쿠로바의 새벽 아침은 덩치 큰 양치기 개들이 우렁차게 짖어대는 소리로 쩌렁쩌렁 울렸다. 버터 젓는 소리, 기름 냄새, 오래된 요구르트와 우유 냄새가 타버린 것 같은 추쿠로바의 체취에 스며들었다. 그곳에 노쇠하여 슬픈 눈을 두리번거리는 휜칠한 아랍종 말들이 우두커니 서 있었다.

쉴레이만 카흐야는 두려움 때문에 마음이 편하지 않았다. 토할 것같이 속이 불편하고 여기저기서 매스꺼운 냄새가 나는 것 같이 느껴졌다. 순간순간 모든 것이 부정적으로 느껴지면서 곧 불길한 일이 일어날 것만 같았다.

뿌연 아침 연기와 파도처럼 번지는 냄새를 가르고, 아낙네들과 키가 크고 검게 그을린 잘생긴 남자들이 시름에 잠긴 표정으로 나타났다. 여인들은 푸른 옷이 아름다웠다. 가끔씩 노랑, 빨강, 연두색 옷도 보였다. 보라색으로 수를 놓은 페스[33]에 태양빛이 번졌다. 넘실거리는 햇살은 금이나 산호로 만든 소코뚜레에도 살랑거렸다.

소들은 동이 터오는 그곳에 부옇게 번지는 햇살 아래 서서 풀, 나무, 땅 사이 우아한 자태로 어슬렁거리고 있었다. 단단하고 뭉툭한 발자국이 땅에 새겨졌다. 목동들은 아주 오래된, 모르긴 몰라도 케난 시대부터 내려오는 것 같은 곡조들을 연주했다. 그 민요들은 우르파타 성 이브라힘을 길러냈고 훌륭한 아랍종 말과 아이들을 키워주었다. 중앙아시아에서부터 전해 내려오는 아주 오래된 호라산 보즈크르는 천 년 이상 내려오는 모험담이었다. 종류도 수십만 가지나 되었다. 연주 소리가 기쁨에 가득 차 있었다. 겸손하고, 사랑이 가득하며, 우호적이면서 조금 우수에 차기도 한, 악한 것이라고는 전혀 모르고 살았던 인간적인 전통이 거기에 담겨 있었다. 모든 재앙을 극복한 후 내려진 기쁜 세상의 소리였다. 이것은 인류의 조상이 스스로 물과 산과 노래와 곡들과 기쁨과 별들과 함께 조화로 자연을 아름답게 장식하여 전통으로 승화시킨 소리였다. 민요는 사람을 사람답게 만드는 가장 섬세한 소리였다.

하이다르 우스타는 텐트 앞에 거무스름하고 나이가 든 아랍종 말을 묶고 있었다. 말은 뒤쪽 오른발을 배에 붙이고 꼼짝도 하지 않았다.

텐트 안에는 케렘이 누웠던 담요 한쪽 위에 이제 막 새끼 티를 벗은 송골매 한 마리가 놓여 있었다. 송골매는 눈을 번득이며 둥지 위를 지켜보고 있었다. 케렘은 자면서 아침이 될 때까지 틈만 나면 일어나서 송골매가 있는지 확인하고 한두 마디를 던지고 나서야 다시 잠이 들었다. 케렘과 송골매는 이제 절친한 친구가 된 것 같았다. 송골매는 델리 압둘라가 잡아다준 것이었다. 델리 압둘라는 바위 더미를 돌아다니며 독수리나 송골매, 새매, 매 둥지를 찾아내는 데 시간을 보냈다. 그래도 새나 둥지, 알에는 손을 대지 않았다. 그는 케렘이 얼마나 매를 열망하고 있는지 잘 알고 있었다. 더구나 그는 이 세상에서 하이다르 우스타를 가장 좋아했다. 하이다르 우스타는 먼 외삼촌뻘이었다. 부족 사람들끼리는 모두 서로서로 조금씩 친척이기는 했다. 만약 케렘이 아니었다면, 케렘이 그토록 매를 가지고 싶어 하지 않았다면 델리 압둘라가 매를 둥지째 케렘에게 넘겨주지는 않았을 것이다. 이 세상에는 가장 가파르고 위험해서 사람이 닿지 못하는 곳에 둥지를 트는 새가 있다. 하나는 독수리이고, 다른 하나는 송골매이다.

쉴레이만 카흐야는 동이 틀 때까지 텐트 사이를 배회했다. 부족 사람들은 모두 일찌감치 일어나서 기다리고 있었다. 지금과 같은 행복한 결말이 정착할 땅을 찾았을 경우에도 계속될 수 있을까? 이런 걱정을 하는 사이에 벌써 정오가 가까워져가고 있었다. 아직 아무도 보이지는 않았다. 그는 아나바르자 쪽과 헤르미테 산 아래에서 뻗어 나온 길, 그리고 휘르우샤으 쪽을 한번 쳐다보았다. 길에는 말을 탄 사람도, 자동차도, 트럭도 아무것도 보이지 않았다. 길은 텅 비어 있을 뿐이었다.

갑자기 카라바작 쪽 밭 한가운데서 고원으로 올라오는 길에 지프차가 나타났다. 가슴이 쿵 하고 내려앉는 것 같았다. 자세히 들여다보았다. 속이 타들어갔다. 믿고 싶지 않았지만 지프차가 고원으로 오고 있는 게 분명했다. 부족의 대표 자격 되는 사람들, 뮈슬림, 뤼스템, 하이다르 우스타, 제케리야, 괴데 유수프 그리고 나머지 사람들도 고원 아래로 내려가 지프차를 맞이했다. 지프차가 그들 앞에 멈추어 섰다. 차에서 먼저 데르비쉬 하산이 내렸다. 그는 키가 크고, 하얀 옷을 입고 있었다. 가슴 쪽 주머니에 붉은색 손수건을 꼽고 넓은 밀짚모자를 눌러쓰고 있었다. 모자 아래로 가는 얼굴과 흰자도 보이지 않는 단추 구멍만 한 눈이 보였다. 그가 손을 내밀었다.

"나는 데르비쉬요. 이 땅의 주인인 하산 가(家)의 장남입니다. 베쉬오우즐루 부족이구요. 쉴레이만 카흐야 씨는 어디에 있지요?"

쉴레이만 카흐야가 한발 앞으로 나섰다. 조금 자신감이 생기고 정신이 들었다. 겸손하고 사심이 없는 목소리로 맞이했다.

"어서 오세요."

"안녕하시오."

데르비쉬 하산이 손을 내밀었다.

그 뒤로 차에서 두 명이 더 내렸다. 두 명 모두 허리에 커다란 총을 차고 있었다. 두 사람은 마르고 얼굴에는 주름이 가득하며 검게 그을린 얼굴이었다.

데르비쉬 하산이 뒤를 돌아다보며 말했다.

"이쪽은 치첵리 두르무쉬입니다. 아야으크륵 시대 위대한 산적이었던 것 아시죠? 지금은 우리랑 같이 일을 합니다. 우리를 호위하는 일을 맡고 있지요. 우리가 이 사람을 산에서 내려오게 했습니다. 우리를 산에서보다 더 좋은 조건으로 살게 해주었소. 이 사람도 우리 호위병직을 명예롭게 여기고 있소. 이쪽은 델리 무자페르요. 뒤돌아서서 날아가는 새도 떨어뜨리고, 도망치는 토끼도 쏘아 맞히는 분이지요. 무자페르도 우리 호위병 열다섯 중 한 사람이지요. 우리 호위 무사 중 가장 뛰어난 두 사람과 찾아뵙게 되었소. 지금은 고인이 되신 아버지 잘 타히르께서 그러셨지요. 쉴레이만 카흐야는 물론이고, 이전 어르신도 모두 내게는 가장 좋은 친구였다고요. 그러니 카라출루 부족을 너무 못살게 굴지 말라고 유언을 남기셨지요. 저도 그러겠다고 했습니다. 그래서 유언에 따르기 위해 지금까지 접근하지 않았던 겁니다. 지금까지 말 한마디도 하지 않고 있었습니다."

쉴레이만 카흐야는 이제 모든 것을 알 것 같았다. 분노가 치밀어 입술까지 떨렸다.

"텐트로 들어오시지요, 데르비쉬 하산 씨."

언제나 얼굴에 번져 있던 따사로운 미소는 어느덧 얼어붙었다.

그들은 텐트로 들어갔다. 데르비쉬 하산은 수장 텐트 안에 깔린 장판이나 양탄자며, 오렌지색 염소털 직물, 기둥에 있는 매듭들에 반하지 않을 수 없었다. '이 사람들, 부자구만' 하는 생각이 들었다.

커피를 가져왔다. 좋은 냄새가 나는 커피였다. 커피향은 오랫동안 허공에 걸려 있는 것처럼 퍼져 나가지 않았다. 데르비쉬 하산이 커피를 마시고 나자 분위기가 험악해졌다. 그의 작은 얼굴 위에 있는 주름들이 딱딱하게 굳더니 얼굴색도 까맣게 변했다.

"쉴레이만, 당신들은 내게 허락도 받지 않고 여기 고원에 자리를 잡았소. 이 얼마나 무례한 행위입니까? 그래서 화도 나고, 속이 상하기도 했습니다. 당신들은 도쿠즈 오우즈 출신이시고, 우리는 온 비르 오우즈 출신입니다만, 우리 모두 종교 율법과 전통을 지키며 사는 사람들 아닙니까? 민주당은 도쿠즈 오우즈 사람들과 온 비르 오우즈는 물론이고 온 예디 오우즈 출신들까지도 전통과 조직의 힘으로 정부를 만들려고 합니다만…… 오스만 왕조처럼……."

선거 유세가 따로 없었다. 쉴레이만도 사람들도 그의 손놀림 동작을 이상하다는 듯 바라보고 있었다. 이렇게 엉뚱한 사람은 본 적이 없다는 표정이었다.

"우리 당은 세 명입니다. 그러니까, 제랄 씨하고 아드난 씨, 그리고 내가 부족을 통일해서 나라를 세웠소. 에헴, 그렇게 되었소. 게다가 이 나라에는 엄연히 법도가 존재하거늘 당신들의 처신에 매우 유감이오."

그는 갈수록 무게를 잡더니 소리를 지르는 것처럼 말했다.

"그래도 나와 제랄 씨, 아드난 씨는 당신들의 무례하고 저속한 행위를 용서하기로 하였소. 용서하고말고. 용서하오."

용서한다는 말을 내뱉을 때 얼마나 힘을 주는지 목에 있는 핏줄이 부풀어 올라 밖으로 터져 나올 것만 같았다.

"그런데 한 가지 조건이 있소."

목소리가 조금 누그러들었다.

"여기에 몇 달이나 머무를 예정이시오? 봄까지? 아니면, 오월까지요?"

그가 손가락을 세어가며 말했다.

"여덟 달이구만. 그러면 그 대가로 내게……."

또박또박 힘을 주어가며 말했다.

"그렇지. 이곳을 여덟 달 빌린다 치면…… 천 리라씩이니 팔천 리라를 내시오. 한 푼도 더는 깎아줄 수 없소."

그가 소리를 질렀다.

"지금 당장 팔천 리라를 내놓으시오. 그럴 수 없다면 당장 짐을 싸서 내 땅에서 나가시오. 당장 나가달란 말이오. 고인이 되신 아버지 유언 때문에 당신들에게 지금까지 호의를 베푼 것이니 그리 아시기 바라오."

수장 텐트 뒤에는 일곱 살짜리 꼬마부터 일흔 살 노인까지 부족 사람들이 모두 모여서 데르비쉬 하산의 말을 엿듣고 있었다. 사람들은 간이 콩알만 해져서 이 무시무시한 말을 숨죽여 듣고만 있을 뿐이었다.

"당신들만 아니었으면 말이오, 쉴레이만 씨. 나는 이 땅에서 겨울마다 십만 리라는 족히 벌 수 있었소. 왜냐고? 이 땅은 그러니까 옛날 옛적 우리 선조들이 살던 궁전이 있었던 자리란 말이오."

그는 다리를 굴렀다.

"보시오. 이 땅으로 말할 것 같으면 우리 조상님들, 할아버지

빈 샤, 오리 빈 탈랏, 이브니엑타자 빈 할릿 이브니 쥘랄린 궁전
이 있었던 터가 바로 여기요. 이런 신성한 땅에 단 한 번도 우리
는…… 유목민이 와서 텐트를 칠 것이라고는 상상할 수도 없었
소. 이천 년이나 된 신성한 땅을 더럽힌 자가 있다면 우리는 선
조들의 명예를 위해 피를 흘릴 것이오. 피를……!"

그 순간 호위 무사들은 손을 총으로 가져갔다. 유목민들은 이
장면을 놓치지 않았다.

쉴레이만 카흐야가 말했다.

"데르비쉬 하산 선생."

아무 일도 없었다는 듯이 건조한 말투였다.

"우리끼리만 얘기합시다. 잠시 후에 오지요."

그들은 수장 텐트를 나가버렸다.

세 사람은 숨을 죽이고 밖에서 내려질 결정을 기다렸다. 데르
비쉬 하산이 일행을 부추겼다.

"내가 말한 것을 안 내놓는다면 두고 봐라. 맛을 보여줄 테니.
여기 언덕을, 풀 한 포기까지 모조리 쓸어버릴 테니. 하룻밤 성
냥 하나만 있으면 그만이야. 텐트며, 양이며, 말들이며 전부 타
버리겠지. 뜨거운 맛을 보여줄 거야."

무자페르도 거들었다.

"팔천 리라를 통째로 주지 않는다면, 온 세상이 불바다가 되
고 발목 하나도 못 놀리게 할 테다. 단 한 사람도."

치첵리 두르무쉬도 "만일" 하더니 말을 이었다.

"단 한 사람도."

두 사람보다 뒤처지기는 싫었다.

"불태워버릴 테다. 불태워버릴 테다. 불태워버리고말고. 없애

버릴 테다. 불을 질러버려. 완전히 없애버릴 테다. 선언한다. 불에서 도망치는 놈은 모조리 총으로 쏘아버릴 테다. 쏘아버리고 말고.”

케렘은 헐레벌떡 쉴레이만 카흐야에게로 왔다. 한 손에는 송골매를 들고 있었다. 그는 부들부들 떨면서 말했다.

“안에서 얘기하는 소리를 들었어요. 돈을 안 내면, 우리 모두 불태워 죽인답니다. 그렇게 말하던데요……..”

쉴레이만 카흐야가 말했다.

“고맙다. 케렘. 너는 다시 가서 텐트 뒤에 숨어서 그 사람들이 하는 말을 엿듣도록 해. 그리고 나한테 알려줘.”

“알았어요.”

케렘이 뛰어갔다.

쉴레이만 카흐야가 말을 이었다.

“난 그 사람을 잘 압니다. 십오 년 동안이나 유목민들의 피를 빨아먹고 사는 사람이오. 아다나에서 타르수스, 아믹 평원은 말할 것도 없고, 이스라히예며, 마라쉬 아래 유목민들한테서도 전부 돈을 거둬들였소. 지중해 전역이 전부 그놈 땅이지요. 천 리라를 내봅시다. 안 된다고 하면 이천 리라…… 그래도 안 되면 지옥이라도 가야지요.”

하이다르 우스타가 흐느끼며 말했다.

“돈을 내지 마시오. 그렇게 많은 돈은 내지 마시오. 딱하지 않소? 딱해요. 이제 겨우 칼 만드는 일이 끝났어요. 나는 내일이라도, 내일이 아니라면 모레에, 아니면…… 이스멧 파샤를 뵈러 가겠소. 그분이 우리에게 땅을 줄 거요.”

쉴레이만 카흐야가 앞장서고, 나머지 사람들이 뒤를 따라 수장 텐트로 들어섰다. 데르비쉬 하산은 그들을 보자 얼마나 흥분했던지 반짝이는 눈이 번들번들거렸다. 땀까지 맺혔다.

"천 리라는 줄 수 있소."

쉴레이만 카흐야가 말했다.

하산은 일어났다 앉았다 난리를 치며 소리도 지르고 협박도 해보았다. 헌병대를 부르겠다느니, 불을 질러버리겠다느니, 성스러운 땅이며, 궁터가 할아버지 뼈가 묻힌 곳이라는 둥 아버지의 유언까지 동원해가며 설명을 했다. 그런데 쉴레이만 카흐야는 한 마디도 듣지 못한 사람처럼 굴고 있었다.

"천 리라라니 말이나 되는 소리요? 됐소. 끝났소. 안녕히 계시오."

데르비쉬 하산은 한 번 더 위협을 해보았다. 쉴레이만 카흐야의 대답은 여전히 천 리라였다.

이번엔 데르비쉬 하산은 목소리를 부드럽게 해서 애원하듯 말했다.

"전부 말이오. 모두 내가 먹여 살려야 한단 말이오. 이 고원 말고는 다른 생계 방법이 없어요. 여기서 돈을 받지 않으면, 땅 값을 받지 않으면 난 굶어 죽어요. 내가 죽는다고 생각해보시오."

한편으로는 사정이기도 하고, 한편으로는 협박이기도 했다.

"나는 죽은 목숨이오. 죽은 목숨이란 말이오. 죽었다는 게 무슨 뜻이오? 나는 죽었소. 죽어가는 당나귀가 늑대라고 무서워하는 것 봤소? 물불 안 가리지."

쉴레이만 카흐야의 얼굴에 역겨워서 구역질이 날 것 같다는 표정이 역력했다.

"자, 그럼 이걸 받고 사라지시오. 데르비쉬 하산 씨. 여기 이

천 리라요. 더는 아무 말도 하지 말아요."

그는 토할 것같이 구역질을 하더니 밖으로 뛰쳐나갔다.

데르비쉬 하산은 열닷새 후에 마을 술집에 도착했다. 술집 노름꾼들이 축제의 분위기로 그를 맞이했다. 그를 둘러싸더니 올해 수확이 얼마인지 물었다. 어떤 사람은 십 리라, 어떤 사람은 이십, 어떤 사람은 백만을 불렀다.

데르비쉬 하산이 한숨을 내쉬었다.

"유목민들이 갈수록 건방져진단 말이야. 두 곳에서 겨우 오 쿠루쉬[34], 십 쿠루쉬 때문에 날 죽이려 든단 말야. 거대한 추쿠로바 땅, 지중해 지방이 전부 우리 위대한 왕족 선조님들 땅인데 말이야. 나를 그 정도로 죽이려고 들다니. 그놈들을 붙들어다가 껍질을 벗겨버려야 하는 건데. 야만인 같은 놈들. 한번 맛을 보여주어야겠어. 그놈들 중 한 사람을 잡아다 작살을 내서 다시는 일어나지도 못하게 해야지. 자업자득이지. 내가 내 땅 임대료를 받겠다는데, 내 권리지. 자, 포커나 한판 치자구."

"얼마 받았어?"

"알 것 없어."

"얼만데?"

"십이만. 내가 말했잖아. 갈수록 그놈들은 빈티가 난다니까. 알 게 뭐야. 내년에는 오십 리라도 못 건질지. 벌써 내년 걱정을 하다니. 다음 해는…… 모르겠다. 자, 시작하지."

그는 기계적으로 카드를 섞었다.

33 남자들이 쓰는 전통 모자.

34 화폐 단위로 리라보다 작은 단위이다. 지금은 쓰지 않는다.

6

1876년 여름 프르카이 이스라히예 사령관 제브넷 장군은 무스타파 알리 소령에게 산을 깎아 길을 만들라는 명령을 내렸다. 알리 소령은 군사를 이끌고 내려가 추쿠로바와 연결되는 거대한 도로를 만들었다. 그들은 산 밖에서 산속으로 들어가는 것도, 추쿠로바에서 외부로 빠져나가는 것도 허락하지 않았다. 거대한 평원이 별안간 투르크멘 부족에게 공포의 감옥이 되어버렸다.

알리 소령은 검을 선사받았다. 그러자 투르크멘 부족이 처한 상황에 대해서 몹시 가슴 아파했다. "파리 떼처럼 어찌할 바 모르고 안간힘을 쓰는구만!" 하더니 몇몇 사람들에게 땅을 하사하기도 했다.

한편으로 알리 소령은 마을과 도시를 만들었다. 이리 재고, 저리 재면서 여기저기에 신작로, 골목, 광장이 있는 도시를 만들었다. 그가 만든 도시는 예전 투르크멘 부족들의 겨울 장터이거나 고대 그리스인들이나 로마인 그리고 아르메니아 사람들의 유적지였다. 그는 마을 곳곳을 속속들이 잘 알고 있었다. 이곳저곳 모두 그들이 겨울을 나던 땅이었다. 투르크멘 부족들이 겨울을 나기에 가장 좋은 장소였던 것이다.

모기들이 극성을 부렸다. 뇌염이 돌았다. 그해 여름은 유례없는 전염병이 번지고 있었다. 추쿠로바에 동물과 사람 뼈가 쌓여가기 시작했다. 여름 내내 시체 썩는 냄새가 지독했다.

알리 소령은 양심의 가책 때문에 견딜 수가 없었다. 그는 이렇게 강제로 정착하게 만든다는 것이 불가능한 일이라는 것도 알고 있었다. 그렇다고 언제까지 오스만 군대를 추쿠로바에 배치시킬 수도 없는 노릇이었다. 일이 년 안에 경찰들이 들고 일어나지 않으면 무슨 일인가 벌어질 것이었다. 알리 소령은 세상을 겪을 만큼 겪은 현명한 사람이었다. 그는 이제 겨우 삼십 대 정도로 보였다. 금발머리에 푸른 눈을 한, 키가 큰 남자였다. 게다가 야망이 컸다. 이스탄불 가난한 어느 마을, 빈민 출신이기는 했지만 성공과 돈을 위해서라면 무슨 짓이라도 할 수 있는 준비가 되어 있었다.

벌써부터 투르크멘 부족 사람들은 군부대의 포위망을 뚫고 산으로 접근하기 위한 방법을 마련하고 있었다. 추쿠로바에 전염병이 번지고 뇌염으로 죽는 사람이 많아질수록 산으로 숨어들어가는 사람도 늘어만 갔다.

어느 날 아침 그는 마침내 결정을 내렸다. 투르크멘 부족 사람들이 산으로 돌아가도록 자기가 직접 허락하기로 마음을 먹었다. 그는 자신이 만든 도시에 투르크멘 부족들을 위하여 땅도 주고, 마을 만들 자리, 수장 집터, 읍내의 집들과 집터를 주었다. 비록 조금이지만 투르크멘 사람들을 땅에 묶어둘 수 있었던 것이다. 나머지는 시간을 두고 지켜보기로 했다.

보즈도안족의 수장을 불렀다. 그들이 겨울을 나던 곳은 지금의 엔델린 마을이었다. 보즈도안은 인원이 매우 많았다. 맞은편에서 걸어오는 나이 든 수장이 뇌염으로 부들부들 떨고 있었다.

알리 소령이 말했다.

"산으로 들어갈 수 있게 해드리지요. 그 대가로 금을 얼마나 주시겠소?"

수장은 좋아했다.

"얼마든지 드리리다."

"문서를 한 장 드리지요. 아무도 당신을 건드리지 못할 거요. 내가 분배해준 땅과 마을은 가져도 좋소. 평원에 정착하시오. 다만 언제든지 원하면 산으로 가도 좋소. 원하면 아무 때나 평지로 내려와도 좋고."

그는 보즈도안족으로부터 금을 오백 돈이나 받았다. 뇌물은 좋아하지 않았지만 어쩔 수가 없었다. 투르크멘 부족들은 어디에 뚜렷하게 쓸지도 모르면서 금을 잔뜩 가지고 있었다. 그는 돈을 받았다. 대신 '알리 소령 특령'이라는 문서를 쥐여주었다.

"그래, 오스만 왕조가 망해가고 있긴 해. 금과 은이 필요하지. 이런 금이 투르크멘 부족들이 그 더러운 산속 생활을 하는 데 무슨 소용이 있어? 아무 소용도 없지."

이 소식은 다른 투르크멘 부족들, 투르크멘 일가들에게 전해졌다. 그들은 '알리 소령 특령'을 받기 위해 줄을 서기 시작했다. 돈을 주고서라도 이 지옥 같은 추쿠로바에서 벗어나 산으로 들어가고만 싶었다. 알리 소령은 셀 수도 없을 만큼 수많은 금을 손에 쥐게 되었다. 이제 많은 투르크멘 부족 사람들의 손아귀에 '알리 소령 특령'이 쥐여졌다. 알리 소령은 프르카이 아스라이예와 더불어 이스탄불로 떠나버렸다. 그러나 추쿠로바에서 '알리 소령 특령'의 여파는 오래오래 이어졌다. 알리 소령은 그렇게 벌어들인 돈으로 장군까지 올라갔다. 이스탄불에서 가장 으리으리한 저택과 별장도 몇 채 지었다.

알리는 영리한 사람이었다. 투르크멘 사람들에게 땅 맛을 알게 해주었다. 이제 유목민들은 구제받을 길이 없게 되어버렸다. 시간이 지나자 투르크멘 부족들은 자기들이 배당받은 땅에 집을 짓기 시작했다. 추쿠로바에 흔한 덤불들과 갈대, 골풀들을 모아 집을 만들었다. 기다란 덤불들을 잘라다 그물을 짜는 것처럼 엮었다. 그 위에다 진흙을 발라 벽을 세웠다. 문을 만들고 문 옆에는 '타카'라고 불리는 창문도 뚫었다. 나무로 만든 벽 위를 갈대로 장식하고 그 위를 두꺼운 골풀들로 단단하게 엮어 묶었다. 마을이 하나하나 풀 더미처럼 보였다. 사람들은 이렇게 골풀로 만든 집을 '초가집'이라고 불렀다. 추쿠로바 정착민들도 그 집을 그렇게 불렀다. 이름은 그 사람들에게서 배운 것이었다.

투르크멘 사람들은 봄바람이 불면 산으로 올라가서 겨울이 되면 평원으로 돌아왔다. 처음에 사람들은 마을 광장에 텐트를 치고 그 안에 들어가서 살았다. 그러더니 언젠가부터 사람들은 텐트를 치지 않았다. 모두 초가집에 들어가서 살았다. 여름이 되면 마을에는 개미 새끼 한 마리 보이지 않았다. 가게 주인 몇 명만 빼고 마을은 텅 비었다.

시간이 지나자 투르크멘 부족들은 땅을 일구기 시작했다. 봄기운이 돌기 시작하면 아낙네들과 아이들은 산으로 이주를 하고, 남자들은 수확을 할 때까지 한여름 더위에도 마을에 머물렀다. 나중에는 면화 재배에 대해 알게 되었다. 이렇게 되자 아낙네들도 마을에 남게 되었다. 그들은 어렵게 더위에 적응하기 시작했다.

평원에는 하나씩 둘씩 집이 지어지기 시작했다. 제2차세계대전이 일어날 때까지 초가집은 유지되었다. 제2차세계대전이 끝나자마자, 투르크멘 부족들과 추쿠로바에는 요술방망이를 얻어맞은 것처럼 놀라운 변화가 일어났다. 초가집은 단 몇 년 안에 돌벽과 시멘트 담으로 지은 집으로 탈바꿈하였다. 왜냐하면 평원에는 이제 담을 만들 덤불도, 갈대도, 골풀도 남아 있지 않았기 때문이다. 더구나 투르크멘 부족들이 재배한 작물들이 제법 돈벌이가 되었다. 투르크멘 부족들은 이제 산속 생활도, 목축도 모두 잊은 것처럼 보였다. 모든 관심사는 땅에 있었다. 이미 오래전부터 땅 때문에 싸움이 벌어졌다. 그 싸움은 그칠 줄을 몰랐다.

이런 상황에서도 아이든르족은 '알리 소령 특령'을 간직하고 아무 일도 없다는 듯이 아랑곳하지 않고 유목생활을 계속했다. 겨울은 산에서 나고 여름이면 마을 평원에서 지냈다.

사건이 터진 것은 1949년 겨울이었다. 아이든르족 사람들이 추쿠로바로 내려왔을 때였다. 그들에게는 손바닥만 한 땅 하나도 남아 있지 않았다. 짐승이 풀 뜯을 땅은 고사하고, 텐트 하나 칠 수 있는 땅도 남아 있지 않았다. 아이든르족은 하루하루 궁지로 몰렸다. 이런 일을 당하리라고는 상상도 하지 못했다. 더 이상 '알리 소령 특령'은 효력이 없었다.

아이든르 유목민의 가슴 한구석에는 예전에 누렸던 자유로움에 대한 향수가 생겨났다. 한편으론 다른 투르크멘 부족처럼 추쿠로바에 정착하지 않았던 것에 대해 후회도 해보았다. 시간이 지날수록 그들이 느끼는 당혹감은 후회만큼이나 불어갔다. 아이든르족의 고생은 말로 다 할 수 없었다. 절망하고, 또 좌절하기도 했다. 알라 산에서 벗어나 메르신 평원, 안탈야, 게디즈 평원, 추쿠로바에서 아믹 평원으로 떠돌았다. 떠도는 무리가 이 평원에서 저 평원으로 파도처럼 흘렀다. 자수가 곱게 놓인 장판도, 궁궐 같은 검은 텐트도 햇볕 아래 시들어 사라졌다. 전통도 관습도 아낙네들 노랫소리도, 민요 가락도 절망 속에 잊혀져갔다.

유목민들은 궁지에 몰렸다. 예전에 겨울을 나던 땅을 되찾으려고 싸움도 서슴지 않았다. 그러나 겨울을 나기 위한 땅은 이미 농지가 되어버린 지 오래였다. 그들이 흘린 피는 공허할 뿐이었다. 그들은 몇 년 동안 마을 공터에서 지냈다. 겨울을 나기 위해서 마을 사람들에게 엄청난 땅 임대료를 지불해야 했다. 그 이후에도 공터에서 지냈다. 목초지도 임업을 하는 사람들이 차지해버려서 살 수 있는 형편이 되지 못했다. 그들은 알리 소령의 특령에 대해 뼛속 깊이 저주를 퍼부었다.

쾨세직 마을 이장 페르미가 방이 열네 개나 딸린 궁전 같은 집을 지었다. 이 층으로 된 대저택이었다. 페르미는 할아버지가 투르크멘 부족 출신으로, 십 년 전까지는 아랍종 말을 가지고 있다는 것에 대해서 자랑을 해댔었다. "우리 할아버지 말은 사슴도 잡는 유명한 말이다"라는 말만 계속 되풀이했다. 그는 집에다 아다나로부터 가구, 양탄자, 냉장고를 사들였다. 옛날 투르크멘으로부터 전해 내려오는 장판, 호두나무로 만든 장식장, 가죽 주머니, 말안장은 집 밖으로 내팽개쳐졌다. 이를 본 시골 사람들은 이것을 서로 주우려고 난리였다. 손잡이가 떨어진 투르크멘 전통 주전자며, 구멍 난 쟁반이며, 바가지, 세숫대야, 정교하게 세공된 절구 들……. 투르크멘 아낙네들이 절구에 커피콩을 빻으며 부르던 노랫가락은 절구 소리와 어우러져 세상에서 가장 부드러운 노래가 되곤 했었다.

페르미는 얼굴을 찡그리며 오래전부터 전해 내려오는 투르크멘 고가구들을 발로 툭툭 건드렸다. "이것도 내다 버려. 이것도. 내 눈에 안 보이게 치워버려!" 그는 아다나에서 가져온 금과 은으로 도금한 소파와 침대들을 황홀한 눈으로 바라보았다. 바라볼수록 그는 가슴이 부풀어 올랐다. 할아버지의 말이나 전통 따위는 까마득하게 잊은 지 오래였다. 사람들이 조금이라도 그런 것들에 대해 이야기를 꺼내면 그는 벌컥 화를 내고 인연을 끊었다. 이제 그는 경운기며, 탈곡기며, 자가용이며, 트럭이며, 정당 당수 되는 일, 라디오, 전축, 논과 밭에 대해 자랑을 늘어놓는 것으로만 세월을 보냈다. 쾨세직 마을의 이장이고, 지주이며, 정당 당수이기도 한 페르미는 앙카라에 갔을 때 호텔까지 마중을 나온 총리를 친구로 두었다며 자랑을 늘어놓았다. 아들딸 모두 자식들은 사립 고등학교와 대학교에 보냈다.

오늘 밤도 그는 침대 위에서 편안하고 행복하게 잠을 청할 터였다. 아다나와 앙카라에 있는 정부 관료들과 정당의 고위 간부들을 불러 궁전 같은 집을 보여줄 것을 상상해보았다. 대저택은 그에게도 꽤나 부담스러웠다. 많이 벌어도 그만큼 나가는 돈이 많았고, 어떻게 해도 돈은 좀처럼 모이지 않았다.

케디 벨리는 지주 페르미가 가장 믿고 의지하는 사람이었다. 케디 벨리의 할아버지도 그의 할아버지가 가장 신뢰하던 분이었다. 케디가 땀을 뻘뻘 흘리며 지프차에서 내렸다.

"유목민들이 델리보아 평원에 자리를 잡았다고 합니다. 데르비쉬 하산도 그놈들한테서 돈을 뜯어냈다는군요. 저도 돈을 달라고 했지만 신통치 않은 반응이었습니다. 어찌할까요?"

화가 난 그는 이렇게든 저렇게든 명령이 내려지기만을 기다렸다.

"필요한 조치를 취하게."

지주 페르미가 말했다.

"알겠습니다."

케디 벨리는 반가운 듯 대답을 하고 권총에 총탄을 채웠다. 곧 장정 다섯 명을 데리고 그곳을 떠났다. 다섯 명 모두 무장을 하고 있었다.

쉴레이만 카흐야를 비롯한 카라출루족은 눈을 동그랗게 뜨고 다가올 재앙만을 기다릴 뿐이었다.

케디 벨리는 빠르고 민첩하게 번개처럼 지프에서 뛰어내렸다. 뒤를 이어 남자들도 뛰어내려 텐트로 다가섰다.

"스물네 시간 여유를 주겠다. 지주님의 명령이다. 당장 우리 땅에서 나가란 말이다. 그렇지 않으면 가죽 주머니를 풀어 금을 내놓든지, 그건 맘대로 해. 페르미 지주님이 그렇게 명하셨다. 이제 네놈들이라면 지긋지긋해. 네놈들이 날 죽인 거나 다름없다. 이 땅이 너희들 아버지 땅이라도 된다는 말이냐? 한마디 말도 없이 여기에 살림을 차리다니. 신선놀음이라도 하는 것처럼 한여름에는 산속 초목 아래 시원한 물에 발 담그고, 소나무 잣나무 아래 살고 말이지. 우리는 한여름 뙤약볕에 뇌염이니 뭐니 하면서 모기한테 뜯기며 살았는데…… 나 한 번 보고 네놈들 한 번 보란 말이다. 내가 이 주먹을 한 방 날리는 날엔 네놈들은 피를 토하며 쓰러질 게다. 우리 모두 사람 아니냔 말이다. 나도 자식 놈이 셋이나 딸렸어. 마누라는 삼 년 동안이나 앓아누워 있단 말이다. 이제 이 흙탕물과 뇌염균을 하도 마셔서 속이 산만큼 부어올랐지. 네놈들도 인간이고 나도 인간인데, 그렇지 않아? 자, 스물네 시간이다. 알았나? 이상!"

그는 뒤를 돌아서 서둘러 지프차에 올랐다.

쉴레이만 카흐야와 하이다르 우스타, 뮈슬림 코자, 뤼스템, 그리고 여인들, 아이들, 제렌과 케렘은 그 자리에서 얼어붙은 듯 서 있기만 했다.

쉴레이만 카흐야가 그들의 뒤를 쫓아갔다.

"멈추시오."

"지주님께 할 말이 있소."

벨리는 차에 오르며 대꾸했다.

"스물네 시간이라고 했다. 당장 떠나란 말이다. 우리가 네놈들을 위해 이 땅을 다듬고 가꿨던 게 아니란 말이다. 네놈들을 위해서 피땀 흘린 게 아니란 말이야. 자, 스물네 시간 주겠다. 아니면, 금 주머니를 풀란 말이야. 페르미 지주님의 명령이다. 다른 말은 들을 것도 없어."

지프차는 먼지를 일으키며 사라졌다.

쉴레이만 카흐야는 그 자리에 멍하니 서 있을 뿐이었다.

뮈슬림 코자가 말했다.

"나는 페르미 아버지와 할아버지를 잘 알아. 우리가 같이 산 세월이 얼만데 설마 그 세월이 어디 가겠나? 그 사람 아버지한테 세 살짜리 아랍종 말을 선물한 적이 있었지. 그때 페르미는 아이였어. 달려와서 내 품에 안기기도 하고 그랬어. 말고삐를 잡고 놀기도 했지. 어느 날 말고삐를 목에 감아주고 소꿉놀이를 하기도 했지. 아무래도 내가 가서 우리 상황을 한번 말해보아야겠네."

모두들 그 말에 동의했다.

뮈슬림 코자가 하이다르 우스타에게 말을 달라고 했다. 왜냐하면 그들에게 남겨진 말 중에서 하이다르 우스타의 말이 가장 훌륭했기 때문이다. 나이가 많았지만 혈통이 좋고 아름다운 말이었다. 그는 말을 장식하고, 가장 좋은 것으로 기름칠을 하고, 도금한 안장을 깔았다. 뮈슬림 코자도 보자기를 풀어, 아주 오래 전부터 전해 내려오는 마라쉬 전통으로 만들어진 자수가 놓인 쏼바르를 꺼내 입고, 저고리를 걸치고는 길을 나섰다. 젊은이 두 명이 한 명은 왼쪽에서, 또 한 명은 오른쪽에서 그를 보좌했다.

그들은 정오가 조금 넘어서야 새로 지은 대저택에 도착했다. 뮈슬림 코자가 말 머리를 당기고 자신을 안으로 모셔주기를 기다렸다. 손님이 온 것을 모른단 말인가? 손님을 접대하는 전통이 사라지기라도 했다는 말인가? 그는 저택의 문 앞에서 기다리고 또 기다렸다. 말 위에 꼿꼿이 앉아 그렇게 오랫동안 기다리고 또 기다려보았지만 가는 사람도, 오는 사람도 없었다. 그렇다면 어떻게 해야 한다는 말인가? 무시를 당해도 이보다 더 무시를 당할 수는 없는 노릇이었다. 이 나이가 되기까지 이렇게 무시를 당한 적은 없었다. 당장 여기를 떠나는 수밖에 별도리가 없었지만 그럴 수가 없었다.

그는 옆에 있는 청년에게 죽어가는 목소리로 말했다.

"저 집에 들어가서 지주 페르미가 계신지 한번 여쭈어봐. 계시면, 아버지와 할아버지의 친구분인 뮈슬림 코자께서 손님으로 오셨다고 전하거라."

청년이 들어갔다. 뮈슬림 코자는 말 위에 간신히 앉아 기다렸다.

잠시 후에 청년이 노랗게 되어서 돌아왔다.

"들어오시래요."

뮈슬림 코자는 뼛속까지 부들부들 떨면서 간신히 말에서 내렸다. 온몸이 마비되어버린 것 같았다. 숨을 가쁘게 내쉬었다. 청년들의 팔을 붙들고 새로 놓인 대리석 계단을 올라갔다. 두려움에 떨면서 그는 양탄자를 밟을까 조심조심, 계단 밑에서 가죽 신발 끈을 오래오래 푼 후에 부끄러운 듯 거실로 들어섰다. 지주 페르미는 금도금으로 만든 소파에 파묻힌 듯 앉아 커다란 담배를 물고 있었다. 뮈슬림 코자를 보자 웃기 시작했다.

"꼴이 저게 뭐람. 저 꼴을 좀 봐! 아이고, 우스워. 아이고, 우스워!"

그는 깔깔대며 바닥을 굴렀다.

뮈슬림 코자는 커다란 거실 한가운데 얼어붙었다. 눈앞이 캄캄해지고 세상이 핑그르르 도는 것만 같았다. 다리가 후들거리고 몸이 떨렸다. 더는 견딜 수가 없었다. 땅에 풀썩 주저앉고 말았다. 땅에 주저앉고 나자 젖 먹던 힘까지 내서 자신을 추스르려고 애써보았다. 소파 옆에서 계속해서 깔깔거리는 남자와 여자들이 보였다. 멈추지도 않고 웃어대는 한 무리의 남자와 여자 들.

"나는 자네 아버지의 친구일세. 이런 말을 해도 될지 모르지만…… 말 생각나나…… 그리고……."

그는 목이 메어 말이 나오지 않았다.

페르미는 줄곧 깔깔거리며 말을 끊었다.

"저 꼴이 뭐야? 이천 년 전 시대에서 날아온 사람 같잖아. 살아 있는 유품 같다. 머리에 쓴 저건 또 뭐야?"

그는 다시 한 번 웃음을 터뜨렸다.

뮈슬림 코자는 다시 한 번 마음을 가다듬었다.

"나는 자네를 찾아온 손님이야. 청이 있네. 알라께서는 손님을 맞이할 때…… 나는 자네 아버지와는 친구 사이였지. 자네는 그때 어렸구. 고삐 가지고 노는 것을 좋아했었잖아? 금으로 만든 고삐를 좋아했어. 금도 있고, 은도 있었지. 기억나는가?"

그는 알아듣든지 말든지 빠르게 말을 이었다.

페르미는 웃는 것을 멈추었다. 얼굴에 잠시 비탄의 그림자가 드리우는 듯하더니 옆에 있는 사람에게 고개를 돌렸다.

"우리 조상들이 그렇다니까" 하더니, 이어서 말했다.

"아무리 그래도 이렇게 우습지는 않았겠지."

그는 선조들에 대해서, 조상들의 후진성에 대해서, 그리고 전통에 대해서 오래 연설을 늘어놓았다.

"이 사람 기억이 날 것 같군. 가엽게도, 아직도 과거를 벗어나지 못했구만. 이런 사람들 때문에 유럽인들로부터 우리가 후진적이라는 비판을 듣는 거야. 이 사람들을 어떻게 뿌리 뽑아야 하지?"

그는 한구석에 찌그러져 하얗게 질린 얼굴로 손발을 부들부들 떨고 있는 뮈슬림 코자를 향해 몸을 돌려 물었다.

"원하는 게 뭐요?"

뮈슬림 코자가 대답했다.

"자네 할아버지도, 아버지도 모두 우리를 아끼던 분들이실세. 우리 부족의 친척뻘 되시는 분들이지."

지주 페르미가 얼굴을 붉혔다.

"뭐라고?"

그가 고함을 질렀다.

"뭐라 했어?"

그는 옆에 있는 포드 자동차 사장인 사바하틴 씨 보기가 부끄러웠다.

"네놈들이 온 세상 사람들을 친척이라고 해도 난 모르겠다. 고오얀! 다시 말해봐. 원하는 게 뭐냐?"

"허락해주게. 자네가 조카뻘 되니. 델리보아 평원에서 올해 겨울을 날 수 있도록."

"안 된다."

페르미 지주가 대답했다.

"이 웃기는 양반아. 안 돼. 올해만 이 집에 수십만 리라를 썼다. 그러니 네놈들 주머니를 열고 돈을 한번 풀어보지 그래."

그는 고개를 돌려 손님들과 이야기를 나누기 시작했다. 더 이상은 그곳에 그렇게 쭈그리고 앉아 있는 뮈슬림 코자에게 눈길 한번 주지 않았다. 청년들은 뮈슬림 코자를 일으켜 세우고 팔을 부축해 계단을 내려왔다. 억지로 말을 태우고, 말에 앉아 있을 수 있도록 발을 붙들었다.

"아! 아아아! 아아아!"

뮈슬림 코자의 흐느낌이 곡소리처럼 흘러나왔다.

7

유목민들은 추쿠
로바에 어렵게 정착했다. 정착할 때는 역시 많은 일들을 겪
어야 했다. 더위, 모기, 질병, 전염병으로 인해 큰 고생을 했
다. 한편으로는 관료들 때문에 많은 어려움을 겪기도 했다.
도저히 잊을 수 없는 큰 사건도 있었다. 그중 하나는 아다나
시장이 초가집을 불살라버리라고 명령한 것이다. 온통 전쟁
과 전투뿐이었다. 프라브스 전투, 프랑스 점령이 그것이다.

지주 쾨세 알리가 말했다.

"우리는 너무 많이 겪었어. 우리는 너무 도태되었어. 추쿠로바
에서 우리가 언제 한번 인간답게 살았던 적 있나. 저 산을 뚫어
만든 철도 보이나? 알라만 사람들이 만든 거야. 여기 양쪽으로
뻗은 철도 있지? 양옆에 한 사람씩 묻혔다구. 우리가 오늘날까
지 도대체 안 겪은 게 뭔데? 너무 많이 겪었어!"

그는 계속 쏟아냈다.

"옛날을 돌이켜보고 싶은 맘은 전혀 없어. 한순간도 그러고
싶지 않아. 투르크멘 부족 중의 어느 누구도 옛날로 돌아가고 싶
은 사람은 없을 거야. 강제정착령이 내려지기 전에 세상은, 이

지구는 말야, 빈보아, 알라 산, 뷜뷜 산, 카이란르, 베릿산, 파야스 위, 가부루 산, 아나바르자 평원, 둠르성 지방 모두 우리에게 천국이었지. 일이 벌어진 건 강제정착령 이후야. 결국 지금같이 이렇게 되었지. 백 년 동안 천국같이 살아온 이 평원이 피바다가 되었지 뭐야. 지금은 모두 신음을 토해내고 있어. 그러라지 뭐. 우리는 여기서 더위와 모기와 뇌염과 전염병과 전쟁과 세금 때문에 파리같이 꿈틀거리며 신음하는데 시원한 샘물이 나오는 산속에서 들풀, 적송 그늘 아래 쉬다가 왔단 말이지. 고개 한번 들어서 우리가 어떤 상황에 있는지 살펴본 적도 없다구. 사람들은 우리를 버렸고, 우리는 다른 민족처럼 되어버렸어. 사람들이 관습을 단절시키고, 우리를 둘로 나누어버렸지, 말을 가져오너라. 그 사람들에게 몇 마디 할 말이 있다."

그는 옆에 있는 말을 잡아끌었다. 아주 나이가 많은 지주 알리는 삐걱거리는 나무 계단을 내려갔다. 두 명이 그를 들어 말에 태웠다. 마을 사람들도 트럭을 타고 뒤를 따랐다.

발리 파샤가 풀로 만든 집에서는 살지 말라고 명령을 내렸다. 그건 인간의 삶이 아니다. 천장은 풀, 벽은 갈대와 덤불이라니…… 온 마을이 덤불 같았다. 발리 파샤가 명령을 내렸다. 집은 돌과 석판과 벽돌로만 지으라는 명령이었다. 마을을 청결히 하라는 것도 덧붙여졌다. 발리 파샤의 명령은 강력한 것이었다. 모두들 떠나버리고, 황금빛 얼굴을 한 젊은 청년 몇 명만 마을에 남겨졌다. 투르크멘 부족은 산으로 이주하고, 마을에는 농작물 추수를 위해 젊은 사람들만 남겨놓았다. 그들은 더위와 모기, 전염병과 뇌염과 싸워야 했다. 그것 말고는 방법이 없었다. 투르크멘 부족들은 마을을 떠나면서 젊은이들 옆에 수의도 놓고 갔다.

그것 말고는 다른 방법이 없었던 것이다. 평원에서 수확하는 농작물, 보리나 면화가 아니면 도저히 생계 유지가 되지 않았던 것이다. 청년들과 그 옆에 놓인 수의……. 그들은 산속으로 곡을 하듯 들어갔다가 다시 곡을 하듯 내려왔다. 그들의 가슴과 두 눈은 여전히 떠나지 못하고 있었지만 그들이 돌아왔을 때는 몇몇 사람은 죽었고, 시체가 되어 있었다. 심지어 도망을 간 사람도 있었다. 모든 것을 팽개치고 추쿠로바를 떠난 젊은이들도 있었다. 그들이 어디로 갔는지는 아무도 알 수가 없었다. 그래서 결국에는 할 수 없이 어머니나 애인, 자식들처럼 사랑하는 사람들을 그들과 함께 한여름 땡볕에 남겨두게 되었다.

발리 파샤는 마을 곳곳을 돌아다니며 젊은이들에게 물었다.

"이 집을 왜 허물지 않았지?"

뇌염에 걸려 말할 기운도 남아 있지 않은 젊은이들은 아무 대답도 하지 않았다. 그저 한 그루 나무처럼, 바위처럼, 땅 한 조각처럼 멍하니 있을 뿐이었다. 그들의 침묵은 발리 파샤를 미치게 만들었다.

'이 더러운 투르크멘 부족 놈들이 감히 침묵을 무기로 내게 저항을 하다니, 나를 무시했어.'

그는 화가 머리끝까지 치밀어서 더 이상 참을 수가 없었다. 다시 명령을 내렸다.

"마을에 있는 모든 초가집과 온 마을을 불태워버려라."

그해 여름 마을이 통째로 불에 타버렸다. 마을에서 도망쳐 산언덕으로, 고원으로, 늪으로, 샘터로 숨어든 젊은이들은 추쿠로바가 훨훨 불길에 타는 것을 보고만 있을 수밖에 없었다. 불길은 마을에서 논밭으로, 논밭에서 수풀로, 그리고 작은 숲으로 번지고, 모든 평원을 삼켜버렸다. 추쿠로바는 재앙 그 자체였다.

불이 난 후 추쿠로바는 다시 혼돈이 시작되었다. 그러나 변한 것은 아무것도 없었다. 초가집 자리에 다시 초가집이 세워졌다. 발리 파샤는 도저히 어쩔 수가 없다는 것을 깨닫게 되었다. 발리 파샤는 성이 나서 죽을 것만 같았다. 아니면 미칠 것만 같았다. 어쩌면 그래서 정부가 그를 다른 곳으로 보내버렸는지도 모른다. 초가집은 제2차세계대전까지 계속 이어졌다.

지주 쾨세 알리는 말 머리를 델리보아 평원 아래쪽으로 향했다. 트럭을 타고 온 사람들은 먼저 평원에 도착해 있었다. 사람들은 쾨세 알리가 오고 있다는 소식을 쉴레이만 카흐야에게 알려주었다.

유목민들은 이야기를 건네며 쾨세 알리가 타고 온 말 머리를 잡았다. 그리고 그를 수장 텐트로 안내했다. 곧 양 한 마리를 잡아 그를 접대했다. 쾨세 알리는 이런 대접에 매우 흡족해했다. 사람들에게 옛 추억과 화재 사건에 대해서, 자기가 경험한 것들에 대해 이야기를 시작했다.

"그렇게 되었다네. 정착하는 것 말고는 방법이 없어."

이야기를 돌리고 돌려 투르크멘들이 정착하기 이전, 그들의 천국에 대해서 이야기하고 또 이야기했다.

"여러분들도 경험해보아야 합니다. 우리는 여기서 깨질 만큼 깨졌소. 한때 파리 목숨이었지. 당신들도 정착하시오. 당신들이 겪을 일을 우리는 모두 겪었소. 글쎄, 그렇다니까……."

쾨세 알리가 데리고 온 마을 사람들은 한 마디도 끼어들지 않았다. 그의 말에 존경심을 표하면서 뭔가 알지만 말할 수 없다는 듯이 그렇게 앉아 있기만 했다.

"아침이 밝아올 때쯤이었지. 집에서 자고 있었어. 깨어나 보니 온 사방이 불바다가 된 게 아니겠소? 온통 내 몸이 불에 휩싸여 있지 뭐요. 불 속에서 팬티 바람으로 이리저리 날뛰었지. 이리로 저리로…… 천지가 불바다가 되어서 내가 뚫고 나갈 길이 없더군. 난 안간힘을 써서 불길을 뚫어보려고 했지. 그러던 중 헌병대가 도착했지. 울고 있더군. 얼굴이 겁에 질려서 눈물이 가득하더군. 나를 거기서 꺼내주었지. 우리도 결국 여기로 이주했구. 그때 우리는 위레이르 평원에 있었지. 그리고 여기에 정착했어. 이 고원과 수풀, 여기 이 늪지가 그때부터 우리 소유가 된 거야. 그렇게 된 거지. 지금은 지주가 되었고, 유목민 당신들을 찾아온 것은……."

그들은 기나긴 흥정에 들어갔다. 밀고 당기기는 삼 일이나 계속되었다.

"이 지역 정당 당수, 군수, 국회의원. 두 당 모두 우리 편이야. 그러니 여기 델리보아 평원을 하루빨리 당신들 것으로 해주지. 등기를 내서 당신들 명의로 해주겠소. 자, 어떻소?"

그는 처음에 십오만 리라를 달라고 했다.

설레이만 카흐야가 비명을 질렀다.

"우우우! 이럴 수가!"

"예전 같으면, 십 년 전 십오만도 아니고…… 지금 아무리 양을 전부 판다고 해도, 아니면 말이나 낙타, 개며, 텐트까지 모두 팔아치운다 해도 십오만 리라를 만드는 것은 불가능이야."

쾨세 알리가 다시 입을 열었다.

"당신들이 한 게 뭐가 있어? 우리가 말로만 사람이지 이 꼴

저 꼴 겪지 않은 게 있는 줄 알아. 우리는 저 처참한 재앙과 화재에도…… 내가 당신들 처지라면 델리보아 평원에 정착해서 마을 이름도 '델리보아촌'이라고 짓겠소. 자, 이름도 얼마나 좋아? 오십만 리라라도 내겠네. 추쿠로바가 옛날에도 이랬는 줄 알아? 모기만 드글드글했지. 갈대며, 풀, 덤불 천지였어. 호수를 전부 덮어버렸지. 당신들이 한 게 뭐가 있어. 우리는 산전수전 다 겪었단 말이야. 그렇게 정 돈이 없다면, 십만 리라로 해주지."

결국 쾨세 알리는 만 오천 리라에 델리보아 평원을 카라출루 족에게 파는 것으로, 그리고 땅문서를 만들어주는 것으로 협상을 끝냈다. 계약금으로 그 자리에서 삼천 리라를 받았다.

쉴레이만 카흐야는 돈을 주면서도 계속 확인하듯 물었다.

"만일 등기가 없고, 이 평원이 당신 마을이 아니면……?"

상대편에서도 걱정하지 말라는 듯이 자신만만하고 강력한 톤으로 대답했다.

"돈이나 내놓으시오. 돈이나 제대로 세보지. 돈을 얼마나 낸다구 그런 말을 해? 이 땅을 마을 사람 수에 맞추어보면, 한 사람당 십 리라 정도밖에 안 돼. 돈도 얼마 내지도 않으면서……."

그는 멈추어 서서 계속 생각했다.

"돈을 얼마나 낸다구…… 난 이 돈 가지고는 한 평도 내줄 수가 없어. 지금 다른 평원에서는 한 평을 차지하려고 피 터지게 싸우고 있는데. 내가 왜 이렇게 땅을 싸게 파는 거지? 왜? 내가 왜 이러는 거야? 당신들은 몰라. 아무리 생각해도 당신들은 그 이유를 아마 찾아내지 못할걸……. 왜냐하면 그 이유는 역사도 기록하지 않았으니까……. 내가 마음이 약해서 어쩔 수가 없지. 왜냐하면 나도 당신들처럼 재앙을 겪어보았고, 화재와 기아에

허덕였던 사람이오. 게다가 쾨르 메메드 벽돌 가마처럼 내 가슴은 당신들 때문에 아파하고 있어. 쉴레이만 카흐야, 당신들 때문에 내가 맘이 아프다니까. 맘이 아파 미치겠어. 그렇지 않으면 사람들이 서로 가지려고 피 터지게 싸우는 땅을 왜 내가 이리 헐값에 넘기겠어?"

"그러시겠지요."

처음으로 옆에 있던 마을 사람이 입을 열었다. 사람들은 쾨세 알리에게 맞장구를 쳤다.

쉴레이만 카흐야는 망설였다. 만일 이 평원의 등기가 이 사람들에게 나 있는 것이 아니라면? 그렇다면 낭패였다. 그러나 그들은 어찌할 방법이 없었다. 모여 앉아서 오랫동안 이야기를 나누고, 또 나누었다. 결국 쾨세 알리에게 삼천 리라를 건네주었다. 일주일 후에 마을로 내려가 평원의 등기를 받기로 했다.

그날 밤 부족 사람들은 남녀노소 할 것 없이 모두 형언할 수 없는 기쁨에 싸여 날이 새는 줄 모르고 흥겨워했다.

뮈슬림 코자는 입술을 핥으며 감탄해 마지않았다.

"잘됐어. 좋아, 좋아. 내가 죽으면 내가 쓰던 접시를 저기 하얀 돌, 글씨가 쓰여진 돌조각 아래 묻어라. 그 위는 덤불을 덮고, 알겠지?" 하면서 반쯤은 땅에 묻혀 있는 대리석으로 만든 골동품 그리스 장식을 가리켰다. 언덕 위에도, 아래에도 모두 그리스 유물들이 가득했다. 땅을 조금만 후벼 파면 금방 글씨가 새겨진 그리스 조각들이 나오곤 했다.

나팔수들은 나팔을 불었다. 소년 소녀 들은 민요를 불렀다. 얼마나 기쁜지 모두들 잠잘 생각을 하지 않았다. 땅에 대해서 모두 나름대로 꿈을 가지고 있었다. 모두들 집과 궁전들, 트럭들, 유리로 만든 창문, 자동차, 옷에 관한 꿈을 꾸고 있었다.

일주일 후 약속된 날에 그들은 마을로 내려갔다. 제시간에 마을에 도착했다. 그날 저녁때까지 기다려보았지만 쾨세 알리는 오지 않았다. 소식을 전하러 오는 사람도 없었다.

대필을 해주는 쾨르 케말이 그들에게 충고를 해주었다. 쾨르 케말은 '후' 불면 날아갈 것같이 몸이 가느다란 젊은이였다. 그들은 이러저러하게 되었다는 자초지종을 설명했다. 쾨르 케말은 하나하나 자세히 이야기해주었다. 쾨세 알리는 지난 십오 년 동안 유목민들에게 델리보아 평원을 같은 수법으로 팔아왔다는 것이다.

사람들이 물었다.

"그렇다면 어떻게 해야 할까요?"

쾨르 케말이 말했다.

"벌써 일은 벌어졌습니다."

"방법이 없을까?"

쾨르 케말이 말을 이었다.

"그래도 다행이에요. 당신들에게는 꽤 인정을 베풀었네요. 그래도 봐준 거예요."

쾨르 케말은 앞으로 닥칠 일에 대해서도 이야기해주었다.

십오 년 동안 델리보아 평원에 사는 유목민들이 바로 이렇게 당한 것이다.

"어떻게 할까요? 어떻게 해?"

"데르비쉬 하산 왔어요?"

쾨르 케말이 물었다.

"왔어."

사람들이 대답했다.

"잘름오울루 벨리는요?"

"안 왔는데……."

"올 거요……. 요즈오울루 오스만은요?"

"안 왔어."

"올 거구요……. 보즈두바르 쾨유?"

"안 왔어."

"그 사람도 오겠지."

"어떻게 해야 하는데?"

"얄느즈아아치 경찰서 보조 일병 누리 다으라르욜루 왔어요?"

"아니."

"올 거야."

"왜 그래?"

"알튼드쉬 르자는요?"

"안 왔어."

"그 사람도 오겠지."

"우리가 뭘 해야 하는데?"

대필가는 아무것도 말해주지 않을뿐더러, 어떤 방향도 제시해주지 않았다.

쉴레이만 카흐야가 물었다.

"이 평원이 누구 거요?"

쾨르 케말이 대답했다.

"그 누구 것도 아니지요. 아니면 당신들 제외하고 모두들 것이지요."

129

아무도 이 말이 무슨 뜻인지 이해하지 못했다.

쉴레이만 카흐야가 말했다.

"대필 좀 해주시오. 우리 처지를 좀 적어주시오. 케말 선생. 우리가 말한 대로 우리가 겪은 것을 써달란 말이오."

쾨르 케말이 대답했다.

"그런 건 못 써요."

사람들이 졸랐다.

"써요. 당신은 써주기만 하면 돼. 이러면 안 된다고 써요."

케말은 한결같았다.

"못 씁니다."

그들은 사정하고 또 사정해보았다.

"어디에, 누구에게 쓰지요? 어디에, 누구한테 쓰냐구요?"

그가 물었다. 그러자 커다랗고 슬퍼 보이는 한쪽 눈이 더더욱 슬픔으로 깊어졌다.

사람들은 막무가내였다.

"어디, 누구한테 쓰든 당신 맘대로 하시오."

"앙카라나, 위대한 장군이나, 이스탄불 황제나, 아다나 도지사…… 누구한테든 써주시오."

대필가가 뭔가 문서를 써줄 때까지 그들은 그곳에서 한 발자국도 움직이지 않았다.

8

가을은 비를 몰고
왔다. 높은 하늘에서는 오랫동안 천둥이 치고, 여기저기에서
홍수가 났다. 밭이며, 델리보아 평원 도랑이며 할 것 없이 전
부 진흙범벅이 되었다. 구멍이 난데다 오래되어 말라 부풀어
오른 지붕 위로도, 집 안으로도 물기둥이 들이닥쳤다. 장판
이며, 깔개들이며 모두 물에 젖어버렸다. 큰 재앙이 덮친 것
이다. 유목민들은 평원에 딱 붙어서 꼼짝도 하지 않았다. 어
떤 재앙이 들이닥친다 해도 절대로 그곳에서 물러서지 않을
것이었다. 쾨르 케말 말고도, 그들은 텔오울루에게, 그리고
하즈 알리 차부쉬에게 가서 대필을 시켰다. 군수에게도 여덟
번이나 신선한 버터를 갖다 바쳤다. 변호사 무르타자 씨도
찾아갔다. 그에게는 돈을 바쳤다. 정당 당수들도 찾아갔다.
그러나 그 어느 누구도 해결책을 찾아주지 못했다. 비가 아
주 많이 내리는 날이었다. 그들은 동네 한가운데서 대필 서
류 뭉치를 외투 속에 감춘 채 비를 맞으며 여기저기 돌아다
녔다. 날고 있는 새가 도와줄 리도 만무했다. 그나마 있던 품
위고 뭐고 이제는 땅바닥에 떨어져버렸다. 양, 양모, 기름,
염소, 요구르트, 양탄자, 오렌지 은사 장식 장판 들도 수없이
많이 처분해야만 했다.

한밤중을 지나고 있었다. 아침이 되자 비가 멎고, 햇살이 드리웠다. 사람들은 총소리 때문에 눈을 떴다. 아랫녘, 홍수로 범람한 개울가에 총알이 빗발치고 있었다. 개들이 짖어대고, 아이들은 울음을 터뜨렸다. 여자들이 괴성을 지르기 시작하자 쉴레이만 카흐야가 고함을 쳤다.

"아무도 집 밖으로 나오지 못하게 하시오. 꼼짝 말고 있어요. 여보게, 자네들은 무기를 잡게. 기어서 저 언덕으로 올라가. 나도 가겠네."

잠시 후 언덕 위에는 열여섯 명 정도가 모였다. 그들은 아래쪽을 향해서, 홍수가 난 웅덩이를 향해서 사격을 시작했다. 총격전은 간격을 두고 아침까지 계속되었다.

물이 범람한 개울가에서 사람들이 소리를 질렀다.

"만 리라를 아침나절 보즈두바르 마을에 가져오든가, 아니면 모두 다 여기서 죽든가 해."

해가 뜨고 아침이 되었다. 날이 밝자마자 물가에 진을 치고 있던 사람들이 지프차에 올라타면서 말했다.

"내일 밤 아홉시에 다시 오지!"

개들은 왕왕거리고, 양들이 겁에 질려 따라 울었다. 말들도 덩달아 힝힝거렸다.

송골매 새끼 한 마리가 물에 젖어 있었다. 케렘은 새끼새를 한 번 힐끗 훑어보았다. 새는 고개를 안으로 쑤셔 박은 채 눈을 감고 있었다. 젖은 깃털들이 쭈뼛쭈뼛 뻗어 있었다. 케렘의 목에 뭔가 걸렸다. 깃털처럼 보드라운 것이었다. 저쪽 아랫녘에 꽃을 가득 피운 담쟁이가 햇살을 맞이하고 있었다. 엉겅퀴도 함께……. 염소, 노새, 숫염소의 목에 달린 종도 종일 찰그랑 울려

댔다.

텐트들, 양들, 사람들, 낙타들 할 것 없이 모든 게 흠뻑 젖었다.

문 앞 장대 위에 걸터앉은 황토색, 연둣빛이 고루 섞인 송골매가 감고 있던 눈을 떴다.

노인들은 평원 언덕 위 잘 다듬어진 바위 위에 걸터앉아 두런두런 이야기를 나누고 있었다. 쉴레이만 카흐야가 입을 열었다.

"무기들을 숨겨야겠어. 곧 무자트말르가 헌병을 다섯 명이나 데리고 와서 무기를 압수할 것이다. 레쉴이 무기를 모두 가져다 숨겨야 한다."

저 앞 아랫녘에 말처럼 커다란 사냥개 한 마리가 다리를 축 늘어뜨리고 누워 있었다. 자는 것처럼 보였다. 개의 머리 위쪽으로 웅덩이 가까이 하얀 자갈돌이 깔린 곳에 피가 흥건히 고여 있었다. 휘스네가 그 개 곁을 지켰다. 그녀는 들릴 듯 말 듯한 소리로 흐느꼈다. 곡을 하는 게 부끄러우니 곡을 하듯 우는 것이었다.

케렘이 그 여인 곁으로 다가섰다. 이 개는 예전부터 아는 개였다. 언젠가 총알이 목을 관통해서 왼쪽 귀 아래를 뚫고 나온 적이 있었다. 케렘이 여인을 마주 보고 앉았다. 참으려고 애를 썼지만 두 줄기 눈물이 뺨을 타고 흘렀다.

케렘은 무슨 말을 해야 할지 몰랐다. 자신을 타이르고 타일러 뭔가 말을 하려고 시도했지만 무슨 말을 해야 할지 몰랐다.

"울지 마세요. 휘스네 아주머니. 울지 마시라니까요."

휘스네는 눈길 한번 주지 않고 흐느끼기만 했다. 잠시 후에 제렌이 왔다. 그녀는 커다란 눈을 가늘게 뜨더니 말했다.

"모든 게 나 때문이에요. 엄마, 차라리 나를 죽이라고 해요."

그녀는 휘스네 곁으로 다가가 진흙 위에 쪼그리고 앉았다. 비가 멈추고 태양이 작렬하고 있었다. 커다란 연둣빛 파리들이 피가 고인 웅덩이에 가득 꼬이기 시작했다. 감고 있는 개의 눈가에도 파리 떼들이 달라붙었다.

"울지 마. 엄마. 내 잘못이야. 이렇게 된 건 다 내 탓이야. 내가 죽어서 모든 게 해결될 수만 있다면······."

그녀는 다리를 땅에 기대면서 일어섰다. 걸음이 휘청거렸다.

"나를 죽이라고 해. 나를 죽여줘! 내가 죄인이에요!"

종일 참고 있던 케렘의 입에서도 드디어 괴성이 터져 나왔다.

"내가 죄인이야. 죄인은 나야. 내가 죄인이라니까" 하고 고래고래 소리를 질러댔다. 그러더니 욱 하고 소리를 멈추었다. 저쪽에 앉아서 이야기를 나누던 노인들이 케렘이 지르는 소리에 일제히 이쪽으로 고개를 돌렸기 때문이다. 케렘의 얼굴이 노랗게 굳어졌다. 쏟아지는 태양 빛에 풀들은 말라버리고, 양들, 낙타들, 염소들, 땅, 사람들 등 위에서 구름 같은 김이 피어올랐다. 개의 시체도 부글거리고, 피도 부글거렸다.

케렘은 정신을 차리고 물가로 내려왔다.

마음속으로 말했다. 만일 저 송골매를 달라고 빌지 않고 추쿠로바에 겨울 날 땅을 달라고 빌었더라면, 송골매도 주었는데 그 소원을 안 들어주었겠나. 그러나 내가 별이 부딪히는 것을, 물이 멈추는 것을 정말 보기는 한 걸까? 하긴 내가 못 봤다면 그리 원하고 원하던 송골매가 사뿐히 내 손 위에 내려앉을 수가 있었겠어? 그러니 내가 잠결에라도, 선잠이 들어서 반쯤 눈을 감고 별을 본 게 틀림없어. 별을 보았으니 그리되었겠지······. 그럴 거야. 저놈의 송골매 죽어버려라! 이제 어떡하지? 발 붙일 땅 한 조각 없다는데…… 추쿠로바 사람들이 이제 우리를 전부 죽여버릴 거야. 우리 손에 있는 건 뭐든 죄다 빼앗고 죽이겠지. 뮈슬림 코자 할아버지도 나이는 천 살이나 되는데, 못 견디고 병이 났잖아. 시름시름 앓다가 말라 죽을거야. 친구 아들 지주 페르미가 뮈슬림 할아버지를 꽤나 무시했었단다. 그는 죽을 자리를 펴고 누웠다.

"저놈의 송골매, 죽어버려라. 죽어버려!"

그는 물가 쪽에서 더 밑으로 내려가고 있었다. 가죽 신발을 벗어 손에 들었다. 땅에 탄피가 두 개 나란히 떨어져 있었다. 조금 앞에 몇 개가 더 있는 게 보였다. 즉시 그리로 다가갔다. 여기저기 물가 모래사장 위에 흩어진 탄피들을 집어 냄새를 맡아보았다. 구수하게 구운 냄새와 매운 냄새가 동시에 풍겼다. 물가에는 새와 사람 발자국들이 있었다. 점심때쯤이 되자 저 멀리에 평원이 보일 듯 말 듯하게 펼쳐졌다. 이제 좀 제정신이 드는 것 같았다. 태양은 더더욱 뜨거웠다. 세상이 바싹 메말라 있었다. 발목까지 질퍽거리던 진흙도 굳어버렸다. 젖어버린 옷도 다 말라서 뽀송뽀송했다. 신발에 묻어 있던 진흙을 털어내고 다시 가죽신을 신었다. 그는 이 평원을 퍽이나 무서워했다. 이곳 델리보아 평원은 거의가 묘지였다. 오래되고, 해묵고, 나이가 많았다. 뮈슬림 코자보다도 나이가 많았다. 게다가 이 평원은 발이 달려 몇 날 밤을 걸어 다닌다 했다. 황소같이 음매하면서 아침까지 걸어 다닌단다. 이 평원도 옛날에는, 뮈슬림 코자 나이에는 황소였는데, 사람들이 죽였다고 했다. 이 고장 사람들이 황소에게 총을 겨누었는데 여기에 떨어져버렸단다. 여기에 늘어져 있다가, 이곳 사람들을 보면 자기를 죽인 사람들이 생각나서 사람들을 덮친다고 했다. 마을 사람들도 무서워서 문을 꼭 닫고 두려움 때문에 꼼짝도 하지 않는다 했다. 만일 황소가 지금 미쳐서 덤빈다면, 소리를 지른다면 천지가 진동한다면…… 마을 사람들도…… 어젯밤 총을 쏘았던 사람들도…….

"황소가 움직일 거야."

케렘이 소리를 질렀다.

황소는 첫째, 화를 안 낸다. 둘째, 화를 안 낸다. 셋째, 화를 안 낸다. 그러나 갑자기 벌떡 일어서면 산처럼 마을 사람들을 덮친다. 마을 사람들은 난리가 날 것이다. 마을 사람들은 좀 당해야 한다. 그것도 오늘 밤 당장. 마을을 쑥대밭으로 만들어놓을 것이다. 오늘 밤에 와야 한다. 그것도 오늘 밤 당장 와야 한다. 와서 이 평원에 총질을 해대야 한다.

평원으로 다가갈수록 연기에 가려졌던 평원이 눈가에 선하게 그려졌다. 두꺼운 살가죽이 분노로 꿈틀거렸다. 케렘은 그건 우리 황소야,라고 말했다. 그건 우리 할아버지야. 근데 우리를 이렇게 망하게 놔두다니…… 에잇!

평원에 도착했다. 여인들과 아이들이 개의 시체를 둘러싸고 조용히 앉아 있었다. 케렘이 좋아서 히죽거리며 그들을 바라보았다. 이 사람들이 알기나 할까! 이 사람들이 평원이 오늘 밤 벌떡 일어나서 마을 사람들을 덮친다는 것을 알기나 할까…… 알아야 하는데!

케렘은 송골매에게 다가섰다. 송골매가 눈을 뜨더니 장대 위에서 한두 번 날개를 펴고 날아보려고 했다. 묶어둔 실 때문인지 주위를 한 번 맴돌더니 곧 장대 위로 다시 떨어졌다. 매는 균형을 잡기 위해서 날개를 팽팽하게 폈다.

"사람들도 보라고 하시오! 다음 흐드렐레즈에는 나도 빌 게 있어…… 우우욱, 사자같이 용감한…… 헤이 들었어?"

황소와 다음번 흐드렐레즈 밤이 있다고 믿으니 모든 고민이 사라져버렸다. 송골매가 전보다 더 예뻐 보였다. 송골매를 장대에서 풀어 손에 들었다. 집안 어른들과 원로들이 하얀 바위 위에 앉아서 쉬지 않고 뭔가에 대해 이야기를 나누고 있었다. 오랜 시간 침묵이 흐르더니 결국은 싸우는 것처럼 소리를 질러댔다.

쉴레이만 카흐야가 말했다.

"여기에서 떠납시다. 여기서 우리가 득 볼 게 없어요. 여기 주인이 얼마나 더 있는지, 누가 더 나타날지 알 게 뭐요! 또 누가 나타나 자기 땅이라고 우길지 몰라요……. 우리가 가진 걸 전부 준다 한들, 올겨울 우리에게 땅을 내줄 리 없어요. ……일어나 떠납시다."

볼멘소리가 터져 나왔다.

"떠나는 건 좋은데 어디로 간단 말이오?"

연이어 볼멘소리가 터졌다.

"가더라도 어디로 가요?"

결국 쉴레이만 카흐야도 그들에게 동조할 수밖에 없었다.

"가더라도 어디로 간단 말인가? 어디든 다 마찬가지야…… 어디라도 똑같아……. 짐을 풀 곳은 한 군데도 없어…… 황무지 돌산 말고는……. 어찌하면 좋소, 어디로 가야 한단 말이오?"

케렘은 속으로 그들에게 대답했다. 여러분이 그 사실을 안다면, 그 사실을 안다면, 그 사실을 안다면, 좋아서 춤이라도 추실 거예요……. 황소가 움직인다는 것을 아세요? 이 마을을 덮칠 거예요. 이 마을은 초토화될 거예요. 오늘 밤, 그것도 오늘 밤요……. 만일 이 사실을, 슬퍼서 죽을 것 같은 이 사람들에게 말한다면 어떻게 될까? 케렘은 겁을 먹으며 살금살금 사람들 무리에게로 다가갔다. 주머니에 있던 탄피를 꺼내 쉴레이만 카흐야 앞에 내밀었다.

"이걸 저기 밑에서 주웠어요."

케렘은 괴로워서 갑자기 온몸이 식은땀으로 범벅이 되었다.

쉴레이만 카흐야가 탄피를 받아들어 이리저리 만지작거렸다. 동그란 녹색 눈동자가 슬픔에 찬 빛으로 케렘을 바라보았다. 연민에 찬 눈빛은 마치 용서를 구하기라도 하는 듯이 말했다.

"이건 어젯밤 쏘았던 거란다."

케렘의 손과 발이 후들거렸다. 결국에는 말을 쏟아낼 수밖에 없었다.

"황소가 오늘 밤 활동을 시작할 거예요. 그 사람들을 덮칠 거예요."

케렘은 숨이 막히는 듯 온몸이 빨갛게 달아올랐다. 그러자 쏜살같이 달아나버렸다.

케렘이 한 말이 쉴레이만 카흐야의 가슴에 비수가 되어 꽂혔다.

"아! 아, 케렘, 케렘…… 황소가 오늘 밤 움직인다고? 유령이 온다고? 우리 고장에 황소니, 유령이니, 알리(Ali)의 유령 같은 게 덮친 적은 한 번도 없어. 모두 우리에게는 관심을 끊었지. 케렘, 아!"

케렘은 손에 있던 송골매를 텐트 안으로 밀어넣었다. 모여 있던 여자들은 무겁고, 피곤에 지쳐서 시체를 묻을 때 느꼈던 슬픔을 안고 하나씩 둘씩 텐트로 들어갔다. 어느 곳에서도 가벼운 바람 한 점 불지 않았다. 땅에서 김이 모락모락 조금씩 피어올라 오는 듯하다가 공중에서 갑자기 얼어버린 것처럼 흔들거리며 멈추곤 했다.

갑자기 커다란 소리가 들렸다. 곧 개 짖는 소리가 이어서 들렸다.

"어이, 유목민들. 개들을 좀 보시지."

소리는 아래쪽에서 들려왔다. 무겁게 명령하는 듯한 소리였다. 피어오르는 김 사이로 지프차가 보였다. 지프차에서 무장한 헌병 네 명이 내렸다. 민간인 복장을 한 사람이 한 명 더 있었다. 앞에는 우자트말르 상병, 뒤에는 헌병들, 헌병들 옆에는 민간인 복장을 한 사람, 그들은 쉴 새 없이 뭔가 말하면서 위쪽으로 올라왔다.

상병이 가슴을 앞으로 내밀면서 뒤로 기대더니 손을 허리로 가져다 얹으면서 말했다.

"어이, 쉴레이만 나오라고 해."

쉴레이만 카흐야가 그에게 다가갔다.

"어서 오세요, 대장님. 여기 왔습니다요."

숨을 헐떡거리며 대답했다.

상병이 더욱 거들먹거리면서 그를 향해서 발길질을 세게 한 번 하더니 소리를 질렀다.

"이 망신이 다 뭐란 말인가? 당신들 때문에 지쳤소. 정부도, 국가도 당신들한테 지쳤다구. 지쳤어요. 추쿠로바를 전쟁터로 만드셨으니. 산적이라도 되시유? 강도야? 골칫덩어리 같으니. 나더러 어쩌란 말이오? 자, 당장 무기를 꺼내요. 압수요. 어젯밤 추쿠로바 전체가 총소리 때문에 한숨도 자지 못했소. 무슨 짓을

139

했는지 알기나 하시오? 죄를 짓고도 이렇게 뻔뻔하다니. 무단으로 아무 땅이나 점거를 하더니, 또 추쿠로바에 총질을 한다는 게 말이나 되오? 더는 못 참겠소. 당장 무기를 내놓으라구! 무기를 내놓지 않으면, 당신들 전부 읍내로 끌고 가겠소. 그래요. 나도 유목민 출신이오. 아버지, 어머니 다 유목민이라고요. 그래도 우리는 당신네들같이 야만적인 행동은 한 적이 없소. 없어, 없다니까……."

쉴레이만 카흐야가 앞으로 나섰다.

"장군님, 화내지 마시고 잠시 앉으세요. 얘기 좀 합시다. 뭔가 상황을 잘못 알고 계신 듯합니다. 총을 쏜 사람은 우리가 아니에요. 사람들이 지프차 두 대에 나누어 타고 와서는 아침까지 우리에게 총질을 해댔지 뭡니까. 우리도 가서 신고를 하려고 했소만, 문제를 키우지 말자고 생각했습니다."

상병의 목에 핏발이 섰다.

"뭐라고? 뭐라 했어?"

그는 쉴레이만 카흐야 쪽으로 걸어갔다.

"여기 추쿠로바 사람들은 무기를 가지고 있지 않다. 그럴 리가 없다. 그럴 수는 없단 말이다. 여기에는 치안도, 안전도 없단 말인가? 우리가 추쿠로바를 제대로 관리하지 않는다는 말이냐구. 아님, 비방이야? 전보라도 치지 그래. 앙카라에 전보를 쳐서 고발이라도 해. 뻔뻔한 것들 같으니……. 하산, 수갑을 가져와. 쉴레이만 손목에 채워……."

수갑이 찰그랑거리자 쉴레이만 카흐야가 손을 내밀었다.

"채우시오, 채우시오, 그렇지만, 여보시오, 잠시 멈추고 생각 좀 해보시오. 잘못 생각한 것일 수도 있으니 잠시만 멈추시오.

장군님, 어이, 여보시오. 뭔가 오해가 있어요. 우리가 자네를 얼마나 믿고 의지했나……."

상병이 소리를 질렀다.

"나를 믿고 의지한다고! 나를 말이냐! 쉴레이만이 나를 믿고 의지한단다! 온 추쿠로바를 돈으로 매수하고서…… 우리는…… 당신들 때문에 처자식까지 딸린 우리는 괴로워 죽게 생겼는데! 이 양심도 없고, 믿음도 없는 놈들! 매일 밤 총질을 해대서 이 고장을 더럽힌 것들이!"

그는 헌병대를 향해 몸을 돌렸다.

"전부 체포해. 남녀노소, 환자고 뭐고 전부 체포해. 곧장 경찰서로 직행이다. 모두 법정에 세우겠다. 이 길에, 지난번에 있던 시체도 너희들 짓이다. 남자 둘하고, 탁발승 한 명. 우리 지역에는 단도 하나 가지고 있는 사람이 없는데 어떻게 살인 사건이 난단 말이냐. 게다가 너희들이 매일 밤 아침까지 여기저기 땅을 파서는 골동품을 관광객들에게 팔아먹고 있지. 내가 너희들 죄를 모를 줄 알아? 모를 줄 아느냐고? 제길, 추쿠로바를 전부 돈이면 환장하게 만들었으니. 찾아오는 사람에게 죄다 돈을 뿌리고, 우리한테는 말야, 우리 마을 치안 유지를 위해 애쓰는, 너희들을 잠 안 자고 지켜주는 우리한테는 뭘 했느냔 말이야."

숨이 차오자 잠시 멈추더니 그리고 또다시 부츠 안에 있는 깔창을 꺼내 만지작거렸다. 그러고는 또다시 "그래, 그래, 그래!" 하면서 그는 있는 힘을 다해 소리를 질렀다.

"자, 여기에서 갈 때까지 가봅시다. 그리고 유목민들한테 이 지방으로 오라 하시오. 자기 조상들 땅이라도 되는 듯 점거를 하라고 하시오. 사람들한테 돈을 뿌리라구. 낮이고 밤이고, 아침부

141

터 밤까지 쉬지 않고 우리 땅에 총질을 해대서 추쿠로바에서 무서워서 못 살게 말이오……. 그럴 수는 없어. 그럴 수는 없어. 없지! 전부 체포해! 모두, 모두 다, 한 놈도 빠뜨리지 말고……."

하이다르 우스타가 앞으로 나섰다.

"장군님. 쉴레이만이 뭐라고 했길래 그리 화가 나셨나요? 화를 내시는 것도 고귀한 분의 임무이기는 하지만 잠깐만 멈춰보세요. 우리가 얼마나 장군님을 좋아하는데요. 그러니 이리 오셔서 달콤한 커피라도 한 잔 하세요."

"안 돼."

상병이 소리를 질렀다.

"너희들같이 배은망덕한 놈들이 주는 커피는 마실 수 없다. 우리도 유목민이지만, 단 한 번도 우리는 너희들같이 손님들을 무례하게 대접한 적이 없다."

하이다르 우스타는 얼른 뛰어가 그의 손을 잡고 입을 맞추려 했다. 상병이 손을 뺐다.

"이 늙은이를 봐서라도 잘못을 용서해주시오. 나는 신성한 대장장이 후손이오. 유목민이라면 알 것이니 우리 잘못을 용서해달라고 비는 것이오."

상병의 몸이 갑자기 풀리더니 얼굴이 노래졌다.

"대장장이 가문? 호르줌르 대장장이 가문 말이오?"

"호르줌르 대장장이 가문이 맞소."

하이다르 우스타가 기쁨에 차서 대답했다.

"자, 이리 오셔서 커피를 드시지요. 우리 죄를 용서해주시오."

상병이 잠시 동안 멍하니 서 있었다. 뭔가 생각하는 것 같더니 잠시 후에 헌병대를 보고 쉴레이만 카흐야를 가리켰다.

"쉴레이만 카흐야 손에서 수갑을 풀어라."

헌병대가 수갑을 풀었다.

"나도 호르줌르 가문이오."

상병이 말했다.

"그런데 당신이 카라출루족에는 어찌 된 영문으로 끼어 있는 것이오?"

"긴 얘기지요."

하이다르 우스타가 말했다.

"한마디로 오래 걸린단 얘기입니다. 함께 살기 시작한 게 아마 백 년 정도 되었을 겁니다. 이 사람들은 좋은 사람들이에요. 순수하고……."

"당신의 가마에는 아무도 손대지 못하게 하시오."

상병이 말했다.

"신물(神物)이오."

"그렇지요."

하이다르 우스타가 대답했다.

"그런데 이제는 사람들이 우리를 잊어버렸지요. 게다가 침까지 뱉으니……. 자, 어쨌든 안으로 드시지요."

하이다르 우스타가 앞장서고, 그 뒤를 따라 상병, 헌병대들, 도시적으로 옷을 입은 민간인 남자가 수장 텐트로 들어가서 앉았다.

상병이 감동한 듯이 말했다.

"마치 내 집에 온 것만 같군."

"알라께서 우리를 망하게 하셨도다."

그들은 끓여온 커피를 마셨다. 도시적인 옷차림을 한 사람은 인상을 쓰고 앉아 있었다. 하이다르 우스타는 들떠서 껄껄거리며 농담을 하기도 했다. 그들은 오랫동안 담소를 나누었다. 유목민들은 속사정을 털어놓았다.

"이제 우리는 어떻게 해야 하나요? 어디로 갈까요? 장군님?"

쉴레이만 카흐야가 물었다.

"뭐라고 말 좀 해보시오. 장군 형제님, 당신도 겪지 않으셨나요. 우리가 지금 겪고 있는 걸 말이오. 뭔가 해법을 알려주시면 우리도 그리하지요."

상병이 상념에 빠졌다. 오랫동안 생각하고 나더니 도지사를 찾아가보라고 말했다.

"도지사를 찾아가보시오. 그 사람은 우리 유목민에게 호의적이오. 당장은 내가 당신들이 여기 있을 수 있도록 하겠지만 어려워요. 여기 추쿠로바 지주들은 난폭하고 죄다 야만인이오. 그 손아귀에서 풀려날 방도는 없을 거요. 우리에게도 그렇고, 유목민들에게도 전부 적이지요, 왠지 모르지만. 참, 그리고 내가 유목민 출신이라는 것과 당신들을 도왔다는 사실을 아무에게도 말하지 마시오!"

사람들이 일제히 반기면서 대답했다.

"그럼요."

하이다르 우스타가 쉴레이만 카흐야를 밖으로 불러냈다. 밖에서 귀에다 대고 말했다.

"이 사람 주머니에 뭔가 좀 집어넣어줍시다. 우리와 같은 출신이라고 하나 사람이 그렇지 뭐. 아직 어리기도 하고."

쉴레이만 카흐야는 이 모든 것은 제스처이고, 결국 일은 돈으로 해결될 것이라는 것을 알고 있었다. 돈을 주어야 한다는 것도 오래전부터 생각해놓고 있었다. 당장 집에 들렀다가 상병이 있는 텐트 문 앞에서 나오기를 기다렸다. 그에게 다가가서 쥐고 있던 돈을 슬며시 그의 주머니에 넣었다.

"고맙소."

상병이 말했다.

"우리 모두 여기 추쿠로바에서 고생하고 있지요. 우리를 거의 죽인 거나 마찬가지라니까. 우리 삶을 끝내버렸어. 아, 아, 아!"

여자들과, 아이들, 그 앞에 케렘이 멀리 서 있었다. 눈을 커다랗게 뜨고, 숨을 죽인 채 어찌 되어가는지를 지켜보고 있었다.

상병이 안에다 소리를 질렀다.

"자, 서둘러라. 앞으로 나와. 돌아간다."

그들은 모두 함께 밖으로 나왔다. 평원 아래로 걸어가는데 상병의 눈에 케렘이 손에 들고 있는 송골매가 눈에 띄었다. 그가 발걸음을 멈추더니 새를 보고 웃었다.

상병이 말했다.

"자, 이리 와봐, 여기 송골매를 든 아이가 있어."

케렘이 뛰어서 다가왔다. 상병이 새를 쓰다듬더니 눈과 발톱을 훑어보았다. 여기저기를 쏘아보더니 말했다.

"이건 진짜 황색 송골매야."

그러더니 갑자기 눈을 번득였다.

"이걸 나에게 주렴. 네 이름이 뭐지?"

"케렘이요."

케렘은 겁에 질려 대답했다.

상병이 새를 잡으려고 손을 뻗자마자 갑자기 케렘이 사람들 무리를 뚫고 산 밑으로 도망치기 시작했다. 상병은 기분이 상할

대로 상했다. 그 자리에 있던 사람들 모두 그것을 눈치챘다.

하이다르 우스타가 젖 먹던 힘을 다해 소리를 질렀다.

"이 망할 놈의 자식, 망할 자식."

케렘이 도망치다가 무화과를 망쳐놓았다.

"자, 가서 저놈의 손에서 송골매를 가져오시오."

상병이 놀라서 혀끝에서 나는 소리로, "괜찮아요. 괜찮다니까요. 놔두시오. 그냥 말해본 거예요. 그 애는 언제고 산에서 송골매를 잡을 수 있으니, 한 마리든, 다섯 마리든…… 그러니 우리 아들에게 한 마리 가져다줄까 했지. 그럼, 얼마나 좋아하겠어. 유목민 생활을 조금이라도 기억하게 될 테고. 괜찮아요, 괜찮으니 놔두시오" 하더니 걷기 시작했다.

하이다르 우스타가 그 앞을 가로막았다.

"잠깐만요. 장군님. 잠깐만 기다리세요. 송골매를 가져올 테니 좀 멈추세요. 손님이 원하는데 우리가 안 드릴 수 있나요? 그런 법을 보셨소?"

그는 웃으면서 몸을 거들먹거렸다.

"못 보긴 했지."

그들은 이야기를 나누는 데 취했다. 상병은 자기 어머니와 아버지가 어떻게 정착민이 되었는지를 설명하기 시작했다.

산 아래 물가 쪽에서 젊은이 세 명이 케렘을 상대하고 있었다. 케렘은 이를 악물고 뛰어다녔다. 엎어졌다 일어났다 하자 손에 쥐고 있는 송골매는 화가 난 것처럼 미친 듯이 날개를 펄럭이면서 케렘 손에 발톱자국을 내고 도망치려고 했다. 젊은 장정들이 계속 그를 따라왔다.

상병은 계속 말을 이었다.

"아주 예쁜 누이가 있었지. 미스월드감이었지. 마리아였는데, 우리도 여기 당신들처럼 추쿠로바로 왔어. 그런데 살 곳이 없는 거야. 마을 사람들이 어디에서든 하루도 못 살게 하고 쫓아내는 거야. 어디를 가도 말이든, 개든, 총이든, 몽둥이든 할 것 없이 들고 나와 우리를 공격하고 내쫓았지. 살 곳을 찾지 못하고 거의 두 달이나 추쿠로바를 돌아다녔는데 그사이 우리 부족에 있던 아이들, 노인들은 견디지 못하고 모두 세상을 떠났지."

물이 둘로 나뉘더니 중앙에서 섬처럼 육지가 나타났다. 다시 아래쪽 물가와 연결해서 닫혔다. 케렘은 섬 주변을 돌고 있었다. 그리고 물가에서 갈대밭 사이로 숨어버렸다. 젊은이들은 케렘을 잃어버리고 말았다.

"양들, 염소들을 끌고 길을 지날 때 곡식을 베어 먹지 말라고 해. 그게 가능한가? 길이 얼마나 좁은데…… 어쩌나…… 마을 사람들은 우리한테 곡물을 조금 주는 대신 양을 세 마리나 가져가는데. 봄이 오고, 평원으로 이주할 때쯤이면 양이든, 염소든 나귀든, 말이든 남는 게 없어. 추쿠로바 한가운데 벌거벗고 살았던 적도 있지, 어느 겨울은. 그리고 역시 봄이 올 때쯤이었는데 마을 사람들하고 우리하고 싸움이 났지. 우리 쪽은 다섯 명, 그쪽에서는 세 명이 죽었지. 이 싸움에서 젊은이 한 명이 우리 마리아를 본 거야. 청혼을 했지. 이 여자를 주면 우리에게 자기 집 옆에 집터하고, 밭을 준다고 했지."

젊은이들이 괴성을 지르는 케렘을 잡았다. 케렘은 다시 빠져나갔다. 숨을 고르고 뛰었다. 젊은이들이 도저히 그를 따라잡지 못하고 있었다.

"우리가 마리아에게 말했지. 마리아는 어느 남자에게도 시집 가겠다고 하는 법이 없었어. 울어대면서 나를 그 남자에게 주면 자살하고 말 거라고 했지. 나도 그렇고, 아버지, 어머니, 동생들 모두 마리아에게 매달려서 애원했지. 마리아, 너도 알지 않니? 천지 사방에 우리를 보살피는 이라곤 찾을 수 없는데 우리 다 같이 죽으란 말이냐? 죽는 것도 쉽지 않다. 우리가 죽으면 그건 개 죽음이야. 결국 마리아가 승낙을 했어. 우리도 매형 옆에 정착을 하게 되었지. 우리에게 집을 지을 터를 주었지, 조그만 밭도 주고. 마리아는 오래 살지 못했지. 일 년 뒤에 죽고 말았어. 매형도 우리를 쫓아내고 말더군, 나쁜 놈이야."

상병은 이마에 맺힌 땀을 하얀 손수건을 꺼내 닦았다. 곧장 다른 사람들이 추쿠로바에서 겪은 일화를 펼쳐놓기 시작했다.

케렘은 지쳤다. 무릎이 후들후들 떨려오기 시작했다. 어떻게, 어떻게, 어떻게 송골매를 자기 손에서 빼앗아갈 수 있단 말인가? 눈이 흐려지더니 땅에서 데굴데굴 구르기 시작했다. 기절한 것 같았다. 젊은이들이 다가와서 케렘 손에 묶여 있던 송골매를 풀어서 가지고 갔다. 송골매도 꼴이 말이 아니었다. 깃털이 다 빠져서 볼품이 없었다. 송골매라 볼 수도 없을 것만 같았다.

얼마 후 어떻게 된 일인지 모르지만 케렘이 정신을 차렸다. 젊은이들이 저 멀리 가고 있는 게 보였다. 그러자 벌떡 일어났다. 마음속에 조금이라도 희망을 품고 그 뒤를 따라 뛰었다. 젊은이들이 송골매를 기다리고 있는 상병에게 바쳤다. 케렘은 마지막 희망을 가지고 상병을 한 번 더 쳐다보았다. 상병이 손에 송골매를 들고 지프차에 올라탔다. 케렘에게는 눈길 한번 주지 않았다.

상병 일행은 지프차에 올라타자마자 뿌연 연기와 함께 사라지고 말았다. 그것을 보고 있던 케렘은 갑자기 다리가 부러진 것처럼 그 자리에 픽 쓰러졌다.

9

평원의 상황은 갈
수록 어려워졌다. 앞으로 누가 또 찾아와서 무엇을 요구할
지도 알 수 없는 일이었다. 그들은 알 수 없는 커다란 어둠
속을 헤매고 있었다. 어느 곳에서도 작은 희망의 불빛 하나
보이지 않았다. 그들은 어둠의 벽에 기대어 있을 뿐이었다.
추쿠로바 어느 곳에도 그들이 살 수 있는 곳은 보이지 않았
다. 가장 좋은 곳은 역시 델리보아 평원이었다. 그곳에 붙어
있어야 했고, 그곳에서 죽어야 했다. 그들의 오랜 저택 아크
마샤트도 있었다. 그러나 그곳에는 접근도 하지 못했다. 카
라디르겐오울루가 아크마샤트 근처에도 얼씬하지 못하도록
했기 때문이었다.

페툴라가 허리에 권총을 차고 삼각 텐트 안에서 안절부절못하
고 있었다. 도대체 어찌하여 마을 사람들이 이토록 적대적이 되
어버렸단 말인가? 예전에는 살갑게 대해주지 않았던가?
마음속으로 씩씩거리며 말했다.
"죽여버릴 거야. 싸워야 해, 싸워야 한다고. 싸우는 것 말고는
다른 방법이 없어. 우리를 개미 떼처럼 덮쳐서 잘근잘근 씹어먹

고, 끝내 우리를 해치우다니…… 냄새를 맡은 개미들이 와서 산산조각을 내버렸어."

몇 년 전, 몇 달 전을 떠올렸다. 양, 염소, 낙타, 당나귀 들과 장판들 모두 이제는 한물간 것이 되어가고 있었다. 모든 것이 반값으로 추락했다. 이런 추세로 간다면 몇 년 안에 그들은 빈털터리가 될 것이 뻔했다. 그런데 어떻게 해볼 수가 없었다. 다른 일을 할 만한 마땅한 기술도 없었다. 부족 중에서 아무도 다른 기술을 가진 사람은 없었다. 하이다르 우스타 말고는…….

"죽여버리겠어. 죽여버려야 해. 이 마을 사람들, 우리가 가만히 있으니까 계속 까불잖아. 가만히 있으니까. 자, 여기 델리보아 사람들이 아니라 아무나 나선다구. 이 세상 전부가 말야, 전부 지들 살려고 우리를 벗겨먹고 있어. 죽여버려야 해."

간신히 참고는 있지만 가슴속에 겹겹으로 쌓인 쓰라린 아픔과 초라함, 무시당한 서러움, 견딜 수 없는 외로움, 속수무책의 낭패감 때문에 금방이라도 울음이 터질 것만 같았다. 한번은 통곡을 하기도 했다. 아주 옛날이지만. 할머니가 돌아가시자 이틀 동안 한 번도 멈추지도 않고 계속 울었었다. 지금은 잘 기억도 나지 않는 일이다. 할머니 무덤이 어디인가, 어디에 할머니를 매장했던가? 머릿속에 커다란 플라타너스 나무가 스쳤다. 물가에 있는 언덕도 떠올랐다. 박하꽃들이 꽃잎을 떨구고 보랏빛 향내를 풍기던 시원한 곳이었다. 박하꽃들은 색색으로 하나하나 모두 반짝이는 가을 같았고 나비들은 빗물 같기만 했다. 그곳이 어디였는가? 부족의 전통이었다. 죽은 자의 무덤에 대해서는 묻지 않는 법이었다. 이 얼마나 고약한 일인가. 설령 묻는다 해도 아무도 시체를 어디에 묻었는지 찾을 수 없을 게 뻔한 일이었기 때문이다. 못되고, 더러운, 야만인.

페툴라가 말했다.

"모두가, 모두가 디딜 땅이 있는데, 우리는 지나가지도 못하잖아요. 아, 아버지."

페툴라는 쉴레이만 카흐야의 아들이었다. 두 해 겨울 동안 텔쿠베의 옆에서 겨울을 난 적이 있었는데 멀리 떨어져 있는 마을 초등학교를 다녔었다. 그래서 그는 글을 읽고, 쓸 줄을 알았다.

"아, 아버지."

그때는 꽤나 많은 금을 가지고 있었는데 금값이 물값만큼이나 쌌다. 원하는 만큼 땅을 사서 정착할 수가 있었다. 어떻게 알았겠는가. 그때는 천지사방이 공터였고, 유목민들은 용맹한 독수리들 같았다. 그 땅을 걸을 때면 마을 사람들이 인사를 하는 것도 두려워할 정도였다. 부족이 원하기만 했다면 그때에는 마을을 다섯 개고 열 개고 살 수가 있었다. 사르하즈 사람들이 그렇게 하지 않았던가? 그런데 더 이상 마을은 마을이 아니었다. 커다란 도시였다. 이제는 유목 자체를 인정하지 않았다. 뱀을 보고 도망치듯이 유목민들을 보고 도망을 쳤다. 유목이라는 소리조차 듣고 싶어하지 않았다.

"손목을 믿어봐, 이제. 한 대 패줄 때가 되었어. 할릴이나 무스탄처럼 말야. 할릴을 죽였잖아. 무스탄은 다쳐서 절름발이가 되었고."

부족에 젊은이들이 몇이나 남았던가? 서른 명이나 될까. 전부 무기로 무장을 한다면……. 부족을 덮쳐서 총질을 해댄 자들이 누구란 말인가? 어느 마을 놈들이란 말인가? 그 마을을 덮쳐야 하는데…….

삼 년 전에도 그랬다. 유목민들이 자신들을 습격한 마을을 덮쳤다. 어찌 된 일인지, 그날 아침 남녀노소 할 것 없이 부족 전부 읍내로 끌려갔다. 몰매를 맞고, 욕을 얻어먹은 것은 물론이고 어린 여자, 나이 든 여자 할 것 없이 전부 고문을 당했다.

목동들도 끌고 갔다. 백 살 먹은 환자, 몸을 떠는 부인들도 끌고 갔다. 텐트는 텅텅 비었다. 소 떼, 낙타들, 말들이 평원에 풀어 헤쳐졌다. 두 달 후 풀려났을 때는 텐트는 초토화되어서 진흙, 먼지로 범벅이 되어 있었다. 텐트 안에는 성냥개비 하나 남겨져 있지 않았다. 침대며, 이불이며, 냄비며 모두 사라지고 없었다. 가축들은 전부 마을 사람들이 끌고 가 나눠 가졌다. 가축을 잡아먹은 사람, 가져다 팔아먹은 사람, 모두 제 마음대로였다. 그때 경찰서에 있던 하사관은 가축을 가져다 팔아서 도시에 집을 샀다고 했다. 그것도 방이 열 개나 되는 큰 집이었다 한다. 이 일화는 그 지방에 전해오는 전설적인 이야기가 되었다.

그해에는 부족 사람들 전원이 발을 절었다. 뿐만 아니라 빵 한 조각 살 돈이 없어서 구걸을 해야 했다. 아다나에, 도지사에게 사정을 설명했지만 도지사는 웃을 뿐이었다. 정부 공무원도 그들의 처지를 보고 웃었다. 헌병대, 글을 쓴 사람들도 웃었다. 거리에는 사람도 없었다. 페툴라는 아버지의 곁에서 조금은 놀라고, 분노에 차고, 수줍은 듯, 두려움에 떨고, 미치기라도 한 듯 사람들을 바라보고 있었다. 사람들은 그들을 보며 웃고 있었다. 길은 먼지 범벅이 되었고, 날리는 먼지도 그들을 보며 웃고 있었다. 나무들, 새들, 벌들, 꽃들 모두 그들을 보며 웃고 있었다.

"아버지, 아버지, 아버지, 사람들이 웃어요."

페툴라는 나무 아래 불길 안에서 타오르고 익어가며 떨고 있었다.

"아버지, 아버지, 아버지, 우리를 보고 웃는다구요."

아버지의 젖은 턱수염과 여동생의 샛노랗게 변한 얼굴, 어머니의 팅팅 부은 얼굴과 커다랗고 동그란 두 눈을 떠올렸다. 그러고는 곧 아무것도 떠올릴 수가 없었다. 오랫동안 그랬다.

결국 무살르 부족의 족장을 떠올렸다. 길고 슬픈 얼굴, 검고 뻣뻣한 턱수염. 얼굴에는 주름이 가득했다. 가슴속에 봄바람이 부는 듯한 다정한 미소로 웃음을 지었다.

"너무 괴로워하지 말게. 쉴레이만, 여보게 친구."

그는 말을 계속 이었다.

"우리에게는 조금이나마 양이 남아 있어. 낙타도 있고, 조금이지만 말도 있지. 돈도 약간 있고. 지금 그걸 자네들에게 주겠네. 우리 부족들이 집집마다 일대일로 자네 부족들에게 전달할 걸세. 옛날에는 전통에 따라 그렇게 했다네. 어찌하겠나? 그 먼 옛날부터 내려온 전통이 그렇다네."

그들은 말대로 했다.

하이다르 우스타의 말은 족보가 있는 말이었다. 부족 사람들이 감옥에서 몰매를 맞고 죽을 고비를 넘기고 있어도 말은 아무에게도 빼앗기지 않았다. 누가 잡아가지도 않았다. 부족 사람들이 읍내에서 돌아올 때쯤 늙은 하이다르 우스타는 다리까지 상처투성이가 되었기 때문에 뒤로 처질 수밖에 없었다. 하이다르 우스타가 혼자 저벅저벅 걷고 있을 때 그제야 해가 떠서 가부루 산을 쨍쨍 비추기 시작했다. 하이다르 우스타는 타들어가는 숨을 몰아쉬며 뒤를 돌아보았다. 그 순간 말이 그곳에 있는 것이었다. 그는 말을 붙들고 너무 반가워 회색과 연두색의 중간 빛을 띤 신비로운 눈동자에 입을 맞추었다. 그러자 말이 등을 구부렸다. 그는 힘이 없어 올라타지를 못했다. 이번에는 말이 이빨로 하이다르 우스타를 물어 자기 등에 태웠다.

"죽어버리겠어, 죽여버리겠다구, 죽여버리겠어, 아, 아버지."

페툴라는 불기둥처럼 타오르고 있었다. 그는 많은 총탄을 소유하고 있었다. 아마도 이백 개 정도는 되는 것 같았다.

'마을로 가서 이쪽 끝에서 저쪽 끝까지 다 갈겨버리리라. 남자들을 해치워야지. 가여운 아이들과 여자들은 손대지 않아야 해. 그러고는 내 이마에 마지막 한 방.'

페툴라는 제정신이 아니었다. 마을로 들어가서는 만나는 사람마다 이마에 총을 들이댔다. 정신이 들었을 때는 물에 빠졌다가 간신히 나온 사람처럼 온몸이 땀에 흠뻑 젖어 있었다.

부족 사람들과 노인들이 고원 언덕배기까지 빼곡하게 채워 앉아 있었지만 아무도 입을 여는 사람이 없었다. 그들은 손도 꼼짝하지 않았다. 저 멀리에서 종 울리는 소리 사이로 개 짖는 소리만이 들려올 뿐이었다.

산달 마을에서는 물가에 있는 젠넷오울루네 마당에 있는 커다란 소나무 밑에 마을 사람들이 모여 있었다. 그들은 분노를 못참아 입에 거품을 물었다. 카라출루 부족 때문에 분이 안 풀려 씩씩거리고 있었다.

젠넷오울루가 말했다.

"맞아요, 여러분이 모두 맞습니다. 그리고 여러분들에게 누가 뭐라 해도 당연히 권리가 있습니다. 델리보아 평원은 우리 땅이라구요. 어제까지만 해도, 아마 오십 년 정도는 우리가 그곳에 텐트를 쳤었잖아요. 쉴레이만 카흐야는 돈을 이리저리 뿌리고 다니면서 도대체 왜 우리한테는 코빼기도 보이지 않는 거지요?"

"왜 그러는 거지?"

마을 사람들도 덩달아 물었다.

젠넷오울루가 말했다.

"왜냐하면, 이유인즉, 우리는 사람도 아닌 게지! 우리가 사람 축에도 끼지 못한다는 거야. 이런 빌어먹을."

사람들이 맞장구쳤다.

"그런 게지."

가장 멀리 서 있던 남자가 커다란 손을 뻗으며 벌떡 일어났다. 키가 크고, 얼굴은 구질구질했다. 다 해진 옷을 입고 있었고, 검고 비쩍 마른 얼굴에 눈이 작은 남자였다.

"모두 이 자리에서 분신합시다. 여기 모기, 파리한테서 해방됩시다. 그놈들을 평원으로 오라고 해요. 신선한 물이 있으니, 보랏빛 제비꽃, 들풀, 하얀 꽃이 만발한 샘터로 오라고 해요. 차디찬 얼음장 같은 물을 마시면서, 어디 한번 우리 땅에서 살아보라고 해요. 돈도 가지고 오라고 하고요."

그는 눈을 크게 떴다. 두 눈에 불꽃이 튀는 게 보였다. 밖으로 뛰쳐나갔다. 몸의 힘줄이 튀었다.

"나와요, 나와! 봉지마다, 자루마다 금이 가득하니, 그걸 모두 다 뿌리라고 해요. 우리 차지는 안 올 거예요. 안 되지. 그럼 안 된다구. 여러분! 그 사람들은 알레비[35]예요. 여러분. 알레비라구요. 그 사람들은 그런 쿠르드족 알레비가 아니라구요. 이 사람들은 우리 같은, 우리 같은 알레비예요. 안 돼요, 안 돼요, 여러분."

저쪽 한 사람이 앉은 자리에서 말했다.

"민주당 당수 할릴처럼 지껄이는군. 그놈이랑 똑같아. 너를 이번 선거에 내보낼 테니 네가 국회의원에 당선되지 못하면 내 손에 장을 지진다."

키가 큰 사람이 말했다.

"개자식들."

"농담하지 말고, 진지하게 의논해보자. 내가 뭐라 할지 할 말도 잊어버렸네. 개자식들."

이어서, "너희들하고 뭘 하겠어" 하면서 삐죽거렸다.

그러더니 목소리를 한 톤 더 높여서, "안 돼, 안 돼" 하고 힘을 주어 말했다.

"델리보아를, 우리 땅인데 말야, 더구나 우리 조상들이 살았던 터전을 이 알레비들이 더럽히게 할 수는 없지. 쿠르드족 알레비도 아니고."

몇 명이 일제히 맞장구를 쳤다.

"맞는 말이야."

"맞는 말이야, 진짜 맞는 말이야. 우리 조상님들이 쏘았던 화살만큼이나 정확한 말이라고. 그렇지, 성전(聖戰)이지, 여보게! 무신론자를 위해, 알레비를 위해, 우리 권리를 찾기 위해 성전을 벌이는 거야."

조금 전에 말했던 사람이 덧붙였다.

"민주당 당수 할릴같이 떠드는군. 그러나 뭔가 잊은 게 있어. 사회주의자를 위한 성전이라는 것을 말 안 했어."

키가 큰 남자는 자리에 앉으며 말했다.

"개자식, 이 사람들이 무슨 사회주의자야? 유목민 놈들이지."

"사회주의자들이 도시에나 있는 거지, 텐트에 뭔 볼일이 있겠어."

한 사람이 거들었다.

"네가 뭘 알아. 그 사람들의 어르신들이 텐트에 사신다구."

그들은 웃었다.

진지한 젠넷오울루가 말했다.

"지금 쉴레이만을 불렀습니다. 우리 권리를 주장합시다. 우리가 원하는 만큼 돈을 주지 않으면, 그렇다면 소꼬리라도 잘라야지요."

젊은이 하나가 아무것도 모르는 듯이 물었다.

"그들에게 뭘 한다는 얘기지요?"

키가 큰 남자는 아직도 화가 나 있었다. 가슴이 분노에 차 들썩거렸다.

"여러분, 그만들 하세요."

그는 한 번 숨을 들이쉬고는 다시 말했다.

"여러분, 멈추시라구요. 나는 일 년 동안이나 생각해 묘안을 짜냈지요. 그놈들을 어떻게 납치해오는지 지켜보시오. 펠렉도 내 생각에 손뼉을 칠 거예요."

젠넷오울루가 말했다.

"그놈들을 몰아내는 건……. 그럼 쉴레이만 카흐야가 올 때까지 기다리지요. 전에는 좋은 사람이었어요. 나한테 들르지 않고는 아무 데도 가지를 않았지요. 지금은 좀 컸다고 하늘 높은 줄 모르는가 본데요. 요새는 인사도 제대로 한 적이 없어요. 이유고 뭐고 다 필요 없어. 우자트말르 상병에게, 듣자 하니 유목민들이 그놈한테 송골매를 선물로 바치셨다지. 게다가 아랍종 말까지.

158

금덩이도 바쳤다는군. 쉴레이만 오기만 해봐라. 오기만 해."

마을 사람들은 먼지에 뒤범벅이 된 상태였다. 모두들 얼굴이 햇볕에 까맣게 타고 물기가 말라 푸석푸석했다. 게다가 피골이 상접해 있었다. 사람들은 멍하니 눈동자를 한곳에 고정시킨 채 그곳만을 바라보고 있었다. 그러면서도 쉬지 않고 스스로에게서 분노를 유발하려 노력하고 있었다.

델리보아 언덕에 철썩 붙은 것처럼 앉아 있는 사람들은 그곳에서 모든 일이 끝나버리기라도 한 듯이 돌덩이처럼 자리를 잡고 앉아 있었다. 어쩌면 죽어버린 것일까. 위쪽 텐트에서 아기들이 빽빽거리며 울었다. 환자의 신음 소리가 들리기도 했다. 주변에는 그 소리만이 들려올 뿐이었다. 그것 말고는 아무것도 없었다. 시체 같은 세상이었다.

해 질 무렵이 되자, 아나바르자 주변은 한도 끝도 없는 푸르른 논만 펼쳐질 뿐이었다. 논 뒤편 하늘은 언제나 뭉게구름이 가득 메우고 있었고, 그 아래로 큰 신작로가 뻗어 있었다. 남쪽으로는 목화밭이 있었다. 밭에는 삼모작을 수확하는 일꾼들이 저 멀리 듬성듬성 보였다. 학처럼 목화밭을 어슬렁거리는 이삭꾼들도 있었다. 동쪽에는 추수를 마친 밭도 있었지만, 밭 한가운데서 쉬지 않고 일하는, 저 멀리 언덕부터 평지를 누비고 다니는 트랙터들도 보였다. 한밤중부터 아침까지 날고 기는 트랙터들, 트랙터 운전수들이 부르는 낯선 민요들도 들려왔다. 북쪽에도 수확을 마친 밭들이 보였다. 텅 빈 밭 중간에는 간간이 상록수들도 있었다. 참나무 밑동 아래를 흐르는 조약돌이 깔린 깊은 개울은 흘러 흘러 커다란 샘을 만들었다.

양, 황소, 염소, 당나귀, 낙타 들도 모두 이 나무 아래 숨어들

159

어 쉬고 있었다. 목동들은 오른쪽, 왼쪽 한 걸음도 내디딜 수가 없었다. 밭으로 짐승들이 들어가지 못하게 지키는 목동은 단 한 사람뿐이었다. 금방이라도 웬 낯선 사람이 무기를 들고 튀어나와서 협박한 후, 한 마리고 다섯 마리고 백 마리고 양을 힘 닿는 대로 자기 마을로 몰고 갈 것 같았다. 유목민들에게 사단이 나지 않고서야 짐승들을 가져갈 수는 없는 일이었다. 목동들의 얼굴은 모두 상처투성이였다. 어떤 사람은 눈썹이 터졌고, 어떤 사람은 코뼈가 부러졌다. 어떤 사람은 머리가 갈라졌다. 어떤 사람은 땅에 발을 디디지도 못했다. 옷도 모두 찢어져서 피범벅이었다.

젠넷오울루가 일어섰다. 그의 긴 수염은 더더욱 길어만 보였다. 성난 듯 찌푸린 얼굴이 지옥에라도 떨어진 것처럼 분노에 가득 차 어쩔 줄 몰랐다.

"어서 오시오, 쉴레이만."

그는 억지로 말하면서 옆에 있는 의자를 가리켰다.

"여기 좀 앉아보시죠."

마을 사람들도 젠넷오울루에게 다가서서 수염을 늘어뜨린 채 얼굴을 찡그리며 듣고 있었다.

쉴레이만 카흐야는 이것이 어떤 상황인지 잘 알고 있었음에도 겁이 났다. 상태가 좋지 않았다. 그는 조용히 젠넷오울루 곁으로 다가가 앉았다. 얼굴에는 가벼운 미소를 지었다. 그 미소는 차라리 씁쓸하고 고통스럽게 느껴졌다. 부드러운 듯 보이는 미소였지만 고통을 담고 있는 미소였다.

모두 순서대로 인사를 했다. 쉴레이만 카흐야가 "다들 안녕하셨소?" 하고 물었다. 인사가 끝이 나자 말이 끊겼다. 주변이 조용했다.

젠넷오울루가 말했다.

"쉴레이만 카흐야, 당신에게 무척 화가 났소. 우리를 잊기라도 한 거요?"

그의 목소리는 간교하고, 음모에 찬 듯했으며, 뭔가 많이 알고 있다는 듯 사악하고, 포악해 보였다.

쉴레이만 카흐야가 말했다.

"미안합니다."

그는 신중하고, 겁이 난 아이같이 수줍어 울기라도 할 것처럼 여리고 지쳐서 궁지에 몰린 것 같은 목소리로 말했다.

젠넷오울루가 곧 같은 태도로 물었다.

"이봐, 쉴레이만 카흐야. 자네가 우리 겨울터에 와서 살지 않았나. 우리 마을을 이러쿵저러쿵 해먹었다고. 내 전 재산이 델리보아야. 그런데 자네가 델리보아에서 추쿠로바 전체를 돈이랑, 양, 장판, 매, 아랍종 말이랑 바꿔먹었잖아. 우리 존재는 까마득히 잊고 말야. 자네는 언제부터 우리를 사람 취급하지 않기로 한 건가?"

쉴레이만 카흐야는 아무 말도 하지 않았다. 못처럼 날카롭고 연둣빛 기운이 감도는 두 눈이 꼼짝도 하지 않고 그를 쏘아보았다. 턱수염은 털이 몇 개 남지도 않아 보였다. 아래로 쪽 뻗은 수염이 분노에 차 부르르 떨렸다.

쉴레이만 카흐야가 말을 삼키며 무슨 말을 해야 할지 몰라 망설이다 말을 내뱉었다.

"나도 모르겠소. 이 델리보아 평원이 누구의 땅이란 말인가? 내 앞으로 온 놈들은 죄다 자기 땅이라고 하니, 원! 땅에서 기어

다니는 개미, 물고기, 어린애 들까지…… 어떤 놈이고 죄다 자기 땅이라고만 우기고 있어. 젠넷오울루, 그 사람들이 우리를 죽였소. 우리는 죽은 것보다 못한 상황이오."

젠넷오울루가 입에 거품을 물었다.

"넌 네 겨울터를 해먹더니 결국 와서 내 것까지 해먹었구나. 안 돼, 안 돼, 그럴 수는 없어, 쉴레이만. 나는 아직 죽지 않았어, 쉴레이만."

쉴레이만이 다시 입을 열었다. 그러자 젠넷오울루와 마을 사람들이 모두 입을 열어 한목소리로 덤볐다.

쉴레이만 카흐야가 말했다.

"여러분이 원하는 것처럼 부족의 전 재산인 양, 낙타, 말, 텐트, 염소, 장판, 옷가지 들 따위를 팔아서 돈을 마련할 수는 없어요."

젠넷오울루가 말을 가로막았다.

"그렇다면 당장 오늘이라도 델리보아를 버리고 떠나시오. 만일 떠나지 않는다면 어떻게 될지는 알아서 하시오."

쉴레이만 카흐야가 움찔했다. 어쩔 줄을 몰랐다. '그러지 마세요, 그러지 마세요, 더는 방법이 없어요. 우리가 할 수 있는 건 다 했어요'라고 말하고 싶었으나 그럴 수 없었다. 앉아 있던 자리에서 일어서려고 했지만 그럴 힘도 없었다. 그곳에서 그렇게 얼어붙은 듯 앉아 있었다. 입이 마르고, 입술이 갈라졌다. 이제는 누가 때려죽인다 한들 말할 힘도 없었다. 무릎을 구부려 딛고 간신히 일어나 걸었다. 머리가 땅에 떨어지고 몸은 휘청거렸지만 간신히 말 있는 곳까지 걸어갔다. 말 머리를 잡은 두 젊은 이가 억지로 그를 말에 태웠다. 쉴레이만 카흐야가 말 목을 잡았다. 젊은이들이 앞에, 그가 뒤에 타고 델리보아를 향해 출발했다.

저녁 무렵이 되어서야 그들은 부락에 도착했다. 유목민들이 그를 희망에 차 맞이했다. 그는 아무 이야기도 하지 않고 곧장 텐트로 갔다. 그는 침대에 누워 몸을 뻗더니 손으로 머리를 감쌌다.

북쪽에서 바람이 불어왔다. 빠르고, 건조하며, 사람의 뼛속까지 말라버리게 하는, 그래서 생명을 역겹게 하고 세상을 어둠으로 휘감는 그런 바람이었다. 추쿠로바 북동풍은 사람을 병들게 했다. 손도, 발도 모두 얼음덩이가 되게 만드는 바람이었다. 여기에 적응하지 못하는 사람은 당장 죽음 문전까지 가도록 병에 걸리게 된다. 추쿠로바의 미친 인간들은 모두 이 북동풍이 불 때 그렇게 된 것이다.

밤이 되자 북동풍은 더욱더 강렬해졌다. 애도의 분위기로 밤을 새던 유목민들은 북쪽에서 불꽃이 터지는 것을 보았다. 그리고 논 앞에서 불꽃이 터져서 델리보아 쪽으로 올라오는 것이 보였다. 목화밭이며, 해를 건너 경작하는 밭 주변까지 불이 붙었다. 델리보아를 둘러싼 사방이 불꽃에 휩싸였다. 비명 소리가 들렸다. 개들이 짖고, 양들이 울고, 아이들이 울음을 터뜨리기 시작했다. 그리고 총탄이 터졌다. 텐트 위로 총알이 빗발치듯 쏟아졌다. 초긴장 상태에서 모두가 어쩔 줄 몰랐다.

쉴레이만 카흐야가 말했다.

"텐트를 접으시오. 다른 곳으로 가야겠어요. 우리를 다 죽일 거요."

페툴라가 손에 권총을 들고 총탄이 쏟아지는 그곳을 향해 미친 듯 뛰기 시작했다.

주____

35 시아파 무슬림.

10

케렘은 불 때문에 눈을 떴다. 옷만 대충 걸치고 주변은 돌아볼 겨를도 없이 델리보아 평원 아래쪽을 향해 냅다 뛰었다. 불기둥을 뚫고 논 한가운데로 달려 들어갔다. 논을 따라서 들어오기는 했지만 어디로 가야 할지를 몰라 하염없이 걸었다. 날이 밝아왔다. 케렘은 델리보아를 돌아다보았다. 델리보아는 시꺼먼 연기에 휩싸여 있었다. 아직도 밭이 타고 있었다. 마음속으로 사람들, 부락, 할 것 없이 전부 타버렸나 하는 생각이 들었다. 아, 할아버지. 그 반짝이는 검은 어쩌나. 검도, 할아버지도 타버렸단 말인가. 송골매를 달라고 기도하지 말고, 할아버지 말을 들을걸. 그랬으면 이런 일도 생기지 않았을 거라고 그는 속으로 생각했다. 붉은 먼동 속에서 커졌다 작아졌다가 하는 불기둥을 보았다. 그는 마음속으로 말은 어떻게 되었는지, 제대로 도망쳐서 무사한지 걱정이 되었다. 방향을 둥근 나무 쪽으로 돌렸다. 버스와 자동차들이 지나가고 있었다. 거기에 큰길이 있는 게 분명했다. "도망치길 잘했어. 그럼 뭐 해. 이런 험난한 세상에 아랍종 말을 탄 할아버지도 안 계신데……."

불기둥이 사방을 둘러쌌다. 활활 타오르고 있었다. 불기둥이 쏟아지는 물처럼 언덕 쪽으로 번지고 있었다. 붉고 긴 뱀들, 토끼들, 여우들, 개구리들, 새들, 벌레들도 모두 불 앞에서 어쩔 줄을 모르고 이리 뛰고 저리 뛰면서 델리보아, 텐트 쪽으로 질주했다. 하늘도, 땅도 모두 불기둥에 휩싸였다. 양들, 말들, 낙타들, 사람들, 개들 소리가 귀에서 웅웅거렸다. 길고, 커다란, 붉고, 서로 뒤엉킨 뱀들이, 놀라서 혀를 쭉 빼고 불기둥을 날름거리며 재빠르게 도망쳤다. 까만 말 한 마리는, 길고 길게 뻗은 불기둥을 어둠 속에서 뚫고 날듯 도망쳤다. 총알 소리가 빗발치기 시작했다. 논이 어둠 속에서 잠깐 환해지는 듯하더니, 휘청이며 땅에 흩뿌려지는 것처럼 보였다. 땅이 흔들거렸다. 커다란 불꽃을 먹는 쇠똥구리가 커다란 입을 열고 하품이라도 하는 듯, 땅이 진동하고 언덕까지 흔들거렸다. 진동은 멈추지 않았다. 바위들은 불기둥 때문에 아래로 굴러떨어졌다. 세상이 온통 시커멓게 어두워졌다 한순간에 밝아졌다. 양모 냄새, 말 냄새, 기름이 타고, 코끝을 자극하는 참을 수 없이 역겨운 탄내가 진동했다. 뱀들이 겹겹이 날아오르다가 공중에서 익어버려 숯처럼 붉게 타서 땅으로 떨어졌다. 숭고한 독수리들, 새들, 참새들도 숯이 되어 땅으로 떨어졌다.

케렘이 좋아서 말했다.

"내 송골매를 상병이 가져가길 잘했네, 아니면 송골매도 다 타 죽었을 텐데."

낙타들, 말들, 귀가 기다란 당나귀들도 소리를 지르고 있었다. 양 무리는 이곳에서 저곳으로, 불기둥의 이쪽 끝에서 저쪽 끝으로 도망을 쳤다. 서로서로 등에 올라탄 양들이 공처럼 보였다.

"이제 난 어떻게 해야 하지? 내 송골매를 그 사람 손에서 어떻게 구한담?"

모두 공포에 질려 있었다. 탕탕거리는 총소리에 모두들 두려워하고 있었다. 어둠 속에서 모두들 각자의 고민에만 빠져 있었다. 뒤이어 텐트들이 실리고 있었다. 모두들 잠에 취했다. 모두들 서서 자고 있었다. 잠 속에서 손을 흔들었다.

"여기가 어디야? 어디로 가는 거야? 상병은 어디 있어? 내가 가서 사정하면 송골매를 돌려줄까? 손에 입을 맞추면 들어줄까? 그래, 얼굴은 부드러웠으니까."

다리가 길가의 먼지를 뒤집어썼다. 불기둥이 저편에 있는 어둠 위로 덮치더니 갈수록 커졌다. 커지고, 커지더니, 분노에 찬 듯 뛰었다. 여기로 온 게 뭐란 말인가? 길을 덮친 불기둥이 늑대처럼, 커다란 늑대처럼 길목을 막고 있었다. 케렘은 몸을 떨었다. 옆에 있는 웅덩이로 몸을 던졌다. 그곳으로 숨어들었다. 눈을 꼭 감았다.

"모두 살 걱정만 하는데, 나는 송골매를 걱정했어요. 할아버지 어떻게 되었나요. 엄마, 아빠, 되네, 하산, 무스타파는요? 아, 내 동생 무스타파. 아, 무스타파야. 아아, 엄마. 내가 인간이야? 난 사람 되려면 멀었어. 난 안 돼, 안 돼. 이 송골매 말고, 땅을 달라고 기도했어야 하는데! 송골매를 주신 흐즈르 님이 땅도 주시면 좋을 텐데. 안 그래? 송골매는 어떻게 구해서 주었담? 내가 송골매를 원하니까 송골매를 주셨어. 땅을 달라고 했다면 땅을 주셨겠지. 송골매를 주는 것보다 땅을 주는 게 더 쉬운 일이잖아. 천지가 지금 뒤엉켰어. 모든 곳, 온 세상이 겨울이야. 한도 끝도 없어. 송골매도 찾아주는데, 겨울 날 땅이라고 쉽게 못 찾아주겠어? 금방 줄 거야. 그러면 이렇게 줄줄이 타 죽거나 하지도 않았을 거야. 아, 아, 아, 모두를 타 죽게 한 것은 나야, 뱀, 여우, 모두 타 죽었어……. 땅을 올해 달라고 빌고, 송골매를 내년에 달라고 빌걸. 그러면 아무도 타 죽지 않았을 거야. 아, 이 돌대가리. 안 죽었을 거야! 송골매도 없고, 땅도 없고, 이제 늑대들만……."

그는 눈을 뜨고 자리에서 일어나 길 쪽을 바라다보았다. 늑대들이 길에서 겹겹이 늘어서 있는 게 마치 이야기를 나누고 있는 것만 같았다. 당장 땅에 엎드려서 다시 눈을 감았다. 어딘가에 있을 희망의 벽에 죽을힘을 다해 딱 붙었다. 그래도 두려움 때문에 손발이 떨리기 시작했다. 무섭지만 땅에 붙어서 이를 악물었다. 떨림이 갑자기 멈추고 손이 풀렸다. 아무 소리도 들리지 않았다. 냄새도 나지 않았고, 소리도 들리지 않았다. 더운 열기도, 두려움도 없었다.

"늑대 먹이가 되었구나, 우리 식구가 전부 늑대 먹이가 되었어. 아, 어머니, 할아버지! 아, 무스타파, 아버지 모두…… 이제 다 끝났네."

늑대들이 달려들었다. 케렘이 있는 세상 전체가 타오르기 시작했다. 늑대들의 날카롭고 긴 하얀 이빨이 피범벅이 되었다. 온 세상이 불타고 있었다.

"이제 난 죽었어, 나도 타 죽고 말 거야. 여긴 물도 구하기 힘든걸."

케렘이 갑자기 누웠던 곳에서 벌떡 일어나 차가운 먼지를 뒤집어쓰면서 달음박질치기 시작했다. 그 뒤로 불길이 입을 딱 벌리고 따라왔다. 불꽃이 흩날리고 천지가 진동을 했다. 땅이 올라갔다 내려갔다 하기를 반복했다. 어둠과 불기둥, 양들, 황소들, 낙타들, 어린애들, 송골매들이 뒤범벅이 되어서 신음하고 있었다. 세상 만물이 전부 케렘의 뒤를 따라오고 있었다. 기다란 물줄기가 불꽃이라도 된 것처럼 찰랑거렸다. 물줄기가 길게 흐르고 있었다. 지붕에도 불꽃이 보였다. 할아버지가 손이 태양처럼 빛나는 긴 검을 들고 불꽃을 가르는 게 보였다. 모든 사람들, 챙이 큰 모자를 쓴 사람들, 입을 천으로 가린 추쿠로바 지주들이 모두 타들어가고 있었다. 할아버지가 붉은 턱수염을 하고 불꽃 한가운데서 칼을 들고 추쿠로바 지주들과 상병들의 목을 베고 있었다. 사람들은 비명을 지르며 도망가고, 할아버지는 턱수염을 흩날리며 칼을 들고 뒤를 쫓으며 잡을 수 있는 사람은 잡아서 목을 베었다. 할아버지가 어지간히 화가 나셨나 보다. 아, 어쩌나, 아, 이런! 목의 핏대가 오를 대로 오르고, 얼굴에서는 땀방울이 흘렀다. 검을 흔드셨다. 상병이 뾰족한 바위 더미에 부딪쳤다. 나무들, 숲, 바위들, 물, 풀, 세상이 투명한 불꽃에 싸여 타오르고 있었다. 할아버지가 앞으로 나서자 커다란 불길 한 줄이 떨어져 나와 앞에 떨어졌다. 불기둥이 상병을 쫓아냈다. 맞은편 빈보아 산도 투명한 불길에 휩싸였다. 불타고 있는 커다란 산은 마치 태양처럼 보였다. 별들이 반짝였다. 빈보아 산이 언덕에서 발톱까지 타오르고, 저 멀리 하늘의 일곱 번째 층까지도 별들이 반짝반짝 타오르듯 빛나고 있었다. 빈보아 산이 저벅저벅 일어나 걸었다. 추쿠로바의 위로 걸어왔다. 천 개 불기둥이 황소가 되었다. 할아버지가 상병의 머리를 단칼에 베어버리자 머리가 번개처럼 추쿠로바 평원으로 내동댕이쳐졌다. 빈보아 산은 갑자기 황소 천 마리로 둔갑하더니 상상할 수 없이 거대하고, 아름답고,

커다란 눈을 반짝이며, 검같이 날카로운 뿔을 번득이면서 불기둥을 가르고 추쿠로바로 걸어 들어왔다. 웅덩이 쪽 땅도 불길에 휩싸였다. 불기둥 황소들이 마을을 습격했다. 마을들, 집들, 도시들, 자동차들, 트럭들, 기차들을 들이받아 무너뜨리고, 불태우더니 결국에는 다시 돌아서서 자기 자리로 돌아가 빈보아 산이 되었다.

케렘의 송골매가 하늘에서 맴돌고 있다. 날개를 반짝거리며 멀리서 돌고 있었다.

"아이고, 할아버지, 어머니, 아버지, 무스타파, 하산! 지금 다 어디에 있는 거야? 다 타버렸나? 만일 아니라면 어디로 갔단 말인가? 이제 어디에서 그들을 만날 수 있단 말인가? 어디에 가서 짐을 풀었단 말이야? 이 마을 사람들 전부 죽여버릴 텐데. 요절을 내버릴 거야. 여자들은 모조리 잡아가겠지. 그놈들은 우리 부족 여자라면 사족을 못 썼잖아."

눈앞에는 어둠이 끝없이 펼쳐졌다. 어둠이 벽처럼 사방을 막고 있었다. 숲처럼, 산처럼, 갈대밭이나 초원처럼, 어둠이라는 벽이 펼쳐졌다. 아무 이유 없이 그는 어둠의 벽으로 다가갔다. 물가로 다가갔다. 숨을 헐떡거렸다. 다리마저 후들거렸다. 먼지 냄새가 났다. 다시 진한 탄내가 진동했다. 그의 눈앞으로 뭔가가 날아들었다. 반짝이는 빨강, 노랑, 환한 구멍, 번개 같은 불이 날아들어 불꽃을 피웠다. 머리가 핑 돌았다.

날이 밝을 무렵 그는 길의 먼지를 뒤집어쓰고 앉아 있었다. 밤새도록 무슨 일이 있었단 말인가? 귀가 웅웅 울렸다. 무겁고도 무거운, 아직 뭔지도 도저히 알 수 없는 어떤 꿈에서 깨어나고 있었다. 몸 전체가 절구에 넣고 빻기라도 한 것처럼 쑤셨다.

"모두 가버렸어. 여기 나만 남겨두고. 할아버지는 어디 계신 거야? 우리 식구들은 어떻게 된 거구? 송골매는 또 어떻게 된 거야? 어떻게, 어떻게 된 거야?"

무슨 일이 있었는지 한참 동안 아무 기억이 나지 않았다. 그러더니 갑자기 모든 게 눈앞에 번개처럼 스쳐 지나갔다. 몸을 추슬러 간신히 자리에서 일어났다. 몹시 고통스러웠다.

"그 매를 원하는 게 아니었어. 그러지 말걸. 우리 부족을 죽인 건 바로 나야. 모든 사람의 씨를 말린 거라구. 사람들이 만약 내가 천사에게 송골매를 달라고 기도한 것을 알 게 된다면, 나는 뼈도 못 추스를 거야. 사람들이 알게 된다면 난 끝이야! 암, 요절을 내고말고. 이런 제기랄, 송골매 따위! 아, 이 돌대가리야! 아. 그 송골매를 가지고 뭘 하려구! 쪼끄만 참새 한 마리 못 잡는 걸. 날지도 못했잖아. 결국 상병이 나타나서 가져가버렸어. 내가 저지른 짓은 죽어도 용서를 받지 못할 거야. 나는 나쁜, 나쁜 자식이야. 송골매같이 머리에 돌이나 맞아라."

별 두 개가 창공에서 박치기라도 했나? 물이 흐르는 게 멈추었나? 꽃들, 나뭇잎들, 벌레들, 늑대들, 새들, 사람들이 갑자기 죽어가다가 나중에 되살아났나? 맞아? 해마다 세상이 갑자기, 한순간, 별들이 서로 부딪치는 그 순간에 죽고, 나중에 회생하는 건가? 해마다, 해마다 말이야……

"할아버지가 그러셨어. 할아버지는 검을 만드는 장인이셨어. 하이다르 우스타라고 하면 모두 알 거야."

케렘은 어디로 가는지도 모르는 채 그저 갈대밭을 돌았다. 작은 논두렁을 뛰어넘어 지났다. 그러자 델리보아 평원이 갑자기 눈앞에 펼쳐졌다. 모락모락 연기가 피어오르고 있었다. 칠흑같이 어두웠다. 남쪽을 향한 불이 깜깜한 제이한 강어귀까지 비추고 있었다.

케렘은 평원으로 가고 싶기도 했지만 두려움 때문에 가려다 멈추고, 가려다 멈추고 하기를 반복했다. 바람이 불어오자 마음 속에는 두려움 섞인 기쁨이 가득 차올랐다. 그 기쁨은 결국 시꺼멓게 변해버리기 일쑤였다.

뱀들이 통째로 타서 숯이 되어 있었다. 개, 사람, 양, 늑대, 여우 시체들이 바짝 마른 숯이 되어 있었다. 코끝으로 탄내가 스쳤다. 죽을 것 같은 공포가 밀려왔다. 케렘은 토하고, 토하고, 또 토했다. 그래도 아무것도 나오는 게 없었다. 배가 아파서 배를 움켜쥐었다. 눈이 침침했다.

연기가 나는 평원이 눈앞에 펼쳐졌다. 케렘은 갑자기 뒤돌아 뛰기 시작했다. 시체들, 타서 숯이 된 뱀들, 늑대들, 말들, 사람들, 할아버지, 아버지, 페퉄라, 상병 등 모든 게 자신을 몰아내는 것 같았다. 몇 번이나 발이 걸려 엎어졌지만 다시 일어나 뛰었다. 마지막 힘을 다해서 뛰었다. 신작로에 다다르자 곧바로 쓰러져버리고 말았다. 해가 중천에 떠오르고 산이 달구어졌다. 먼 곳에 있는 평원은 길고, 곧게 올라가는 연기를 풀어내고 있었다. 길에는 자동차들이 지나다니고, 케렘은 먼지를 뒤집어쓰고 있었다. 입에도, 코에도 먼지가 가득 찼다. 무엇을 할지 모른 채, 그렇게 손으로 땅을 짚고 하염없이 있을 뿐이었다. 커다란 눈이 더욱 퀭했다. 마침내 서로 찰싹 달라붙어 나란히 걷고 있는 두 남자가 지나갔다. 그들은 소리를 지르며 싸우는 것처럼 떠들었다. 케렘은 사람들이 자기 앞을 지나자 몸이 그 사람들에게 묶여져 있기라도 한 것처럼 벌떡 일어나 그들을 따라 걷기 시작했다.

걸으면서도 하염없이 하얀 연기가 길게 피어오르는 평원에서 눈을 떼지 못했다.

"사람들은 죽지 않았어. 타버린 게 아니야. 만일 구조되었다면 어디에서 내가 그들을 찾는담? 어디로 갔을까? 세상 어느 곳도 우리를 받아줄 곳은 없어. 어디에 짐을 풀 수 있다고? 정착하도록 놔두지도 않을 거야. 땅을 밟을 거면, 돈을 내라, 돈을 내. 돈을 어디에서 구한다지? 여보시오, 당신들이 이 땅 주인이 될 때, 알라의 땅을 당신들이 소유할 때 돈을 냈다는 말이오? 우리가 이 한 뼘 되는 땅에, 그것도 황무지에다가 풀 무더기 들판, 더구나 아무도 살지 않는 이 평원에 정착하기 위해 그 많은 돈을 뿌려야 하다니."

그는 발걸음을 빨리해서 앞에 가고 있는 사람들을 따라잡았다.

"안녕하세요, 신사 양반."

남자들이 뒤를 돌아다보았다. 그들은 붉은 뺨이 땀에 절어 더 붉어 보이고, 복사뼈가 툭 튀어나와 보이는, 겁에 질려 눈을 동그랗게 뜨고 있는 아이를 보았다. 아이가 어른같이 인사를 건네왔던 것이다. 돌아보니 어린아이가 한 진지한 행동이라는 것 때문에 웃음이 터져 나왔다.

"그래요, 안녕하시오?" 하고 키가 큰 남자가 대답했다.

"어디에서 와서 어느 쪽으로 가는 거니? 이름을 말해보거라. 내 이름은 아비디란다. 이쪽은 하즈."

"저는 케렘이에요. 얀느즈아아치 경찰서로 가는 중이구요. 상병이 저희 유목민 출신이거든요. 그래서 그분에게 가는 중이에요. 그분을 뵈려구요. 어젯밤에 우리 평원에 불이 났어요."

"누가 불을 질렀대?"

173

아비디가 물었다.

"마을 사람들이 불을 냈어요. 우리에게 돈을 요구했거든요. 우린 더 이상 가진 돈도 없는데…… 마을 사람들에게 전부 줘버렸거든요. 다른 마을 사람들이 또 돈을 받으러 왔는데 더는 줄 돈이 없었어요. 그런데 어젯밤에 쳐들어와서 모두 총살을 시켜버렸어요. 불을 지르고요. 저만 살아남았어요."

케렘이 대답했다. 더 할 말이 있었지만 울어버릴 것 같아서 참았다. 주먹이라도 걸린 것처럼 무겁고 숨도 쉴 수 없게 목이 메었다. 자신을 추스르고, 울지 않기 위해서 입술을 피가 나도록 깨물었다. 눈물이 가득 차서 흐르지 못하는 눈물 때문에 눈이 따가웠다.

아비디가 말했다.

"케렘아, 들어봐라. 넌 겁나서 한밤중에 도망쳐온 게로구나. 평원이 타버렸지만 유목민들은 무사하단다. 아무도 다치지 않았어. 짐을 꾸려서 건너편으로 이주했어. 곧 적당한 장소를 골라서 짐을 풀 게야."

하즈도 거들었다.

"케렘아, 조금도 걱정할 것 없다. 사람들은 지금쯤 땅을 찾아서 정착을 했을 거야."

케렘의 마음이 조금 가벼워졌다. 목에 걸린 가시를 빼낸 것만 같았다.

"아, 그래도 그 사람들은 땅을 찾지 못할 거예요. 길에서 지쳐서 나가떨어질 거라구요. 우리는 길에서 죽을 거예요. 아. 내가 우리 부족에게 못된 짓을 했어요."

케렘의 얼굴과 목소리에 얼마나 죽을 것 같은 슬픔이 묻어 있

었는지, 아비디와 하즈는 오랫동안 케렘에게 아무 말도 하지 못
했다. 결국 케렘은 모든 것에 대해서, 별들이 부딪치는 밤에 대
해서, 할아버지와 할아버지의 말씀에 대해서, 자신이 겨울을 날
땅 대신에 송골매를 원했던 것에 대해서, 할아버지의 검과 송골
매를 데리고 왔던 것에 대해서, 모든 것에 대해 실토하게 되었다.

"자."

끝으로 말했다.

"일어날 일이 일어났어요. 모든 사람들을, 우리 모두를 쓸어
죽였다구요."

케렘은 울음을 터뜨렸다. 울면서도, "차라리 나를 죽이라고 하
세요. 난 죽어 마땅해요" 하고 외쳤다.

"이 모든 일이 송골매 때문에 생긴 거예요. 그 송골매를 상병
이 내게서 빼앗아갔어요."

아비디가 말했다.

"울지 말아라. 상병도 그렇고, 못살게 군 사람들 모두 제값을
받을 거야. 그러니 울지 마."

하즈가 말했다.

"울지 마."

케렘이 흐느끼면서 울었다. 남자들은 우는 아이를 어떻게 해
야 할지 몰라 쩔쩔매고 있었다.

"송골매도 빼앗기고 땅도 빼앗겼어요. 송골매도……."

"애야."

아비디는 문득 모든 것을, 케렘이 우는 이유가 무엇인지 알아
차렸다.

"자, 케렘. 지금 곧장 경찰서로 가자. 이 길로 가면 경찰서가

나와. 너에게 경찰서가 어딘지 가르쳐주지. 경찰서로 가서, 너도 방법을 찾아봐. 상병의 손에서 송골매를 빼앗으면 돼. 그렇게 울 것 없어."

케렘은 그 순간 모든 것을 잊어버렸다. 두 눈이 반짝였다. 울음도 멈추었다. 얼굴이 기쁨에 들떠 환하게 웃었다.

"상병 손에서 어떻게 빼앗아요? 상병은 권총도 가지고 있어요. 나를 죽이면 어떻게 해요?" 하고 물었다.

"밤에 훔치지."

"너를 어떻게 보고 죽인다는 거냐? 밤에 새들, 개미들도 눈치 못 채게 아무도 모르게 훔치면 되지."

"모르게요" 하고 케렘이 미소를 지었다. 모든 것을, 모든 고통을 잊은 것 같았다.

가는 길 내내 세 사람은, 경찰서에 당도할 때까지 송골매를 훔쳐낼 묘안을 찾기에 바빴다. 케렘은 기쁨에 들떠서 그 남자들의 손에 입을 맞추고 헤어졌다.

아비디가 말했다.

"얘야. 알라께서 함께하시길. 이 상황까지는 안 왔어야 하는데…… 아이에게 훔치라는 얘기를 하지 말았어야 하는데…… 상병이 아이에게 총을 들이대면?"

하즈가 말했다.

"자책하지 마. 아이는 무슨 일이 있어도 경찰서로 찾아갔을 거야. 송골매를 되찾으려고 애를 썼을 거구. 그 방법밖에는 없지. 어떻게 되었든 훔치려고 했을 거야. 걱정하지 말아. 아이가 감쪽같이 송골매를 빼앗아서 도망갈 테니."

아비디가 말했다.

"제발 그래야 할 텐데. 부디! 그런데 겁이 나는구먼. 아이구, 케렘. 정말 귀엽고, 정이 많고, 영리한 아이야. 아무 일이 없도록 알라께서 돌보셔야 할 텐데……."

　　　　　　　　　　　　　이주민들이 제이
한 강을 건넜을 때는 정오가 되기 전이었다. 헤미테 마을 위
로 엷은 황토색 연기가 피어올랐다. 헤미테 산은 돌산에다가
보랏빛 황무지였으며, 잡초가 우거져 있었다. 그리고 뾰족뾰
족 슬퍼 보이기까지 하는 바위들이 평원 위에 업힌 것처럼
무더기로 불쑥 치솟아 있었다. 그런 바위들이 짙은 보랏빛으
로 변하더니 시퍼렇게 되었다가는 갑자기 사라져버렸다. 황
토색 연기 때문이었다. 이주민 무리는 사카르자의 돌산 뽕나
무 아래에 다다르자 길을 멈추었다. 아이들 몇 명만 어머니
들의 등에 업힐 수 있었기에, 나머지 조무래기들은 낙타와
당나귀 등에 나누어 타고 있었다. 낙타들은 언제나처럼 수를
놓은 장판과 푸른 구슬, 하얀 구슬, 종류가 천 가지쯤은 되어
보이는 무지개 띠로 장식하고 있었다. 이주민들은 아무 일도
없었다는 듯이, 마치 불이 나서 피신하는 게 아니라는 듯이
모두 침착했다. 낙타와 숫염소 목에 달린 방울만이 무게를
못 이기고 찰랑거릴 뿐이었다. 첫새벽에 갑자기 불이 평원을
덮쳐서 이렇게 도망치듯 이주를 하는 것은 몇 백 년 동안 해
온 일이었다. 유목민들은 호라산에서 지금까지 이주하는 동
안에 매일같이 짐을 싸고 풀기를 반복해야 했다.

유목민 무리가 모래사장에 멈추어 섰다. 제이한 강을 가르는 배들이 속력을 내고 있었다. 배들 때문에 모래들이 이쪽 편으로 떠밀려 온 것 같았다. 사카르자 마을 사람들은 유목민들이 이주해오는 것을 보고 기다리고 있었다. 그들이 모래사장에 짐을 풀자마자 기다렸다는 듯이 조르륵 다가와 돈이든, 양이든, 염소든, 장판이든 뭐든 달라고 할 것이 뻔했다. 마을 안이 조용히 술렁였다.

"뭘 좀 아는 사람들이 왔구만. 그것도 꽤 부자인걸. 꽤 큰 부족이야. 모래사장에 짐을 풀면 뭔가 이 사람들과 해볼 만하겠어."

유목민들은 기다리고 있었다. 어디로 가야 할지를 그들은 알지 못했다. 그래서 그곳에 그냥 멍하니 있었다. 무엇을 해야 할지 몰랐다. 그렇게 하염없이 있을 뿐이었다.

게다가 비까지 흩뿌리기 시작했다. 양들은 서로서로 엉겨 붙어 한 무리가 되었다. 당나귀들이 귀를 축 늘어뜨렸다. 커다란 양치기 개들의 목에 달려 있는 뾰족한 놋쇠 목걸이들이 먹이 속에서 나뒹굴기 시작했다. 비가 거세졌다. 헤미테 산 꼭대기에 있는 한 무리 먹구름이 번득이더니 번개가 쳤다.

쉴레이만 카흐야가 절망적인 목소리로 하이다르 우스타에게 물었다.

"어떻게 하면 좋지요?"

하이다르 우스타는 아무 대답도 하지 않았다. 한두 마디 더듬거리며 뭐라고 했지만 입 밖으로 뱉는 게 무슨 말인지는 들리지도 않았다.

뮈슬림 코자가 다시 물었다.

"뭔가 말해봐, 하이다르. 어떻게 할까."

또다시 하이다르 우스타가 뭐라고 하는 것 같기는 했는데, 역시 무슨 말인지 알 수가 없었다. 모두가 알고 있었다. 하이다르 우스타는 화가 극도로 나서, 분노 때문에 생각이 많을 때는 항상 그래왔다. 하이다르 우스타가 화내는 것을 사람들은 어둠보다 더 두려워했다.

"카밀, 어찌하면 좋겠어?"

카밀이 말했다.

"나도 모르지요. 쉴레이만 카흐야. 이 마을은 사카르자 마을이잖아요. 이 모래사장에 짐을 풀자마자 금방 주민들이 쫓아올 거예요. 작년에도 한바탕 싸우지 않았어요? 싸움을 걸어올 게 뻔하지. 그러고 나서 짐을 풀면 뭐라고 하겠어요? 여기 이 모래사장은 풀 한 포기가 없는데요."

쉴레이만 카흐야가 신음하듯 말했다.

"비가 오려고 하잖아. 저기 보라고. 산 위에. 싸울 기세로 달려오네."

카밀이 말했다.

"기가 차서……."

하이다르 우스타는 사람들에게 멀어져 저쪽 물가에 멈추어 섰다. 두 손으로 붉은 턱수염을 쥐어 잡았다. 모두 동시에, 그가 유일한 희망인 듯이 일제히 그를 바라보았다.

"어떻게 해요?"

무랏 코자가 말했다.

"갑시다."

쉴레이만 카흐야가 물었다.

"어디로 말야?"

페툴라가 뭔가 번득 생각난 듯이 눈이 휘둥그레졌다.

"지옥 끝에라도 떨어져라. 이렇게 계속한다면, 앞으로 우리는 길도 제대로 지나다니지 못할 거야. 정착하는 것은 말할 것도 없지. 싸워야지. 한 줌 땅이 있으면 거기라도 발을 붙이고 떨어지지 말아야 해. 애고 어른이고 다 나서서, 아니 죽을 때까지라도 거기서 꼼짝도 하지 말아야 해."

쉴레이만 카흐야가 말했다.

"애, 페툴라. 죽는 게 우리 운명이라면, 우리가 모두 죽어야 한다면, 지금 죽자. 그것도 전부 다 같이……. 우린 살 수도 없고, 죽을 수도 없어. 땅이고 하늘이고, 벌레 잡아먹는 새며, 내리는 빗물, 바람, 삼라만상, 심지어 벌레들까지 우리를 죄다 적군 취급하니, 우리를 구해주는 것은 아무것도 없어, 그러니 어찌해야 한단 말이야?"

페툴라는 더욱 화가 나서 미친 사람 같았다.

"아버지, 아버지, 이제 참을 수가 없어요. 여기까지 올라와요. 자, 물이 저렇게 흐르니 우리 동시에 빠져 죽어요. 아니면, 저놈들하고 담판을 짓던지. 피 터지게 싸우고 죽자구요."

"죽자."

쉴레이만 카흐야는 아주 왜소해져서 몸집이 반절밖에 되지 않아 보였다.

"물에 빠져서 다 같이 죽자."

사람들은 하이다르 우스타가 빠른 걸음으로 뭔가 살아난 듯이 걸어오는 것을 보았다. 모두 희망을 발견한 듯 그를 바라보았다. 여자들과 아이들의 얼굴이 그를 보자 상기되었다.

비는 폭풍우를 몰고 왔다. 낙타들, 당나귀들, 양들, 개들, 아이들, 여자들은 서로 엉겨 붙어서 까맣게 쌓여 있는 것 같았다. 모두 문을 닫았고, 주변이 깜깜해졌다.

하이다르 우스타가 무겁게 웃었다. 대머리 오스만을 돌아다보았다.

"오스만, 내 말을 가져와. 너도 아다나까지 나와 함께 가야겠다."

그는 쉴레이만 카흐야 쪽으로 두 걸음 내딛더니 한 손을 그의 어깨 위에 얹었다.

"몸조심하시게나."

그가 희망 섞인 미소를 지으며 말했다. 두꺼운 눈썹이 돋보이고 반짝이는 연둣빛 눈동자가 또렷해졌다.

"뭔가를 해야겠어. 아다나로 가서 라마잔오울루를 만나보고, 안 되면 앙카라로 가서 이스멧 파샤를 만나고, 그것도 안 되면 이스탄불이라도 가봐야지. 그것도 불가능하다면…… 안 되는 것을 되게 해서, 발 디딜 땅 한 조각이라도 구해야지. 그것도 안 된다면…… 몸이나 조심하게, 내가 돌아오는 길에 자네들과 어딘가에서 합류할 테니. 케렘도 한번 찾아봐. 얀느즈아이치에 사람을 한번 보내보게. 경찰서 앞에 있을 게야. 그 애는 아마 송골매를 기다리고 있을 게야. 자네들은 여기에서 곧바로 지중해 연안가로 가보게. 아마 그곳에는 적당한 땅이 있을지 몰라."

오스만이 말을 가져오자 하이다르 우스타는 떠났다. 검을 가져가면서, 아들과 며느리, 손자들을 품에 안고는 작별 인사를 했다.

"케렘은 얀느즈아이치에 있을 거야. 가서 그 애를 데려오거라.

나는 걱정 말거라. 나는 그 유명한 라마잔오울루를 뵈러 가는 거니까. 만일 돌아오는 게 늦으면 앙카라에 가서 이스멧 파샤를 알현하고 있다고 생각해. 더 늦어지게 되면 이스탄불로 간 것으로 알거라. 너무 걱정하지 말거라. 추쿠로바에 겨울터도 잡고 알라산에 경작지도 얻을 수 있을 테니."

두 눈에는 깊은 슬픔이 드리워졌다. 일그러지듯 떨리는 입술로 가늘고 떨리는 미소를 지으며 다시 노인들 무리로 다가왔다.

그는 "몸조심하십시오" 하고 말하더니 다시 "너무 걱정하지 마세요"라는 말을 덧붙였다.

두 사람은 말고삐를 잡았다. 하이다르 우스타는 예상하지 못했던 빠르고 민첩하고 익숙한 자세로 말 등에 올라타더니, 말을 몰았다.

쉴레이만 카흐야가 그들 뒤를 쫓았다.

"하이다르 아저씨, 잠깐만 멈추세요. 깜박한 게 있어요."

하이다르 우스타가 쉴레이만 카흐야 쪽으로 말 머리를 돌리고 기다렸다. 쉴레이만 카흐야가 한 손을 소매 안으로 넣더니 떨리는 손으로 한 움큼 돈다발을 그에게 건넸다.

"자, 받으세요. 필요할 때가 있을 겁니다."

하이다르 우스타가 대답했다.

"고맙네, 쉴레이만. 그렇지만 내게도 돈은 있어. 미리 준비했네. 이 일을 위해서 몇 년간 돈을 모았다네. 돈은 많아."

그의 입술, 황금색 두건, 턱수염의 붉은색까지 빛처럼 환하게 웃었다.

오스만이 앞에 서고, 그가 뒤를 따랐다. 그들은 말을 타고 꼿꼿하게 길을 나섰다.

페툴라가 뒤에서 말했다.

"세상 물정 모르는 분 같으니라고."

말을 하지 않으려고 이를 악물었지만 '툭' 하고 튀어나온 말이었다.

"생각하는 꼴이라니. 삼십 년 동안 검을 만들어서 그걸 귀족들이나 장군들에게 가져다준다고 땅을 줄 거 같아? 그래? 그것도 묘안이라고. 검이 아니라 흙 한 줌, 아니 순금을 가져다줘봐라, 쳐다도 안 볼 테니!"

갑자기 시꺼먼 먹구름이 바다 쪽으로 내려오더니 사라져버렸다. 비가 멈추고 날이 갰다. 해가 떴다.

하이다르 우스타가 눈앞에서 멀어지자 쉴레이만 카흐야가 다시 질문을 시작했다.

"어떻게 한담?"

타느쉬 아아가 뾰족한 어투로 말했다.

"여기에서는 짐을 못 풀어요. 이곳 사람들은 난폭하고 거칠고 피에 굶주린 사람들이라고 했소. 여기에 하룻밤이라도 묵었다가는 두 명은 죽어 나갈 거예요. 두 명요. 샤퍄라얀 두르무쉬가 당장 덤벼들걸요."

그가 고개를 들었다.

"저기 오네요."

사람들은 말을 멈추고 사시 눈을 한 샤퍄라얀 두르무쉬를 기다렸다. 페툴라는 얼굴이 시뻘겋게 되어서 부들부들 떨기 시작했다. 둥그런 눈알이 더더욱 튀어나와 보였다.

쉴레이만 카흐야가 아들에게 말했다.

"그놈이 온다. 내 아들 페툴라야, 넌 여기 있지 마라. 저기 아랫녘 물가로 가거라. 나도 곧 가마.”

페툴라는 빠른 걸음으로 뛰는 것처럼 그곳에서 멀어져갔다.

샤파라얀이 왔다. 몹시 화가 난 것 같았다. 한 손으로 눈을 가리는 것처럼 해서 힐끗 쉴레이만 카흐야를 쳐다보았다.

“호오, 자네가 쉴레이만이구만. 어서 오시게. 일거리를 가져왔군. 나도 자네를 기다리던 참이었지. 땅을 디뎠으니 돈을 내놓으셔야지. 마을 원로위원회에서 결정을 했네. 그래서 나를 보낸 것이지.”

그는 옆구리에 커다란 권총을 차고 있었다. 그는 무겁고 안전한 움직임으로 손을 권총으로 가져갔다.

“양 세 마리, 저기 통통한 놈으로, 여기서 밤을 날 게 아니라면 백오십 리라. 그게 아니라 밤을 날 것이라면, 그렇다면 문제가 다르지. 지금 나랑 같이 가서 흥정을 해보지.”

쉴레이만 카흐야가 말했다.

“지금 당장 떠날 거요. 당장 갈 거고말고. 아무것도 드릴 수 없소, 두르무쉬 나으리.”

“왜지?”

두르무쉬는 무시하는 태도로 묻더니, 이어 빈정거리는 말투로 말했다.

“아침 첫새벽부터 지금까지 이 땅을 점령하고 있었는데 그 돈은 어쩔 거야?”

쉴레이만 카흐야가 대답했다.

“우리는 당신들 땅을 밟지 않았소. 그러니 돈을 낼 수가 없소. 우리는 알라께서 만들어주신 길에서 조금 감상했을 뿐이오. 길을 지났다 해서 돈을 내라는 법은 없는 법이오. 그러니 돈을 낼 수는 없소."

"내놔라."

두르무쉬가 명령했다.

"그것도 꿀이 단지에서 쏟아지듯 콸콸 쏟아내야 한다. 안 내
려면 날 죽여라. 그러면 보내주지. 아니면 못 간다."

그는 강경했다.

"네가 화를 자초하는구나, 쉴레이만. 불화를 만들려거든 다른
마을에나 가서 만들어. 대가를 지불하지 않으면 여기서 한 발자
국도 못 간다."

"그러시오."

쉴레이만 카흐야가 대답했다.

한순간 저쪽 편에 있는 사람들 얼굴이 공포에 질려버렸다. 그
는 뒤를 돌았다. 페툴라가 흑흑거리며 오고 있었다.

"애야, 멈춰라!"

쉴레이만 카흐야가 그에게로 뛰어갔다.

"멈추라니까."

두르무쉬가 그 순간 권총을 빼들고 그의 입을 향해 권총을 겨
냥했다.

"오라고 해."

그가 말했다.

"와서 양 세 마리 때문에 나를 죽이라고 해. 세 마리가 뭐야.
양 한 마리라도 좋아. 와서 양 한 마리 때문에 나를 죽이라고 하
라고."

그는 권총을 손에 들고 페툴라를 향해서 걸어갔다. 쉴레이만
카흐야가 아들에게 붙어서 애원했다.

"쉴레이만, 놔둬. 그놈 놔두라고. 와서 양 한 마리 때문에 날 죽여보라 하라구. 고작 양 한 마리 때문에. 네놈들은 아무튼 사람이 뭔지 모르는 놈들 아니냐, 양 한 마리 때문에 사람을 죽이는 놈들이라구. 이렇게 해서 추쿠로바 사람들을 죄다 적으로 만드는 놈들이라구. 이렇게 풍요로운 세상을 각박하게 만드는 놈들. 양 한 마리 때문에 나 같은 사람을 죽인다는 게 될 법이나 해?"

그는 계속 지껄이면서 아직도 서로 옥신각신하고 있는 부자에게 다가갔다.

"그만둬. 이보게, 멈춰. 뭘 하는 거야? 쉴레이만. 페툴라를 그냥 놔두라니까. 페툴라, 그만해, 그렇게 화를 내지 말게. 권총을 다시 집어넣어. 여보게, 그만해. 나도 이제 집어넣겠네. 자! 보라구."

그는 권총을 허리춤으로 집어넣었다.

"자, 보라구. 나는 겨우 양 한 마리를 달라고 했을 뿐이야. 딱한 마리. 만일 고작 양 한 마리 때문에 날 죽여야겠다면, 죽여보게. 쉴레이만도 그놈을 말리지 말게."

페툴라는 지겹고 역겹다는 얼굴로 말했다.

"아버지, 놓으세요. 화가 풀렸어요. 토할 것만 같네요."

쉴레이만 카흐야는 아들을 놓아주었다.

"자, 페툴라. 나를 죽여보게. 다른 사람들은 죄다 이 정도 땅을 밟으면 양 백 마리 정도는 요구하는데, 나는 고작 양 한 마리를 달라고 했을 뿐이지. 보라고. 아침부터 지금까지 이 땅을 밟고 있지 않아? 오랜 친구를 이렇듯 적군 다루듯이 하는 게 될 법이나 한가?"

페툴라가 말했다.

"양 한 마리가 아니라 깃털 하나 줄 수 없어요."

"줘야 해."

두르무쉬도 팽팽하게 맞섰다.

페툴라가 대답했다.

"그럼, 알아서 가져가시든지."

두르무쉬가 애원하기 시작했다.

"니들은 양이 많잖아. 우리는 일 년에 한두 번 고기 구경을 할까 말까야. 자네들은 우리 땅과 길을 지나다니면서 알라의 은총을 베풀어 우리에게 고기 한 조각 못 주나? 우리 애들을 위해서."

페툴라가 말했다.

"안 돼요."

두르무쉬가 말했다.

"줘야 해. 내게 양을 한 마리 주든가, 아님 날 죽이든가 해."

페툴라가 말했다.

"못 줍니다."

"줘야 한다니까."

두르무쉬가 말했다.

"나를 무시하는군. 네가 하즈레티 알리라도 되는 줄 알아? 나도 군대에 있을 때는 하사관이었어. 이 마을에서 내 말을 어길 수 있는 사람은 한 사람도 없어. 전부 나라면 벌벌 떤다구. 나는 지금까지 십사 년 동안 감옥에 있었지, 사람을 셋 죽였어. 여덟 번 사면을 받았지. 페툴라, 날 뭘로 보고 이러는 거냐? 네가 허리춤에 권총을 차고 있다고 무서워서 이러는 줄 알아? 권총을 뽑아라, 그래, 권총을 뽑아! 나도 권총을 뽑을 테니 양 한 마리 때문에 서로 죽여보자구. 자, 어서! 나도 뽑을 테니, 너도 뽑아라."

그는 권총을 뽑았다.

"자, 어서. 알라께서 양 한 마리를 널 주시는지 날 주시는지 보자. 자, 어서. 뭘 하는 게냐?"

부족의 모든 여자들, 아이들, 남자들이 둥그렇게 둘러쌌다. 멀리서 무슨 일이 일어나는지 지켜보고 있었다. 사람들 등에는 굵은 빗방울이 그친 후 나온 태양 때문에 김이 올라오고 있었다.

쉴레이만 카흐야는 아들이 울분에 차서 눈동자가 튀어나오는 것을 지켜봤다. 걱정이 되었다. 아무래도 뭔가 끔찍한 일이 생길 것만 같았다.

"두르무쉬 그만하시오."

그가 말렸다.

"그럴 수 없다."

두르무쉬가 대답했다.

"양을 한 마리 내놔."

페툴라가 이를 악물더니 토할 것 같은 얼굴로 아버지에게 사정했다.

"아버지, 아버지, 저놈에게 양 한 마리 던져줘요. 가버리게. 부탁이에요."

두르무쉬가 좋아서 웃었다. 쉴레이만 카흐야의 손을 잡았다.

"고맙네, 쉴레이만 카흐야. 고마워, 페툴라, 고맙다구. 봐준 거지. 양 한 마리라니 이렇게 땅을 밟았는데 그 대가로는 약한 거지, 그래도 암튼 고마워."

189

페툴라는 땀범벅이 되었다.

"아버지, 뭐 하시는 거예요. 당장 저 양을 주고 저놈 좀 가버리라고 하세요. 제발요, 빨리요."

"페툴라, 말버릇이 그게 뭐냐?"

두르무쉬가 날카롭게 대꾸했다.

"뭐라고? 내가 구걸이라도 했다는 게냐? 나는 내 권리를 주장하고 있는 거야. 이 땅과 이 길들, 이 마을, 이 땅에 있는 풀이며, 나무들, 이리로 흐르는 물, 모두 우리 것이야. 알았냐? 너, 나를 거지 취급하지 마. 알았냐고?"

페툴라가 신음하듯 말했다.

"아버지, 아버지, 제발요."

12

몇 날 며칠 밤 동
안 사람들은 짐을 풀지 못하고 있었다. 추쿠로바를 이리저리
계속 헤매 다니고만 있었다. 수십 년 전부터 오늘날에 이르
기까지 추쿠로바에서 겨울터 때문이든, 목초지 때문이든 이
제는 서로 싸워서 피를 보지 않은 마을이 남아 있지 않을 정
도였다. 그들은 지중해 해안가, 누르학산, 레체 늪에서 멈추
어 섰다. 비가 멈추지 않고 퍼부어댔다. 양들, 낙타들, 개들,
당나귀들, 말들, 아이들이 진흙탕 속에 빠졌다 나왔다 했다.
비에 젖어 몸에 딱 붙은 옷가지에서는 김이 모락모락 올라왔
다. 진흙 때문에 이주민들은 어쩔 줄을 몰랐다. 그들은 양들
을 비롯한 다른 가축들을 새싹이 돋아나고 있는 작물들 안으
로 몰아넣었다. 짓밟혀 망가진 밭은 적대심과 분노의 씨앗이
되기에 충분했다. 이 일 때문에 몇 번 큰 싸움이 벌어졌다.
진흙 더미가 된 사람들은 이번에는 피투성이가 되었다. 부족
중에 상처를 입지 않은 사람이 얼마 남지 않았다. 속수무책
이었다. 양들은 물론이고 다른 가축들마저 굶주림에 지쳐 걸
을 수도 없을 지경이었다. 밤마다 드넓은 작물 밭에 가축들
을 풀어놓지 않으면 모두 기아에 지쳐 죽을 것만 같았다. 한
밤중 카라출루 부족은 곡소리 흐르듯 흘러갈 뿐 어디로 가야

할지 알 수 없어 막막하기만 했다.

해가 중천에 떴을 때쯤 그들은 텔부베를 지나가고 있었다. 비
도 어느 정도 그치고 해는 중천에 떴다. 비에 젖어 미끄럽고 반
짝이는 길이 끝없이 펼쳐지고 있었다. 자동차와 트럭, 트랙터 들
이 지나갈 때마다 바퀴 양옆으로 물이 튀었다. 토프락칼레 밑에
서 그들은 호르줌르 부족과 마주쳤다. 그들도 진흙투성이가 되
어 있었다. 역사가 긴 명문 부족에다가 규모도 큰 두 부족이 마
주친 것은 숙명처럼 보였다. 두 부족은 평원에서 마주 보며 그렇
게 아무 말도 하지 않고 서 있기만 했다. 이쪽에서도, 저쪽 편에
서도 아무 소리가 없었다. 그들은 입을 꽉 다문 노래꾼처럼 지친
듯 서로 기다릴 뿐이었다. 상대편의 믿기지 않는 참담한 모습을
바라보고 있을 뿐이었다.

마침내 호르줌르 부족의 족장이 말을 쉴레이만 카흐야의 곁으
로 몰았다.

"안녕하시오? 쉴레이만."

그는 목이 멘 듯했다. 마치 갑자기 울컥하기라도 한 것처럼 인
사말도 제대로 끝을 내지 못했다.

"어서 오시오, 족장."

쉴레이만 카흐야가 대답했다. 쉴레이만도 그를 향해서 말을
두 걸음 앞으로 몰았다. 그들은 서로 마주 보았다. 머리끝부터
발끝까지 서로를 죽 훑어보았다. 두 사람은 동시에 갑자기 빙그
레 웃었다. 고통스럽고 피곤한 웃음이었다.

호르줌르 족장이 말을 이었다.

"추쿠로바가 우리를 이 꼴로 만들었지 뭐요. 우리는 이제 끝났소, 쉴레이만."

쉴레이만도 대답했다.

"마찬가지요."

한 마디라도 더 뱉으면 참았던 게 터져서 아이처럼 울음보를 터뜨릴 것만 같았다.

족장이 말했다.

"쉴레이만, 우리의 종말이 온 것 같구려. 모든 부족들이 우리랑 같은 처지요. 모두 만신창이라구요. 크르파잔처럼 깨지고 있어요. 투르크멘에도 그렇고, 아이든르에도 그렇고, 이제는 애들이 남아 있지 않아요. 양도 남은 게 없어요. 추쿠로바에서 우리는 이제 끝났소. 쉴레이만. 우리를 뿌리까지 다 잘라버렸소, 이 척박한 땅에서 말이오. 이제 어떻게 해야 할지 모르겠구려. 말 등에서 열흘 동안 내려보지를 못했소. 땅은 한 평도 못 찾았구요. 하룻밤이라도 짐을 좀 풀었으면 하오. 그놈의 개고, 말이고, 늑대, 새, 개미 들이고 할 것 없이 추쿠로바에 있는 건 죄다 우리 적들뿐이구려."

"그렇지."

쉴레이만이 한 마디 내뱉었다. 그리고 그는 소리가 나든 말든 흑흑, 흐느끼며 울기 시작했다. 눈물 줄기가 뺨을 타고 턱수염까지 주르륵 흘러내렸다. 호르줌르 족장도 얼마나 속이 상한지 울기 직전이었다. 그러나 간신히 참고 있는 중이었다. 참을수록 몸이 떨렸다.

"쉴레이만, 어찌하면 좋겠소?"

쉴레이만 카흐야는 대답을 할 수가 없었다. 더구나 그의 얼굴을 똑바로 쳐다보지도 못했다. 두 눈으로 그가 타고 있는 말 목만 바라본 채 울고 있을 뿐이었다.

한동안 그들은 아무 말도 하지 못하고 떠오르는 태양과 연기속에 그렇게 진흙 위에 멈추어 서 있었다. 그들은 과거를 회상하고, 좋았던 시절을 떠올리고 또 떠올렸다. 두 사람 모두에게 화려하고 행복한 그날들이 물처럼 흘러 지나갔다.

족장은 말했다.

"강건하시오, 쉴레이만 카흐야."

"강건하시오⋯⋯."

그는 말 머리를 돌려 떠나갔다. 쉴레이만 카흐야는 말 등 위에 앉아 있지도 못할 지경이었다. 고개를 들어 뒤를 돌아다볼 힘도 없었다.

진흙투성이가 된 호르줌르 부족은 지친 상태로 아무 말 없이 사라져버렸다.

호르줌르 부족은 새로 만든 까만색 텐트를 가지고 독수리처럼 날쌔게 추쿠로바로 날아들어오곤 했다. 추쿠로바에서 양이며, 염소며, 붉은 홍옥 같은 눈을 가진 명문가 말들이며, 낙타들은 호르줌르 부족이 가지고 있는 것이 단연 최고였다. 호르줌르 부족의 텐트는 그 수려함이 전설처럼 전해 내려올 정도였다. 각이 십사 각에다, 방은 서른 개나 되었다. 익숙한 유목민 손놀림으로도 그 텐트를 치기 위해서는 일주일이나 걸렸다. 텐트를 철수하는 데도 일주일이나 걸렸다. 장판들, 양탄자들, 매듭들은 눈이 부신 작품들이었다. 양탄자, 장판마다 하나의 작품이었다. 텐트는 기둥마다 형언할 수 없는 아름다움으로 장식되었다. 자개, 은, 금으로 장식된 기둥은 간간이 자수가 놓여져 있기도 했다.

어떤 궁전도 이보다 더 훌륭할 수는 없었다. 호르줌르 부족의 문을 들어선 사람이면 누구든 빈손으로 돌아가는 법이 없었다. 쉴레이만 카흐야는 그곳, 말 위에 우두커니 앉아서 자기 자신과 싸우고 있었다. 옛날을 떠올리지 않기 위해서 있는 힘을 다해보지만 어쩔 수가 없었다. 이렇게 힘들고 죽을 것만 같을 때에 옛날을 회상하는 것은 머리가 핑 돌 것 같은 달콤함을 가져다주었다. 그는 옛날을 떠올리고 싶지가 않았다. 그러나 호르줌르 부족을 만나자 옛 추억들이 머릿속으로 누가 부르기라도 한 것처럼 밀려왔다.

그는 곁으로 다가오는 아들에게 토프락칼레를 가리켰다.

"저어기 저 성 언덕배기에서 짐을 풀자꾸나, 짐을 풀고 저 아이 시체도 좀 묻자."

두란자의 자식이 삼 일 전에 숨을 거두었다. 그런데 아이를 어디에 묻을 수 있을 만큼 어느 한 곳에서고 휴식을 취한 적이 없었다. 삼 일 동안이나 아이 어머니가 시체를 등에 업고 다니는 중이었다.

"아이고, 호르줌르 부족이여, 아이고! 나를, 내가 고민이 없어야 너를 애통해하지. 이름도 좋고, 훌륭한 호르줌르 부족이 이렇게 되다니. 그 평원에 술탄 무랏이 왔었고, 이란 왕이 문전으로 찾아왔었지. 창고에는 이집트 보물창고만큼이나 보물이 많았지. 호라산에서 온 가문이, 깃털을 꽂아 장식했던, 성이 휘어질 정도로 가진 게 많았던 부족이…… 아이고, 호르줌르 부족이여, 아이고, 그 종말이 결국 이거라니…… 아이고……."

페툴라는 목에 핏대를 가득 세웠다.

"그 사람들도 상태가 말이 아니에요."

"호르줌르족도 아버지와 헤어지면서 울던걸요."

호르줌르 부족도, 쉴레이만 자신도, 위대한 호르줌르를 위해서 우는 것이라는 것을 알고 있었다.

"그 사람들이 우리보다 더 상태가 나빠요."

그가 말했다.

"보세요. 부족에 몇 명이나 남았는지."

"오 년 전에도 한 번 마주친 적이 있었잖아요. 그때는 삼백 개도 넘는 텐트를 꾸렸었는데…… 그런데 이제 뭐예요? 이제는 텐트가 사십 개도 안 되던걸요."

"애야, 우리에게 닥친 게 그 사람들에게도 닥친 거야."

쉴레이만 카흐야가 말했다.

"호르줌르……."

그는 말 머리를 돌렸다. 무겁고 무겁게 사람의 마음에 죽음의 공포를 주는 멀고, 두려움이 가득한 토프락칼레로 말을 몰았다. 성의 언덕 위에 다다를 때까지 뒤를 돌아보지 않았다. 말고삐도 당기지 않았다.

무리는 금세 언덕에 짐을 풀었다. 한순간에 텐트를 쳤다. 텐트 앞에 불을 지피고, 솥을 걸어 유프카[36]를 만들기 시작했다.

페툴라가 말했다.

"이런 황무지에서는 하루도 못 살 것 같아요, 아버지. 풀도 없고, 화로를 만들 곳도 없어요. 가축들은 굶주려서 걸을 수도 없게 되었어요. 이대로 가다가는 학살이라도 나고 말 거예요."

쉴레이만 카흐야가 말했다.

"밭으로 가축을 몰고 가라. 오늘 밤. 이 무신자 놈들 밭으로. 가축을 몰아서, 밭을 망치든, 뭘 하든지 놔둬. 애, 살 만한 마을

이 보이니?"

"없어요."

페툴라가 말했다.

"단, 그래도 가축들을 다섯 무리로 나누거라. 멀리서 곡식들 쪽으로 몰고 가야 한다."

"알았어요."

페툴라가 대답했다.

"오늘 아침까지 양들을 풀어놓으면 며칠은, 짐을 풀 장소를 찾을 때까지는 충분히 버틸 거예요."

빵이 구워지자 그들은 물을 조금 데웠다. 부녀자들이 죽은 아이의 몸을 재빨리 씻겼다. 뮈슬림 코자가 짧게 기도문을 읽었다. 모두들 동시에 시체를 가져가서 성 아래 바닥에 묻었다. 아이의 아버지가 무덤 위에 기다란 목동 지팡이를 꽂아놓고 돌아섰다.

저녁이 되었다. 날이 저물었다. 여자들이 양들에게서 젖을 짜 왔다. 페툴라는 서둘렀다. 숫염소들의 목에 달린 종을 모두 떼어 냈다. 가축들을 날이 어둑어둑해질 때에 언덕 아래로 몰기 시작 했다.

그들은 길에서 거의 아무 말도 하지 않았다. 제렌의 아버지가 쉴레이만 카흐야의 텐트로 들어왔다. 손을 비비면서 그 앞에 우두커니 섰다.

위쪽에는 요정들이 지릿놀이[37]를 하는지 조용하다가도 뭔가 소리가 나곤 했다. 짐승들이 짖어대며, 냄새나고, 뱀이 우글거리는 성이 무겁게 위쪽에 버티고 있었다.

"제렌에게 사정하고 사정했어요" 하고 그는 말을 시작했다.

"그 애 앞에서 애원했어요. 부족의 여자들, 젊은 남자들까지 죄다 제렌에게 가서 사정을 했지요. 그래도 싫다는군요."

"우리 상태를 제렌아, 너도 알잖냐고 해보지?"

"했지요."

압두라흐만이 말을 이었다.

"나를 위한 것이 아니라고, 이대로 가다가는 우리 모두 다 죽는다고 했지요. '얘야, 옥타이 씨가 우리를 쫓아서 비를 맞으며 우리와 함께 고생을 하고 있어. 며칠이고 우리와 함께 사랑 때문에 저러고 있어. 너한테 반해서 죽어가고 있어. 뭐 어떠냐? 잘생긴 젊은이인데, 정말 잘생겼어! 더 이상 뭘 바래? 너한테 반했다는데. 추쿠로바 절반이 그네들 땅이야. 그 사람이 네게 반해서 그런 게 아니라면 나도 죽는 게 낫지 이런 부탁은 안 했을 거야' 했지요. '얘야, 네가 우리를 좀 구해다오'라고 그 애 어미는 물론 수많은 부족 사람들이 그 애한테 가서 우리를 좀 구해달라고 했지요, '얘야, 네가 옥타이 씨에게 가면 우리 부족 모두 겨울마다 그 사람 농장에서 겨울을 날 거란다' 했지요. '죽는 것, 이렇게 고생하는 것에서 이제 벗어날 수 있어. 우리가 죽는 것을 좀 막아다오' 했지요. '곧 다시 예전처럼 살 만한 시절이 올 거야. 너하고 절대로 이별하는 게 아니야. 부족 사람들 모두 너를 위해 기도할 거란다. 할릴은 죽었어' 했지요. '봐라, 몇 년 동안이나 그 사람이 네 뒤를 쫓고 있어'라고 했어요. '그렇지 않다면……할릴은 아무튼 죽었다' 했지요."

"그래, 뭐래?"

쉴레이만 카흐야가 물었다.

"할릴도 죽었다고 하니까 뭐라고 해?"

"'그 사람 안 죽었어요' 하더군요. '죽었다면 할릴을 따라……'

뭐라 말하더니, 세상이 자기에게는 살 곳이 못 된다구 그러더군
요."

두 사람 사이에 침묵이 흘렀다. 그러고는, "그러니까 할릴이
죽었다고 했는데도 안 된다고 했단 말이지?" 하고 쉴레이만 카
흐야가 깊은 한숨을 내쉬면서 물었다.

"옥타이 씨는 어디 간 거지?"

"아다나에 갔어요."

압두라흐만이 말했다.

'내가 당신들 있는 곳을 찾아 합류하리다', 하더니 가버렸어
요. 테다릭에 갔어요. 반지하고, 금을 살 건가 봐요. '내가 돌아
올 때까지 당신들이 제렌을 좀 설득해줘요', 했지요. '설득을 하
면, 우리 농장으로 이주하시오. 거기서 결혼식을 올려야지요',
했지요."

그 사람은 쉴 새 없이 말을 쏟아냈지만 쉴레이만 카흐야는 더
이상 듣지 않았다. 자기 생각 속에 빠져들고 있었다.

압두라흐만이 말을 끝내더니 침묵했다. 쉴레이만 카흐야가
더 이상 왜 아무 말도 하지 않는지를 눈치챘기 때문이다.

"그래서 압두라흐만?"

그가 물었다.

"우리 모두 원하는 게 있어요. 부족 사람들이 전부 모여서 저
를 대표로 보낸 거예요."

"말해보게, 압두라흐만."

"부족 사람들이 말하기를……."

압두라흐만은 말을 삼켰다. 그는 땀범벅이 되어 있었다.

"부족 사람들이 말하기를, 쉴레이만 카흐야가 제렌을 불러 설

득하면 제렌이 그 말을 거역하지는 않을 거라네요."

쉴레이만 카흐야의 가슴속에 무거운 돌이 내려앉는 것만 같았다. 당황스러웠다. 상황이 이렇게 된 것도, 이런 말을 듣고 있는 것도 부끄러웠다. 무거운 밤처럼 젖은, 끈적끈적하고 질퍽거리는, 더러운 수치의 늪으로 빠져들었다. 몸이 떨려왔지만, 어쩔 수가 없었다.

모든 게 된다 해도 이것만은 안 되는 일이었다. 부족에 있는 여자들은 사랑에 빠진 남자에게 자발적으로 시집을 가는 법이었다. 사람 목숨을 위해서, 먹고살 걱정을 위해서 마음까지 막을 수는 없는 일이었다. 사람으로 태어나 이렇게까지 야만적이고, 하찮고, 멸시받을 일을 할 수는 없는 일이었다. 그 아이를 설득하기 위해서 할릴이 죽은 것을 보여주었다. 사람들은 할릴의 피 묻은 셔츠를 평원 한가운데 가져다놓기도 했다. 모든 것, 모든 것이 사라지고, 꺼지고, 끝나가고 있었다. 많은 것을 겪었고, 치욕스런 상황에도 여러 번 처해졌다. 사람들은 그들을 깔아뭉개고, 무시했으며, 턱수염을 잡아 경찰서로 질질 끌고 가기도 했다. 매질을 하기도 했다. 그러나 어쩔 수 없는 일이었다. 얼굴에 침을 뱉은 적도 있었다. 이것도 어쩔 수 없는 일이었다. 순수 혈통과 부족들이 소멸되어가고 있었다. 전통이란 것도 이제 남아 있지 않았다. 기둥이 일곱 개나 되던 텐트는 이제 기둥이 세 개밖에 남지 않았다. 그것도 결국 두 개, 나중에는 한 개밖에 남지 않을 것이다. 그다음은…… 모든 게 옛것이 되었다. 모든 게 끝났다…….

압두라흐만의 말소리가 귀에서 생생했다.

"그렇다면 나도 억지로라도 너를 옥타이 씨에게 줄 수밖에 없다고 했지요. 그러자 그럼 목숨을 끊는 수밖에 없겠다고 하는 거예요. 저도 그랬지요. 네가 어차피 죽을 거라면 차라리 옥타이 씨한테 시집을 가서, 거기서 죽으라고요. 제렌이 그러더군요. 옥타이 씨 마누라가 되는 일은 더러운 일이고, 죽는 것은 아름다운 일이라구요. 부족에 있는 애고 어른이고 모두 발아래 엎드려 빌면서 우리를 좀 살펴달라고 했어요. 그래도 죽고 말 거라고만 하더군요. 다른 말은 없구요."

'제렌이 버티고 있다. 잘한다, 제렌. 너를 보니 아직 우리가 죽은 게 아니구나. 아직 우리의 끓는 피가 물이 된 게 아니었어.'

"몇 년째지? 옥타이 씨가 제렌을 쫓아다니는 게?"

"이제 꼭 육 년 되었어요. 제렌도 그걸 알아요. 첫눈에 반해서 불꽃이 튀었다는걸요. 그날부터 지금까지 우리 뒤만 따라다니고 있어요. 당신도 아시잖아요, 쉴레이만 카흐야. 얼마나 빠져 있는지, 옥타이 씨가 딱할 정도예요. 목숨을 원한다면 차라리 목숨을 주겠다고까지 해요. 제발 제렌만은 내게 달라고요. 제렌을 갖지 못할 바에야 차라리 죽고 말 거라는군요. 이제 희망은 쉴레이만 카흐야, 당신에게 달렸어요. 우리 전통에서 지금까지 아무도 당신 말을 거역한 사람은 없잖아요. 제렌도 그럴 거예요."

"그렇겠지."

쉴레이만 카흐야가 대답했다. 그는 가시를 삼킨 얼굴로 미소를 지었다.

'이건 도저히 못 해, 제렌에게 찾아갈 수 없어, 모든 걸 다 했어. 디딤돌을 핥고, 부족을 위해서 추루르[38] 사람들에게 애원도 하고, 그 사람들 발에 입을 맞추기까지 했지만, 그래도 이건 못 해. 우리는 호라산에서 왔지, 말을 타고…… 그동안 우리는 많은 것을 겪었어. 그래도 여자들과 아이들은 건드리지 않았어. 연인들과 사랑하는 사람들에게는 상처 주지 않았어. 어머니들에게도 고통을 주지 않았어. 이것마저 깨뜨린다면 이제 마지막이 될 거야. 정말 모든 게 끝나는 거야. 사람들은 모두 떠날 거야. 그러니 제렌에게 희생양이 되라고 어떻게 말을 한다는 말인가.'

결국 쉴레이만 카흐야는 고개를 들었다. 꼼짝도 하지 않고 실오라기같이 가느다란 움직임으로 그렇게 얼어붙은 것 같은 눈빛으로 압두라흐만을 쏘아보았다.

"어쨌든 이건 못 하겠네."

쉴레이만이 말했다.

"그러면 우리 모두 죽을 수밖에 없어요, 카흐야 씨."

압두라흐만이 대답했다.

"계집아이 한 명이 부족의 운명보다 중요하다는 말씀인가요?"

"같이 죽자."

쉴레이만이 무릎으로 땅을 짚고 일어났다.

"함께 죽자, 그러나 우리 자신이 돼서 죽어. 사람처럼 죽어야지. 여자아이를 죽여놓고 그제야 죽거나 하지는 말자구. 위대한 호르줌르가 죽어서 나갔어. 우리가 그들보다 낫다는 건가? 죽자, 압두라흐만, 그러나 명예롭게, 우리 자신이 되어서 죽자는 거야."

압두라흐만은 분노에 차서 앞으로 튀어나왔다.

"쉴레이만 카흐야, 우리에게 남은 게 뭐예요? 우리에게 뭐가 남았길래 우리 자신이 되어서 죽자고 하시는 거예요? 이제, 이 모든 일을 겪고 난 지금 우리에게 남은 게 뭐지요? 더 이상은 우리는 자신이 될 수 없어요. 그렇게라도 살게 해줘요."

"그렇게는 살 수 없네, 압두라흐만. 우리가 죽는다면, 그때야 비로소 우리 근본이라도 찾고 죽는 게지."

그는 얼굴이 샛노랗게 된 상태로 힘없이 그 자리에 주저앉았다.

제렌에게 희생양이 되라고 말하라니…… 하얀 머릿수건, 물들인 머리카락, 연둣빛 부드럽고 커다란 눈, 가느다란 금빛실로 장식한 페스들, 붉은 뺨, 구겨진 것 같은 귀여운 입, 형태가 뚜렷한 입술, 은으로 만든 머릿수건, 코걸이, 금으로 만든 귀걸이, 긴 원피스, 붉은색 자수가 놓인 푸른색 앞치마, 매듭으로 장식한 허리띠…… 이 모든 게 복잡하게 물결처럼 밀려들었다.

할릴도 죽었으니 제렌에게 그럴 수 있다…….

뱀, 특히 흑뱀의 사랑은 끔찍하다. 사랑에 빠진 뱀은 새빨갛게 달아오른 기다란 장작도 자를 정도로 몸이 뜨겁게 달아올라 있다. 뱀은 소녀들과 사랑에 빠진다. 흑뱀은 사랑 때문에 몸이 잘리기도 한다. 소녀가 어디를 가든 뱀은 시뻘겋게 달아오른 몸으로 소녀 앞에 출현한다. 시뻘건 산호 같은 빨간색이기도 하고, 석류가 익을 무렵 석류꽃 같은 빨강이기도 하다. 어느 나라를 가도, 어느 거리, 어느 수풀, 폐허 안, 텐트 안 할 것 없이 잠이 들었을 때든, 결혼식에서 흥겹게 노닐 때든, 양을 몰 때든, 아이를 잠재울 때든, 뱀은 붉게 달아올라 눈앞에 출현한다. 푸른 풀, 깊은 물, 깊은 숲, 먼지들, 어둠, 늪 안에서 시뻘겋게 달아올라 눈앞으로 출현한다. 그런데 아무 짓도 하지 않는다. 먼저 꼬리를 땅에 대고 서서, 여자 앞에 키를 꼿꼿하게 세우고 장작처럼 길게 몸을 세울 뿐이다. 만일 할 수 있다면, 사랑에 빠진 뱀을 죽여야 한다. 뱀은 붉은색을, 석류꽃을 좋아한다. 석류꽃과 붉은색을 입

203

은 여자들과 사랑에 빠진다.

"가라, 흑뱀. 여기서 비켜라."

흑뱀은 고개를 숙이고, 흑뱀과 차가운 뱀은 붉은색이 되어 아직 붉은색이 채 가시기 전에 길을 비켜준다. 한밤중에 양들에게도 찾아오지만 양들을 만지거나 상처를 주지는 않는다.

"흑뱀, 내 손에서 내려가라."

제렌은 토프락칼레의 어두운 성벽을 바라보았다. 수천 년 동안 흑뱀들은 성벽을 타고 올라갔을 것이다. 밤에도 시뻘겋게 장벽에서 흘러내려 몸을 칭칭 감고, 오른쪽으로 돌고, 왼쪽으로 돌고 했을 것이다.

"할릴, 할릴, 할리이일!"

성벽이 메아리를 울렸다.

"좋아. 커다랗고 하얀 저택. 손을 찬물에 담글 일도 없고, 이렇게 맨발로 고생도 안 할 거야. 배고픔과 갈증을 참고, 흙투성이가 되어서 비를 맞고 다니지 않아도 될 거야. 아이를 다섯 낳았건만 다섯 모두 추위와 비 때문에 죽었어. 더 이상 아이들은 죽지 않을 거야, 이 아이들은 죽지 않을 거야. 문 앞에는 자동차와 곁에는 하인들을 거느리고, 트랙터와 땅, 불빛이 빛나는 밝은 도시가 네 것이 될 거야."

평원 한가운데 태양이 솟아 있었다. 불빛이 밤새도록 숲을 태웠다. 아침까지. 다가갈 수 없을 만큼 강렬한 빛이었다.

"텐트를 내려, 텐트를 접어. 세상에 있는 바람이나 비는 다 그 안에 있어. 땅 한 평 못 찾았어. 제렌, 아이들은 죽지 않을 거야. 낳은 아이는 다 곁에 둘 수 있어. 제렌……."

"자살하고 말 거예요."

제렌이 말했다.

"아무것도 원하는 거 없어요."

제렌하고는 이제 아무도 이야기를 나누지 않았다. 아이들, 형제들, 수많은 부족 사람들 모두, 그리고 양들, 개들, 거만한 낙타들도 제렌과는 적이 되었다.

"제렌, 내 아이를 네가 죽인 거야."

"난 안 죽였어요, 알라께서 데려가신 거죠."

"알라가 죽인 게 아냐. 네가 죽였어. 칠 년이나 옥타이 씨가 네게 목을 매고 있어. 네가 그에게 갔더라면 우리도 갈 수 있었고, 우리도 그 사람 밭에 짐을 풀고 살 수 있었어. 아이들이 비를 맞고 헤매지 않아도 되었을 거고, 아이가 죽지 않아도 되었을 거야. 내 아이는 네가 죽였어."

"난 아무도 안 죽였어요. 당신들이 날 죽였다구요."

"할릴, 할릴도 죽었잖아. 할릴도 네가 죽인 거야. 네가 칠 년 전에 옥타이 씨에게 시집갔더라면 할릴도 그 마을을 불 지르지 않았을 거야. 그렇게 산으로 올라가서 맞아 죽지는 않았을 거야. 피 묻은 셔츠를 받아볼 일도 없었을 거고. 할릴, 할릴을, 네가 죽였어."

"할릴은 안 죽었어요."

"내 남편이 쿠추루 다리에서 싸우다 죽었어."

"내 아들도 둠르 성 싸움에서 사람을 죽였어."

"케렘은 도망갔어."

"내 동생도 내뺐어."

"너 때문이야, 제렌."

"네 탓이야."

"네 탓."

제렌은 숨을 쉴 수가 없었다.

옥타이 씨가 뭐란 말인가. 멀대같이 키만 큰데다가, 수염을 기르고, 커다랗고 검은 눈을 한 남자다. 물론 가문이 있는 투르크멘 지주의 아들이었다. 모르는 사람도 아니고, 같은 부족 출신이나 다름없었다. 우리와 같은 말씨를 썼다. 정착한 것도 최근이었다. 텐트에서 저택으로 옮긴 것이 이십 년도 채 되지 않았다 했다. 양들, 텐트들, 금을 팔아서 땅을 샀다고 했다. 머리를 잘 썼던 것이다. 풍습이나 관습이나 모두 우리 것과 같았다. 걸음걸이며, 웃는 것도 우리랑 같았다. 법도도 우리 것이었다.

"옥타이 씨가 너를 목 졸라 죽일 거야. 언젠가 달려와서 너를 비단 천에 둘둘 말아 라후리 바지에 감아 죽일 거야, 제렌."

"우리 말을 안 들을 거면, 어디론가 가버려."

"옥타이 씨가 떠났어. 결혼식을 준비하러 갔어. 사람들이 입을 다물지 못할 정도로 성대한 결혼식을 할 거라 했어. 북을 일곱 개나 치고, 여인네 복장을 하고 노는 사람도 백 명이나 부른다지. '나도 유목민이에요.', 옥타이 씨는 말했어. '내 이름도, 성도 유목민이에요, 할 수 없어서 정착한 거지요. 당신들처럼 방도가 없어서 정착했어요. 그러나 우리 관습을 깬 것은 아니에요. 우리 가는 길을 잊지 않았어요, 조상들을, 우리 유목민들을 부정한 것 아니에요, 더구나 제렌을요.'"

"피의 부름이지, 피가 당긴 거야. 정착한 사람이, 마을에 살던 사람이, 그것도 추쿠로바 사람이 이렇게 유목민 처녀에게 마음을 뺏기겠어? 피의 부름이야, 옥타이 씨는 우리 사람이야, 그것도 양반 중의 양반이지."

"네가 우리 모두를 죽인 거야. 네가 우리 가정을 파괴하고, 우리 화덕에 불을 꺼뜨렸어."

아침이 되었다. 아침은 참혹한 소식을 가져왔다. 밤에 마을 사람들이 가축과 목동들을 밭에서 잡았다 했다. 싸움이 벌어졌다 했다. 수백 명이나 되는 마을 사람들이 아침까지 목동들과 페툴라를 두들겨 패고 때렸다고 했다. 후세인은 팔이 부러지고, 두란은 걷지 못하게 되어 고생하고, 페툴라는 피투성이가 되어 평원 한가운데 버려졌다고 했다. 아직도 피를 줄줄 흘리고 있다 했다. 마을 사람들이 가축들을 끌고 목동들을 토프락칼레에 있는 경찰서로 끌고 갔다 했다.

"제렌, 제렌, 제렌…… 제발! 이 일은 네가 만든 거야……."

붉고, 긴 혀를 날름거리는 뱀들. 토프락칼레의 검고, 얼룩진, 높은 담벽들이 죽음처럼 버티고 서 있었다.

"제렌, 제렌……."

주____

36 밀가루를 개서 빈대떡 모양으로 얇게 펴서 구운 빵이다. 뵈렉(börek), 괴즈레메(gözleme) 등의 음식을 만들 때도 쓴다.

37 긴 막대를 멀리 던지는 사람이 이기는 전통 민속놀이이다. 말을 타고 두 팀으로 나누어 '지릿'이라고 불리는 긴 장대로 서로 공격하는 놀이형태도 있다. 이 놀이는 터키인의 가장 큰 스포츠로 전해지고 있으며, 16세기 오스만 투르크에 의해 전쟁놀이로 받아들여졌다.

38 추쿠로바를 줄여서 부르는말.

13

얀느즈아아치에서
저 멀리 있는 아나바르자까지는 전부 논이었다. 노란 벼이삭
이 풍요롭게 무르익고 있었다. 소작농 수천 명이 허리춤까지
옷을 걷어붙이고 논 한가운데서 일을 하고 있다. 어떤 이는
벼를 베고, 어떤 이는 막 베어낸 벼를 등에 메고 볏단 더미
위로 날랐다. 소작농들은 진흙 범벅이 되어 일개미처럼 일했
다. 볏짚 더미에서 논으로, 논에서 볏단으로 왔다 갔다 했다.
논에는 트랙터들, 탈곡기들이 줄지어 서 있었다. 탈곡기들은
벼이삭과 벼 밑동을 털어냈다. 케렘은 아주 관심 있게 이 논
밭을 둘러보았다. 고양이같이 호기심 깊은 눈으로 살금살금
다가가 탈곡기, 트랙터, 트럭, 수확물, 소작농들을 훑어보았
다. 점심때가 되니 더위가 엄습해왔다. 케렘은 배가 고팠다.
어느 방죽엔가 방죽가에 죽 늘어서 있는 수양버들 그늘 밑에
서 아이들이 놀고 있었다. 케렘은 본능적으로 그들이 안전하
다고 느끼자 아이들에게 다가갔다.

경찰서는 마을 밖 외진 곳에 동떨어져 여관같이 지어진 흙집
이었다. 그 앞에는 단지 명아주꽃들만이 고개를 들고 있을 뿐이

었다. 그것도 먼지 투성이에다가 반쯤은 말라버린 상태였다. 국기는 깃대에서 잘도 구겨졌다 펴졌다 하면서, 달도 별도 형체가 사라진 채 출렁였다. 마을과 경찰서 사이를 양옆으로 가르면서 신작로가 뻗어 있다. 큰길은 경찰서에서 오십 걸음 정도 되었다. 길가에는 하나둘 빗자루풀들만 남겨져 있었고, 빗자루풀들이 군집을 이룬 곳은 야생초들이 둘러싸고 있었다.

비가 내리고 있었다. 케렘은 빗자루풀숲 안으로 몸을 숨기고 두 눈으로는 경찰서를 쏘아보았다. 아주 작은 움직임도 놓치지 않으려 했다. 굶주린 배에서 쪼르륵 소리가 들려왔다. 사람들이 경찰서 안으로 두 손을 묶고 수갑을 채운 젊은 청년과 처녀를 데리고 들어왔다. 처녀는 얼굴은 젖고, 풀어 헤쳐진 머리카락은 엉켜 있었다. 젊은이가 헌병대에 밀려 경찰서에 머리를 박고 쓰러질 것처럼 밀려들어왔다. 잠시 후, 경찰서로부터 여자의 비명 소리가 끝없이 들려왔다. 이 비명 소리는 끝나지 않을 것만 같았다. 케렘은 겁이 났다. 문득 도망치고 싶은 생각이 들었다. 그렇지만 송골매는 어떻게 한담? 송골매가 눈앞에 어른거려서, 다시 풀썩 주저앉았다. 아나바르자 평원 바위들이 새벽이슬 아래 궁궐처럼 찬란했다. 적어도 케렘에게는 그렇게 보였다. 저 아나바르자 평원의 바위에는 뱀이 참 많기도 한가 보다, 하고 그는 생각했다. 뱀 두목도 그곳에 산다고 했다. 뭔가 뱀 두목에 관한 이야기를 떠올려보려고 생각했지만 잘 되지 않았다. 이런저런 것들이 눈앞에 펼쳐졌지만 그러다 지워졌다. 헌병대들이 나이가 많고 아주 뚱뚱한 남자와 아주 키가 크고 마른 여자, 지푸라기를 뒤집어쓴 두 사람의 얼굴에 침을 뱉으며 경찰서로 밀어 넣었다.

갑자기 케렘은 눈이 아프기도 하고, 목이 말랐다.

"으아앙, 할아버지."

케렘은 흐느꼈다.

"으아앙, 양반 중 양반 가문 출신이신 우리 할아버지! 지금 어디 계신지 알 게 뭐야. 깜깜한 땅속에 계시든지 아니면 앓아누우셨겠지. 아니면 그 못된 추쿠로바 놈들이 할아버지를 때려눕혀서 몽둥이로 두드리고 있겠지."

'할아버지는 절대 우시지 않는다. 절대로 우시는 법이 없다. 눈에 눈물이 맺힌 것을 그 누구도, 백년 세월 동안 단 한 번도 본 적이 없다. 우리 할아버지는 대장장이 하이다르이시다. 나는 지고하신 하이다르 우스타의 손자다. 내 이름도 하이다르라고 붙여주면 좋았을 것이다. 지고한 하이다르 우스타 할아버지의 할아버지도 저기 호라산에서 오셨다고 했다. 아부샤르르의 부족도 깃털이 세 개 달린 장관 할아버지 문 앞에서 검을 하사받기 위해 만 일 년을 기다렸다고 했다. 위대한 하이다르 우스타의 검들은 왕의 검이고, 파디샤들의 검이다.'

"이제는 우리 할아버지를 경찰서로 끌고 와서 개 패듯이 팰 텐데. 피를 봐야 끝낼 거야. 그러나 할아버지는 멀쩡하실 거야. 호라산 땅이 뭔데, 안 죽어."

대장장이 가마는 우리 것이었다. 사람들이 이 가마를 찾아와서 아무리 검을 얻고자 애원해도 아무것도 주지 않았다. 될 법이나 한 말인가? 알라께서 그리 만드셨다 했다. 조상들, 파디샤들, 영웅들, 장군들, 왕들만 원할 수 있었다. 모든 사람들, 검을 구하러 온 모든 사람들은 우리에게 연두색 눈동자, 그것도 옥처럼 맑은 연둣빛 눈동자에 키가 크고, 귀가 단단하고, 족보가 있는 아랍종 말들을 데려오곤 했다. 말 중에서 가장 좋은 말들은 연둣빛 눈동자를 한 말이었다. 연둣빛 눈을 가진 말은 없었다. 있다면 송골매 같을 것이다. 그렇게 날 것이다. 우리 지붕 밑에는 말고삐들이 가득했다. 할아버지는 매일 그중 한 마리를 타시곤 했다.

'아, 할아버지, 이 제렌이란 계집아이…… 옥타이 씨에게 그 애를 주면 될 텐데…… 몇 년 동안이나 꽁무니만 따라다니잖아. 풀이 죽어서.'

불현듯 옥타이 씨가 눈앞에 나타났다. 노란빛이 도는 입술, 황소 같은 눈, 둔탁한 손가락……. 그는 화가 났다. 제렌은 어떤가? 그녀는 세상에서 가장 아름다운 여자였다. 땋아내린 머리카락이 떠오르자 케렘은 한숨을 쉬었다.

'만일 내가 조금만 컸더라면 제렌을 데리고 도망쳤을 텐데…… 지금도 납치할 수 있어, 이런 지옥에서 제렌을 구해줄 수 있어.'

송골매가 떠올랐다. 송골매가 케렘을 여기 이렇게 묶어두지만 않았어도 제렌을 납치라도 했을 것이다. 어떻게 해서라도! 가여운 제렌, 모든 부족 사람들, 심지어 그 아이 아버지, 어머니, 사돈의 팔촌까지 모두 그녀에게 적이 되었다. 제렌이 그 더러운 놈에게 가지 않는다며, 시집을 가서 부족을 그놈의 더러운 농경지에 정착하도록 해주지 않는다며 말이다.

"나는 제렌의 적이 아니야."

그는 혼잣말로 속삭였다.

그렇다면 지금까지 왜 그녀와 아무 말도 하지 않았던가. 다른 사람들처럼 케렘도 그녀와 말을 하지 않았다. 무서웠다. 부끄러웠다. 부끄러울 게 뭐가 있담? 이제 송골매를 구하자마자 부족을 찾자마자 곧장 제렌에게 갈 것이다. '잘 지냈어. 제렌 누나?',

211

'그래, 케렘.' 그녀는 울음보를 터뜨리고 말 것이다. '아, 케렘, 고귀하신 대장장이 가문의 후손인 네 할아버지를 사람들이 나무 장작 태우듯이 태워 죽여버렸어. 활활 태워버렸어…… 마지막 숨에서, 아 케렘, 하고 흐느꼈어. 너는 없었지.', '난 송골매를 찾아왔어요, 누나. 누나를 여기서, 이 지옥에서 구해서 알라 산 뒤로 데려다줄게요, 누나. 구해줄게요! 당신을 이 지옥에서 구해주겠어요. 할릴에게 데려다줄게요.' 케렘은 갑자기 멈춰 섰다. '참! 할릴은 죽었지' 하고 말했다. '그러니 내가 당신을 지켜줄게요.'

경찰서에서 들려오는 여자들의 비명 소리가 흐느낌으로 바뀌었다.

"죽였구나."

케렘이 말했다.

"아, 죽여버렸어."

갑자기 무서워졌다. 제렌도 타 죽었고, 그날 밤, 모든 부족 사람, 어머니도 죽었다. 사람들이 모두를 태워 죽였다. 나는 혼자 어떻게 한다는 말인가? 아무도 없는데, 아무도 없는데. 아무도 모르지만 나는 대장장이 가문의 후손이다. 우리 가마에 애원하러 온 사람에게는 검이고 뭐고 없다.

대장장이 가마 지붕 앞에는 모든 병을 치료하는 약들이 넘쳐났다. 모든 고통을 치료하는 약이었다. 마을 사람들이 줄을 지어 찾아왔고, 가난한 사람들, 아픈 사람들은 병이 나았다. 약을 가지고 가면 어머니 배 속에서 태어났을 때처럼 깨끗하게 나았다.

"아, 제렌. 아, 할아버지. 우리 부족이 나빠. 쉴레이만 카흐야 씨는 말도 없고 겁쟁이야. 옛날 족장들은, 쉴레이만 카흐야의 할아버지는 눈에 핏발이 서 독수리 같았어. 위대한 하이다르 우스

212

타도 독수리 같았지. 사람들이 타 죽었어! 케렘, 타 죽었어."

그 송골매를 어디에서 찾는담? 사흘 동안을 이 수풀에 숨어 있었고, 더구나 도둑질까지 했어. 조상님을 무슨 낯으로 본단 말이야? 그것도 밤에, 진흙투성이가 되어 논에서 일하는 소작농들의 빵을 훔치다니……. 그 사람들이 굶게 된다면? 나 때문에…….

문득 그는 두 눈을 의심할 수밖에 없었다. 송골매가 눈에 띄었기 때문이다. 송골매, 바로 그 송골매였다. 노랗고, 가느다랗고, 후 불면 부서질 것만 같은 송골매가 바로 눈앞에 있었다. 아, 송골매를 찾다니…… 나머지는 쉬운 일이다. 어떤 아이가 손에 송골매를 얹고 경찰서로 들어가는 게 보였다. 여자의 신음 소리, 고함 소리, 욕설이 들려왔다. 아이는 손에 송골매를 얹고 헌병과 함께 밖으로 나왔다. 그들은 송골매에게 뭔가 먹이고 싶어했다. 그러나 송골매는 아무것도 먹지 않았다. 문득 케렘의 가슴이 돌을 얹은 것처럼 무거웠다. 만일, 만일 이 사람들이 송골매를 죽인다면, 제대로 돌보지도 못하고, 뭐를 먹여야 하는지도 몰라 죽인다면 어떻게 한담? 그는 두 눈을 한순간도 송골매에서 떼지 못했다. 대장장이의 망치가 온몸을 때리는 것처럼 가슴속에서 심장이 요동쳤다.

송골매가 뭔가 먹는 것을 보고 케렘은 기뻤다. 그는 수풀 안으로 훌쩍 뛰어들어갔다. 잠시 후 손에 송골매를 얹은 아이는 경찰서에서 멀어져갔다. 마을을 향해 길을 떠난 아이가 집들 사이 어디론가 사라졌다.

여자의 신음 소리도 끊겼다. 피범벅이 된 네다섯 명의 남자가 경찰서로 들어왔다. 모두 머리가 피투성이가 되어 하얀 천으로 머리를 둘둘 감고 있었다. 그중 세 명은 다리를 절었다.

"저 사람들은 아이든 사람들이야."

케렘이 중얼거렸다.

"누가 알겠어, 어느 부족 출신인지."

머리를 천으로 둘둘 감은 남자들 말고도, 마을 사람들이 트럭에 한가득 실려 경찰서로 왔다. 그들은 계속 소리를 지르고 또 질러댔다. 뭐라고 하는지도 정확히 들리지 않았다. 그들은 매우 화가 나 있었다. 사람 죽이겠네, 하고 케렘이 말했다. 어쨌든 서로 치고받고 난리였다.

"아, 할아버지, 제 혀가 굳어서 그날 송골매를 달라고 빌지 않는 건데 그랬어요. 그 대신 겨울 날 땅을 달라고 할걸, 그랬다면 얼마나 좋아요. 아, 할아버지, 이렇게 경찰서에서 사람들이 죽어가요."

어디선가 풀피리 소리가 들렸다. 귀를 기울였다. 분명 풀피리 소리였다. 누가 부는지 어설프기만 했다. 마음속에서 기분 좋은, 희망적인, 뭔가 '이거다!' 하는 느낌이 퍼졌다. 뱀이 스르르 사라지듯 그는 질피리티 수풀 속을 미끄러져 길로 빠져나왔다. 풀피리 소리는 버드나무가 있는 그곳에서 들려오고 있었다. 그쪽으로 향했다. 네다섯 명의 아이들이 버드나무 아래에서 망가진 풀피리를 불려고 애쓰고 있었다. 하나가 시도해보고, 또 다른 하나가 해보았다. 그러나 아무도 성공하지 못하고 있었다.

케렘은 건너편에 갈대 밑동을 깔고 앉았다. 아이들을 구경했다. 아이들에게 다가가고 싶었지만 쑥스러웠다. 아이들의 얼굴이 얼마나 시큰둥한지 몰랐다. 키가 크고 동아줄같이 말라비틀어진 아이가 신경질적으로 갈대를 잘라 불어보다가, 풀피리에

혀를 대보지만 아무것도 불지 못했다. 결국 풀피리가 망가지고 말았다. 아무도 불지를 못했다. 아이들은 그러나 포기하지 않았다. 갈대를 자르고, 분지르고, 화도 내보고 했다. 그러나 도저히 풀피리 부는 일에 성공하지 못했다. 케렘은 저 못난 놈들, 못난 놈들 하며 속으로 웃었다. 아이들은 꽤 화가 난 모양이었다. 손에 쥐고 있는 갈대를 죄다 분질러서는 물에 던져버렸다. 키가 큰 아이가 손에 들고 있던 자갈돌을 빠르게 버드나무 밑동으로 던지더니 주저앉았다. 다른 아이들도 그의 옆에 앉았다. 그들은 화가 나서 서로 아무 말도 하지 않았다. 애들이 사람 놈들이야, 하는 생각이 마음속으로 스쳤다. 애들이 아이들 맞아? 손으로 휘파람 소리를 내보려다가 그만두었다. 사람들이 송골매를 키워서 사냥을 시키고, 송골매를 날려 보내면 어쩌나 하는 생각에 아무것도 하기 싫었다.

아이들이 앉아 있었다. 서로 적이 된 것만 같았다. 서로 얼굴 한번 쳐다보지 않고, 아무 말도 하지 않았다. 중간에 담이라도 세운 것처럼, 서로 욕이라도 하고 돌아선 것처럼 그렇게 앉아만 있었다. 한 명은 촐바르 바지가 찢어지고, 윗옷은 줄무늬가 흐릿한데 그마저도 찢어져 있었다. 한 명은 검은색 바지가 새것인지 반들반들하고, 겉옷은 붉은색, 노랑, 연두색, 보랏빛 줄무늬였다. 새 옷 같았다. 노란 신발을 신고 있었는데 가죽신이었다. 정말 예뻤다. 다른 아이들은 모두 맨발이었다. 이 아이가 지주의 아들임이 분명했다. 아니면 그들만의 가마를 가지고 있을 것이다. 어떤 가마인지 누가 알겠는가. 어쩌면 그들의 가마도 대장장이 가마일지도 모르지, 누가 알겠어.

케렘이 일어섰다. 아이들을 향해서 몇 발자국 걸어갔다. 아이들이 벌써 오래전부터 그를 보고 있었지만 신경 쓰지 않았다. 케렘이 다가서자 아이들은 고개를 돌려 그를 쳐다보았다. 케렘이 몇 발자국 더 가다가 걸음을 멈추었다. 서로 눈을 쳐다보며 얼마 동안 서로 눈짓을 했다. 먼저 케렘이 미소를 짓자 아이들도 따라서 미소를 지었다. 케렘은 그들에게 다가가서 곁에 앉았다. 얼마 동안 전혀 아무 말도 하지 않고, 쳐다만 보았다. 그러더니 서로를 바라보며 웃기 시작했다. 케렘은 주머니에서 슬며시 조그만 접이식 칼을 꺼냈다. 아이들은 칼이 마음에 들었다. 키가 큰 아이가 물었다.

"날카로워요? 형?"

케렘이 따뜻하고, 조금은 비굴하기도 한 미소를 지으며 말했다.

"아주, 날카로워."

조금은 수줍어하기도 했다.

"우리 집안은 대장장이 가문이거든, 그래서 우리가 만든 칼은 아주 날카롭지, 아주아주. 이 칼을 우리 할아버지 하이다르 우스타가 만드셨어. 혹시 들어봤니? 하이다르 우스타라고? 모르는 사람이 없을 텐데…… 검을 만드는 장인이셔. 그분이 검을 만드셔서 이스멧 장군께 가져가셨지. 아마 장군님께서 우리에게 겨울을 날 땅을 주실 거야."

"형네는 땅이 없어?" 하고 노란 가죽신을 신은 검은색 눈의 아이가 물었다.

키가 큰 아이가 대답했다.

"얘는 아이든 출신 유목민이야. 그 사람들은 땅이 없어, 정착했다가도 금방 떠나버리지. 곡식도 훔쳐 먹어. 사람도 죽이고. 경찰서에서 그랬는데, 강도짓도 하고, 사람들을 죽을 만큼 두들

겨 패서 조각조각 잘라버린대. 애들도 잡아가지. 이 사람들은 무덤도 없어. 우리 아버지가 그랬어. 이 사람들은 유목민이고, 무덤도 없는 족속들이라구."

노란 가죽신 아이가 날카롭게 대답했다.

"거짓말. 너희 아버지는 만날 거짓말만 하시더라. 무덤이 없는 민족이 어디 있어. 말도 안 돼. 경찰서에서 유목민들을 두들겨 패는 것은 그 사람들에게 아무도 없기 때문이야. 그 사람들의 정부가 없기 때문이라고. 야, 그 사람들이 무덤이 없다면, 도대체 어디에, 어디에, 어디에 시체들을 묻는다는 거야?"

다른 아이들이 대답했다.

"그 사람들은 시체를 바윗돌 위에 던지고 가버려. 높은 산 위의 바윗돌 위에. 독수리가 시체들을 쪼아 먹지. 우리 아버지가 그랬어."

"너희 아버지가 뭘 알아? 너희 아버지가 우리 트랙터도 망가뜨렸는데. 그것도 내가 보는 데서 그랬어. 그분은 아무것도 몰라. 우리 아버지가 그래서 너희 아버지를 해고했어. 시체를 독수리 모이로 주는 사람들이 도대체 어디 있어?"

"있어!"

다른 아이들은 고집을 부리며 맞섰다. 기분이 상한 듯했다.

케렘의 칼이 이 아이 손에서 저 아이 손으로 옮겨 다녔다. 끝에 있는 한 아이가 소리를 질렀다.

"좀 봐."

"털을 잘라, 털을, 털을⋯⋯."

아이들은 놀라서 눈이 휘둥그레졌다. 하나씩 하나씩 칼을 집어서 털이 잘리는지 아닌지 시도해보았다. 털이 잘렸다. 케렘에

대한 존경심이 높아졌다.

키가 큰 아이의 말이 케렘의 자존심을 건드렸다.

"우리도 무덤이 있어. 그렇지만 우리는 한곳에 머물지 않기 때문에 무덤이 어디인지 알지 못할 뿐이야. 우리 부족 사람들 중에서 강도짓을 하는 사람은 한 명도 없어. 그러나 경찰서로 데리고 가서 헌병대들이 왜인지 우리를 심하게 때리곤 하지. 사흘 전에 델리보아에서는 우리 부족 사람들을 태워 죽였어. 전부, 할아버지, 엄마, 아빠, 형제들, 모두 활활 타 죽었어. 우리 말들, 당나귀들, 양들 다 타 죽었어. 아이들도 타고, 제렌도 타고, 텐트도 탔어. 개들도 타 죽고. 나만 도망쳐서 살아남았지."

아이들은 입을 다물었다. 눈에 눈물이 고였다. 울음을 터뜨릴 것만 같았다.

키가 큰 아이가 물었다.

"나한테 화 안 낼 거지? 내가 한 말에?"

케렘이 대답했다.

"그래."

"우리 아버지는 모든 사람에게 화를 내. 화를 내고 그런 말만 하서, 그렇지? 하산?"

노란 가죽신을 신은 아이 이름이 하산이었다. 하산이 대답했다.

"맞아."

"우리 아버지가 그러시는데 나쁜 사람은 아니래. 아무튼 너희들을 모두 불 질러 태워 죽였다고?"

하산이 다시 물었다.

"그렇다니까."

케렘이 대답했다.

"부족 전체가 잿더미가 되었어."

하산이 물었다.

"넌 이제 어쩔 거니?"

케렘이 대답했다.

"몰라."

"네 이름이 뭐야?"

키가 큰 아이가 물었다.

"케렘."

케렘이 대답했다.

"내 이름을 먼저 하이다르라고 붙였는데, 나중에 엄마가 케렘이라고 바꿨대. 엄마 보고 싶다."

"넌 이제 어디로 갈 거니? 어떻게 할 거야?"

거듭 하산이 물었다.

"나도 모르겠어."

케렘이 대답했다.

"내가 어떻게 알아, 아무도 남은 사람이 없는걸. 전부 타 죽었어."

"타 죽었다고……."

키가 큰 아이가 대답했다.

"아이고 불쌍해라, 혼자 남다니 안됐다."

"타 죽었대."

하산이 대답했다.

다른 두 아이도 뭔가 대화에 끼고 싶어했지만 입 밖으로 말을 뱉지 못하고 있었다. 목에 가시라도 걸린 듯했다. 결국 가장 어린아이가 볼멘소리로 말했다.

"활활."

"누가 알겠어, 타 죽을 때 뭐라고 소리를 질렀는지. 그리고 경찰서에서 그 사람들을 두들겨 팼잖아. 그 사람들이 타 죽다니."

아이들은 눈물을 참지 못했다. 커다란 눈물방울이 뺨을 타고 흘렀다.

"울지 마, 오스만."

하산이 말했다.

"사람은 죽어도 영혼은 죽지 않는 법이래. 타 죽는 것은, 얼마나 고통스런 일일까. 케렘이 혼자 남았어. 게다가 지금은 굶주린 상태야."

오스만이 말하며 폴짝 뛰었다.

"내가 가서 먹을 것을 가져올게."

"멈춰, 오스만."

케렘이 그 뒤를 쫓았다.

"얘, 멈춰, 조금만 있어봐."

오스만이 멈추었다. 케렘이 들릴 듯 말 듯하게 말했다.

"이리로 와봐."

아이들이 두려움 때문에 서로 꼭 붙었다. 케렘은 더더욱 소리를 낮추어 낮게 말했다.

"내가 겪은 일은 아무에게도 말하면 안 돼. 우리를 태워 죽였다는 것 말야……. 어른들이 알게 되면, 우리 적들에게도 알려질 거야. 그 사람들이 그러면 찾아서 나도 태워 죽일거야."

하산이 말했다.

"맞아."

"태워 죽일 거야. 아무에게도 말하면 안 돼."

키가 큰 아이가 말했다.

"아버지한테도 말 안 해."

"절대로."

작은 아이들 중에서 한 아이가 말했다. 두르순이었다.

"케렘도 태워 죽일 거야……."

"지금쯤 나도 태워 죽이려고 찾고 있을 거야. 말을 탄 사람, 검은 말을 탄 사람이 사흘 밤낮 내 뒤를 쫓았어. 손에 불을 쥐고, 내 뒤를 달려오고 있어. 산도 바위도 모두 태우고 있어. 나는 물속으로 뛰어들어 목숨을 건졌지. 그러고는 야생초 꽃밭으로 뛰어들었어. 말 탄 사람이 이리 갔다 저리 갔다 고생 좀 했지. 난 살았지. 어른 한 명이라도 내가 여기 있는 것을 알게 되면 다른 사람에게 말할 것이고, 그럼 적들이 나를 알게 되고, 검은 말을 탄 사람이 나를 찾아서 태워 죽일 거야. 난 재가 되겠지."

"재가 되겠지."

하산이 말했다.

"너는 빨리 집으로 가, 아무에게도 들키지 말고 치즈하고 빵, 토마토, 뭐든 담아 와. 우리도 케렘하고 같이 먹을래. 아무도 모르게 해."

오스만이 물었다.

"케렘, 잠은 어디서 자?"

하산이 어른 흉내를 내며 말했다.

"너는 네 일이나 해, 우리가 알아서 할게. 이렇게 많은 사람이 이 아이 하나 못 숨기겠어? 그렇지 않아?"

"그렇지, 그것도 아무도 찾지 못하는 곳에. 아무도 못 찾을 거야, 케렘을……."

오스만이 달려가면서 사라졌다.

케렘은 기뻤다. 아이들과 꽤 좋은 친구가 될 수 있을 것 같았다. 아이들과 함께 꾀를 내보면 송골매를 훔치는 방법을 어떻게든 찾아낼 수 있을 것 같았다. 어른들이 자기가 여기 있다는 것을 모르기만 하면 되는 일이었다.

케렘이 말했다.

"그리고 옥타이 씨가 나를 죽이려고 찾고 있어. 옥타이 씨는 제렌에게 푹 빠져 있는데, 제렌은 할릴에게 마음을 주었지. 옥타이 씨가 할릴을 죽였어. 그러고는 피 묻은 셔츠를 가져다가 제렌에게 주었지. '받아, 제렌' 했어. 제렌은 할릴의 피 묻은 셔츠를 받아 들고는 펑펑 울었어. 바위 위에서 몸을 던지는 것을 사람들이 말렸지. 옥타이 씨에게 찾아가서 말했어. 할릴처럼 나를 죽인다 해도 당신에게는 못 간다고. 옥타이 씨가 권총을 꺼내서 사방에다 쏘아댔지. 자, 그렇게 된 거야. 옥타이 씨가 사랑에 빠져서 미쳤다고 사람들이 그러던데. 우리 할아버지가 그렇게 말씀하셨어."

하산은 더더욱 궁금해졌다.

"그런데 옥타이 씨가 왜 너를 죽인다는 거야?"

하산은 흥분과 고통 속에 물었다.

케렘이 흠칫 놀랐다. 정말, 옥타이 씨가 왜 나를 죽여야 하지? 그는 당황했다. 마땅한 이유를 찾을 수가 없었다.

"그냥, 죽이는 거야. 미쳤다고 했잖아? 그 사람은 미쳤어. 사랑에 빠져 미쳤어. 미친 사람은 누구라도 죽이잖아."

그는 순간 미친 사람이라는 말에 하산이 만족해하지 못한다는 것을 알아챘다. 못 믿겠다는 눈빛이 역력했다. 모든 게 허사로 돌아갈 수도 있었다.

"하산, 너는 좀 여기로 와라."

그는 귀에 가깝게 몸을 굽혔다.

"이리 와, 너한테만 말할게. 아무도 알면 안 돼. 너 말고는."

두 아이가 옆으로 나란히 버드나무 아래로 갔다. 다른 아이들
은 호기심에 가득 찬 눈빛으로 두 아이를 바라보았다. 케렘이 하
산의 귓가로 입술을 가까이 가져다 댔다.

"아버지가 옥타이 씨의 동생을 죽였어. 그 사람들이 할릴을
죽였다고 했잖아? 그런데 할릴은 우리 아버지 친구거든. 네가
내 친구인 것처럼 우리 아버지도 할릴의 원수를 갚기 위해서 옥
타이 씨의 동생을 붙잡아서 저기 보이는 아나바르자 돌산 위에
눕히고 목을 졸랐대. 양들을 목 조르는 것처럼 해서 목을 베었
대. 아무에게도 말하지 마, 알겠지? 아버지가 타 죽자 옥타이 씨
가 아버지한테 복수를 하기 위해서 나를 찾는 거야. 나를 잡아서
저기, 그러니까 저 돌산으로 데려갈 거야. 그곳에서 나를 눕히고
목을 조르겠지. 사람 머리에 피가 튀겠지. 아무에게도 말하면 안
돼. 알겠지? 그 흑마를 탄 사람 있잖아, 나를 사흘 동안이나 쫓
아온…… 그 사람이 옥타이 씨야. 나를 타 죽게 할 수도 있었는
데, 목 졸라 죽이려고 안 태운 거야."

다른 아이들은 버드나무 아래로 숨어들었다. 휘둥그레진 두
눈으로 귀를 쫑긋 세우고, 케렘이 뭐라고 하는지 들으려고 애를
쓰고 있었다. 하산이 아이들을 보았다.

"케렘! 얘네들에게도 말하자. 예의가 아니야. 아이들은 아무
에게도, 더구나 어른들에게는 절대 말 안 할 거야. 저기 키가 큰
아이 쉴뤼는 정말 좋은 아이야."

케렘이 말했다.

"네가 정 그 아이들을 믿는다면, 네 친구들이니, 말하자."

하산이 아이들에게 설명했다.

"얘들아, 이리 와봐. 너희들에게도 이야기해준대."

케렘은 처음으로 돌아가서, 살을 붙여서, 옥타이 씨, 제렌, 아버지, 목 잘린 사람의 이야기를 들려주었다. 아이들은 공포에 질려 두려움에 몸을 떨었다.

하산이 말했다.

"무서워하지 마, 케렘. 여기서는 아무도 너를 죽이지 못할 거야. 우리가 있는데…… 그렇지 않아? 쉴뤼?"

쉴뤼가 몸을 폈다. 움츠렸던 몸을 바로잡자, 얼굴이 어두워지고 굳어졌다. 떨리는 손으로 케렘의 손을 따뜻하게 잡았다. 그리고 믿음직한 목소리로 말했다.

"넌 조금도 무서워할 것 없어, 케렘."

케렘의 얼굴이 두려움과 패배감, 후회로 뒤범벅이 되었다. 울음이 터질 것만 같았다. 하산, 쉴뤼, 다른 아이들도 그것을 보았다.

쉴뤼가 낮고 두려움 없는 목소리로 말했다.

"우리를 믿어. 너를 세상 모든 것으로부터 지켜줄게. 너를 우리 손에서, 도지사도, 아니 상병, 군수, 하산의 아버지도 데려갈수는 없을 거야."

하산이 으쓱했다.

"우리 아버지도."

"넌 무서워하지 마, 우리는 네가 타 죽도록 놔두지 않을 테니."

다른 아이들도 말을 이었다.

"당연하지."

아이들 마음속에 깊은 영웅심, 보호 본능이 부풀어올랐다.

케렘의 얼굴이 갑자기 밝아지더니 웃었다. 하산의 손에 있던 칼을 받았다.

"그렇다면 오스만이 올 때까지 나도 너희들에게 피리를 불어 줄게. 너희에게 풀피리 부는 법도 알려주지."

그는 갈대를 향해서 걸었다. 금세 두텁고, 긴 갈대를 하나 잘 랐다. 그렇게 땅에 주저앉더니 갈대를 벗겨내기 시작했다.

14

알라 산 계곡 모르
데릭 바위, 동굴 안에 있는 무스탄의 상처를 마리아의 약이 낫게
했다. 켈 무사는 그에게 기름, 꿀, 요구르트, 고기, 빵을 가져다
주었다. 무스탄은 그의 마지막 남은 희망이었다. 그가 할릴을 죽
이려 한 이유는 무엇일까? 단지 제렌, 아니면 땅 때문인가? 아
니다. 옥타이 씨하고 남들 모르게 협상한 거라도 있는 것인가?
옥타이 씨와 무슨 거래가 있었기에 켈 무사가 할릴에게 이렇듯
적이 되었단 말인가? 아니면 그 옛날 어린 시절부터 할릴에게
앙갚음을 할 뭔가가 있는 것인가? 아무도 모르게 할릴을 죽이고
자 하는 열망이 없다면 무사는 무스탄을 이렇게 열심히 보살피
지는 못할 것이다. 코란에 대고 맹세하건대 불가능한 일이다. 무
스탄은 일어섰다. 상처는 흔적도 남지 않았다. 살이 쪘다. 수염
은 길고 헝클어졌지만 그래도 옛날보다는 지금이 훨씬 나았다.

"와보시오, 레쉴 나으리, 와보시오."
　레쉴은 무스탄이 눈앞에 나타나자 갑자기 움찔했다. 도망치려
사방을 훑어보았다. 두 눈이 휙 돌았다. 얼굴이 노랗게 되고, 입
술이 바짝 말랐다. 갑자기 식은땀을 나더니 온몸이 땀에 흠뻑 젖

었다. 무릎 위의 끈이 풀렸다.

"와, 와아아아. 레쉴 나으리, 이 산의 장군도, 쾨르오울루[39]도 바로 당신이야."

목동 레쉴이 신음했다. 무스탄이 바로 눈앞에서 방아쇠를 당길 준비를 하고, 장총의 총구를 정확히 레쉴의 이마 위를 겨누며, 웃고 있었다.

"어이, 겁쟁이시구만, 레쉴 나으리."

레쉴은 고개를 가슴까지 떨구고 땅에서 떨어져 나온 돌조각처럼 꼼짝도 하지 않았다. 무스탄도 말을 멈추고 손을 방아쇠에 얹은 채 그렇게 꼿꼿이 있을 뿐이었다. 그렇게 긴 시간이 흘렀다. 무스탄이 갑자기 소리를 질렀다. 소리를 지름과 동시에 방아쇠를 당겼다. 목동 레쉴은 화살처럼 위쪽으로 튕겨서 땅으로 다시 떨어졌다. 무스탄이 발목 아래며, 왼쪽 오른쪽 할 것 없이 총을 난사했다. 총탄이 터질 때마다 레쉴은 위로 튕겼다 땅으로 떨어졌다가 했다.

"에, 레쉴 나으리, 당신 같은 나으리는 이 거대한 토로스 산맥, 빈보아, 해가 쨍쨍한 아나톨리아, 추쿠로바 전체에서 유일하지. 나를 포로로 잡아서 고문을 한 그 대가를 어떻게 갚을 건가?"

그는 옆에 있는 돌에 한 번 더 총을 쏘았다. 돌 파편이 레쉴에게 튕겼다. 레쉴은 튀어 올랐지만 이번에는 땅에 엎어지지 않았다. 무스탄을 향해서 몇 걸음 걷더니 멈추었다. 불꽃 같은 눈을 깜박이지도 않고 무스탄을 쏘아보았다. 두 눈이 번쩍번쩍 타오르고 있었다. 무스탄은 두려웠다. 자신을 금방 추스를 수가 없었다. 시체가 갑자기 벌떡 일어나 살아온 기분이었다. 시간이

227

조금 지나 자신을 추스르자 무스탄은 화가 치밀어 올라 소리를 질렀다.

"말해봐, 이 자식아. 내게 한 행동을, 고문을 어떻게 갚을 거야?"

"너처럼 무릎 꿇고 빌거나, 네 발에 키스를 하는 건 안 해……. 만약 한다면 죽는 것으로 갚지."

그는 말했다. 그는 모든 결과를 지금부터 받아들이겠다는 것처럼 단호했다.

무스탄의 화가 일시에 걷혀버렸다. 그의 놀라움은 더욱더 커졌다. 이런 상황을 기대한 것은 아니었다. 레쉴의 이런 말이 그에게는 꿈처럼 느껴졌다.

"야, 그래? 레쉴 나으리? 나도 네게 아무렇게나 '나으리'라고 하는 것이 아니야. 너는 나처럼 무릎 꿇고 빌지는 않겠다구?"

"그래."

레쉴이 날카롭게 대답했다.

"너에게 나쁜 짓을 하기는 했어도, 네 목숨을 구해준 것도 나야."

마치 그의 목소리는 이미 죽음을 각오한 것처럼 무슨 일이 닥쳐도 좋다는 투였다.

"빌지 않겠다고, 흐응."

"그래."

레쉴은 단호했다.

무스탄은 갑자기 단검을 빼들고 그의 발아래로 튀어 올랐다. 그는 미친 것 같았다. 레쉴의 위로 올라타 그의 허벅지를 칼로 찔렀다. 레쉴은 털끝도 꿈쩍하지 않았다. 아무 소리도 내지 않왔다.

"벗어, 이 자식아."

레쉴은 꼼짝도 하지 않았다. 무스탄은 그가 보일 듯 말 듯 몸을 떠는 것을 보자 기뻤다.

"벗어, 이 자식아. 벗어, 벗어, 벗어. 새끼야."

무스탄은 갑자기 그가 입고 있는 옷 전부를 칼로 갈갈이 찢어댔다. 레쉴은 알몸이 되었다. 온몸에 근육이 움찔거렸다. 허벅지에서 발목으로 피가 흘러내렸다.

"저 나무 옆으로 걸어가. 너를 그렇게 한 번에 죽여줄 거라 생각했나? 걸어, 걸어, 이 새끼야."

그는 레쉴을 나무 밑으로 끌고 갔다. 허리에 차고 있는 긴 염소털 매듭을 풀었다. 조금도 꿈틀대지 않는 목동을 끌고 가서 나무에 단단하게 꽉 묶었다. 매듭이 목동의 키높이에 맞았다.

"이제부터 빌지 마, 빌지 말라고. 어디 보자."

그가 말했다.

레쉴이 고개를 들었다. 눈빛이 조금도 변하지 않았다. 기가 죽지도 않았다. 두 눈에서는 아주 작은 공포의 흔적도 찾아볼 수 없었다.

"무릎 꿇고 빌지는 않아."

그가 말했다.

"나는 사내대장부야. 내 목숨 때문에 구걸하지는 않아. 나는 너 같은 그런 놈이 아니다."

"그래, 빌지 말아라."

무스탄이 말했다.

"네가 얼마나 대단한 영웅인지 이제 좀 보자."

그는 어딘가에서 커다란 가시를 베어왔다. 가시로 툭툭 아이의 몸을 찌르기 시작했다. 레쉴의 몸에 조금씩 피가 흐르기 시작했다. 정오가 될 때까지 그는 레쉴의 몸을 가시로 쑤셔댔다. 온몸이 피범벅이 될 때까지 그 일은 계속되었다. 그러더니 허리에 차고 있는 물병에 물을 채워 돌아왔다. 그 물을 레쉴에게 쏟아부었다. 우유를 가져오더니 우유를 레쉴의 몸 전체에 발랐다.

"애원하지 마라, 보자."

그는 이를 악물며 말했다.

"난 간다. 넌 이제 모기밥이 될 게다. 나는 내일 아침에 오지."

레쉴은 아무 대답도 하지 않았다.

무스탄은 아래로 내려갔다. 레쉴에게 저고리를 가져다주고 가축들을 산 아래로, 계곡 밑으로 몰고 갔다.

"저런, 망할 놈의 자식."

그가 혼자 지껄였다.

"망할 자식, 아이고, 망할 놈의 자식…… 사람이 아니라 괴물이야. 저놈을 당장 죽이지 않으면 무슨 일 나겠어. 저 자식이 만일 고문을 받고도 살아나면 우리 가문의 씨를 말릴 거야. 지금이라도 당장 돌아가서 그놈을 놓아주든가 아니면 죽이든가 해야 해. 저런, 호래자식. 나한테 이럴 수가 있나. 저런 개자식이 왜 세상에 태어난 거야."

그는 마음이 좋지 않았다. 사람에게 이렇게까지 해야 하는지 의문이 들었다. '그 아이가 난 너랑 다르다고, 목숨을 위해 구걸하지는 않는다고 할 때 그 의기가 기특해서라도 풀어준다고 할 걸. 그런 말을 할 줄 아는 사람은 건드리는 게 아닌데. 놓아주어야 하는 것은 당연하고, 존경심도 표해야 하는 거야. 사자같이

용감한 자식, 레쉴.'

그는 레쉴 때문에 겪었던 모든 일을 잊었다.

'그렇다면, 그놈이 그토록 영웅이라면 나에게 어떻게 그럴 수 있어?'

갑자기 마음속에 걸리는 게 있었다.

'저놈이 나를 가지고 노는 거 아냐?'

그는 생각했다.

'맞아, 노는 거야. 고문으로 생각도 안 하는 것은 물론이고, 가지고 노는 거야.' 그러더니 곧, '그렇게 논다는 게 말이 돼?' 하는 생각이 들었다. '말도 안 돼. 저 아이는 집도 절도 없어. 그 애는 사람들로부터 온갖 수모를 당한 아이야. 사람들, 그리고 보니 애들을 너무 괴롭히는 사람이 많아. 더구나 고아들만 골라서…… 쟤도 나에게 복수를 한 건지도 몰라. 돌아가서 저 괴물을 놔주어야겠어.'

무스탄은 이런저런 생각을 하면서 저녁을 맞았다. 북동풍이 불고 있었다. 매서웠다. 손과 발을 차디차게 얼게 하고, 사방이 얼어붙었다. 저 아이를 아침까지 저렇게 놓아둔다면 얼어 죽고 말 것이었다.

"얼어 죽으라지."

그는 자기 자신에게 소리를 질렀다.

"놔둬, 얼어 죽으라고, 자식, 동물 같은 자식, 개자식, 얼어 죽어라."

요즘에는 할릴도 여기를 거닌다고 했다. 이틀 전에 삼형제와 헌병대가 붙었는데, 헌병대 세 명이 다쳤다고 했다. 무스탄은 한숨을 쉬었다.

"쾨르 알리에게는 내가 여기 있다는 것을 말하지 않았어야 했는데. 아이를 찾아서 금방 죽일 거라고 생각했어. 이제 어떡하지? 할릴이, 손가락만 한 어린아이에게 내가 한 행동을 본다면 뭐라고 할까, 나에 대해서 어떤 생각을 하겠어? 아이를 놔주어야 해. 가엽고 불쌍한 아이야."

그러다 금방 마음을 바꾸고 말았다. 그 개자식이 용서를 빌지 않겠다고 하지 않았나? 그놈이 용서를 구하지 않는다면, 할릴이 보든, 그놈 가족이 보든, 이스맷 장군이 보든 들은 척도 안 할거야. 할릴도 그놈이 한 저질 행동을 보면…… 할릴에게 전부 설명을 해야지. 하지만 할릴이 그 아이를 어디서 보겠어? 그때까지 아이가 용서를 빌든지, 아니면 죽어나가겠지. 그러면 가축들의 주인은 어떻게 되는 거지? 아이를 찾지 않겠어? 목동을 누가 찾겠어? 몇 달이 지나도 찾거나 묻지 않을 거야. 더구나 이렇게 알라도 버린 아이를……

가축들이 그 앞에 있었다. 풀을 뜯고 있었다. 추위가 갈수록 거세지고 있었다. 달이 떴다.

보름달이었다. 찬바람이 뼛속까지 스며들었다. 무스탄은 자야겠다고 생각했다. 그 아이 모습을 눈앞에서 지워버리려 했지만 잘 되지 않았다. 못처럼 날카로운 눈이 흐리게 맞은편에 꽂혔다. 무스탄은 아이에게 애원했다.

"레쉴, 한번 조금만 사정해봐. 그럼 네 발 아래 바짝 엎드릴 테니. 자, 레쉴."

무스탄은 문득 아이가 젖을 달라고 하는 것처럼 내가 애원하고 있다니…… 하는 생각이 들어 몸서리쳤다. 이게 뭐란 말인가? 그 손가락만 한 어린아이가 한 일이나, 나처럼 당나귀만 한 어른이 한 일이나 다를 게 없지 않나…… 우리가 서로에게서 원하는 것이 무엇이란 말인가? 이렇게 서로를 짓밟아서 얻는 게 뭐란 말인가? 그놈이 나로 하여금 아무 이유도 없이 우유 한 사발을 위해 사정하도록 만들었다. 나를 무시했어. 나를 무시하고, 애원하도록 만들면서 그놈은 재미있어서 몸을 특특 떨고 있었어. 개자식. 그런데도 그놈이 내게 애원하고 스스로 몸을 낮추지 않았기 때문에 내가 분노에 떨게 된 거야. 왜 사람들은 이렇게 서로를 못살게 군다는 말인가? 왜, 왜, 왜? 서로를 못살게 구느라 목숨까지 버리고, 미치광이가 되어버려. 지금 저 산 아래에서 추쿠로바 사람들이 우리 부족에게 무슨 짓을 하고 있는지 누가 알겠어. 우리 명예를 훼손하고, 무시하고, 못되게 굴기 위해서 무슨 짓인들 안 하겠어. 다른 사람을 무시하는 사람이 자신인들 무시하지 않겠어? 이걸 아무도 알지 못할까? 나무를, 새를, 흐르는 물을, 벌레를, 땅 위의 개미를, 가장 저질인 사람을 기리고, 드높이고, 미화하는 사람이 아름답게 되는 거야, 그렇지 않아? 왜 사람들은 조금 더 지혜롭고, 조금 더 굳건해지지 않는 거야? 왜, 무스탄, 왜? 어린아이 하나가, 손가락만 한 어린아이가 돌심장처럼 스스로를 낮추지 않는다고 미치광이가 되어버리다니, 왜지, 왜야? 왜, 무스탄? 모두들, 나는 새조차도 지금까지 너를 무시했기 때문에, 그래서야? 왜, 무스탄? 제렌, 할릴, 위대한 부족, 너를 무시해서, 그래서야? 사람들에 대한 복수를 한 아이한테 하려는 거냐, 그런 거야? 무스탄?

다음 날 정오쯤 되어서 무스탄은 레쉴의 곁으로 갔다. 레쉴은 나무 기둥에 딱 붙어 있었다. 멀리서 보니 숨을 쉬지 않는 것 같았다. 아이의 몸에서는 살아 있다고 느낄 만한 아주 작은 미동도 없었다. 무스탄은 멀리 서서 죽어 있는 몸을 바라보고 있었다. 아이는 머리끝에서 발끝까지 모기가 물어뜯어 피투성이가 되어 있었다. 그는 작은 움직임이라도 있는지 지켜보았다. 아이에게 도저히 다가갈 수가 없었다. 결국 이를 악물고 눈을 딱 감고 아이의 곁으로 다가섰다. 밧줄을 먼저 풀었다. 아이가 바닥으로 떨어졌다. 심장이 뛰고 있었다. 무스탄은 그 소리를 들었다. 그는 기뻤다. 그는 레쉴을 안고 저쪽 부드러운 풀 위로 데리고 갔다. 허리춤에서 물바가지를 꺼냈다. 기름도 목에서 풀었다. 아이를 문질러서 깨끗이 씻기기 시작했다. 바가지 물이 부족했다. 아이를 등에 업고 가까이에 있는 샘터로 데리고 갔다. 아이를 깨끗하게 씻겨주었다. 등에 있는 봉지에 무사가 가지고 온 고약들, 속옷들이 있었다. 그는 레쉴의 몸에 약을 잘 펴 발랐다. 속옷을 입혔다. 겉옷도 입혔다. 아이가 이제는 더욱 편하게 숨을 쉬고 있었다. 그러나 눈을 뜨지 못하고 있었다. 맞은편에 불을 지피고 아이를 불 가까이 데리고 갔다.

그 아이 머리맡에서 기다렸다. 죽지 않아서 다행이라고 말했다.

"사자같이 용감한 레쉴. 자식, 그걸 견디다니. 대단하다. 정신이 들었을 때 네가 원한다면 나를 죽여도 좋다."

그는 소리를 질렀다.

"사자같이 용감한, 용감한 레쉴."

레쉴이 눈을 뜨더니 다시 눈을 감았다. 무스탄은 기쁨에 들떠서 춤이라도 출 것 같았다.

무스탄이 빠르게 걸어갔다. 보랏빛 양을 잡아 젖을 짰다. 보랏빛 양젖은 건강에 좋다고 했다. 무스탄은 이 사실을 태어나기 전부터 알고 있었다. 막 짠, 거품이 보글거리는 따뜻한 양젖을 가져왔다.

"레쉴, 레쉴, 일어나렴, 얘야. 일어나, 용맹한 사자여. 자, 말해봐. 조금이라도 제대로 해봐. 자, 영웅, 눈을 떠. 자, 사자같이 용감하고 아름다운 눈을 떠보란 말이다."

레쉴의 머리를 쓰다듬으면서, 아이가 다치지 않도록 힘을 주었다.

"레쉴, 얘야, 일어나렴, 얘야, 제발."

레쉴은 이런 부드러운 말을 듣고도, 더 많이 듣고 싶어서 일부러 눈을 뜨지 않고 있었다. 무스탄은 갈수록 소리를 더욱더 부드럽게 해서 레쉴에게 속삭였다.

레쉴이 미소를 지으며 눈을 떴다. 사랑과 우정으로 부드러워진 눈빛으로 무스탄을 바라보았다. 무스탄이 아이를 보며 웃었다. 아이도 웃었다. 잠시 동안 그들은 서로 마주 보며 웃었다.

"레쉴, 이걸 마셔. 따뜻해……. 지금 막 짠 거야. 난 지금 산을 내려가서 쾨르 알리에게 갈 거야. 그곳에 할릴이란 이름을 한 내 친구가 있어. 여기로 오기로 했는데 안 왔어. 한번 가보려고 해. 이걸 마셔. 쾨르 알리에게 가서 네게 발라줄 약하고 페크메즈[40]를 가져올게. 설탕도 가져오고."

레쉴은 웃고만 있었다. 입안에 가득 넣은 한 바가지를 한 모금에 삼켜버렸다.

"양고기, 기름진 양고기도 가져올게. 내가 올 때까지 가축들은 누가 돌보지?"

레쉴은 뽐내는 말투로 들릴 듯 말 듯하게 말했다.

"내가 잘 볼게, 난 괜찮으니까. 걔들이, 우리가 아니어도 일주

235

일 동안은 가축들을 돌볼 거야. 재들 무시하지 마. 빨리 갔다가
빨리 와."

다시 그들은 눈을 마주 보면서 웃었다. 무스탄은 손을 뻗어서
레쉴의 손을 잡았다. 꽤 오랫동안 그들은 손을 잡고 있었다.

무스탄이 물었다.

"무사해야 해. 나는 내일 아침에 돌아올게. 할릴이 오면 아무
곳에도 못 가게 해. 우리가 겪은 일이나 서로에게 무슨 짓을 했
는지는 할릴에게 말하면 안 돼, 알았지?"

"알았어."

레쉴은 힘없이 대답했다.

그는 나는 것처럼 바윗돌을 뛰어넘어 산 아래로 내려갔다. 한
밤중이 되어서야 쾨르 알리의 마을 주변에 다다랐다. 잠시 후에
집에 도착했다. 쾨르 알리가 공포에 질려 문을 열었다. 할릴에
대해 이야기를 해주었다.

"네가 있는 곳을 설명해주었어. 어제 너를 찾아 길을 나섰는
데, 안 왔어?"

"안 왔는데."

무스탄이 대답했다.

"못 찾았나 보다."

쾨르 알리가 말했다.

"어떻게든 찾겠지. 너는 마음 쓰지 마, 알리."

무스탄이 말했다.

그러고 나서 그는 자리에 앉았다. 레쉴과 있었던 일을 알리에
게 말해주었다.

알리가 입을 열었다.

"못된 짓을 했구나. 그 애를 죽였어야 했어. 그 아이는 이 세상에 못된 짓을 할 거야. 이제 넌 그 아이를 못 죽일 거야."

"죽일 수 없어."

무스탄이 말했다.

"죽일 수 없다니까. 지금 그 애에게 줄 페크메즈하고 설탕, 상처에 바를 약을 구해야 해."

"그러자."

쾨르 알리가 말을 받았다.

"그건 쉽지. 그 애가 널 죽일 거야. 네 얼굴을 보면서는 웃지만, 기회만 나면 너를 해치우려고 할걸. 너는 그렇게만 알아라. 난 그런 종류의 인간을 잘 알아."

"죽이라지."

무스탄이 웃으면서 쾨르 알리의 말을 믿지 않는다는 듯이 말했다. 헤어질 때 서로 눈을 보면서 웃었던 것이며, 서로 손을 잡을 때 느꼈던 우정과 형제애를 떠올렸다. 위대한 우정들은 항상 이런 갈등을 겪은 후에 오는 법이다.

"죽이라지."

"네 맘대로 해."

쾨르 알리가 말했다.

"그래도 말이나 해주어야지. 넌 그 애를 알기나 하는 거냐?"

무스탄은 그 아이를 알고 있었다. 처음 만났을 때에 레쉴은 아직 머리에 피도 마르지 않은, 제대로 수족도 못 가누는 아이였다. 그때 레쉴은 자신에 대해 때로 눈시울을 붉히며 설명을 했다. 아버지는 돌아가시고, 어머니는 다른 마을의 어떤 남자와 도망을 갔다고 했다. 레쉴은 삼촌이 맡게 되었다. 삼촌에게는 아들이 여덟 명 있었는데, 모두 성질이 고약했다. 세 살이 되자 송아지들이 사는 작은 외양간의 지푸라기 위에서 잠을 잤다. 그곳에서 먹고 마시고 컸다. 다섯 살이 될 때까지 몸에 옷을 걸쳐보지 못했다. 그때까지 발가벗고 살았다. 어느 이웃집 아주머니가 자기 죽은 아들의 옷을 주었는데, 그가 다섯 살이 되던 해였다. 여섯 살이 되자 처음으로 삼촌 집 안으로 들어갈 수가 있었다. 그때 참 기뻤다. 따뜻한 스프를 먹고, 불구르 필라브⁴¹를 먹었다. 일곱 살이 되자 양파를 불구르 필라브에 곁들여 먹었다. 양파는 아주 맛이 좋았다. 미치도록 맛이 있었다. 그것을 먹고 나서 세 번이나 토했다. 일곱 살 때 삼촌이 그를 아주 많이 때렸다. 그러자 삼촌의 아내, 또 삼촌의 아이들까지 매일 순서대로 단지 재미삼아 때리기 시작했다. 아무 이유도 없이 그는 매일 열두시까지 매를 맞았다. 그리고 외양간에서 송아지들과 함께 잠을 잤다. 열두 살에 처음으로 후식의 맛을 보았다. 페크메즈를 한 숟가락 입에 넣었을 때, 이 세상에 이보다 더 달콤한 것은 없다고 생각할 정도였다. 그는 열네 살에 목동이 되었다. 그는 어느 날 밤 다른 목동 아이를 기절할 정도로 아침까지 때렸다. 그러던 중 일 년 사이에 목동 일을 잘한다고 소문이 났다. 다부트오울 사람들까지 큰 가축들을 그에게 맡길 정도였다. 한 해 동안 늑대며, 족제비, 여우, 강도 하나 가축들에게 얼씬하지 못했다. 양 한 마리 차질 없이 돌려주었다. 열네 살이 되었을 때는 삼촌의 가운데 아들을 때려주었다. 얼마나 혼을 내주었는지 팔이 부러질 정도였다. 그러나 그것도 성이 차지 않았다. 이번에는 삼촌의 머리를 때렸다. 삼촌은 여섯 달 동안 병원에 입원을 했었다. 그는 이제 가죽신을 신게 되고, 돈맛도 알게 되었다. 피리 부는 법도 배웠다. 여자애들 가슴을 주무를 줄도 알게되었다. 오랫동안 인간이라는 족속과는 말을 하지 않았다. 사람들을 두려워하고, 무서워하고, 피했다. 그에게는 커다란 사냥개가 있었다. 언제나 개하고만 이야기를 나누었다. 레쉴이 맹세하건대 이 개는 무슨 말이든 주인 말이면 모두 알아듣고 응답을 한다는 것이다.

쾨르 알리가 말했다.

"그 아이, 네가 새 날개 아래 숨든, 개미집으로 들어가든 찾아 내 너를 죽일 거야. 빨리 동굴로 가서 아이를 해치워."

무스탄은 기분이 상했다. 마음속에 공포심이 들었다. 자기가 알기로 이 코로스 마을에서 알리보다 영리한 사람은 없었다.

"너 지금 제대로 말하는 거야, 나하고 장난하는 거야?"

"그 애는 너를 죽일 거라니까."

그는 자신감에 차서 그에게 말했다.

"그 애에게 그렇게 좋은 일을 했는데, 죽을 뻔한 것도 구해주 고 했는데도?"

"널 죽일 거야. 지금 가서 당장 해치워. 시간을 주지 말고."

"만일 할릴이 먼저 도착해서 그 애를 만났으면? 할릴이 보는 데서 어떻게 그 애를 죽여?"

"뭘 하든 해, 죽여야 해."

무스탄은 알리에게서 페크메즈 병과 설탕 봉지와 약을 받아서 길을 떠났다. 알리는 밤의 어둠을 뒤로 중얼거렸다.

"그 앨 죽여."

무스탄은 그래, 죽이자, 하고 마음속으로 다짐했다. 내가 그 애의 목숨을 구했어. 만일 그대로 놔두었다면 벌써 죽어도 죽었 을 것이다. 죽음에서 구해주고, 동생같이, 자기 아이처럼 돌봐준 사람인데 죽이다니? 알리가 영리한 사람이기는 해도 틀릴 때도 있을 것이다. 레쉴은 영웅인데, 어찌 영웅을 해친단 말인가? 알리는 아는 것도 많았고, 지금까지 그가 한 말도 모두 맞았다. 그러니 아이를 죽이는 것 말고는 다른 방법이 없다.

걸음을 옮길수록 속도가 붙었다. 가속도가 붙을수록 더 빠르게, 더 빠르게 걷고 싶었다. 산 위를 뛰는 것처럼 오르고 있었다. 마음속 공포가 갈수록 심해졌다. 내가 머릿속에 그 생각만을 하고 있다니. 내가 그 애 머리에 총탄을 들이댄다면 그 애는 어찌된단 말인가? 시체를 개들에게 던지면 일은 끝이다. 할릴은 어쩐단 말인가? 그 이후에 방법을 찾아야지, 할릴도 죽여야 한다. 동굴에 도착할 때까지 할릴과 제렌 생각뿐이었다. 할릴과 제렌, 그리고 닥친 일들⋯⋯ 그에게 닥친 일들은 모두 할릴 때문에 온 것이었다. 아직도 할릴은 살아 있기 때문이었다. 할릴이 아니었다면 제렌을 데리고 아무도 없는 곳으로 가서 살았을 것이다. 그러면 이 세상에 태어나 이렇게 망신스럽게 살지는 않았을 것이다. 어찌 되었든 헌병대가 쏘는 총 한 방이면 가버릴 것이다. 내가 가기 전에 할릴을 죽여야 하는데⋯⋯. 그리고 나서 추쿠로바 사람들의 부인이 된 제렌을 납치하자. 그러면 죽음도 즐겁고 평안하게 다가올 것이다. 할릴이 죽기 전에는 안 된다. 더구나 무스탄은 단 한 번도 이겨본 적이 없다. 그러니 할릴이 죽기 전에는 안 된다.

멀리서, 들떠서 소리를 질렀다.

"레쉴."

레쉴은 웃으면서 동굴 문밖으로 나왔다.

"페크메즈를 가져왔어?"

"그럼."

무스탄이 대답하자 아이도 좋아했다. 그가 무스탄의 목에 매달렸다. 무스탄은 마음속으로 갈등했다.

'애를 당장 죽여야 해. 지금 죽이지 않으면 더 이상은 기회가 없어. 더구나 페크메즈를 먹기 전에 죽여야 해.'

그는 레쉴의 목을 움켜쥐고 세 걸음 뛰어 다가가서 무기를 뺐다. 방아쇠를 당기려 할 때 눈이 마주쳤다. 무스탄은 힘없이 총을 내려놓았다. 마음이 편안해졌다. 레쉴이 두 눈으로 애원하고 있었다.

"너 이 자식, 애원 같은 건 안 한다고 했잖아?"

레쉴은 분노에 차고, 풀이 죽고, 마음이 상한 두 눈을 번득이면서 무스탄, 저 양들, 개들, 나무, 물, 날고 있는 새들에게 부끄러운 듯 땅바닥을 바라보며 말했다.

"형, 페크메즈 가져왔잖아……. 페크메즈가 먹고 싶었어."

그는 병을 꺼내 냄새를 맡았다.

"아, 냄새 좋다."

병을 받아서 동굴 문으로 갔다. 유프카를 꺼내서 페크메즈에 찍었다. 오랫동안, 맛을 음미하면서 그는 페크메즈를 먹었다.

"무스탄 나으리, 잘 먹었소. 이제 죽은 자의 생명을 가져가시오. 왜 나를 아직도 죽이고 싶어하시오?"

"신경 쓰지 마."

무스탄은 더 이상 방법이 없다는 것을 깨닫자 슬픔에 차서 말했다.

"안 돼, 안 할 거야."

그들은 옆에 있는 소나무 밑으로 갔다. 무스탄은 레쉴의 얼굴을 차마 바라보지 못했다. 고개를 들지 못하고 레쉴에게 제렌으로 인해 자기가 겪은 일, 그리고 할릴에 대해서 말해주었다. 할릴을 죽이지 않으면 무스탄에게는 출구가 없었다.

"어떻게 생각해, 레쉴?"

"할릴이 이리로 오면 곧 그를 죽여야 할 것 같아. 형에게 다른 방법은 없는 것 같은데. 그가 이리로 오자마자 뭔가 방법을 찾아 당장 그를 해치워. 아니면 무기를 내게 줘, 내가 죽일게."

레쉴은 이렇게 충고했다.

그들은 할릴을 기다리기 시작했다.

두 번째 날 아침 할릴이 산 아래쪽에 친구 두 명과 함께 있는 것을 보았다. 무스탄은 기분이 상했다.

"오긴 오는데 두 명이나 데리고 오는걸. 이제 어쩌지?"

"세 명을 동시에……."

"말도 안 돼, 나머지 사람들이 안됐잖아?"

"몰라."

레쉴이 말했다.

"뭔가 방법이 있겠지. 아마도 친구들과 헤어질지 모르지. 봐, 그 사람들은 무기를 가지고 있지 않아."

"그렇네."

무스탄이 대답했다.

"아마 그 사람들이 할릴을 이리 데려올지 몰라. 그리고 돌아갈 거야."

그들은 기쁨에 들떠 자리에서 일어섰다. "할릴!" 하고 불렀다.

할릴의 목소리도 기쁨에 들떠 메아리쳤다.

"무스타아아안, 갈게."

잠시 후 할릴이 왔다. 두 친구는 서로 부둥켜안았다. 할릴은 땅바닥에 앉아 허리를 소나무에 기댔다. 피곤했다. 무스탄과 다른 친구들은 할릴이 앉으라고 하지 않자 앉지 못하고 있었다. 이 상황을 레쥘은 놓치지 않았다. 결국 할릴이 그들에게 "앉아!"라고 말했다. 그러자 다른 사람들도 앉았다.

"이 사람들은 오이막르 부족 출신이야, 두 명 모두…… 추쿠로바 사람들과는 온 부족 사람들이 서로 적이 되어 두들겨 패고 싸운다더군. 이 친구들도 밭 때문에 싸우다 두 명씩 추쿠로바 사람들을 죽였대. 나를 찾아왔지. 무기는 없어. 그러나 돈은 좀 있어. 이 사람들에게 무기를 구해주어야 해. 당장 내일."

무스탄은 마음속으로 생각했다. 내가 가지고 있는 무기를 한 사람에게 주겠다, 나머지 한 사람은 알라가 알아서 할 것이다.

"내가 죽었다는 소식과 피 묻은 셔츠를 부족에게 가져다주었대…… 말하자면 네가 나를 죽인 꼴이 되었지."

오이막르 사람들은 옥타이 씨와 제렌, 제렌의 할릴을 향한 전설적인 사랑에 대해 말해주었다. 제렌의 할릴에 대한, 옥타이 씨의 제렌에 대한 사랑은 온 부족 사람들은 물론 추쿠로바 사람들이면 다 아는 사실이었다.

무스탄이 물었다.

"넌 일이 이렇게 될 거라는 것을 알고 있었니? 할릴?"

할릴이 대답했다.

"알고 있었지. 알고 있었지만, 그러나 이렇게까지 될 줄은 몰랐는걸."

두 사람 중에서 키가 큰 사람이 말했다.

"제렌은 반드시 자살을 할 거라고 사람들이 그러던데."

"부족 사람들도 할릴이 죽었다고 알고 있어. 부족 사람들은 옥타이 씨에게 시집을 안 간다고 그 애하고는 말도 안 하지, 눈길도 주지 않아."

할릴은 제렌을 사랑했다. 미치도록 사랑했다. 이 이야기를 듣자 가슴속에 불꽃이 심장을 뚫는 것 같았다. 그 자리에 있을 수가 없었다. 화제를 바꾸기 위해서 말했다.

"우리 부족은 아직도 추쿠로바에서 땅을 못 구했어. 계속 헤매고 다닌대."

무스탄이 말했다.

"우리 둘이 내려가자, 추쿠로바로. 어쩌면 방법을 찾을 수 있겠지."

"맞아."

할릴이 대답했다.

"상황이 아주 안 좋아. 제렌이 자살을 하기 전에 도착해야 해. 난 제렌을 잘 알아. 자살을 하고도 남아."

"나도 제렌을 알아."

무스탄이 거들었다.

"자살을 할 거야. 그러나 넌 제렌을 보지 못할걸. 오늘 밤이 아니라면 내일 밤에는 넌 이 세상 사람이 아닐 거야."

무스탄과 레쉴은 눈이 마주치자 두 사람이 같은 생각을 하고 있음을 깨닫고 마주 웃었다.

주____

39 터키에 구전되어 전해 내려오는 신화적 영웅이다. 음유시인으로서 쾨르오울루

도 있다. 두 사람이 같은 인물이라는 설과 아니라는 설이 있으나 아직 밝혀진 바는 없다.

40 포도나 뽕즙으로 만든 과실즙.

41 터키 전통 음식으로, 밀을 삶아서 말렸다가 껍질을 벗기고 빻아 기름과 소금, 양파 등을 넣고 지은 밥이다.

15

옥타이 씨는 파야
스의 아랫녘 바닷가에서 이스켄데룬으로 가는 길목에서 부족
사람들과 합류했다. 비가 내리고 있었다. 비는 온 부족 사람
들, 남녀노소, 말, 당나귀, 낙타 할 것 없이 뼛속까지 젖게 했
다. 옥타이 씨도 흠뻑 비에 젖었다. 나흘 동안이나 헤매고 다
니다가 묻고 물어서 그들을 찾아낸 것이다.

파야스 성은 평원 중앙에 홀로 우뚝 서 있어 뾰족하게 모난
바위 조각같이 보인다. 가부루 산은 성의 동쪽을 완전히 감싸 안
고 있다. 여기에서 지중해 쪽으로 바람이 부는데, 이 바람에서는
소나무 향이 난다. 교차로에는 오래된 오렌지밭이 있다. 나이 든
투르크멘과 유목민 부족들은 파야스의 옛 모습에 대해 죽을 만
큼 강한 그리움을 가지고 있다. 이 성에는 발에는 족쇄, 목에
는 칼을 차고, 뾰족한 턱수염과 잔디처럼 연두색 눈빛을 한 죄수
들이 있었다. 이곳에 대한 민요들은 옛날에 대한 기나긴 그리움
을 담고 있다. 투르크멘 유목민들이 이 성에 산다면 일 년도 견
디지 못할 것이다. 성 주변은 옆이며, 위아래 할 것 없이 투르크
멘 부족들의 뼈로 가득 찼다. 고통스런 누군가의 비명 소리가 퍼

지듯이, 이 평원에는 짤랑거리는 무거운 쇠사슬들, 목에 무거운 칼을 찼던 죄수들, 포로들이 오고 갔다. 긴 곡소리와 찬양도 오고 갔다. 오스만제국은 포로를 잡아 감옥에 가두었다. 오스만 사람들은 습격을 하기도 했다. 강제로 쳐들어왔던 것이다. 긴 박수 소리, 저주 소리…….

카라출루 부족의 아들들은 모기 떼처럼 죽어나갔다. 오늘 아침에도 파야스 성 아래 한 아이를 매장해야만 했다. 사람들은 그 위에 오스만제국의 흙 몇 줌을 부어주었다. 땅의 잔인함과, 무신론자의 횡포와, 관습도 전통도 모르고, 사람의 도리도 알지 못하며, 가문도 근본도 없는 이 나라의 흙을 무덤 위에 뿌려주었다.

양들도 나가떨어지기 시작했다. 개 세 마리를 에르진 마을 사람들이 심심풀이로 쏴 죽였다. 쉴레이만 카흐야는 생지옥 같은 삶, 아이들과 양들의 떼죽음, 이 모든 것을 그래도 참을 수 있었다. 그러나 쉴레이만 카흐야가 도저히 참을 수 없는 것은 아무이유 없이 길 가던 개를, 그토록 기품 있는 개를, 마을 사람들이 쏴 죽였다는 사실이었다. 그들은 물결처럼 이리저리 흘러 다니다 지중해 연안에 있는 바닷가 모래사장에 짐을 풀었다. 그가 페툴라를 불렀다.

"이건 너무 심해. 이럴 수는 없어!"

그는 있는 대로 성을 냈다.

"개를 쏜 놈을 찾아 나에게 데리고 오너라."

그렇지 않아도 분노를 삭이지 못해 어쩔 줄 모르는 젊은 혈기의 페툴라는 곧장 마을로 들이닥쳤다. 놈들을 마을 카페에서 찾아내 쉴레이만 카흐야에게로 끌고 왔다. 끌고만 왔지 개를 죽인 사람들을 손가락 하나 건드리지 않았다.

쉴레이만 카흐야는 맞은편에 꼿꼿하게 서서 가소롭다는 듯한 표정을 짓고 있는 마을 청년을 머리끝부터 발끝까지 훑어본 이후에 윽박지르는 목소리로 말했다.

"왜 개들을 죽였나? 그 개들이 너희들에게 뭘 어쨌다고? 이놈들."

젊은이들은 노인의 분노에 주눅이 들어 금세 기가 죽었다.

"말해봐."

쉴레이만 카흐야가 불같이 화를 냈다.

젊은이들은 더더욱 주눅이 들었다.

쉴레이만 카흐야가 그들에게 조금 더 다가갔다. 날카로운 눈으로 그들의 눈을 쏘아보고, 또 쏘아보았다.

"에잇, 퉤!"

그는 첫 번째 젊은이에게 침을 뱉었다. 그리고 두 번째, 세 번째……

"저놈들을 풀어줘라. 집으로 돌아가라고 해."

그가 말했다.

"야비한 개자식들. 다 개자식들이야."

그날 바닷가, 파도가 철썩거리는 그곳에서 카라출루족은 밤을 지새웠다. 그리고 자신들을 공격해올 마을 사람들을 아침까지 기다렸다. 그런데 웬일인지 아무도 오지 않았다. 동이 틀 무렵 그들은 비를 맞으며 죽은 아이의 시신을 밭 한가운데 웅덩이에 묻어야 했다. 아침이 되자 그들은 짐을 꾸렸다. 그러나 어디로 가야 할지 알 수가 없었다. 빈 땅이라고는 한 조각도 없었다.

옷은 엉겨붙고, 장판의 색깔은 바래고, 매듭은 풀렸다. 낙타며 말이며, 당나귀 다리를 여기저기 곱게 물들였던 염색이 물이 빠져 줄줄 흘러내렸다. 정오까지 비를 맞으며 그들은 파야스 성 앞을 어슬렁거렸다. 어디로 가야 할지를 몰라 그렇게 하염없이 서 있을 뿐이었다.

옥타이 씨가 쉴레이만 카흐야에게로 돌아왔다. 장화에 물이 가득 찼다. 그가 타고 있는 족보가 훌륭한 말도 젖어 귀를 축 늘어뜨리고 있었다.

옥타이 씨는 눈이 컸다. 중간보다 큰 키에, 조금 통통하고, 수염은 검은색이었다. 이마 위로는 머리가 흘러내리고, 언제나 슬퍼 보이는 얼굴이었다. 나이는 스물다섯 살 정도 되어 보였다.

"이렇게는 안 돼요, 이 비를 맞으며…… 비가 멈출 기색도 없군요. 모두 죽고 말 거예요. 짐을 풀 곳을 찾아야 해요. 나는 제렌은 포기했어요. 당신들에게 이제 원하는 건 아무것도 없어요. 짐을 우리 밭에 푸세요. 우리 아버지도 아무 말씀 안 하실 거예요. 이번 겨울은 우리 밭에서 지내세요, 그리고 나중 일은 알라께서 알아서 해주시겠지요."

쉴레이만 카흐야는 이런 제안에 아무 대답도 하지 않았다. 단지 침묵할 뿐이었다. 무슨 생각을 하는지 알 게 뭔가. 옥타이 씨는 쉴레이만 카흐야에게서 긍정적이든 부정적이든 아무 대답도 듣지 못하자 말을 다른 사람, 뮈슬림 코자 쪽으로 몰았다. 뮈슬림 코자는 어렵게 숨을 내쉬고 있었지만 멀쩡했다. 얼굴은 노란 연둣빛에 가까웠다. 그에게 자기 농장으로 가자는 제안을 했다. 그도 역시 아무 대답도 하지 않았다.

"제렌, 제렌에게 이 무슨 못된 짓이에요?"

술탄 카르가 말했다.

쉴레이만 카흐야가 페툴라를 불렀다.

"방향을…… 둠르칼레 지방으로 틀자. 그곳에는 우리와 싸우지 않고, 전투를 벌이지 않을 사람들, 우리를 적으로 대하지 않을 사람들이 아직 있을 게다. 아마도 뭔가 방법을, 발 디딜 땅 한 조각이라도, 황무지라도 찾을 수 있을 거야."

그의 얼굴은 어둠 속에서 희망을 잃은 것처럼 보였다. 광대뼈는 더욱더 툭 튀어나오고, 곱추 등은 더더욱 도드라져 보였으며, 머리는 어깨 사이로 묻혀 보이지도 않았다. 턱수염을 타고 내린 빗물이 가슴까지 흘러내렸다.

'옥타이 씨의 농장은…….'

페툴라는 하마터면 이 말이 튀어나올 뻔했다. 그러나 쉴레이만 카흐야의 깊은 곳에서 번져 나오는 지치고 가망이 없다는 그 눈빛은 그를 침묵하게 만들었다. 더 이상은 옥타이 씨의 농장을 입에 올릴 수가 없었다.

페툴라는 방향을 북쪽, 둠르칼레 쪽으로 틀었다. 어쩔 줄 모르던 이주민들은 간신히 안정을 찾았다. 그들은 먼 곳, 잘 알려지지 않은 곳, 둠르칼레를 향해서 발걸음을 떼기 시작했다. 둠르칼레는 아주 먼 곳에 있었다. 이런 걸음으로라면 둠르칼레까지는 적어도 사오 일은 걸릴 것이다.

그들은 도중 죽은 짐승들의 목을 따서 고기와 가죽을 마을 사람들에게 값싸게 팔기도 했다.

"애, 제렌아. 그 남자가 네게 그토록 반한 게 아니라면 몇 년이나 우리 틈바구니에 끼어서 이 고생을 하겠니? 너에게 줄 금덩이를 열 개나 가져왔다는데 받지 그래? 금귀고리를 가져왔대. 금팔찌도 가져왔다더라. 받아라……."

페툴라는 가는 길 도중에 부족 아낙네들과 어린 소녀들에게서 머릿수건에 붙어 있는 것이건, 목에 차고 있는 것이건 금붙이라면 모두 모았다. 부족에게는 이제 돈은 조금도 남아 있지 않았다.

그날 밤 그들은 기찻길 밑에 짐을 풀었다. 예전에는 농장이었던 곳이었다. 페튤라가 금을 가져와서 아버지에게 건넸다. 아마도 여자들은 남아 있는 마지막 금붙이를 준 것이었으리라. 쉴레이만 카흐야는 그 앞에 가져온 형태가 있는 금들을 불빛 아래 세어보았다. 그들에게 남겨진 마지막 재산이었다. 고작 이것으로 무엇을 할 수 있단 말인가? 아무것도 할 수 있는 게 없었다. 부족이 흩어지는 게, 모두 각자 찾아갈 수 있는 사람 곁으로 가서 믿고 의지하고 사는 게 더 낫지 않을까? 그는 부족 사람들은 절대로 서로를 버리고 헤어지지는 않을 거라고 혼자서 생각했다. 헤어지자고 하면, 전부 다 같이 죽을 생각을 할 것이다. 흩어질 바에야 죽는 것이 낫다고 생각할 것이다. 그렇다면 지금까지 부족에서 떨어져 나가서 마을과 읍내에 정착한 사람이 한 사람도 없단 말인가? 살길을 찾아 사라져버린 사람이 없단 말인가? 이렇게 헤어지기를, 갑자기 흩어지기를 엄두를 내지 못해도, 부족에서 한 사람 두 사람씩 떨어져 나가서 결국은 몇 사람 남지 않아 부족은 사라지고 말 것이다. 카라출루 부족은 사라져버릴 것이다.

"하나씩 둘씩, 하나씩 둘씩…… 지난번에는 예르유르트오울루가 한밤중에 칠흑 같은 어둠을 틈타 사라져버렸지. 부인과 아이들과 양들을 데려갔어. 도망쳤다구. 그런 일이 있었지."

쉴레이만 카흐야가 쓸쓸한 미소를 지으며 말했다.

위대한 이 세상이 멸망하고 있다. 그 안에 나도 포함된다. 너도…… 함께 죽는다, 영웅으로. 어쩌면 내 세대를 마지막으로 위대한 투르크멘족은 끝이 날것이다. 세상이 만들어지고 지금까지 면면히 이어져오던 투르크멘 혈통이 이제 끝나가는구나. 우리 눈앞에서 우리의 생명이 끝나가고 있다.

쉴레이만 카흐야는 그날 밤 텐트 안에서 불꽃 머리 밑으로 반짝이는 금붙이를 보면서 아침까지 상념에 잠겼다. 마음속에서 이런 말들이 올라와 그를 괴롭혔다.

'제렌, 애야. 엄마도, 네 아이도 궁전 같은 집에서 살 수 있어. 네가 원하기만 한다면 우리에게도 그렇게 해주겠지. 겨울에는 그의 농장에서 겨울을 날 수 있고, 여름에는 그 사람 초원에서 살 수 있어. 추쿠로바의 절반이 그 사람 것이야.'

"제렌이 뭐래요? 아주머니?"

"보낸 금붙이에는 손도 대지 않아요. 그 애를 납치해요. 그 애를 납치하라고 말하고 싶어도, 그 애는 결국 자살하고 말 거예요. 고집쟁이."

제렌은 유령 같았다. 생명이 남아 있지 않은 것 같았다. 아무 말도 하지 않고, 아무것도 보지 않았다. 아무도 만나지 않았고, 어디를 걷는지, 어떻게 움직이는지, 무엇을 먹는지, 마시는지 알 수 없었다. 유령처럼 그렇게 살고 있었다. 아무것도 생각하지 않았다. 마치 이 세상 사람이 아닌 것 같았다. 그러나 제렌의 시달린 얼굴, 푹 팬 보조개는 얼굴이 말라가는데도 붉어지는 그녀의 입술과 긴 속눈썹과 어우러져 눈이 부시게 아름다웠다. 이런 아름다움 앞에서 남녀노소를 가를 수 없었다. 모두 그녀만 보면 그 아름다움에 감탄하여 오래오래 눈길을 떼지 못했다. 그녀의 얼굴, 입술 윤곽, 기품 있고 섬세한 걸음걸이, 가녀린 몸매…… 이 모든 것이 사람을 홀리고 사로잡는 어떤 분위기가 있었다. 제렌의 얼굴에 고통이 서릴수록, 얼굴에서 번지는 아우라는 더 커져만 갔다.

쉴레이만 카흐야도 가끔씩 제렌을 떠올리며 그녀의 아름다움을 음미하곤 했다.

"어느 집안에서도 그런 가녀림은 볼 수 없을 거야. 그 아름다움은 완전히 우리 유목민에게서만 나올 수 있는 거지. 천년, 만년 땅속에서 헤매다 세상 밖으로 샘솟아 나온 물처럼 갑자기 출현한 그녀의 아름다움. 그런데 그것도 이제 끝이 나는구나. 내가 안 죽는데 누가 죽는단 말인가. 옥타이도 보는 눈이 있기는 있어. 제법이군, 녀석. 제렌 같은 여자가 이 세상에 또 있을까. 알고 있어. 그는 내가 도와줄 거라 기대하고 있겠지. 내가 이 세상 누구라도 저버릴 수 있지만 우리 부족이 뻔히 보는 앞에서 그럴 수는 없지. 여기서 고함을 지르며 죽더라도 절대로 제렌만큼은, 그 아름다움은 저버릴 수가 없어. 지금 이 순간 옥타이가 찾아와서 나와 아이들과 부족을 다 죽인다 해도 난 못 해. 제렌만이 부족을 구할 수 있다며 결혼만 하게 해달라고 매달려도 난 안 해. 제렌도 찬성했으니 이제 내 허락만이 남았다고 사람들이 애걸복걸해도 난 못 줘. 제렌은 못 줘. 그 애는 인간이라는 종 중에서 가장 아름다운 아이야."

쉴레이만 카흐야는 수줍게 상상해보았다. 내가 제렌을 사랑하기라도 한단 말인가? 하고 스스로에게 물어보았다. 이 나이에, 살 만큼 산 사람이, 죽을 날이 가까운 사람이 제렌을…… 그리고는 혼자서 웃고 말았다. 혼자 생각이지만 흐뭇했다. 제렌을 사랑하지 않을 사람이 누구란 말인가, 그를 본 모든 사람은 통제력을 잃고, 머리가 돌고, 반하고 말았다.

그는 아침 일찍 제렌을 한 번 더 보리라 마음을 먹었다.

"아주머니, 아주머니, 아주머니, 마음씨 좋은 아주머니. 우리 아버지한테는 아들이 저밖에 없어요. 추쿠로바의 절반이 우리 땅이구요. 이 정도라면 다섯 부족도 우리 땅에서 살 수 있어요. 그런데 왜 그 여자는 나한테 이러는 거지요? 나를 조금도 좋아 하지 않는 건가요? 그냥 시집만 오면 된다고, 나를 좋아하지 않 아도 된다고 그러세요. 사랑은 내가 할 테니까요. 그녀를 본 이 상 더 이상 참을 수가 없어요. 지금 그녀에게 가보세요. 오늘도 수락을 안 하면 당장 부족을 떠나리다. 더 이상 죽는다 해도, 사 랑에 미쳐 살갗을 도려낸다 해도 더 이상은 제렌에게 돌아오지 않으리다. 이걸 가서 전해주세요. 이것을 쉴레이만 카흐야에게, 모든 사람들에게 말해주세요. 부족 사람들에게 광고라도 해주세 요. 난 갑니다. 내가 죽는 한이 있어도 다시는 돌아오지 않는다 구요, 알겠어요?"

옥타이 씨는 이 말을 하면서도 속으로 자기 자신을 비웃고 있 었다. 이미 여러 차례 제렌에게 이런 말을 전달했었다. 더 이상 돌아오지 않는다고 결심하고, 스스로에게 믿음을 주려고 억지로 부족을 떠나도 보았지만 보름이 지나면 어찌 된 일인지 참을 수 가 없었다. 어디서든지 부족을 찾아내려고 안간힘을 썼다.

시간이 갈수록 억지만 늘었다. 옥타이 씨가 말했다.

"이 여자를 반드시 내 여자로 만들 거야."

아침이 되자 말을 타고 쏜살같이 달렸다.

"이 유목민들, 자기들이 뭐나 되는 줄 알아. 못난 것들, 고생 이나 하라지. 그래도 싸다…… 이 못난 놈들…… 앞으로, 앞으로 추쿠로바 사람들이 이 괴물들에게 무슨 짓을 하든 당할 대로 당해보라지. 이놈들, 아무 데고 정착해서 살아보라지, 그때 보자고. 나도 이놈들을 죽을 때까지 지켜보겠어."

그는 부족을 뒤로 남겨두고 그곳에서 멀어져가면서도 자꾸만 뒤를 돌아다보았다. 심장을 도려내는 것처럼 가슴이 아팠다. 마음속에 고통과 분노, 패배감이 차올랐다.

옥타이 씨는 마음속으로 부족과 사람들 모두에게, 그리고 제렌에게, 또 자신이 겪은 일들에 대해, 마지막으로 제렌을 처음 만난 그날에 저주를 퍼부어댔다.

자신의 순정을 모르는 사람은 추쿠로바에 단 한 사람도 없었다. 이제, 그 수많은 세월을 허송세월하고 사람들 얼굴을 무슨 낯으로 본단 말인가. 아버지와 어머니, 친척들 얼굴을 무슨 낯으로 볼 것이며, 그들에게 뭐라고 설명을 한단 말인가? 게다가 유목민 여자는 눈길 한번 주지 않았으니. 가장 미치겠는 상황은 그가 자기 자신을 이기지 못하고, 다시 되돌아가서 그 부족을 따라다니며 고생을 감수하게 되는 현실이었다. 자존감이며, 명예며, 모든 것이 바닥으로 추락한 지 오래였다. 모두, 이제 부족의 꼬맹이들조차도 그를 측은한 눈빛으로 바라보았다. 제렌은 자신의 얼굴 한번 쳐다본 적이 없었다. 몇 년이 지나도, 지금까지 한 번도 고개들 들어 자기 얼굴을 응시한 적이 없었다. 아마도 제렌은 살면서 한 번도 그를 본 적이 없는지도 몰랐다. 이건 그 여자에게도, 자기 자신에게도 못할 짓이었다. 자기 한 명 때문에, 땅을 구하는 문제로 부족 사람들이 모두 제렌에게 적이 되었다.

그는 말 머리를 돌렸다. 빠르게 되돌아갔다. 부족에서 한참이나 멀어져 있었다. 잠시 후에 부족이 있는 곳에 도착했다. 제렌은 아주 무리의 제일 뒤쪽에서 어린 동생의 손을 붙들고 머리를 앞으로 흔들며 걷고 있었다. 조는 것 같았다. 옥타이는 그녀를 보자 숨이 멎었다. 눈빛이 흐려졌다. 하마터면 말에서 떨어질 뻔했다. 두 손으로 붙들고 말 목 위에 딱 붙었다. 심장이 온몸을, 타고 있는 말을 뒤흔들 정도로 심하게 쿵쿵거렸다. 한번은 제렌 옆에 나란히 있게 되었다. 제렌은 그에 대해서도, 세상에 대해서도 아무 관심도 없다는 듯이 걷기만 했다.

옥타이가 제렌을 불러보았다. 떨리는 목소리였다.

"제렌, 아주 못되게 굴어서 미안해. 어쩔 수 없었어. 너를 힘들게 했구나. 너를 사려고 했지. 나빠, 나쁜 짓이지…… 그러면 안 되는데."

스스로 망가져가면서도, 숨이 끊겨 죽을 것 같지만, 분명하게, 억지로 말을 이어갔다.

"지금 간다. 더 이상은 이제 돌아오지 않을 거야. 너에게 마지막으로 말하는 거야. 마지막, 마지막, 마지막…… 더 이상 네 얼굴을 안 볼 거야. 제발 용서만 해줘. 내가 한 모든 나쁜 짓들, 나 때문에 네가 겪게 된 일들, 모두 날 용서해줘. 제발 용서해줘."

제렌이 처음으로 고개를 들어 그를 고집스럽게, 어쩌면 조금은 우호적으로 바라보았다. 한순간이었다. 그러더니 곧 눈썹을 내리깔고 예전처럼 무표정한 상태로 돌아갔다. 제렌이 자신을 바라보던 그 순간 옥타이의 마음에는 폭풍이 몰아쳤다. 무엇을 해야 한단 말인가? 이 기쁨, 이 행복을 어떻게 설명해야 한단 말인가? 애쓰고 애써보았지만 제렌에게는 아무 말도 꺼내지 못했다. 아마 앞으로도 영원히 하지 못할 것이다. 그는 말을 빠르게 몰아서 부족 사람들에게 다가갔다.

"당신들도 나를 용서해주셔야 합니다."

그가 소리를 질렀다.

"당신들에게 신세를 많이 졌어요. 신세를 어찌 갚을지."

그러더니 그는 말을 몰아 쉴레이만 카흐야 곁으로 다가왔다. 손을 잡더니 입을 맞추었다.

"신세 많이 졌습니다, 어르신. 저를 용서해주십시오."

그는 말에 박차를 가했다. 말발굽에서 진흙이 사타구니까지 차올랐다. 부족 사람들은 그의 등 뒤에 남겨져 그를 날아가버린 마지막 희망을 보듯 바라보았다. 비가 내리고 있었다. 진하고, 거센, 홍수 같은 비였다. 발목까지 진흙이 차올랐다. 목동들은 곡식이 무르익은 밭을 지날 때마다 아주 천천히 걷는 양들에게 무슨 일이라도 생길까 봐 노심초사 애를 쓰고 있었다. 좁은 길에서 양 떼는 꼬리에 꼬리를 물어 왜가리 떼처럼 보였다. 이주 무리가 아주 길게 늘어졌다. 한쪽 끝은 저 멀리 파야스, 한쪽 끝은 에르진 쪽까지…… 여자들 등에 업힌 아기, 낙타와 당나귀 등에 업힌 아기들이 동시에 울어댔다. 우는 것도 힘든지 아주 작은 소리였다.

16

케렘은 얀느즈아

아치 마을에 정착했다. 그는 얀느즈아아치 마을의 대장장이

사디 데미르토크에 대해 전부터 알고 있었다. 아침부터 대장

간 앞에 앉아 그가 하는 일을 지켜보았다. 사디 데미르토크

는 달구어진 철을 때려서 트랙터 부품을 만들고, 트럭, 탈곡

기, 수확기 등을 만들어냈다. 철에 대해 도무지 포기할 수 없

는 열정이 끓어오르기 시작했다. 이것은 분명 피의 부름이었

다. 사디 데미르토크는 꼼짝도 하지 않고 손놀림 하나하나까

지 관찰하는 이 아이가 도대체 누구인지, 어디 출신인지 한

번도 묻지 않았다. 이것이 케렘의 마음을 더욱 편안하게 했

다. 마을 사람들도 대장간에 있는 이 아이에 대해 관심을 두

지 않았다. 뭐 하는 사람인지도 묻지 않았다. 대장장이 사디

의 새로운 조수 정도로만 생각했던 것이다.

온 마을에 아침부터 저녁까지 나무피리 소리가 울려 퍼졌다.

길고, 짧고, 둔탁하고, 얇은 피리 소리들. 나무피리를 손에 든 아

이들은 쉬지 않고 피리를 불어댔다. 피리 소리는 이른 새벽부터

한밤중까지 계속되었다. 사내아이, 계집아이를 막론하고 모든

아이들이 손에 나무피리를 들고 있었다. 케렘이 하산과 처음 만났던 그날부터 줄곧 아이들에게 피리 부는 법을 가르쳐주었던 것이다. 민요도 가르쳐주었다. 이 마을 사람들이 민요나, 곡을 알면 얼마나 알겠는가! 케렘은 신기할 정도였다. 아이들은 케렘이 유목민이라는 것을 아무에게도 말하지 않았다. 대단한 신성스러운 비밀이라도 되는 것처럼 아이들은 어른들에게 비밀을 지켰다. 케렘도 마을에 정을 붙여갔다.

케렘은 마을에 온 이유를 단지 하산에게만 이야기했다. 이제는 알 수 있을 것 같았다. 하산이 믿을 만하고, 용맹스런 아이라는 것을. 하산은 이번 일에도 도움을 줄 수 있을 것이다.

하산이 그에게 말했다.

"송골매를 훔치는 것은 쉬워. 쉬운 일이지만 그 누리 상병 있잖아, 그 사람이 쉽게 놔주진 않을걸. 그 사람 밤잠도 못 잘 거야. 총을 가지고 덤빌 거야. 그 상병 말야, 사람들을 심하게 때려. 게다가 밀수꾼하고 한패이지. 한패가 되지 않는 사람은 총으로 쏘아버려. 밀수꾼들이 그를 죽일 계획이래. 그래서 무서워하고 있어. 어떻게 송골매를 손에 넣지? 그래도 넌 할 수 있을 거야."

하산과 그 둘은 몇 날을 송골매를 훔치기 위한 묘안을 짜내고 있었다. 아무리 생각해도 묘안이 없었다.

케렘은 무술루네 야채밭에 있는 꽤나 그럴듯하고, 물 안 새는 움막에서 지내고 아이들은 그에게 먹을거리를 집에서 계속해서 가져다주었다. 달걀, 치즈 같은 것들을 가져오는 대신 그로부터 풀피리를 받아갔다. 아이들 어머니와 아버지들이, "이런 건 도대체 너희들에게 누가 만들어주는 거야?" 하고 물어도, 아이들은

"하산이 만들어요" 하고 대답했다. 아무 놀라는 기색도 없이 모두 한목소리를 냈다.

"하산이 집시 아이한테서 배웠다나 봐요…… 부는 법도 배웠대요. 피리를 하도 불었더니 혀가 빠질 지경이에요."

하산은 고작 며칠 안에 피리 부는 법을 배웠다고 했다. 그런데도 사십 년 된 피리꾼들처럼 민요를 불었다.

하산도, 케렘도 송골매 때문에 큰 고민이었다. 상병의 아들이 세 번이나 송골매를 밖으로 데리고 나왔다. 그 이후 뭔가 미심쩍었는지 더 이상은 송골매를 집 밖으로 데리고 나오지 않았다. 상병의 아들 이름은 셀라하틴이었다. 노랑머리에 아주 마르고, 들창코였다. 말이 별로 없지만 버릇이 없는 아이였다. 마을 아이들도 그 아이는 끼워주지 않았다. 그 아이를 멀리하였다. 피리가 온 마을에 퍼지기 시작하자 셀라하틴도 아이들에게 접근하기 시작했다. 아이들을 향해 웃어주기도 하고, 마음에 들어보려고 노력도 해보았다. 그래도 아이들은 여전히 그 아이에 대해 믿음을 갖지 못했다.

케렘이 물었다.

"왜 무서워하는 거야? 그 애를 왜 피하는 거야?"

케말이 대답했다.

"그 애는 나쁜 자식이야. 아버지가 그 아이에게 산에서 송골매를 잡아다 주었대……. 그 송골매를 우리에게 한 번도 보여주지 않았어. 우리를 피하기만 했어."

케렘은 깊은 한숨을 쉬었다.

"그리고 그 애 아버지가 사람들을 때려. 그 애도 아버지처럼 우리를 때렸어, 처음에는 말야. 그래서 우리도 그 앨 무서워해."

쉴루가 끼어들었다.

"무스타파가 어느 날 그 애를 때렸어. 무스타파가 정말 화가 났었지. 결국 그 애를 붙들고, 어떻게 되든 말든 막 때렸지. 셀라하틴은 일주일 정도 피범벅 상태였어. 무스타파는 도망갔어. 다른 마을, 이모 댁에 숨었어. 상병도 무스타파의 아버지에게 복수를 했어. 무스타파의 아버지는 도지사를 찾아갔지. 상병이 무스타파 아버지에게 또 복수를 했지……. 그 이후로 셀라하틴은 자기 집에서 나오지 않아. 우리랑 놀지도 않고. 아버지가 송골매를 잡아준 이후로는 우리에게 눈길 한번 주지도 않아."

케렘은 움막에서 나와서 천천히 마을 안으로 들어갔다. 얼마나 소리 소문 없이 익숙하게 되었는지, 어른들도 모르는 아이가 와서 동네 아이들과 함께 노는데도 신경 하나 쓰지 않았다. 마치 케렘은 이 마을에서 태어나고 자란 것 같았다. 케렘은 대장장이 사디의 대장간을 찾아냈다. 저녁까지 활활 타오르는 장작과 둔탁하고 커다란 두 손을 바라보았다. 두 번째 날에는 대장간에 조금 더 가까이 갔고, 세 번째 날에는 대장간 안으로 들어갔다. 대장장이 사디는 이 아이를 벌써 보았을 텐데도 아랑곳하지 않았다. 자기도 어느 대장간엔가 스며들어서 이 아이처럼 아무 말도 없이 슬며시 계속 구경하다가 보니, 어느 날 두 손에 망치를 들고 철을 다듬고 있었던 것이다. 케렘과 사디는 금세 친해져버렸다.

케렘이 너스레를 떨었다.

"우리 집은요, 대장장이 가문이에요. 위대한 장인 하이다르가 우리 할아버지의 할아버지예요. 파디샤들이 쓸 검을 만드셨지요……. 할아버지가 그리시는데 아부샤르르 족장이 오셔서는 할아버지 문 앞에서 일 년을 진을 치고 기다리셨대요. 검 하나의 대가로 산더미 같은 금을 내놓고요…….”

대장장이 사디는 케렘이 말한 내용 전부를 모두 알고 있었다. 그는 아이가 말한 내용보다 더 많은 것을 알고 있었다. 대장장이 가문의 신성함에 대해서 투르크멘에 전해지는 전통과 신화들을 그는 모두 알고 있었다. 투르크멘들은 대장장이를 신성시했다.

사디는 이 아이가 왜 부족에서 떨어져 나왔는지 도무지 이해할 수가 없었다. 결국 케렘은 중요한 비밀을, 송골매 문제를 억지로 털어놓고 일을 돕기 시작했다. 나중에는 두려움, 공포심이 밀려와 괜히 말했다고 후회가 되었다.

사디는 케렘이 후회하고 있음을 알아차렸다.

“두려워하지 마, 케렘……. 그건 쉬운 일이야. 넌 무서워할 것 없어. 곧 송골매를 그곳에서 빼내자.”

그는 하산을 불렀다.

“너희들…… 오늘 밤 쾨르 이브라힘의 담 위로 몰래 올라가서 망을 보거라. 나도 안 자고 기다릴 테니. 상병집 창문이 열려 있으면, 하산 네가 그 사람들이 잠들었을 때 한밤중에 창문을 통해 집으로 들어가거라. 송골매를 잡아서 가져오너라. 케렘은 가지 말고. 케렘이 갔다가 잡히면 그 애가 반은 죽을 때까지 두드려 팰 거야. 네가 잡히면 너는 우리가 구할 수 있다. 만일 네가 잡히면, 나를 집으로 부른 건 셀라하틴이라고 말하거라. 사냥을 하고, 피리를 같이 만들기로 했다고 둘러대렴.”

그들은 시키는 대로 했다. 하산이 밤이 되자, 담을 미끄러지듯 넘어 창문을 통해 안으로 들어가고 난 뒤 곧 몇 발의 총소리가 났다. 하산은 그대로 밖으로 나와 어둠 속으로 사라졌다. 상병이 밖으로 튀어나와, "나를 죽이려 했어" 하며 소리를 질러댔다. 쉬지 않고 어둠 속에 총을 쏘아댔다. 그러는 사이 경찰서에서 헌병대들이 왔다.

상병이 헌병대에게 명령을 내렸다.

"저쪽 옆, 저 옆으로 갔다. 살인자. 저 옆으로 도망갔어."

상병은 아래쪽 물레방아 수로를 가리켰다.

마을 사람들이 잠에서 깼다. 잠이 덜 깬 아낙네들, 아이들, 팬티와 셔츠만 입은 남자들이 밖으로 뛰어나왔다. 케렘, 사디, 하산은 아무 일도 없었다는 듯이 마을 사람들과 같이 상병 관저 마당으로 갔다.

헌병대들이 아침까지 마을 안을, 물레방아 주변을 수색해보았지만 도무지 도망간 살인범을 잡을 수는 없었다.

상병은 이 사건 이후 더욱더 겁이 나고, 의심이 많아져서 문 앞에 보초를 세우기 시작했다.

모든 아이들이 상병의 집에 송골매를 훔치기 위해 하산이 갔다는 것을 알게 되었다. 송골매가 케렘의 것이고, 알라께서 송골매를 케렘에게 선물하셨다는 것을, 상병이 알라의 하사품인 송골매를 어떻게 빼앗아갔는지를 모두 알게 되었다. 그들의 분노와 노여움은 대단했다. 불합리를 마주하자 그들 심장 안에 끓고 있는 저항심이 더 커졌다. 마을에서 사디 말고는 그날 밤 살인범으로 몰린 주인공이 하산이라는 것과 송골매에 대해서 아는 어른이 없었다.

"밀수꾼들, 억울한 일을 당한 사람들, 유목민들이 오늘 아니면 내일 상병을 죽일 거야" 하는 소리가 떠돌았다.

"그 사람에게 심장이 있긴 하나. 그 사람의 마음은 대장장이가 쓰는 쇠망치 같지, 그것도 아주 커다란! 그러니 상병을 죽이려고 한밤중에 집으로 쳐들어가지. 잘했다! 대단해!"

아이들은 하나가 되었다. 머리를 맞대고 송골매를 훔쳐내기 위한 방안을 모색하기 시작했다. 그들은 밤부터 아침까지 상병의 집에서 망을 보았다. 창문이 닫히고 열렸다. 문도 안에서 채운 것 같았다. 관저 마당에는 헌병대들이 오가며 지키고 있었다.

하산이 말했다.

"이렇게는 안 될 것 같아. 밤에 집 앞에서 망을 보는 건 그만두자. 밤에는 안 돼."

그는 사디에게로 갔다. 사디와 함께 머리를 맞대고 이틀 정도를 생각했다. 하산이 기쁨에 들떠서 버드나무 근처에서 자신을 기다리고 있는 아이들의 곁으로 다가갔다.

"얘들아, 뭔가 될 것 같아. 이번 일을 케말이 해결해줄 수 있을 것 같아. 케말네 집이 상병의 이웃이고, 케말도 셀라하틴의 친구잖아. 케말이 셀라하틴을 찾아가서…… 송골매를 데리고 사냥을 나가자고 할 거야. 우리는 들판으로 가는 거야…… 알았지?"

케말이 대답했다.

"알았어. 그건 쉬운 일이네. 오늘 당장 하지 뭐. 너희들은 나를 여기서 기다려. 아무튼 셀라하틴은 송골매를 자랑하고 싶어하고, 피리 부는 것을 배우려고 안달이잖아."

하산이 케렘에게 말했다.

"셀라하틴이 오면 너는 눈에 띄지 않도록 해. 넌 메멧이랑 들판으로 가서, 거기 갈대밭에 숨어 있어. 우리가 가서 너를 찾아낼게."

잠시 후에 케말은 셀라하틴을 데리고 왔다. 아이들이 셀라하틴의 주위를 둘러쌌다.

하산이 다가가서 송골매의 깃털을 쓰다듬더니 부리와 날개를 쳐다보았다.

"이건…… 족보 있는 송골매야, 어디서 났니? 셀라하틴?"

셀라하틴은 자기 자신과 송골매에게 쏟아지는 관심 때문에 신이 나서 대답했다.

"이건, 우리 아버지가 가파른 바윗돌이 가득한 산속 신성한 곳에서 잡은 거야. 아버지가 그러시는데, 이 송골매는 둥지를 가장 뾰족한 돌 위에다 만든대. 사람이든, 다른 새든, 뱀이든, 아무것도 둥지에 접근하지 못하도록 말야."

"그럼, 네 아버지는 어떻게 그걸 찾았어?"

한 아이가 물었다.

셀라하틴이 으스댔다.

"우리 아버지는 말야……."

셀라하틴은 하마터면 아버지가 유목민이라고 말할 뻔했다. 그러나 아이들이 무시할 거라고 생각하고 포기했다.

"우리 아버지는…… 상병이잖니. 상병들에게는 가파른 산을 오르는 것을 나라에서 가르쳐주나 봐."

"그렇지."

하산이 맞장구쳤다.

"가파른 바위에는 상병만이 오를 수 있지. 송골매 둥지를 그분들만이 찾아낼 수 있어. 이 송골매 있잖아, 이런 송골매는 어디에도 없을 거야. 이 송골매의 털도 연두색이야……. 이 송골매는 그냥 새가 아니야. 토끼, 여우, 늑대도 잡을 거야. 우리 할아버지가 그러시는데, 이 송골매는 늑대들 목에도 올라탄대. 송골매를 보면 늑대들이 도망간대, 늑대도 도망간다고……. 송골매, 이 날카로운 부리 있잖아. 봐, 칼날 같잖아. 이런 날카로운 부리로 늑대의 눈을 뒤에서 공격하나 봐. 송골매는 늑대의 눈을 파먹어서 장님으로 만든대. 늑대는 장님이 되면 아무 곳으로도 도망을 못 가서 그 자리에 그냥 빙빙 돌면서 있나 봐. 빙빙 돌면서 한자리에 머문대. 여우도 그렇고, 토끼도 그렇대……."

하산은 흥이 나서, 자신을 잊은 듯이 설명을 하고 있었다.

"우리 할아버지가 그러시는데, 우리 할아버지는 옛날 산사람이었어. 우리 할아버지는 여기 추쿠로바 사람이 아니야. 할아버지는 송골매 고향 사람이라고 할 수 있어. 우리 할아버지도 만 마리 송골매를 보았대. 그렇지만 셀라하틴의 송골매처럼 아름다운 송골매는 보지 못했다고 그러셨어. 할아버지가 그러시는데 족보 있는 송골매는 아무에게도 잡히지 않는대. 상병이 어떻게 그걸 잡았는지 별일이라고 그러셨어."

셀라하틴은 신이 났다.

"우리 아버지도 너희 할아버지같이 그 송골매 고향인, 가파른 돌산 출신이셔."

하산이 말을 계속했다.

"이 송골매 있잖아, 공중에서 새를 보면, 아주 먼 곳까지 날잖아, 이 새를 놔주면 당장 그 새를 잡아서 가져올 거야. 이 송골매는 하루에도 백 마리 정도, 꿩, 비둘기, 메추라기, 참새, 비둘기, 독수리, 네가 원하는 건 뭐든, 어떤 새든, 백 마리는 잡을 거야. 하늘이나 땅에서 새를 보면 한번 송골매를 놔줘봐……."

눈을 동그랗게 뜨고 아이들은 하산의 말을 듣고 있었다. 아이들은 송골매가 있는 곳으로 우루루 몰려들어서 손가락 끝으로 송골매를 만졌다.

"이럴 수는 없어."

하산은 결국 이렇게 말하고 말았다.

"이렇게 우리 손에 혈통을 자랑하는 송골매가 있는데, 우리도 오늘 평원으로 나가자. 꿩이라도 몇 마리 잡자. 기름지게 구워서 먹자."

아이들이 모두 입술을 핥았다.

"그러자."

"이런 송골매가 있을 때 해보자."

셀라하틴은 망설였다.

하산이 말했다.

"자, 셀라하틴. 가자. 가서 이 송골매가 새를 어떻게 잡는지 보자."

셀라하틴이 대답했다.

"아버지께 여쭤봐야 해."

하산이 대답했다.

"아버지에게 여쭤보면 절대로 허락 안 하실걸. 너도 이 아름답고, 혈통이 좋은, 사자같이 용맹한 송골매가 번개처럼 날아 새를 잡는 모습을 절대로 보지 못할 거야. 송골매 네 것 아니니?"

셀라하틴이 하산에게 대답했다.

"만일 송골매를 놓아주자 날아가버려서 다시 돌아오지 않으면? 그때 난 어떻게 해? 이 송골매는 아직 새끼야."

하산이 대답했다.

"이렇게 혈통이 좋은 새는 우리 할아버지가 그러시는데, 절대로 도망은 가지 않는대. 아니면 네 송골매가 혈통 있는 게 아닌 거 아냐? 말해봐. 이것 혈통 있는 송골매 아니니?"

셀리하틴이 말을 잇지 못했다.

"말해봐. 이 송골매가 혈통 있는 송골매가 아니구나? 가문 좋은 송골매가 아니면 날아서 가버리라고 해. 가문 있는 송골매가 아니라면 쓸 데가 어디 있어…… 어디에 쓰겠냐구? 너 나한테 말해봐. 이 송골매 족보가 있는 거야, 아니야?"

"맞아! 그것도 대단한 족보야."

셀라하틴이 대답했다.

"그게 아니라면 우리 아버지가 그 가파른 돌산 위로 올라가서 이 송골매를 잡아오셨겠어? 만일 미끄러져서 돌아가시면 어떻게 하려고? 족보 있는 송골매도 아닌데 우리 아버지가 죽음을 무릅쓰고 송골매를 잡으려고 했겠어?"

하산이 대답했다.

"그건 그렇구나. 송골매 자태를 보니 분명 맞아."

그는 아무 말 없이 송골매를 쓰다듬었다.

"그렇다면 자, 들판으로 가서 사냥을 해보자."

셀라하틴은 버텼다. 하산이 느끼기엔 그의 저항심도 조금씩 무너지고 있었다.

결국 하산이 말하고, 또 말하면서 송골매를 치켜세웠다.

"너 무섭구나. 넌 송골매가 매가 아니라 평범한 그저 그런 새일까 봐 겁나서 사냥을 못 가는 거지? 누가 알아, 이 손 안에 있는 새가 혈통 있는 송골매 둥지로 들어간 미친 새인지. 그걸 네 아버지가 요 아래에서 헌병대한테 잡아오라고 했는지. 너한테 송골매라고 뻥을 친 거지. 자, 얘들아. 우린 가자. 셀라하틴은 오지 말라고 하자. 우리도 저 애처럼 미친 새를 잡아서 우리도 송골매라고 손에 묶어 데리고 다니자."

하산은 갑자기 멈추더니 단호하게 그를 돌아다보았다. 아이들도 돌아보았다.

"얘, 너 말야…… 네 손에 있는 그 새가 정말 송골매라면 가서 사냥을 해보라고 해. 송골매는 장식용이 아니야, 사냥을 위해 있는 거라구. 우리 할아버지는 너의 아버지가 오른 가파른 돌산 고향보다 일곱 배나 더 높은 돌산 출신이야. 할아버지가 그러시는데…… 아냐, 네 손 안에 있는 새가 그저 미친 새라면 거기 그냥 네 새랑 남아 있어. 오지 마."

셀라하틴은 그들과 가고 싶어서 안달이 났다. 가서 송골매가 날아가버려 다시 돌아오지 않으면 어쩌나? 가지 않는다면 온 마을 사람들이 송골매를 미친 새라고 놀릴 것이다. 혈통 있는 송골매의 명성과 아름다움은 소멸되고 말 것이다.

갑자기 아이가 "갈게" 하면서 벌떡 일어나 외쳤다.

"가문 있는 송골매가 어떤 건지 너희들에게 보여주겠어."

17

아침 에잔[42]이 울
려퍼지기 조금 전에 하이다르 우스타와 오스만은 아다나에
도착했다. 그 수많은 불빛…… 불빛은 총알처럼 무겁게 하이
다르 우스타의 머리로 떨어져와 박혔다. 하이다르 우스타는
제이한, 오스마니예, 아다나에 전에 한 번 정도는 다녀간 적
이 있었다. 그러나 도시에서 밤을 나본 적은 없었다. 전깃불
을 본 적도 없었다. 이렇게 많은 불빛이라니…… 대낮 같았
다. 태양을 수십만 개로 나누어서 이 도시로 가져다가 집집
마다 나누어준 것 같았다. 여기는 마을도, 도시도 아니었다.
불빛 밭이었다. 정말 대단했다. 기다란 집들, 밤 속에도 불뚝
솟은 이 집들은 뭐란 말인가. 눈을 천 개나 달고 있는 집들은
괴물을 닮았다. 이 괴물은 미루나무 세 개를 이어놓은 것처
럼 길었다. 끝이 보이지 않았다. 하이다르 우스타는 쏟아지
는 불빛이 무섭기만 했다. 괴물에 매달려서 길어졌다 짧아졌
다가 하면서, 매 순간 변하며, 흔들리고, 뛰고, 서로 싸우고,
순간순간 서로 삼켰다가 결국 다시 토해져 나오는 이 그림자
가 끔찍하기만 했다. 거리에는 몇 사람이 걷고 있었다. 하이
다르 우스타는 그 사람들을 쫓아갔다. 그들은 걷는 게 아니
라 뛰는 것에 가까웠다.

그들은 불빛이 나오는, 커다랗지만 아주 높지는 않은, 산처럼 넓게 퍼져 보이는 어느 건축물 앞을 지나갔다. 건축물 안에서 갑자기 소란스러운 웅웅 소리가 나더니, 떠드는 소리 같기도 하고, 천둥 소리 같기도 한 굉음이 들려왔다. '아이고, 귀청 떨어지겠네.' 하이다르 우스타가 말을 잡아타고 소리 나는 곳에서 황급히 멀어졌다. 소리가 뒤로 멀어지자 말 머리를 당기며 편안히 숨을 내쉬었다. 오스만은 저 뒤 인도에서 있는 힘을 다해 뛰어오고 있었다. 하이다르 우스타는 전깃불 밑에서 붉은 턱수염을 쓰다듬으며, 어디에 당도한 것인지도 모르는 채 말 머리를 당기며 허겁지겁 뛰어오는 오스만을 기다렸다. 오스만이 다가오자 그는 멈추어 섰다. 공포에 질려 서로를 바라보았다. 오스만은 군대생활을 할 때 이런 건축물을 많이 보았다. 그는 발걸음을 멈추었다. 그는 하이다르 우스타에게 무엇인지 설명해주었다. '대단하다. 공장이라니. 공장이라고? 와, 소리도 지르고, 흐느끼고, 소음도 낸다. 여보게들, 형제들!' 그들은 해가 질 때까지 어디로, 어느 방향으로 가야 하는지도 모른 채 도시 안을 누비고 다녔다. 해가 뜰 때쯤 '짠' 하고 모든 불빛이 꺼졌다. 하이다르 우스타는 불빛이 꺼지는 것에는 놀라지 않았다. 라마잔오울루의 집은 이 거대한 집들 사이에 있으리라! 어떤 것일까? 가장 큰 것이겠지, 당연히. 가장 큰 것. 명성이 대단한 라마잔오울루가 이 집들 중에서 가장 멋진 집에 살지 않는다면 누가 살겠어? 아침이 되고 날이 밝으면 이 집들 중에서 가장 큰 집을 찾아낼 작정이었다. 명성이 자자한 라마잔오울루의 집을 찾아낼 것이다. 커다란 집들을 보자 하이다르 우스타는 더욱더 희망을 갖게 되었다. 이렇게 커다란 집들에 사는 사람이라면 조그만 땅 한 조각쯤은 별것 아닐 게 아닌가…….
동이 터오고 있었다.

거리들, 골목들이 시간이 갈수록 복잡해졌다. 겨울이 가까운데 이토록 많은 사람들로 넘쳐나다니, 하이다르 우스타는 그 인파에 놀랐다. 라마잔오울루라는 사람이 참 대단한 사람일 거라고 그는 생각했다. 배가 몹시 고팠다. 그래도 아무 곳에서나 음식을 먹고 싶지는 않았다. 이처럼 큰 도시의 족장인 라마잔오울루가 얼마나 훌륭한 음식을 대접할 것인가. 우리는 신이 보낸 손님이 아니던가. 뿐만 아니라 대장장이 가문의 원로가 아니던가? 누가 알겠는가, 라마잔오울루에게서 몇 명이나 대장장이 가문의 신성한 검으로 마음을 얻고, 보호를 받았는지. 그토록 명성이 높은 위대한 라마잔오울루, 아다나 부족이 자신을 얼마나 반갑게 우호적으로 맞이할지 누가 알겠는가. 인심은 곳간에서 난다고 했다. 그리고 영웅은 궁지에 빠진 사람을 모른 척하지 않는 법이다.

이처럼 위대한 도시의 족장이 투르크멘의 친구이다. 그런데 대장장이 가문에 검 손잡이의 금도금을 맡겼던 라마잔오울루는 왜 그 일을 그만두었을까? 이 평원에 그들을 왜 혼자 남겨두었을까? 왜? 마음속에 약간의 의혹이 들었다. 라마잔 사람들도 오스만 사람들과 같지는 않겠지. 그 사람도 투르크멘에게 적대적이지는 않겠지. 다 된 밥에 재 뿌리지 않기를! 오스만 사람들, 그러니까 우리 친척들, 친구들이, 우리가 길에서 다 죽어가는 오스만 사람들을 피로 키웠건만 투르크멘족 그리고 유목민들을 망가뜨리지 않았던가? 결국 비옥한 오스만 땅을 우리 손에서 빼앗아가지 않았던가? 다 가져가도 이것만은 안 된다. 법도만은, 친구만은, 어머니, 아버지, 근본 혈통만은 빼앗길 수 없다.

오스만 왕조 사람들이 우리의 근본을 부정하고 배신해서 결국 끝이 이렇게 되었는데, 덕망이 높고 명성이 자자한 라마잔오울루도 이 재앙을 보고 뭔가 생각을 하지 않았겠는가? 라마잔오울루는 오스만 왕조 사람과는 다를 것이다. 그는 대단한 전투에서도 투르크멘 편을 들지 않았던가? 뿌리는 부정할 수 없다. 도(道)는 하나다. 오스만 왕조 사람들의 재앙은 근본을 모른다는 데 있다. 제 살을 도려냈다는 데 있다. 붉은 눈 투르크멘의 정신을 빼앗고 못된 짓을 일삼은 오스만 왕조가 끝까지 그 왕조를 지킬 수 있다는 말인가?

그는 말에서 내려서 말에게 뭔가를 먹이고, 한 손에는 검을, 다른 한 손에는 고삐를 들었다. 옆에 있는 오스만은 군중을 가르고 사람들과 부딪혀가며 앞으로 나아가고 있었다. 군중들은 이 덩치 크고, 붉은 턱수염과 이상한 옷을 입은 노인을 신기한 듯 바라보았다. 노인은 손에 검을 들고, 양탄자로 짠 가방을 둘러메고 있었는데 자신감이 하늘을 찌를 듯했다. 군중들 가운데를 산처럼 우뚝 솟아 걷고 있었다.

"오스만, 라마잔오울루를 어떻게 찾지? 그분의 자택을?"

오스만이 대답했다.

"모르지요."

오스만은 도시를 알고 있었다. 이스탄불에서 사 년 정도 군대 생활을 했다.

"사람들에게 그의 자택을 물어보아야 할 것 같아요."

하이다르 우스타가 말했다.

"누구에게 물을까? 명성이 자자한 라마잔오울루의 자택을 아무에게나 물어보는 게 그분 부족에게 실례가 되지는 않을까."

오스만이 대답했다.

"그렇지는 않을 거예요."

그들은 말을 몰고 몰아 결국 교차로에 멈추어 섰다. 자동차들, 마차들, 트랙터들, 버스들이 겹겹이 싸고 있었다. 집들은 또 어떤가. 사람들은 뜨거운 물이 떨어진 개미집 개미들처럼 이리저리 놀라서 왔다 갔다 분주하기만 했다.

라마잔오울루의 일이 아주 잘되고 번창해서 도시와 부족을 발전시키고, 부자가 되었나 보다고 하이다르 우스타는 생각하고 있었다. 이렇게 생각할수록 마음속에 희망도 커졌다.

그는 말했다.

"정말 기쁘구나, 오스만. 명성이 대단한 라마잔오울루께서 이토록 발전하다니 기쁘지 않을 수 있겠느냐. 이렇게 크고, 부자인 부족이 우리에게 땅 한 조각 만들어주지 못하겠어?"

오스만은 그의 말을 존중했다. 오스만은 모든 것을 알고 있었다. 알고 있었지만 이 순간 그에게 아무것도 말할 수가 없었다. 삼십 년 동안 일하고 일해서 만든 검과 함께 오늘을 삼십 년이나 기다린 그였기에……

군중, 수많은 집들, 공원, 사람들을 둘러볼수록 하이다르 우스타의 얼굴이 환해졌다. 붉은 턱수염이 기쁨으로 떨렸다.

"괜찮은 사람을 찾아서 물어보자, 오스만. 이렇게 집이 많은데, 큰 궁전 같은 집들만 있고, 모두 하늘에서 온 궁전 같은 집들만 있으니 그 사이에서 위대한 라마잔오울루를 찾는 게 쉽지 않을 것 같구나. 누군가에게 물어보자."

검은 눈썹, 쓸어내린 수염, 곧은 줄무늬 옷을 입고, 가죽신을 반짝반짝하게 닦아 신은 젊은이가 그들 곁을 지나갔다. 교차로 입구에서 멈추어 서서 사람을 고르려고 하다가 오스만은 이 남자에게 다가갔다.

하이다르 우스타가 그를 불렀다.

"멈춰."

"그 남자가 내 눈에는 성이 안 찬다."

오스만은 정중하게 뒤로 물러섰다. 더 이상은 아무것에도 관여하지 않았다.

하이다르 우스타는 그곳 교차로 입구에, 말과 오스만을 데리고 그렇게 멈추어 서 있었다. 그는 바위산에 조각되어 있는 아주 오랜 옛날 히티트[43] 부족의 신을 닮아 있었다. 누구나 보면 탄성을 지르게 되고, 자기도 모르게 존경심을 갖게 만들었다. 아주 오래된 혈통답게 모든 것을 삼켜버린 이 복잡한 도시의 혈관을 의젓하게 돌았다.

머리카락이 여자처럼 길고, 바지가 다리에 꼭 달라붙고, 붉은 겉옷을 입은, 입술로 휘파람을 부는 한 젊은이가 그들 옆에 섰다. 그들과 말하고 싶은 눈치였다. 하이다르 우스타는 눈끝으로 그를 훑어보았다. 순진하고 깨끗한 얼굴이었다. 착한 아이 같았다. 이 사람에게 물어볼 수도 있을 것 같았지만 뭔가 거부감이 일었다. 이 아이는 여자도 아니고, 남자도 아니었다. 이 아이는 게이였다. 그 위대한 라마잔오울루를 게이에게 물어보면 안 되지, 하고 혼자 생각했다. 말이나 돼? 위대한 라마잔오울루를 아무에게나 물어보다니?

그는 한 노인을 보았다. 솰바르를 입고 있었고, 머리와 수염을 시커멓게 염색한 사람이었다. 이 사람 정도면, 염색만 아니라면, 하는 마음도 있기는 했지만 그래도 마음에 들었다. 노인은 수심이 가득한 얼굴이었다. 그런데 그 사람이 작은 자동차 앞에서 옥

275

수수를 파는 아이의 뺨을 후려치고 심하게 때렸다. 그 주위를 지나는 사람들은 아이를 때리는 남자를 조금도 말리지 않았다. 신경도 쓰지 않는 것 같았다. 하이다르 우스타는 이 상황을 목격하자 라마잔오울루에 대해 마음이 상했다. 그의 부족에서는 어른이 이렇게 아이를 때리는 것은 있을 수 없는 일이었다.

"안 돼."

하이다르 우스타가 말했다. 이렇게 사람답지 못하다니 안 되지. 그는 아이의 귀를 잡아당겨서 질질 끌고 가는 남자를 적군 바라보듯 쏘아보았다. 조금씩 희망이 사라지고 있었다. 명성이 자자한 라마잔오울루도 부자는 되었지만 뭐가 뭔지를 모르게 되었나 보다. 얼마나 많은 어른들이 이런 짓을 하는지 누가 알겠는가. 아무도 알 수 없는 일이다. 마차를 모는 사람은 말이 죽어라 박차를 가했다. 벌건 대낮에 그토록 많은 사람들 앞에서 여자 몸을 주물러대는 남자도 있었다. 여자들 중 절반은 허리까지 거의 벌거벗은 상태였다. 화가 난 한 남자는 알라와 코란에 욕을 해대며 지나갔다.

"망할 놈."

하이다르 우스타가 말했다. 그는 무척 화가 났다. '위대한 라마잔오울루 당신도 마찬가지야' 하는 말을 뱉을 뻔했지만 차마 말이 떨어지지 않았다. 백 년이나 된 부족에게 어떤 일이 닥쳤었는지 누가 알겠는가. 뮈슬림 코자만 보아도 예전에는 드높은 산의 독수리 같았지만, 나이가 들자 다 옛일처럼 되고 말았지 않은가. 나이 어린 아이들도 이기지 못하게 되었다. 그는 이 무시무시한 상황에서 도망치고만 싶었다. 그러나 손에 들고 있는 검을 떠올리고는 마음을 추스렸다. 한 가지 희망이 있다면 바로 이것이었다.

"세상은 바뀌는데, 우리만 그대로이구만."

그는 말했다. 이토록 많은 사람들이 있는데, 혼자서, 그것도 명성이 대단한 라마잔오울루와 어떻게 만난다는 말인가.

오스만은 멈추어 서서 아무 말도 하지 않고, 하이다르 우스타의 행동거지 하나하나를 놓치지 않고 지켜보고 있었다. 진심으로 그가 가엽게 느껴졌다.

정오가 되었다. 날은 꽤 더웠다. 하이다르 우스타는 이렇게 많은 사람들 가운데 라마잔오울루를 물어볼 그런 반듯하고, 인간적이며, 우호적이며, 타인에게 친근한 사람을 찾을 수가 없었다. 어느 누구 하나 성에 차지 않았다. 그는 왼쪽을 돌아다보았다. 갑자기 어떤 사람이 눈이 띄었다. 뚱뚱하고 수염을 기른, 어두운 갈색에다 큰 얼굴이, 어느 상점 안 계산대 점원 뒤에 앉아서 미소를 짓고 있었다. 미소를 지으며, 그들을 따뜻하고 겸손한 시선으로 바라보고 있었다.

하이다르 우스타가 오스만에게 그를 가리켰다.

"자, 저 사람이 그래도 마음에 든다. 저기 가게 주인 말야. 그 사람 얼굴에서는 그래도 사람 냄새가 난다. 그 사람에게 가서 물어보자."

오스만도 오래전부터 그 사람을 지켜보고 있었다. 그들은 넓은 길과 자동차, 사람들 무리, 마차들, 트럭들, 날리는 꽃씨들 사이를 지나 웃고 있는 그 사람에게 다가갔다. 이 사람은 그래도 사람같이 웃는다고 하이다르 우스타가 말했다.

"웃는 모습이 좋군요."

오스만이 말했다.

"안녕하시오."

자신감에 찬 두껍고 낮은 목소리로 하이다르 우스타가 말했다.

"내 이름은 하이다르 우스타요, 대장장이 가문의 마지막 전수자지요. 족장이나 파샤들에게 검을 만들어준다오. 어쩌면 내 이름을 들어보았을지 모르겠구랴."

키가 크고, 뼈대가 크고, 웃는 낯인 그가 몸을 일으키며 말했다.

"어서 오세요. 제 이름은 케렘 알리입니다. 어쩌면 아실지 모르겠군요."

"케렘 알리라……."

하이다르 우스타가 말했다.

"내게 그 유명한 라마잔오울루의 저택을 안내해주시오. 그분의 저택을 도저히 알 수가 없구만. 부족이 엄청나게 커졌어. 대단해, 대단해, 천 번 만 번 대단해."

케렘 알리가 물었다.

"어느 라마잔오울루를 말씀하시는 거지요?"

"부족장, 큰 부족장 말이야…… 그분에게 가는 거요."

"족장이 아주 많아요. 라마잔오울루라는 분은 모두 족장이에요. 어느 분을 말씀하시는지……."

"큰 부족……. 지금 이 부족이 누구 치하에 있든지, 그분을 만나야 하오."

케렘 알리는 씁쓸하게 수염을 움직이며 웃었다. 그리고 다시 물었다.

"뭘 하시려구요, 큰 부족장님과는요?"

"청이 하나 있네."

하이다르 우스타는 대답했다. 손에 쥐고 있던 검에 더욱 힘을 주었다.

케렘 알리는 순간적으로 모든 것을 알아차렸다. 그래서 뭔가 묘안을 짜보면서도, 한편으로는 마음이 아팠다. 무엇인가를 골똘히 생각하는 그의 얼굴은 슬픔에 차서 고통스러워 보였다.

하이다르 우스타의 얼굴에도 걱정스러움이 비쳤다.

"아니면 그 대단하신 부족장님이 돌아가시기라도 한 건가? 우리가 그걸 몰랐다는 건가?"

케렘 알리는 고개를 저으며 말했다.

"그래요. 부족장님이 돌아가신 지 백 년이 되었어요. 위대한 부족장님."

"그렇다면 장관의 저택이라도 내게 안내해주게."

하이다르 우스타가 말했다.

"그 사람 자리에 올라간 사람이 누구든……."

"그분을 대신하는 사람은 아무도 없어요."

하이다르 우스타가 성을 냈다.

"나하고 장난하는 건가. 라마잔오울루의 자리가 어찌 비어 있을 수 있단 말인가."

"그래요."

케렘 알리가 대답했다.

"그렇게 되었어요, 그러나…… 맞는 말씀이에요. 그러나…… 부족이 아주 많아요, 어르신을 누구에게 보내야 할지 모르겠군요?"

그의 머리에 갑자기 휘르쉬트 부족이 떠올랐다.

"어르신을 위대한 휘르쉬트 부족으로 안내해야겠군요. 휘르쉬트 족장님이 당신을 맞이하셔서, 청을 들어주실 거예요."

옆에 있던 젊은이에게 돌아보며 말했다.

"이분들을 휘르쉬트 족장님 댁에 모셔다 드리고 와라."

"고맙소."

하이다르 우스타가 대답했다.

젊은이는 그들의 앞에서 걸었다. 정원들, 집들, 긴 궁전들을 지나갔다. 어느 정원의 중간에 있는 조그만 집에 도착했다. 젊은이가 말했다.

"자, 여기가 휘르쉬트 족장님의 집이에요."

"라마잔오울루 말인가?"

하이다르 우스타가 물었다.

"이게 족장님의 저택이란 말인가?"

이렇게 조그만 집이 그의 눈에 찰 리가 없었다. 이와 비슷한 집들은 주변에도 엄청나게 많이 있었다. 하이다르 우스타는 호기심을 이기지 못하고 물었다.

"이 많은 집이 다 그분 집이란 말인가?"

젊은이가 대답했다.

"그건 다른 사람집이에요. 단지 이 집만 라마잔오울루 휘르쉬트 족장님 댁이지요."

"뭔가 잘못된 것 아닌가."

하이다르 우스타가 말했다.

"뭔가 잘못되었어. 미안하네."

젊은이는 "문을 두드리세요" 하더니 초인종을 가리켰다. 그러더니 급하게 사라져버렸다.

오스만이 문을 두드렸다. 여자아이가 나왔다. 하이다르 우스타는 이것을 보고 더더욱 놀랐다. 이게 무슨 말이란 말인가, 위대한 족장의 문을 어떻게 아이가 열어줄 수 있다는 말인가? 군인들, 사람들, 보초병들은 모두 어디에 있단 말인가?

그는 뭔가 의심하는 빛으로 오스만의 귀에 대고 말했다.

"오스만, 우리를 잘못 데리고 온 것 아니야?"

"곧 물어볼게요."

오스만이 대답했다.

"여보세요, 여기가 라마잔오울루 저택 맞습니까?"

"그 저명한" 하고 하이다르 우스타가 덧붙였다.

"휘르쉬트 족장님."

여자아이가 대답했다.

"아, 우리가 그분을 찾고 있었소."

하이다르 우스타가 대답했다.

"족장님께 전해주시오, 대장장이 가문의 후계자 하이다르 우스타가 왔다고요. 그 저명한 라마잔오울루를 만나고 싶어한다고 전하시오, 우리는 신의 사자로서……."

아이는 뛰어들어가더니 잠시 후에 다시 나와 문을 열어주었다.

"들어오시랍니다."

하이다르 우스타가 말을 오스만에게 주었다. 옷매무새를 다듬었다. 꼿꼿하게 저택으로 걸어 들어갔다. 손에 쥐고 있는 검이 희망이었다. 검은 멀쩡했다.

아이가 방문을 열었다. 방에는 책상머리에 머리가 벗겨지고, 얼굴이 파리하고, 조그맣고, 나이가 많은, 턱수염도 콧수염도 없는 한 남자가 앉아 있었다. 다시 하이다르 우스타의 머릿속에 번개같이 스치는 뭔가가 있었다. 뭔가 잘못된 것 아닌가. 방도 조그마했다. 아주 작았다. 바닥에는 오래된 양탄자가 깔려 있었다. 책상 위에는 책들, 펜들, 흩어져 어수선한 종이들…… 이번에는 벽을 보았다. 벽마다 책장이 가득 벽을 메우고 있었다. 이렇게 많은 책들을 보자 하이다르 우스타의 마음속에 신뢰감이 생겼다. 방문 앞에 멈추어 서서, "이렇게 묻는 것이 실례기는 하지만, 그 저명한 라마잔오울루가 당신이십니까?" 하고 물었다.

휘르쉬트 족장은 무겁고, 피곤한 듯 두 눈 밑이 부어 있었다. 그가 고개를 들더니, 다 죽어가는 목소리로 대답했다.

"그렇소만."

하이다르 우스타는 한 걸음 앞으로 나갔다. 오른쪽 무릎을 땅에 대고 알현하는 자세를 취했다.

"일어나서, 이리로 앉으시오" 하고 휘르쉬트 족장이 소파를 가리켰다.

하이다르 우스타가 뒤로 물러서서 정중하고 예의 바르게 소파의 끝 쪽으로 앉았다.

휘르쉬트 족장이 말했다.

"편하게 앉으십시오."

겸손한 목소리였다.

이 사람이 족장일 리가 없다. 족장처럼 힘 있는 목소리가 아니지 않은가. 족장처럼 말하지도 않는다.

하이다르 우스타가 검을 무릎 위에 올려놓았다. 두 손도 검 위에 포개어놓았다. 그는 숱이 많은 눈썹을 들어 의심이 가득한 연둣빛 눈동자로 족장의 눈을 쏘아보았다.

"여쭈어보는 것이 실례가 되겠습니다만 진정으로 당신이 그 저명한 라마잔오울루이십니까?" 하고 땅바닥으로 앉으면서 물었다.

"그렇소이다."

휘르쉬트 족장이 답했다.

하이다르 우스타가 설명을 하기 시작했다. 추쿠로바 사람들과 정부, 헌병대, 숲지기 때문에 유목민들이 겪은 모든 고충, 폭력과 공격으로 자기들이 겪은 모든 고생, 겨울터와 목초지를 어떻게 빼앗겼는지를 모두 털어놓았다. 그가 말을 할 때마다 휘르쉬트 족장은 "특이하구만, 특이해" 하면서 그가 말하는 것을 마치 기계처럼 앞에 놓인 종이에 적고 있었다. 말을 전부 옮겨 적는 것이 하이다르 우스타는 마음에 들었다. 자신에게 이렇게 관심을 가져주는 것이 기뻤다. 하늘은 스스로 돕는 자를 돕는다, 인과응보라는 말이 떠올랐다. 길은 막히지 않고, 근본은 바뀌지 않는다. 자기 입에서 흘러나오는 말을 곧장 받아 적고 있다는 것에 하이다르 우스타는 놀라서 말을 더듬었지만 시간이 지나자 모든 것을 잊고 스스로를 고통과 흥분, 희망 속으로 몰아넣었다.

"이것을 아서야 합니다, 족장님" 하더니 목소리를 깔면서 "그 저명하고 위대한 라마잔오울루께서 거대한 검을 우리 가마에서 조달하셨습니다, 천 년 동안이나 말이지요" 하면서 자신을 칭찬했다.

"우리는 천 년 동안 저명하신 라마잔오울루 부족을 위해 검을 만들었지요⋯⋯."

"특이하군, 특이해."

하이다르 우스타는 이 특이하다는 단어가 어떤 뜻인지는 잘 모르겠지만 뭔가 좋은 뜻이라는 것을 느끼고 있었다. 이 족장들의 아주 오래전부터 내려온 습관이리라. 이들은 항상 이해하기

어려운 말들로 이야기했다. 이해하기 어려운 소리를 하는 것은
족장들의 위대함 때문이다.

"자, 그렇게 되었습니다."

하이다르 우스타가 말했다.

"이것보다 백 년 전에 체비 부족의 대장장이인 뤼스템 우스타
가…… 뤼스템 우스타는 우리같이 가마로 굽는 대장장이가 아니
지요. 근본은 대장장이가 아닙니다. 나중에 배운 사람입니다. 조
수부터 시작해서 대장장이가 되었는데……."

"특이하군, 특이해."

"그런데 이 뤼스템 우스타가 검 하나를 만드는 데 십오 년 일
하고는…… 검을 파디샤에게 가져가니 파디샤께서 검을 보시고
는 반하셨다지요. '말해보거라, 뭘 원하든, 뤼스템 우스타' 했다
지요…… 뤼스템 우스타는 무릎을 꿇고, '당신의 무탈함을 빕니
다, 파디샤' 했답니다. 파디샤가 그랬다지요. '나의 무탈함이 네
게 무슨 득이 되겠느냐, 다른 소원을 말해보거라.' 뤼스템은 부
끄러워하면서, '그 검의 대가로 아무것도 원할 수가 없습니다.
검에 대한 대가는 없습니다.' 파디샤가 명령했답니다. '무슨 말
인지 알아들었는데, 그 검에 가격을 매길 수가 없구나. 내게 원
하는 건 모두 말해보거라.' 뤼스템 우스타가 말했지요, '나의 파
디샤시여, 우리에게 겨울을 보낼 땅이 필요합니다. 정착민들이
우리를 몰아내고 있어요' 했습지요. 파디샤께서 말씀하기를, '이
것은 칙령이다. 가거라. 내가 네 부족에게 힘을 실어주겠다'라고
말했습니다."

"특이해, 특이해."

"이제는 파디샤가 없다고 사람들은 말합니다. 하지만 당신이

계십니다. 저명하고 위대한 라마잔오울루, 우리 족장이시여, 당신은 우리의 아버지십니다. 우리 조상과 혈통, 전통이십니다. 라마잔오울루시여, 우리는 모두 함께 호라산에서 왔습니다. 당신을 찾아왔습니다. 당신에게 청이 있사옵니다."

그의 목소리가 높아지고 이마에는 송글송글 땀이 맺혔다.

"우리를 이렇게 만들었습니다. 이 추쿠로바에 아무도 없는 줄 알고 그러시는 겁니까? 우리의 인간적 가치를, 아들과 딸들을, 용맹함을, 관습과 아름다움을, 깨끗함과 정조를 모두 빼앗아 짓밟아버렸습니다. 우리를 묵살해버렸습니다. 우리에게 그 고생을 시켰어요. 우리가 당신이고, 당신은 우리입니다, 라마잔오울루시여, 위대하신 분이시여. 우리에게 한 짓을 당신에게 하지 않으리라 생각하십니까? 당신은 우리의 어른이시고, 보호자가 아니십니까? 고충을 토로할 분이 당신뿐이라는 것을 알고 계시지 않습니까? 우리 고통을 알아주시어, 우리 종족 말살을 막아주십시오, 라마잔오울루시여."

"특이해, 특이해…… 특이해."

"자, 그렇습니다. 자, 위대하신 족장님, 저는 삼십 년 동안 검을 만들었습니다. 삼십 년…… 뤼스템 우스타와는 비교할 수 없는…… 우리가 정통입니다. 우리 검을 차지 않고는……."

그는 얼굴이 붉어지고, 부끄러웠지만 조금 더 용기를 내기 위해 자신을 채찍질했다.

"우리 검을 차지 않고는 저 멀리 호라산에서부터 오늘날에 이르기까지 파디샤도, 족장도 될 수가 없었지요. 저는 삼십 년 동안 일을 했고, 이 검을, 꼭 삼십 년 동안 만들어서 당신에게 가져왔습니다. 땅이라고는 조금도 없어요. 발을 디딜 땅 하나 때문에 인간적 가치며 명예며, 모두 빼앗겼습니다. 이렇게 큰 나라에 우리가 갈 곳이 없어요. 평원은 바라지도 않습니다. 라마잔오울루…… 단지 발이라도 디딜 정도의 땅이면…… 저는 이 검을 삼십 년 만들어서 자수를 새기고, 도금을 해서 완성했습니다. 호르줌르 샤[44]가 계셨더라면 이 검을 만든 사람에게 나라라도 하사했을 겁니다. 오스만 왕조 사람들이 피가 썩었다 해도 나라를 주었을 겁니다. 이 검을 사람의 명예를 위해…….”

“특이하군, 특이해…… 이 정도인지는 몰랐군.”

“아셔야 합니다” 하고 하이다르 우스타가 목소리를 깔았다.

“아셔야 합니다. 아셔야 해요. 라마잔 사람들과, 오스만 사람들은 우리에게 조카뻘이 됩니다, 우리를 끝내버릴 거예요.”

“특이하군, 특이해…….”

“우리가 사라지고, 소멸되는 것은 당신들도 사라지게 되는 것 아닙니까? 이 거대하고 태양처럼 빛나는 도시, 재산과 재물만 너무 믿지 마십시오. 당신은 꽤 겸손한 족장이신 듯한데, 그래도 이 도시와 세상을 너무 믿지 마십시오. 세상에서 당신을 살게 만드는 건 도시가 아니요, 재산도 재물도 아니요, 바로 부족 사람들이란 말입니다. 아이고, 저명하고 위대하신 라마잔오울루시여, 부족민의 운명이 당신 손에 달려 있습니다…… 그걸 그 누구도 부정할 수는 없어요…… 고충을 해결해주려고 하지 않아요, 조상들이…… 당신은 우리를 버렸소, 그렇게 보이는구료, 당신은 재산과 재물에 빠져버렸어요…… 재산과 재물만 좇다 보면 끝이 없어요, 라마잔오울루.”

“특이하군, 특이해…… 일이 이렇게까지 되었는지는 정말 몰랐는걸.”

"제발, 알아두십시오."

다시 하이다르 우스타가 승리감에 불타 목소리에 힘을 주었다.

"아서야 합니다. 아서야 해요. 여기 오기를 잘한 것 같군요, 우리가 어떤 상황인지, 무엇을 겪었는지를 모두 말했어요. 죄송합니다, 족장님, 저를 용서해주십시오. 당신에게 조언을 할 입장은 아니지만 당신에게도 책임이 있어요. 사람이 어찌 자기 식솔, 부족민들에게 이토록 무심할 수가 있다는 말입니까? 우리 식구들이 어찌 되었는지, 어떻게 살고 있는지, 좀 물어야 하는 것 아닙니까? 부족이 이렇게 지탱이 되리라 생각했단 말입니까? 안될 말이에요. 이렇게 가다가는 망해서 끝나요. 이 도시에서 좀 나와보세요, 어떤 일이 벌어지고 있는지 좀 보시란 말예요. 그래요, 당신 도시는 커진 것 같습디다. 집집마다 전부 궁전 같기만 하군요. 그러나 인간애라는 건 남아 있지를 않아요. 사람들이 망가지고 있어요. 저 말고는 아무도, 산같이 커다란 어른이 피골이 상접한 어린아이를 때린다는 것이나 사람들이 그냥 멀뚱멀뚱 그 장면을 보기만 한다는 것을 고한 자가 없단 말인지?"

"아무도 없었소."

휘르쉬트 족장이 말했다. 웃는 것 같기도 하고, 울 것 같기도 한 그런 얼굴이었다.

"그럼, 제가 말씀드리지요. 여기에서 당신을 알현하는 이 자리에서 말하겠습니다. 어른이 아이들을 때리고, 다른 사람들은 멀거니 바라보기만 하는 이 나라는 썩어빠진 나라예요, 망한 나라라구요."

"특이하군, 특이해……."

하이다르 우스타가 자리에서 일어났다. 검을 허리춤에서 뽑아서 그에게 내밀었다.

"자, 이걸 보세요, 족장님. 꼭 삼십 년을…… 파디샤가 뤼스템 우스타에게 그러셨어요…… '세상에, 눈부신 검이구나, 내게 뭐든 말해보거라' 했다지요…… 뤼스템 우스타는 그런데 그 검을 만드는 데 십오 년 걸렸다고 합니다. 그는 정통 후계자도 아닙니다. 저는 삼십 년 걸려서 만들었어요. 저야말로 정통입니다. 정통 후계자입니다. 파디샤가 칙령을 선포하기를, '아이든 땅이 네 것이다'라고요. 그래서 나도 당신을 찾아온 것입니다, 저명하시고 위대하신 라마잔오울루시여…… 받으십시오."

휘르쉬트 족장은 검을 받아서 오래오래 바라보았다. 황홀함 그 자체였다. 하이다르 우스타는 그의 얼굴에 번져가는 황홀함을 지켜보면서, 자신도 끝없는 기쁨에 빠져들었다 나오기를 반복했다.

휘르쉬트 족장은 검을 오래오래 훑어보더니 입을 열었다. 그가 말을 듣고 있는 동안 하이다르 우스타의 머리가 핑 돌기 시작했다. 세상이 돌아서 방의 벽들이 하나가 되었다가 열리고, 천장이 내렸다 올라갔다 했다. 두 눈 앞에 칠흑 같은 어둠이 덮쳤다가 또 눈부신 불빛이 쏟아졌다…… 터졌다가, 열렸다가, 어두워지곤 했다.

휘르쉬트 족장은 오랜 이야기를 마친 후 깊은 한숨을 내쉬었다.

"일이 그렇게 되었습니다. 하이다르 우스타. 투르크멘의 원로이신 하이다르 우스타, 그렇습니다. 우리도 손발이 잘린 상태지요. 이렇듯 세상을 돼먹지 못하게 만들었어요. 자, 그렇소이다. 이 커다란 도시도 지금 우리 것이 아니에요. 부자들과 지주들,

카이세리 사람들 것이지요. 모두 그 사람들 것이에요."

그는 하이다르 우스타에게 지주들, 카이세리 사람들, 땅, 공장 주인에 대해서 설명해주었다. 이름들도 알려주었다.

한 손이 하이다르 우스타의 목을 잡아 조르고 있었다. 아무도 눈치채지 못한 사이 두 손이 턱수염에 가서 붙어 있었다. 하이다르 우스타는 두 손과, 턱수염, 두 눈, 머리, 발로 채찍이 내려치는 것처럼 느끼고 있었다. 그는 몸을 떨었다. 피와 땀에 절었다. 마침내 자리에서 일어났다.

"그리고 보니 당신들이 우리보다 더 안 좋은 상태군요, 라마잔오울루. 그렇단 말이지요? 그러니까 당신들도 우리같이 갈 곳도, 검을 찰 허리도, 친구도, 충고를 해줄 누군가도 남아 있지 않다는 거군요. 당신들을 우리보다 더, 먼저 죽였단 말이군요, 하? 그렇지 않소? 라마잔오울루?"

"그렇소."

휘르쉬트 족장이 말했다. 하이다르 우스타의 패배감과 고통이 그를 가두고 태우는 것 같았다.

"지주들, 부자들, 상인들…… 모두 그 사람들이 장악했어요. 그 사람들은 돈만 아는 사람들이에요. 그들의 알라는 돈이지요. 특이해요, 특이해. 아주 특이해요……."

이제 하이다르 우스타에게 특이하다는 단어의 매력은 사라진 지 오래였다. 손을 떨면서 검을 다시 거푸집에 집어넣었다. 아이처럼 포옹을 하고, 상처를 줄까 우려하면서 휘르쉬트 씨에게 한두 걸음 나아갔다. 오른쪽 무릎을 땅에 대고, 오른쪽 손을 가슴에 댔다. 고개를 숙여, 정중히 인사를 하고 자리에서 일어났다. 뒤로 물러서 나오면서 죽어갈 듯한 목소리를 말했다.

"무탈하십시오, 저명하시고 위대하신 라마잔오울루시여."

목소리에서 자조적인 느낌이 번져나왔다.

그러니 모든 게 변하고, 사라진 빈자리를 새롭디새로운 것들, 우리가 이해 못 하는, 알 수 없는 폭력이 메우고 있다고 하이다르 우스타는 생각했다. 그러니까 죽는 자는 죽는 것이다. 우리를 죽음에서 구해줄 사람은 아무도 없다. 우리도 라마잔오울루처럼 죽게 된다. 그러니까 우리 다음 세대들은 이렇게 라마잔오울루처럼 한 뼘 정도 되는 방에서 올빼미처럼 살아야 한다. 특이하군, 특이해라는 말 빼고는 다른 말도 할 줄 모르고, 좁아터진 방한 칸에서 사는 꼴이라니. 저명하고 위대하신 라마잔오울루를 찾기를 잘하긴 했어. 아무도 이 정도까지는 못 찾아냈을 거야. 그는 한동안 아무것도 생각하지 않았다.

오스만이 곁으로 다가왔지만 그는 쳐다보지도 않았다. 주변은 쳐다보지도 않고 흔들흔들 걷고 있었다. 검을 그의 가슴 속에 집어넣었다. 오스만은 안에서 무슨 일이 있었는지 대충은 알고 있었다. 그들은 도시의 중심을 향해서 걸었다. 어디로 가는지도, 가야 할지도 모르는 채 도시 한가운데로 걸어 들어갔다.

걸을수록 하이다르 우스타는 정신이 들었다. 새롭게 이런저런 생각들이 밀려들었다.

뭐라고 했지, 흥? 뭐라고 했었지, 그 저명하시고 위대하신 라마잔오울루께서? 시체…… 모든 게…… 모든 게…… 지주들…… 족장들은 죽었어. 폭력…… 지주들, 망할 놈들…… 그럼 테미르 지주는? 그럼 델리 메멧 지주는? 한 사람 한 사람 모두 명문 부족이잖아, 그렇게 말하지 않았던가? 그 능력, 자비로움, 그리고 인간적인 면에서…… 테미르 지주는 오래전에는 쿠르드족이었다고 했지, 추쿠로바에 와서 지주가 되었다고 했어. 누군가의 칙령 때문에 땅을 소유하게 되었다고 했어. 그것도 억지로.

하이다르 우스타의 얼굴이 조금씩 밝아지고 있었다. 오스만은 이것을 놓치지 않았다. 조금 전 라마잔오울루의 집에서 나왔을 때는 그가 죽을지도 모른다는 생각이 들어 두려운 마음이 들었었다.

"오스만, 다시 좋은 사람을 찾아가보자. 왜, 그 이름이 우리 식구들 이름인……."

"가지요."

오스만이 대답했다.

그들은 오후 간식 때를 지날 때쯤 케렘 알리에게로 왔다. 케렘 알리는 이 붉은 수염의 거인을 보자 마음속으로 반가웠다. 그는 웃으며 말을 건네왔다.

"에에에, 그 저명하고 위대하신 라마잔오울루는 만나셨습니까?"

하이다르 우스타가 잠에서 깨어난 듯 화난 듯한 목소리로 대답했다.

"만났지. 그 사람하고 말을 해보았지. 자넨 나에게 한 번 더 선행을 베풀어야겠어."

그는 휘르쉬트 족장에게 전혀 마음이 상한 것은 아니지만 라마잔오울루 같은 라마잔오울루가 나와서 자기가 만든 검을 좀 보자고 하지 않은 것에 화가 나 있었다. 결국은 그가 원하지도 않았는데 그 사람 앞에 바쳤던 것이다. 휘르쉬트 족장은 그 검을 보고 무척 황홀해했다. 두 눈이 개구리 눈알처럼 휘둥그레졌다. 검을 바라볼수록 두 눈이 더욱더 밖으로 튀어나왔다. 하이다르 우스타는 좋은 사람이니 케렘 알리에게 이 아름다운 검을 보여줄까 생각했다.

"물론이지요. 명령만 하세요."

케렘 알리가 대답했다.

"고맙소. 자넨 내게 테미르 지주의 집을 좀 알려주게. 그 사람를 만나야겠어. 이 검을 내가 만들었어. 꼭 삼십 년이 걸렸지."

하이다르 우스타는 빠르고 빠르게, 모든 단어를 하나하나 빠뜨리지 않도록 노력하면서 말했다.

"우리 가마의 후계자로서……. 호라산에서 지금까지…… 왕들, 파디샤들, 용맹한 독수리 같은 부족들 모두에게 우리 가마에서 구운 검들을 조달했지. 체비 부족 대장장이 뤼스템 우스타도 십오 년 동안 검을 만들었다네. 그는 가마 후계자도 아니지. 정통이 아니란 말일세, 사이비로 배운 사람이야……. 그가 파디샤에게 검을 가져가서…… 파디샤가 검을 보자 혀가 목까지 빠졌다는 거야. 얼마나 반했는지…… 뭐든 소원을 들어주겠다고 했다네……."

그는 검을 빼서 케렘 알리에게 주었다.

"한 방울 물처럼 대낮에도 빛이 나네. 새벽의 물 한 방울처럼, 빛이 날 거야. 만 년에 한 번 날까 말까 한 검이야…… 자, 봐, 보라고. 자넨 좋은 사람이니…… 만져도 좋아. 괜찮을 거야. 가지고 가서 보라고, 봐."

붉은 턱수염이 흥분에 차 떨리고 있었다.

케렘 알리는 검을 보자 너무나 황홀한 나머지 그 자리에서 그대로 숨이 막힐 지경이었다. 두 눈을 그 아름다움에서 뗄 수가 없었다. 그는 한 번 보았다. 또 한 번 보았다. 볼수록 자꾸 보게 되었다. 이리 돌리고 저리 돌리면서 계속 바라보았다. 모든 곳에 각각 다른 아름다움이 배어 있었다.

그들 주변으로 사람들이 모여들었다. 검을 본 사람들은 놀라서 어쩔 줄을 몰랐다. 찬양들, 기쁨, 검을 하늘로 높이 올려보는 사람들…… 하이다르 우스타는 사람들의 기쁨과 환호 속에서 형언할 수 없는 기쁨을 맛보았다. 기뻐서 날아갈 것만 같았다. 군중들은 갈수록 불었다.

결국 케렘 알리는, 순수한 사람만이 할 수 있는 자비로운 칭송과 찬양과 함께 검을 하이다르 우스타에게 다시 돌려주었다.

"십만 년이 지나도 이보다 멋진 검은 나오기 힘들 겁니다. 대단하십니다."

하이다르 우스타가 검을 거푸집에 집어넣으며, "나를 테미르 지주에게 데려다주게" 하고 말했다.

케렘 알리가 말했다.

"테미르 지주는 돌아가신 지가 꽤 되었어요. 아주 오래전이지요."

"델리 메멧 지주는?"

"그분도 돌아가셨어요."

케렘 알리가 대답했다.

"아들들은 없나? 그 사람들 말고 다른 지주는 없나?"

"아들은 생각지도 마세요."

케렘 알리가 대답했다.

"하십 씨를 찾아가보세요. 하십 씨도 당신들과 같은 출신이에요. 유목민이지요. 아마 도와줄지도 몰라요."

"우리는 라마잔 사람들과 오스만 사람들하고는 같은 가문이지. 하십 씨는 어디 출신이지?"

"거기까지는 모르겠네요. 그러나 유목민인 건 확실해요. 아다나에서도 가장 부자 지주지요. 유레이르에서 지중해까지 모두 그 사람 것이에요."

"아마도 유레이르 출신일지 모르겠군."

"어쩌면요."

케렘 알리가 대답했다.

"그분을 만나보시는 게 좋겠어요."

"알았네."

하이다르 우스타는 대답을 하고 나서야 정신이 들었다.

"그 사람에게 한번 가보지. 그 사람이 유목민 출신에다가, 유레이르 출신라면 도리는 좀 아는 사람이겠구만."

"그럴 겁니다."

케렘 알리가 대답했다. 그는 곁에 있는 젊은이를 돌아보면서 말했다.

"번거롭겠지만 이 노인을 이번엔 하십 씨에게 모셔다드리게."

젊은이가 앞장을 섰다. 그들은 하십 씨의 집에 도착했다. 하이다르 우스타는 그의 집을 보자 마음속으로 '그렇지, 저택이라는 게, 궁전이라는 게, 이렇게 생긴 것이겠지' 했다. 집은 넓은 정원 한가운데에 큰 광장처럼 퍼져서 큼직하고, 도금과 색색의 칠과 자수로 장식되어 있었다.

"마법의 성 같다."

하이다르 우스타가 말했다. 마법의 성. 색칠과 귀감람석 때문에 그렇게 보였다. 칠과 진주 산호로 만들어진 저택이었다. 지주든, 파샤든, 파디샤는 이렇게 살아야 한다. 그 라마잔오울루라는 놈은……. 그는 분해서 어쩔 줄을 몰라하며 열을 냈다. 진정으로, 진짜로 저명하시고 위대하신 라마잔오울루는 죽은 것 같다. 그렇다고 화를 낼 권리도 없단 말인가? 궁전을 보자 라마잔오울루가 죽고 그 자리에 이 사람들이 왔다는 것을 확연히 알 수 있었다. 마음속에서 기쁨이 다시 고개를 들고, 희망이 샘솟았다. 이 궁전의 주인, 테미르 지주의 아들 하십 씨는 손에 있는 물방울 검을 꼭 받을 것이다. 그리고 하이다르 우스타에게 소원이 뭐든 들어주겠다고 할 것이다……. 당신의 건강을 빌겠습니다, 술탄이시여, 영웅이시여, 위대한 조상이시여……. 나의 건강이 자네에게 무슨 득이 된다는 말인가, 뭐든 소원을 말해보게……. 한 뼘이라도 땅을 주신다면, 땅을, 땅을…… 우리는 이 검을 천 년, 만 년 동안이나 만들었습니다…… 만 년 동안 더 만들 겁니다. 세상은 이렇게 아름다움이 시들어가는군요…… 귀하고 가치를 아는 사람들이 이 세상에서 단 한순간도 사라지지 않을 겁니다. 그렇지요, 자 이렇게 저명하시고 위대하신 하십 나으리, 라마잔오울루께서 매우 화가 나셔서 당신을 욕보이셨습니다. 그분을 용서해주십시오. 당신도 사람을 죽이고 그 자리를 차지하셨다 들었습니다. 그분을 용서해주십시오…… 검을 꺼내서 한번 보자고도 말씀하지 않으셨습니다…… 그렇지요, 말씀도 안 꺼내셨어요. 제가 검을 꺼내서 보여드리지 않았다면 이 검을 보지도 못하셨을 겁니다. 자, 저명하시고 위대하신 하십 나으리, 자 그렇게 된 거지요…….

붉은 기운이 더 많아지고, 번들거리고 구불거리는 긴 턱수염, 복슬복슬한 눈썹, 찢어진 연둣빛 두 눈, 금빛 가죽 머릿수건, 손에는 검을 쥔 그가 머리부터 발끝까지 오스만을 보고 미소를 지었다.

케렘 알리의 심부름꾼이 하십 씨의 문을 열었다. "누가 나오면 하십 씨를 보러 왔다 하세요" 하고, 그곳에서 사라졌다.

하이다르 우스타는 꼿꼿하게 앞에 서서, 손에는 검을 쥐고, 오스만은 뒤에 서서 문을 향해 걸어갔다.

저택의 문이 열렸다. 정원 문으로 하이다르 우스타와 오스만이 멈추어 선 곳에 금실 은실로 장식한 산뜻한 옷을 입은 집사가 나왔다. 뻣뻣하기가 이를 데 없었다.

"원하시는 게 뭡니까?"

목소리도 차갑고, 도도했다. 하이다르 우스타는 이런 목소리조차 마음에 들었다. 족장, 지주의 집사라면 목소리도 저렇게 내야 하는 것이었다.

그는 명랑하고 밝은 목소리로 물었다.

"하십 나으리가 댁에 계십니까? 집에 계시면 그분에게 일러주시오. 유목민의 원로이고, 대장장이 가문의 후계자인 하이다르 우스타가 신의 사자로서 그분을 만나고 싶어한다고 전해주시오. 유목민 원로, 대장장이, 순수한 검을 만드는 장인…… 하이다르 우스타…… 만 년 동안 단 한 자루 검만을 만들고, 왕과 파디샤에게만 검을 만들었다고……."

그렇지…… 족장이라면, 파샤, 왕, 술탄이라면 이 정도는 되어야지. 그래, 이렇게…… 아이구, 라마잔오울루의 꼴이라니, 아이구……. 집사는 아무 말도 하지 않고 금세 집으로 들어가버리더니 안으로 들어가면서 문을 뒤에서 닫아버렸다.

하십 씨는 창문으로 이 이상한 사람을 바라보고 있었다. 손에 검을 들고, 머리에 두건을 두르고, 가죽신을 신은 이 사람이 자기를 왜 찾는지 궁금했다. 이 사람도 역시 옛날 히티트 혈통에서 얼마 남지 않은 유목민 친척인가 하는 생각이 들었다. 이 생각이 들자 화가 났다. 지구상에 남은 수많은 유목민들이 몇 년 동안 자기를 친척이라며 줄줄이 찾아오고 있었다.

그가 집사에게 명령했다.

"가서 물어봐, 나를 왜 만나고자 하는지? 친척이나 뭐라도 된다는 거야? 물어봐."

집사가 왔다. 하십 씨가 물어본 질문을 하이다르 우스타에게 되물었다.

하이다르 우스타가 대답했다.

"우리는 친척은 아닙니다. 우리는 유레이르 사람들하고는 친척이 될 수 없지요. 저희는 라마잔 출신이나 오스만 사람들이 친척이 됩니다. 우리는 그분의 명성을 듣고 찾아왔습니다. 저는 하이다르 우스타라고 불립니다……. 체비 우스타인 뤼스템, 그것도 정통도 아닌…… 십오 년에…… 우리 가마에서는 만 년……."

그는 하나하나 꼼꼼히 따져가며, 모든 것을 한 번 더 한 번 더 설명해주었다. 집사는 반은 이해하고 반은 이해하지 못했다. 그가 하십 씨에게 돌아왔다.

"나으리하고 친척은 아니랍니다. 그 사람들은 라마잔 출신하고, 오스만 사람들하고 친척이랍니다. 이 사람이 정통 후계자랍니다. 천 년 동안 단 한 자루만 검을 만든답니다……. 그것을 드리겠답니다. 그 대신 무슨 소원이든 들어주셔야 한답니다……."

하십 씨가 웃었다. 한 손을 바지의 오른쪽 주머니에 넣었다. 거기에서 한 묶음 돈을 꺼내서 십 리라짜리 두 장을 집사에게 주었다.

"이 돈을 가져가서 노인에게 주거라. 하십 씨는 검이고 뭐고 관심 없다고 말하거라."

하이다르 우스타는 숨을 멈추고 문만 바라보면서 집사가 나올 때만을 기다리고 있었다. 집사가 나왔다. 아무 말도 하지 않고 십 리라 두 장을 하이다르 우스타에게 건네며 말했다.

"나으리가 검이고 뭐고 싫다십니다. 이 돈을 드릴 테니 가라고 하셨어요."

하이다르 우스타는 머리가 텅 비는 것만 같았다. 집사가 자신에게 내미는 돈을 받아 들었다. 그 순간 집사는 뒤를 돌더니 곧장 집으로 들어갔다. 집으로 들어가는 그 순간 문이 쾅하고 닫혔다.

뭔가에 부딪치기라도 한 것처럼 하이다르 우스타는 비틀거리고, 비틀거리고, 또 비틀거렸다. 손에 들려 있던 지폐가 손가락 사이에서 미끄러졌다. 세차게 부는 서풍이 종잇조각을 쓸어가버렸다. 돈은 길 여기저기로, 정원 여기저기로 날리고 있었다.

오스만은 우스타의 팔짱을 끼었다. 우스타의 다리가 풀렸다. 골목들, 큰 길들, 집들을 지났다. 정원들도 지났다. 하이다르 우스타의 눈에는 이제 아무것도 보이지 않았다. 어느 가게 앞을 지날 때 오스만이 빵과 헬바[45]를 샀다. 날이 질 무렵 그들은 세이한 강가에 당도했다. 하이다르 우스타가 몸을 숙이더니 물을 한 모금 마셨다. 얼굴도 시원하게 씻었다. 꿈이라도 꾸었나? 꿈에서 조금씩 깨어나고 있었다.

"배가 고프구나, 오스만" 하고 그가 말했다.

오스만이 신문지를 바닥에 깔고, 빵과 헬바를 위에 놓았다. 두 사람은 먹기 시작했다. 하이다르 우스타가 맛있게, 급하게 음식을 먹어치웠다. 저녁 무렵 마지막 햇살이 턱수염을 따사롭게 어루만지고 있었다. 그는 생각에 잠기더니 갑자기 오스만을 향해 말했다.

"불이 난 그날 마을 사람들이 우리에게 총질을 했잖아. 아침이 되어도 손자 녀석 케렘이 나타나지 않았어. 그 이후에도 전혀 보이지 않았구. 아이에게 무슨 일이 생긴 건 아닐까?"

오스만이 대답했다.

"애들에게 무슨 짓을 하지는 않았을 거예요. 무서워서 도망쳤겠지요. 이틀 후쯤이면 부족을 찾아낼 거예요."

"그렇겠지."

하이다르 우스타가 말했다.

"그 케렘 알리라는 사람, 정말 괜찮은 사람이야. 그렇지 않나, 오스만? 정말 좋은 단 한 사람이네. 정말 사람답게 웃잖아, 정을 아는 사람이야."

오스만이 대답했다.

"그래요."

하이다르 우스타가 대답했다.

"모든 게 끝이야, 모든 게 변하고, 망가졌어. 길이고, 방향이고 다 변하겠지, 모든 것이 말야, 그래도 사람의 정은 끝나지 않을 거야. 어딘가에 케렘 알리같이, 기둥처럼 올곧게 살아 있겠지. 그 사람을 한 번 더 만나, 한두 마디라도 나누고 싶어."

햇볕은 이제 사라졌다. 주변이 어두워지고 캄캄해지자 도시의 불빛이 빛나기 시작했다. 하이다르 우스타가 주춤했다.

"천 년, 만 년이나 걸려 이 검을 만들었어. 아이든 땅 한가운데에 있는 물 한 방울같이 순수한 거야. 앞으로 만 년이라도 더 만들 거야…… 만 년, 십만 년…….”

오스만은 마음속으로 이분이 미치는 거 아닌가, 생각했다. 그도 그럴 것이 이렇게 겪은 모든 것이 그에게는 감당하기 힘든 것이었다. 도저히 소화해낼 수 없을 것이다.

“만 년, 만 년…… 십만 년이라도 더…… 뤼스템 우스타…… 체비 부족…… 뤼스템 우스타는 정통이 아니야, 조수로 시작해서 배운 거지. 정통이 아니야…… 십오 년…… 삼십 년, 만 년, 십만 년…… 내게 소원을 말해보거라, 뭐든지…….”

주____

42 이슬람 사원에서 하루에 다섯 번 기도 시간을 알리는 소리.

43 기원전 2세기부터 8세기 사이에 현재 터키 땅인 아나톨리아 지역에서 제국을 형성하고 문명을 꽃피웠던 민족.

44 ‘샤’는 이란과 아프가니스탄의 왕을 일컫는 칭호이다.

45 터키 전통 과자이며, 후식으로 먹는 단 음식이다. 밀가루나 보릿가루에다가 물이나 우유, 과일즙 등을 넣어 굽는다. 사람이 죽은 날이나 기도를 올리는 날 먹는 관습도 있다.

18

할릴은 아버지가 안 게셨다. 할아버지도 아주 오래전에 돌아가셨다. 무스탄은 그때를 전혀 기억하지 못했다. 할릴도 그때는 아주 어렸다. 어머니만 혼자 남겨져 있었다. 온 부족이 그의 가족을 한마음으로 돌보았다. 그들의 텐트를 사람들이 힘을 모아 먼저 만들어주었고, 텐트를 접는 것도 다른 부족 사람들보다 가장 먼저 해서 낙타에 짐을 실어주었다. 명절마다, 흐드렐레즈마다 부족 사람들은 할릴의 텐트로 와서는 안부를 묻고는 했다. 북, 깃털, 그리고 마른 깃발을 바라보곤 했다. 이 북과 이 깃털, 이 깃발, 이 지팡이가 무엇인지 아무도 알지 못했다. 투르크멘의 신물(神物)이라고만 전해졌다. 저 오래전, 옛날, 이름도 알려지지 않은 때부터 전해온 것임이 분명했다. 유목민이 유목민이어서 행복하던 시절부터 전해오는 것이었음이 분명했다. 이 깃털을 손에 들고, 이 깃발을 휘날리며, 어깨에는 긴 휘장을 감고, 일곱 국가를 돌아다녔고, 고개를 숙이지 않았다 했다. 이 할릴이 누구인가? 제렌, 이 사랑은 왜 생긴 것인가? 그 사랑 때문에 목숨을 바치고, 부족 사람들을 발아래에 둘 정도의 사랑이었다.

때리고 부수고, 나무들이 서로 부대껴 소리를 내고, 바위들을 송두리째 뽑아버리는 북동풍이 불고 있었다. 미치광이 같은 바람이었다. 할릴이 잠에서 깨어났다. 다른 두 사람, 레쉴도 자고 있었다. 이런 높은 바위 사이 마른 풀들 위에서 수놓은 겉옷을 덮고 깊은 숨을 내쉬며 자고 있었다.

잠자는 사람은 뱀도 건드리지 않는다, 적도 건드리지 않는다. 잠자는 사람은 죽이지 않는 법이다. 무스탄은 손에 총을 들고, 알라 산 정상 가까운 곳에서 할릴을 죽이려는 열망으로 서성거렸다. 나무에서 샘터로, 샘터에서 나무로 오고 가더니 샘물에 타는 얼굴을 적셔 열기를 가시게 했다. 지금 할릴을 죽이면 어떻게 될까 하고 생각해보았다. 그를 꼭 죽여야 한다. 그 옛날부터 지금까지 철이 난 이래 이놈 그늘에서 벗어나본 적이 없었다. 모든 사람이 그 애만 쳐다보았고, 그 애만 바라보았고, 그 애하고만 어울리려고 했다. 아직도 모두들 그를 신성한 신의 창조물처럼 여기고 있었다. 그를 보면 원로들이며, 여자들, 아이들, 할아버지들, 가문 후계자들 할 것 없이 모두 말을 멈추고 자리에서 일어났다. 할릴이 도대체 무엇이고, 누구란 말인가? 더구나 그는 잘생기기까지 했다. 푸른 눈은 조상 대대로 대물림 되는 전설적인 눈이었다. 높은 하늘같이 깊고, 아이같이 맑은 눈이었다. 부족 사람들뿐만 아니라 다른 부족 사람들도 모두 할릴에게 빠져 있었다. 할릴을 없애버리지 않으면 안 된다. 어떻게 하지, 가능할까? 내가 그 애를 죽이면 어떻게 되는 거야? 나도 죽는 건가? 그 애도 죽이고, 나도 죽어버리자.

그가 평지로 온다. 밤 어둠 속에서 그는 할릴에 다가간다. 할릴은 자고 있다. 잠시 호흡이 멈춘다. 호수들, 별빛, 바위들, 나무들이 홍수처럼 흐르고, 산이 움직인다. 방아쇠를 당겨라, 무스탄.

할릴이 마을을 태운다. 어느 성인(聖人)처럼…… 추쿠로바 이 마을 끝으로 들어가서 저 마을 끝으로 나온다. 할릴은 한 무리 불길이 된 것 같다. 할릴 자체가 불 같았다. 할릴의 이름은 모든 부족에게서 회자되었다. 심지어 다른 유목민 부족들은 물론이고 수많은 겁쟁이 추쿠로바 사람들까지 그의 이름을 공포와 애정, 죽음, 우정, 아름다움으로 떠올렸다. 세상에 할릴 말고는 아무도 없는 것 같았다.

방아쇠를 당겨. 무스탄. 장총의 명예가 달려 있다. 꼭 손가락 하나 뒤에서 할릴 이마를 산산조각 내어버릴 것이다. 방아쇠를 당겨라, 무스탄, 어서!

무스탄의 손이 저리고, 온몸이, 마디마디가 끊어졌다. 그림자들이 날아다니다가 공포 때문에 사라져버린다. 그러다가 괜찮아지더니 마음이 돌아왔다. 이리저리 서성이다가 개머리판을 그의 이마 중앙에 댄다.

제렌은 할릴의 것도, 그 누구의 것도 되지 않을 것이다. 제렌은 옥타이 씨의 여자가 될 것이다. 부족이 궁지에 몰렸으니 제렌을 넘길 것이다. 할릴은 죽어야만 한다. 어린 시절 아무도 자신의 얼굴을 쳐다보지 않았었다. 늑대 새끼 같았다. 모두들 그를 종같이 여겼다. 모든 아이들이 그랬다. 무스탄을 때리고, 무시했었다. 그래서 무스탄도 산으로 올라왔다. 무스탄의 이름은 아무도 떠올리지 않지만 할릴은 사람들에게 잊혀질 줄 몰랐다. 방아쇠를 당겨라, 무스탄.

무스탄은 이리 오고, 저리 가며 매서운 북동풍처럼 빙글빙글 돌았다. 손을 빨리 당겨, 무스탄, 이 밤이 지나고 이번 일을 성사시키지 않으면 더 이상은 기회가 없다. 더 이상은 없다.

할릴을 죽인다면 모든 부족, 세상이 널 저주하지 않겠어? 제렌이란 여자아이, 다른 부족 사람들, 이 세상 사람들이 너를 못 살게 굴지 않겠니? 할릴이 죽으라고 해, 다른 것은 원하지 않아. 할릴이 죽기만 하면 돼.

방아쇠를 당겨, 무스탄.

어느 아침 긴 미나레에서 아침 예잔이 울려퍼지고 있었다. 추쿠로바, 추쿠로바 다리, 숨바스 물가…… 할릴은 붉은 말을 타고, 손에 기관총을 들고 있다. 무스탄은 어슬렁어슬렁 걷고 있다. 한 마리 개와 같다. 할릴은 말을 타고 있다. 할릴은 무스탄하고는 아무 말도 나누지 않는다. 그들은 데르비쉬 씨의 집에 당도하여 그를 깨운다. 우렁찬 목소리로 할릴이 말한다.

"일어나시오 족장. 시간이 됐어요."

영웅의 눈빛이 단호했다.

"아크마샤트는 우리 겨울터요. 우리의 겨울터를 내주시오. 당신이 무슨 권리가 있다고!"

데르비쉬 족장이 두 눈을 공포에 질려 동그랗게 뜨고, "할릴, 해치진 마시오" 한다.

"귀한 혈통, 당신같이 귀한 사람은 누구를 다치게 하거나 하지 않지. 고작 아크마샤트 때문에. 아크마샤트가 당신들 겨울터인지는 정말 몰랐소. 그럼 당신들에게 돌려드리리다. 나를 죽이지 마시오. 처자식이 있소. 내일 아침 이주해서 아크마샤트에 정착하시오."

그들은 이주 무리를 아크마샤트로 데리고 온다. 이주 무리는 아크마샤트의 여기저기에 자리를 잡는다. 추쿠로바 사람들은 할릴에 대한 민요를 지어 부른다. 우리 부족들은 민요는 부를 줄을 모른다. 그들의 민요처럼 사람들의 얼굴이 웃는다. 아무도 무스탄의 얼굴은 쳐다보지도 않는다. 할릴의 옆에 그가 있거나 말거나. 무스탄, 방아쇠를 당겨라. 당겨! 당겨, 해치워버려…….

할릴의 피가 땅에 홍건히 고인다. 긴 웅덩이. 웅덩이에 할릴의 길고 긴 시체를 넣는다. 나뭇가지 같다. 시체 같지 않다. 머리가 앞에 있는 사람을 삼켜버릴 것같이 자신감에 넘쳐 있다. 조용하는 것 같다. 푸른 눈은 감겨 있지만 죽은 것 같지 않다. 웅덩이에 누워 있다. 향내가 짙은 나뭇가지로 덮고, 그 위를 흙으로 덮는다. 할릴은 이제 흙 밑에 있다. 할릴이 웃는다. 붉은 피가 땅속에서 솟구쳐 오른다. 무덤 위에 수천 마리의 벌 떼가 날아든다. 노란색 벌들. 날개가 웅웅거린다. 반짝거리며, 아른거리는 떨리는 불빛. 연둣빛. 벼이삭 같은 노랑…….

하이다르 우스타는 대장장이 가문의 후계자이시다. 그분은 그 누구의 앞에서도, 현자들이나 도인들 앞에서도 무릎을 꿇지 않는다. 그러나 할릴의 앞에서는 땅에 엎드렸다. 누구인가, 뭐란 말인가, 이 할릴이? 무스탄, 방아쇠를 당겨라. 당겨, 죽어버리게!

두 손이 떨린다. 그의 심장이 새처럼 새장에서 괴로워한다. 솔직하고 또 솔직하게 생각한다. 할릴이 살아 있으면 다른 사람은 죽는다. 나도, 너도 시체이다. 무스탄, 방아쇠를 당겨라.

북동풍이 아주 추웠다. 날이 곧 밝을 것이다. 할릴이 총 개머리판을 이마에 대고 있다. 할릴은 제렌을 품에 안고 이리저리 빙글빙글 돈다. 할릴이 모든 여자아이들을, 가장 예쁜 여자를 안았다. 모든 여자들, 유목민 여자들, 추쿠로바 여자들, 도시 여자들

할 것 없이 할릴이 가는 곳에서 만나는 여자들은 모두 멈추어 서서 반한 듯 할릴을 바라보았다. 그에게 푹 빠져든 두 눈에는 사랑이 흘렀다. 울기도 했다.

무스탄은 아무 생각 없이 레쉴을 깨웠다.

"와봐. 자식아. 내 힘으로는 안 되겠어. 할릴을 죽이는 게, 이리로 좀 와봐."

레쉴은 자고 있는 할릴의 곁으로 소리 없이 다가갔다. 무스탄이 뒤를 따랐다. 그들은 샘터로 왔다.

"세수 좀 해, 잠 좀 깨게."

레쉴이 세수를 했다.

"곧 날이 밝을 거야. 나 자신하고 싸우다가 할릴을 죽이지 못했어."

"나도 안 자고 보고 있었어요."

레쉴이 말했다.

"왔다 갔다 하더군요."

"그래."

무스탄이 대답했다.

"어쩔 수가 없었어. 있잖아, 옛날 친구라고. 그래도 그 자식 때문에, 그놈이 살면 난 죽어. 근데 할릴이 너하고는 아무 관계도 아니잖아. 나는 사람도 아니고. 넌 지금부터 나하고는 친형제하고 같으니까 네가 총을 가지고 가서 방아쇠를 당겨. 난 못 하겠어. 그놈이 살면 난 죽게 돼. 모두들 죽은 것과 같아. 너도 그렇고. 그놈이 살면 젊은 사람들은 전부 죽을 거야, 이 세상을 채우는 건 그놈 한 명이야, 온 세상이 죽은 게 돼."

레쉴은 그가 할릴을 왜 그토록 죽이고 싶어하는지 도저히 이해를 할 수가 없었다. 그가 설명을 하고 설명을 해도 레쉴은 도저히 이해하지 못했다.

"총을 줘봐요. 죽여봅시다."

냉혈 인간처럼 말했다.

그는 장총을 받았다. 무스탄은 그의 겉옷을 입었다. 그는 풀숲 사이로 들어가 누워 겉옷을 덮었다. 귀를 기울이고, 눈을 감고 기다렸다.

레쉴은 순간 마음속에서 고통을 느꼈다. 뭔지 알 수 없지만 온몸과 심장을 떨게 하는 어떤 감정에 빠져버렸다. 이건 뭐란 말인가? 전에는 한 번도 이런 적이 없었다. 손이 타고, 손에 들고 있는 총의 손잡이가 탔다. 미친 사람처럼 그 자리에서 몇 차례 빙그르 돌았다. 방아쇠를 당겼다. 무스탄이 소리를 지르며 갑자기 이쪽으로 몸을 날렸다. 그는 몸을 움츠렸다. 초목들과 바위들을 움켜 안았다. 레쉴은 두 번 더 무스탄에게 총을 쏘았다. 할릴은 놀라서 잠에서 깨 자기 총을 품에 안았다. 레쉴은 바위 뒤에 황급히 몸을 던졌다.

"멈춰, 할릴" 하고 소리를 질렀다.

"나를 죽이지 마. 무스탄을 내가 죽였어."

무스탄은 여기서 저기로 구르며 괴로워하고 있었다. 할릴이 그에게로 다가가, "이 사람, 이 사람, 무스탄, 어떻게 된 건가?" 하면서 그를 품에 안았다.

무스탄은 신음을 내고 소리를 지르면서 피범벅이 되어 땅과 바위들, 수풀, 손을 물어뜯었다.

"너의 원수를, 원수를 꼭 갚으마. 아무에게도 맡기지 않을게.

무스탄.”

동이 틀 무렵 무스탄은 세 번, 끊어질 것처럼 몸을 움츠렸다가 이를 악물고 땅에 피를 흘린 채, 몸을 늘어뜨렸다. 그러다 딱딱하게 굳어져버렸다.

할릴은 시체의 곁에 멍하니 앉아서 피 묻은 오른손을 땅에 대고 아무 말도 하지 했다. 무스탄의 시체만 바라보던 그는 두 눈을 들어 맞은편에 있는 레쉴을 보았다. 그리고 벌떡 일어나 총을 집어들었다.

레쉴은 아무 일도 없었다는 듯이 입가에 보일 듯 보이지 않을 듯 미소를 지으며, 냉혈 인간처럼 말했다.

“멈춰, 할릴.”

목소리가 얼마나 자신감에 넘치던지 할릴은 그 자리에서 멈출 수밖에 없었다.

“멈추라니까. 할릴.”

19

그들은 서로 흩어
지고 찢어지면서 사르참까지 왔다. 사르참의 잡초가 우거진
황무지에 그들은 짐을 풀었다. 쉴레이만 카흐야는 붉은 새벽
에 우두커니 서서 한창 텐트가 세워지고 있는 광경을 바라보
았다. 모두들 지쳐 있었지만 아무도 군소리 한번 내지 않았
다. 텐트를 세우기 위한 둔탁한 소리만이 붉은 새벽을 메우
고 있었다. 우는 아이도, 짖는 개도 없었다. 기쁨에 찬 웃음
소리는 이 부족에서 사라진 지 오래였다. 동이 텄다. 찢어져
반만 남고, 빛바래고, 진흙이 덕지덕지 더럽게 묻어 있고, 삐
뚤빼뚤 세워진 텐트들을 쉴레이만 카흐야는 차마 쳐다볼 수
없었다. 도저히 참을 수가 없었다. 더구나 남아 있는 텐트는
몇 개 되지도 않았다. 그의 곁에는 코자 타느쉬가 있었다. 작
은 체구에 나이가 든 그는 떠오르는 태양을 바라보며 눈썹이
다 빠져버린 눈을 쉬지 않고 깜박거리고 있었다. 젖고, 구깃
구깃 구겨진 텐트들이 타오르는 태양 아래 김을 모락모락 피
워내며 말라가고 있었다. 사람들이 덮개며, 장판, 침구 들을
텐트 앞에 내다 널었다. 오래전에 짠 우유가 텐트 앞 검은 통
에서 끓자, 우유 냄새가 번졌다. 모든 것에서 쉰 냄새와 젖은
땀 냄새가 났다. 텐트 앞에는 삼삼오오 불을 피우고 판을 걸

어, 여인들이 밀가루 반죽을 해서 유프카를 만들었다. 작은 판에서는 빠르게 부침 음식이 만들어졌다. 점심때가 되자 여자들은 멀리 있는 방죽에 빨래를 하러 갔다. 발가벗은 아이들이 더위에 지쳤는지 기운도 없고, 웃지도 않으며, 아무 생각도 없이 여기저기 돌아다니고 있었다. 놀이도 하지 않았다. 사람 소리는 저 멀리서만 들려오고 있었다. 단 한 여자, 제렌이 텐트 안에서 꼼짝하지 않은 채, 낡고, 오래된 텐트의 한 귀퉁이 기둥 밑에 기대어 그렇게 하염없이 시체같이 앉아 있었다. 쉴레이만 카흐야는 옆에 있는 코자 타느쉬에게 모두 다 왔는지를 물었다. 육십 개였던 텐트가 오면서 흩어지고 빠져서 마흔아홉 개로 줄었다. 사카르잘르 알리는 집을 구했다면서, 둠르에서 아무런 설명도 없이 부족을 빠져나갔다. 코자 알리는 아나바르자에 남았다. 케페넥리 무스타파, 아으됴벤 흐드르, 아잡오울루 하즈, 쾨르드오울루 두르무쉬는 아나바르자 지방의 쿠르드족과 합류했다. 살만은 헤르미테 다리를 지난 후에 처자식을 데리고 펑펑 울면서 방향을 달리하더니 바흐체 쪽으로 갔다. 이 모든 일을 말하기에는 도저히 입이 떨어지지 않았다. 말할 기운도 없었다.

"그래서 그렇고 그렇게 되었어."

쉴레이만 카흐야는 깊은 한숨을 쉬면서 말했다.

"그렇고 그렇게 되었고, 이렇게 줄고 줄었다네, 코자 타느쉬. 전에는 이천 개쯤 되었는데 천 개로 줄더니 천 개에서 오백, 오백 개에서 백 개, 백 개에서 육십 개. 지금은 이제…… 이렇게 이제 우린 사라지겠지. 떠난 사람은 한 사람도 다시 돌아오지 않았네. 어디로 가서 무엇이 되었단 말인가? 누구에게서도 그 이후 소식을 들은 바가 없네."

"그렇지."

코자 타느쉬가 말했다.

"이렇게, 이렇게, 결국 아무도 남지 않게 되겠지."

"그렇겠지."

코자 타느쉬가 말했다.

"태양처럼 사라지겠지."

"위대한 혈통, 부족, 거대한 투르크멘, 유목민, 아이든르, 호르줌르, 숭고한 명성이 있던 역사가 이렇게 망신을 당하고, 곡만 남았어. 죽음도 전설이 되지 못하고, 무덤에서도 사즈 연주를 듣지 못한 채, 개새끼들처럼 묻혀야 하다니."

"우리도, 우리 부족도 죽어가고 있어, 위대한 투르크멘."

코자 타느쉬가 말했다.

"우리 어머니들이 우리를 이렇게 힘든 시기에 낳다니. 차라리 태어나지 말걸."

그들은 곡(哭)이라도 하는 듯 이야기를 나누고 있었다.

투르크멘족의 명성이 자자했던 시절에는 그들만의 민요와, 곡, 신화 들이 있었다. 향연, 잔치, 전통 들도 있었다. 지고한 세마와 멩기[46] 들이 있었다. 사흘 밤낮을 모여 향연을 벌이기도 했다. 음유시인들, 나팔수들, 시인들이 모여들었고, 집집마다 전설을 말해주고, 곡을 할 줄 아는 투르크멘 할머니들이 계셨었다. 장판, 양탄자 짜는 사람, 매듭 하는 사람, 검 만드는 사람, 전승자, 대장간 가마들이 있었다. 그 명성이 이란이나 투란 전역, 우

311

무르에서 다마스쿠스까지 떨친 장인(匠人)들도 있었다. 족장들은 숭고하고 용맹한 독수리 같았다. 그들이 평원으로 내려만 가면 귀족들, 파샤들이 시중을 보내 맞이하였다.

모든 게 소멸했고 사라져버렸다. 민요, 놀이, 신화, 곡, 나스레틴 호자[47]도 벌써 끝나버렸다. 거대한 투르크멘 부족이 거의 죽음의 위협에 처해 있었다. 모든 게 그전에 끝나버렸다.

"무슨 고집을 우리가 부리고 있는 거지?"

쉴레이만 카흐야가 물었다.

"시체 썩는 냄새가 진동하고 있는데, 백 년이나 묵은 시체 말야. 그런데 우리는 절대로 이 시체를 묻을 수 없다고 버티는 것과 같아."

코자 타느쉬가 말했다.

"시체를 묻는다면 벌써 묻었겠지요. 그러나 쉴레이만 카흐야. 시체를 묻고 무덤으로 쓸 만한 땅을 찾을 수도 없지 않아요. 그래서 사십 년 동안 시체를 업고 다니는 거지요."

"사십 년."

쉴레이만 카흐야가 말했다.

마음속에 고통이 밀려왔다. 고통과 함께 참을 수 없는 공포 때문에 마음이 떨려왔다.

"사르참이라고 하는 곳은 주인이 없는 땅이 아니야. 여기 주인도 만만치 않아. 억세고, 탐욕스럽고, 거친 사람이야. 어느 투르크멘 부족이고 여기 짐을 풀었던 부족은 감당하기 어려운 재앙을 맞이했지. 날이 밝으려고 하지만 아직은 아무도 보이는 사람이 없다…… 없다구……."

쉴레이만 카흐야와 코자 타느쉬는 텐트 사이를 돌았다. 만나는 유목민들과 농담을 주고받았다. 가축들은 산 아래 평원에서 서로 엉겨 있었다. 관심이 그쪽으로 쏠렸다. 쉴레이만 카흐야는 평원에 늘어선 가축과 목동 저고리를 입은 목동들을 보자 무거운 마음이 들었다. 그 이전에 걸러내지 못한 서러움이 느껴졌다. 파야스 아래에서 여기까지 이 가축들을 추쿠로바 사람들의 푸르고, 영근 곡식들 사이로 몰아서 데리고 왔다. 원한과 분노에 싸여 파야스 아래를 지나왔다. 지금까지 이 가축들은 불같이, 특공대같이 곡식들을 먹어치우고 없애며 여기까지 왔다.

"코자 타느쉬" 하고 카흐야가 신음하듯 불렀다.

"우리가 잘못한 걸까? 지나는 곳마다 밭들을 불이 난 곳처럼 만들었잖소. 추쿠로바 사람들이 우리에게 적이 되는 것도 당연해. 가난한 사람, 없는 사람, 오갈 데 없는 사람들의 권리를 우리 가축들이 먹어치우는 것이잖소. 추쿠로바 사람들은 어떻게 하라고? 우리를, 곡식 도둑들을 머리맡에서 지켜 서 있을 수도 없고……."

코자 타느쉬가 말했다.

"쉴레이만 카흐야, 쉴레이만 카흐야. 양들이 들어가 먹어치운 곡식들은 두세 고랑이면 끝나요. 양은 신성한 동물이에요. 그 옛날 아담 조상들부터 지금까지 그랬소. 추쿠로바 사람들은 그걸 몰라요. 게다가 알라의 신성한 곡식을 우리에게 팔지 않소."

"그래서 결국 우리가 훔치는 거지요."

코자 타느쉬가 화를 냈다.

"그 사람들한테 그럼 우리가 발 딛고 살 땅을 내놓으라고 하지요. 우리는 추쿠로바에 천 년이 넘게 드나들고 있어요. 그런데 우리는 아무 권리가 없다는 말인가요, 이 추쿠로바에서?"

"우리는 권리도 없고, 우리를 봐줄 사람은 아무도 없소."

"여기 장벽에 우리가 이름을 붙였어요. 이 산도, 이 땅도……
추쿠로바에 있는 모든 바위, 땅, 돌들이 우리 유목민의 이름이에
요. 그런데도 추쿠로바가 우리 게 아니란 거요? 도대체 어떻게
주인이 되었다는 거요? 무엇 때문에, 누가 주인이라고 정했다는
겁니까? 우리가 겨울 날 땅을 그 사람들이 언제 어떻게 점유했
다는 거요? 누구한테 달라고 했어요? 누구한테서 받았답니까?
얼마나 돈을 뿌렸길래, 얼마나 많은 양을 주었길래 우리 겨울터
를 그 사람들이 가져간 거예요? 우리가 추쿠로바에 이렇게 두
눈 시퍼렇게 살아 있을 때 그 사람들은 어디에 있었냐구요?"

쉴레이만 카흐야가 웃었다.

"우리에게서 간 사람들이야. 우리 아들들이고, 딸들이야. 그
사람들은 결국 우리 자식들이고, 부족 사람들이야. 투르크멘족
이 사라져서 어디로 갔다고 생각하는가? 그 사람들이 바로 우리
들이야. 추쿠로바에서 우리 스스로를 밀어내는 건 결국 우리인
거지. 검의 손잡이를 자르는 건 바로 검 자체이지. 검을 절단 내
는 건 우리에게서 빠져나간 바로 그 사람들이라구. 오 년 후가
되면 말야, 만일 우리가 오 년까지 버틴다고 가정한다면, 우리가
사카르잘르 알리의 마을 가까이를 지날 때, 손에 방망이를 들고
가장 먼저 우리에게 달려오는 사람이 바로 우리 부족 출신일걸.
우리에게 가장 먼저 방망이를 휘두르는 사람이 바로 그 사람일
걸세."

쉴레이만 카흐야가 갑자기 얻어맞기라도 한 듯이 분노에 차서
멈추었다. 두 눈으로 텐트를 쏘아보았다. 텐트는 아직 마르지 않
아 털이 빠지고 서로 뒤엉켜 있었다. 머리가 옆으로 돌아가서 머

리인지 아닌지도 분명하지 않기도 했고, 다리와 날개는 한쪽에 있기는 한데, 분명하지 않아 독수리 시체같이 보이기도 했다.

"할릴 텐트를 빨리 좀 세우시오" 하고 그가 소리를 질렀다.

"수장 텐트를 서둘러 치시오. 빨리 빨리…… 이런 텐트는 나한테 보이지 마시오. 난 아직 죽지 않았소."

그는 소리를 지르고, 저주를 퍼부으며 텐트 사이를 뱅뱅 돌았다. 젊은이들이 바로 뛰어와 텐트를 치기 시작했다.

"난 아직 죽지 않았다. 안 죽었다. 안 죽었어! 내가 죽으면 수장 텐트를 치지 말거라. 깃털도, 북도, 문양을 담은 깃발도 치지 말아라. 내가 죽으면 물에 빠뜨리거나, 개한테 던져주거라. 개들한테……."

그는 불현듯 어느 텐트 안에서 동굴의 입구같이 컴컴한 어둠 속의 제렌을 보았다. 머리가 한순간 꿈처럼 보이더니 사라져버렸다.

쉴레이만 카흐야가 더더욱 거품을 물었다.

"내가 살아 있는 동안에는 제렌도 건드리지 말아야 한다. 땅 한 조각 때문에 우리 부족이 그렇게 저열해질 수는 없다. 없어. 제렌은 우리 부족에서 가장 아름다운 처녀이다. 마지막 남은 미녀를 마음도 없는 사내에게 줄 수는 없어. 저 아이의 덜미를 놓아주거라. 내가 살아 있는 동안에는 제렌을 아무도 건드릴 수 없어. 그 남자, 그 옥타이 놈도 더 이상 우리 부족에 발을 들여놓지 못하게 해라. 뻔뻔하고 저열하고 비겁하고 못된 놈 더 이상 발을 들여놓는다면 내가, 내 손으로, 그놈을 죽여버릴 테다. 모두 제렌과 말을 나눌 것! 모두! 내 명령이다."

수많은 세월 동안 카라출루 부족의 우두머리 역할을 한 쉴레

이만 카흐야는 지금까지 한 번도 명령한다는 단어를 입에 올려
본 적이 없었다.

"제렌은 옷을 입고 단장하거라. 당장, 오늘, 지금 이 순간 부
족과 함께 다시 태어나거라."

제렌은 소멸되어가는 유목민의 마지막 빛나는 아름다운 불빛
이었다. 꺼져갈 때, 끝나갈 때 제렌처럼 불빛과 함께 꺼지고 죽
어야 한다. 이렇게 아름다움과 더불어 끝나야 한다.

그는 지쳐 있었다. 다리가 떨렸다. 하마터면 땅으로 굴러서 많
은 사람들 앞에 나동그라질 뻔했다. 만일 쉴레이만 카흐야가 그
순간 실수를 했더라면, 그 후부터는 땅 문제에 대해 이야기를 꺼
내기도 어렵게 되었을 것이다.

모두들 쉴레이만 카흐야가 화를 낸 것에 놀랐다. 사십 년 동안
이런 모습을 본 적이 없었다. 쉴레이만 카흐야가 억지로 텐트 안
으로 몸을 던졌다. 얼굴이 노래지더니 구슬 같은 땀이 흘렸다.
숨도 헐떡거렸다.

코자 타느쉬가 그의 곁에서 말리고 있었다.

"그만해 아이구, 쉴레이만, 그만해! 이 사람, 아이구, 멈춰, 이
사람아······."

"죽고····· 죽고 싶소."

그는 깊은 숨을 들이쉬더니 연둣빛 짙고 밝은 두 눈동자를 커
다랗게 열었다.

"저승사자여, 나를 데려가시오. 더 이상 산다 한들 무얼 한단
말이오. 명예도 땅에 떨어지고, 사람 구실도 못 하고 있소. 모두
빼앗겼소. 아무것도 없지 않소. 썩은 황무지에서는 매일 담에서
돌이 떨어지고, 텐트는 하루하루 사라져가고······ 우린 매일매일

죽어가고 있어요. 사람 구실도, 명예도, 자비로움도, 영웅심도 이제 모두 사라지고 없어……."

그는 눈을 감았다. 코자 타느쉬가 아이 시체를 바라보던 눈길로 그를 바라보고 있었다. 코자 타느쉬가 그의 머리맡을 얼마나 오래 지키고 앉아 있었는지 알 수 없었다. 그는 쉴레이만 카흐야가 깊은 잠에 빠져서 깊은 숨을 내쉬는 것을 보았다. 그것을 확인하고 나서야 아무 말 없이 텐트 밖으로 빠져나왔다. 텐트 앞에는, 제렌과 함께 부족 사람들이 숨을 죽이고 기다리고 있었다.

"잠들었어."

코자 타느쉬가 말했다.

"이렇게 크게 화를 내고 나면 나이 든 사람들은 잠을 자지. 아니면 죽든가. 쉴레이만 카흐야가 안에서 자니 시끄럽게 하지 마라."

그는 웃었다.

"나도 자러 간다."

부족에는 오랫동안 느끼지 못하고 맛보지 못했던 신선하고 새로운 기쁨이 감돌았다. 그 옛날 유목민들의 정겨운 분위기를 느낄 수 있었다. 그들은 처음 유목민이 된 그 옛날로 돌아간 것 같은 기분에 휩싸였다.

얼마 후 제렌은 새 옷을 입고 단장을 하고 나왔다. 사람들 모두와 이야기를 나누었다. 모두 그녀와 덕담을 나누었다. 온 부족 사람들이 웃고, 즐기고, 농담을 주고받았다. 양을 잡고, 음식을 만들고, 따뜻한 유프카로 상을 차렸다. 오랫동안 음식을 먹는 것인지, 고민을 먹는 것인지 몰랐던 사람들, 목구멍으로 음식을 제대로 넘기지 못했던 사람들이 맛있게 음식을 먹었다. 모두 예전으로 돌아갔다.

쉴레이만 카흐야는 아직도 자고 있었다. 그를 깨우지 않기 위해서 사람들은 소리를 내지 않았다. 땅 밑으로 흐르는 물처럼 부족 사람들의 마음속에 기쁨이 흐르고 있었다. 갑자기 기쁨 속에 커다란 또 다른 기쁨이 더해졌다.

사냥꾼 우두머리인 카밀이 말했다.

"내가 들었는데, 어느 마을 사람이 내게 전해준 건데…… 하이다르 우스타가 검을 저명하시고 위대하신 라마잔오울루에게 가져갔다는구만. 라마잔오울루께서 검을 보고 또 보고 했다는구만. 아침부터 밤까지 보고 또 봤다. 황홀경에 빠져서 말야. 이 망할 놈의 세상에 아직도 이런 검을 만드는 사람이 있나, 하더니 하이다르 우스타의 앞에서 간청을 했다는군. '어이, 대장장이 가문의 후계자 하이다르 우스타, 자네 식구들, 부족, 씨족 사람들 걱정 말라 하게' 했다지. '나를 생각해서 이 검을 이스멧 파샤에게 바치지 않고 내게 가져와줘서 고맙구만' 했다네. 자, 그래서, '이 검은 라마잔 부족이 아니라 위대한 오스만제국에게 맞는구만' 했다지. '가게, 자네에게 유레이르 땅 알라해 해안가에 물도 많고 땅도 기름진, 목초도 우거진 겨울터를 하사하겠네.' 하이다르 우스타에게 양들과 커다란 소도 한 마리 잡아주었다네. 바크라바[48]도 만들고, 북도 치게 했다는구만. 하이다르 우스타에게 말하기를, '일주일 정도 우리 손님으로 묵게, 대장장이 가마의 후계자가 우리 집에 왔으니 우리 가문과 우리 숭고한 저택의 풍요로움이 더해질 걸세. 행운을 가져올 게야. 일주일 정도 머물다 가게, 우리 집에 행운의 빛이 드리워지도록' 했대."

부족 사람들이 그 말을 듣고 너도나도 말을 시작했다. 모두 한

입이라도 된 듯 말을 맞추고 있었다. 저녁까지 이런저런 회고담이 쏟아졌다. 모든 대화가 부족 사람들을 기쁨으로 들뜨게 했다.

"아냐, 아냐, 라마잔오울루가 아니라 테미르 지주에게 찾아갔다나 봐. 지주 나으리에게 갔대. 그분도 아주 좋아하셨대. 검을 보고, 보자마자 혀를 차면서 기막혀 했다지. 삼 일 밤낮을 먹지도 마시지도 않고 검을 구경하더니 나중에는 하이다르 우스타에게 간청했대. '이 검을 라마잔오울루, 내 적인 그 사람에게 가져가지 않은 건 잘한 것이네, 그 사람에게 위대한 투르크멘의 명예를 전달하지 않고 내게 전하다니, 이스멧 파샤에게 가져가서 위대한 투르크멘의 명예를 그 사람 발아래 깔지 않은 건 잘한 일이네. 그 사람은 오스만제국 사람이지. 난 쿠르드족에 뿌리를 두고 있지. 우리는 그 뿌리를 신성한 땅인 호라산에 두고 있어. 우리는 지주가 되어서도 사람 도리를 잊지는 않았지. 우리도 붉고 푸른 깃발을 걸었지, 호라산 시절에서 지금까지도 그렇다네. 내가 라마잔 출신이었다면 이 검 하나에 군부대 하나라도 떼주겠네. 오스만제국 사람이라면 나라라도 하사하겠어. 다행히 내 땅이 많으니, 내 땅 중에서 마음에 드는 땅에 정착을 하게. 자네들 가지게' 하면서 검에 입을 맞추고 또 맞추면서 울더라는군."

부족 사람들은 삼삼오오 모여들어서 모두 각기 다른 이야기를 하고 있었다.

"아냐, 아냐. 이스멧 파샤가 이렇게 말했대. '내가 그리스 놈들과 전투를 벌여서 조국을 구할 때 진작에 이렇게 신성한 검이 있었다면 그리스 놈들, 중국 놈들, 인도 놈들, 아랍, 영국, 프랑스 놈들 할 것 없이 모두 때려잡고 제패했을 텐데. 내가 고개를 숙일 수밖에 없었던 게 바로 이런 검이 없었기 때문이구나. 그래도 이제라도 네가 나에게 가져왔으니 대견하다. 하이다르 우스타. 시간이 얼마 남지 않았다. 나는 우르스 쪽으로 원정을 떠난다. 어디를 원하든, 어디든 겨울 날 땅을 가져가거라.' 하이다르 우스타의 앞에서 그 대단한 이스멧 파샤가 이렇게 애원을 했다는구만."

이야기는 갈수록 흥미진진했다. 갈수록 얽히고설켜서 점입가경이 되어갔다. 결국은 어느 이야기를 누가 했는지도 분간할 수가 없게 되어버렸다. 부족 사람들 중 누구도 믿지 않기는 했지만 그래도 아무도 판을 깨지 못했다. 그들은 기쁨과 흥분의 도가니 속에서 빠져나오지 못하고 있었다. 아무도 믿지 않는 이야기들 속에서 희망이 싹트기 시작했다. 희망의 불빛이 반짝이고 있었다.

"됐어."

사람들은 말했다.

"하이다르 우스타가 지금까지 늦어지는 것을 보면 일이 성사된 게 틀림없어, 그게 아니라면 하이다르 우스타가 미친 거야? 거기에서 왜 돌아다니고 있겠어? 뭔가 일이 안 되면 돌아왔겠지. 그렇지 않아?"

"그럼, 그럼."

아무 말도 하지 않던 사람도 맞장구를 쳤다.

쉴레이만 카흐야는 이런 흥분과 기쁨이 감도는 분위기에서 잠을 깼다. 사람들이 지금까지 있었던 일을 이야기해주었다. 쉴레이만 카흐야는 그저 웃을 뿐이었다. 그는 아무 말도 하지 않았다. 아무런 해석도 덧붙이지 않았다. 부족 사람들의 기쁨에 온 마음으로, 진심으로 모든 것을 잊고 합류할 뿐이었다.

길을 나서자마자 수도꼭지라도 된 듯이 내내 울기만 했던 케렘 어머니도 고통을 잊고 있었다. 케렘 때문이었다.

"우리 아이가 할아버지와 같이 갔으니 위대하신 할아버지와 함께 돌아오겠지" 하고 위로를 했다.

"그럼, 오겠지. 올 거야."

다른 사람들도 그 말 말고는 다른 말을 하지 못했다.

그날 밤 모든 부족 사람들은 가장 아름다운 꿈을 꾸며 잠이 들었다. 아무 고민도 없고, 고통도 없고, 두려움도 없는 꿈이었다. 어른 아이 할 것 없이 모두 같은 시간을 공유했다.

"하이다르 우스타, 명문 중의 명문. 대장장이 후계자. 생명을 구하는 사람, 유목민의 믿음, 하이다르 우스타……."

목동 알리가 다른 목동들과 함께 빗자루풀이 무성한 풀밭 안으로 가축을 풀어놓고 있었다. 멀리서 부족의 텐트들이 쳐진 곳 주변에 말 탄 사람의 그림자가 보였다. 그림자는 무거운 걸음으로 쉬지 않고 부족의 주위를 빙글빙글 순회하고 있었다. 목동 알리는 말을 탄 사람의 그림자를 오랫동안 관찰했다. 이게 뭐람? 도저히 알 수가 없었다. 눈을 가리고 짐을 나르는 말이 된 것같이 부족의 사방을 순회하는 말 탄 자의 정체를 도저히 알 수가 없었다. 그가 다른 목동에게 물었다.

"애들아."

목동 알리가 말했다.

"너희들 여기서 기다려. 난 저기 말 탄 그림자에게 가볼게. 저게 뭐야? 궁금해죽겠어. 미쳤나, 계속 돌고만 있어."

그는 말 탄 사람이 도는 원 쪽으로 뛰어갔다. 우렁찬 목소리로 그가 인사를 건넸다.

"안녕하시오."

말 탄 사람이 고개를 들더니 들릴까 말까 한 목소리로 천천히 대답했다.

"안녕하십니까."

말 탄 사람은 사람이 그리웠다. 말 머리를 당기며 기다리고 있었다. 목동 알리는 그에게 다가가 물었다.

"누구시오? 이런 밤 이 시각에 여기서 왜 빙빙 돌고 있는 거요?"

말 탄 자가 신음하듯 말했다.

"이보게, 좀 다가오게. 나를 알 거야. 내가 누구인지 알 거야."

목동 알리는 기어들어가는 목소리의 주인이 누구인지 머릿속을 스치는 게 있었다.

"옥타이 씨 아니신가요?"

말 탄 자가 대답했다.

"그렇네. 날세. 자넨 누군가?"

"저는 목동 알리예요."

그들은 나란히 섰다.

목동 알리가 말했다.

"당신에게는 나쁜 소식이 있어요. 사람들이 당신을 죽일 거예요. 쉴레이만 카흐야가 당신에게 아주 화가 났어요. 부족에게 명을 내렸지요. 저는 당신을 좋아하고, 진심으로 당신을 동정해요. 그러니 여기 있지 마세요. 여기 있지 말고 도망가요. 아무도 당신을 보지 못할 곳으로. 부족 사람들이 단단히 벼르고 있어요. 당신을 찾아내지 못하게 해야 해요. 사람들이 당신에게 모든 앙갚음을 하려 들 거예요. 여기 있지 마세요. 가세요. 그 누구의 눈에도 띄지 마세요. 사람들이 당신을 보면 하나둘 셀 시간도 없이 당장 죽여버릴 거예요."

"죽이라지."

옥타이 씨가 신음하듯 말했다.

"더 이상 산다 해도 뭣 하겠나. 죽이라 해. 아, 죽이라고 해. 이 고통에서 그럼 놓여나겠지."

"가세요, 제발 우리에게 일거리 만들지 마세요. 사람들이 단단히 벼르고 있어요. 도망가요. 도망가라구요. 제발, 도망가요!"

그는 지팡이를 뽑아들고 검은 그림자 쪽으로 걸어 들어갔다.

"가라니까, 이 자식. 도망가, 어서!"

"나를 용서하게."

옥타이 씨가 힘없이 대답했다.

"망신살이 뻗치겠구만, 가네."

"서지 마, 멈추지 말고 가."

목동 알리의 목소리가 고통 속에 떨렸다.

"이보게, 굳건하게. 무탈하시게. 일이 그렇게 되었구만! 나는 가네."

그는 말을 몰아서 개울가로 내려갔다. 그의 머리가 수풀 뒤쪽으로 사라졌다 나타났다 했다. 모습이 꽤 선명했다. 목동 알리는 그의 그림자가 완전히 사라질 때까지 바라보았다.

"저 사람 상태가 말이 아니군, 무슨 꼴이람. 죽는 것보다 더 못할 짓이군. 여자에게 반하고 사랑에 미쳐서……. 더 이상 이런 일을 겪지 않았으면 좋겠어. 사랑 타령이라지만 이게 무슨 못할 짓이람."

동이 트자 부족 사람들이 하나둘 일어났다. 양젖을 짜고, 버터를 만들었다. 텐트마다 앞에 불을 지폈다. 사람들은 우유를 데우고 타르하나 스프[49]를 끓였다. 당나귀, 낙타, 말 들이 힝힝거리며 울었다. 명랑한 여인네들의 웃음이 이 텐트에서 저 텐트로 왔다 갔다 했다. 아낙네들은 우유와 타르하나의 거품을 향내가 나는 미지근한 사르참의 대지 위에 부었다. 잠이 덜 깼는지 아기들이 울었다. 그러자 무겁고 긴 소리로 커다란 개들까지 덩달아 짖어 댔다. 맞은편 마을에서는 아침을 알리는 닭울음 소리가 들려왔다. 종이 울렸다. 긴 민요 소리도 들렸다. 그 소리는 평원에 낮게 깔렸다.

쉴레이만 카흐야는 입가에 아이 웃음같이 순진한 미소를 짓고 텐트들을 여기저기 돌면서 살펴보았다. 여인네들이 기름을 모아 색색으로 장식된 검은 주머니에 채워 넣는 것을 바라보고 있었다. 염소 가죽으로, 얇게 편 솔방울 껍질로 번진 버터의 냄새가 마음을 끌어당겼다. 낡은 텐트들은 동이 틀 무렵이 되자 햇살 아래 아름다워져서 화려한 옛날 텐트로 변모하였다. 쉴레이만 카흐야는 지금 이 순간 자신이 젊은 시절로 돌아간 것만 같았다. 텐트가 천 개나 되던 부족의 족장이 된 것 같았다. 아크마샤트의 땅 위 나르륵크쉬라에 서 있는 것같이 느껴졌다. 다가올 공포도, 사르참 황무지에서 겪은 일도, 앞으로 닥칠 일도 모두 잊었다.

"오길 잘했군" 하고 그가 생각했다.

"부족 사람들이 다시 일어났어. 하이다르 우스타 때문에. 제렌 덕분에. 정말 그런가? 그 사람들 때문인가? 이유야 어찌 되었든…… 어찌 되었든. 지금 추쿠로바 사람들 쳐들어오라지. 토끼처럼 도망가는 유목민. 이제 보자. 어찌 되든! 그래, 어찌 되든……"

그는 당당하게 미소를 지었다.

아침이 지나 정오가 되기 전에 목동이 뛰어왔다. 부드럽게 살갗을 어루만지고, 사람의 피를 흥분시키는 미지근한 남풍이 불고 있었다. 추쿠로바의 가장 좋은 바람이 바로 이것이었다. 이 바람 속에 아름답게 단장한 제렌이 기쁨에 들떠 이 텐트에서 저 텐트로 오가고 있었다.

목동이 말했다.

"와요."

쉴레이만 카흐야가 웃었다.

"알고 있다. 올 거라는 걸. 오라지."

"할릴이 불 지른 마을 사람들인 것 같아요. 그 사람들끼리 말하는 것을 들었어요. 사르참에서 애고, 어른이고 할 것 없이 전부 태워 죽이자고 그러던 걸요."

그는 우렁차고 두꺼운 소리로,

"태워 죽이라지, 보자구" 하면서 바위같이 서서 대꾸했다.

"준비들 하게. 돌, 몽둥이, 무기, 칼. 이번에는 추쿠로바 사람들 앞에서 도망가면 안 돼."

그는 스스로를 격려하듯 말했다.

"호라산 유목민의 맛 좀 보라지."

길 아래쪽으로 먼지와 연기가 뒤범벅이 되어 말을 탄 사람, 낙타를 탄 사람, 트랙터를 탄 사람, 트럭을 탄 사람, 걷는 사람, 손에 각목이나 몽둥이 무기를 든 마을 사람들이 평원을 달려오고 있었다. 단단히 준비를 한 모양이었다. 두 그룹으로 나누어 서로 마주 보고 있었다. 한 그룹은 멈춰서 기다리고, 다른 한 그룹은 분노에 차서 씩씩거리며 복수의 불길 속에 타오르고 있었다.

호라산의 유목민들은 천 년 동안 싸움에는 이골이 난 사람들이었다. 쳐들어오는 사람들이 소리를 지르고 난리인데, 기다리는 사람들은 긴장 상태에서 침묵하고 있었다.

신호탄이 터지자 함성 소리가 하늘을 찔렀다. 천 년 된 고무줄 총 전문가들이 소리를 지르는 사람들 위로 돌을 쏘아 올리기 시작했다. 소리를 질렀던 사람들은 어디로 숨어야 할지를 몰랐다. 그들은 소리를 멈추더니 도망치기 시작했다. 부상을 당하고 쓰러지기도 했다. 총탄이 터지고 욕설을 퍼부어댔다. 심하게 욕을 해댔다. 그들은 흩어졌다가 다시 뭉쳤지만 부족 사람들에게 다가서지는 못했다. 저녁이 되었다. 피곤에 지친 고무총 전사들은 한 잔씩의 우유로 축배를 나누었다. 그들은 자리를 떠나지 않았다. 마을 사람들은 빠져나갔다. 부상을 당한 사람을 그들은 코잔 지방의 병원으로 데리고 갔다.

쉴레이만 카흐야는 고무총을 가지고 주변을 돌아보면서 대전투에서 승리를 거둔 대장처럼 말했다.

"그놈들이 왔으니 뜨거운 맛을 보았도다. 결국 뜨거운 맛을 보았도다."

그는 다른 말은 하지 않았다.

"더 올 사람이 있으면 오라지."

텐트 앞에는 아침까지 불이 꺼지지 않았다.

붉은 새벽이 끝나고 동이 틀 무렵 마을 사람들은 다시 공격을 해왔다. 사람들도 몇 배로 모으고, 함성 소리도 몇 배나 키웠다. 다시 고무총 돌 세례에 놈들은 하나하나 나가떨어졌다. 그러나 트랙터들, 트랙터 뒤를 따라오는 차 안에 실려온 한 무더기 병사들은 당할 수가 없었다. 심지어 트럭들이 손에 몽둥이를 든 사람들을 가득 싣고는 텐트로 밀고 들어와 덮쳤다. 고무총 돌들은 아예 상대도 되지 않았다. 트랙터와 트럭들이 텐트 위로, 텐트 사이로 밀고 들어왔다. 페툴라가 트랙터 운전사 두 명을 밖으로 끌어내 땅에다 내동댕이쳤다. 트랙터와 차 안에 있던 사람들과 유목민들은 웅덩이로 굴러떨어져 나뒹굴었다. 페툴라가 뛰어가 트럭 세 대의 타이어를 칼로 찔렀다. 남녀노소 할 것 없이 적군을 하나씩 맡았다. 아수라장 싸움터가 되었다. 그들은 정오쯤 되어서 꽁무니를 빼고 사라졌다. 가까운 마을에 사는 사람들 중에는 이 싸움에 대한 소식을 듣고 구경 온 사람들도 있었다. 그중에 어떤 사람은 구경만 하고, 어떤 사람들은 마을 사람들에 동조하다가 한술 더 떠서 싸움에 합류하기도 했다.

부족의 많은 아이들과 여자들, 남자들이 부상을 입었다. 제렌과 페툴라는 맹수같이 두 손에 몽둥이를 들고 홍수같이 밀어닥치는 마을 사람들을 때려눕혔다.

싸움이 끝날 무렵 코잔에서 헌병대가 왔다. 그들을 본 싸움꾼들은, 어찌 되었든 그들도 지칠 대로 지쳐서이기도 했지만 금방 싸움을 멈추었다. 유목민 텐트로 들어온 헌병대들은 몽둥이며, 칼, 고무총 등 있는 것은 모두 가져갔다. 이제 그들에게 무기가 될 만한 것은 아무것도 없었다. 그러나 헌병대는 마을 사람들은 아예 쳐다보지도 않았다. 수색이고 뭐고 없었다. 뒤집혀진 트랙터를 드는 마을 사람들을 도와주기까지 했다. 트럭의 타이어에 바람을 넣자 트랙터와 트럭에 나누어 탄 사람들이 주먹을 흔들어 보이며 그곳을 빠져나갔다.

군수도 왔다 갔다. 헌병대 사령관과 함께 유목민들을 심문했다. 쉴레이만 카흐야가 말했다.

"그러게 이제 더 이상 우리를 공격하지 말라고 하시오. 한 번만 더 공격하면 이렇게 될 줄 아시오."

"그 사람들이 오든 말든 당신들은 여기를 떠나시오."

"못 갑니다."

쉴레이만 카흐야가 모든 것을 감수하겠다는 듯이 말했다.

"우리를 여기에서 차라리 죽이시오. 우리는 죽어도 여기서 못 갑니다."

"가라."

헌병대 사령관이 소리를 질렀다.

"다른 일은 하나도 처리 못 하고, 몇 년 동안 너희들 때문에 골치를 썩고 있다. 우리는 이 지역을 보호해야 할 의무가 있다. 우리가 삼십 분만 늦었어도 사망자가 오백 명은 넘을 뻔했어. 너희들하고 그쪽 합해서 말이다. 나는 너희를 여기서 내쫓을 것이다. 국가권력에 너희들이 반기를 드는 거냐?"

"아닙니다."

쉴레이만 카흐야가 대답했다.

"반기를 들다니 무슨 말이요? 국가는 우리에게 숭고한 대상입니다……. 그런데 어디로 가란 말입니까?"

"내가 그걸 어찌 알아."

군수가 말했다.

"너희들에게 내가 장소까지 지정해주란 말이냐? 어디든 원하는 곳으로 가란 말이다. 너희들은 자유를 존중하며 자율적이며, 민주적인 나라의 국민이다. 어디를 가든 가서 정착을 하거라. 단, 사람을 때리거나 도둑질을 하거나 사람을 죽이는 건 안 된다. 너희들은 자유 국민이다. 그러나……."

"우리는 자유 국민입니다" 하고 쉴레이만 카흐야가 말하려 했으나 헌병대 사령관이 말문을 막았다. 그는 아주 단호하게 말했다.

"무슨 짓이든 하려면 하거라. 나는 이곳 치안에 문제가 생겼다는 것을 알게 되었다. 너희들은 이곳의 범행 원천이다. 나는 당장 여기서 너희들을 쫓아낼 것이다. 너희 텐트들도 모두 철거할 테다."

"철거하시오. 그러나,"

쉴레이만 카흐야가 대답했다.

"우리더러 어디로 가란 말이오?"

"터키는 아주 큰 나라야" 하고 사령관이 목소리를 쩌렁쩌렁하게 울리며 말했다.

"아주 큰 나라지. 지구만큼이나 아직도 경작하지 않은 빈 땅이 있다. 가서 정착하란 말이다."

"여기도 빈 땅이오."

카흐야가 말했다.

"여기도 빈 땅이지만 여기에서 너희들이 사고를 쳤지 않느냐. 다른 땅을 찾아라."

"우리가 일을 만들었다니요? 우리가 공격한 게 아닙니다."

"누가 했든지 간에. 어쨌든 저 텐트들을 접어라. 당장, 서둘러, 빨리! 내 말이 무슨 뜻인지 모르겠나? 이 사람? 너희들이 텐트를 접지 않으면…… 상사!"

"말씀하십시오, 사령관님."

"텐트들을 철거하라. 당장 짐을 싸게 해."

쉴레이만 카흐야의 텐트에서 제일 앞에는 군수, 뒤에는 사령

관, 하사관, 가장 마지막으로 두 손을 모으고 쉴레이만 카흐야가
밖으로 나왔다.

쉴레이만 카흐야가 시무룩하게 상처받은 목소리로 말했다

"커피 한 잔 안 드셨습니다. 아이란[50]이나, 우유라도……."

그는 손님들에게 뭔가 대접하는 것을 잊었다는 것 때문에 안
절부절못했다.

"쓴 커피라도……."

그의 목소리에는 부끄러움이 담겨 있었다.

"싸우고 부수고 하느라 손님 접대를 잊었습니다."

사령관이 말했다.

"아무 말도 하지 마. 주절주절하지 말란 말이다. 텐트를 철수
하는 거냐?"

"어디로 가란 말입니까? 어디에 정착하란 말씀이세요, 파샤
나으리?"

쉴레이만 카흐야가 물었다.

사령관이 더욱더 화를 내며 악을 썼다.

"지옥바닥으로. 너희들은 우리 민족의 골칫거리야, 우리한테
골칫거리라고, 골치……."

"몇 년 동안이나 너희들 때문에 미치겠다."

군수가 말했다.

"할 일이고 뭐고 다 집어치우고 이 천국 같은 추쿠로바에서
너희들 때문에 다른 일을 못 한다니까."

밖은 조용했다. 모두들 텐트 안으로 들어간 듯했다. 헌병들이
저쪽 끝에 있는 텐트부터 철거하기 시작했다. 군수와 사령관은
멀리 서서 양손을 바지 주머니에 쑤셔 넣고 안에 있는 사람들 위

로 텐트가 떨어지는 것을 보고만 있었다. 텐트들이 내려앉아도 텐트 안에서는 아무 소리도 들리지 않았다. 밖으로 뛰어나오는 사람도 없었다.

헌병들은 지쳤다. 텐트를 허무는 것은 힘든 일이었다. 그들은 사령관에게 와서 상황을 보고했다.

사령관이 명령했다.

"총 끝에 칼을 달고, 텐트를 찢어라. 텐트에 있는 사람들이 밖으로 나오면 텐트를 그 사람들에게 철거하도록 시켜."

칼로 텐트가 찢겨지고 안에 있던 사람들이 남녀노소는 물론이고 환자들도 모두 밖으로 끌려 나왔다. 헌병들이 사람들을 질질 끌어내 세우자 다른 사람들은 땅에 풀썩 주저앉아버렸다.

사령관이 명령했다.

"한쪽 끝에서부터 철거해. 한쪽은 이 난민들을 밖으로 끌어내고, 다른 팀은 텐트를 철거하는 것을 계속해라."

그 누구도 찍소리 하나 내지 않았다. 숨소리도, 신음 소리도.

쉴레이만 카흐야, 군수, 사령관은 문득 한 텐트의 주변을 여자들과 아이들이 감싸고 있는 것을 목격했다. 헌병들이 개머리판으로 때리고, 말로 타일러도 텐트에 딱 붙은 여자 하나를 떼어내지 못하고 있었다. 이를 악물고 애를 써도 헌병들은 서로 딱 달라붙어서 한 사람처럼 된 사람들 무리를 떼어낼 수가 없었다. 헌병들이 힘을 줄수록 사람들은 더욱더 달라붙어서 하나가 되어 갔다.

쉴레이만 카흐야가 흐릿해진 눈으로 바라보면서 떨리는 입술로, "멈추시오, 사령관님, 헌병대를" 하며 흐느꼈다.

"이 텐트에는 손 못 대요. 이 텐트들에 손대지 마시오, 당장 갈 테니 말이오.”

사령관이 헌병대에게 명령했다.

“멈춰라. 그만 이리 와라. 텐트가 어떻게 된 거지?”

헌병들이 멈추었다. 쉴레이만 카흐야가 여인들에게 말했다.

“여러분도 그만두세요. 비켜나서 텐트들을 접으세요, 갑시다.”

군수가 말했다.

“이 텐트에 한번 들어가 보아야겠다.”

사령관도, “들어가 보아야겠어” 하면서 의혹이 섞인 말로 중얼거렸다.

쉴레이만 카흐야가 앞장을 섰다. 그들은 텐트로 들어갔다. 텐트는 텅 비어 있었고, 기둥이 특이했다. 바닥에는 태양을 수놓은 오렌지색 매듭 장판이 깔려 있었다. 아주 오래된 것이었다. 해진 장판인데도 색깔이 생생하기만 했다. 태양 문양이 빛을 내며 빛나고 있었다. 한쪽 귀퉁이에는 가죽이 벗겨진 북이, 그 옆에는 톱, 깃털이 세워져 있었고, 깃털 옆에는 긴 깃발 같은 것이 꽂혀 있었다. 텐트의 기둥에도 역시 비단으로 만들어진 구슬 달린 상자에 코란이 걸려 있었다.

군수가 물었다.

“이게 다 뭔가? 무엇 때문에 이 텐트가 그리도 중요하지? 신성한 건가?”

“우리 부족의 신물입니다.”

땅바닥에 엎드리기라도 하는 것처럼 쉴레이만 카흐야가 대답했다.

“아주 오래된 것들입니다. 호라산에서 지금까지 내려오는 것

332

이지요. 아무도 손을 대지 못합니다."

사령관도, 군수도 웃었다. 쉴레이만 카흐야도 그들에게 동조하며 웃었다. 그들은 밖으로 나왔다. 유목민들은 텐트를 접어서 낙타에 실었다.

주____

46 벵기(bengi)라고도 불리며, 에게(Ege) 지방에서 행해지는 민속놀이이다.

47 나스레틴 호자는 13세기(1208~1284)에 살았던 실존 인물이다. 그와 관계된 유명한 일화들이 많다. 풍자와 해학으로 사람들을 일깨워주는 이야기들이 구전문학으로 전해지고 있다.

48 터키의 전통 후식으로 밀가루 반죽을 동그랗고 얇게 펴서 유프카를 만든 후 호두 등을 넣어 구운 다음 꿀을 발라 만든다. 아주 달다.

49 터키의 전통 음식으로 요구르트, 밀가루, 고추, 토마토, 그리고 다양한 양념과 조미료를 넣어 만든 스프이다. 세계 최초로 끓여서 만든 스프라고 전해진다.

50 터키의 전통 음료. 요구르트에 물을 타서 만든다.

20

갈대밭은 깊고 긴
개울을 따라 넓은 신작로와 나란히 평원으로 뻗어 있다. 평
원에서 가까운 곳에 있는 갈대밭은 광장으로 이어지는데 숲
처럼 보이기도 했다. 카라출루 사람들의 유적지. 그리고 나
무 한두 그루…… 저 멀리 해가 질 때면 아나바르자 돌산과
무너진 황무지가 보였다. 무너진 황무지에도 뱀들과 요정,
그리고 마술사들의 파디샤가 산다.

아나바르자 돌산에 사는 커다란 독수리들. 독수리들은 한
마리 한 마리가 모두 비행기만큼 컸다. 불멸의 독수리 왕도
이곳에 산다. 독수리 왕은 독수리를 백 마리 정도는 합해놓
은 것처럼 컸다. 그러나 날지는 못했다. 날개가 쇠로 만들어
져 있기 때문이다. 어쩌면 독수리 왕은 독수리 백 마리, 아니
오백 마리 정도를 쇠 날개와 몸통 아래로 숨겨놓았다가 자기
가 원할 때만 꺼내서 추쿠로바나 빈보아 산, 아니 온 세상 위
로 날게 하는 것인지도 모른다. 한 달, 두 달, 천 년…… 결국
에는 새들을 데려와서 궁전에 모셔놓는다. 독수리 왕은 아주
영리하다. 독수리 왕의 침은 어떤 약도 듣지 않고 별다른 처
방이 없다는 희귀병에 특효약이다. 거대한 추쿠로바에 떨어
진 이 조그만 송골매 한 마리. 그러니 어쩌란 말인가…… 독

수리 왕의 궁전이 그토록 가파르고 도저히 도달할 수 없는 곳에 있으니, 독수리 궁전에는 아무도 가볼 수 없다. 한 명, 꼭 한 명 그 궁전에 올라갈 수 있다는데, 그 사람이 바로 궐렌오울루 하즈이다. 그런데 그 사람도 독수리 왕의 눈을 보자 기절하여 쓰러졌다고 한다. 그리고 독수리들이 날아와서 기절해 있는 사람을 밑에 있는 평지로 데려다놓았다 한다. 아프지 않게 살포시 땅에 내려놓았다고 전해진다.

하산이 앞서서 갈대밭을 향해 걸어갔다. 손에 송골매를 들고 셀라하틴이 머뭇거리며 그 뒤를 따라 걷고 있었다. 아이들은 긴장한 듯 말이 없었다. 생각에 잠겨 아무 말도 하지 않았다. 셀라하틴은 두려움에 떨며 머뭇거렸다. 걷고 있는데도 자꾸만 뒷걸음쳐졌다. 만일 송골매가 날아가버리면, 가서 다시 돌아오지 않으면 어쩌지? 만일 돌아온다 해도 새를 잡아서 가져오지 않으면…… 이건 야생 송골매인걸! 야생 송골매를 어떻게 훈련을 시킨단 말인가? 셀라하틴은 지금까지 단 한 번도 송골매를 보거나, 훈련시킨 적이 없었다.

'이 송골매가 도망을 간다면' 하고 셀라하틴은 생각해보았다. 아버지가 유목민이 아니던가. 아버지 고향도 가파른 바위, 송골매 둥지가 있는 곳이 아니던가. 이 송골매가 도망간다면 하나쯤 더, 아니 열 마리, 열다섯 마리 정도는 더 잡아올 수 있을 것이다. 그래도 마음이 편하지 않았다. 이 손에 들고 있는 송골매는 잘생겼다. 눈이 아주 날카로웠다. 사람 말을 모두 알아듣고, 사람처럼 눈으로 답을 했다.

"하산" 하고 불렀다.

"잠깐 멈춰봐."

하산이 멈추었다.

셀라하틴이 그의 곁으로 오자 말했다.

"이 송골매는 야생이야, 아버지가 그러시는데, 훈련이 안 된 야생 새를 놓아주면 가서 돌아오지 않는대. 송골매를 겨우 한 마리 손에 넣었는데 이건 놓치지 말자. 이 송골매를 훈련시키자. 너하고 우리 둘이 매일 사냥을 나가서 새를 잡아오도록 하는 거야. 그 새들을 케밥을 만들어서 먹자. 매일 말야. 만일 송골매가 지금 날아가서 저 아나바르자 돌산으로 가버리면 우리는 어떡해?"

하산이, '맞아' 하고 생각했다. 순간 송골매를 케렘에게 주는 것이 아까웠다. 송골매를 여기 남게 해서 훈련을 시킨다면, 매일 매일 새를 잡아올 것이다. 케렘에게 송골매를 주면 그 아이는 송골매를 가지고 가버릴 것이다. 송골매도, 케렘도 다시는 보지 못할 것이다. 만일 송골매를 놓친다면 상병도 가만히 있지 않고 아이들을 모두 불러다 매질을 할 것이 뻔했다. 송골매 도둑들을 감옥에 처넣을 것이다. 아이들 중에서 한 명 정도는 매질을 견디다 못해 셀라하틴을 곤경에 빠뜨리려고 덫을 놓았다고 상병에게 불지도 모른다. 하산의 낯빛이 어두워졌다. 순간 하산이 그 자리에 멈추어 섰다. 얼굴이 순간순간 변하며 핏기가 돌았다가 어두워졌다가 했다. 케렘이 눈앞에 아른거렸다. 송골매 때문에 그 아이가 겪은 고초…… 어머니, 아버지가 타 죽게 된 것…… 아침부터 갈대밭에 숨어서 숨을 죽이며 이제나저제나 하면서 송골매를 기다리는 케렘. 케렘이 불쌍하기만 했다.

"안 돼, 안 돼, 셀라하틴. 우리 할아버지가 그러시는데 송골매들은 야생이 아니래. 그놈들은 훈련된 새들이래. 도망가지 않아. 날아가서 다시 사람의 팔에 내려앉는다고 했어. 좋잖아. 이제 저 송골매가 가서 공중을 가르고, 저 멀리 별에게로 날아가 그곳에서 노란 날개를 단 예쁜 새를 잡아서 우리에게 가져올 거야."

셀라하틴이 애원했다.

"송골매를 내일 날리자. 내일이 더 좋아. 너 아니? 우리 아버지가 그러시는데 내일 여기에 새가 많이 올 거래. 오디새, 비둘기, 메추라기, 꾀꼬리…… 온갖 새가 다 여기로 모일 거야. 오늘 송골매를 풀어줘봤자 결국 한두 마리 낚아올 거야. 내일 풀어주면 우리에게 얼마나 많이 잡아오겠어. 아침부터 저녁까지 하늘에서 새만 잡아다 줄걸. 우리도……."

그는 입술을 물었다가 한 번 혀로 핥았다.

"우리도 커다랗게 불을 피우고 새들을 구워서 먹는 거야. 이것 봐, 오늘은 새에 뿌려 먹을 소금도 안 가져왔잖아. 먹을 빵도 없고. 더구나 애들도 이리 많은데. 새 두 마리 가지고 간에 기별이나 가겠어. 내일 우리 둘이 같이 나가자."

하산은 속으로 그 말에 동의했다. 그 말이 옳다는 것도 알지만 그래도 자신들이 세운 계획을 포기할 수가 없었다. 하산은 케렘이 떠오르자 갑자기 발걸음을 멈추었다. 하산의 얼굴에 역력한 망설임을 셀라하틴은 놓치지 않았다. 그를 설득하기 위해서 말을 늘어놓았다.

케렘도 갈대밭 안에 웅크리고 앉아서 아이들을 바라보고 있었다. 케렘은, '하산아 포기하지 마라' 하고 알라와 흐즈르 님께 애원하며 기도하고 있었다.

"아름답고 신성하시며, 우리를 위해 다른 별로 가신 흐즈르 님. 당신이 이 송골매를 제게 내려주셨습니다. 당신 손으로 잡아 제게 주셨어요. 이 송골매를 그토록 가파른 바위에서 잡으려고 얼마나 고생이 많으셨어요? 두 손이 바윗돌에 찢어지고, 무릎도 발도 바위에 찢어졌겠지요. 당신이 하신 약속을 지키시려고 고생을 감수하신 게 당신 아니신가요? 위대한 알라께서도 당신을 도와주시지 않았던가요? 그게 아니라면 송골매 새끼가 그리 쉽게 잡히지는 않았을 텐데요. 당신이 그토록 고생을 하셔서 제게 잡아주신 그 송골매를 사람들이 빼앗아갔어요. 가져가서는 내게 다시 주지 않았어요. 한 번도 날려보지도 못한걸요. 그 아름다운 눈도 제대로 쳐다보지도 못했어요. 엄마, 아빠, 대장장이 후계자 할아버지도 모두 사람들 때문에 타 죽어버렸어요. 우리 부족 사람들 모두 불타 재가 되었어요. 남은 건 송골매하고 저뿐이에요. 그런데 당신이 주신 송골매도 지금 없어요, 사람들이 빼앗아갔어요."

그는 흐즈르 님에게 화가 났다.

"내 송골매를 돌려줘요. 송골매를 내게 주시더니 다시 빼앗아 가셨어요. 당신 말을 지키시려는 건가요? 그토록 샘터 머리맡에서 별똥별을 기다렸건만. 당신께 큰 걸 바라는 건 아니에요. 땅만 해도 그래요. 내가 빌지 않아서 모두들 나 때문에 타서 재가 되었어요. 만일 송골매 대신에 내가 겨울터를 달라고 했더라면…… 아, 이 돌대가리."

두 눈에 눈물이 고였다. 옆에 있는 아이들이 자기 눈을 보지 못하도록 고개를 옆으로 돌렸다. 혹시 다른 아이들이 그가 흐즈르 님과 했던 이야기들을 듣는 것은 아니겠지? 케렘은 혼자 중얼중얼하면서, 손과 팔을 흔들기도 하고, 화를 내기도 했다가, 일어났다 앉았다를 반복했다.

"자, 이게 기회예요. 셀라하틴과 하산을 설득해서 내 송골매를 찾아주세요. 아니면 저세상에 가서도 당신은 약속을 지키지 않는 사람이라고 떠벌리고 다닐 거예요. 아무도 당신을 믿지 않게 되겠죠? 아무도 드높은 하늘 밑에서 아침까지 밤을 지새우며 졸졸 흐르는 샘물 머리맡에서 당신을 기다리지도 않을 거예요. 그렇게 아세요. 당신은 약속도 지키지 않고, 소원도 들어주지 않고, 들어줘도 무슨 방법을 써서든 다시 빼앗아간다고 선전할 거예요. 별이 부딪치는 것을 보지 못했냐구요? 봤어요. 그 불빛이 눈을 부시게 하지 않았냐구요? 그랬어요. 그렇다면 돌려줘요, 그렇다면 내 송골매를 돌려줘요. 송골매를 당신에게서 지금, 당장, 이 순간 받고 싶어요. 자, 가서 내 송골매를 찾아와요."

순간 공포심으로 커다랗게 된 두 눈이 들어왔다. 바로 옆에 있는 아이의 눈이었다. 그는 신경 쓰지 않았다. 흐즈르 님과의 싸움을 계속했다.

"가서 가져와요!"

눈이 질끈 감길 뻔했다. 약속도 지키지 않는 분. 그러나 흐즈르 님이 두려운 건 사실이었다.

다른 아이들도 멀리 갈대밭 주변에서 셀라하틴과 하산의 이야기가 끝나기만을 기다리고 있었다. 그들이 무슨 이야기를 하고 있는지 궁금했다.

"내일도 날릴 수 있지. 송골매가 내일 당장 죽는 것도 아니잖아. 그런데 봐라. 아이들이 우리를 학수고대하고 있잖아. 오늘 날리지 않으면 안 돼. 아이들이 우리를 가만 놔두지 않을 거야.

더 이상은 우리도, 송골매 얼굴도 쳐다보지 않을 거야."

"도망가면 어떻게 해."

셀라하틴이 풀이 죽어 고개를 떨구었다.

"도망가면, 우리 아버지가 나를 죽이려 하실 거야."

한순간 하산은 셀라하틴이 풀이 죽은 것를 보고 케렘보다 더 불쌍하다는 생각이 들었다. 그러나 금방 정신을 차렸다.

"도망 안 가. 송골매는 도망 안 가. 봐라. 하늘에도 새들이 가득하잖아!"

그는 하늘을 날고 있는 새들을 가리켰다.

"자, 여기 서서 이렇게 이야기만 하고 있을 동안 지금까지 큼지막한 새를 물어왔을 거야. 송골매가 얼마나 멋지게 나는지 볼 수 있었을 것 아냐."

그는 서둘러 갈대밭으로 걸어갔다. 셀라하틴도 홀린 듯 뒤를 따라 걸었다. 아이들도 갈대밭으로 뛰어들었다.

하산이 소리를 질렀다.

"자, 자, 송골매를 내봐. 아이고, 빨리, 빨리. 새들이 다 가버리잖아, 가버린다구!"

다른 아이들도 소리를 질러댔다.

"간다, 다 간다!"

송골매는 셀라하틴의 손에서 하산의 손으로 넘어갔다. 그 손에서 또 가장 가까운 곳에 있는 아이 손으로 넘겨지고, 또 다른 손으로……

하산이 하늘을 가리켰다.

"봐, 봐, 보라구. 송골매가 새를 어떻게 잡는지!"

함성 소리, 고함 소리, 손바닥 치는 소리…….

340

"봐, 다가갔어. 잡았다. 잡았어. 날갯짓을 하잖아. 와! 어미새인가? 기막힌걸."

셀라하틴은 두 눈을 하늘에서 떼지 못했다. 두 눈을 크게 뜨고 송골매와 다른 새들이 겨루는 것을 보려고 노력했다. 그도 다른 아이들과 함께 소리를 질렀다.

"잡아, 잡아, 그걸 잡아!"

"아이고, 어미에게 한 번 부딪치더니, 깃털을 날렸네. 놓쳤나봐. 다시 다가간다, 잡았다!"

셀라하틴은 기쁨에 차서 소리쳤다.

"어디? 어디, 난 안 보이는데, 어디?"

쉴루가 셀라하틴의 팔짱을 끼었다.

"자, 저기, 봐, 새가 깃털 뭉치 같잖아. 송골매가 깃털을 뽑는다."

쉴루가 갑자기 소리를 질렀다.

"봐, 하산! 한 번 더. 한 번 더 시도했어. 지금 세 마리를 동시에 잡으려 해."

셀라하틴이 "세 마리를 동시에 잡다니" 하면서 좋아했다.

"멀리, 멀리, 멀리, 아나바르자 쪽으로 세 마리를 쫓아가네" 하면서 하산이 소리를 질렀다.

"아, 송골매를 눈에서 놓치면 안 돼!"

아이들이 모두 갈대밭에서 나왔다. 먼저 하산, 뒤에는 셀라하틴, 그 뒤에는 다른 아이들이 아나바르자 쪽 하늘을 보면서 이야기를 나누기 시작했다.

그들은 공중에서 한 무리 새를 보았다. 새 무리들은 빠르게 갈대밭 위에서 제이한 강가로 날고 있었다.

"뛰어들었어. 새 무리 속으로 들어갔어!"

하산이 있는 힘을 다해 긴장되는 듯이 손을 부비며 소리를 질렀다.

"새 무리를 한껏 헤쳐놓았어. 새들이 도망가네. 새들이 흩어졌어. 한 마리를 잡았어! 봐, 봐, 셀라하틴, 우와, 대단한 송골매야, 대단한 송골매."

아이들은 흘러간 새 무리를 보며, 서로 눈을 찡끗거리며 웃음을 주고받았다. 웃음을 참느라 애를 쓰고 있었다. 갑자기 웃음보가 터지고 커다란 함성이 평원을 메웠다.

"잡았다, 가져온다. 잘했다! 잘했다, 송골매!"

그들은 다시 갈대밭으로 들어갔다.

갑자기 아이들이 얼어붙은 듯 고함을 멈추었다. 두 눈을 공중에서 땅으로, 땅에서 공중으로 왔다 갔다 해보았다. 하산이 괴롭다는 듯이 울먹이며 말했다.

"사라졌어."

"송골매가 어디로 갔지? 새를 발톱으로 잡아서 깃털을 날리며 오고 있었는데."

쉴루가 말했다.

"분명 내려왔어."

"내 눈으로 똑똑히 봤어. 여기 수풀 안으로 들어갔어. 지금 새를 먹고 있을 거야. 먹어치우기 전에 잡아야 해."

아이들은 수풀 안으로 뛰어들어갔다. 이번에는 셀라하틴이 앞장을 섰다. 얼굴이 까맣게 타서 건드리면 울 것만 같았다. 그들은 수풀에 다다랐다. 오랫동안 밑동 하나하나까지 꼼꼼히 수색해보았다. 그러나 송골매도, 다른 새도 보이지 않았다. 작은 털

하나도 찾을 수 없었다.

"아래쪽 수풀로 갔는지도 몰라."

무스타파가 말했다.

"내려오는 것을 나도 보았어."

하산이 말했다.

다른 아이들도 거들었다.

"우리도, 우리도 보았어."

아이들은 흩어졌다. 초목을 하나씩 하나씩 수색하기 시작했다. 그러는 사이 저녁이 되었고 해가 졌다. 아이들은 송골매를 찾는 일을 고집하며 수풀과 갈대 밑동을 수색했다. 아무도 입을 열지 않았다. 결국 셀라하틴의 울음보가 터지고 말았다.

"내가 너희들에게 그랬잖아. 이 송골매는 야생이라고 했잖아. 훈련을 받은 게 아니라고 했잖아. 도망가버렸어. 이제 우리 아버지가 나를 때려 죽일 텐데."

"아무 일도 없을 거야."

하산이 말했다.

"울지 마, 어쩌면 송골매가 지금쯤 집으로 갔는지도 몰라. 새를 잡아서 집에 가져갔을지도 모르지. 원래 좋은 종자들은 그렇게 한다고 할아버지가 그러셨어. 우리 할아버지가……."

셀라하틴은 이제 더 이상 말을 하지 않았다. 고개를 빼고 흑흑 울고만 있었다. 아이들은 모두 그가 가여운 마음이 들었다.

메멧이 말했다.

"울지 마, 셀라하틴. 울지 마, 내일도 모레도, 저 아나바르자 돌산까지 모두 뒤져서 네 귀한 송골매를 우리가 찾아줄게."

"찾을 수 있을까?"

셀라하틴이 물었다.

"그럼."

하산이 그에게 확신을 주었다.

"와, 송골매 참 잘도 날더라. 화살 같던걸."

"총알 같던걸."

무스타파도 말했다.

"공중에서 새를 한 마리 낚아챘어. 그 새가 송골매보다 세 배는 큰데도 말야. 새의 깃털이 온 하늘에 날렸어."

"공중에서 그 새를 먹었어."

오스만이 말했다.

"아이고, 어머니, 와우. 이런 송골매는 처음 봐. 진짜 족보 있는 새인가 봐."

"그럼, 그럼. 천 마리나 되는 새 안으로 뛰어들었어. 새들이 공포에 질려서 철퍼덕철퍼덕 땅으로 떨어지던걸."

쉴루가 말했다.

하산이 말했다.

"지금 어딘가 앉아서 전부 먹었을 거야. 그래서 우리에게 안 오는 걸 거야."

셀라하틴은 이 모든 것을 직접 보지 못했다는 것이 송골매가 사라졌다는 것보다 더 속이 상했다. 그렇지만 아무에게도 말을 하지 못했다. 한 번, 단 한 번만이라도 송골매가 새를 잡는 것을 직접 두 눈으로 보았다면 송골매가 사라졌다 한들 이렇게 마음이 아프지는 않았을 것이다.

아이들이 마을에 도착했다. 어둠이 내렸다.

케렘은 송골매를 찾고는 기쁨에 들떠 길을 떠났다. 날아갈 듯이 길을 걷다가 멈추다가 하면서 송골매를 쓰다듬고 입을 맞추었다.

하산이 말했다.

"셀라하틴, 내일 아침 동이 트기 전에 우리에게 와. 얘들아, 너희들도 같이 와. 그 귀한 송골매를 수색해서 찾아내자. 더 이상 그런 송골매는 우리가 잡을 수 없을 거야. 와, 대단한 송골매야…… 창공을 장악하다니."

아침 일찍 셀라하틴과 아이들은 모두 하산의 집 마당으로 모여들었다. 하산이 곧 준비하고 나왔다.

그날 아이들은 저녁까지 모든 것, 케렘도, 대장장이 사디도, 자신들이 꾸민 음모도 모두 잊고 마음을 다해서 송골매를 찾아 헤맸다. 다음 날도, 또 그 다음 날도 찾아 헤맸다. 그들은 희망을 버리지 않았다. 도망간 송골매는 어느 날이든 결국 찾아낼 것이었다. 이렇게 종자가 좋은 송골매는 사라져 도망치지 않는 법이니 어느 날 결국 다시 돌아오고야 말 것이었다.

21

아다나 시에 비가
내리고 있었다. 어둠 속 하늘에 홍수라도 난 것처럼 비가 쏟
아졌다. 비는 달구어진 프라이팬에 떨어지기라도 한 것처럼
곧 김이 되어 공중으로 날아올랐다. 비가 내리는 광장, 골목,
거리에는 아무도 보이지 않았다. 하이다르 우스타와 오스만
은 세이한 근처에서 아침 에잔이 울려 퍼질 때쯤 비를 만났
다. 그곳에 그렇게 멈추어 서서 무엇을 해야 하는지, 어디로
가야 하는지, 어쩔 줄 몰랐다. 하이다르 우스타는 붉은 턱수
염을 쓰다듬으며 바닥에 무릎을 꿇고 꼼짝도 하지 않은 채
두 눈으로 흘러가는 강물을 바라보면서 생각에 잠겨 있었다.
비가 오기 시작하자 정신이 들었고 뼈마디까지 쑤셨다. 수년
동안 밤낮, 나이를 따지지 않고 애를 쓰고 일을 했건만 이토
록 힘이 든 건 처음이었다. 그날이 다가오는구나, 하고 그는
생각했다. 대장장이 가마의 종말도 다가온다. 이 가마, 풀무,
망치, 이토록 힘센 팔로도 더 이상은 세상에 불꽃을 튀게 하
지는 못할 것이다. 이 거대한 도시에 수탉 한 마리 없는지 닭
울음소리 하나 들리지 않았다. 짖어대는 강아지 한 마리 없
었다. 사람들은 호들갑을 떨면서 이야기를 나누든지 아니면
멈추지 않고 시끄럽게 코를 골면서 잠을 잔다. 도시에 어둠

과 홍수 같은 비가 들이닥쳤다. 더럽고, 김이 서린, 비와 물이 섞인, 불빛도 없는 도시…….

하이다르 우스타는 하이다르 '우스타[5]'란 칭호를 얻고 난 이래 이렇게 많은 비를 만난 것이 처음이었다. 사람 눈은 쳐다보지도 않고 힐끗힐끗 훔쳐보기만 하며, 일만 복잡하게 만드는 겁쟁이인데다가, 흥분을 참지 못하고 날뛰면서, 남의 말이라고는 아랑곳하지도 않고, 부화뇌동하는 이런 사람들과 만나본 것도 처음이었다. 그는 저명하고 위대하다는 라마잔 오울루 역시도 눈썹을 치켜세우고 꼿꼿하기만 하며, 음모 따위는 모른다는 순진한 아이 같은 얼굴을 하기만 했지, 단 한 번도 자기 얼굴을 똑바로 쳐다보지도 않았다고 생각해보았다. 누구를 만나도 겁 많은 사슴처럼 눈을 피했다. 이 족속, 눈을 피하는 자들이 무슨 일을 하겠나…… 저명하고 위대하신 라마잔오울루, 파샤 중의 파샤인 이스멧, 무스타파 케말을 떠올리며 그는 말 등에 올라탔다. 오스만이 앞서서 비에 젖은 아다나 도시로 말을 몰았다. 그곳에 있는 집들조차도 얼굴을 가리고 눈을 피하는 것 같았다. 사람 눈을 쳐다보지 못하는 것이다. 이 사람들은 죄가 많은가 보다. 두 손으로 얼굴을 가리고 있는 것을 보니.

휘르쉬트 씨가 길을 지나고 있었다. 함께 걷는 사람들은 출신 가문을 잊기라도 한 것처럼 호들갑을 떨고 수선을 피웠다. 휘르쉬트 씨는 소파까지 책을 쌓아놓고 책 속에 묻혀 살았다. 그는 책을 집필 중이었다. 케렘 알리가 그를 보았다. 꼭 그를 불러보고 싶었다. 궁금했다. 유목민 원로는 꽤나 엉뚱한 사람이었는데, 그를 찾아갔던 이유가 뭘까? 꼿꼿한 몸, 붉고 튼실한 턱수염 털 하나하나에도 묻어나던 막막함과 슬픔. 곡(哭)을 웅얼거리던 유목민 원로는 무엇을 바라고 왔던 것일까?

"어르신, 어르신."

모든 아다나 사람들이 케렘 알리와 알고 지냈다. 그는 모두에게 따뜻하고 인간적이며 우호적으로 대했다.

휘르쉬트 씨가 멈추어서 케렘을 보았다. 얼굴이 밝아졌다.

"왜 그러는가, 케렘 알리?"

"이리 오십시오. 커피라도 한잔 하시지요."

휘르쉬트 씨가 돌아섰다. 그는 케렘의 가게로 무겁고 생각에 잠긴 듯이 걸어 들어갔다. 케렘이 땅을 가리켰다. 그리고 조수에게 커피를 가져오라고 시켰다. 그는 거대한 배꼽이 들썩일 정도로 좋아했다. 배꼽, 수염, 장대한 몸, 커다란 머리, 존중하는 눈빛이 어우러지며 그는 기쁘게 웃었다. 그러더니 갑자기 우울한 얼굴을 하고 물었다.

"선생님께 어제 커다란 플라타너스같이 덩치가 큰 유목민 원로 한 분을 보냈는데, 궁금하네요. 붉은 턱수염이 난 분이에요. 백 살 정도는 되어 보이시던데, 조금 엉뚱해 보이던걸요. 선생님께 뭐라고 했지요?

"자네가 내게 보낸 건가?"

휘르쉬트 씨가 물었다.

"진짜 특이하더구만. 말도 말게. 아직도 라마잔오울루 부족이 존재하는 걸로 알고 있더군. 내가 또 이 거대한 아다나 시의 주인이라도 되는 것으로 알더라구. 아주 특이했네, 케렘 알리. 게

다가 검을 만들었다는구만. 삼십 년 세월 동안 검만 만들었대."

"봤어요."

케렘 알리가 대답했다.

"그 정성과 의지에 감복했지요. 대단하더군요. 이런 시대에 그런 검을 누가 만들겠어요. 그렇잖아요?"

"그렇지, 아무도 없지."

휘르쉬트 씨가 말했다.

"지구상에서 이제 그런 검은 나오지 못할 거야."

"근데 뭐래요?"

"그 검을 나에게 줄 테니 그 대신에 정착할 수 있도록 땅을 달라더군. 아주 형편이 어려운 모양이야. 유목민들이 소멸해가고 있어. 땅 하나 때문에 목숨을 바치지만 그것도 손에 얻지 못하나 보더군."

"그럼, 어떻게 되는 건가요?"

케렘 알리가 물었다.

"이제 그 사람들은 어떻게 되는 건가요? 그렇게 소멸해 사라지는 건가요?"

"우리처럼."

휘르쉬트 씨가 대답했다.

"그 사람들도 우리처럼 끝났어."

"어르신 일가는 끝나지 않았어요."

케렘 알리가 대답했다.

"뿌리가 어디에선가 출현할 거고, 다른 어느 땅에선가도 대를 이어가고 있어요. 살 곳이 있으시잖아요."

커피가 왔다. 두 사람은 서로 마주 보며 담배를 피우기 시작했다.

그들은 아무 이야기도 하지 않았다. 마주 보며 생각에 빠져 있었다. 휘르쉬트 씨는 봉건영주 출신이어서 전통적인 가문에 대해서 생각이 많았다. 공부도 많이 했고, 많이 배운 사람이었다.

모든 부족이 소멸했지만 어찌된 이유인지, 어떤 능력 때문인지 라마잔오울루 부족은 끝이 나지 않았다. 아래로 다섯, 위로 다섯이 현재 아다나를, 아다나 정치를 주무르고 있었다. 일부 권력도 역시 라마잔오울루에게 집중되어 있었다. 그리고 농장, 은행의 동업자, 수출업, 수입업, 공장, 극장 등도 소유하고 있었다. 앙카라에서 국회의원, 장관들도 배출했다. 그들은 언제나 지도자 대열에 있었다.

스바스[52]에 있는 자드오울루, 가부루 산[53]의 파야스오울루, 코잔오울루, 중부 아나톨리아에 순구루오울루, 아이든오울루, 카라만오울루, 다니쉬멘오울루, 차판오울루도 소멸하지 않았다. 메테쉬오울루가(家), 하미드오울루가(家), 둘카디르오울루가(家)도 소멸하지 않았다. 마지막 둘카디르오울루 하즈는, 안드르의 읍내에서 가죽 공장을 하며 불쌍하게 살고 있다. 그러나 라마잔오울루 가문에는 이렇게 가난해진 사람이 없다. 이유가 무엇일까? 이것에 대해 생각해볼 필요가 있다고 휘르쉬트 씨는 생각했다. 이건 아주 재미있는 일이다. 우리 말고 계속되는 부족으로 마니사[54]에 카라오스만르오울루가(家)가 있다. 뼈대 있는 두 가문이 겪은 이야기들은 서로 무척 비슷했다.

라마잔오울루의 뿌리는 셀축 왕조[55]에서부터 오스만 왕조[56]에까지 이어졌다. 셀축 왕조의 땅은 척박해지고, 말라 풀이 자랄 수 없게 되어버렸다. 라마잔오울루는 그러자 기름에서 털을 골라내듯이 썩은 땅을 버리고 비옥한 오스만 왕조 땅에다 뿌리를 내렸다. 바쿠에 있는 이집트 출신 메멧 알리 파샤의 아들, 이브라힘 파샤도 군사를 이끌고 새로운 땅 아다나로 와서 땅을 점령했다. 라마잔오울루는 어느 순간 이브라힘 파샤와 협상을 하더니, 오스만 왕조의 썩어가는 땅에서 그 뿌리를 캐내 다시 이집트의 풍요로운 땅에 이식했다. 무슨 우연의 일치인가, 운명의 유사성과 통일성이라니! 카라오스만르오울루도 같은 방식으로 오스만 왕조 땅에 뿌리를 내렸다. 그도 이브라힘과 협상을 했다.

공화국이 출범하자 민중의 정당이 만들어졌다. 이번에는 라마잔오울루도 새로운 공화국 땅으로 뿌리를 옮겼다. 공화국 초기 라마잔오울루는 아무 일도 없었다는 듯이 공화국주의자가 되어 앞장섰다. 그 사람들 중에서 국회의원도 나오고, 정당 대표도 나왔다. 민주당이 창설되었다. 그들은 다시 뿌리째 통째로 새로운 영토로 옮겨갔다. 휘르쉬트 씨는 다른 땅들은 썩어도 라마잔오울루가(家)의 땅은 썩지 않는다며 우쭐댔다. 이제 또 한차례 폭풍이 몰아닥칠 것이다. 회오리바람이 불 것이다. 아직도 소작농들은 분노하고 있다. 소작농들의 땅에 라마잔오울루가 뿌리를 내릴 수 있을 것인가? 그것은 알 수 없다. 그는 혼자서 웃었다. 누가 알겠나, 얼마나 그 뿌리가 튼튼한지. 어떤 땅에나 적응을 잘하는 이상한 나무라면 여기에도 뿌리를 내릴 것이다.

그는 웃다가 갑자기 우울한 마음이 들었다. '남은 게 뭔가, 라마잔오울루에 뭐가 남았단 말인가' 하고 생각했다. 카이세리 출신들, 짐꾼이었던 그 사람들이 한 조각씩 땅을 사들여 지주가 되더니, 서툴게 사람들에게 접근하여 위대한 가문 라마잔 사람들의 족보를 사들이고 있다.

케렘 알리가 말했다.

"무슨 생각을 그리하세요. 아주 골똘히 생각을 하시던데요."

"우리도 끝났네, 케렘 알리. 아직 건재한 것처럼 보이긴 해도 우리도 끝났어, 케렘 알리. 그 사람들과, 그 유목민들과 더불어 죽어가고 있어, 케렘 알리."

케렘 알리가 속상하다는 듯이 말했다.

"그게 말이나 되요?"

"아직 순수 혈통이 살아 있어."

휘르쉬트 씨가 말했다.

"탈립 씨가 살아 있고, 외메르 지주가 남았고, 쇠디 씨가 남았어" 하고 휘르쉬트 씨가 말했다.

"라마잔 가문은 죽었어. 우리는 죽어가고 있어. 땅 주인이 된 사람들은 자기 땅이 썩어 문드러질 때까지 살아남겠지. 그 사람들의 땅은 썩었어. 아주 썩었다구…… 그 사람들은 이십 년이면 땅을 못쓰게 만들 거야. 이건 확실해. 그 사람들은 땅을 하루아침에 먹어치우지. 아니면 땅속 깊은 곳까지 뿌리를 내리지 못해. 도저히 도달할 수 없는 깊은 땅속 어딘가가 있는데 말야. 케렘 알리, 이보게. 회오리바람은 세상을 뒤흔들고 가버리지. 저 소작농 무리들을 보게. 개미 같지 않나. 일하고 벌고 먹고 마시고 편하게 사는 게 꿈이지. 이 사람들이 이렇게 빈곤하게 사는데, 집도 절도 없이, 속수무책으로 끝까지 버티겠나? 케렘 알리, 자네가 보기엔 그게 말이 돼? 그러니 이 땅이 벌써부터 썩은 거지."

"벌써 일이 시작되었다는 얘긴가요" 하고 케렘 알리가 물었다.

"얼마 안 남았어."

휘르쉬트 씨가 말했다.

"그 사람들도, 우리도…… 우린 민중 속에 있던 우리 뿌리를 캐다가 지배자 땅에 꽂았네. 그러니 우리도…….."

케렘 알리가 말했다.

"……."

휘르쉬트 씨가 책을 챙겼다.

"잘 있게, 케렘 알리."

그는 나가버렸다.

밤이 되자 비가 내리기 시작했다. 케렘 알리는 아스팔트에 탁탁거리며 떨어지는 빗방울을 바라보았다. 머릿속에 도저히 풀리지 않는 복잡한 생각들이 떠나지 않았다. 그런데 맞은편을 보니 유목민 원로가 서 있었다. 빗속에 무슨 망령이라도 된 것처럼 다시 나타난 것이다. 노인도 그를 보자 매우 반가워했다. 노인의 말도, 옆에 있는 남자도, 노인도, 붉은 턱수염도 흠뻑 젖어 있었다.

"들어오세요, 어서 오세요, 들어오세요" 하고 그는 하이다르 우스타를 불렀다.

"오셔서 차든 커피든 한잔 드세요. 흠뻑 젖으셨군요, 어서 오세요."

그는 비를 맞으며 문밖으로 뛰어나갔다. 하이다르 우스타가 아스팔트 길을 가로질러 그에게로 다가오고 있었다. 그는 우스타의 팔짱을 끼고 부축하여 안으로 모셨다.

"많이 젖으셨군요…… 이러다 병나시겠어요."

오스만도 안으로 들였다. 말은 가게 문고리에 묶었다. 말의 앞 안장과 뒤 안장에서도 물이 홍수처럼 아래로 흘러내렸다.

하이다르 우스타가 케렘 알리의 눈동자를 바라보며 말했다.

"말해보게, 착한 사람."

그는 뭔가 짜증이 난 아이처럼 화를 내며 물었다.

"이스멧의 곁으로 가려면, 어디로, 어떻게, 누구와, 무엇을 타고 가야 하나? 거기를 가야 하네. 그것 말고는 방법이 없어."

케렘 알리는, '이스멧 파샤는 당신 검을 쳐다도 보지 않을 겁니다. 앙카라로 가도 그분을 만날 수는 없을 겁니다. 만나서도 당신 고충 따위는 들은 척도 하지 않을 겁니다. 이스멧 파샤는 그런데 관심이 있는 사람이 아닙니다'라는 말이 목젖까지 올라왔지만 결국 그 말은 하지 못했다. 마음속에서 지금까지 느끼지 못했던, 알지 못하던 감정이 욱하고 올라왔다.

그는 어떻게, 무엇을 타고 앙카라로 가야 하는지, 그리고 이스멧 파샤를 어떻게 만나야 하는지 자세히 일러주었다.

"조심해서 가세요. 행운이 함께하시길 빌어요."

그는 잘될 것이라고는 생각하지 않았지만 기도문을 중얼거리며 그를 보냈다.

주___

51 '우스타(usta)'는 터키어로 전문가, 장인(匠人)이라는 뜻이다.

52 터키 내륙지방에 있는 소도시.

53 가부루 산은 현재에는 터키 지중해 남부 도시 아다나(Adana)와 이스탄불 근교, 내륙지방 소도시 암마시아(Amasya) 등 여러 곳에 있다. 여기에서는 아다나에 있는 산을 일컫는 것으로 보인다.

54 에게 해 연안 지역 이즈미르 시 근교에 있는 작은 도시.

55 셀축 왕조는 11세기 아나톨리아 반도와 중앙아시아 그리고 아랍 등 방대한 지역에 거쳐서 번성했던 제국이며, 투르크족 중에서도 오우즈 부족의 제국이다. 13세

기에 멸망하였다.

56 13세기에 아나톨리아 반도에 세워져 제1차세계대전까지 삼대륙에 이르는 방대한 영토를 지배했던 투르크 제국이다.

22

헤르미테 산은 추
쿠로바 중앙을 향해 도끼같이 뻗어 있었다. 그 앞에는 제이
한 강이 흘렀다. 아래쪽에는 지중해까지 뻗어 있는 추쿠로바
평원이 있었다. 헤르미테 산은 추쿠로바 평원에 갑자기 불쑥
솟아 있기 때문에 아주 높은 산처럼 보였다. 실상은 등을 토
로스 산맥에 기대고 있는 작은 산으로, 불모지였다. 바위산
에 하나둘씩 잘린 초목들, 산딸기, 산나무 들이 있었다. 헤르
미테 산은 머리부터 발끝까지 수선화가 가득 핀다. 세상에서
가장 향기가 진한 수선화는 헤르미테 산의 수선화였다. 살구
꽃들도 아주 빨갛게 폈다. 헤르미테 산의 바위들은 뾰족했으
며, 보라, 하양, 연둣빛 점이 붉은 혈관처럼 퍼져 있는 아연
석이었다. 아연석은 부싯돌에 가깝게 단단하다. 이 산에는
절대로 물이 나지 않는다. 마른 산이었다. 단 한 군데 가늘
고, 손가락 반만 한 정도의 샘물이 헤르미테 마을 위에 있는
바위틈에서 새어 나온다. 이 샘물은 아주 오래전, 히티트 시
대부터 있던 것이라고 전해진다. 잡초가 우거진 헤르미테 산
은 아무짝에도 쓸모가 없다. 그런데 가파른 바윗돌 위에는
옛날부터 독수리 둥지가 있었다. 독수리가 얼마나 많은지,
시꺼멓게 바위들을 가득 덮을 정도였다. 지금은 독수리들마

저 떠나버리고 없었다. 어디로 갔는지는 아무도 알지 못했다.

부족 사람들은 지쳐 있었다. 이제는 추쿠로바에 발 디딜 수 있는 땅이 어디에도 남아 있지 않았다. 적이 되지 않은 마을도, 사람도 남아 있지 않았다. 지난 십 년 동안 추쿠로바에 텐트 한번 안 쳐본 공터가 없었고, 가축 한번 풀어놓지 않았던 밭이 없었으며, 싸움 한번 안 해본 마을이나 사람들이 남아 있지 않았다. 마을 사람들은 이 부족이 아니면, 저 부족들과 반드시 한바탕 사연이 있었다.

쉴레이만 카흐야는 추쿠로바 한가운데 멈추어 서서 손바닥처럼 훤히 아는 이 땅에서 어디로 가야 할 줄을 몰라 막막했다. 짐을 풀 빈터나 그들에게 우호적인 마을을 찾을 수가 없었다. 어디로 가야 하고, 누구에게 가서 사정해야 한단 말인가? 겨울이 다가오고 있었다. 어젯밤 악차 벨리가 자기 텐트와 처자식을 데리고, 아무에게도 알리지 않은 채 부족을 버리고 떠나버렸다. 올해는 예순 개였던 텐트가 겨우 서른여섯 개로 줄었다. 작년까지 카라출루 부족의 텐트는 백 개 정도 되었다. 옛날은 고사하고 작년만 하더라도 이렇지는 않았다. 예전에 카라출루 부족이 추쿠로바에 올 때면 까만 텐트로 덮인 평원은 커다란 도시처럼 활기가 넘쳤었다.

봄까지 부족이 이대로 흩어져야 한단 말인가? 모두들 흩어져 모르는 곳으로 가버려야 한단 말인가? 쉴레이만 카흐야는, '차라리 모두 떠나 사라졌으면' 하고 생각했다. 하루빨리 사라져버려서 이런 바보 같은 짓도 그만두고 싶었다.

해가 뜬 이래로 줄곧 논이 펼쳐지는 이곳에 서서 아무 결정도 내리지 못하고 있었다.

"아크마샤트로, 나르륵크쉬라에 갑시다. 가서 그곳을 점령합시다. 가서 죽든지 죽이든지 하자구요."

페툴라가 말했다.

뮈슬림 코자도 그 생각에 동조했다.

"우리 아버지, 할아버지의 겨울터도 그 사람들이 빼앗아갔네, 우리도 지금 여기에 멈춰 서서 어디로 가야 할지 새처럼 생각만 하고 있지 않은가. 가서 우리 겨울터에 정착을 하세. 죽든지, 죽이든지 하자구. 우리 부족 꼴 좀 보게. 다 죽은 거나 마찬가지야. 제대로 죽어. 죽더라도 우리 겨울터에 가서 죽자구. 가서 끝을 내보지."

부족의 모든 남자들이 페툴라와 뮈슬림 코자와 생각을 같이했다. 그들은 당장 무리를 아크마샤트, 아니면 나르륵크쉬라로 몰고 가서 한판 싸우고 전투를 벌여서라도 옛날 겨울터에 자리를 잡고 싶어했다. 아무 결정을 내리지 못하고, 아무 말도 하지 못한 쉴레이만 카흐야는 이 생각 저 생각 때문에 머리가 깨질 것 같았다. 그래도 도저히 방법을 찾을 수가 없었다. 갈수록 얼굴색이 변하더니 화가 치밀었다.

"나르륵크쉬라에 마을을 만든 사람들이 오십 년째 그곳에 뿌리를 내리고 살고 있어. 땅을 손에 넣도록 오십 년 동안이나 눈감고 있다가, 이제 와서 우리 상황이 어렵다고 내놓으라고 하면, 나르륵크쉬라가 우리 땅이 될 수 있나? 카라디르겐오울루 데르비쉬 부족도 우리에게 아크마샤트에 가서 정착하라고, 그곳을 우리 둥지로 삼자고, 마을을 만들자고 좀 여러 번 말했으나, 그 사람들이 그토록 애원을 할 때 우리는 들은 척도 하지 않았네. 모든 추쿠로바가 전부 우리 것이라고 생각했지. 우리가 원하는 장소면 어디든지 가서 살 수 있다고 여겼지. 지금 우리가 형편이 어렵다고 죽든지, 아니면 죽이든지 하러 가자고 용을 쓰고 있다니. 우리가 전부 죽는다 한들, 우리가 추쿠로바 사람들 전부를 죽인다 한들 땅을 손에 넣는 게 가능하다고 생각하나?"

페튤라가 말했다.

"글쎄, 추쿠로바 길 한가운데 서서 뭐라는 겁니까. 그럼, 우리에게 방법을 찾아주세요, 아버지."

뮈슬림 코자가 말했다.

"방법을 좀 찾아주게."

부족의 다른 남자들도, "발 디딜 땅을 우리에게 찾아내시오" 하고 말했다.

쉴레이만 카흐야는 궁지에 몰렸다. 아크마샤트로, 나르륵크쉬라로 간다는 것은 마을 사람들과, 데르비쉬 부족과 전투를 벌인다는 것을 의미했다. 부족 사람들은 모두 흥분해 있었다. 싸움의 결과는 죽이든지, 죽든지 하는 것뿐이었다.

쉴레이만 카흐야는 고개를 들어 맞은편에 있는 보랏빛, 불모지 산을 쏘아보았다. 시간이 벌써 정오를 지나고 있었다. 동이 튼 후 지금까지 여기에 멈춰 서서 이 생각 저 생각만 하고 있는 중이었다. 뭔가 결정을 해야 했다. 쉴레이만 카흐야는 풀이 죽었다. 부족도 지쳐 있었다. 며칠 안에 어딘가에 짐을 풀어야만 했다.

그가 헤르미테 산을 가리켰다.

"저기로……. 지금으로서는 어쩔 수 없어. 며칠 동안 저기에 짐을 풀자.”

“아버지.”

페툴라가 신음하듯 말했다.

“거기에는 돌밖에는 없어요. 푸른 풀 한포기 없어요. 물도 없고, 아무것도 없어요. 그 산에서 죽자구요?”

“저기로.”

쉴레이만 카흐야가 눈에 힘을 주었다.

뮈슬림 코자가 말했다.

“쉴레이만!”

“이 사람, 자네 미쳤나? 그곳은 안 돼. 마을 사람들이, 그 황무지, 그 돌산에 정착을 해도 우리에게 땅을 디딘 땅값을 내라 할걸세.”

“산값을 받겠지요.”

페툴라가 거들었다.

“못 준다.”

쉴레이만 카흐야가 말했다.

“사람들을 저 산으로 데리고 가시오. 내게 생각이 있소.”

이주민들은 내키지 않는 발걸음으로 잡초가 우거진 불모지 헤르미테 산으로 방향을 틀었다.

“하이다르 우스타를 기다립시다.”

페툴라가 말했다.

“기다리라지요. 하이다르 우스타가 검을 이스멧 파샤에게, 라마잔오울루에게 바치면, 그 대가로 우리에게 겨울터를 줄 거라지요. 그런 생각을 다 하다니. 말도 안 되는 생각을!”

뮈슬림 코자가 말했다.

"이 사람 생각하는 것 좀 보게."

페톨라가 맞섰다.

"머리가 있다면 생각을 좀 해보세요. 이스멧 파샤가 땅이 있으면 자기 겨울터로 삼지 왜 우릴 주겠어요? 라마잔오울루 역시 땅이 생기면 자기 목초지로 삼을걸요. 맑은 샘물이 나온다 해도 저 혼자만 마실 거구요."

"조용히 해요."

압두라흐만이 말했다.

"사람들이 듣겠어요."

나이 든 부녀자들, 아이들, 소녀들, 새색시들이 길에서 이야기를 나누고 있었다.

"헤르미테 산으로 가서 정착한대. 그곳에서 하이다르 우스타를 기다린다네. 이스멧 파샤가 위레이르 땅 중에서 가장 좋은 곳을 우리에게 준대. 사흘 밤, 사흘 낮을 하이다르 우스타를 기다렸다가 나중에 우리 함께 위레이르 땅으로 갈 거래."

술탄 카르는 기다랗고, 쭈글쭈글한 손을 창공을 향해 뻗으며 말했다.

"빨리, 빨리 좀 와요. 희생양이 된 후계자 중의 후계자, 하이다르 우스타. 우리가 가진 돈도 바닥이 났어요. 더 이상은 방법이 없으니, 빨리 오시오, 우리의 사자여. 알라시여, 우리의 하이다르 우스타를 기쁨이 가득한 소식을 담아 무사히 돌려보내주세요. 돌아오는 여행길 내내 돌봐주시고, 길마다 기쁨을 담아 하루 빨리 우리 하이다르 우스타를 돌려보내주세요. 알라시여! 지금 우리는 아주 어려운 상황입니다. 더 이상 사람처럼 살 수 없어요. 정말로 힘들어요. 우리의 마지막 희망 하이다르 우스타시여,

당신에게 달려 있습니다. 알라시여.”

나이 든 아주머니, 새색시, 어린 소녀, 아이 들은 마음을 담고 또 담아서 하이다르 우스타가 돌아오기만을 학수고대하고 있었다. 한편으로 남자들 사이에는 회의적인 분위기가 퍼지기 시작했다.

다음 날 아침 그들은 헤르미테 산, 알르즐르 골짜기에 짐을 풀었다. 밤새도록 낙타 위에 타고 있던 아이들 말고는 아무도 잠을 자지 못했다. 그들은 짐을 풀고, 텐트를 쳤다. 목동들은 양들을 제이한 강가로 몰고 갔다. 쉴레이만 카흐야는 갑자기 부족 가축들이 반밖에 남지 않았다는 것을 알게 되었다. 가슴속에 분노가 치밀었다. 그러니까 오는 길에 하나씩 둘씩 흘렸든가, 잃어버렸든가 했던 것이다.

그는 온 부족 사람들을 불러 모았다.

“모두들, 남녀노소 가리지 말고 부족에서 숨을 쉬고 있는 사람들은 모두 모이라고 하시오.”

그는 품에서 금뭉치를 꺼냈다.

“이건 여러분들이 모아서 내게 주신 금이오. 이것으로는 아무 것도 못 해요. 하이다르 우스타도 떠나더니 아직 돌아오지 않았소. 지금 여러분들에게 금이 얼마나 남았든, 반지, 코걸이, 목걸이, 가지고 있는 것이 은이든, 돈이든 모두 내놓으시오. 카디르 오울루 데르비쉬 부족에게 가보겠소. 가진 게 이게 전부이니 이걸 가지고 대신 우리에게 겨울터를, 아크마샤트를 달라고 하겠소. 그는 영웅이오. 어쩌면 여자들 장신구를 보고 아무것도 안 받고 아크마샤트를 줄지도 모르오.”

부인들, 소녀들은 장신구를 풀어, 쉴레이만 카흐야 앞에 깔린 손수건 위로 차곡차곡 가져다놓기 시작했다. 제렌도 있는 것은 모두 모아서 쉴레이만 카흐야 앞에 가져다놓았다. 부족의 여자들이 모두 그녀를 적의 어린 시선으로 바라보았다. 그동안 다시 부족의 여자들은 그녀를 적대적으로 대했었다. 대부분은 제렌과 말도 하지 않았다.

쉴레이만 카흐야가 물었다.

"이게 전부인가?"

사람들은 이쪽저쪽 서로 바라보기만 했다. 그들은 아무 말도 하지 않았다. 술탄 카르가 발을 절면서 앞으로 나왔다. 쉴레이만 카흐야의 앞에 그녀가 우뚝 서더니 말했다.

"쉴레이만, 받으시오. 이걸 가져가서 우리가 살 수 있는 겨울터를 찾아와요. 이렇게는 안 돼요. 이건 내가 수의를 사려고 모아둔 금이오. 이걸 가져가서 우리에게 겨울 날 땅을 달라고 해요. 이게 뭐요, 우리 꼴이 이게 뭐냐구요, 쉴레이만. 하이다르 우스타도 돌아오지 않는구료. 이스멧 파샤가 아마도 그분이 만든 검이 마음에 안 들었나 보지. 이스멧 파샤가 그 사람을 체포한 건 아닌지 모르겠구려. 우리 하이다르 우스타도 가만히 있을 사람은 아닌데, 이스멧 파샤에게 뭐라고 했는지 누가 알겠어요. 그래서 그를 감금시켰는지도 모르지. 이걸 받아요. 겨울터 주인이 되고 나서 내가 죽거든 수의 없이 묻지는 마시오. 알겠어요? 아, 이스멧 파샤에게 그 검을 내가 대신 가져가는 건데 그랬구면."

쉴레이만 카흐야는 술탄 카르가 가져온 보자기를 풀었다. 거기 담긴 금덩이를 집어 다른 금뭉치 위에 던졌다. 이어 전부를 모아서 손수건에 싸 품 안에 넣었다. 사람들이 말을 준비해서 대령한 상태였다. 그가 말 등에 오르더니 골짜기를 따라 산 아래로 내려갔다. 부족 사람들이 모두 평지까지 따라 내려왔다. 평원에 서서 그를 배웅했다. 모두 갑자기 땅에 무릎을 꿇고 그가 빈손으로 돌아오지 않기만을 알라께 기원했다. 마음속으로는 박수도 치고, 기도문, 축원문을 암송했다. 쉴레이만 카흐야가 눈앞에서 멀어져 사라질 때까지 그곳에서 사람들은 무릎을 꿇고 빌었다.

무겁고 무겁게, 내키지 않는 듯 사람들은 땅에서 일어나서 텐트로 올라갔다. 가자마자 그들 앞으로 열다섯 명 정도 되는 마을 젊은이들이 나타나 앞을 가로막았다. 페틀라가 젊은이들에게 다가갔다.

"어서들 오시오."

페틀라가 말했다.

"안녕하십니까."

그들이 답했다.

페틀라는 그들을 텐트로 인도했다. 커피를 가져오라고 말하고, 아이란도 만들라 했다. 젊은이들은 페틀라가 보여주는 손님 접대 때문에 기분이 좋아져서 원하는 것을 말하기가 머쓱했다. 결국 타크 메멧이 가운데로 튀어나와 툭, 말을 뱉었다.

"페티 씨, 우린 우리가 받을 것을 받으러 왔습니다."

"받을 것이라니요?"

페틀라가 놀라서 물었다.

"산에 대한 권리지요."

타크가 맞섰다.

"산에 무슨 권리가 있단 말이요?" 하고 빈정대듯 페틀라가 물었다. 조롱 섞인 말투 때문에 젊은이들은 아주 기분이 상했다. 그들은 대단한 희망을 품고 여기 온 것이었다. 아주 큰돈을 받을 것으로 생각하고 있었다.

"보시오."

페툴라가 애원하듯 말했다.

"이보시오, 당신들 앞에서 코란에 손을 대고 맹세하리다. 한 푼도 가진 돈이 없어요. 조금 전에 우리 아버지께서 여자들에게 금붙이하고, 노인들 수의용 돈을 모아, 한 푼도 남겨두지 않고 떠났단 말이요. 예전 우리 겨울터였던 아크마샤트를 사오려고 한답니다, 그럴 수 있을지는 모르겠지만…… 우리도 당신들처럼 정착을 해서 마을을 만들려고 합니다."

타크 메멧이 아무 말도 듣지 못했다는 듯이 말했다.

"우리 생각으로는 안 될 말이오. 이 산도 우리가 지키는 산이오. 이 산은 우리 재산이란 말이오…… 우리가 있었다면……."

페툴라가 웃었다.

"이보시오, 당신들이 아니었다면 이 산이 그대로 있었겠냐고 말하고 싶으신 거요?"

"너 지금 우리하고 장난하는 거냐."

타크 메멧이 화약이 폭발이라도 하듯 불같이 화를 내며 벌떡 일어났다. 꼿꼿하고, 가늘고, 굽은 다리를 일으키면서 말했다.

"일어들 나라. 이 대가는 페티 나으리가 받게 될 거야. 자, 일어나."

그들은 화도 나고, 마음도 상하고, 무시당했다는 수치심 때문에, 복수하겠다고 단단히 벼르는 표정으로 골짜기를 성큼성큼 내려갔다.

페툴라는 자기가 했던 농담이 후회가 되었다.

"아이고, 이보게들, 이러지들 말게. 농담 한번 한 걸 가지고,

뭘 그러나? 이렇게 화를 내는 게 말이나 되나" 하면서 앞을 가로막고 그들을 멈추게 하려고 했지만 그 사람들은 멈추지 않았다. 얼굴에는 우리가 무슨 짓을 할지 두고 보라는, 기다리라는 표정이 역력했다.

페툴라는 그들의 마음을 돌리려고 애를 썼다. 앞을 가로막고 애원도 하고, 용서도 빌어보았지만 마음을 바꾸지는 못했다. 어느 바위 위에 철푸덕 앉아 가버린 사람과 작은 산을 하염없이 바라보고 또 바라보면서 한숨을 쉬었다.

"아아, 이 유목생활 지긋지긋하다. 이 유목생활을 시작한 사람이 누구인지, 어느 조상님인지 무덤 속에서 편히 잠들지 못하게 해주시오. 아, 이 유목생활 땅바닥으로 꺼지라지, 땅의 천 층 밑으로라도 떨어져라. 저놈들, 저 참새 같은 놈들, 저놈들 좀 보게⋯⋯."

그는 손을 하늘을 향해 펼쳐 들고 진지한 눈빛으로, "알라시여" 하고 애원했다.

"데르비쉬 부족 마음속에 선한 마음을 불어 넣으셔서 아크마샤트를 아버지에게 팔게 해주세요. 아니면 오늘 밤 우리 모두, 남녀노소 할 것 없이 모두 죽어요. 이런 폭력, 이제 그만 좀 겪게 해주세요."

아래쪽 평지에 마을 젊은이들이 모여서 이야기를 나누고 있었다. 뭔가 좋아하면서, 그를 보고, 나중에 보면 알아, 기다려, 하는 것처럼 눈짓을 하더니 각자 갈 길로 흩어졌다.

페툴라는 해가 질 때까지 앉아 있던 돌 위에 서서 일어나지 못했다. 온몸이 절구공이로 두들겨 맞은 것처럼 아팠다.

산 아래쪽 길 위에 말을 탄 누군가가 보였다. 타고 있는 말의 발이 풀린 것 같았다. 페툴라가 그를 보자 곧 누구인지 알아차렸다. 마음속에서 욱하는 감정이 올라왔다.

"더러운 놈. 빌어먹을 놈. 이런 것이 뭐가 사랑이야. 되먹지 못한 거지. 천 년 동안 고생해보라고 해. 여기에 오갈 곳이 없이 부족 사람 전부가 눈앞에서 텐트를 철거당하고 죽는다 해도, 넌 결코 제렌을 차지하지 못할 게다. 망할 놈. 네가 진심으로 사랑한다면 그토록 고생하는 부족 사람들의 고생 좀 덜어줄 수 있었을 것을. 그리만 했다면 제렌이 당장 네게로 뛰어갔을 게다. 망할 놈."

그는 그러나 한편으로 옥타이 씨가 가엽기도 했다. 그는 정말 사랑에 빠졌던 것이다. 사랑을 겪어보지 않은 사람이 그 마음을 어찌 알 수 있겠는가. 이 세상에 여자가 없어? 어쩌면 제렌보다 더 예쁜 여자가 있을지도 모른다. 그렇다면 왜 이렇게 고생을 한단 말인가? 그는 눈앞에 제렌을 떠올려보았다. 그렇지, 제렌보다 더 아름다운 여자는 이 세상에 없어. 옥타이 씨도 일리는 있어. 제렌의 꽁무니를 계속 따라다닌다 해도 그건 그럴 만하다.

23

불빛 위로 그림자
들이 날고 있다. 빨강, 연두, 파랑, 오렌지색. 불빛 같기도 하
고, 아닌 것 같기도 한 무엇들. 이 도시는 온통 이런 불빛들
이 채우고 있다. 별, 불빛이 새어 나오는 창문, 문들, 산 같은
건물들. 무스타파 케말의 묘지…… 묘지는 아침까지 빛에 잠
겼다 빠져나왔다 하기를 반복하더니 어느 언덕 위에서인가
우뚝 멈추어 서서 꼼짝도 하지 않는다. 불빛들과 크고, 거대
한 건물 그림자들…… 그림자들과 불빛들은 서로가 서로를
삼켰다 뱉었다 하면서 서로 부둥켜안았다 헤어졌다 한다. 자
동차들, 버스들, 트럭들, 불빛들이 날아가 사라지더니, 흐느
껴 울기도 하고, 말을 하기도 하고, 소리를 지르기도 한다.
앙카라는 거대한 불빛 속에 있다. 밤은 사라지고 있다. 거대
한 앙카라가 평원에 퍼져 있다. 높은 건물들은 서로 경쟁하
기도 하고, 이별을 하기도 하고, 이야기를 나누기도 한다.

불빛들, 높은 그림자들, 붉은 불빛들은 풀풀 흩어져 퍼지
더니 결국은 듬성듬성 무리를 지어 서로 만난다. 이어 다시
주먹 크기로 뿔뿔이 흩어진다. 결국 다시 불빛들은 빨강, 파
랑, 하양, 연두, 오렌지색으로 하늘로 퍼지며, 풀풀 날린다.
총알처럼 무겁게.

하이다르 우스타가 탄 버스가 앙카라에 도착한 것은 저녁 무렵이었다. 그는 피곤에 지쳐 버스에서 내렸다. 여행길 내내 이야기를 나누었던 웃는 낯을 한 젊은이도 내렸다. 하이다르 우스타는 그에게 뭔가 물어보려고 고개를 돌렸다. 그런데 젊은이는 이미 사라지고 없었다. 발길을 멈추고 군중 속에서 젊은이를 찾으려고 했지만 허사였다.

"이 사람들은 죄다 비슷하네."

그가 말했다.

"한 사람 콧구멍에서 '훅' 하고 빠져나왔는지…… 이 사람들은 얼굴에 핏기도 없고, 혈색도 좋지 않고, 웃음도 없어."

그는 군중 속에 섞여 사람들이 걷는 대로 따라 걸어서 넓은 광장 같은 건물 밖으로 빠져나왔다. 밖에는 자동차들이 줄줄이 쌓여 있었다. 붉은 기운이 감도는 숱이 많은 턱수염이 있는 하이다르 우스타는 오렌지색이 가물거리는 가죽 두건을 머리에 두르고, 가죽신을 신고 있었다. 몸집은 산처럼 거대하고, 키가 장대같이 컸다. 그는 사람들을 다치게 할까 봐 검을 손에 꽉 쥐고 있었는데, 긴 손가락이며, 복실복실 눈을 덮을 정도로 내려온 눈썹이 오가는 사람들 눈에 띄기 딱 좋았다. 그는 아직도 전봇대 아래에서 두리번거리며 뭔가를 찾고 있었다. 하이다르 우스타도 사람들이 호감 어린 시선으로 자신을 바라보고 있다는 것을 알고 있었다. 그럴수록 화가 치밀어 올랐다. 그는 며칠 동안이나 화가 나 있는 상태였다. 분노가 코끝에서부터 터져 나왔다.

"저놈들, 저놈들, 저거 봐라, 눈을 뜨고 쳐다보는 꼴이라니. 보라구. 눈을 떠라, 늑대들처럼, 잡아먹을 것처럼 말야. 이놈들, 네놈들은 사람 되긴 글렀다. 너희들이 제대로 된 사람이었다면,

우리도 이 꼴은 되지 않았을 텐데.”

좌우를 이렇게 화가 나서, 씩씩거리며 쳐다보는데 조금 전에 사람들 틈에서 잃어버렸던 길동무 젊은이가 눈에 띄었다. 그러나 금세 다시 놓쳐버리고 말았다.

“아이고, 이런 망할 놈의 앙카라! 사람이 어찌나 홍수처럼 밀려오는지, 한순간에 사람을 삼켜버리는구나.”

여기에 이렇게 서 있기만 하면 뭘 하겠는가? 오늘 저녁 이스멧의 집에 가야 하는가? 부족에서 떨어져 나온 지도 벌써 얼마나 되었던가, 얼마나 지났던가? 지금쯤 그 못된 추쿠로바 놈들이 부족을 벌써 몰살시켰는지도 모른다. 제렌도 어쩌면 그 뻔뻔하고, 몰인정하고, 돼먹지 못한, 대머리 그놈에게 주어버렸는지도 모른다. 사람들이 눈이 튀어나오도록 나를 기다리고 있을 것이다. 사람들을 삼십 년이나 달래왔다. 검이 완성되면 파샤들에게 이 검을 바쳐서 겨울터를 받아오겠다고 했었다. 부족 사람들을 삼십 년이나 애들 다루듯 구슬렸다. 그들은 삼십 년 세월을 단 하나의 희망으로 내 검을 기다렸다. 검으로 땅을 얻을 수 있는지에 대해서 그들은 삼십 년이나 논쟁을 했다. 그들은 반신반의했다. 그러나 또한 삼십 년을 오직 한 가지 희망으로 이 검을 기다려왔다. 이제 학수고대하면서 이 검의 행방을 지켜보고 있다. 이스멧의 일이 허사가 된다면? 교활한 이스멧, 그리스인의 눈을 빼먹고 손에 멋진 송골매를 들었던 이스멧, 영리하고 민첩하고 교만하고 뒤에서는 여우 천 마리와 돌아다니는 이스멧, 여우 천 마리보다 더 교만한 계략꾼 이스멧.

믿든, 믿지 않든 하이다르 우스타는 카라출루 부족의 마지막 희망이었다. 이스멧 파샤는 또 하이다르 우스타의 마지막 희망이었다. 이스멧 파샤가 통하지 않는 마을은 없었다. 그런데 멘데레스? 그는 또 누구란 말인가?

　사람들은 이스멧 장군에게 소식을 전했다. 그는 라마잔오울루 같지는 않을 것이다. 아직 그대로일 것이다. 백 살이나 된 손님, 더구나 자기에게 애원하는 손님을 책상 뒤에 숨어서 멀뚱멀뚱 바라보지만은 않을 것이다. 그 옛날 사람은 전쟁을 겪었고, 그리스를 무찔렀다. 눈앞에서 죽음과 부상을 겪은 이스멧 파샤인데, 설마 라마잔오울루 같지는 않을 것이다. 이스멧 파샤는 명성이 높은 무함마드 무스타파의 자리에 앉아 있다. 사람들은 이스멧 파샤에게 소식을 전했다. 유목민 원로, 대장장이 가문의 후계자 하이다르 우스타가 삼십 년 동안 당신을 위해서 검을 만들었다고 소식을 전했다. 이스멧은 아주 기뻐할 것이고, 기뻐서 수염을 떨 정도일 것이다. 어느 대장장이 가문의 후계자, 그것도 마지막 인간문화재 같은 사람이, 십만 년 족보가 있는 후계자 장인이, 이런 때에 자기에게 검을 만들어 바친단 말인가. 그것도 만 년을 전해 내려오는 기예를 담은 검을…… 이 검은 삼십 년이 아니라 만 년, 십만 년 동안 만들어진 검이다. 더 이상은 나오기 힘들다. 철이 생기고 난 후 지금까지 우리는 이 검을 이스멧을 위해서 구웠다. 이 마지막 검의 주인은 그분이다. 더 이상 무엇을 바란단 말인가! 케렘은 검을 만들지 않을 것이다. 이 사실을 그분도 알아야 한다. 케렘은 검을 만들지 않아. 그는 머리부터 발끝까지, 살점이 떨어져 나가고, 온몸이 벌에 쏘인 것처럼 쑤시고 저렸다.

　이 흘러가는 사람들 무리를 멈춰 세우려면 이 사람들에게 소리를 질러야 한다.

　'모르겠어요? 케렘은 검을 만들지 않습니다. 케렘은 가버렸소,

사라져버렸소. 내게 잘 있으라는 말 한마디 남기지 않고 가버렸어요. 케렘은 검을 만들지 않습니다, 들었습니까? 사람들?'

사람들 무리가 빛을 받으며 나왔다. 모든 게 그림자가 되었다. 빛들, 긴 건물들, 빨강, 파랑, 오렌지, 연두, 보라, 긴 불빛 기둥, 모든 것이 그림자가 되어 펄럭이더니 깨끗하게 정화되었다. 그림자들, 길고, 짧은, 불빛이 무시무시했다. 저 하늘로 뻗어 올라가더니 결국은 산산조각이 나 떨어졌다. 돌처럼 무겁게 떨어졌다. 뱅글뱅글 돌고 돌면서…… 케렘은 더 이상 검을 만들지 않을 것이다. 그는 손에 들고 있는 검을 눈앞까지 치켜들었다. 이스멧, 이스멧, 이스멧, 이것을 잘 알아야 한다, 이게 마지막이야. 마지막…… 이 세상에서 볼 수 있는 가장 아름답고 신성한 검이 바로 여기 있다! 여기! 이스멧!

이스멧이 이 검을 보면 좋아할 것이다. 하이다르 우스타에게 좋아서 고함이라도 지를 것이다.

'일어나라. 네가 아니라 우리가 자네의 면전에서 무릎을 꿇고 예를 갖추어야 할 것 같구나. 일어나, 일어나, 일어서거라. 우리 같은 파샤는 천 명도 나올 수 있다. 그러나 하이다르 우스타 같은 장인은 세상에 단 한 번 올까 말까 한 사람이다. 하이다르 우스타 사후에 또다시 이런 인물이 나기는 어려울 것이다. 더구나 손자 케렘도 대장장이를 원하지 않고, 검을 좋아하지 않는다는데, 이런 위대한 가문의 하이다르 우스타가 지구상에서 사라진다니…… 일어나, 일어서라! 우리가 자네에게 예를 올려야겠어!'

퇴비에만 내려앉는 까마귀가 정원 안에 핀 장미의 가치를 알수는 없는 법이니, 돈으로 족장을 산 사람이야 결국 기세가 등등하여 장인(匠人)의 가치를 알기나 하겠냐만, 이스멧은 지혜로운

372

파샤이고, 전통의 소중함을 아는 사람이다. 사람의 도리를 아는 사람이다.

'내 옆에 앉게, 하이다르 우스타. 좋구만. 아주 손재주가 좋구만, 하이다르 우스타. 자네가 불꽃 바다에서 만 년 동안이나 이 검을 만들었구만. 그렇지 않나, 하이다르 우스타. 철이 아니라 불꽃에서 이 검을 건져 올린 게 아닌가, 그렇지, 하이다르 우스타? 이 검을, 그 손으로 만 년이나 된 불꽃에서 건진 게야. 그렇지? 만 년, 십만 년 동안 세상의 모든 불꽃들을 모아 그 사이에서 단 한 자루 검을 만든 것 아닌가?'

대장장이 가마에 불이 지펴진 게 언제부터인지는 아무도 모른다. 숯, 불꽃, 불길이 홍수처럼 모여 눈이 되고, 근원이 되었다. 천지가 창조된 이후 줄곧 불은 이 땅 위에서 역사했다. 불길 속에서 하이다르 우스타는 검을 달구어왔다. 그런데 케렘은 사라지고 없다. 케렘은 철을 다루지 않을 것이다. 불꽃에서 검을 달구고, 불빛, 번개, 천둥으로 검을 일군다. 그러나 케렘은 불을 다루지 않을 것이다.

지치고 절망적인 상황이었지만 하이다르 우스타는 들뜬 마음으로 절망을 희망으로, 죽음을 생명으로 바꾸려고 애써보았다. 그러면서 앙카라 철도역 맞은편에 있는 전봇대 아래 우두커니 서 있었다. 이스멧 파샤와 손자 케렘을 생각하고 있었다. 절망감이 커질수록 이 두 사람에 대한 믿음과 사랑도 커져만 갔다. 결과는 뻔하다고 생각했다. 나쁜 생각은 쫓아내고, 기쁜 생각만, 이스멧이 자기에게 어떻게, 얼마나 멋지게 접대를 해줄지만을 생각하면서, 행복감에 젖어들었다.

'불빛에서 불기둥을 만들고, 철을 만듭니다. 불기둥에서 검을

건져냅니다. 만 년 동안, 십만 년 동안 그 일을 했어요. 검에서 불빛을 만들지요.'

사람들 홍수가 조금씩 줄어들고, 말소리와 동동거림도 줄고 있었다. 이 도시에 있는 사람들은 벌 같았다. 벌집 앞에 모여들어서 겹겹이 날고만 있었다. 서로서로를 먹어치웠다. 쉴 새 없이 날개를 떨면서 팔락이는 겁쟁이들…… 이 도시 사람들은 멋지기도 했다. 개미를 닮기도 했다. 개미집에 빗방울이 가득 차면 밖으로 나와서 젖은 햇살 아래 떨면서 몸을 말리는 얼굴이 노란 개미와 닮아 있었다.

하이다르 우스타는 장인이 된 이래로 자신을 초인적인 생물로 여겨왔다. 그러나 지금 이 순간 가슴속에는 전혀 다른 감정들이 일고 있었다. 순간순간은 자신이 토로스의 높은 산에서 내려온 도인처럼 반쯤 신에 가까운 사람으로 느껴지기도 했지만, 한편으로는 발아래 뒹구는 낙엽처럼 연고도 없고, 돌봐줄 사람 하나 없는 갓난아기같이 느껴지기도 했다.

'아! 케렘아, 아!'

덩치가 큰 남자가 하이다르 우스타 앞을 지나고 있었다. 멀쑥한 키와 평생 가위 한번 대지 않았을 법한 검은 수염도 그 사람의 앳된 인상을 가리지는 못했다. 사실 그는 아직도 아이로 보였다.

하이다르 우스타가 그의 앞을 가로막았다.

"이보시오."

남자가 멈췄다.

"말씀하세요. 뭐 물어보시게요?"

그들은 서로가 마음에 들었다. 나란히 서서 위쪽으로 걸었다.

"어디에서 오시죠? 출장이신가요?"

하이다르 우스타는 처음부터 있었던 일을 모두 그에게 말해주었다. 그는 숨을 내쉬었다. 힘이 들었던 모양이다. 그들은 관공서가 있는 곳을 향해 걸었다.

"자, 우리의 살아 있는 정부, 하산 휘세인 양반."

하산 휘세인이 말했다.

"그럼, 저기 좀 앉아서 더 얘기 좀 해봅시다."

그들은 카페테리아로 걸어 들어갔다.

하산 휘세인이 말했다.

"파샤를 만나는 건 어려운 일이에요."

"카라줄루 부족의 대장장이 후계자라고 소식을 전하면……."

하산 휘세인은 모든 것을 말하지는 않았지만 이스멧 파샤가 대장장이 후계자 따위는 안중에도 없다는 것을 도저히 말할 수가 없었다. 하이다르 우스타의 비정상적인 열망을 어떻게 도와줄 수 있을지 그 묘안만을 생각하고 있었다. 드디어 그가 말문을 열었다.

"도인! 다행히도 호라산에서 오신 것처럼 보이시는군요. 그 옛날, 천 년 전 상태 그대로 보여요."

이 말은 하이다르 우스타를 아주 흡족하게 했다.

"그대로이고말고."

그는 우렁찬 목소리로 말했다. 하산 휘세인과의 만남 덕에 그는 조금씩 정신을 차릴 수 있었다.

"오늘 밤 우리 집에 묵으시고, 내일 파샤와 만날 수 있는 방법을 찾아보지요. 어때요?"

"그게 좋겠군."

하이다르 우스타가 말했다.

그들은 크즐라이에서 돌무쉬[57]에 올랐다. 판자촌에 도착했다. 하이다르 우스타를 본 사람들은 서로서로 그 소식을 전하기 시작했다. 대단한 호라산 도인 한 분이 하산 휘세인의 집으로 왔다는 소문은 삽시간에 판자촌에 퍼졌다.

그날 밤 하산 휘세인의 집은 방문객으로 미어터졌다. 그 집을 찾아온 사람들은 하이다르 우스타에게 예의를 갖추어 인사를 했다. 얼마나 많은 사람들이 와서 하산 휘세인에게 인사를 올렸는지, 하이다르 우스타는 온 도시가 자기가 왔다는 것을 알게 되었다고 생각했다. 이 정도로 많은 사람이 듣고 인사를 왔는데 이스멧이 듣지 못했겠는가?

"본질을 잃지 않으면 길은 반드시 찾는 법이지."

하이다르 우스타는 그날 밤 가녀린 새털처럼, 아이같이 편안하게 잠을 잤다. 아침이 되자 혈기왕성한 스무 살 젊은 청년처럼 민첩하게 침대에서 일어났다. 사람들이 아침 식사를 가져오자 그는 맛있게 먹었다. 저녁에 오지 못했던 사람들이 와서 호라산에서 온 도사를 보기 위해 하산 휘세인 집 앞에 줄을 섰다. 찾아오는 사람들은 간신히 정오에 가까워서야 끊겼다.

하이다르 우스타는 무겁고, 우렁차며, 쩌렁쩌렁 울리는 목소리로 소리를 질렀다.

"이 사람, 하산 휘세인, 이제 나를 이스멧에게 데려다주게. 어느 호라산 도사가 와서 당신을 보고자 한다고 전하게, 자 일어나세."

그들은 돌무쉬를 타고 울루스에서 내렸다. 하이다르 우스타는 날아갈 것같이 좋아했다. 지금까지 이 사람 같은 정부관료는 처음 만났다. 모든 것이, 모든 것이 제대로 자리를 잡을 것이다. 지금까지 했던 고생을 모두 보상받을 수 있을 것이다, 편히 살 날만이 기다리고 있는 것이다. '조금만 더 기다려 카라출루, 조금만 더' 하면서 추쿠로바 쪽으로 몸을 돌려 마음속으로 몇 마디 했다. '조금만 더 참아라, 케렘. 네가 부족에서 도망친 것, 대장장이 가문을 후계자 없이 만들고 가버린 것이 잘한 일은 아니다. 얘야.'

하산 휘세인은 하이다르 우스타를 국민당 본부로 데리고 갔다. 하이다르 우스타를 소개하고, 그의 바람을 설명했다.

"기다리시오, 곧 파샤가 오실 테니."

사람들이 말했다.

그들은 기다리고, 또 기다렸다. 정오가 되었다. 하산 휘세인이 치즈를 사와서 나누어 먹었다. 간식 때가 되자 그들은 차를 마셨다. 기다림은 다시 시작되었다. 저녁이 되었지만 그들은 여전히 기다리고만 있었다.

얼굴이 노란 사람들이 이 방 저 방을 드나들면서 힐끗힐끗 하이다르 우스타를 쳐다보았다. 천천히 걷는 척하다가 한 번 멈추어 서더니 그렇지 않아도 딱딱하게 경직된 얼굴을 더 딱딱하게 굳혀서는 사라져버렸다.

"대장장이 후계자 하이다르 우스타가 왔다고, 당신을 만나러 왔다고 소식을 전했나, 하산 휘세인? 자네를 번거롭게 해서 미안하네만."

"무슨 말씀을요."

그가 말했다.

"그 사람들에게 알렸어요. 하이다르 우스타가 기다린다고 했어요."

하산 휘세인은 다시 안으로 들어갔다. 몇몇 방을 들어갔다가 나왔다 하더니 인상을 썼다.

"허탕을 쳤어요."

그가 말했다.

"파샤는 안 오신대요. 내일도 모레도 안 오신대요."

"집으로 가세."

하이다르 우스타가 말했다.

"다른 방법이 없군요."

하산 휘세인이 대답했다.

"여기서 한 달을 기다릴 수는 없잖아요."

"뭐라는 건가?"

하이다르 우스타의 눈이 번득였다.

"자네 뭐라고 말 좀 해보게. 내가 여기 머무르는 일 분은 그 사람들에게는 죽음과도 같은 순간들이야. 죽는다고! 그 사람들이 거기에서 순간순간 죽어가고 있어. 추쿠로바 사람들의 폭력 때문에 순간순간 목숨을 잃어가고 있네. 파샤를 만나서 칙령을 내달라고 해야 해."

하산 휘세인은 혀가 있다 한들 사건의 진상을 도저히 솔직하게 하이다르 우스타에게 말할 수가 없었다. 말을 한다 한들, 무엇하겠는가. 소용없는 일이었다. 하이다르 우스타는 이스멧 파샤를 만나겠다고 단단히 벼르고 있었다. 파샤를 만나 뜨거운 맛을 봐야 한다. 그것 말고는 그를 되돌릴 다른 방법이 없었다. 무슨 말로 그에게 상처를 준단 말인가.

"선생님."

하산 휘세인이 불렀다.

"나는 내일 초룸에 갑니다. 일이 있어서요. 내일 대신 젊은이 두 명을 보내드리지요. 내일 파샤 댁으로 모시고 가라고 할게요."

"더 잘되었구만."

하이다르 우스타가 대답했다.

"이스멧을 집으로 직접 찾아가서 만나는 게 신이 보낸 객(客)의 신분으로서 더 잘된 일이 아닌가. 우리가 여기서 기다린 게 실수였던 것 같아. 어쩌면 이스멧이 이 일을 언짢게 생각했는지도 모르지. 그것도 당연해. 집이 엄연히 있는데 이리로 오는 사람이 잘못이지."

하산 휘세인은 아무 말도 하지 않았다. 그들은 집으로 돌아갔다. 집은 어젯밤보다 더 많은 사람으로 붐볐다. 호라산에서 대장장이 후계자, 도인이 왔다는 소문이 온 도시에 퍼진 것 같았다.

오늘 아침 하이다르 우스타는 어제보다도 더 일찍 일어났다. 젊은이 두 명과 길을 나섰다. 세 번이나 돌무쉬를 갈아타고, 오백 미터 정도를 걸어서 분홍색 저택에 다다랐다. 호라산 도인을 만난 청년들은 그 앞에서 두 손을 모으고 똑바로 서 있을 뿐 어려워서 어떻게 대해야 할지 몰라 쩔쩔매고 있었다.

하이다르 우스타가 문에 기댔다. 군인 두 명이 다가왔다. 그 뒤를 이어 민간인이 나왔다.

"여기서 뭐 하는 거요?"

"이스멧을 만나야 하네."

"뭣 때문에요?"

"가서 전하게, 호라산 도사가……."

이 '호라산 도사'라는 단어에 자신도 금방 적응했다. 이 단어

덕분에 사람들은 지금껏 경험하지 못했던 관심을 표현했던 것이다. 자신도 이것을 당연하게 여겼다.

"잘 듣게, 젊은이. 대장장이 가문 후계자 하이다르 우스타가 왔고, 신이 보낸 객의 자격으로 왔다고 전하게. 잘 들어보게. 내 말을 흘려듣지 말고, 대장장이 가문의 후계자 하이다르 우스타가 천 년 내려온 신성한 명을 받들고 왔다고, 신이 보낸 객의 자격으로서…… 좀 만나잔다고 전하게."

그는 가더니 돌아오지 않았다. 하이다르 우스타는 기다리고 또 기다렸지만 가는 사람도 오는 사람도 없었다. 청년들은 안절부절하지 못했다. 호라산 도인이 이런 푸대접을 받다니 땅속에라도 꺼지고 싶은 심정이었다. 마음속으로 이스멧 파샤가 원망스럽기만 했다. 누구기에, 도대체 어떤 사람이기에 호라산 도사를 이토록 기다리게 한단 말인가. 당신은 고작 일 년짜리 이스멧 파샤지만, 그는 만 년 전통을 계승해오는 대장장이 가문의 마지막 후계자인 하이다르 우스타이다. 하이다르 우스타에 대한 예우가 그 정도라면 팔을 끌고, "가세요, 도사님, 가요! 이 집에 있는 사람이 대체 누구란 말예요?" 하고 설득해서 돌아가고 싶을 정도였다.

하이다르 우스타가 다시 공손하게 문으로 다가섰다.

"이보게, 이보게 군인들, 영웅들, 아까 그분 이스멧 파샤에게 내가 왔다고 전했는가?"

군인들 중에서 한 명이 대답했다.

"할아버지, 기다리지 마세요. 솔직히 말씀드리죠. 매일 이 문 앞으로 백 명은 찾아와요. 파샤는 아무도 만나려고 하지 않아요."

"그게 무슨 말이란 말인가? 무슨 뜻이야?"

하이다르 우스타가 목소리 톤을 높였다.

"난 삼십 년을 그분을 만나려고 기다렸네."

정오가 되었다. 젊은이들이 가서 케밥을 넣은 빵을 사가지고 왔다. 하이다르 우스타는 벽 아래 쪼그리고 앉아 케밥을 먹었다. 그러고는 몇 번이나 더 문 앞으로 가보았다. 그 사람은 이제 보이지도 않았다. 그러는 사이 오후도 한참 지나 저녁 무렵에 가까워졌다. 그때, 저택 문 앞에 자동차를 세우고, 눈이 동그랗고, 대머리에 가까운, 치켜 올라간 눈썹과 턱이 두꺼운 남자가 내렸다. 그 남자를 보자 문이 뒤로 활짝 열렸다. 하이다르 우스타가 만일 조금이라도 방심했더라면 그 순간을 놓치고 말았을 것이다. 하이다르 우스타는 곧바로 남자와 문 사이로 몸을 날려 뛰어들어갔다.

"이보시오, 멈추시오."

"잠깐만 친구. 자네 이스멧의 집으로 들어가는 길인가?"

"그렇소."

남자는 이런 일에 익숙하다는 듯이 대답하고는 잠시동안 그가 무슨 말을 하는지 기다렸다.

"사람들이 나를 호라산 도사라고 하지. 대장장이 가문의 후계자 하이다르 우스타라고 하네."

그는 검에 대해서, 땅에 대해서, 어떻게 왔고, 지난 밤 누구 집에 어떤 마음으로 묵었는지 대충 설명했다. 너무 흥분해서 말을 더듬기까지 했다. 여기에서 사람들이 어떤 대접을 했는지, 그에게 얼마나 예를 갖추었는지에 대해서도 빼놓지 않았다.

"꼭 삼십 년이네, 삼십 년 동안…… 그분을 만나고 싶었지. 신이 보낸 객의 자격으로 문 앞에서 기다렸네."

남자가 서두르고 있었다.

"기다려요, 기다려, 여기서 기다려요. 파샤를 모시고 곧 나올게요. 말씀을 나누시고, 검을 바치세요. 땅 문제라면 아주 어려울 겁니다. 파샤도 평생 이 문제를 해결하려고 했지만, 그러나……."

남자는 급하게 걸어 들어갔다. 하이다르 우스타는 가슴속까지 후련했다. 그러니까 파샤도 그들의 땅 문제로 평생 골머리를 앓았단 말이지. 다른 때였다면 하이다르 우스타는 신이 보낸 객의 자격으로 방문했다고 하는데도 안으로 부르지 않는 것에 대해서 아주 기분이 상했을 것이다. 그런데 이제는 화니, 분노니 하는 단어는 아예 떠오르지도 않았다.

잠시 후에 이스멧 파샤라는 사람이 앞서고, 남자가 그 뒤를 따르며 두 사람이 집 밖으로 나왔다. 청년 중의 한 사람이 "선생님" 하고 부르더니, "저기 앞에 오시는 분 있잖아요? 그분이 이스멧 파샤예요" 하고 알려주었다. 그는 곧 뒤로, 맞은편 인도로 물러섰다. '이런 세상에!' 하이다르 우스타는 생각했다. '이렇게 아장아장 참새같이 걸어오는, 머리는 다 빠져서 한 줌밖에 남지 않은 쪼글쪼글한 노인네라니…….' 하이다르 우스타는 조금도 성에 차지 않았다. 사람이 쓸모없어진다는 것과 폭력적인 얼굴은 나이 들면 저렇게 쪼글쪼글 구겨진 봉지같이 된다는 것을 그 사람을 보고 알 것 같았다. 이스멧 파샤가 맞은편으로 와서 앞에 멈추었다. 하이다르 우스타의 두 눈이 공포와 긴장으로 뱅글뱅글 돌았다. 하이다르 우스타가 그에게 성스러운 칙령을 행하는 듯이 검을 내밀었다.

"받으십시오. 삼십 년 동안 이걸 당신께 바치려고 만들었습니다. 뤼스템 우스타라고 체비 부족의 대장장이가 아주 오래전에, 당신 전 파디샤께 십오 년 동안 만든 검을 바쳤답니다. 파디샤께서 뭐라고 하셨는지 아십니까? 이 검을 보고? '뭐든지 말해만 보거라, 뤼스템 우스타' 했답니다. 그 사람도 겨울터를 달라고 했답니다. 파디샤께서도 검의 대가로 아이든 땅을 하사하셨답니다. 뤼스템 우스타는 정통도 아니에요. 조수로 시작한 사람이지요. 저는, 저는 말입니다. 이 검을 삼십 년 동안, 꼭 삼십 년 동안 만들었어요. 당신께 바치려고…… 추쿠로바에서 우리 꼴이 말이 아니지요. 이 검을 받으세요…… 이 검을……."

하이다르 우스타가 내민 검을 그 옆에 있는 안경을 쓴 남자가 받더니 검을 빼들었다. 그 남자가 뭔가 아는 사람이긴 한 것 같았다. 검봉을 보는 그의 눈이 빛났다.

"보세요, 파샤. 보세요. 정말 훌륭해요. 우리 토로스 유목민들이 이런 검을 만든다니, 히야! 정말 멋지네요, 정말 멋져요…… 정말……."

그는 검을 이리저리 돌리며 살펴보고 있었다.

파샤는 우두커니 서서 눈을 껌벅거리며 검과 하이다르 우스타를 번갈아 쳐다보았다. 하이다르 우스타는 홍수 쏟아지듯 쉴 새 없이 부족이 추쿠로바에서 겪었던 일들을 토해냈다. 파샤는 화가 나서 그러는 것인지, 마음이 상해서인지, 성이 난 것인지, 좋아서 그러는 것인지 분명하지 않은 눈빛으로 한 번은 검을, 한 번은 하이다르 우스타를 번갈아 훑어보기만 했다. 마침내 머리가 벗어진 남자 손에서 검을 빼앗아 들더니 한 번 훑어보고는 웃음을 지었다. 하이다르 우스타에게 돌려주면서 툭 한마디 던졌다.

"아주 멋있구만, 훌륭해."

검은 하이다르 우스타의 손에 덩그러니 쥐어졌다. 이스멧 파샤는 그사이 아장아장 종종걸음으로 걸어서 대기하고 있던 자동차에 올라탔다. 곧 자동차는 출발했다. 하이다르 우스타는 어지러웠다. 자동차 뒤를 따라가며 그를 붙잡고 뭔가, 무언가를 말하고 싶었다. 그러나 그 자리에서 꼼짝도 할 수가 없었다. 바람에 휘청거리는 나무같이 좌우로 흔들렸다.

꼭 잡고 있던 검이 손에서 툭 하고 인도 위로 떨어졌다.

"아주 멋있구만, 아주 훌륭해."

철의 순액을 꼭 맞는 온도로 적당히 구워내면 이렇게 된다. 쇠가 딱딱한 땅에 부딪혀도 팽팽한 쇠줄같이, 이렇게 '팅' 하고 울린다. 깨끗하고 청아한 이 소리는 길고 길게 파도치다가 마침내 사라질 것이다.

"아주 멋있구만, 아주 훌륭해."

하늘 위에서 창문, 빨강, 연두, 나무, 창검, 땅, 자동차 들이 한데 섞여 빙빙 돌더니 산산조각이 나며 깨졌다. 이제 그 조각들은 고드름처럼 밑으로 쏟아져서 사방으로 흩어져 굴러다니기 시작했다.

하이다르 우스타는 다리가 풀려서 인도에 풀썩 주저앉았다. 검 옆으로 연기, 불빛, 그림자들이 늘어났다 줄어들었다 하면서 핑핑 돌다가 깨져버렸다. 달려드는 폭풍우. 긴 길들, 발 냄새들, 바위들, 자동차들. 추쿠로바 평원, 흐르는 피, 하산 휘세인, 맞은 편에 우두커니 서서 두 손으로 얼굴을 가리고 있는 청년들. 케렘 알리, 나무들, 화재, 어둠, 불빛, 조각조각 길마다 산산이 부서져 복잡하게 흩어져 있는 만물. 그들은 두 손으로 얼굴을 가리고 있다. 이스멧 파샤는 도망간다. 가느다란 몸, 나이 들어 쪼그라든 몸, 다리를 뻗는다, 길고 길게. 이스멧 파샤는 해진 옷을 걸치고 길고 길게 가늘고 가늘게 뛰고 있다. 부러질 것 같다.

검이 인도에 떨어진다. 쨍그랑, 쨍그랑······.

"아주 멋있구만, 아주 훌륭해."

철의 순액으로 만들어진 검은 이렇다. 딱딱한 땅에 닿는 순간, 부딪치는 순간 쨍그랑쨍그랑 울린다. 쨍그랑, 쨍그랑······ 그 울림은 오래오래 파도친다. 쨍그랑!

주_____

57 터키에 있는 미니 버스로, 마을버스와 비슷하다. 정해진 정류장이 없이 승객이 원하는 곳에서 내릴 수 있다.

24

십 년 전인지, 십 오 년 전인지 알 수는 없지만 어느 날 베이딜리 부족의 족장 힐멧 씨가 지주 사빗을 찾아갔다. 지주 사빗에게는 자신도 얼마만큼인지 헤아릴 수 없을 만큼 넓은 농장이 있었다. 힐멧 씨는 지주 사빗 앞에 금뭉치를 넣은 큼지막한 봉지를 내려놓았다. "이걸 받고 우리에게 정착할 땅을 조금 주시오" 했다. "얼마나 땅이 많은지 우리 같은 부족이 스무 개 정도 정착을 한다 해도, 나머지 땅으로 나라도 세울 수 있을 것이오." 지주 사빗이 그에게 말했다. "맞아, 힐멧 씨. 당신이 맞소." 그는 금을 세어보기 시작했다. 오래오래 금을 세어본 후에, "당신들 이 정도 금으로는 내 땅에 정착할 수 없어요"라고 말했다. 힐멧 씨도, "우리가 가진 게 이게 전부예요. 우리가 가진 건 모두 모아서 가져왔어요. 나머지는 양심에 맡기지요." 그들은 흥정을 시작했다. 베이딜리족은 그 땅에 정착을 하는 대신, 경작을 하고, 가축을 키워서 나머지 돈을 갚기로 했다. 나머지 돈은 오분의 일로 나누어서 오 년 안에 빚을 갚은 후 땅문서를 받기로 했다. 그들은 읍내로 나가서 계약서를 작성하고 증인들이 보는 가운데 공중 사무실에서 공증을 받아 사인을 하였다. 베이딜리족은 지주 사빗의 땅에 마을을 만들기 시작했다. 오 년이 되고 육 년째 접어들었다. 지주 사빗은 그들에게 계약서를 들이밀면서 또 돈을 요구했다. 칠년째가 되었다. 지주 사빗은 다시 돈을 요구했다. 이제 그들은 더 이상 돈을 지불할 수 없는 상태가 되었다. 있는 것은 모두 팔아버렸기 때문이다. 지주는 그들이 재배한 곡물과 가축들을 담보로 잡았다. 추수 때가 되면 곡물이고, 가축이고 할 것 없이 트럭으로 실어 날랐다. 베이딜리족은 그해에 아주 큰 어려움을 겪었다. 간신히 기아만 면하고 있었다. 힐멧 씨는 정부와 법원으로 갔다. 오 년이 아니라 같은 돈을 오십 년 동안 지불하도록 하라고 했다. 그들은 법대로 가는 것 말고는 다른 방법이 없었다. 계약서는 하자가 없으니 돈을 지불해야만 했다. 아홉 해 째가 되자 역시 저당을 잡혔다. 그들은 여전히 가난할 수밖에 없었다. 그들은 굶어 죽지 않기 위해 목동 일을 그만두고 일꾼이 되었다. 그들은 그 땅에 정착한 것을 천 번도 넘게 후회했지만 돌이킬 수 없는 일이었다.

쉴레이만 카흐야가 말에서 내렸다. 조각조각 기운 옷을 입은 키가 큰 일꾼 한 명이 말 머리를 잡아끌었다.

"데르비쉬 씨는 집에 계신가?"

"계십니다."

일꾼이 대답했다.

"쉴레이만 카흐야가 왔다고 전해주게."

일꾼이 말을 끌고 가서 마구간에 묶더니 곧 안으로 들어갔다가 나왔다. 그는 계단에서 소리를 질렀다.

"들어가보세요."

쉴레이만 카흐야는 몸을 바로 하고 계단으로 걸어 들어갔다.

"안녕하시오."

데르비쉬 씨가 그를 문에서 맞이했다.

"안녕하신가."

그를 품에 안았다.

"이게 얼마 만인가? 얼마 만에 보는 거야? 쉴레이만 카흐야. 우리를 이제 잊었는 줄 알았네. 우리는 형제 아니던가? 혈맹으로 맺어진 형제, 더구나 뿌리가 같은…… 오십 년 전만 해도 우리도 자네와 같이 여기저기 같이 떠돌지 않았나."

데르비쉬 씨의 아버지는 그 당시에도 글을 아는 사람이었고, 신심이 깊은 사람이었다. 마라쉬 메드레세(medrese)[58]에서 공부하고 위대한 학자들에게서 졸업장을 받았다고 했다. 반란이 일어나기 전에는 코잔오울루에게로 가서 일을 했다. 반란이 일어나기 전에 이곳은 그들의 겨울 터전이었다. 반란이 일어나자마자 그는 모든 땅을 빼앗고 여기부터 저 멀리 아나바르자까지를 자기 농장으로 만들었다. 권리증도 만들었다. 웬일인지 앞에 있는 악차사즈 늪도 갈수록 줄어들었다. 늪이 작아질수록 데르비쉬 씨의 농장은 커져만 갔다. 농장은 날이 지날수록 계속 불어만 갔다. 도망간 아르메니아 사람들의 밭과 농장도 슬며시 자기 땅으로 포함시켰다. 그는 매일 땅을 불릴 궁리만 했다.

쉴레이만 카흐야가 말했다.

"형편이 정말 어렵네. 올해는 발을 디딜 땅을 못 찾았으니……"

그는 데르비쉬 씨가 시키는 대로 보료에 앉았다. 데르비쉬 씨의 두꺼운 입술과 툭 튀어나온 광대뼈, 커다란 눈, 하얀 머리카락, 늘어진 수염은 그를 단호하고 폭력적이며 몰인정하게 보이게 했다. 검게 그을린 그의 붉은 얼굴 한쪽이 조금 일그러졌다.

"들었네. 사르참에서 대단한 싸움을 벌였다더군. 아주 기분이 좋더군, 감동했어."

"그래 봤자 돈도 안 되는걸. 우리가 싸운 게 뭐에 도움이 되었다고? 예언자 알라나, 무스타파 케말이 계시면 뭐 하나? 우리는 죽게 생겼어. 그래서 자네를 찾아왔네. 다른 선택의 여지가 없어. 아무 방법도 없구."

데르비쉬 씨의 큰 눈이 조금 더 커졌다. 그는 넥타이를 바로잡더니 바지 매무새도 바로잡았다.

"내가 무엇을 할 수 있겠나, 내가 어떻게 도움을 줄 수 있다고?"

쉴레이만 카흐야가 품에서 주둥이까지 금으로 가득 채운 봉지 하나를 꺼내 조심스럽게 데르비쉬 씨의 앞에 꺼내놓았다.

"이게 뭔가?"

"이건."

쉴레이만 카흐야가 갑자기 땀에 흠뻑 젖었다.

"이건 말일세. 우리가 가진 건 이게 전부야. 전부 모아서 가지고 왔네. 우리에게 우리 겨울땅이었던 아크마샤트를 일부라도 돌려주게. 이 땅에 우리도 발을 좀 디디세."

데르비쉬 씨는 봉지를 열고 안에 있는 것들을 양탄자 위에 쏟았다. 팔찌, 반지, 발찌, 코걸이, 금 귀고리, 목걸이…… 여자 액세서리들. 모두 세공이 잘된 것들이었다.

쉴레이만 카흐야는 손을 품 안으로 넣더니 돈 한 뭉치를 꺼냈다. 그 돈도 금붙이들 옆에 올려놓았다. 데르비쉬 씨는 슬며시 돈뭉치를 쳐다보았다. 그는 잠시 생각해보았다. 넥타이와 머리카락, 수염을 어루만졌다. 그의 얼굴이 겹겹이 다섯 번 씰룩거렸다. 그는 일어나 소파 끝에서 다른 끝으로 걷기 시작했다. 쉴레이만 카흐야는 그가 움직이는 대로 눈을 떼지 않았다. 두 눈으로 그의 움직임을 순간순간 관찰하고, 구원자라도 되는 듯 그를 바라보았다.

데르비쉬 씨는 저벅저벅 걷다가 간간이 한 번씩 멈추어 서서 고개를 들고 미친 사람처럼 고개를 들어 쉴레이만 카흐야를 쏘아보았다. 보고 또 보더니 나중에는 고개를 땅으로 떨구고 걷기 시작했다.

……십 년째 되는 해에 저당을 잡혔다. 베이딜리 사람들은 발가벗은 몸으로 마을로 내쫓겨 구걸이라도 해야 할 판이었다. 막 추수한 곡물들을 저당 잡기 위해 헌병대가 밀어닥쳤다. 남자들은 밭으로 나가고 없었다. 베이딜리 마을에 남자는 단 한 명도 남아 있지 않았다. 여자들은 괴로워하면서 닥쳐올 일만을 죽은 듯이 기다렸다. 마침 그때 마을에 지주 사빗이 왔다. 그는 자동차에서 내렸다.

"남자들은 어디에 갔소?"

"추수하러 갔어요."

여자들이 대답했다. 지주 사빗이 소리를 질렀다.

"전하시오. 남자들에게 전하시오. 아이들을 고아로 만들고 싶지 않으면 헌병대와 맞서지 말라고. 국가와 맞서지 말라고 말이야. 여기에 몇 년째 빚을 지고 있는지 아시오? 삼십구 년이 지나야 이 마을은 당신들 게 될 거요.”

갑자기 분위기가 이상했다. 여자들에게서 어떤 변화의 조짐이 느껴졌다. 이상한 움직임이었다. 지주 사빗은 아차 싶어서 자동차를 향해서 도망치기 시작했다. 뒤에서 돌 세례가 쏟아졌다. 그 앞을 여자들이 가로막았다. 지주 사빗은 권총을 빼들었다. 총알이 있는 대로 여자들을 향해 총탄을 쏘아댔다. 여자 다섯 명이 쓰러졌다. 부상을 당한 카라 멜렉이 그를 뒤에서 잡아끌고 발을 걸었다. 날아온 돌은 지주 사빗을 넘어뜨렸다. 그의 몸이 땅 위로 쭉 뻗었다. 좌우에서 돌 세례가 날아들기 시작했다. 돌 세례가 얼마나 지속되었는지 아무도 알지 못했다. 지주 사빗 위에 쌓인 돌무리는 갈수록 커지고 넓어졌다. 여자들은 힘든 기색이 없었다. 지칠 줄도 몰랐다. 고단해지도 않았다. 다만 쉬지 않고 돌무리에 돌을 던졌다. 돌무리는 커져만 갔다.

데르비쉬 씨가 고개를 들어 다시 쉴레이만 카흐야를 훑어보았다.

“지주 사빗이 겪은 일에 대해 들어보았나, 쉴레이만 카흐야? 유목민들이…… 나는 가보았지. 부인네들이 지주 사빗 위로 이 집만큼이나 높게 돌무덤을 만들어놨더군.”

쉴레이만 카흐야는 속으로 생각했다. ‘저런, 쯧쯧. 때를 만났구만, 그놈의 개자식. 쯧쯧…… 이놈들 속으로 겁을 먹었구만. 이제 유목민 무서운 줄 아는 게 십오 년은 갈 테니 마음대로 못할 게다.’

“오다 보니 트럭 하나 가득 헌병대를 싣고 그리로 가더군. 마을 사람들에게 물어보니 어쩌구저쩌구 대답은 하더라만. 최악이야, 최악."

"그 꼴을 당해 마땅하지. 여자들이 그러길 잘했지. 잘하긴 했네만 결국 어떻게 되겠나?"

쉴레이만 카흐야는 곡을 하는 것처럼 웅얼거렸다.

"아, 무엇을 잘했다는 건가. 무엇을 잘했다는 게야? 아무튼 우리 이름이 이리저리 회자되게 생겼네만…… 뭘 잘했다는 거야, 뭘?"

데르비쉬 씨가 자리로 와서 앉았다. 그는 금붙이를 뒤적이더니 종이돈을 쳐다보았다.

"이 돈으로 땅을 얼마나 살 수 있다고 생각하나, 아크마샤트에서?"

"모르겠소."

그가 대답했다.

"이 돈으로 아크마샤트에서 땅을 사도 아주 조금이겠네만 이 돈을 받고 나머지는 차용증을 쓰지. 돈을 벌 때마다 매해 갚아나가겠네. 한번 선행을 베풀어주게. 제발 들어주게. 우리는 한뿌리 한조상 아닌가. 서로에게 못할 짓은 하지 말자구. 매해 갚아나가지. 자네 원대로라면 죽어서라도 갚겠네. 우리가 발 디딜 땅만 마련해주게."

데르비쉬 씨는 여전히 그를 빤히 쏘아보고, 또 보았다.

"안 될 말이야, 쉴레이만. 자네들이 안됐기는 하지만, 안 돼. 친구. 나는 혼자가 아니야. 자식들이 있어. 그놈들이 가만히 있지 않을 거야. 사빗이 죽은 것 때문에 그놈들 제정신이 아닐 거야. 진짜 이 땅을 자네에게 주려고 했네만. 이틀 전에만 왔어도…… 지금은 안 돼. 땅 무게만큼 금덩이를 여기, 이 마당에 쏟

392

아붓는다 해도, 안 될 말이야. 나를 추쿠로바 지주들과 자식 놈들이 죽이려고 할 거야. 온 추쿠로바 사람들이 나를 적으로 대할 거야. 아, 쉴레이만."

쉴레이만 카흐야는 이제 아무것도 들리지도 보이지도 않았다. 말에 어떻게 탔는지, 말을 어디로 몰았는지, 말이 달리는 곳이 길인지, 늪인지, 산인지, 목초지인지, 밤인지, 낮인지도 알지 못했다. 부족으로 언제 어떻게 돌아왔는지도 기억하지 못했다.

주____
58 오스만 왕조 때 있었던 대학이다. 이슬람 신학을 가르쳤다.

25

헤르미테 산 꼭대기 한가운데에는 한 무더기 나무들이 있었다. 바위틈에서 자라는 나무들도 다른 나무들, 뽕나무나 플라타너스, 소나무만큼 자랄 수 있을까? 헤르미테 산 정상 바위틈에서 자라는 나무 세 그루는 아주 크게 자랐다. 바위틈에서도 아주 잘 자라고 있었다. 이 나무들 아래에는 무덤이 있었다. 무덤은 돌로 덮여 있었다. 나무 가까운 곳에는 깊은 웅덩이가 있었는데, 사람 키 하나 정도 되는 깊이에다가 너비는 세 카르쉬 정도였다. 흐드렐레즈나 잔치, 명절, 혹은 희생제에 제물을 바치러 올 때면 사람들은 이 물을 마셨다. 이곳에는 혼자 사는 도인이 있었다. 사람들은 현자 하밋이라고 불렀다. 현자 하밋에 대해서는 아무것도 전해지는 게 없었다. 도술에 대한 것도, 선행에 대한 것도, 악행에 대한 것도, 전설도, 아무것도 없었다. 그는 다만 산 정상에 있는 높은 야생 나무들 아래에서 아무 근심도 없이 살고 있을 뿐이었다. 어떤 날은 한 무더기 구름이 나무를 가릴 때가 있는데, 그때는 산에서 두 번째로 높아 보이는 나무도 보이지 않았다. 현자 하밋의 묘지 주변은 수선화가 가득했다. 수선화는 머리가 핑 돌 만큼 진한 향내를 뿜어냈다.

케렘은 수소문하고 또 수소문해서 마침내 부족을 찾아냈다. 저 아래 쾨르메자르를 지나 헤르미테 산 알르츨르 골짜기를 향해서 올라가는 길이었다. 그는 기쁨에 들떠 있었다. 걸을 때마다 벌레와 새들, 거북이, 벌들과 장난을 했다. 송골매를 가끔 한 번씩 날려도 보았다. 송골매는 꽤나 멀리 날아갔다가 다시 자기에게 날아 돌아왔다. 또, 부르면 알아듣고 손 위에 내려앉았다. 케렘의 손에는 언제나 이렇게 돌로 맞혀 잡은 참새, 종달새, 산제비들이 들려 있었다. 송골매가 날아오르는 것, 날았다가 다시 돌아오는 것, 걸을 때 옆에서 나는 것 때문에 케렘은 아주 기분이 좋았다. 지금 부족으로 돌아가 송골매를 놓아주어도 송골매는, 모두들 송골매가 날아가버려 다시는 안 올 거라고 생각하는 순간 '짠' 하고 나타날 것이다. 부족으로 돌아온 송골매는 부르면 언제든지 날개를 펄럭거리면서 손 위로 내려앉을 것이다.

케렘은 아무 일도 없었던 것처럼 초연히 부족으로 걸어 들어갔다. 케렘을 어머니, 아버지, 형제들이 발견했다. 어머니가 반가워서 비명을 질렀다. 아버지나 다른 사람들은 그에게 아무것도 묻지 않았다. 케렘은 사람들에게서 빠져나와 새를 하늘로 날렸다. 새는 이내 보이지 않게 되었다. 그러나 잠시 후에 돌아와 부족 위를 흐르는 물줄기처럼 빙빙 돌기 시작했다. 케렘이 부르자 돌아와 케렘의 손등에 내려앉았다. 케렘은 송골매를 세 번 이렇게 날려보았다. 송골매에 대해서 아이 세 명이 먼저 관심을 보였다. 그러나 시간이 지나자 아무도 관심을 보이지 않았다. 온 부족 사람들은 활처럼 팽팽하게 긴장한 채 한마음 한뜻으로 뭔가를 기다리고 있었다. 텐트 앞과 돌 위에 쪼그리고 앉아서 산 아래 길 가장자리 끝을 쏘아보고 있었다. 아무도 소리를 내지 않았다. 조금 아래쪽에 가축, 목동, 사냥개들이 한데 모여서 무리를 이루고 있었다. 그들 역시 뭔가를 기다리고 있는 듯했다.

한낮의 태양은 보랏빛 바위산 불모지 헤르미테 산을 머리끝부터 발끝까지 흐르는 물처럼 쉬지 않고 씻어 내렸다. 엄지손가락만 한 크기의 단단한 벌들과, 파란 불나방들이 특특 서로 부딪치기도 하고 윙윙거리기도 하면서 소리 없이 앉아 있는 이 사람 저 사람 사이를 돌고 있었다. 그들은 믿기지 않을 만큼 큰 소음을 냈다.

무슨 일인지, 사람들이 벌떡 일어나더니 다시 앉았다. 멀리 쉴레이만 카흐야가 보였다.

사냥대장 카밀이 몇 번 일어났다가 앉았다를 반복했다. 한 손을 눈 위에 올려놓고 두리번거리며 보더니 말했다.

"잘 안 된 것 같은데. 일이 성사되지 않았어. 일이 제대로 되었더라면 지금 타고 있는 말이 기뻐서 날뛸 텐데. 일이 제대로 안 됐어, 쉴레이만 카흐야."

사람들은 화가 나서 카밀을 적군을 보듯 노려보았다.

"기쁨에 찬 주인을 태운 말은 저렇게 안 걷지."

술탄 카르가 손바닥을 쳤다.

"사냥대장 카밀, 입방정 좀 떨지 마슈."

몇 명이 더 거들었다.

"입방정도 유분수지. 그만해요."

"이렇게 멀리서 말이 다리를 어떻게 폈다 접었다 하는지, 아니면 어떻게 우는지 자네가 어떻게 안다고 그래? 헛된 말로 사람들 좀 헷갈리게 하지 마, 카밀."

카밀은 아무 말도 하지 않았다.

쉴레이만 카흐야가 말을 타고 유유히 다가오고 있었다. 사람들도 눈치를 채고 있었다. 저 모습은 뭔가 일이 안 됐다는 뜻이다. 그래도 고생 끝에는 낙이 오는 법이다.

쉴레이만 카흐야가 쾨르메자르 근처를 돌아올 때쯤 사람들은 자리에서 일어나 무겁고 무거운 돌산을 내려가기 시작했다. 평지로 내려와 그를 맞이했다. 잠시 후 쉴레이만 카흐야가 도착했다. 말 머리를 사람들 사이로 몰았다. 사람들은 그에게서 뭔가 한마디라도 떨어지기를 기다리고 있었다. 고개를 들고, 말 등 위에 있는 사람을 빤히 쳐다보았다. 쉴레이만 카흐야는 말안장 뒤쪽 손잡이에 기대어 앞쪽으로 몸을 뻗었다.

"안 됐어."

그가 말했다.

"우리가 가져간 금과 돈을 주면서, 목숨이라도 줄 테니 우리에게 땅을 달라고, 그 땅은 우리 조상님들의 터전이었으니 아크마샤트를 달라고 했건만, 들은 척도 하지 않았네. 데르비쉬 족장은 무서워하고 있어. 아크마샤트에 정착하면 우리에게 농장을 전부 빼앗길까 봐 겁내는 거지. 저 멀리 어느 곳에서도 유목민 여인네들이 마을 지주를 돌로 쳐서 죽였다는군."

그는 고단한 몸을 이끌고 말에서 내렸다. 돌산 위의 텐트를 향해서 걸었다. 부족 사람들도 그의 뒤를 따라 산을 오르기 시작했다.

쉴레이만 카흐야가 텐트에 들어와 염소털 깔개 위로 몸을 던졌다.

페툴라가 물었다.

"아버지, 우린 이제 어쩌지요? 이 불모지인 산에 갇혀버렸으니. 풀도, 불도, 물도 없는 곳이에요. 이제는 웅덩이에 고인 빗물을 받아 먹고 있어요."

쉴레이만 카흐야가 대답했다.

"낸들 어쩌겠니, 내가 어쩌겠어, 나도 모르겠다. 나도 몰라."

"여기에 조금 더 있다가는 양들이 몰살할 거예요."

"데르비쉬 씨가 내게 그러더구나. 쉴레이만, 자넨 내 형제와 같으니 부족을 버리고 자네만 오라고. 부족은 알아서 살라 하라고. 자네에게 집터와 원하는 만큼 땅을 줄 테니 내 곁으로 오라고 하더구나."

페틀라는 아버지를 의심스러운 눈초리로 쳐다보았다.

"그래서 뭐라 했어요?"

"내가 뭐라고 했겠니. '고맙지만 나는 죽을 때까지, 부족이 흩어지는 한이 있더라도 여기 있어야 하오. 부족을 마지막까지 지켜야 하는 사람이오. 어느 날 주위를 돌아보니 아무도 남아 있지 않다면, 그날이 온다면 내가 그때는 나 살 궁리를 하리다. 그러면 그때 자네 곁으로 돌아오리라' 했지."

"이제 어떡할 건데요?"

쉴레이만 카흐야는 아무 생각도 할 수가 없었다.

밖에는 사람들이 떼를 지어 우르르 다가오고 있었다. 사람들이 입을 열기 시작했다. 케렘은 송골매를 날리고 부족 사람들이 쳐다봐주기만을 바랐지만 아무도 관심을 보이지 않았다.

케렘은 결국 송골매가 지겨워졌다.

"이 송골매 때문에 미치겠어. 아무짝에도 쓸모가 없잖아. 이것 말고 땅을 달라고 빌걸. 그러면 우리는 이렇게 돌산 골짜기에 파리 떼같이 붙어서 살지 않아도 되었을걸, 이렇게 죽은 시체처럼 살지 않았을 것을."

그는 송골매를 텐트 앞 기둥에 묶어두었다.

"여기 가만히 있어. 아무짝에도 쓸모없는 것. 너 때문에 나도 불타 죽을 뻔했어. 부족 사람들도 너 때문에 타 죽을 뻔했어. 넌 여기 있어. 재수 없어."

그는 사람들 사이로 와서 끼어들었다. 귀를 쫑긋 세웠다. 사람들은 모두 하이다르 우스타에 대해 이야기를 하고 있었다.

"아무 일도 없었다면 하이다르 우스타가 이토록 오래 있겠어?"

"그 검 있잖아, 그 검을 본 사람은 모두 가만있지 못할걸."

"그건 신물이야. 사람들이 그 검이 신물인 것을 알기만 한다면, 땅이 아니라 아나톨리아 전부를 내줄 거야. 온 추쿠로바를 다 줄 거야. 마법의 검이라구."

"염려 마. 하이다르 우스타가 이스멧 파샤에게 전부 말할 테니."

"이스멧 파샤가 검을 보고, 눈을 떼지 못했다잖아. '유목민 원로 양반. 이 검을 만든 게 자네라니 자네 인생은 앞으로 걱정 마시오' 그랬대. '만일 전쟁에서 이 검만 있었어도, 자네가 그때 내가 출전할 때 이 검을 만들어 왔더라면 나는 이 검으로 적군을 모두 섬멸했을 텐데 말이지. 우리 땅덩어리를 두 배, 세 배, 열 배는 키웠을 거야. 어찌하여, 이 검을 내가 전쟁에 나갈 때 가져오지 않았는가? 이 검만 있었다면 내가 적군을 완전히 소탕하지 않았겠느냐, 하이다르!'"

그날 밤 아침까지 사람들은 하이다르 우스타에 대해서 이야기를 나누었다. 그들은 상심하기도 하고, 두려워하기도 했다가 기뻐하기도 했다. 그들은 빛과 희망에서 절망으로, 절망과 어둠에서 빛으로 나왔다 들어갔다를 반복했다.

그들은 아이부터 노인에 이르기까지 목 빠지게 길만 바라보았다. 사흘 후가 되자 다리 근처에서 말을 탄 사람 하나가 보였다. 말을 탄 사람이 말에게 풀을 뜯기고 있었다. 분명 하이다르 우스타가 틀림없었다. 사람들은 그를 맞이하러 평원으로 내려갔다. 오스만이 하이다르 우스타의 말을 끌고 왔다. 하이다르 우스타는 말 등에서 멍하니 안장 뒤쪽으로 몸을 기대고 있었다. 붉은 턱수염은 안장의 앞을 덮을 정도로 길고, 얼굴은 일그러지고 조그마해졌으며, 긴 손가락과 긴 팔, 넓은 어깨, 이마도 모두 작게 오그라들었다. 말 위에 있는 하이다르 우스타는 한 줌밖에는 안 되어 보였다. 숱이 많은 눈썹은 늘어지고 풀려서 온 눈을 덮고 있었다. 그래도 가죽 두건만은 단정히 잘 감고 있었다.

하이다르 우스타는 자신을 맞이하러 온 부족 사람들이 환영처럼 보였다. 눈썹을 치켜들고 고통스러운 눈으로 그들을 한번 훑어보더니 오른손을 파리 쫓는 것처럼 공중에서 흔들었다. 그러더니 눈썹이 눈을 다시 덮었다. 한 손은 안장 뒤에 딱 붙여놓고 움직이지도 않았다.

오스만은 말을 끌고 돌산으로 갔다. 하이다르 우스타의 텐트가 쳐져 있었다. 텐트 앞에서 오스만은 그를 부축해 말에서 내리도록 도왔다. 오스만은 그의 팔을 부축하여 안으로 들어갔다. 쉴레이만 카흐야, 뮈슬림 코자, 부족의 원로들이 하이다르 우스타의 곁으로 다가왔다.

"어서 오세요."

"반갑구만."

하이다르 우스타가 힘없이 대답하더니 바닥에 엎어져버렸다.

쉴레이만 카흐야도, 다른 사람들도 하이다르 우스타가 더 이상 입을 열지 않을 거라고 느꼈다.

"자네 피곤하겠구만, 좀 자게."

"내일 얘기하시지요."

그들이 돌아가자마자 하이다르 우스타는 곧 잠에 빠져들었다. 며칠 동안이나 잠을 이루지 못한 터였다.

"이스멧 파샤가 하이다르 우스타를 쫓아냈다나 봐. 자네에게는 땅이 아니라 돌 한 조각도 줄 수 없다고 그랬대!"

"이스멧이 그랬다는구먼. '적군이 와서 나를 이 지경으로 만들고 내 뼈까지 작살을 낼 때, 넌 이 검을 어디에 숨겨놓았던 거냐? 지금은 필요 없다. 이제 이 검은 필요가 없어.' 하이다르 우스타의 얼굴을 이 검으로 후려쳤다지? 하이다르 우스타는 받아달라고 눈까지 감고 빌었다는군."

"코잔오울루, 라마잔오울루, 테미르오울루, 파야스오울루, 무르사오울루…… 죄다 검을 다시 돌려주더라는군, 하이다르 우스타에게……."

"하이다르 우스타도 화가 단단히 나서 한마디 했대. 당신들은 알라를 섬기는 게 아니라 땅이나 돌을 섬기는 거라고 맞섰대."

"그렇게 말대꾸를 하면서 그 앞에 송골매처럼 꼿꼿이 서 있었다니……."

"하이다르 우스타가 그랬대. '당신들은 이 검도, 인간의 도리도, 사람의 정도, 아무것도 알지 못하는 사람들이오, 당신들은 야만인이 된 모양이군요, 야만인이라구요'라고 말야."

"하이다르 우스타가 이런 말까지 했다잖아? 개도 돌겠소!"

"하이다르 우스타가 말했대. '이 검 말이야, 이런 검들은 신사들이나 쓰는 거야. 당신들이 이런 사람인 줄 알았다면 그깟 땅 조각 권리증 따위 때문에 검을 버리지는 않았을 거야. 당신들이 이렇게 야만인인 줄 알았다면, 추쿠로바, 아나톨리아, 아라비아 반도를 전부를 준다 해도 이 검은 절대로 당신들에게 주지 않았을 게야'라고……."

"하이다르 우스타가 그랬다는군……."

아침이 되고, 해가 떴다. 케렘이 할아버지 곁으로 다가갔다. 하이다르 우스타는 바위틈이 벌어진 곳을 찾아 주형틀을 걸고 바닥에 꽂으려고 애를 쓰고 있었다. 케렘도 거들었다. 그는 가마를 만들고 풀무질을 하고 있었다. 하이다르 우스타는 케렘 말고는 아무도 텐트 안으로 들여보내지 않았다. 장정들이 솥을 땅으로 내려주었다. 케렘이 웅덩이에서 물을 길어왔다. 오후가 지나 저녁이 가까이 오자 대장장이 텐트 안에서는 일할 수 있는 모든 준비가 끝났다.

하이다르 우스타가 가마를 숯으로 채웠다. 성냥을 켜서 나뭇가지에 불을 지폈다. 그는 케렘에게 말했다.

"풀무를 저어보아라."

케렘이 풀무를 저었다. 숯에 불이 붙었다.

하이다르 우스타가 말했다.

"케렘, 이리 와보렴."

그는 케렘을 안고 머리를 쓰다듬더니 입을 맞추었다.

"자, 이제 가보거라. 난 일을 해야 하니."

케렘은 미소를 지었다. 붉은 턱수염도 쓰디쓴 미소를 지었다. 케렘이 텐트에서 나올 때까지 그 뒤를 지켜보고 있던 하이다르 우스타가 갑자기 생각났다는 듯이 물었다.

"송골매를 다시 찾았니, 케렘?"

케렘은 할아버지가 송골매를 기억해냈다는 게 좋아서 대답했다.

"찾아서 데리고 왔어요. 한 번 날고는요, 다시 제게로 돌아와요. 창공에 있는 새는 죄다 물어오고요. 송골매를 길들였어요. 흐즈르 님의 송골매예요."

이 송골매를 흐즈르 님이 내려주셨다는 것을 예전부터 할아버지께 밝히고 싶었지만 도저히 그 방법을 찾을 수가 없었다. 고개를 텐트 문 앞에서 다시 내밀고는 말했다.

"흐즈르 님의 송골매예요, 흐즈르 님이 내려주신 송골매……."

할아버지는 듣지 못하신 것 같았다. 풀무 자루를 붙들고, 아무것도 듣지 못한 채 풀무에만 열중했다. 풀무를 당길수록 힘을 받아 그는 강해지고 생기가 돌아 붉은 턱수염까지 빛났다. 눈썹도 풍성해지고 가슴은 부풀어 올라 거인이 되어 있었다. 도시에서 돌아온 느러터지고 작고 지친 사람은 어느덧 사라지고, 그 대신에 흐즈르처럼 거대하고 생생하고 창조적인 아름다운 사람이 다시 나타났다. 아름다운 사람, 세상에서 가장 아름다운 사람, 위대한 사람.

케렘은 할아버지가 무섭지만 않다면 여기 이 텐트 문 앞에 서서 눈 한번 깜박거리지 않고 커다란 불꽃과 불길 안에 싸여 있는 할아버지를 몇 날 며칠이고 관찰했을 것이다. 그렇지만 할아버지가 자기를 보고 있다는 것을 알게 되면, 그날은 난리가 나는 날이다. 그래서 겁이 났다. 케렘은 마지막으로 한 번 더 할아버

403

지를 바라보았다. 하이다르 우스타는 불길에 휩싸였다가 나왔다가 하고 있었다. 케렘은 그곳을 빠져나오고 싶지 않았다.

하이다르 우스타는 온 힘을 다해, 모든 기량을 모아서 풀무를 당겼다. 그러면 숯은 빨갛게 달아오르고, 붉은 숯은 불길과 연기 아래 묻혔다.

숯이 모두 타서 붉은 불씨가 되었다. 불길이 하나하나 땅으로 번지기 시작했다. 하이다르 우스타는 검을 거푸집에서 꺼냈다. 간간이 탁탁거리며 타오르는 불기둥을 공중으로 날아가며 번져가는 가마의 불빛으로 가져와 황홀한 듯 바라보았다. 그리고 검을 땅에 꽂고 고개를 숙이고 기도했다. 검 앞에서 머리를 땅에 대고, 지금까지 아무도 알지 못하고, 자신도 알지 못했던 멋진 기도문을 술술 읽어 내려갔다. 그러고는 천천히 일어났다. 검을 오른손바닥 위에 올려놓고 저울질해보았다. 검을 손바닥에서 천천히 뽑내며 타오르는 가마 위로 내려놓았다. 하이다르 우스타는 눈을 감았다. 한 번 더 기도문을 외웠다. 아주 역사가 깊은 철과 불과 물에 관한 기도문이었다. 기도가 끝나자 그는 깊은 한숨을 쉬었다. 주문을 중얼거렸다. 그러더니 호랑이가 사냥감을 낚아채듯이 풀무로 뛰어가 풀무를 젓기 시작했다. 가마 안의 불씨들은 공기가 들어가자 불이 붙기 시작했다. 가마 안의 불씨들은 한 번 하얗게 되었다가 다시 빨갛게 달아올랐다. 갑자기 온 사방이 연기로 가득 차기도 했다. 불이 붙어 붉게 타오르다가는 불길이 되어 번지고 재가 되어 꺼졌다. 하이다르 우스타는 숯을 채워 넣고 풀무 손잡이에 매달렸다. 한밤중이 되어서야 부드럽게 녹기 시작한 검을 불꽃 속에서 꺼내 거푸집 위에 붓고, 두들기기 시작했다. 검은 변해서 먼저 두 겹이 되더니, 나중에는 세

겹이 되고, 네 겹이 되더니 결국에는 동그랗게 되었다. 하이다르 우스타는 동그랗게 변한 쇠를 다시 가마에 집어 넣고 풀무질을 시작했다. 있는 힘과 요령을 다해서 풀무를 당기기 시작했다.

온 부족이 밖으로 나왔다. 텐트 밖으로 나와 대장장이 하이다르 우스타가 있는 텐트에 눈길을 모으고 알 수 없는 마법이 실현되기만을 기도했다.

대장장이 텐트에 깊은 고요함이 감돌았다. 고요함을 깨고 텐트 문으로, 그 위로, 틈새로 한밤중까지 불기둥과 불빛들이 새나왔다. 대장장이 텐트는 사람들 무리 속에 묻히고, 똑바로 쳐다볼 수 없을 만큼 쏟아지는 불빛 속에 묻혔다.

망치 소리가 들려왔다. 둔탁하고, 무거운 소리는 계속되었다. 알르츨르 골짜기와 거대한 혜르미테 산 바위들은 미친 듯 쏟아지는 망치 소리 속에 몸을 떨었다. 이 소리 때문에 미친 듯 비틀거렸다. 지구로 내려온 이 거대한 거인은 땅과 하늘을 뒤흔들며, 세상의 모든 검과 쇠들을 후려치고 있는 것 같았다. 망치 소리는 시간이 갈수록 빨라지더니 둔탁한 소리들이 서로 섞여서 긴 소리를 만들어냈다. 그사이 하이다르 우스타가 안에서 망치를 손으로 흔드는지 우웅거리더니 텐트에 어둠이 밀어닥쳤다. 갑자기 망치 소리도 끊겼다. 바위들 위로 메아리치던, 저 멀리 조그맣게 들려오던 망치 소리도 곧 사라져버렸다.

갑자기 텐트가 빛에 잠기더니 눈부신 빛이 텐트에서 밖으로 떨어져나가 뒹굴다가 바위들 위에서 반짝였다. 이때 무겁게 한 번, 또 한 번 거대한 망치 소리가 둔탁한 바위들 위로 깊게 부딪쳤다. 어느 정도 이렇게 계속되던 소리는 커졌다가, 빨라졌다가, 멈췄다가 하더니 바위들에서 나는 오랜 울림도 점차 스러져 사라졌다.

동이 트고, 여명이 밝아올 때 산은 요란하게 비틀거렸다. 망치소리가 빨라지고, 분노에 차서 강렬해졌다. 텐트는 온통 빛에 둘러싸였다. 불빛들도, 소리들도 높아져 극에 다다랐다. 그런데 갑자기 정상에서 뚝 멈춰버렸다. 기나긴 비명 소리, 그러고는 모든 것이 멈춰버렸다. 사람들은 기다리고 기다렸지만 더 이상 대장장이 텐트에서는 아무 소리도 들려오지 않았다.

날이 밝자 부족 사람들은 두려움에 떨면서 발끝으로 살금살금 대장장이 텐트로 다가섰다. 귀를 기울여 텐트 안에서 무슨 소리가 나는지 살펴보았다. 아무 소리도 들리지 않았다. 하다못해 숨소리 하나 들리지 않았다. 결국에는 쉴레이만 카흐야가 안 되겠다 싶었는지 일어나 텐트 안으로 걸어 들어갔다. 안에는 하이다르 우스타가 풀무를 넓은 가슴으로 끌어안고, 왼쪽 얼굴을 풀무에 기댄 채 쓰러져 있었다. 붉은 턱수염은 풀무 아래로 하나하나 금줄처럼 뻗어 흩어져 있었는데, 그렇게 잠들어 있는 것만 같았다. 무겁고, 거대한 대장장이 망치가 발아래 떨어져 있었다. 풀무 위쪽, 하이다르 우스타의 코 가까운 곳에 새로 만든 쇳덩이가 놓여 있었다. 바퀴 혹은 시계 같기도 하고, 부족의 오랜 문양 같기도 했다. 장판이나 염소털 깔개에서 많이 보던 태양 원형을 닮은 것 같기도 하고, 번개 화살을 닮기도 한 멋진 모양이었다.

쉴레이만 카흐야가 밖으로 나왔다. 몹시 슬퍼 보였다. 노심초사 기다리는 사람들에게 그가 말했다.

"하이다르 우스타께서 세상을 떠나셨네."

사람들은 아무 소리도 내지 않았다. 아무도 울지 않았고, 비탄에 젖는 사람도 없었다. 소리 없이 사람들은 그곳에 하염없이 서 있었다. 한참이 지나자 그들은 정신을 차리고 하나씩 둘씩 텐트로 돌아가기 시작했다. 하이다르 우스타가 행복하지만 조금은 상심한 얼굴로, 조금은 분노에 차고, 마음이 상한 얼굴로 그들을 보면서 웃고 있었다.

사람들은 그를 풀무에서 떼어놓지 않았다. 풀무와 함께 일으켜 그대로 들것에 실었다. 그들은 헤르미테 산 정상으로 올라갔다. 시체를 현자 하밋 묘지 옆에 놓았다. 조금 앞쪽 바위틈에서 나무가 자라고 있었다. 그 나무의 가지가 늘어진 곳에서 남동쪽 방향으로 사람 키만큼 깊은 무덤을 팠다. 하이다르 우스타를 그 모습 그대로, 풀무를 안고 있는 상태 그대로 무덤 안에 내려놓았다. 향내가 짙은 은매화 나뭇가지와 이파리로 그 위를 덮고, 흙을 뿌렸다. 도인의 시체는 씻기지 않는다. 사람들은 곡도 하지 않았다. 울지도 않았다. 민요도 부르지 않았다. 하이다르 우스타는 그 어느 것도 원하지 않을 것이다. 도인들은 이런 것들을 원하지 않는다.

사람들은 빠르게 산을 내려갔다. 하이다르 우스타의 텐트와 옷가지, 그가 가진 것 모두와 임종 당시 입었던 옷을 한곳으로 모았다. 불을 크게 지피고는 케렘에게 말했다.

"이걸 불에 던지거라. 할아버지가 임종하실 때 입던 옷을 네가 던지는 것이 전통이다."

케렘은 시키는 대로 했다.

하이다르 우스타의 말이 남았다. 관습에 의하면 말도 손자가 죽이는 것이 원칙이었다. 이 나이 든 말은 케렘이 세상에서 가장 좋아하는 것이었다. 그는 아버지에게 애원했다.

"아버지, 말은 나더러 죽이라고 하지 마세요. 제발 그건 아버지가 해요."

아버지가 대답했다.

"그럴 수는 없다. 이건 전통이야, 네가 죽여야 해."

아버지가 권총과 말의 고삐를 함께 케렘 손에 쥐여주었다. 케렘은 한 번은 말을, 한 번은 부족 사람들을, 한 번은 아버지를 쳐다보았다. 케렘은 할 수 없이 말을 데리고 골짜기 아래로 내려갔다. 높은 바위 밑동에 말을 묶었다. 말의 머리에 권총을 겨냥하고는 두 눈을 감았다. 방아쇠를 당겼다. 말이 땅으로 쓰러졌다. 한 번, 두 번, 말이 버둥거렸다. 다리와 목이 뻣뻣해지더니 딱딱하게 굳어갔다. 피가 땅에 흥건히 고였다. 머리 아래에도…….

케렘은 토할 것만 같았다. 두 눈에 핏발이 선 것 같았다. 그는 아버지 곁으로 가서 얼굴을 쳐다보지도 않고 권총만 내밀었다. 텐트 문 앞 기둥에 묶어놓은 송골매가 안절부절못하고 있었다. 날개를 펄럭거리며 날아보려고 애를 쓰다가, 발과 밧줄을 쪼아보기도 하고, 빙빙 돌다가는 다시 펄럭이더니 이리저리 돌아다녀도 보았다. 송골매는 지금까지 한 번도 이런 적이 없었다.

케렘은 새의 눈을 바라보았다. 새의 눈도 새빨간 상태였다. 송골매를 풀어서 손에 들고, 그 누구에게도 말 한 마디 남기지 않은 채 알르츨르 골짜기를 내려왔다. 뒤를 돌아보고, 또 돌아보았다. 골짜기에 다닥다닥 붙어서 떨어지지 않으려고 안간힘을 쓰는 것처럼 보이는 텐트들이 이제 케렘 눈에는 낯설게만 보였다. 그는 평지로 내려와서 잠시 걸음을 멈추었다. 골짜기에 붙어 있는 오래되고, 낡고, 더럽고, 무너지고, 기운 텐트들을 바라보았다. 할아버지는 밤이 새도록 검을 녹여 뭔가 만들었다. 검을 녹여서 검에서 나온 쇠로 태양 같기도 하고, 화살들이 뒹구는 인장 같기도 한 뭔가를 만드셨다. 만드신 그 물건이 무엇인지는 도저히 알 길이 없이 도중에 끝나버린 것이다. 그게 무엇일까? 그 귀한 검을 녹여서 만드시려고 했던 게 무엇일까? 요술일까? 마술일까? 하이다르 우스타는 요술도, 마술도 좋아하지 않았다. 마지막 가시기 전에 사람들에게 뭔가를 전하려고 하셨던 것 같은데 그게 무엇일까? 밤새도록 이를 악물고 이것을 만드셨는데, 결국 끝을 내지 못하셨다.

"할아버지도 결국 돌아가셨어."

케렘은 한숨을 내쉬었다. 골짜기에 있는 부족을 한 번 더 쳐다보았다. 뒤를 한 번 돌아보고 나서 다시 걷기 시작했다. 평원에 다다르자 멈추어서 송골매를 한 번 쳐다보았다. 송골매는 이제야 평상심을 찾은 것 같았다. 부족도 이제는 저 멀리에 있다.

그는 송골매 머리를 손가락으로 살짝 건드렸다.

"헤이, 알겠니? 할아버지도 돌아가셨어. 위대하신 하이다르 우스타. 대장장이 가문의 후계자께서…… 이제 나 혼자 남겨졌다. 나 혼자…… 나도 부족을 떠날 테야. 너도 이제 자유의 몸이 되게 해주지."

자유라는 말을 하는데 가슴속에서 '쏴아' 하는 소리가 들렸다. 그는 송골매의 등을 쓰다듬었다. 눈을 마주치고 나서 입을 맞추었다.

"넌 영리하고 훌륭한 친구이며, 영웅 송골매였다. 잘 가거라. 이 근처에는 있지 마. 곧장 산으로 날아가렴. 넌 아주 어린 송골매니까……. 어른이 되더라도 이 근처로 오면 큰일을 겪을 거야."

그는 송골매를 쓰다듬고, 입을 맞추고, 작별 인사를 나누었지만 송골매를 좀처럼 놓아주지 못하고 있었다.

발에 있는 단추 같은 매듭과 가죽끈을 풀어서 높이 들고 송골매를 공중으로 날려 보냈다.

"잘 가라, 잘 가. 할아버지도 돌아가셨어. 나도 간다."

송골매는 창공을 날았다. 케렘은 송골매가 날자마자 곧 작은 나무 아래로 들어가 숨었다. 송골매가 잠시 후에 돌아와서 자기를 찾을 것이기 때문이다. 그러고는 팔 위로 내려와 앉을 것이다. 생각한 그대로 되기도 했다. 송골매는 한 바퀴 공중에서 날더니 공중에서 한 번 두 번 돌고는 나중에는 화살처럼 아나바르자 지방을 향해 날아가버렸다. 곧 시야에서 사라져버렸다. 그러다가는 다시 돌아와 공중에서 케렘을 찾기 시작했다. 케렘은 송골매가 자기를 보기를 원했지만 한편으로는 날아가버리기를 바라기도 했다. 송골매는 몇 번 제이한 강가로 날아가더니 다시 돌아왔다. 공중에서 오랫동안 원을 그리며 높아지고, 또 높아지더니 결국에는 헤르미테 산을 향해서 날아가버렸다.

케렘은 그곳, 작은 초목 안에서 오랫동안 머물며 송골매를 기다렸다. 송골매가 다시 보이지 않자 무척 속이 상해서, 울음이 터졌다. 울면서 얀느즈아아치 마을을 향해서 걷기 시작했다. 하염없이 하늘을 바라보고 또 바라보아도 아무것도 보이지 않았다.

저녁이 되고 있었다. 그림자가 길어졌다. 종달새가 울기 시작했다. 벌들은 지직거렸다. 하늘에서 새들이 끼리끼리 무리를 지어 날고 있었다. 그놈들은 세상을 찍찍거리는 소리로 덮을 것이다. 케렘은 한 번 더 헤르미테 산을 돌아다보았다. 산은 빛바랜 푸른색이 되어 스르르 밤으로 빠져들고 있었다.

26

부엉이는 대체로 불운을 상징하는 새로 알려져 있다. 누구의 집이라도 근처에 서든, 위에서든 그 새가 울면 그 집에 재앙이 닥친다는 것이 다. 어느 도시나 마을에 재앙이 닥치기 전에 반드시 부엉이 들이 날아든다고도 한다. 부엉이는 종류별로 큰 놈도, 작은 놈도 있다. 어떤 놈들은 키가 크고 짙은 갈색이다. 눈도 얼마 나 큰지 얼굴의 반은 눈이 차지한다. 중간이 굽어진 부리를 달고 있는 이 부엉이는 놀라고 허기진 표정으로 세상을 바라 본다. 깃털이 누런 새는 키가 작고 몸이 뭉툭한데, 이 새들이 더 용맹스럽다. 눈도 더 크고, 귀도 더 뾰족하다. 낮에는 전 혀 날지 않는다. 조금 날더라도 어디로 가는지 알 수 없다. 놀라서 잠시 공중에서 돌다가 결국에는 어디엔가 푹 곤두박 질친다.

헤르미테 산에는 종류별로 갖가지 부엉이들이 산다. 이들은 바위틈에 있는 동굴 속에 살고 있다. 독수리같이 큰 새도, 메 추라기같이 작은 새들도 있다. 삼일 전부터 지금까지 알르츨 르 골짜기, 카라출루 부족이 있는 곳 주변에 부엉이들이 날 아들어 울기 시작했다. 재앙을 부르는 소리, 털이 바짝바짝 곤두서게 만드는 소리였다. 부족 사람들은 모두 이 듣기 싫은 소리 때문에 마음이 편안하지 않았다. 잠도 잘 수 없었다. 사람들은 돌과 몽둥이를 들고 한밤중 어둠 속으로 뛰쳐나와서 부엉이를 쫓기 바빴다. 넓고 팽팽한 날개를 퍼들고 부엉이들은 어둠 속으로 사라졌다가 다시 보면 언제 왔는지 불쑥 나타나서 뾰족한 바위 정상에 앉아 있었다. 그리고 부족이 있는 곳을 향해 몸을 틀고 소름 끼치는 소리로 더욱더 악을 쓰고 울어댔다.

여기, 이 헤르미테 산에서 도망쳐 해방되는 방법이 있을까? 모든 길이 막혀 있었다. 갈 수 있으면, 도망칠 수 있으면 도망쳐보라지. 양들은 굶주림에 허덕이다가 병이 나기 시작했다. 얼마 가지 않아 모두 몰살하고 말 것이다. 어느 날 밤 가축을 몰고 저 산 아래로 내려가 푸르고 푸르며, 너른 평원, 둠르와 지중해, 토로스로 이어지는 곡창지대 어느 곳엔가 양들을 풀어주어야 한다. 양들을 이 상황에서 구해주어야 한다. 그때 어떤 재앙이 들이닥쳐도 감수해야 한다. 출구를 마련하기 위해 발버둥치고 또 치리라. 결과가 죽음뿐이라 해도.

그날 밤 가죽 물주머니를 손에 들고 제렌은 산에 있는 모든 샘터를 헤매고 다녔다. 물주머니에 물을 가득 채웠다. 그녀는 수척해 있었다. 마른 그녀는 얼굴이 더욱 창백해져서 커다란 두 눈이 더 크게 보였다. 키도 더 커 보였고, 머리카락도 숱이 더 많아 보였다. 그녀는 고요한 물줄기 같았다.

그녀는 텐트의 한 부분을 비워내고 바닥에 풀을 깔았다. 솥을 불 위에 올려놓고 물을 데웠다. 비누칠을 해서 그녀는 온몸을 깨끗하게 씻어냈다. 언제부터인지 아무도 알지는 못하지만 아주 옛날부터 전해 내려오는 치마가 보자기에 싸여 있었다. 그녀는 매듭으로 장식하고, 비단과 보랏빛 얇은 융단으로 만든 옷을 꺼내 입었다. 매일 신는 엉성한 소가죽 신발 대신 번들거리는 가죽구두를 신었다. 머리를 빗고, 머리카락을 한 움큼 눈썹 위로 늘어뜨려서 구부려보았다. 귀고리와 목걸이, 머릿수건은 쉴레이만 카흐야가 준 것이었다. 연둣빛 비단으로 만든 머릿수건으로 머리를 감싼 후 밖으로 나왔다. 텐트 하나하나를 돌면서 아이들에게 입을 맞추고 쓰다듬어주었다. 어른들에게는 따뜻한 위로를 해드리고, 일일이 짧은 대화를 나누었다. 저녁이 되자 그녀는 옷을 벗지 않고 침대로 들어갔다. 모두 잠이 들었고, 밖에는 아무도 보이지 않았다. 그녀는 침대에서 일어나서 산으로 뛰어오르기 시작했다. 마음속에 알 수 없는 공포와 아픔이 밀려들었다. 산으로 뛰어오를수록 두려움은 더욱 커져만 갔다. 갑자기 온몸에서 식은땀이 흘렀다. 귀가 웅웅 울리기 시작했다. 바위들과 산이 웅웅 울리고, 깨지는 소리가 났다. 부엉이들이 울면서 뒤를 따라왔다. 수천 마리나 되는 부엉이들이 날개를 펼치면서 하늘을 메웠다. 무시무시하게 커다란 눈을 부릅뜨고 부리에 피가 묻은 새들. 하늘이 내려왔다 올라가고, 비명 소리, 웅웅거리는 소리, 깨지는 소리, 세상이 비틀거렸다. 말 탄 사람 그림자가 지나갔다.

검은 말을 탄 사람의 말발굽이 바위에 닿자, 불기둥이 솟았다. 말발굽 소리는 부엉이 소리에, 부엉이 소리는 다시 늑대 소리에 섞였다. 긴 호수들, 말 그림자들이 길어졌다 줄어들었다 넓어졌다 좁아졌다 하면서 평원과 산 아래에서 달려들었다. 산 중턱과

꼭대기에도 끝도 없이 이어졌다. 바위들에 쏟아지는 불기둥. 뾰족하고 새하얀 늑대 이빨…… 한밤중, 무섭게 울어대는 늑대와 하얀 이빨을 드러내고 뻗어 있는 어느 늑대의 주검. 늑대들의 울음은 귀를 멀게 한다. 여우들, 독수리들, 송골매들, 케렘 같은 꼬마들…… 케렘 같은 꼬마들은 천 마리나 되는 송골매를 손으로 잡아간다. 송골매들은 케렘 같은 아이들의 손을 쪼아 조각내버리고 피만 남긴다. '웅' 하고 우는 소리. 새들이 난다. 꼭대기에서 아래로…… 수백 마리가 난다. 커다란 바위 위로…… 말 탄 사람들, 독수리들, 부엉이들, 케렘 같은 꼬마들, 송골매들, 늑대 주검들, 하얗고 뾰족한 이빨, 뱀들, 적뱀들이 갑자기 스스르 도망쳐 사라진다. 돌들이 구른다. 알르츨르 골짜기 꼭대기에서 산 밑으로…… 남자 목소리, 웃음소리, 욕지거리가 메아리친다. 이 바위에서 저 바위로…… 이렇게 저렇게 바위들을 뒤흔들고 길에 메아리치면서 산을 통째로 장악한다. 마침내 뒤엉킨 하늘에서 새롭게 들려오는 팔락거리는 날갯짓 소리, '웅' 소리, 말발굽 소리…….

제렌은 가장 날카롭고 높은 바위산 정상으로 올라갔다. 두 팔을 펼치자 웅웅 소리가 모두 끊겼다. 세상이 고요했다. 제렌은 자기 숨소리도 들을 수 있을 정도였다. 쿵쿵 심장 뛰는 소리가 귀에 울렸다.

"할릴, 당신은 오지 않았군요, 할릴. 당신을 더 이상 보지 못했어요. 할릴…… 더 이상은, 더 이상은, 당신을 만나지 못하고는…… 아, 할릴……."

몸을 절벽 아래로 던지려 하자 몸이 뒤뚱거리더니 무릎이 그 무게를 견디지 못했다. 그녀는 바위 아래로 미끄러졌다. 눈앞에서 번쩍 불빛이 터졌다. 불빛은 세 번 꺼졌다가 세 번 빛났다. 그러더니 여전히 부엉이 소리, 독수리 소리, 키가 큰 말을 탄 사람, 말발굽 소리, 불기둥, 풀무를 안고 웃고 있는 하이다르 우스타의 시체, 검같이 하얀 이를 드러내고 우는 늑대의 주검, 뱀들이 뒤엉겨 다가왔다. 밤을 뚫고 불어오는 세찬 바람에 바위들은 뿌리를 뽑힌 채 뒹굴었다. 산이 전체가 무너져 뿌리까지 뽑힐 정도로 비틀거렸다.

제렌은 벌떡 자리에서 일어섰다. 새 날개처럼 두 손을 펴고, 허공에 몸을 맡기려 했다. 그러자 갑자기 소리가 뚝 끊기더니 세상에 혼자 남겨진 것 같은 느낌이 들었다. 제렌은 자신이 가여운 마음이 들었다.

"내가, 내가 왜 어쩌다 이렇게 되어야만 했지? 왜 이렇게 나락으로 떨어져야 했던 거야? 제렌……"

그녀는 울면서 떨기 시작했다. 손이 툭 밑으로 떨어졌다. 바닥에 시체처럼 누웠다. 모든 것을 하나하나 되짚어가며 생각해보기 시작했다. 평소보다 더 분명하고 현실적으로 돌아다보았다. 그러자 마음속에 공포심 비슷한 희망과 죽음이나 두려움 비슷한 기쁨이 고개를 내밀다가 불현듯 사라졌다. 기쁨의 끝이 보이다가도 잡으려 하면 곧 사라져버렸다. 옥타이 씨, 말을 탄 사람, 할릴, 부엉이들, 바위들이 여전히 골짜기를 뒤흔들고 있었다. 양울음소리, 사람들의 고함 소리, 웅웅거리는 소리, 웅웅거리는 소리…… 세상이 비틀거린다. 산 아래 흐르는 제이한 강물과 불빛. 바위들까지 날려버리는 이 북동풍. 매서운 북동풍은 싸늘하고 또 매서웠다. 수천 마리 새의 파드닥거리는 날개 소리…… 피 묻은 부리들. 북동풍 앞에서 끊임없이 스르르 다가서는 뱀들. 불빛. 차갑고, 두려움에 몸을 떨게 하는 휘파람 소리. 땅과 초목, 바위들. 돌들을 들썩이게 하는 휘파람 소리…… 하늘과 땅 밑에서 들려오는 소리…… 제렌은 귀를 손으로 막았다. 꽉 틀어막았지만 웅웅거리는 소리는 멈추지 않았다.

밤은 비틀거리며 깊어만 갔다. 비틀거리는 팔, 다리, 말, 새들, 뱀, 제렌, 케렘, 송골매, 마을, 불, 옥타이 씨, 고생한 얼굴, 가축 눈과 말 입술같이 퉁퉁 부은 입술……, 밤이 품고 있는 나무들, 적뱀, 달팽이, 붉은 부엉이들, 붉은 늑대, 하얀 이와 눈, 발톱, 붉은 부리, 하얀 독수리들……, 웅웅거리는 소리, 속삭임. 모든 삼라만상이 겹겹이 무리 지어 밤은 흐른다.

제렌은 다시 자리에서 일어났다. 한 무더기 밤이 홍수처럼 몰아닥치더니 다시 멈추었다. 소리도 끊겼다. 모든 것이 이제 분명해졌다. 제렌은 다시 구체적으로 생각해보기 시작했다.

"할릴은 죽지 않아. 할릴은 안 죽었어. 사람들이 나를 속인 거야. 할릴은 나를 찾지도 않았잖아. 사람들이 가져다준 셔츠는 거짓말일 거야. 거짓말……."

그녀는 팔을 걷었다.

"할릴, 할릴, 할릴……."

아래 부락에서 무슨 소리가 들려왔다. 다시 산이 갑자기 웅성거렸다. 그러더니 갑자기 산 위에서 밑으로 거대한 바위 조각들이 쏟아져 굴러 내려가기 시작했다. 산 위에서 웃음소리, 욕지거리가 들려왔다.

"할릴이 이 연극을 시작했어. 할릴이 꾸민 거야. 할릴 작품이야. 그런데 나는 수절을 하고, 자살까지 하려 했어. 부족 사람들이 내게 어떻게 대하고 있는지, 적군 대하듯 하고 있는 것을 할릴이 듣지 못했다는 말이야? 할릴이 이 연극을 만들어냈어…….."

그녀는 팔을 벌렸다. 북동풍이 매섭고, 혹독했다. 갑자기 눈앞에 번개가 쳤다. 한 번 더, 한 번 더…… 세상이 환해졌다. 그녀는 이를 악물었다.

"할릴, 할릴."

할릴이란 단어가 입에서 휘파람처럼 새어 나왔다.

마음속에서 솟아났다 꺼졌다 하는 기쁨 같기도 하고 아니기도 한 뭔가가 고개를 들더니 슬그머니 꽁무니를 빼고 사라져버렸다. 제렌은 기쁨의 불빛 끝자락을 잡을 수만 있다면 모든 것이 끝나버릴 것만 같았다. 모든 것에서 해방될 수 있는 것이다. 웅웅거리는 소리, 밤이 깊어가기 시작하면 마음속의 불빛은 또다시 사라질 것이다. 그녀는 서둘렀다. 기쁨은 층층이 솟아오를 것 같다가도 어느새 도망치기만을 반복하고 있었다. 제렌이 한순간 그 끝자락을 붙들었다. 아! 세상이 환해지고 뼛속까지 기쁨으로 떨리는 것 같다. 웅웅거리는 소리, 비틀거림, 모든 것이 지워지고 사라졌다. 골짜기에서 산 밑으로 구르는 바위 조각들 소리, 비틀거림, 산 아래 부락에서 들려오는 비명 소리, 고함 소리…….

제렌은 높은 바위에서 내려왔다. 자기도 모르게 민요를 흥얼거렸다. 밤을 민요로 채우면서 산을 내려왔다. 코끝에 마른 백리향과 태양빛에 마른 수선화 향기가 스쳤다. 타버린 땅에서도 바위에서도 냄새가 났다. 쉰내와 땀 내음.

"할릴."

그녀는 생각하고 있었다.

"할릴, 만일 사람들이 그랬듯이 당신이 살아 있다면, 한 번만 더 보고 싶어, 보고 싶어, 할릴…… 당신이 일을 이렇게 만들었 어, 할릴."

할릴을 부를수록 더 보고 싶었다. 피가 끓어올랐다. 사랑이, 할릴과 살고 싶은 마음이 온몸을 채우더니 넘쳐흘렀다.

제렌은 밤을 새워가며 불어오는 북동풍이 조금씩 잠잠해지는 것을 지켜보았다. 메마른 들풀들이 흩날릴 때 나는 풀 내음도 맡 아보았다. 이 바위에서 저 바위를 헤매고 돌아다녀도 보았다. 기 쁨은 갈수록 커져만 갔다. 기쁨의 불빛이 마음속에서 헤엄치고 있었다. 그녀는 기쁨이 날아가버릴까 봐 가슴을 꼭 싸안았다.

어느 샘터에서 아침에 새로 고인 차가운 물을 한 모금 마셨다. 길고 긴 샘물에 입을 맞추듯 입술을 가져다 댔다. 깊은 개울에서 는 팔을 걷어붙이고 첨벙첨벙 세수까지 했다. 물 위에 노란 마른 꽃잎이 떠다니고 있었다. 그 꽃잎을 집어 귀에 꽂았다.

날이 밝았다. 밤은 불현듯 사라지고 어디에도 없었다. 불빛들 은 한순간 추쿠로바 위로만 쏟아졌다. 빛은 땅 가죽을 뚫고 저 깊은 내부까지 스며들어갔다.

제렌은 산 아래 있는 옥타이 씨를 보았다. 그는 말 목을 붙들 고 제이한 강으로 가고 있었다. 몸이 축 늘어져서 시체처럼 느껴 졌다. 어쩌면 말 위에서 자고 있는지도 몰랐다. 이 사람을 볼 때 면 언제나 속이 메스꺼웠는데, 지금은 아무렇지도 않았다. 약간 의 연민과 사랑이 느껴지기도 했다. 또 조금은 그 사람의 고집에 감탄하며 그를 관찰했다.

"나는 저 사람만큼 하지 못했어."

그녀는 속으로 말했다.

"나는 저 사람 발톱만큼도 따라가지 못했어. 내가 할릴을 잃어버린 거야. 산속을 뒤져야 했는데. 그가 가는 길을 따라가지도 못했고, 그와 함께 도망가지도 못했어. 내 사랑에 충실하지 못했어. 할릴, 할릴, 당신은 아무 죄도 없어요. 내가 할 일을 못 한 거예요. 미안해요, 할릴! 할릴을 한 번이라도 따뜻하게 바라보았던 나의 두 눈, 그를 만졌던 손, 그에게 보여주었던 내 몸, 입술, 속눈썹과 눈썹…… 너희들도 날 욕하지 마라."

그녀는 부족으로 돌아왔다. 부락은 난장판이었다. 페툴라는 입에 거품을 물고, 손에는 권총을 들고는 목에 핏대를 세우며 성난 보아뱀처럼 이리저리 헤매고 다녔다.

"죽여버리겠어, 죽여버려! 모두 죽여버리겠어. 마을에 불을 지를 거야. 죄다 장님으로 만들어버리든가……."

아낙네들은 모두 한자리에 모여서 울고만 있었다. 남자들은 입을 다문 채 돌 위에 걸터앉아 바닥만 쏘아보고 있었다. 입에 자물쇠라도 채웠는지 아무도 입을 열지 않았다. 수많은 텐트가 무너졌다. 텐트 위로 커다란 돌 조각이 쏟아졌다 했다. 사람들은 머리가 깨져서 피투성이가 되어 있었다. 여자, 남자, 고만고만한 여덟 살, 열 살 남짓한 아이 두 명의 시체가 피투성이가 된 채 바위 밑에 누워 있었다.

술탄 카르가 무릎을 두들기고 있었다.

"어떻게 된 거예요? 어떻게 된 거냐구요? 무슨 일이에요?"

"넌 못 들었단 말이냐? 넌 보지도 못했단 말야, 우리가 무슨 일을 겪었는지? 넌 오늘 밤 여기에 없었단 말야? 안 보길 잘했다. 못 듣길 잘했어……. 밤새도록 산 위에서 텐트 위로 바위를 던져댔단다. 텐트가 모두 돌에 깔리고 말았지 뭐냐? 무사의 아이들은 도망을 못 갔나 봐. 이 아이들은 도망을 가지 못했어. 아침까지 하늘에서 돌이 우리들 머리 위로 쏟아졌어. 그것도 얼마나 커다란 바윗돌인지. 이것 봐라…… 저 바위들이 다 오늘 밤 떨어진 거야!"

알르츨르 골짜기가 층층이 쌓인 돌과 바위 조각으로 가득 메워져 있었다.

페툴라가 말했다.

"이럴 수는 없어. 돈 몇 푼 때문에 사람들에게 이런 폭력을 가하다니."

그는 치를 떨면서 눈에 뻘겋게 핏대를 세우고 어쩔 줄을 몰랐다.

쉴레이만 카흐야는 텐트 안에 있었다. 제렌이 텐트 안으로 들어갔다. 쉴레이만 카흐야는 누가 들어왔는지 눈치도 채지 못했다. 그는 생각에 잠겨서 두 팔로 다리를 감싸 안고 턱은 무릎 위에 올려놓고 턱수염을 떨면서 상념에 잠겨 있었다.

"어르신, 어르신."

제렌이 불렀다. 투명하고 건강하며 확신에 찬 소리였다.

쉴레이만 카흐야가 몸을 풀지 않고 눈만 떴다.

"말씀 드릴 게 있어요."

쉴레이만 카흐야는 그녀의 눈동자 안에서 빛나는 뭔가를 발견하고 놀랐다. 지금까지 한 번도 보지 못한 모습이었다.

"말해보거라, 얘야."

"저 옥타이 씨에게 시집갈래요. 제 마음이 그래요. 그 사람의 인간됨에 감동했어요. 아무도 그 사람처럼은 못 할 거예요."

"그럴 수는 없다."

쉴레이만 카흐야가 대답하고는 자리에서 일어났다.

"그건 말도 안 되는 소리야. 말도 안 되는 사랑이고. 그럴 수는 없다. 제렌."

"그 사람은 산 아래를 계속 떠돌아다니고 있어요. 그 사람을 불러달라고 하세요."

"알고 있다. 매일 밤 나도 봤어."

쉴레이만 카흐야가 대답했다.

제렌의 결정이 삽시간에 온 부족에게 전해졌다. 부족 사람들은 시체도, 하늘에서 떨어진 돌 세례도, 무너진 텐트도, 다른 사람들도, 모두 잊어버렸다. 알르츨르 골짜기가 기쁨으로 들뜨기 시작했다.

27

호라산에서 왔도
다. 우리 어깨 위 빛나는 인장들. 늑대 무리처럼 이 세상 서
쪽, 동쪽으로 가득 흩어졌도다. 붉은 홍옥 같은 눈동자, 키가
커다란 말을 타고 우리는 신더 강으로, 나일 강으로 달렸도
다. 마을을 만들고 성곽을 세우고, 도시를 사고, 나라를 세웠
도다. 하란 평원, 메소포타미아 평원, 아라비아 사막, 아나톨
리아, 카프카스 산, 넓은 러시아 스텝 지역에 만 아니 십만
개나 되는 검은 텐트를 치고 독수리처럼 내려앉았도다.

기다란 일곱 기둥, 흑염소털로 만든 검은 텐트…… 그 안에
는 모두 사람이 만들 수 있는 가장 아름답고, 섬세한 색깔과
자수 장식이 들어 있다. 우리의 안장, 검, 망치, 상아로 만든
도끼와 금으로 도금한 권총, 절구, 코걸이, 목걸이, 머릿수건,
장판, 깔개, 가죽옷들이 그것이다.

하란 평원에서 우리는 수천 명이나 되는 사람들과 영양들이
한데 섞여 세마춤을 추었다, 높이 떠 있는 송골매들처럼. 향
연을 열어 신성한 군중들을 길러냈다. 이 바다에서 저 바다
로 드높은 파도와 함께 떠다녔다. 이 해변에서 저 해변으로
밀려다녔다. 수많은 성, 도시, 마을을 다녔고, 수많은 인종,
혈통들이 우리와 섞였다. 우리는 한 시대와 더불어 살았다.

인류를 위해서 많은 것을 했다. 그러나 단 한 번도 그들을 무시한 적은 없었다. 우리에게는 사람을 무시하는 전통이 없기 때문이다. 가난한 사람, 고아, 어려운 사람, 여자, 어느 혈통에서 왔든, 종교가 무엇이든, 어느 나라에서 왔건 해치지 않았고 존중해주었다. 벗이든, 적이든, 그들을 우리 식구처럼, 우리 어르신처럼, 우리 아이처럼, 우리 여자인 것처럼 대했고 차별을 두지 않았다.

우리는 마음에 안 드는 털에는 손도 대지 않았다. 두껍고 근사한 매듭 장식으로 갖가지 텐트를 만들었다. 따뜻한 염소털 제품이다. 어느 궁전도 이 텐트처럼 화려하지는 못했을 것이다. 세상 여기저기에 정착을 했다가 떠나왔다. 자유의 몸이기도 했고, 포로가 되기도 했다. 패배도 승리도 있었다.

수백 년이 지났다. 우리는 조각조각 나뉘었고, 숫자는 줄어들었고, 검은 텐트들은 해졌다. 높은 산, 물, 땅, 평원, 나라들에 이름을 붙이며, 우리 발자취를 남겼다. 아나톨리아에서는 카이세리 산, 아으르 산, 넴룻 산, 빈보아 산, 질로 산을 보았다. 또 아나톨리아에서 크즐 강, 예실 강, 사카르야, 세이한, 제이한 강을 보았다. 아나톨리아 평원, 소금호수, 붉은 기운이 감도는 노란 포도로 유명한 에게 평원…… 모두 우리가 이름을 붙여주었다, 그 많은 강물, 평원, 산들에게. 아나톨리아 모든 곳에 우리 발자취가 남아 있다. 모든 땅에 이름을 찾아주고 우리 부족의 이름을 붙여주었다. 잊히지 말라고, 어느 높은 곳인가에서 우리 혈통이 이어지라고…… 우리는 소금기 있는 길을 달렸고, 눈 덮인 산을 넘었다. 이런저런 일을 겪었다. 아나톨리아의 돌과 흙과 함께 흐르는 물, 불어오는 바람, 수천 년 전부터 지금까지 계속 발전하고 있다. 풍요속에 번성하는 케르반사라이, 궁전들, 절들, 높은 도시들, 민요들, 전통들, 풍경, 지식들과 함께 하나가 되고 조화를 이루었다. 뼈와 살처럼 말이다…… 비와 땅처럼 말이다. 우리 부족 각각은 어느 지방인가, 나라인가, 어느 땅인가에 스며들었다. 우리가 잃어버린 텐트 중의 어느 한 부분은 어느 땅에서인가 썩고 있을 것이다. 풍성하고 끝없고 높은 어느 뿌리에선가 우리는 갈라져 나왔다. 그 위로 많은 구멍이 생겼다. 우리는 흩어지고, 헤어지고, 줄고 줄어 소멸했으며, 끝이 났다. 우리 민요도 아마 앞으로는 불려지지 않을 것이다. 세마춤도 잊혀질 것이며, 친구들, 만물, 도인들도 한마음이 될 수는 없을 것이다. 해와 달도 우리가 보던 대로 뜨고 지지는 않을 것이다. 우리의 지혜도, 전통도, 관습도, 나무가 싹이 나는 것도, 바람이 부는 것, 사람이 태어나는 것, 자라는 것, 죽는 것에 대한 우리 생각들, 감정들은 알려지지 않을 것이고, 기억되지도 않을 것이다. 꽃이 피는 것, 호랑이가 흐엉거리는 것, 비가 내리는 것, 땅이 푸르러지고, 독수리가 새끼를 갖는 것, 세상과 모든 생명체를 향한 우리의 사랑과 우정, 그들로부터 생겨나는 어느 한 부분 힘의 완전함도 알려지지 않을 것이다. 우리의 명성은 사람들에게서 회자되지 않을 것이다. 갑자기가 아니라 수천 년 전부터 지금까지 줄고 줄어, 작아지고, 적어지면서 모든 땅에 우리의 한 조각을 남기면서 소멸했다. 우리는 한 줄기 맑은 물처럼 이 땅 위를 흘렀다. 우리는 아나톨리아로 왔다. 그곳에서 카이세리 산과 마주했다. 높고, 깨끗하고, 매력적이고, 잘생긴, 빛에 잠긴 그 산과…… 붉은 홍옥 눈빛, 훌쩍 키가 큰 우리의 말들…… 하란 평원에서, 메소포타미아에서 수십 마리 떼 지어 높이 나는 독수리처럼 내려앉은 우리의 검은 염소털 텐트들. 수천 명이나 되는 사람이 수천 마리나 되는 영양과 함께 세마춤을 추었다. 사흘 낮 사흘 밤 동안을, 사십 일 밤, 사십 일 낮 동안을…….

지주 하산이 자리에서 일어나 쉴레이만 카흐야를 맞이했다. 키는 멀대같이 크기만 한데, 수염이 나지 않는 남자 같았다. 더구나 얼굴에는 교활함과 음모가 가득한 사람이었다. 매 순간 '지금 너를 보고 웃지만 조금 후에는 너를 가만히 놔두지 않겠다, 네 등골을 빨아먹고야 말겠다'라고 말하고 있는 것만 같았다. 뾰족한 얼굴은 여우의 얼굴을 꼭 빼닮았다. 조금도 호감이 가지 않는데다가, 지치고 쪼글쪼글한 얼굴은 상처 안에 갇혀 있는 것처럼 보였다. 결국 성공하기는 했지만 그 성공마저 저주하는 것처럼 보였다.

"어서 오게, 카흐야. 말할 수 없이 반갑구만" 하면서, 그는 문으로 들어오는 쉴레이만 카흐야를 끌어안았다. 예전 투르크멘 예법에 따른 것이었다. 갈라지고 앙칼진 나이 든 여자 목소리 같은 소리가 흘러나왔다.

"참 잘되었네, 이 일 말일세, 잘됐어. 좋아. 우리 아들이 자네처럼 좋은 혈통과 혼인을 하게 되다니 기쁘구만."

그는 카흐야의 손을 잡고, 보료에 앉혔다. 자기도 그 옆에 앉았다. 두 손을 무릎 위에 올려놓았다.

"일이 그렇게 되었구만. 자네가 일을 성사시켰겠지. 고맙네. 이런 사랑은 세상에서 처음 있는 일일 거야. 혈통이 좋고, 영웅에다가, 뿌리가 있는 가문이나 이런 사랑을 할 수 있지. 사랑 때문에 목숨도 바치고 하지 않나. 천한 사람이 이런 사랑을 하는 건 아직 한 번도 보지 못했네. 신성(神性)을 지닌 사람들이나 그 신성한 마음을 통해 사랑에 빠지는 법이지. 그래서 우리 옥타이를 아주 좋아한다네, 존경하기까지 하게 되었네. 그 마음은 상하지도 않고, 변하지도 않았어. 그런 사랑을 할 정도의 가문은 되지. 여자도 보통은 아니지, 미안하구만 친구. 영웅이라고 해야겠구면, 그 여자아이 말이야. 암호랑이 정도는 되지 않겠나."

지주 하산은 설레이만 카흐야를 자기 저택으로 불러서 이렇게 끌어안더니, 사흘 동안이나 제렌과 옥타이를 입에 침이 마르도록 칭찬하고는 자서전을 쓰기 시작했다.

"우리 어머니는 유목민이지. 그 저명하시고 위대하신 호르줌르 부족의 딸이야. 우리 아버지는 쿠르드족이네…… 독수리같이 추쿠로바로 가서는 몇 년 동안이나 고생해 터전을 잡은 독수리 혈통이지. 우리 할아버지는 위대한 아브샤르 투르크멘족이야. 호라산에서 여기까지 일곱 나라하고도 네 개 지방에서 세금을 걷었다네. 돈을 아예 쓸어 담았지. 우리 가문, 이런 가문에서 옥타이 같은 아이가 나오는 법이지. 사랑을 하기 위해서는 몇 년이고 고생을 해야 하고말고……."

부족은 지주 하산의 농장으로 와서 순서대로 뽕나무 아래 자리를 잡았다. 검은색 줄을 쳐놓은 것처럼 줄을 맞추었는데, 지주 하산은 이 점을 놓치지 않았다. '마을은 무작위로 자연스럽게 만드는 거지' 하면서 걱정을 했다.

지주는 성대한 약혼식을 준비했다. 외아들의 약혼식에 가까운 마을 원로들, 각 정당의 당수들, 국회의원들, 읍내에 있는 친구들을 모두 초대했다. 약혼식을 위하여 낙타 두 마리, 황소 세 마리, 셀 수 없을 정도로 많은 양과 염소를 잡았다. 세월이 지나도 사람들에게서 회자될 수 있는 그런 약혼식을 원했다. 그는 라크[59]를 물처럼 마셨다. 그는 제렌을 위하여 아다나에 있는 유명한 양장점에서 최신식 옷을 주문했다. 시간이 많았다면 제렌이 입을 옷은 이스탄불에서 주문했을 것이다. 떠오르는 별처럼 제렌의 아름다움이 그날 아침에 새롭게 태어났다. 사람들은 제렌을 보고는 입을 다물지 못했다. 제렌의 아름다움과 화사함 앞에서 사람들은 할 말을 잃었다.

"그래, 쉴레이만 카흐야. 나는 이 농장을 아주 어렵게 얻었지. 난 가죽장이 아들이야. 아주 어렵게 마련했네. 이 땅에다가 내가 흘린 피땀을 섞으면 아마 이 땅이 진흙탕이 될 정도야. 여기저기 내 땀이 배지 않은 곳이 없다구. 이 밭들은 옛날 투르크멘 부족의 것이었지. 족장은 술주정뱅이에다가 손에 들어오는 것은 모두 써버리는 그런 사람이었지. 손에 들어오는 족족 모두 써버리는 기분파였지. 그래서 그 사람은 내게 빚을 지기 시작했네. 나는 먹지도, 마시지도, 잠도 자지 않고 일을 해서 그 사람에게 돈을 빌려줬지. 그 사람은 그렇게 해서 가게 문을 두 개나 닫게 되었네. 하나는 구멍가게, 다른 하나는 포목점이었지. 그런 추세가 계속되서 그 사람에게 자동차도 세 대나 팔았네. 두 대는 트럭, 하나는 수확기. 셀 수 없을 만큼 트랙터도 팔았지. 그 사람이 '아' 하면 물을 대령하고, '꾹' 소리를 내면 고기를 갖다 바쳤지. '악' 하면 돈을, '혹' 하면 기름과 꿀을, '윽' 하면 술을, 아무튼 원하는 게 뭐든 대령했네. 난 죽도록 일만 했지. 이십 년 동안 잠기고 뭐고 제대로 잔 적이 없어. 일하고, 또 일만 했지. 그 사람이 빚을 진 대가로 농장을 담보로 잡고…… 하나 더, 하나 더, 하나 더 저당을 잡았지…… 그래도 모자라서 하나 더. 결국 그래서 농장을 받게 되었지…… 투르크멘 부족이 죽을 때까지 나는 이 농장에서 쫓아내지 않았어. 그 사람들이 뭘 원하든 술도 주고, 조금이지만 돈도 주었지. 부족은 여기서 일생을 마감했네. 죽을 때는 나를 부르더니 '고맙네, 하산' 하더군. '나를 자네는 조금도 괴롭히지 않았어, 죽는 날까지 말이야, 자, 이제 난 죽네, 자네에게서 마지막으로 원하는 게 있네' 하더군. 나도, '말해보게, 들어줄 테니' 했지. '그 큰 뽕나무 있지 않나. 아래쪽에 가지가 길게 늘어진…… 그 나무, 정착할 당시 내 손으로 심은 나무야. 아주 가느다란 묘목이었는데 이제 큰 나무가 되었군. 그 나무는 아직도 살아 있는데, 나는 죽는군. 나를 그 나무 아래 묻어줘' 하더군. '알았소' 하니, '고맙네' 하고 죽더군."

지주 하산은 투르크멘 부족장의 미망인 여동생을 세 번째 부인으로 맞이했다. 이 농장이 끝나는 부분부터 지주 하산이 소유한 분량만큼의 전답이 있었는데, 그것은 그녀의 소유였다. 지주 하산은 결혼한 날 농장을 합쳤다. 이 농장은 다섯 개 큰 농장으로 구성되었는데, 갈수록 그 규모가 커졌다.

지주 하산의 언변에는 뭔가가 있었다. 뭔가를 말할 때, 주제를 단도직입적으로 말하지 않았다. 말을 돌리고 돌려서 어딘가로 끌고 갔다. 그때는 눈이 빛나고, 몸이 경직되어 식은땀을 흘렸다. 그러다가 결국에는 말을 끊고, 인상을 썼다.

"이 농장은 내 피 같은 거야. 이 농장에 있는 돌 하나가 내 심장보다 중요하다고. 내 품에 안아서 키운 아기 같은 것이지. 아, 이 농장……."

이 농장이라고 말하면서, 침묵하더니 얼굴을 찡그리고 있었다.

"아, 내 자식, 내 피와 살 같은 농장……."

쉴레이만 카흐야는 말이 어떻게 끝이 날지를 잘 알고 있었기 때문에 인내심을 가지고 말을 맺기를 기다렸다.

고문은 수탉이 울고, 지주 하산이 말하는 게 힘이 들어서 앉은 자리에서 고개를 떨구고 코를 골기 시작할 때까지 계속되었다. 빨리 들을 말을 다 듣고 해방되고 싶다고 쉴레이만 카흐야는 생각했다.

드디어 수탉이 울기 시작했다. 지주 하산의 고개가 떨어질까 말까 하자 쉴레이만 카흐야가 소리를 지르며 그를 불러댔다.

"지주 하산, 지주 하산."

"왜 그러나, 카흐야" 하고 그가 실눈을 떴다.

쉴레이만 카흐야가 반은 조롱하는 조로, 반은 꼿꼿하고 메마른 목소리로 말했다.

"진짜 하고 싶은 말을 해봐. 이런 방식으로 자네도, 나도 더 이상은 괴롭히지 말게."

지주 하산은 당연하다는 듯, 아무 일도 없었다는 듯이, 여우 눈으로 말했다. 교활한 목소리였다. 그렇지만 뭔가 따뜻하고 가슴을 적시는 목소리로 톤을 올렸다 내렸다 했다.

"자네 같은 유목민들이 여기, 내 농장에 정착하는 문제에 대해서 옥타이가 자네들에게 뭐라고 했는지 궁금하구만. 옥타이는 이 농장을 아무에게도 헌납할 수 없네, 이게 첫 번째 원칙이지. 세를 놓을 수도 없지, 이게 두 번째야. 팔 수도 없어, 이게 셋째…… 이 농장은 내 것이거든. 이 농장을 소작농들에게 맡길 수는 있지. 그렇지, 그러나 그것도 우리 친척이들이나 가능한 거야. 농사일은 알지도 못하는 유목민은 해당되는 게 아니야. 유목민들, 단지 우리 친척이라고 해서 사람들을 우리 농장에서 소작농이나 일꾼으로 일하게 할 수는 없네. 이게 네 번째야."

지주 하산은 유목민들이 불쌍하게 느껴졌다. 그들이 이토록 만신창이가 되어서 고생하는 것을 보고, 또 무슨 일을 겪었는지 알게 될수록 가슴이 저렸다. 도대체 왜, 무엇 때문에, 어찌하여 이 사람들은 고난을 겪어야 하는가? 발 디딜 땅 한 조각 하나 때문에? 그렇지 않은가? 그들은 여기로 온 날 농장을 둘러보고, 또 보고, 마치 자기 농장이라도 되는 것처럼 보면서 좋아했었다. 방에 처음 들어온 고양이처럼 농장의 여기저기를 샅샅이 훑어보며 좋아했다. 좋아서 날아갈 것만 같았다. 농장을 새로 산 사람들 같았다. 기쁨에 넘쳐서 어쩔 줄을 모르더니 약혼식에서는 보지도 듣지도 못한 놀이와 공연을 선사했다. 옥타이가 뭐라고 했건 성모 마리아가 온다 해도 내 땅에 유목민들을 살게 할 수는 없다. 발을 들여놓으면 다시는 나가지 않을 것이 뻔하기 때문이다. 그때는 무슨 끔찍한 일을 겪는다 해도 그들을 이 땅에서 떼어놓을 수는 없을 것이다. 그들은 이곳에서 사는 방법을 배울 것이다. 여우 같은, 쉴레이만……

"봄이 되면 혼례를 치릅시다, 쉴레이만 카흐야. 밤낮으로 사십 일 동안 잔치를 하자구. 옛날 투르크멘 전통 혼례같이 화려하고, 장엄하게. 투르크멘, 쿠르드, 유목민 혈통에도 어울리게 말이야. 자네 부족은 그때까지 여기 묵으라고 하게. 그러니까 봄까지만 말이오. 올해로써는 그 정도 겨울을 나는 것만 허락을 할 수가 있겠네……. 그러니까 올해, 그것도 내 아들의 결혼식을 기념하고 축복하기 위한 것이지. 내가 그리도 피와 땀을 섞어 마련한 이 농장은 절대로 유목민들의 매해 겨울 터전이 되도록 허용할 수가 없네. 안 될 말이야……. 옥타이가 그런 말을 했더라도, 이 농장은 내 목숨과도 같은 것이야. 제렌 같은 아름다운 아이의 약혼식이라고 해도 내 아들이 관여할 수는 없어. 관여 못 해. 그러니 여기에서 봄까지만 머물게. 봄바람이 불자마자 짐을 싸고 텐트를 접어 떠나게. 이 겨울에는 자네들에게 돈을 안 받을 테니, 쉴레이만 카흐야……."

그는 몇 번 무릎을 때렸다. 무릎과 어깨를 쓰다듬기도 했다. 말을 꺼냈다는 것에 대해서, 쉴레이만 카흐야도 이 말을 하도록 배려해주었다는 게 만족스러웠다.

"이보게나, 우리 부족 사람들에게 이번 겨울만 여기 묵을 거라는 걸 말하지는 말아주게. 여기서 살 거라고들 생각하고 있어. 옥타이가 뭐라고 했길래…… 불쌍한 사람들, 우리가 올겨울만 여기서 날 거라는 것을 알게 되면 그 사람들 기쁨을 송두리째 빼앗기게 돼. 자네에게 부탁이니, 아무것도 그 사람들에게 말하지 말게. 눈치를 채도록 하지도 말고. 딱하지 않나. 그 사람들을 생각하니 가슴이 찢어지는구만. 어찌 되었든 올겨울만이라도 마음 편하게 나도록 해주고 싶어. 내년 겨울에는 알라께서 어찌 해주시겠지. 알겠나? 나와 약속해야 하네. 아무 말도 안 하기로 약속하는 거야, 알겠지?"

"알았네."

그는 쉴레이만 카흐야가 뭔가 안다는 듯, 성숙하고, 인생 경험이 있는 사람의 침착함과 배려심을 가지고 대답했다.

"자네라면 말이야, 자네와 아들에게라면 여기 오십 되뇜[60]이라도 밭 하나를 싸게 팔겠어. 그것도 아주 싼 값에 말야. 자네 아들 참 착하더군. 다른 사람들도 나한테 많이 조르지, 그래도 안 팔았어. 자네는 부족을 내년에 버리고, 여기 와서 땅을 사서는 집을 짓게. 제렌의 아버지 말야, 그 사람과도 얘기를 했네. 가진 게 뭐가 있든, 낙타며, 양이며, 말이며, 장판이며, 모두 팔고 했고 나도 그 사람에게 여기 뽕나무 있는 자리에 집 지을 자리를 주기로 했네……."

"고맙구만."

쉴레이만 카흐야가 대답했다.

"우리를 이토록 생각해주다니, 지주 하산. 알라의 가호가 함께하시길."

그는 일어섰다. 두 사람은 끌어안았다. 서로의 어깨에 입을 맞추고는 헤어졌다. 벌써 동이 트려 하고 있었다. 마지막 수탉이 하나씩 둘씩 울고 있었다. 그는 텐트를 향해서 어둠을 가르며 걷기 시작했다. 오늘 밤 텐트에 이상한 기운이 감돌았다. 모든 텐트 안에 숨겨져서 가늘게 흘러 새나오는 불빛. 몰래, 누가 들을까 이야기를 나누고 있었다. 뭔가 반역을 꾀하는 이야기처럼 낮게 속삭이는 소리였다.

텐트 앞에서 자신을 기다리는 아들과 마주쳤다. 페튈라가 "아버지" 하고 불렀다. 공포에 질리고, 분노와 짜증이 섞인 목소리였다.

"무슨 일이 생겼는지 아세요? 할릴이 돌아왔어요."

쉴레이만 카흐야는 평상심을 잃지 않고 대답했다.

"잘 왔네, 해결책이 생겼네. 올 게 왔구만……. 어디 있어? 안에?"

"자기 텐트 안에요."

페툴라가 마음이 상한 듯 대답했다.

"가서 여기로 데리고 와라."

"아무도 할릴과 말을 안 해요."

페툴라가 말했다.

"할릴이 오니까 아무도 입을 열지 않았어요. 얼굴도 안 쳐다보더라구요. 모두들 그를 모른 척하는 거예요. 할릴도 바로 텐트로 들어가더니, 그 이후로 한 번도 밖으로 안 나왔어요."

"도대체 왜들 그러는 거야? 할릴에게 못할 짓을 했구만. 아직 할릴이 우리 부족의 수장이야. 수장 역할은 안 하지만 깃발, 북, 깃털, 톱이 아직 그 텐트에 있어. 할릴에게 왜 그랬어?"

"그러게요."

페툴라가 대답했다.

"어쩌겠어요. 그러길 잘했지 뭐예요. 할릴이 제렌을 데리러 온 게 아니어야 할 텐데. 제렌이 약혼한 걸 모른단 말이에요!"

쉴레이만 카흐야가 단호하게 말했다.

"가서 불러와, 여기로. 당장 오너라. 잠깐, 잠깐만……. 그만둬라. 내가 그 텐트로 가지, 우리 수장이잖아?"

그는 성큼성큼 할릴의 텐트로 걸어갔다. 뒤를 페툴라가 따랐다. 사냥개가 계속 짖어대고 있었다. 낮고, 성난, 무겁고, 침울한 소리였다.

59 터키의 전통술로 물을 타서 마신다. 무색인 라크에 물을 부으면 하얀색이 난다.
포도, 무화과, 자두와 같은 과일을 발효시켜 만든 술이다.

60 천 제곱미터를 재는 땅 단위.

28

가문이 좋은 남자
는 이렇듯 키가 크고 날씬한 법이다. 할릴의 턱수염과 콧수
염은 곱슬이었다. 깊고 빛나는 눈은 가끔씩 맹수처럼 성난
눈이 되었다가도 매 순간 또 달라졌다. 이 색에서 저 색으로,
이 빛에서 저 빛으로 변했다. 그는 새것임이 틀림없어 보이
는 총을 어깨에 메고 있었다. 오른쪽과 왼쪽 어깨에 각각 총
알을 달았다. 허리에서 가슴까지, 저 겨드랑이 아래에까지
네 줄 총탄을 매달고 있었다. 긴 체르체스 망치와 은에다 흑
연으로 놓은 자수 장식이 왼쪽 엉덩이 쪽으로 감겨 있었다.
은실로 짠 마라쉬 자켓, 보랏빛 줄무늬 위에 총탄 띠를 허리
에 묶었다. 머리에는 가벼운 페스와 손으로 짠 짙은 커피색
쇨바르, 양모 쇨바르 위에는 무릎까지 자수가 놓인 양말을
올려 신었다. 가문이 좋은 남자의 어깨는 각이 지고, 턱에는
보조개가 팬다. 할릴이 잿빛 말을 타고 달려왔다. 키가 크고,
붉은 홍옥빛 눈을 한 말이었다.

페툴라는 여전히 입에 거품을 물고, 부족 안을 돌아다니고 있
었다. 텐트들 앞에 모여서 손에 물레를 들고, 물레질을 하며 신

경질적으로 실을 잣고 있는 남자들과 성이 나서 폭발할 것처럼 보이는 여자들 모두 곧 미칠 것처럼 보였다.

"무슨 볼일이람? 말해보시오, 흐드르 아저씨. 그 사내놈, 그 산적 같은 놈이 우리 부족에 무슨 볼일이 있다는 말이에요? 여기 정착한 지 한 달도 채 되지 않았어요. 우리가 무슨 고생을 했는지 모른단 말예요? 무슨 볼일이에요? 우리 부족을 그 사람이 다 태워먹었어요…… 마을 사람들이 타버린 사람들, 우리를 먹어치웠다구요. 그놈 때문이에요. 무슨 볼일이 있단 말예요? 헌병 한 소대가 뒤를 쫓아와요…… 추쿠로바 한가운데에 무슨 볼일이 남았다고? 제렌이 앓아누웠어요, 저러다 죽어요. 그놈이 온 걸 알면 더 악화되지…… 무슨 볼일이야?"

"걱정마요."

흐드르가 말했다.

"아무 일도 없어요. 제렌을 데리러 온 거라면 카라출루 부족 남자들이 마지막까지 목숨을 걸고 제렌을 지킬 테니. 제렌은 알라의 가호 아래 약혼을 했어요. 그 사람이 볼일은 없지. 도망자 주제에, 산적 주제에, 흡혈귀 주제에 말이야? 약혼한 여자 뒤를 따라다닌다는 게 말이 되나? 여자가 그놈을 거부하고 다른 남자에게 갔는데, 그것도 자발적으로…… 페툴라, 자네가 화를 내는 것도 일리가 있네…… 가서 헌병대에 고발하는 게…… 이 추쿠로바에서 어떻게 빠져나가겠나, 응, 할릴 말야? 할릴을 죽이고 말 텐데."

"가서 고발할까……?"

"고발하면……."

"할릴이 여기 있다고 말하면……."

"할릴……."

'할릴'이라는 단어가 가슴속에 몰래, 수치스럽게, 반역이라도 되는 듯 꽂혔다. 뮈슬림 코자가 화를 냈다.

"이런 개자식들. 그분은 우리 수장이야. 깃털도 그분 것이고, 북도 그분 것이고……."

"그럼 어떻고 이럼 어떻담?"

흐드르가 말을 받았다.

"더 이상 수장 일이 남았나, 파샤가 남았나? 말라빠진 북이나, 벌레 먹은 깃털, 찢어진 깃발을 뭐에 쓴다고?"

"조용히 못 해?"

뮈슬림 코자가 소리를 질렀다.

"입 다물어라, 이놈들, 이 죽일 놈들. 조용히 해. 아직 부족이 죽지 않았는데 이게 다 웬 말들이야, 우리 신성한 깃발을 모함하다니."

"조용히 해. 흐드르" 하고 다른 사람들이 거들었다.

"어르신에게 말대꾸하지 마."

"누가 가서 신고하면……."

"그러자, 그러자……."

"나라님이 온다 해도, 땅은 못 가져가지…… 그러니, 그럼 어떻게 될까, 어떻게 돼……"

"할릴이 산으로 도망가지 않겠어?"

"내 자식 두 명이 돌에 깔려 죽었어. 할릴 때문이야."

"골짜기에 우리를 살게 놔두지 않아. 그 할릴 때문에."

"게다가 제렌을 데리고 갈 거잖아. 우리는 이렇게 집도 절도 없이 추쿠로바 한가운데 버려지는 거고."

"할릴 때문에."

할릴은 몰랐다. 쉴레이만 카흐야도 알지 못했다. 제렌도 알지 못했다. 도저히 믿을 수 없을 만큼 사람들은 끔찍한 생각을 품고 있었다. 할릴에 대해서 말이다. 온 부족이, 몇 사람을 제외하고는 남녀노소 할 것 없이 한마음 한뜻이 되어 있었지만 아무도 입을 열지 않았다. 할릴에 대한 음모를 꾸미고 있었던 것이다.

"오늘 밤, 그놈이 이 수장 텐트에서 잘 때 머리 위로 커다란 돌을 던져서 죽이는 거야. 누가 죽였는지 알기나 하겠어? 어떻게 생각해, 카밀?"

"괜찮군, 페틀라."

"지서로 달려가서 이러저러하다고 고발하면…… 할릴이 우리 부족에 있다고…… 할릴이 잠들었을 때 밧줄로 묶어서…… 넘기면…… 우리는 부족 전체이고, 그는 홀몸이야. 어때, 오스만?"

"좋아, 뤼스템, 좋아, 네가 이런 일은 더 잘 알잖아……."

은밀한 대화와 논쟁이 한밤중까지 계속되었다. 한밤중이 되자 저절로 결정이 났다. 페틀라와 뤼스템, 오스만, 이렇게 세 사람이 할릴이 잠들었을 때 덤벼들어서 팔다리를 묶어 헌병대로 넘기기로 했다. 할릴을 죽일 이유가 뭐란 말인가…… 어찌 되었든 헌병대가 그를 죽여줄 텐데.

할릴은 준비 태세였다. 한 손은 매 순간 총을 쏠 준비가 되어 있었다. 분위기를 금세 눈치채고, 무슨 일이 벌어질지를 알고 기다리고 있었던 것이다. 문에서 안쪽으로 검은 그림자가 비추자 할릴이 벌떡 일어났다. 그림자는 갑자기 길어지더니 다가와 할릴의 목에 감겼다.

"할릴, 할릴, 할릴. 당신을 더 이상 이 세상에서 못 볼 줄 알았어요, 이렇게 기쁠 수가! 나에게 당신이 죽었다고 했어요. 피 묻은 셔츠를 내 앞에 던져놓더라구요, 누구도 손대지……."

"알아요."

그가 대답했다.

잠시 그들은 그렇게 있었다. 마주 보고 아무 말도 하지 못했다. 제렌은 식은땀을 흘리고 있었다. 떨고 있었다. 날아가기라도 할 것처럼…… 손으로 할릴 손을 꼭 붙들고 있었다. 아무 생각도 나지 않았다. 공포에 질려 있을 뿐이었다. 어떻게 한단 말인가? 생각이 멈춘 상태였다. 할릴을 보고, 할릴이 왔다는 것을 알게 되자 모든 것을, 세상을, 자기 자신도 잊어버렸었다. 모든 것, 온 세상, 손, 눈, 귀, 머리카락, 모든 게 할릴 것이 되어버렸다. 할릴은 생각을 하며, 깊은 숨을 내쉬고 있었다.

할릴이 말했다.

"제렌, 다 알고 있어요. 무슨 일이 있었는지…… 당신이 겪은 일을. 당신에게 무슨 짓을 했는지도…… 모두 다요."

제렌은 그의 품으로 달려들어 안긴 채 몸을 떨었다.

"서둘러요, 제렌, 부족 사람들이 날 죽일 거예요. 쉴레이만 카흐야가 귀띔해주셨어요."

"내게도 그러시더군요."

제렌이 대답했다.

"좋은 분이에요."

할릴이 대답했다.

"정말 좋은 분이에요."

할릴이 일어나 떨고 있는 그녀를 감싸 안았다. 그녀와 밖으로 나왔다. 그림자 두 개가 함께 도망을 치고 있었다. 할릴이 먼저 제렌을 말에 태웠다. 그리고 자신도 말 등 위로 올라가 말을 몰기 시작했다.

말을 몰자마자 갑자기 두 사람에게로 총탄이 쏟아졌다. 말을 돌렸다. 오늘 밤 아침까지 산을 빠져나가지 않으면 어떻게 될지 뻔한 일이었다. 지금쯤 부족 사람들은 헌병대와 함께 그를 끔찍한 흉악범으로 몰아 찾고 있을 것이다.

할릴이 탄 말은 동이 틀 무렵이 되자 크르마즐르를 지나 악욜로 향했다. 데켄리를 지나 카라데페의 바위들을 지나자 할릴이 뒤를 돌아다보았다.

"제렌" 하고 불렀다.

"제렌……."

29

오늘 밤은 오월 오
일에서 오월 육일로 이어지는 밤이다. 오늘 밤 흐즈르와 일야
스가 만나는 순간 하늘에 있는 한 쌍의 별이 만나게 된다. 별
중의 하나가 반짝반짝 빛나면서 서쪽에서 달려오면, 다른 하
나도 조각이 나서 돌면서 동쪽에서 달려와 서로 만난다. 만
나자마자 불이 켜지고, 커지면서 지상으로 한 줄기 두 줄기
빛이 쏟아진다. 그 순간 지상에 살아 있는 것은 무엇이든 죽
는다. 혈관 속의 피가 멈추고, 바람도 멈추고, 물도 멈추고,
나뭇잎의 떨림도 멈추고, 새와 벌레들의 날갯짓도 멈춘다.
모든 게, 딱 하고 끊긴다. 소리도 멈추고 잠도 멈춘다. 꽃이
피는 것도, 풀이 자라는 것도 멈춘다. 거대한 생명체, 무생물
도 멈추고 죽는다. 한순간을 위해서 모든 게 죽는다. 바로 이
순간 어떤 사람이 하늘의 별이 서로 만나는 것을, 만나서 지
상으로 쏟아지는 것을 보게 된다면, 만일 그 순간 흐르는 물
이 딱 멈추는 것을 보게 된다면, 바로 그 순간 그 사람 소원
은 무엇이든 이루어진다. 만일 오월 오일을 오월 육일로 이
어주는 밤에 흐즈르와 일야스가 만나지 못하면, 만나는 순간
세상이 죽지 않는다면, 더 이상은 꽃도 피지 않을 것이며, 더
이상 태어날 생명도 태어나지 못할 것이며, 생명을 잉태할

사람도 더 이상은 나오지 않을 것이다. 그들이 만나는 순간 땅 위의 모든 것이 그 순간 죽는다. 그 이후에 다시 새롭게 태어난다. 더 싱싱하게. 삶은 다시 샘솟듯 펼쳐진다.

카라출루 부족이 알라 산의 골짜기로 와서 짐을 푼 지 사흘째 되는 날이다. 가을에는 여기에서 추쿠로바로 내려갈 때에 텐트 육십 개 정도가 움직였었다. 그런데 서른다섯 개만 돌아왔다. 텐트들은 그때보다 조금 더 낡고, 해지고, 망가졌다. 오늘은 향연이 열리는 날이다. 사람들은 아침부터 양을 잡고, 가마에 큰 솥을 걸었다. 팔을 걷어붙이고, 하얀 머릿수건을 쓴 나이 든 아낙네들이 불을 지피고, 솥에 고기와 향내가 나는 마른 채소, 산에서 난 천연조미료 등을 넣었다. 한쪽에서는 밥을 짓고 있었다. 하얀 돌 위에 오렌지색, 태양, 생명수 무늬로 장식한 깔개들을 깔았다.

올해도 현자 코윰이 오셨다. 거대하고 노리끼리한 턱수염이 가슴까지 덮고 있었다. 수련이 깊은 도인 도스트 현자도 오셨다. 어둠 속에서 빛을 받으며 걸어오셨는데 본인은 그렇게 걷는다는 사실도 모르는 것 같았다. 현자 쉽빌도 오셨다. 우렁차고 높은 목소리여서 사흘 전부터 그분이 오고 있다는 것을 알 수 있었다. 젊은 현자 알리도 오셨다. 세 번이나 흐즈르 님과 만나서, '당신은 당신 일이나 보시오, 흐즈르. 나는 당신에게서 아무것도 원하는 게 없소이다. 나는 사람이니, 내 소원은 내가 스스로 이루겠소' 했다고 한다. 피리꾼들도 왔다. 술탄 후계자 북장이와 북장이 가문의 후계자 압달 바이람도 찾아왔다.

향연이 시작되었다. 사람들이 먹고 마시자 식탁을 치웠다.

향연이 끝나자 도인들은 기도문을 읊었다. 알라 산의 골짜기가 우렁찬 소리로 메아리쳤다. 사즈를 연주하고, 시를 읊조렸다. 드디어 세마가 시작되었다. 남녀노소 할 것 없이 세마를 추기 시작했다. 흐르는 물의 부드러움으로, 옛 땅과 돌 위로 세마를 추었다. 빙글빙글 도는 발걸음이 이리저리 흘렀다. 사람들의 몸이 우애와 사랑으로 따뜻하고 섬세하게 파도쳤다. 그들은 하늘을 나는 것처럼 팔을 공중으로 올렸다가 살며시 내려놓았다.

바로 그 순간이었다. 도인들이 산속에서 사즈 연주에 몰입하고 세마가 맑은 물처럼 땅 위로 흐를 때 부드러운 잿빛 말을 탄 할릴과 제렌이 나타났다. 할릴은 말에서 내리더니 말을 옆에 있는 나무에 묶었다. 그러고는 제렌에게 손을 뻗어 말에서 내려주었다. 두 사람은 함께 현자 코윤 앞으로 와서 무릎을 꿇고 예를 갖추었다. 현자 코윤께서 그들을 축복해주었다. 그들도 세마에 합류했다.

세마가 끝나자 압달 바이람이 아주 오래된 세마를 추며 혼자 돌기 시작했다. 언덕만큼 쌓인 장작 더미에 불이 지펴졌다. 사람들이 다시 세마를 추며 돌기 시작했다.

해가 지자 사즈 연주도 멈추었다. 세마도 끝이 났다. 압달 바이람은 북을 안고 가버렸다. 그러자 아무도 할릴과 제렌에게 눈길을 주지 않았다. 어서 오라는 인사도 없었고, 어디 있었는지, 무엇을 했는지 안부도 묻지 않았다. 그들을 투명인간 취급했다. 일부는 적대감과 분노에 찬 눈빛으로 그들을 쏘아보기도 했다. 몇 사람은 땅에다 침을 뱉는 것으로 자신의 불쾌한 감정을 전했다.

할릴과 제렌을 그들은 텐트 안으로 밀어 넣었다. 할릴의 텅 빈 수장 텐트는 여전했다. 그들은 텐트 문에 말을 묶고 안으로 들어갔다. 할릴은 등잔에 불을 지폈다. 오래오래 텐트를 살펴보았다. 모든 것이 그 자리에 있었다, 그들은 밖으로 나왔다.

부족이 들끓고 있었다. 사람들의 속삭임이 알라 산의 골짜기를 메웠다.

"이렇게까지 하다니 말도 안 돼."

페툴라가 말했다.

"우리를 망하게 한 게 누군데 다시 나타나…… 추쿠로바에서 망신살이 뻗치겠군."

"못 참아."

흐드르가 말했다.

"이럴 수는 없어."

여자들이 말했다.

"맞아."

아이들까지 합세했다.

한두 명만 악담을 하지 않았다. 바로 쉴레이만 카흐야와 뮈슬림 코자였다.

"이럴 수는 없어, 이럴 수는 없다고."

압두라흐만이 말했다.

"안 돼."

술탄 카르가 덧붙였다.

"안 돼, 안 돼, 이럴 수는 없다구."

파트마가 말했다.

"그렇지."

도인들도 말했다. 그리고 뤼스템이 헌병대로 뛰어갔다. 알라

444

산의 골짜기를 죽음의 사자같이 날아서 산 아래로 내려갔다.

"무기를 준비하시오."

페툴라가 명령했다.

"헌병대가 그놈을 놓치면 우리가 오늘 밤 잡아야 해."

"왜 왔을까?"

뮈슬림 코자가 쉴레이만 카흐야에게 물었다.

"수장이잖아. 이런 날 수장 역할을 하지 않으면 안 되지. 흐드렐레즈 밤에 그 사람이 부족을 버릴 수 있겠어? 그러니 찾아온게지. 잘됐지 뭐."

쉴레이만 카흐야는 골짜기 언덕배기 붉은 조약돌 바위 밑에서나오는 알라괴즈 샘터 머리맡으로 갔다. 윗옷을 바닥에 깔고 그위에 앉았다. 샘 안에 비친 별들…… 희미한 별들의 반짝임……쉴레이만 카흐야는 이제는 더 이상 아무 생각도 하지 않았다. 그러고 싶지도 않았다. 밤을 지새울 자리를 잡으러 왔을 뿐이다.도랑 안에 있는 물고기들을 바라보았다. 한편으로는 쓰라리기도하고, 한편으로는 약간의 행복감이 들기도 했다. 날씨는 온화하고 사방에서 좋은 향기가 났다. 쉴레이만 카흐야의 넓은 콧구멍이 벌의 날개처럼 떨렸다. 빈보아 산으로부터 봄이 고개를 들고걸어온다고 생각했다.

"고개를 들고, 살아서 오는구나……."

뮈슬림 코자가 밤을 지새우는 샘은 어느 나무의 배에서 나오는 것이었다. '이 물이 멈춘다면' 하고 뮈슬림 코자는 마음속으로 생각했다. '나는 금방 눈치챌 거야. 이 물이 이렇게 쏴 하고

빠르고 급하게 흐르지만 멈추면 금세 알 수 있을걸, 소리가 멈추는 것을 귀머리도 알 수 있을 거야.'

"흐즈르 님, 술탄이시여, 올해 우리를 구해줄 수 있다면 좀 구해주시오. 만일 안 된다면 내가 죽으리라. 우리 하이다르도 그렇게 가지 않았소. 추쿠로바에 겨울터가 정녕 안 되겠소?"

그는 화가 난 듯 소리를 질렀다.

"그건 젊은이들이나 빌라고 해. 내게 별을 보여주시오. 나는 코르만 헤킴의 죽음의 해법을 찾을 수 있는 꽃을 찾길 원하오. 내게 이 별을 보여주시오. 아무것도 원하는 게 없으니. 세상을 준다 해도 싫소. 다른 건 다 싫어. 이 산을 모두 금으로 만들어준다 해도, 이 세상을 전부 겨울터로 바꿔준다 해도 난 싫소. 그 꽃을, 불멸을 가져준다는 그 꽃을 주시오. 별로 시간이 남지 않았어요. 이 별들이 만나는 순간, 이 물이 멈추면, 그것을 내게 주시오. 제발. 자, 이보시오, 내 형제여. 제발. 그것의 향기를 맡으면 영생을 얻는다고 합디다. 일 년도 남지 않았어. 제발. 내가 죽고 나서 세상에서 죽음의 해법이 되는 꽃을 본다 한들 무슨 소용이 있단 말인가! 난 한 번 가면 다시는 오지 못하니……."

그는 잠시 생각했다. 가슴이 덜컥 내려앉았더니 벌컥 화가 났다.

"안 돼. 나랑 무슨 상관이야? 싫어! 난 겨울터를 받고 싶지 않아."

그는 마음을 풀더니 웃음을 지었다.

"보시오, 사랑하는 그 꽃을 이 알라 산 골짜기 손을 뻗을 수 있는 곳에서 주시오. 어떤 꽃인지를 말해보시오, 어서!"

그는 눈으로는 별을, 귀로는 물소리에 집중하면서 입을 하늘을 향해 벌렸다. 멍하니 있다가는 안 된다. 멍하니 있다가는 별들이 만나는 순간 사라지고 말 것이다.

열 살 남짓 된 아이들이 모여 있었다. 한 명은 휘세인, 한 명은 벨리, 또 하나는 두루순이다.

휘세인이 말했다.

"난 땅 싫어. 난 이 부족에서 살지도 않을 건데…… 나는 다르게 살 거야."

그는 올해 무엇을 빌어야 할지 아직 알지 못하고 있었다. 얼마나 소원이 많은지, 한 가지를 고를 수가 없었던 것이다.

벨리로 말하자면, 그는 올해 길가에 있는 저택에서 하룻밤 잘 수 있도록 빌까 하다가 포기했다. 마음속에 숨겨둔 소원이 있지만 지금은 자신에게도 말을 하지 않고 있었다. 별을 보자마자 말할 것이었다.

두르순도 마찬가지였다.

"내게 땅이 무슨 상관이람. 아버지가 감옥에서 나오기만 했으면 좋겠어. 그러면 우리는 모든 게 이루어질 거야. 땅이든, 목초지든, 세상이 우리 것이 될 거야, 세상이! 우리 아버지만 제발 감옥에서 풀려났으면……."

켈 오스만도 올해 송어를 잡지 못하고 있었다. 한 손에는 총을 들고 페틀라가 곁에 꽂아놓은 것처럼 그 옆을 지키고 있었다. 올해는 많은 사람들이 샘물 머리맡에서 별들을 기다리지 못하고 있었다. 올해는 모두 손에 총을 들고 있었다…….

노인들, 여자들, 아이들만 별들을 기다리며 밤을 새웠다. 젊은 여자들도 밤을 새웠다. 별들을 맞이하기를 고대하고 또 고대했다. 병을 앓는 사람들도 밤을 새웠다. 고통이 있는 자들, 소원이 없는 자들, 홀로 남겨진 사람들, 속수무책 사면초가인 사람들도 별들을 기다리고 있었다. 제렌과 할릴은 타쉬부이두란 샘터로 왔다. 두 사람의 그림자가 수면 위 거울에 드리웠다. 물과 땅, 조약돌에서 모두 빗자루 나무 향내가 번졌다. 그 옆에는 가늘고 긴, 금빛 털이 난 개 한 마리가 누워 있었다. 작년에도 제렌은 이 개와 이 샘터에서 별들을 기다렸었다. 개는 할릴의 것이었다. 어디에서 왔는지는 몰라도 개가 그들을 찾아낸 것이다. 별이 밝았다. 가득한 불빛과 함께 웃고 있었다. 모든 게 제자리를 찾았다. 별들, 물, 세상이 정화되고 걸러진 듯 반짝반짝했다.

제렌이 말했다.

"우리는 빌 게 아무것도 없으니 그만 가요, 할릴."

할릴이 급히 대답했다.

"잠깐, 어쩌면 있을지도 모르지, 이 별을 보고 가요."

"그러지요."

제렌이 말했다. 그녀는 이 말이 떨어지자마자 발아래 있던 개가 귀를 쫑긋 세우고 벌떡 일어나는 것을 보았다.

할릴이 말했다.

"움직이지 마, 제렌. 저 바위 뒤로 숨어요. 절대 나오면 안 돼요. 내가 말했잖아. 우리를 부족 사람들이 용서하지 않을 거라고. 부족 사람들이 우리를 포위했어요."

소리, 움직임…… 소리는 갈수록, 커지면서 다가오고 있었다. 할릴이 귀를 기울여 사방에 촉수를 뻗어보았다.

"왜 하필 오늘 밤이야?" 하면서 고함을 질렀다.

"오늘은 뱀도, 괴물도, 피맺힌 적군도 건드리지 않는 날이야.

그런데 왜 오늘이야?”

숨소리 하나 들리지 않았다. 모든 소리들이 한순간 끊겨버렸다. 그러더니 갑자기 사방에서 총알이 날아들기 시작했다. 이 전투는 아침까지 계속되었다. 아침이 될 무렵 할릴의 권총 소리가 멎었다. 그의 권총 소리가 멎자 다른 사람들의 소리도 멈추었다. 제렌은 숨어 있던 바위틈에서 나와 할릴에게 다가갔다. 할릴은 얼굴을 땅에 박고 누워 있었다. 제렌은 그를 등 뒤에서 끌어안았다. 그리고 바위 쪽으로 사라졌다. 한 마리 새처럼 그녀는 미끄러져 가버렸다.

날이 밝아 호박만 한 태양이 솟아오를 때쯤 사람들은 할릴이 쓰러진 자리, 샘터로 모여들었다. 땅에는 흥건히 피가 고여 있었다. 피 주변에는 바가지가 뒹굴고, 연둣빛 파리 떼가 꼬여들었다.

제렌은 시체를 알라 산 정상으로 끌고 갔다. 정상에서 할릴이 쓰던 칼을 꺼내 바위 사이에다 구덩이를 팠다. 할릴을 쓰다듬고 입을 맞추고는 자기가 팠던 구덩이에 밀어 넣었다. 그 위에 흙을 뿌리고 들어 나를 수 있는 만큼 큰 바위를 날라다 그 위를 덮었다. 이 모든 일을 끝낸 제렌은 부족을 찾아갔다. 그녀는 쉴레이만 카흐야 앞에 우뚝 섰다. 제렌이 온 것을 본 부족 사람들은 그녀를 반겼다. 할릴이 죽은 것을 알고 기뻐했던 것보다 더 반가워했다.

“사람들이 할릴을 죽였어요, 어르신…… 그 사람을 묻고 오는 길이에요.”

그녀는 수장 텐트를 향해 걸어갔다. 텐트 문 앞에 할릴의 말이 아직 묶여 있었다. 그녀는 손에 쥐고 있던 총을 꺼내서 말에게 겨누었다. 말이 픽 하고 땅에 쓰러졌다. 발버둥치는 말에게 제렌은 한 번 더 총을 쏘았다.

쉴레이만 카흐야가 명령을 내렸다.

"장작을 가져오게, 여기에 쌓아놓게."

입을 다물고 서 있던 사람들이 움직였다. 중앙에 순식간에 한 무더기 장작이 쌓였다.

쉴레이만 카흐야가 텐트로 들어갔다. 먼저 깃발을 꺼내다가 장작 위에 던졌다. 이어서 깃발과, 북, 그리고 텐트 안에 있는 모든 물건들, 장판들, 깔개들, 안장들 할 것 없이 남아 있는 건 무엇이든 장작 위로 던졌다.

"텐트를 허물게."

사람들은 텐트를 허물어서 장작 위에 올려놓았다.

제렌은 그 앞에 서서 벌어지고 있는 일들을 멍하니, 울지도 않고, 슬퍼하지도 않고, 꼼짝도 하지 않고 바라만 보고 있었다. 텐트를 가져와서 나무 위에 던지자 그녀가 장작으로 걸어갔다. 쉴레이만 카흐야가 당장 그녀의 앞을 가로막았다.

"잠깐만, 애야. 이건 수장 텐트다. 이것을 태우는 건 내 일이야."

그는 성냥을 켰다. 장작에 불이 붙었다. 불길이 높이 올라왔다. 매캐한 털 냄새가 사방에 번졌다.

장작들, 텐트, 이런저런 물건들이 타서 재가 될 때까지 온 부족 사람들이 아무 말 없이 서서 지켜보았다. 그들은 불길에서 눈을 떼지 않았다.

모든 것이 타서 재만 남자 쉴레이만 카흐야가 그 자리, 돌 위에 풀썩 주저앉았다. 얼굴을 두 손으로 감쌌다. 얼굴에서는 빗물처럼 눈물이 쏟아져 한순간에 턱수염이 흠뻑 젖어버렸다.

제렌은 발돋움을 해서 쓰러져 죽어 있는 말을 살펴보았다. 이어 얼어붙은 듯 서 있는 사람들을 하나하나 훑어보았다. 그러고는 쉴레이만 카흐야 앞으로 가서는 무슨 말인가 전하려고 하다가 포기한 듯 아무 말도 하지 않았다. 그녀는 할릴의 총을 어깨에 둘러메더니 산 정상을 향해 저벅저벅 걸어 그곳을 빠져나갔다. 부족 사람들은 그 자리에 하염없이 서 있기만 했다. 멀어져 가는 제렌의 뒷모습을 고개를 들어 쳐다볼 수도 없었다.

매년 이렇다. 오월 오일을 오월 육일로 이어주는 밤이 되면 흐즈르 님과 일야스 님이 이 세상 어디에선가 만난다. 그들이 만나는 순간에는 세상에 있는 모든 삶이 멈추고, 많은 생명이 죽는다. 그렇지만 곧 세상은 더욱 풍요롭고, 싱그러워지며, 새로운 생명들이 탄생한다. 서쪽과 동쪽에서 떨어져 나온 두 별이 창공 한가운데에서 부딪쳐 하나가 된다. 빛이 된 그 하나는 벼락처럼 세상으로 쏟아진다.

노마디즘 사유의 시대, 진정한 노마디즘

야샤르 케말은 터키 리얼리즘 문학의 거장이자, 터키 근현대 문학을 주도한 터키 문단 최고봉에 있는 작가이다. 아흔이 가까운 나이, 파킨슨병 때문에 손을 떨면서도 그는 여전히 활발한 작품 활동을 하고 있다.

『바람부족의 연대기』는 1940~1950년대 사이에 추쿠로바 지방에서 소멸된 유목민 카라출루 부족에 대한 이야기이다. 이 소설은 1971년 일간지 『줌후리예트(Cumhuriyet)』에 연재된 이후 같은 해 단행본으로 출판되었으며 1979년 프랑스에서 스무 명이 넘는 평론가로 구성된 심사위원단이 일제히 '그해의 가장 좋은 외국소설'로 선정했을 만큼 작품성을 인정받았다.

이 작품의 원제는 '빈보아 신화(Binboğalar Efsanesi)'이다. '신화(Efsanesi)'라는 제목 때문에 야샤르 케말의 『아으르 산의 신화』나 『아나톨리아의 세 가지 신화』처럼 신화나 전설을 소설화한 것이라는 인상을 주기 쉽다. 그러나 사실은 유목민 부족의 현실을 소설로 담은 리얼리즘 소설이다. 야샤르 케말은 추쿠로바 지방에 정착하기 위해서 안간힘을 쓰는 유목민 부족의 처절한 투쟁에 가담한 적이 있다. 작가는 그 투쟁에서 패배한 이후 추쿠로바에 정착한 유목민들의 고통과 한(限)을 작품에 담고자 하였다. 그는 유목민 원로가 과거 그들의 삶의 방식에 대한 향수를 지우지 못해 안타까워하는 것을 곁에서 지켜보면서 사라져버린 그들의 삶과 문화를 복원하고자 이 작품을 쓰게 되었다고 밝힌 바 있다.

『바람부족의 연대기』는 유목민의 제도권력에 대한 투쟁이 주된 갈등이며 이야기 구조의 중심이다. 야샤르 케말은 유목민이 정착을 거부하며 자신의 방식을 고수하고자 벌이는 끈질긴 투쟁을 통해 '노마디즘' 사유담론을 펼친다. 이 작품은 야샤르 케말의 탈근대적 사유를 골자로 하고 있다. 야샤르 케말은 유목민들의 실체와 목소리를 작품 속에 언어화함으로써 이미 사라지고 소멸된 존재인 유목민의 위치를 타자적 위치로 복원시킨다. 오스만 왕조가 해체되고 근대화 과정을 거치면서 억압되었던 유목민들을 타자의 자리로 복원시키는 작업은 주체에 의해 매개되지 않는 타자의 타자성을 사유하는 일이다. 그것은 곧 근대 역사를 다시 쓰는 작업이다.

소설 속에서 투르크멘 유목민들은 아나톨리아로 이주해온 이래 봄이 되면 산속 방목지로 올라가고, 겨울이 되면 다시 평지로 내려와서 정착한다. 그들은 19세기 이후 시대가 변하고 상황이 변하면서 이러한 삶의 방식을 포기할 수밖에 없는 위기에 처하게 된다. 정부가 유목민을 정착시키고자 칙령을 내렸기 때문이다. 유목민을 정착시키고 나면 그들을 통치하기도 용이할 뿐만 아니라 세금 징수와 군 복무를 집행하기도 쉬워진다. 이 때문에 1865년 이후 유목민을 정착시키고자 하는 정부의 노력과 이에 따르지 않으려고 투쟁을 벌이는 유목민들과의 갈등은 갈수록 첨예화된다. 이런 분위기에서도 마지막까지 정착을 거부했던 카라출루 부족의 유목생활은 1940~1950년까지 지속된다. 유목민들의 대부분이 이미 정착을 마친 이후에도 카라출루 부족은 유목민의 삶과 전통을 지속하고자 끝까지 끈질긴 투쟁을 벌인다. 이들과 국가와의 투쟁이 작품 속에서 펼쳐진다.

소설 속에서 갈등의 또 한 축은 이미 추쿠로바에 정착한 다른 유목민 부족과 카라출루 부족의 마찰이다. 오래전 추쿠로바 땅에 자리를 잡고 정착생활을 하고 있는 유목민 출신 농민들은 자신들이 먼저 정착했다는 이유로 주인행세를 하며, 텃세를 부린다. 이것도 모자라 카라출루 부족을 괄시하기까지 한다. 그들을 내쫓기 위해 온갖 폭력적인 방법을 동원하기도 하고, 희생양으로 결혼할 여자를 요구하기도 한다.

국가주의, 즉 토지의 영토화와 소유를 중심으로 한 삶의 방식을 강요하는 국가는 유목민들을 포획하고자 하는 장치를 만든다. 작품 속에서 정부 관리들, 그리고 유목민이었지만 정착해 땅을 소유한 지주들은 영토화(territorialization)되고, 코드화(coding)된 인물들이다.

유목민들은 탈소유와 순수생성을 삶의 방식으로 지속하고자 하기에 끊임없는 탈주와 탈영토화(deterritorialization)를 시도한다. 유목민들의 '탈주'는 그들의 욕망을 가두고 생성을 가로막는 정부의 영토화 노력에 의해 파괴된다. 탈주와 탈영토화에 대한 유목민들의 노력이야말로 끊임없는 생성이다. 그러나 등기와 등록을 요구하는 국가의 영토화 작업과 끊임없는 유목민의 탈주 속에 갈등은 심화된다.

그들은 겨울을 보낼 땅을 얻지 못하자 생존을 위협받을 정도로 궁지에 몰리게 된다. 그러자 카라출루 부족은 이 고통을 해결하기 위해 흐드렐레즈 밤에 흐즈르 님에게 겨울을 날 땅을 얻게 해달라고 빈다. 그러나 생존이 달려 있을 만큼 중요한 문제임에도 불구하고 카라출루 부족 사람들은 막상 그날이 되자 각자 자신들이 품고 있던 개인적인 소망을 빌게 된다.

별똥별을 보는 순간 소원을 빌면 이루어진다는 흐드렐레즈 밤에 케렘은 송골매를 욕망하며, 뮈슬림은 영생을 욕망하고, 무스탄은 카라출루 부족에서 가장 아름다운 여인 제렌, 제렌은 할릴을 욕망한다. 겨울 날 땅을 욕망하며 기도하는 사람은 쉴레이만 카흐야와 하이다르 우스타뿐이다. 이어 하이다르 우스타와 쉴레이만 카흐야는 겨울 날 땅을, 제렌과 할릴은 사랑을, 케렘은 송골매를 찾아 접속한다.

하이다르 우스타와 쉴레이만 카흐야는 땅을 얻기 위해 본격적인 작업에 착수하는데, 그들은 생성과 탈소유의 삶의 방식을 지속하고자 노력하는 유목적 주체이다. 두 사람은 동일한 목적을 공유하며 같은 배치 안에 있는 인물들이다. 이들과 대결구도에 있는 사람들은 국가를 상징하는 이스멧 장군, 헌병대, 얀느즈아아치 파출소 상병 등이다. 영토성과 코드화된 인물들로는 라마잔오울루 휘르쉬트, 지주 하십, 데르비쉬 하산 같은 인물들이 있다.

카라출루 부족의 원로인 대장장이 하이다르 우스타는 신검을 만들어 권력자에게 바치면 모든 문제가 해결될 것이라 믿고, 삼십 년 동안 한결같은 정성으로 오직 검 하나만 만들어 부족의 미래를 위해 길을 떠난다. 결국 아무 수확 없이 부족에게로 돌아온 그는 밤이 새도록 그토록 오랜 세월 정성 들여 만든 신검을 녹여 뭔가를 만든다. 부족의 명예와 미래를 상징하던 신검은 하이다르 우스타에게는 상징계의 최고 가치이자 권위의 상징물이며 기표였다. 그런데 시대의 변화와 더불어 더 이상 그 기표가 유효하지 않다는 것을 알게 된 그는 결국 그 검을 쇳덩이로 녹여버린다. 그의 삼십 년 시간과 정성도 함께 녹아버린다. 하이다르 우스타는 이 잉여물 하나만을 남겨둔 채 목숨이 다한다. 이로써 하이다르 우스타는 국가와 정착민의 포획장치로부터 완전히 해방된 것이며, 이것은 절대적 탈영토화이다. 부족 사람들은 그를 도인으로 예우하여, 헤르미테 산에 묻는다.

흐드렐레즈 밤에 유일하게 별들의 만남을 목격했던 케렘은 송골매를 달라고 빌었고, 소원을 이루지만 상병에게 송골매를 빼앗긴다. 갖은 고생과 모험 끝에 송골매를 되찾아 부족으로 합류하지만 케렘은 할아버지의 죽음과 직면하게 된다. 케렘은 송골매 역시 상징계의 잉여임을 깨닫는다. 그는 어렵사리 되찾은 송골매를 풀어주고 부족을 떠난다. 케렘은 송골매를 버림으로써 탈기관체가 되며, 더 이상은 유목적 삶의 방식이 불가능하게 됨을 알게 되자 부족을 버린다. 케렘은 부족을 버림으로써 새로운 접속과 배치의 가능성을 열어둔 유목적 주체가 된다.

한편, 카라출루족 사람들은 정착민들의 횡포 때문에 많은 부족 사람들이 죽게 되자 결국 제렌을 옥타이에게 시집보내기로 결심한다. 그 대가로 옥타이 아버지에게서 겨울을 날 수 있는 땅을 받기 위해서이다. 제렌도 부족민을 구하기 위해 수락할 수밖에 없다. 그러나 옥타이의 아버지는 땅을 제공하지 않는다. 이때 마침 할릴이 나타난다. 자신들의 계획이 수포로 돌아갈 것이라 생각한 마을 사람들은 할릴을 죽이려 한다. 제렌과 할릴은 이런 분위기를 감지하고 함께 도망간다. 제렌과 할릴은 정착민이 되는 것과 토지를 미끼로 여자와 돈을 뜯어내는 영토화의 배치를 거부한 것이다. 이렇게 그들은 탈영토화하며, 탈기관체가 된다.

이런저런 사연과 더불어 해가 지나 흐드렐레즈 밤이 돌아오자 부족들은 향연을 연다. 할릴은 자신이 죽을지도 모른다는 것을 알면서도 부족에게로 돌아온다. 수장의 역할을 다하기 위해서이다. 결국 할릴은 부족 남자들의 총에 맞아 죽고 만다. 쉴레이만 카흐야는 할릴의 수장 텐트를 철거하고 카라출루 부족의 잔재를 역사에 묻는다. 쉴레이만 카흐야는 수장 텐트라는 상징적인 기표를 해체하고 카라출루 부족을 무화하는 방식으로 탈기관체가 된 것이다.

수장인 할릴의 죽음으로 카라출루 부족은 해체되지만 그들의 미래에 대해 작가는 유목적 주체의 재탄생을 암시하고 있다. 일부는 절대적 탈영토화로, 일부는 탈기관체로 생성과 탈주의 삶을 이어가는 카라출루 부족의 노마디즘은 계속 이어질 것이기 때문이다.

카라출루 부족 유목민들은 작품 속에서 하늘과 별과 바람과 새들과 교감하는 법을 알고 있는 존재로 그려진다. 그리고 '세마'라는 전통적 의례를 통해 우주와 교감하고 소통하며, 하늘의 메시지를 전해 받는다. 그들은 자신들이 지구라는 행성에 그저 '다녀갈' 뿐임을 이미 알고 있었다. 그래서 산과 들과 꽃들과 새들에게 이름을 지어주고, 그들의 아름다움을 노래했으며, 필요한 곳에 정착해서 잠시 땅을 빌려 쓸 뿐 어떤 흔적도 남기지 않는다. 심지어 비석이나 무덤도 만들지 않는다. 그들은 이 별에서 영원한 소유는 가능하지 않음을 이미 터득하고 있기에, 잠시 '다녀가는' 손님으로서 최대한 예의를 지키며 삶의 아름다움과 풍요로움을 만끽한다.

지구가 보이는 이상 기온과 징후들, 곧 흔적도 없이 사라질 위기에 처한 남태평양 국가들, 터져 나오는 신종 바이러스들……. 이런 전 지구적 위기상황을 지켜보며 유목적 주체로서 생명의 자발적인 표현과 생성을 시도했던 유목민들의 삶의 방식을 돌아보게 된다.

탈영토화와 탈기관체를 온전히 실현하고자 했던 유목민들의 끈질긴 투쟁은 국가와 정착민의 파시즘적 폭력 속에 소멸되어갔다. 소유만이 권력을 획득할 수 있고, 경쟁의 메커니즘 속에서 살아남는 자만이 소유할 수 있는 국가장치와 자본주의 삶의 방식 속에서 유목민들의 생활방식은 좌절되었다. 작가가 복원해낸 카라출루 부족의 삶은 우리에게 진정한 노마디즘이 무엇인지를 알려주고 있다. 그것은 바로 하나의 초월적 가치에 포획되지 않고 새롭게 유목하는 방식이며, 경쟁이 아닌 상생으로, 소유가 아닌 관리로 경영하는 삶의 방식이다. 그것은 우리가 그저 지구에 잠시 머물고 다녀가는 존재로서 우주와 소통하는 것만이 우리를 완전하게 할 수 있음을 자각할 때 선택할 수 있는 삶이다.

이제 국가를 넘어, 지구경영의 시대가 되었다. 지구라는 행성에 사는 우리 모두는 지구에 초대받은 손님임을 자각해야 한다. 하늘과 별과 나무와 바람과 함께 우리는 모두 아름다운 지구 속에 살다 떠나는 손님이다. 유목민들의 초연하고, 의연하며, 조화로운 삶의 방식에서 미래의 희망을 발견한다.

작가 연보

1923년 터키 남부 아다나(Adana) 시(市) 헤르미테라는 작은 마을에서 투르크멘 계열 아버지와 쿠르드계 어머니 사이에서 출생. 원래 이름은 케말 사득 괴의젤리(Kemal Sadık Gögceli).

1927년 다른 집안과의 피의 복수에 연루되어 아버지 사망. 야샤르 케말은 사고로 인해 한쪽 눈 실명.

1932년 떠오르는 시상을 글로 옮기기 위해 글을 배우기로 결심. 약 2킬로미터 정도의 거리를 매일 걸어서 통학하며 알리르자 선생에게서 글을 배움. 3개월 정도 글을 배운 후 카디를리(Kadirli) 초등학교에 다님. 같은 반 친구로부터 전통 악기 사즈(saz)를 배움.

1938년 카디를리 초등학교 졸업. 벨기에인이 설립한 공장에 취직, 동시에 아다나 제일 중학교 입학.

1939년 첫 작품인 시(詩) 「세이한(Seyhan)」을 아다나 민속지에 발표. 시를 쓰면서 문단에 등단.

1941년 질병으로 학교를 계속 다닐 수 없게 되어 중학교 중퇴. 학교를 그만둔 이후 약 1년 정도 목화 농장에서 관리직 일을 함. 목화 농장 일을 그만둔 후로는 공사판 현장의 관리직, 논에 물 대는 일, 트랙터 모는 일, 시골 초등학교 교사 보조역 등 여러 가지 일을 함.

1942년 라마잔오울루 도서관에서 근무. 이 시기 터키의 여러 문인들과 친분을 쌓고 교류함. 특히 터키의 주요 작가인 오르한 케말(Orhan Kemal)과 사귀게 됨. 도서관에서 근무하는 기간 동안 세계 고전을 섭렵할 기회를 얻게 됨.

1943년 공화당 조직위원으로서 마을을 돌아다니는 기회를 얻게 됨. 이때 각 지방의 민속을 연구하고 전래 민요 채취 작업을 벌임. 각 지방의 민요를 모은 「아으트라르(Ağıtlar)」 출간.

1944년 군에 입대. 군대생활을 하면서도 작품활동을 계속함.

1945년 단편소설 「추잡한 이야기(Pis Hikâye」 발표.

1946년 군에서 제대. 이스탄불로 가서 프랑스계 가스회사에 취직. 이 기간 동안에는 전혀 작품활동에 시간을 할애하지 못함.

1948년 다시 카디를리로 돌아가 논에 물 대는 일을 함. 단편 소설 「아기(Bebek)」, 「가게 주인(Dükkâncı)」 발표.

1950년 공산당 설립에 가담하였다는 죄목으로 체포. 코잔 교도소 수감. 이 기간 동안 고문에 시달림.

1951년 급진적인 경향을 띤 중앙일간지 「줌후리예트(Cumhuriyet)」에서 기자생활 시작. 르포르타주를 연재하게 됨. 야샤르 케말이라는 필명을 쓰기 시작함.

1952년 신문사 동료인 틸다 세레로(Thilda Serrero)와 결혼.

1952~1954년 아나톨리아 르포르타주

를 계속 연재함. 터키 민속에 관한 자료 수집에 몰두. 이 시기 수집한 민속 자료는 작품의 기반이 됨.

1955년 언론협회가 처음 제정한 인터뷰 상 수상. 르포르타주를 모아 책으로 출판한 『불타는 숲 속에서의 오십 일(Yanan Ormanlarda 50 Gün)』 출간. 소설 『말라깽이 메메드 I(İnce Memed I)』, 『양철통(Teneke)』 출간.

1956년 『말라깽이 메메드 I』로 바르륵(Varlık) 소설상 수상. 국제 펜클럽의 추천으로 『말라깽이 메메드 I』 프랑스어로 번역.

1960년 소설 『중산층(Ortadirek)』 출간.

1962년 터키 노동자당(TIP)에 입당. 운영위원회 회원이 됨. 왕성한 정치활동을 함.

1963년 영국에서 영어를 배우기 위해 체류. 3개월 후 프랑스로 가서 터키 문단의 사회주의자 나짐 히크메트(Nazim Hikmet)와 만남. 오랫동안 근무하던 『줌후리예트』 신문사에서 정치적인 이유로 퇴직당함. 소설 『땅은 쇠 하늘은 구리(Yer Demir Gök Bakır)』 출간.

1964년 터키 노동자당 중앙 집행위원으로 선출. 선전위원장과 중앙위원직 역임.

1965년 이스탄불 국회위원 선거에 출마하였지만 낙선. 불가리아와 소련연방 여행. 고위 관료들, 문인들과 사귐.

1966년 어머니 별세. 터키문인협회 제2대 회장으로 선출.

1968년 『불멸초(Ölmez otu)』 출간.

1969년 당에서 탈퇴. 전업 작가로 활동

하기 시작. 『말라깽이 메메드 II』 출간.

1970년 『아으르 산의 신화(Ağrı dağı Efsanesi)』 출판.

1971년 『바람부족의 연대기(Binboğalar Efsanesi, 원제는 빈보아 신화)』 출간. 3월 12일 군사 쿠데타 이후 부인 틸다 여사와 함께 구속되었다가 한 달 후 석방.

1973년 소련연방 방문. 알마아타에서 열린 '아시아-아프리카 작가협회 총회'에 참석. 터키 문인노조 결성에 참여. 1974년까지 초대 문인노조위원장직 역임. 6년 실형을 선고받지만 이스탄불 고등법원에서 무죄 판결을 받음.

1974년 마다라르(Madarali) 소설상 수상. 소설 『양철통』이 스톡홀름에서 연극으로 무대에 올려짐. 핀란드 연극 무대에서 소설 『중산층(Ortadirek)』 상연. 터키 펜클럽 결성 후 회장직 역임.

1975년 소설 『양철통』이 스웨덴 국립극단에 의해 무대에 올려짐.

1976년 소설 『아기』가 스웨덴 텔레비전에서 방영. 파리에서 열린 '야샤르 케말의 밤' 행사에 참석. 이후 소련에서 열린 제8회 작가총회와 뉴욕 중동 작가총회에 참석하여 연설. 9월에는 벨기에에서 개최된 '국제 시 비엔날레'에 참석하여 터키 시 전통에 대하여 발표. 소설 『독사를 죽였어야 했는데(Yılanı Öldürseler)』 출판.

1977년 소설 『땅은 쇠 하늘은 구리』가 프랑스 비평가 연맹에 의해서 '그해의 가장 좋은 외국소설'로 뽑힘.

1979년 『불멸초』로 프랑스에서 '그해의 가장 좋은 외국소설' 상 수상. 『바람부족의 연대기』가 파리 비평가들에 의해 위대한 작품으로 선정.

1980년 '지중해 작가 총회'에 참석. 『비에 젖은 새(Yağmurcuk Kuşu)』, 『썩은 나무(Ağacın Çürügü)』 출간.

1981년 파리에서 개최된 작가총회에 참석. 아서 밀러(Arthur Miller), 제임스 볼드윈(James Baldwin), 하인리히 뵐(Heinrich Böll), 사무엘 베케트(Samuel Beckett) 등과 교류. 소설 『독사를 죽였어야 했는데』가 영화로 제작되기 시작. 프랑스 대통령 프랑수아 미테랑의 초청으로 대통령 취임식에 참석. 단편소설 『로도스 향기(Lodos'un Kokusu)』 출간. 오스트리아 문화국 언어전승 심포지엄에서 발표. 펜실베니아 대학에서 『야샤르 케말 특별집』 발간.

1982년 야샤르 케말의 모든 작품을 출판할 출판할 토로스(Toros) 설립. 프랑스에서 제정된 국제 델 두카(Del Duca) 상 수상. 프랑스 텔레비전에서 야샤르 케말 특별 다큐멘터리 방영.

1983년 60세 기념 소르본 대학 심포지엄에 참석. 독일에서 야샤르 케말 다큐멘타리 제작, 이어 핀란드 텔레비전에서 야샤르 케말에 관한 다큐멘터리 제작. 소설 『독사를 죽였어야 했는데』가 파리에서 연극 무대에 올려짐.

1984년 『바람부족의 연대기』가 제라드 제라스(Gerard Gelas) 연출로 프랑스 연극 무대에 올려짐. 이어 벨기에, 룩셈부르크, 스페인에서 상연. 얼마 동안 스톡홀름에서 체류함. 국제 문화 예술 활동에 기여한 공로로 프랑스 정부의 레지옹 도뇌르(Légion d'honneur) 훈장을 받음. 『말라깽이 메메드 III』 출간.

1985년 인권협회 모임에 참석. 『말라깽이 메메드 III』로 세다트 시마비(Sedat Simavi) 문학상 수상.

1986년 『성문(Kale Kapısı)』으로 오르한 케말 소설상 수상. 주간지 『녹타(Nokta)』의 앙케이트 조사에 의해 좋은 작가로 선정, 터키 문화부 홍보상 수상.

1987년 『말라깽이 메메드 IV』 출간. 소설 『땅은 쇠 하늘은 구리』가 영화로 제작. 프랑스 『콩바(Combat)』 신문과 스웨덴 학술원 그리고 작가협회 추천으로 노벨문학상 후보에 오름.

1988년 튀얍(TÜYAP) 이스탄불 도서전시회 국민상 수상.

1991년 스트라스부르 대학으로부터 명예박사학위 받음. 터키 정부 예술가로 선정되었지만 터키의 민주화가 실행되지 않았다는 이유로 거부.

1992년 BBC 방송국에서 야샤르 케말에 관한 다큐멘터리 상영. 터키 문화부상 수상. 터키 동부 지방을 작품의 배경으로 삼은 작가의 공로로 인해 추쿠로바 신문협회 특별상 수상. 뤼스튀 코라이(Rüstü Koray) 상 수상.

1993년 세계 문화 아카데미 회원.

1994년 『데르 스피겔(Der Spiegel)』에 썼던 글의 내용으로 인해 구속, 2년 동안 수감생활.

1997년 독일 도서협회상 수상.

2010년 현재 작품활동에 전념 중.

옮긴이__ 오은경(吳銀慶, Eunkyung OH)

한국외국어대학교를 졸업하고, 터키 정부 장학생으로 초청되어 터키 하제테페 대학교에서 비교문학과 터키문학으로 석·박사학위를 취득하였다. 한국학중앙연구원 초빙연구원. 터키 앙카라 한국어문학과 외국인 전임교수, 성균관대와 외국어대 강사를 거쳐 현재 동덕여대 교양교직학부 교수로 재직 중이다.

저서로 『베일 속의 이슬람과 여성』, 『터키의 한국전쟁론(터키어)』, 『여성주의 비평 : 20세기 소설 속에 나타난 한국과 터키 여성』 등이 있고, 공저로 『한국전쟁과 세계문학』, 『성과 사랑의 시대』, 『다락방에서 타자를 만나다』, 『중앙아시아학 입문』, 번역소설로 『독사를 죽였어야 했는데』 등이 있다.

바람부족의 연대기

2010년 2월 19일 1판 1쇄 찍음
2010년 2월 25일 1판 1쇄 펴냄

지은이   야샤르 케말
옮긴이   오은경
펴낸이   김영현
주간   손택수
편집   김혜선, 진원지, 배진경
디자인   이선화
관리·영업   김태일, 이용희

펴낸곳   (주)실천문학
등록   10-1221호(1995.10.26.)
주소   우-121-820, 서울시 마포구 망원1동 377-1 601호
전화   322-2161~5
팩스   322-2166
홈페이지   www.silcheon.com

ⓒ 야샤르 케말, 2010

ISBN 978-89-392-0628-1 03890

이 도서의 국립중앙도서관 출판시도서목록(CIP)은 e-CIP홈페이지
(http://www.nl.go.kr/cip.php)에서 이용하실 수 있습니다.
(CIP제어번호 : CIP2010000626)